Herbjørg Wassmo

Zwischen zwei Atemzügen

Herbjørg Wassmo

Zwischen zwei Atemzügen

Roman

Aus dem Norwegischen
von Gabriele Haefs

Droemer

Die norwegische Originalausgabe dieses Buches erschien 2006
unter dem Titel »Et glass melk takk« im Gyldendal Norsk Forlag AS.

Die Übersetzung wurde von NORLA, Oslo, gefördert.
Der Verlag bedankt sich dafür.

Besuchen Sie uns im Internet:
www.knaur.de

Deutsche Erstausgabe Januar 2009

Ein Unternehmen der Droemerschen Verlagsanstalt
Th. Knaur Nachf. GmbH & Co. KG, München

Redaktion: Maria Hochsieder
Umschlaggestaltung: ZERO Werbeagentur, München
Umschlagabbildung: Aino Kannisto
Satz: Adobe InDesign im Verlag
Druck und Bindung: C. H. Beck, Nördlingen
Printed in Germany
ISBN 978-3-426-19803-2

2 4 5 3 1

1

DORTE ÖFFNETE DIE MÜLLTONNE. Der Gestank schlug ihr entgegen. Küchenabfälle und Kartoffelschalen waren bei über zwanzig Grad verrottet. Der Bauer würde bald den Jungen danach schicken müssen, sonst würden die Tiere krank werden. Sie ließ den Abfall in die Tonne fallen. Der Deckel war irgendwann einmal so übel behandelt worden, dass er sich der Tonnenöffnung nicht mehr anpasste. Ein breiter Spalt lud Insekten und Ungeziefer in diese Speisekammer ein. Im Gebüsch darüber hatte eine Spinne ihr Netz aufgespannt. Drei Fliegen hingen starr darin und warteten darauf, verspeist zu werden. Aber die Spinne war nicht zu Hause. Vielleicht war sie eines plötzlichen Todes gestorben. »Vögel wollen auch leben«, hätte der Vater jetzt gesagt. Und als sie das dachte, hatte sie das Gefühl, dass er ihr aus dem Himmel eine Postkarte schickte.

Als Dorte nach oben kam, wischte Vera gerade mit mürrischer Miene den Küchentisch ab, und die Mutter goss kochendes Wasser auf den frischgemahlenen Kaffee. Ihr Gesicht war bleich und mit roten Flecken übersät. Die Bluse stand offen. Man hätte meinen können, dass ihr die Knöpfe fehlten. Aber der Mutter mangelte es nicht an Knöpfen. Der schwarze unkleidsame Rock reichte bis weit über die Waden. In letzter Zeit war ihr Körper hohl geworden, vor allem in der Mitte, so wie Onkel Josefs Standuhr ohne Uhrwerk. An manchen Abenden, wenn sie sehr müde war, ähnelte ihr Gesicht einem Apfel, der eine Weile auf dem Boden gelegen hatte.

»Das Gebet ist das Einzige, worauf ein Mensch sich auf die

Dauer verlassen kann. Das Gebet ist unsere Nabelschnur zu Gott«, sagte die Mutter und richtete sich auf.

Vera warf den Kopf in den Nacken, dass ihre Haare nur so flogen, und ihrem Gesicht nach schien sie einen Mord zu planen.

»Beten!«, rief sie mit schriller Stimme. »Da hat man nicht viel, worauf man sich verlassen kann. *Er* lässt sich ja nicht mal dazu herab, uns ein paar schnöde *Litas* zu schicken – für ein neues Kleid oder die Miete. Wir hätten niemals unser Haus in Weißrussland verkaufen und in dieses Kaff ziehen dürfen, wo es nur Säufer und übellaunige Weibsbilder gibt!« Sie wischte den Tisch im Takt ihrer Worte ab. Dann spülte sie den Lappen in der Zinkbütte aus und wrang ihn, bis ihre Fingerknöchel weiß wurden. Am Ende faltete sie ihn demonstrativ mehrmals zusammen und knallte ihn über den Wasserhahn.

»Gieß bitte das Wasser aus«, bat die Mutter und musterte Vera mit trauriger Verwunderung. Als sei ihr gerade erst aufgegangen, dass sie ein Kind in die Welt gesetzt hatte, das zu dermaßen gotteslästerlichen Reden imstande war.

Vera kippte die Bütte so heftig aus, dass das Wasser aus Rache an den Wänden weit hochspritzte. Gleich darauf stand sie hinter dem Wandschirm und bürstete sich die langen blonden Haare. Also wollte sie offenbar auch an diesem Abend wieder ausgehen.

»Du musst deine Haare flechten oder dir einen Pferdeschwanz binden, Liebes«, sagte die Mutter sanft, aber entschieden.

Vera gab keine Antwort und gehorchte auch nicht. Nahm nur Tasche und Jacke vom Haken an der Tür und wollte gehen. Die Mutter legte ihr die Hand auf die Schulter, aber das war Vera gar nicht recht. Sie schüttelte sich, wie um ein störendes Insekt zu verscheuchen. Ein Schatten glitt über das Gesicht der Mutter. Es erinnerte an kalte Wintertage am Fluss. Still, weiß – und erfüllt von einer Trauer, über die man nicht sprechen kann.

Gleich darauf hörten sie Vera auf der Treppe. Vera war nicht gerade leise.

»Manche trauern mit dem Körper mehr als mit dem Kopf. Und da Taten deutlicher sind als Gedanken, fällt uns Veras Trauer stärker auf«, sagte die Mutter, als sie und Dorte allein waren. Ihre Stimme war in Zucker getunkt, ihr Gesicht aber ausdruckslos.

Dorte hatte sich immer anhören müssen, dass Vera und sie von so unterschiedlichem Temperament seien. Die Mutter glaubte, Vera vermisse den Vater auf eine wütendere Weise als Dorte, was aber nicht bedeute, dass die Trauer der einen kleiner wäre als die der anderen. Für Dorte war die Trauer nicht größer oder weniger groß. Sie war eher, wie Glasscherben hinunterzuschlucken.

Veras Trauer zeigte sich oft darin, dass sie strafte oder verletzte. Oder dass sie für viele Stunden ausblieb und die Mutter nicht wusste, wo sie war. Dortes Trauer dagegen war eher wie eine Fledermaus im Winter. Die mit klammernden Krallen kopfüber an einem dunklen Ort hing. So natürlich, dass man glauben konnte, sie komme mit der Jahreszeit.

Die Gebete der Mutter hatten eingesetzt, ehe sie nach Litauen gekommen waren. Zuerst hatte Dorte sie unangenehm gefunden. Jetzt aber waren die frommen Gespräche zum Alltag geworden. Wie Gesangbuchverse, die man nicht ganz begriff, oder wie das Knacken einer alten Treppe. An diesem Morgen hatte Dortes Mutter die Mutter Gottes um Entschuldigung gebeten, weil Vera am Vorabend zu spät nach Hause gekommen war und deshalb Vorwürfe verdient hatte. Die Mutter erklärte, es gebe so viele Versuchungen für junge Menschen. Was die Jungfrau Maria ja wohl längst wissen müsste, fand Dorte. Vera selbst erhielt keine Entschuldigung und bat auch nicht darum, sie lag mit geschlossenen Augen da und stellte sich schlafend.

Dorte hatte sich daran gewöhnt, aus diesen Gebeten viel mehr herauszuhören, als in Worten gesagt wurde. Auf diese Weise erfuhr sie, was die Mutter über Vera und sie wusste. Zum Beispiel, dass die Mutter sie darüber sprechen gehört hatte, wie schön es wäre wegzugehen. Fort. Nach Westen. Eigentlich hätte die Mutter das verstehen müssen, denn auch sie hatte ihren Heimatort verlassen. Aber sie schien zu glauben, dass das, was sie selbst getan hatte, für Vera und Dorte nicht das Richtige wäre.

Der Vater hatte ihnen schon als Kinder Litauisch beigebracht, da das seine Muttersprache war. Auch die Mutter sprach Litauisch, doch beim Beten benutzte sie immer Russisch. Dass sie sich an die Jungfrau Maria wandte, war sicher die pure Höflichkeit. Am Ende betete sie immer das Vaterunser, morgens, auf dem Hocker neben dem Gasherd, während sie Kaffee mahlte. Die beiden schienen im Morgenkaffee ein gemeinsames Interesse gefunden zu haben. Er saß in seinem Himmel und wartete darauf, dass das Wasser kochte, damit die Mutter es auf das Kaffeepulver gießen konnte. Wenn es kalt war, musste Gott sich gedulden. Dann zog die Mutter ihren verschlissenen Morgenrock mit dem Webpelz an und lag noch lange unter der Decke auf dem Ausziehsofa.

Oft ging es in den Gebeten darum, wie dankbar sie sein mussten, weil Onkel Josef sie bei sich wohnen ließ. Die Mutter erwähnte dabei nicht, dass sie dem alten Mann alle mögliche Arbeit abnahm. Besonders viel war es, wenn sie die Miete nicht bezahlen konnten. Sie wusch und putzte, sie flickte Kleider, kochte, kümmerte sich um den Küchengarten und das Schneeschippen. Die Hühner mussten gefüttert und ab und zu geschlachtet und gerupft werden. Es kam vor, dass die Mutter mit Gott über Dinge sprach, die sie streng genommen gar nicht wusste. Zum Beispiel, dass Dorte mit Nikolai, dem Sohn des Bäckers, hinter dem Bretterzaun gestanden und vorgegeben hatte, nicht zu merken, dass er sie um die Taille fasste und fest an sich zog. Aber Dorte hatte es gespürt! Sie war sich vorgekommen wie flüssig. Als habe ihre Haut nur die eine Funktion, nämlich, berührt zu werden.

Der Onkel des Vaters, Josef, war ein magerer und sehniger Mann, der meistens am Fenster auf einem Stuhl saß und darauf wartete, dass sein Sohn aus Vilnius kam. Dieser Sohn kassierte die Miete. Der Alte wünschte sich vor allem Hilfe und nahm es mit dem Geld nicht so genau.

»Die Zimmer sind ja ohnehin da«, sagte Josef oft.

Die Leute hier im Dorf nannten ihn »Litvak«, den Juden. Es waren schreckliche Geschichten darüber im Umlauf, wie er kreuz und quer geflohen war und die Gefangenschaft überlebt hatte. Ein Lehrer hatte – ohne es direkt auszusprechen – angedeutet, die Juden seien schuld daran gewesen, dass 44 die Russen gekommen waren. Er nannte sie Kommunisten. Sie hatten bei dem Lehrer auch von Romas Kalantas gehört, dem jungen Helden, der sich 1972 selbst angezündet hatte, um gegen die Rückkehr der Russen zu protestieren. Sich selbst zu verbrennen war zweifellos eine große Tat, aber für Dorte wäre es keine Lösung. Onkel Josef selbst erzählte nichts, deshalb begriff Dorte nicht, wie jemand so sicher wissen konnte, wie alles gewesen war.

Seine Frau, Anna, erkannte die anderen nicht immer. In ihrem Kopf war irgendetwas zerbrochen. Oft verfiel sie in Angst oder wurde unfreundlich, wenn man ihr die Wäsche brachte, die die Mutter geflickt, oder das Essen, das sie gekocht hatte. Vera weigerte sich, zu ihr zu gehen, deshalb blieb diese Aufgabe immer an Dorte hängen. So war es auch an diesem Abend.

Dorte balancierte mit dem Topf die Treppe hinunter und half den alten Leuten, die Kartoffelsuppe aufzuwärmen. Im ganzen Haus verbreitete sich der Geruch nach gegorener Gurke in Dilllake, die in dem Tongefäß auf dem Gang lagerte. Die Mutter füllte später bläuliche Dreilitergläser ab, drehte blanke Metalldeckel darauf und stellte sie in den Keller. Aber trotzdem schlug der Dillgeruch allen entgegen, die die Tür öffneten.

Josef bat Dorte, aus einer abgegriffenen Nummer der Zeitung »Lietuvos rytas« vorzulesen. Das tat sie gern, weil sie sich auf diese Weise darin üben konnte, Litauisch zu lesen. Eine Sprache zu sprechen war das eine, sie zu lesen und zu schreiben etwas ganz anderes. Das war ihr sofort aufgegangen, als sie in die litauische Schule gekommen war.

Die weißen Haare des alten Josef lagen in feuchten Locken um seinen eiförmigen Kopf. Wenn er nicht so runzlig gewesen wäre und wenn er keinen so ungelenkigen alten Körper gehabt hätte, hätte man ihn für neugeboren halten können. Sein Kopf war immer ein wenig gesenkt, und oft hatte er irgendeinen Fleck auf seiner Hemdenbrust. Die Mutter glaubte, er passe nicht genau auf, wenn er seinen Kautabak ausspuckte. Seine Brille saß so, dass er sowohl über als auch durch die Gläser schauen konnte. Wenn Dorte ihn nicht so gut gekannt hätte, hätte sie gedacht, er sei böse.

»Ich habe vorhin gehört, wie Vera wieder so hart mit der Tür geknallt hat«, erklärte er, als sie im Vorlesen eine Pause einlegte.

»Ach …«

»Deine Mutter hat es nicht leicht!«

Dazu hatte Dorte nichts zu sagen, deshalb fragte sie nur, ob sie weiterlesen sollte. Josef nickte und faltete auf seinem Schoß die Hände. Dann schloss er die Augen und ließ sie lesen.

Anna saß meistens mit gesenktem Kopf da. Der Tisch fungierte als solider Holzzaun und hinderte sie daran zu fallen, wenn sie es sich in den Kopf setzte, einen Spaziergang zu machen, ohne daran zu denken, dass sie zuerst aufstehen musste. Ab und zu richtete sie sich auf und öffnete den Mund, wie um etwas zu sagen. Aber fast immer vergaß sie es dann und saß nur da und saugte an ihren Zähnen. Meistens hielt sie ihren Zopf fest, der über eine Schulter hing. Dick und glänzend, als habe sie Fußbodenlack benutzt, um ihn haltbar zu machen. Ihr Gesicht zeigte stets dieselbe Miene: Pass auf, sonst hau ich dich! Dorte hatte nie erlebt, dass sie das getan hätte, aber sie sah die Tante nur ungern an.

Es war schon gut, sich an die Zeitung halten zu können. Aber plötzlich, mitten im Artikel über Präsident Paksas, der vor Gericht gestellt werden sollte, musste sie daran denken, wie ungerecht es war, dass ihr Vater gestorben war, während Anna mit ihrem zerstörten Kopf leben durfte. Und deshalb las sie zu schnell weiter.

»Nein, nein … was hast du jetzt gesagt?«, tadelte Josef mit der Stimme dessen, der ewig zu kurz kommt.

Und sie musste alles wiederholen, ohne so richtig zu erfassen, ob der Präsident diese Anklage nun verdient hatte oder nicht.

»Onkel Josef«, sagte sie endlich. »Das ist eine alte Zeitung. Die hab ich dir schon vorgelesen.«

»Das weiß ich ja wohl! Ich höre es nur so gern noch einmal«, erklärte er triumphierend.

Aber gleich darauf wurde Anna so unruhig, dass er ihr ins Bett helfen musste. Dorte faltete die Zeitung zusammen, nahm den Kochtopf und wünschte eine gute Nacht.

Als sie nach oben kam, bügelte die Mutter gerade die Hemden des Pfarrers. Sie spitzte den Mund nach links und blies sich die Haare aus dem heißen Gesicht. Dann lächelte sie Dorte kurz zu.

»Sie haben gegessen?«

»Ja.«

»Hast du die Teller gespült und in den Schrank gestellt?«

»Ja.«

»Hast du Josef vorgelesen?«

»Ja, über den Präsidenten.«

»Hat er etwas darüber gesagt, dass sein Sohn kommt?«

Die Mutter nannte diesen Sohn niemals beim Namen. So konnte sie von sich fernhalten, dass er bisweilen ziemlich unangenehm wurde, wenn sie kein Geld für die Miete hatten.

»Nein, das hat er nicht erwähnt.«

Dorte nahm Wäsche aus dem Korb und legte sie zusammen, ohne dass die Mutter sie darum gebeten hätte.

»Ich bin froh, dass du diese Ruhe hast. Dass du nicht alles so schwernimmst«, sagte die Mutter und faltete den zweiten Ärmel am Hemd des Pfarrers zusammen. Er musste ganz akkurat liegen, mit der Manschette auf der Hemdenbrust, der Rest hinter dem Rücken versteckt.

»Soll ich das Laken sprengen?«

»Ja, tu das.«

Dorte füllte die Sprengflasche und breitete das Laken auf dem Tisch aus.

»Vera hat so schlechte Nerven. Sie nimmt es schwer, dass wir kein Geld haben«, sagte die Mutter.

Dorte wusste nicht so recht, ob die Mutter mit ihr sprach oder mit Gott. Deshalb sagte sie nichts.

Um zehn Uhr hatten sie nach ihrem Tagewerk aufgeräumt, und die Mutter gähnte. Sie zog die Uhr auf und machte sich bereit, um ins Bett zu gehen. Aber gegen Mitternacht lief sie noch immer zwischen den beiden Fenstern hin und her, ohne darüber zu sprechen, woran sie beide dachten. Dass Vera noch nicht zu Hause war. Für Dorte war es unerträglich, das beobachten zu müssen, auch wenn sie bequem im Sessel des Vaters saß und einen Atlas über den Knien liegen hatte.

»Mama! Sollen wir sie nicht lieber suchen gehen?«

»Doch!«, sagte die Mutter und griff nach ihrem schwarzen Tuch. Manchmal war sie wie eine Aufziehpuppe, man musste ihr nur das Stichwort geben, und schon setzte sie sich in Bewegung.

Gerade als sie ihre Mäntel angezogen hatten, hörten sie Vera auf der Treppe. Leichte Schritte, ganz anders als vorhin, als sie gegangen war. Dann stand sie in der Tür. Ihr Gesicht glühte, und ihre Bluse war vorn ein wenig zerknüllt. Ihr Mund ähnelte den Rosen im Pfarrgarten. Denen, die so schwer und rot waren, dass sie sich auf den Zaun stützen mussten.

»Papa hätte das niemals zugelassen«, sagte die Mutter.

»Was weißt du denn darüber? Er ist seit zwei Jahren tot. Ich bin achtzehn und mache, was ich will!«

Statt Vera weiter zu tadeln, stand die Mutter plötzlich mit dem Tuch in der Hand da, wie ein Vogel, der auf einem Bein steht und Würmern auflauert.

»Ist das so lange her?«, fragte sie verwundert und hängte das Tuch wieder an den Haken. Gleich darauf klappte sie das Sofa auf – ohne noch mehr zu sagen.

Einmal, als Dorte der Mutter geholfen hatte, im Pfarrhaus zu putzen, hatte der Pfarrer erklärt, man könne der Sprache der Mutter anhören, dass sie einer gebildeten Familie entstamme. Das war sicher ehrlich gemeint gewesen, aber eigentlich missbilligte er alles, was russisch war. Obwohl er nach Schnaps roch. Und er hatte recht. Die Mutter war in einem großen Haus mit Vorgarten am Rand der Stadt aufgewachsen, die damals Leningrad geheißen hatte. Aber sie sprach fast nie darüber.

Als Vera und Dorte im Bett hinter dem Schrank lagen, war die Stimme der Mutter sanft und leise, aber doch deutlich zu hören.

»Liebe Maria, Mutter Gottes, du weißt, dass es Vera hier zu eng wird, wenn draußen Mond und Sterne leuchten. Und Musik und Tanz locken! Wir haben nichts dagegen, dass sie Freunde hat und lacht und das Leben genießt. Aber sie sieht die vielen Gefahren nicht. Sie ist unschuldig und weiß nicht, was ein

Mensch manchmal erdulden muss. Deshalb passt es ihr nicht, wenn ich andeute, dass ich mehr weiß und sie beschützen möchte. Du, mein Gott, weißt es noch besser als ich und erinnerst Dich sicher daran, dass auch ich in meiner Jugend eine Aufrührerin war, eine, die sich für unverletzlich hielt. Aber ich bin billig davongekommen, weil Du in Deinem Erbarmen Liebe zu mir gesandt hast. Du hast meinen Geliebten zu Dir genommen, aber Du hast mir auch den Verstand gegeben zu erkennen, dass Verbitterung wehtut. Ich habe nicht so viel gebetet, wie es richtig gewesen wäre, bevor die Trauer sich einstellte. Die Trauer hat mich geadelt. Also danke ich Dir und bitte: Lass Vera billig davonkommen! Mach ihre monatlichen Tage ein wenig leichter. Gib ihr keinen größeren Kummer, als sie ertragen kann. Aber Liebe! Und wenn Du eine Möglichkeit siehst – dann braucht sie auch Arbeit. Amen!«

2

Voller Verachtung in der Stimme nannte Vera den Ort, in dem sie wohnten, eine Häuserzeile am Straßenrand. In der Mitte stand eine römisch-katholische Kirche, die nichts für die Mutter war. Die Mutter war russisch-orthodox. Es gab eine Schule, zwei Gaststätten und einen Frisiersalon. Ein Begräbnisunternehmen mit Gittern vor allen Fenstern, so dass man glauben konnte, der Inhaber fürchte, dass man ihm die Leichen stahl. Es gab einen Bäcker, der mit seinem alten Auto seine Waren in die Nachbardörfer fuhr. Eine Tankstelle, umgeben von Altmetall, einen Kiosk, in dem auch Wodka verkauft wurde, und einen sogenannten Supermarkt, in dem Vera ab und zu aushalf. Sie hatten niemanden gekannt, als sie mit dem scheppernden Möbelwagen hier angekommen waren, sie hatten nur die Briefe des alten Onkel Josef gehabt.

Die Frau des Bäckers betrieb die eine Gaststätte. Da man dort Schnaps kaufen konnte, wollte die Mutter nicht, dass die Mädchen abends hingingen. Die Frau des Bäckers verkaufte außerdem Limonade und Kaffee. Ja, und Gebäck natürlich. Die Brote waren grau und rochen nach Kümmel und Bierhefe. Da die Frau Russin war, servierte sie goldene *Watruschki* gefüllt mit süßer Käsemasse. Das schmeckte gut zu einem Glas Milch. Die Frau des Bäckers verbreitete einen leichten Zimtgeruch.

An manchen Abenden war die Gaststätte voll. Jugendliche und erwachsene Männer versammelten sich hier. Die meisten jungen Leute fanden keine Beschäftigung, wenn sie mit der Schule fertig waren. Nur wenige hatten Verwandte in der Stadt, bei denen sie wohnen konnten, während sie eine Lehre machten oder studierten. Also blieben sie zu Hause und übernahmen Aushilfsjobs, wenn sich die Gelegenheit bot.

Die Gaststätte lag im Haus des Bäckers, zwei Treppenstufen unter dem Straßenniveau. Ab und zu konnte man die Knetmaschine durch die Wände der Bäckerei hören, die ebenfalls dort unten lag. Es roch nach Keller und Tabak, obwohl die Türen der Bäckerei oft offen standen und die Frau des Bäckers sich bemühte, zu lüften und alles sauber zu halten. Die eine Wand wies eine Tapete mit einem braunroten, in sich verschlungenen Muster auf. Zwei Fenster ließen Licht herein und hatten normale Zimmergardinen. Die Gardinen hingen an zerschlissenen Schlaufen, die ursprünglich nicht dazugehört hatten.

Manchmal stand dort der Sohn, Nikolai. Oder er half aus. Wie seine Mutter hatte er ein Gesicht, aus dem die Sonne leuchtete, egal wie das Wetter sein mochte. Er sagte selten etwas, aber seine Blicke glitten mit solcher Deutlichkeit über Dorte, dass sie das Gefühl hatte, er spreche freundlich mit ihr. Ihrer Mutter zuliebe ging Dorte nur tagsüber hin. Jetzt war es fast Abend, aber als sie sah, dass Nikolai allein dort war, trugen sie ihre Füße von selbst hinein. Sie nickte und glitt auf den Stuhl, der mit dem Rücken zur Tür dem Tresen am nächsten stand. Er ging in den Verschlag, der als Küche diente, und kam mit einem Glas Milch zurück, ohne dass sie ihn darum gebeten hatte. Sein Gesicht war tiefernst, trotzdem konnte sie sehen, dass er zu lächeln glaubte. Sie sagte »tausend Dank« und lächelte schnell zurück.

Während er sich hinter dem Tresen an irgendetwas zu schaffen machte, behielt er sie im Auge, so, wie sie ihn im Auge behielt. Meistens schob er unnötig Gegenstände hin und her. Außerdem hielt er einen Lappen in der Hand. Sie hatte niemals eine so absurde Art gesehen, einen Lappen zu halten. Er presste ihn in seine Faust, als solle nicht der Lappen wischen, sondern die Hand.

Damit er sich nicht angestarrt fühlte, sah sie ihn ganz bewusst nur unter gesenkten Wimpern an, oder, wenn er sich ein wenig abwandte. Sie faltete außerdem eine Zeitung auseinander, die dort lag, las aber nicht richtig darin. Sie waren nur zu zweit im Lokal, trotzdem sprachen sie nicht miteinander.

Als sie die Milch längst getrunken hatte und der Abend seinen blauen Umhang vor das Fenster hängte, erhob sie sich. Statt zu nicken, machte sie aus Versehen einen Knicks. Das ließ sie vor Scham erröten. Er nickte mit ernstem, leuchtendem Gesicht, wie es seine Art war. Aber an diesem Tag ließ er den Lappen blitzschnell fallen, rief etwas durch die Tür in die Bäckerei und packte seine Jacke, die auf einem Stuhl gelegen hatte. Da sie nicht damit gerechnet hatte, kam sie gar nicht dazu, es seltsam zu finden. Er machte ja auch nichts Falsches, er öffnete einfach die Tür, als hätten sie das verabredet. Dunkelheit und die Schatten der Bäume machten sie für alle anderen beinahe unsichtbar. Viele saßen um diese Zeit hinter ihren Gardinen.

»Du hast nichts dagegen, dass ich dich begleite?«, fragte er ein wenig atemlos, als sie losgegangen waren.

Sie brachte keine Antwort heraus, sondern schüttelte den Kopf. In diesem Moment fiel ihr ein, dass er das im Dunkeln ja nicht sehen konnte und dass er glauben könnte, es sei ihr nicht recht. Deshalb schaute sie zu ihm auf und lächelte rasch. Der Mehlfleck auf seiner Wange war nicht mehr zu erkennen. Im Haus war der Fleck deutlich zu sehen gewesen. Aber Nikolais Augen strahlten auch in der Dunkelheit. Ein wenig unruhig, wie abends die Schiffslaternen.

Er brachte sie bis nach Hause in den Hinterhof. Dort blieben sie ganz still stehen. Dann fiel ihm offenbar ein, dass er etwas tun müsste. Er drückte sie fest an sich und ließ seine Hände über ihren Rücken gleiten. Und schließlich auch über ihr Hinterteil. Sie hatte das Gefühl, in einen Kolk voll sonnenwarmem Wasser zu steigen. Es war wie ein liebkosendes Kitzeln an Oberschenkeln und Bauch, auch wenn seine Hände dort gar nicht waren. Das hätte sie ihm auch verboten. Die Brüste schlossen sich an und wurden ein Teil dieses seltsamen Genusses. Sie hörte fast auf zu atmen. Er ließ eine Hand vorn über ihre Bluse gleiten. Und das machte alles unerträglich schön. Sie stand in der Dunkelheit, mitten im Duft von Kuchen und Brot. Nach einer kleinen Weile kam sie sich dort unten vor wie feuchtes Moos. War so etwas schon einmal geschehen?

In diesem Moment kam jemand die Treppe herunter. Zum Glück hörten sie die Schritte, ehe diese die Tür erreicht hatten, und er war verschwunden, ohne dass jemand wissen konnte, dass er dort gewesen war. Außer der Mutter.

»Aber da bist du ja, Liebes«, sagte sie und ging zum Klo, ohne zu erwähnen, was sie wusste.

Auf diese Weise hatte Dorte einen Moment, um sich zu sammeln, während sie die Treppe hochging und ihren Mantel aufhängte.

»Ich glaube nicht, dass es Vera gefallen hat, dass ich gestern Abend mit Gott gesprochen habe – darüber, dass sie so schwere Menstruationen hat«, sagte die Mutter, als sie wieder oben war.

»Nein, sie will das wohl lieber für sich behalten.«

An diesem Morgen hatte Vera geschrien, Gott und die Mutter kränkten ihr Schamgefühl. Die Mutter behauptete wie immer, nicht ein Sperling falle zu Boden, ohne dass Gott davon wisse. Und Dorte begriff die Sache mit der Perspektive; wenn man an alles dachte, an das Große und das Kleine, das zu allen Zeiten zu Boden gefallen war, ließ es Veras Menstruationsblut ziemlich bleich aussehen.

Dem Vater war es nicht so schwergefallen wie der Mutter, direkt zu Menschen zu sprechen. Dorte hatte das Gefühl, ihn besser zu kennen. Sogar jetzt, wo er nicht mehr da war. Woran sie sich am deutlichsten erinnerte, war nicht, wie der Vater ausgesehen oder was er gemacht hatte, sondern, dass er in dem abgenutzten Ohrensessel mit Troddeln an den Armlehnen gesessen – und mit ihnen gesprochen hatte. Er war nicht böse geworden, nicht einmal, wenn sie nicht zugehört hatten, er war ganz einfach ruhig sitzen geblieben und hatte weitergeredet. Sein steifer Schnurrbart war auf und ab gewippt, als protestiere er gegen jedes Wort. Aber das hatte der Vater nicht gemerkt. Er war wie ein unaufhaltsamer, zuverlässiger Strom gewesen – aus Wörtern.

Nach ihm war es still geworden. Sogar die Luft stand still. Es waren fast dreißig Grad über Null, mitten im Juli. Gärten und Felder ähnelten einer Wüste. Als habe die Natur es schon eine Weile gewusst. Dass der Vater am Morgen des 18. Juli neben der Mutter tot im Bett liegen würde. Ganz still, ohne wie sonst »Guten Morgen!« zu rufen.

Die Schreie der Mutter waren in Dortes Traum eingebrochen. Sie lief über eine Wiese und pflückte Margeriten, hatte es aber so eilig, dass sie nur die Blüten ohne die Stengel abriss. Auf irgendeine Weise wusste Dorte, ohne ganz wach zu sein, dass das Geschrei der Mutter etwas galt, das viel schlimmer war als alles andere. Aber dass der Vater tot sein sollte? Nein, davon konnte keine Rede sein. Auch nicht, als Vera und sie vor dem Bett standen und ihn sahen. Nicht einmal, als die Schreie der Mutter gegen die Fensterscheiben prallten und das Morgenlicht verscheuchten.

Dorte konnte sich nicht daran erinnern, was sie selbst getan hatte; Vera war einen kurzen Moment stehen geblieben, dann war sie zu den Nachbarn gestürzt, um Hilfe zu holen. Das hatte den Vater nicht wieder lebendig gemacht, aber sie hatte es doch immerhin versucht.

Zuerst hatte die Mutter den Tod des Vaters als die Unnatürlichkeit aufgefasst, die er ja auch war, dann war sie ganz und gar antriebslos geworden. Als seien alle Gedanken und alle Bewegungen aus dem Haus verschwunden. Wenn sie die guten Nachbarn nicht gehabt hätten, hätten Vera und Dorte ihn mit eigenen Händen begraben müssen. Aber in solchen Fällen stand man im Dorf einander bei. Jedenfalls solange es keine Kosten mit sich brachte. Nach der bescheidenen Beerdigung verwandelte die Mutter sich ein weiteres Mal. Das Schweigende, Praktische füllte nun jeden Winkel. Setzte sich in Tapeten und Gardinen fest, legte sich in Besteckschublade und Bettzeug.

In Dorte hatte sich ein Spalt aufgetan. Wie in der Erzählung des Vaters über einen Gletscherspalt, in den Menschen fielen und aus dem sie nie wieder herausklettern konnten. In Wirklichkeit war sie niemals auf einem Gletscher gewesen. Trotzdem spürte sie, wie sie vereiste. Nachts fuhr sie manchmal davon hoch, dass die Spalte sie zu ersticken drohte. Auch wenn sie nach einer Weile wieder zu Atem kam, verging es nicht ganz, sondern wiederholte sich. Und ihr war klar, dass es für den Rest ihres Lebens so sein würde. Der Spalt war da, in allem, was sie unternahm, auch wenn sie nicht direkt daran dachte. Wenn sie zum

Beispiel nachts erwachte und sich über den Eimer hockte. Das sinnlos Eklige daran, diesen Behälter mit Flüssigkeit aus ihrem Körperinneren zu füllen, mit verborgenem Leben – während der Vater in der Erde liegen musste. Und einfach verweste.

Sie konnte diese Art von Gedanken niemandem erklären. Aber vielleicht irgendwann einmal. Vielleicht Nikolai.

»Es ist nicht so leicht für Vera«, sagte die Mutter und stellte das Bügeleisen auf das Gestell.

»Nein?«

»Sie denkt sicher an Papa. Und wenn sie ihre Tage hat, wird alles noch trauriger.«

Die Hände der Mutter waren rot und geschwollen. Das waren sie immer, wenn sie am selben Tag gewaschen und gebügelt hatte. Sie wurden so an den Tagen, an denen die Wäsche rasch trocknete. Sie musste bügeln, ehe die Wäsche ganz trocken war, dann brauchte sie nicht zu sprengen. Jetzt beugte sie sich über das Bügelbrett und versank tief in Gedanken, die sie nicht mit Dorte teilte. Das konnte minutenlang so gehen. Dann schien sie plötzlich wieder zu sich zu kommen und nahm den Faden dort auf, wo sie abgebrochen hatte.

»Du könntest eine Freundin brauchen, du, Dorte«, sagte sie, ohne zu erklären, warum. Also musste man darauf warten, dass die Erklärung in einem Gebet erfolgte. Vera hatte Bekannte, aber die Mutter war nicht von allen gleichermaßen begeistert. Deshalb war es schon ein wenig seltsam, dass sie das gesagt hatte.

»Du solltest mehr dahin gehen, wo die Jugend sich trifft. Wo ist das?«, fragte die Mutter und klappte das Bügelbrett zusammen.

»Weiß nicht.«

»Geht Vera in das Lokal des Bäckers, um junge Leute zu treffen?«

»Nein, in das andere.«

»Dann glaube ich, das des Bäckers ist besser für dich«, befand die Mutter. »Ich gebe dir ein bisschen Geld, damit du mal hingehen kannst. Aber nicht abends.«

Dorte wurde rot und wandte sich ab.

»Wie heißt er? Der Sohn des Bäckers?«, fragte die Mutter gewissermaßen geistesabwesend.

»Nikolai«, flüsterte Dorte und wusste nicht, wo sie sich hinwenden sollte. Aber die Mutter erwähnte nicht, dass sie die beiden im Hof gesehen hatte. Darüber war Dorte so dankbar, dass sie sich vornahm, häufiger zu beten – um der Mutter eine Freude zu machen.

3

Der Sommer kochte in seinem eigenen heißen Staub. Der Dunst über dem Fluss wurde schwerer und hartnäckiger. Die Blätter fielen von den Bäumen, und der Küchengarten verwelkte. Die Sonne war glutrot hinter der gelben Scheibe und glitt am Himmel immer tiefer. Als bringe sie es nicht über sich, sich festzuhalten. So schien es auch der Mutter zu gehen. Die Gebete waren bald die einzigen Gespräche, die sie noch führte. Vera hatte seit zwei Monaten keine Arbeit mehr gehabt. Es war nur eine Vertretung an der Kasse im Supermarkt gewesen. Aber jetzt war auch das vorbei.

»Ich weiß einfach keinen anderen Rat, als dass du mich heiratest, um versorgt zu sein«, sagte der Kaufmann lächelnd, als er ihr mitteilte, dass er keine Verwendung mehr für sie hatte.

Natürlich war das nicht ernst gemeint, denn er war über vierzig und bereits verheiratet. Aber Vera hatte einen Wutanfall erlitten, als sie davon erzählt hatte. Danach hatte sie ihr langes Haar gebürstet, als sei es ein Feind. Sie stand an dem zerkratzten Aluminiumspülbecken mit dem Rücken zum Spiegel. Die durch das heftige Bürsten geladenen Haare hoben sich unter dem Licht der Deckenlampe wie ein Regenbogen. Am Ende bildeten sie einen Glorienschein um ihren Kopf. Dorte sah sie an.

»Was glotzt du so?«, rief Vera.

»Du hast so schöne Haare«, murmelte Dorte verlegen und fing an, den Tisch abzuräumen.

Das war jetzt eine Weile her. Immer wieder ging Vera nach Ladenschluss ins Büro des Kaufmanns und fragte nach Arbeit. Aber darüber sprach sie nicht mehr. Dorte hatte das Glück gehabt, auf den Feldern des Bauern, der die Essensreste holte, arbeiten zu können. Aber dann war eine Verwandte aus der Stadt gekommen und hatte diesen Posten für den Rest des Jahres verlangt. Die Mutter flickte Wäsche und wusch für andere. Aber die bezahlten nicht besonders gut. Einige zögerten die Bezahlung so lange hinaus, dass die Mutter eigentlich umsonst arbeitete.

»Das kann man vergessen«, sagte die Mutter, wenn Vera wissen wollte, ob dieser oder jener bezahlt hätte.

»Kannst du denen nicht eine Rechnung schicken, so, wie der Kaufmann das macht?«, fragte Vera wütend.

Auf solche Fragen antwortete die Mutter nie. Denn dabei konnte nichts Gutes herauskommen. Wenn Vera in dieser Stimmung war, tat Dorte, als höre sie nicht, dass überhaupt etwas gesagt wurde. Außerdem gab es andere Dinge, über die sie nachdenken musste. Nikolai würde nach Kaunas gehen, um eine Konditorlehre zu machen. Furchtbar teuer, aber er könnte bei einem Onkel wohnen. Der hatte eine unmögliche Tochter, die Nikolais Mutter im Lokal helfen und gute Manieren lernen sollte. Sie würden ihr Zuhause tauschen, wie Nikolai es nannte.

Dorte wusste nicht, wie sie ohne ihn zurechtkommen sollte, denn sie hatte seine Hände so gut kennengelernt. Und den Geborgenheit schenkenden Duft des Gebäcks. Etwas an ihm wirkte beruhigend. Obwohl er ein erwachsener Mann war, mit den damit verbundenen Gefahren. Er stellte nie Forderungen danach, wo er sie berühren wollte, wie Vera das von anderen Jungen erzählt hatte. Wenn Dorte ihn auf eine bestimmte Weise ansah, wusste er, dass es dort jetzt keine Berührungen mehr geben durfte. Probleme gab es nur, wenn es dunkel war. Sie glaubte schon, dass er wusste, wenn es auf sie angekommen wäre, hätten sie alles tun können. Aber man musste auf die Regeln Rücksicht nehmen. Ein anständiger Mensch bleiben. Und dann waren da die Gebete der Mutter.

Dorte ließ ihre Fingerspitzen über sein Gesicht wandern, statt etwas zu sagen. Sein Atem verriet ihr immer, wenn Gefahr im Verzug war. Dann fuhr sie mit der äußersten Zeigefingerspitze über seinen Mund oder seine Augenlider. Es kam vor, dass er wie ein gekränkter Hund seufzte, ehe er aufgab. Aber er versuchte nie, sie zu zwingen. Und nach einer Weile wurde sein Atem wieder normal.

Oft brachte er zu ihren Treffen eine Tüte voll Gebäck mit.

»Du meine Güte«, rief sie immer und gab ihm zum Dank die Hand.

»Das ist für deine Mutter«, antwortete er leichthin, als handele es sich um eine Bagatelle. Dorte fand es schön, dass er nicht so viel Wesens darum machte, dass sie keine »gute Partie« war, wie man sagte.

Die Gespräche mit ihm fielen ihr mit der Zeit ebenfalls leichter.

Eines Tages fragte er, warum sie so einen schönen, aber seltenen Namen habe.

»Das wollte mein Vater so. Er kannte eine, die gestorben war, sie hieß Dorte«, brachte sie heraus.

»Dann war sie ihm wohl sehr wichtig?«

»Nein«, flüsterte Dorte entsetzt. Im selben Moment war ihr klar, dass es so gewesen sein musste.

Dorte begriff, dass die Mutter nichts dagegen hatte, wenn sie mit Nikolai am Flussufer spazieren ging. Natürlich durfte sie nicht erfahren, dass die beiden voneinander Haut und Atem kannten. Anfangs durfte Dorte nur eine Stunde ausbleiben. Dann musste sie vor Einbruch der Dämmerung zu Hause sein. Nach und nach konnte sie mit der Mutter darüber diskutieren, zu welchem Zeitpunkt genau die Dämmerung einsetzte. Die Dämmerung am Wasser war nicht dieselbe wie die im dunklen Dorf. Schließlich war die Mutter bereit, es ebenso zu sehen. Auch weil Nikolai erwähnte, dass Dortes Vater mit dem Bäcker zur Schule gegangen war.

Als Dorte das beim Abendessen erzählte, stieg der Mutter Farbe in die Wangen, und sie fing an, von ihrer eigenen Familie zu berichten, was sie sonst niemals tat. Sie sagte Leningrad, und Vera korrigierte das mehrmals zu St. Petersburg, aber die Mutter ließ sich nicht unterbrechen. Sie erzählte von damals, als der Großvater auf eine höhere Stelle im System versetzt worden war und sich das Leben der Familie über Nacht verändert hatte. Aus einer bescheidenen Wohnung zog die Familie in ein großes Palais mit vielen Zimmern und schönen Möbeln. Dorte hatte nie begriffen, was dieses »System« eigentlich war. Aber da der Großvater Jurist gewesen war, musste es etwas mit den russischen Gesetzen zu tun haben, die alle verabscheuten, über die jedoch niemand sprach. Die Mutter schien einen Zipfel ihrer Vergangenheit erwischt zu haben. Nur weil diese beiden Väter zusammen in die Schule gegangen waren.

Dorte war noch immer barfuß in den Schuhen. Und sie ging zum Bäcker – auch, wenn sie kein Geld hatte, um dort etwas zu bestellen. Sie fühlte sich jetzt, wo die Mutter das selbst vorgeschlagen hatte, wohler dabei. Eines Tages tauchte Nadia auf. Ein älteres Mädchen aus dem Nachbardorf, sie schaute ab und zu herein, weil sie in Nikolai verliebt war. Deshalb war es unmöglich, sie sympathisch zu finden. Sie trug moderne Jeans und eine ausgeschnittene Bluse mit Spitzen auf der Brust. Ihre Füße steckten in goldenen Sandalen, die ihre roten Zehennägel zeigten. Sie setzte sich, ohne zu fragen, an Dortes Tisch. Unruhe breitete sich in Dorte aus. Weil Nadias Aussehen Nikolai vielleicht gefallen könnte und weil er sie, wenn sie ging, vielleicht begleiten würde. Aber hinter dem Tresen stand seine Mutter. Mit braunen Locken wie er und mit dem gleichen Gesicht. Wie ein ernsthafter Sonnenaufgang.

»Ist Nikolai schon nach Kaunas gefahren?«, rief Nadia über den Tresen.

»Noch nicht«, erwiderte die Mutter gelassen.

»Ich fahre vielleicht auch weg, aber ins Ausland!«

»Ach was.«

»Man muss die Welt sehen, ehe es zu spät ist«, erklärte Nadia und machte einen Schmollmund, während sie sich eine Zigarette ansteckte. Als versuche sie, Nikolai ins Zimmer zu saugen.

Während Nadia weiterredete, dachte Dorte, dass ihr niemals erlaubt werden würde, sich so zu kleiden. Aber natürlich hätte sie gern solche Jeans besessen. Und Nadia konnte dasitzen und saugen, soviel sie wollte. Nikolai fuhr in den Nachbardörfern Gebäck aus und sah sie nicht. Doch Dorte musste sich eingestehen, dass es leicht war, mit Nadia zu reden, denn sie sprach Russisch.

»Mein Opa war Russe. Er wurde aus Russland vertrieben, weil er ein Held war!«, erklärte sie, als Dorte wissen wollte, wo sie diese Sprache so gut gelernt habe. Aber warum er vertrieben worden war, verriet sie nicht.

»Hübsche Bluse«, sagte Dorte höflich.

»Ja, nicht wahr? Aus Schweden.«

»Aus Schweden?«, rief Dorte überrascht.

»Ja, das ist ein Vorschuss. Ich habe Arbeit in einem Café in Stockholm. Aber ich möchte nicht allein hinfahren ... es ist doch ein fremdes Land. Ja, ich fahre natürlich zusammen mit Liudvikas, aber trotzdem.«

»Was für ein Liudvikas?«

»Ein Bekannter. Sein Vetter ist geschäftlich in Stockholm. Er kann Arbeit besorgen. Bist du nicht mit der Schule fertig und arbeitslos?«

»Doch.«

»Dann komm doch einfach mit.«

»Meine Mutter würde das nie erlauben.«

»Warum nicht?«

»Sie hält mich sicher für zu jung«, sagte Dorte, ohne zu erwähnen, dass sie ihre Mutter noch nie gefragt hatte.

»Aber du brauchst doch Arbeit. Hier muss man ja nehmen, was sich für einen Hungerlohn bietet! In Schweden verdient man in einem Monat so viel wie hier in zwei oder drei Jahren.«

»Das ist nicht möglich!«, rief Dorte.

»Natürlich ist das möglich. Und es ist so ein schönes, reiches Land. Die Leute sind höflich und freundlich, denn sie haben alle Arbeit. Sogar die Polizei auf der Straße ist in Schweden höflich.«

»Warst du schon mal da?«

»Ja. Einmal. Für zwei Tage ... Ich träume nachts noch immer davon. Die vielen Läden! Da kann man einfach alles kaufen. So fabelhaft schöne Kleider. Alles nach der letzten Mode. Irgendwann will ich in Stockholm eine Modeboutique eröffnen!«, sagte Nadia verträumt und streckte die Goldsandalen mit den roten Nägeln so weit aus, wie sie nur konnte.

»Verstehen sie da Russisch?«

»Nein, nicht sehr viel, aber Schwedisch lernst du schnell.«

»Ich habe Litauisch gelernt, das muss reichen.«

»Du brauchst ja nicht so lange zu bleiben. In zwei oder drei Monaten kannst du genug sparen, um in Vilnius zur Schule zu gehen oder eine Wohnung zu kaufen, wenn du willst. Und in der Zeit kannst du mit Zeichensprache überleben.«

»Wie lange willst du denn da bleiben?«

»Tja, kommt drauf an, wie es mir gefällt … ein paar Monate vielleicht. Vielleicht länger … kommt drauf an, ob ich genug verdiene, um einen Laden aufzumachen.«

»Gibt es denn in dem Café noch mehr freie Stellen?«

»Nein, aber Liudvikas' Vetter weiß sicher Rat. Soll ich mal fragen?«

»Nein, das ist nicht nötig. Ich darf ja doch nicht.«

Nadia sagte nichts mehr über Schweden. Stattdessen erzählte sie davon, dass sie in einer Boutique in Janava Kleider zu einem besonders guten Preis bekommen hatte. Dorte nickte nur höflich. Ihr ging auf, dass sie über Boutiquen wohl noch eine ganze Menge zu lernen hatte.

Als sie nach Hause kam, empfing Vera sie in der Tür. Mit ungebürsteten Haaren und ohne Schminke.

»Josefs Sohn hat Mama einen Brief geschrieben.«

»Einen Brief?«

»Ja. Er will die Miete sofort, sonst müssen wir ausziehen. Sieh her!«

Dorte nahm den Brief. Zuerst schien die Schrift auf dem Papier hin und her zu schwappen. Dann begriff sie, dass dort behauptet wurde, Josef und Anna könnten es sich nicht leisten, sie bei sich wohnen zu lassen. Als ob das Haus nicht ohnehin da stünde! Als ob sie den Alten nicht bei allem halfen, worum der Sohn sich nicht kümmerte!

»Drei Monate! Mama hat uns verschwiegen, dass es so lange war.«

»Gott hat sie es sicher auch verschwiegen«, flüsterte Dorte verängstigt.

»Zum Teufel mit Gott«, fauchte Vera. »Der hat uns Papa weggenommen.«

»Vera!«, schrie Dorte und ließ sich auf den nächstbesten Stuhl sinken.

Auf der Anrichte stand ein Topf mit Kohlsuppe. Der sollte zu den Alten nach unten gebracht und aufgewärmt werden. Er roch nach Tod und Verwesung.

»Wo ist sie?«

»In der Kirche, zum Beten.«

»Aber warum betet sie nicht zu Hause? Das macht sie doch immer … damit wir erfahren …«

»Sie spricht sicher über Dinge, die wir nicht erfahren sollen. Sie hat diesen Brief so lange versteckt«, sagte Vera und schluchzte auf.

Dorte sah plötzlich, dass die Schwester geweint hatte.

»Wie hast du es erfahren? Hat sie ihn dir gezeigt?«

»Nein, ich hab den Brief im Blechschrank über dem Gasherd gefunden. Ich war so wütend. Hab sie angeschrien, dass sie eine verlogene Mutter ist. Und dann haben wir eine Weile hier gesessen und geweint. Bis sie gegangen ist.«

»Dass sie wirklich versucht hat, über mehrere Wochen so etwas Wichtiges vor Gott zu verbergen«, sagte Dorte ängstlich, aber nicht ohne Bewunderung.

»Puh! Sie hat das bestimmt nicht vor Gott verborgen, sondern vor uns. Aber du begreifst doch, wie schlimm das alles ist? Dieser Mistkerl kann uns auf die Straße setzen!«

»Was sollen wir tun?« Dorte wurde von einer kalten Angst erfasst, die alles andere aus ihrem Kopf verdrängte. Sie wartete die Antwort nicht ab, sondern lief zur Tür und die Treppen hinunter.

»Wohin gehst du?«, rief Vera hinter ihr her.

»Nach Mama sehen … sie hat doch niemanden, jetzt, wo sie sich bei Gott unmöglich gemacht hat!«

Am nächsten Tag ging Vera tagsüber aus dem Haus und kam erst zurück, als sie schon im Bett lagen. Das war noch nie vorgekommen. Trotzdem machte die Mutter sich nicht auf die Suche nach ihr. Am Morgen gab Vera der Mutter einen Briefumschlag mit der Miete für zwei Monate. Dorte fand es überaus seltsam, dass die Mutter und Vera dabei beide weinten. Und als sie fragte, wollten sie nicht darüber sprechen. Dorte fühlte sich ausgeschlossen. Auch weil die Mutter nicht nachfragte, wer ihnen das Geld geliehen hatte. Vera sagte nichts. Als ob Dorte nicht dazugehörte. Abends führte die Mutter ein kurzes, aber inniges Gespräch mit Gott.

»Ich bitte Dich, halte Deine allmächtige Hand über Vera! Gib ihr Kraft. Stelle sie vor Entscheidungen, die sie ertragen kann. Behüte ihre Seele. Und wenn es sich auf irgendeine Weise machen lässt, dann gib ihr Arbeit, damit sie dem Kaufmann das Geld zurückzahlen kann. Amen!«

Vera sprang aus dem Bett auf und rannte aus der Tür, ohne Mantel oder Schuhe anzuziehen. Sie konnten hören, wie sie die Treppe hinunterstürzte und achtlos die Haustür offenstehen und im Wind schlagen ließ, während sie auf der Toilette war.

Dorte hatte immer das Große und Kraftvolle in Veras Trauer bewundert. Aber nach diesem Abend verschwand Veras Wut. Ihre Augen sahen aus wie erloschene Fackeln. Einmal wurde Dorte davon geweckt, dass Vera weinte. Aber als sie die Hand ausstreckte, um sie zu trösten, stellte Vera sich schlafend.

Dann kam der letzte Tag am Flussufer, ehe Nikolai abreisen sollte. Dorte wollte ihm sagen, woran sie dachte, dass sie beim nächsten Mal, wenn sie die Miete nicht bezahlen könnten, vielleicht auf die Straße gesetzt würden, aber sie spürte, dass sie damit Verrat an Mutters und Veras Stolz begehen würde. Nikolai schien sich nicht sonderlich auf seine Abreise zu freuen, und das war ein kleiner Trost.

»Vielleicht kann ich dir Arbeit in der Stadt besorgen. Dann können wir uns häufiger sehen«, meinte er.

»Ich hab ja da keine Bleibe«, sagte sie mutlos, aber sofort dachte sie ebenso sehr an das Geld, das sie verdienen könnte, wie daran, mit Nikolai zusammen zu sein.

»Ich schreibe jedenfalls. Das musst du auch tun! Oft!«

»Ja«, versprach sie.

»Und ich komme in allen Ferien nach Hause.«

»Ja …«

Der Fluss vor ihnen strömte freundlich und dunkel dahin. Ab und zu leuchteten ein feuchter Zweig oder ein Blatt auf, die in der Strömung trieben. Ein schmutziger Pappbecher hielt sich eine Weile über Wasser. Eine Ente war mit ihren Angelegenheiten beschäftigt und tunkte immer wieder den Kopf ins Wasser. Es störte sie nicht im Geringsten, dass ihr Schwanz geradewegs in die Höhe ragte. Wenn Dorte sich nicht so ungeheuer hilflos gefühlt hätte, hätte sie ein wenig gelacht. Dann hätte er sie gefragt, worüber sie lachte, und sie hätte es ihm erzählt. Dann hätten sie zusammen lachen können. Aber an diesem Abend war alles anders. Zu Ende. Als ob sie eigentlich sterben müsste und vergessen hätte, sich darauf vorzubereiten. Als ob sie in Nichtigkeiten feststeckte, wenn das Einzige, worauf es ankam, doch war, mit Nikolai am Flussufer zu sitzen.

Als er ihren Mund mit seinem berühren wollte, spürte sie, dass sie voller Tränen steckte. Das war ihr so peinlich, dass sie nicht wollte, aber sie wagte nicht zu sagen, warum. Deshalb wurde er wohl böse. Nachdem er noch einen erfolglosen Versuch gemacht hatte, fragte er: »Magst du mich nicht mehr?«

»Doch, sicher!«

»Was ist denn los?«

»Ich bin so traurig, dass mein Mund ganz voll ist, und da kann ich nicht …«, stammelte sie.

Er strich ihr über die Wange und küsste sie auf die Stirn. Sie saßen dicht nebeneinander und sahen, wie die Dunkelheit vom Boden aufstieg. Aber draußen auf dem Fluss legte der Abend einen Spiegel aus. Darin war der Himmel nur schimmerndes Licht. In den Rand des Spiegelbildes bohrte sich der Kirchturm. Als wollte er wissen, wie kalt das Wasser war. An der Grenze zwischen Spiegel und Dunkelheit schwamm ein breiter orangefarbener Streifen.

»Denkst du ab und zu an mich, wenn wir nicht zusammen sind?«, fragte er plötzlich.

»Eigentlich denke ich die ganze Zeit an dich, auch wenn ich das gar nicht weiß«, gab sie zu.

»Ich nehme dich mit ins Bett. Ich schlafe immer mit dir«, flüsterte er mit belegter Stimme.

»Das darfst du in der Stadt auch!«

»Danke«, sagte er, räusperte sich und schloss fest die Arme um sie.

4

Während die Mutter die frisch gebügelten Hemden zum Pfarrer brachte, befahl Vera Dorte, von Haus zu Haus zu gehen – und um Arbeit zu bitten, auch dort wo nur ganz normale Leute wie sie selbst wohnten.

»Das müssen wir beide machen. Aber jede für sich, dann haben wir bessere Aussichten«, sagte sie.

»Man kann die Leute doch nicht um Arbeit anbetteln«, widersprach Dorte.

»Doch! Das muss man!«, sagte Vera beängstigend zornlos.

»Ich habe Heimweh nach unserem Haus in Weißrussland«, sagte Dorte verzweifelt.

»Da bist du nicht die Einzige. Das hat uns doch gehört! Da konnte uns niemand rauswerfen, auch wenn wir kein Geld für Kartoffeln und Kohl hatten.«

»Können wir nicht Mutter sagen, dass wir wieder nach Hause wollen?«

»Woher sollten wir denn das Geld nehmen, um es zurückzukaufen – falls es überhaupt verkauft würde? Mach, dass du ordentlich aussiehst. Ich habe hier eine Liste von Leuten, zu denen du als Erstes gehen sollst«, sagte Vera, noch immer ganz ohne Zorn.

Dorte tat wie ihr geheißen. Ein Tag, zwei Tage. Ohne Erfolg. Einigen tat sie leid, die sahen sie an wie eine echte Bettlerin. Aber die meisten empfanden sie als unangenehme Störung, sie konnten die Tür nicht schnell genug schließen. Der Bauer, für den sie gearbeitet hatte, war freundlich, bat sie aber, im Frühling noch einmal zu fragen.

Als sie am zweiten Tag spätnachmittags nach Hause kam, stanken ihre Achselhöhlen so sehr, dass sie sich schämte und einen Kessel voll Wasser aufsetzte. Dann ging sie hinter den Wandschirm, um allein zu sein, für den Fall, dass die Mutter oder Vera kämen, ehe sie fertig war. Nachdem sie sich gewaschen hatte, zog sie eine saubere Bluse an und ging zum Bäcker.

Dort traf sie nur Nikolais Mutter an, und die nickte freundlich. Wie immer hatte sie rosa Flecken auf den Wangen, umkränzt von jenen braunen Locken, denen Nikolais Haare entsprungen waren. Ganz anders als die triste braune Tapete oder als Dortes Gedanken. Es war ein kleiner Trost, sie zu sehen, auch wenn sie ihr Sehnsucht nach Nikolai machte. Dorte setzte sich wie immer an den Tisch, der dem Tresen am nächsten stand. Aber sie wagte nicht zu fragen, ob sie von ihm gehört hätten. Jetzt legte sich Nikolais Mutter das Handtuch über die Schulter und kam hinter dem Tresen hervor. Groß und dünn, mit leicht gesenktem Kopf, genau wie Nikolai. Auf den langen kräftigen Händen waren blaue, geschlängelte Linien. Als fühlten sich die Adern unter der Haut beengt und versuchten, sich herauszupressen. Jetzt trat sie dicht vor Dorte und beugte sich über den Tisch. Leise, den Blick zur Tür gerichtet, sagte sie: »Wie geht es dir, mein Mädchen?«

Als es eine Weile still geblieben war und Dorte zweimal genickt hatte, fügte sie hinzu: »Es tut mir leid«, ohne zu erklären, was ihr leidtat.

Vera hatte gemeint, sie solle zuallererst hierher gehen, um nach Arbeit zu fragen, obwohl Dorte ihr erklärt hatte, dass Nikolais Kusine an seine Stelle treten sollte. Was sie nicht sagte, war, dass sie sich schämte, Nikolais Mutter sehen zu lassen, wie arm sie waren.

»Möchtest du eine Tasse Tee?«, fragte Nikolais Mutter.

»Ich hab kein Geld bei mir«, flüsterte Dorte und erhob sich halb. Fast hätte sie den Kopf an die Frau geschmiegt und angefangen zu weinen.

»Das macht doch nichts. Nikolai fehlt uns wohl beiden gleichermaßen, nicht wahr?«

Dorte nickte und merkte, dass sie blutrot anlief. Aber Nikolais Mutter ging Tee kochen, und als sie mit einem bis an den Rand gefüllten Becher und einer frischgebackenen *Watruschka* zurückkam, hatte Dorte sich wieder im Griff.

»Du meine Güte! Vielen Dank«, sagte sie, sprang auf und reichte Nikolais Mutter die Hand.

»Wohl bekomm's«, sagte die ernst, aber mit einem Lächeln in der Stimme, und ging wieder hinter den Tresen.

Der Duft des Gebäcks brachte Nikolais Haut mit sich. Den

letzten Abend in der Dunkelheit am Ufer. Dorte war Tänzerin auf einem Seil. Hoch über dem, was sie wollte, in das sie sich fallen lassen wollte und das zugleich beängstigend war. Dem, was tief draußen im Flusswasser lag, so dass man das Ufer nicht wiederfand. Solange sie das Gleichgewicht halten konnte – fiel sie nicht. Und während sie daran und an Nikolai dachte, fasste sie Mut.

»Es ist so schwer … Arbeit zu finden«, murmelte sie vor sich hin, ohne Nikolais Mutter anzusehen.

»Ich verstehe … du bist doch auch so jung. Deine Schwester, hat die Arbeit?«

»Nein. Deshalb wollte ich fragen … könnte ich … hier?«

Nikolais Mutter wischte den Tresen mit der Handfläche ab, eine fast liebevolle Bewegung. Auf irgendeine Weise sorgte das dafür, dass Dorte sich nicht schämte, egal, wie die Antwort ausfallen würde.

»Es tut mir leid. Wir müssen Marita zu uns nehmen. Jetzt, wo Nikolai in Kaunas bei meinem Bruder wohnt. Sie ist ein schwieriges Mädchen ohne Zukunft …«

Dorte versuchte, sich so ein Mädchen vorzustellen, aber das wollte ihr nicht gelingen.

»Wie alt ist Marita?«, fragte sie, und ihr ging auf, dass sie hier wirklich ein Gespräch mit Nikolais Mutter führte.

In diesem Moment ertönte die Glocke über der Tür. Als Dorte sich umdrehte, sah sie Nadia zusammen mit einem Mann mit Katzenaugen das Lokal betreten. Er war älter als sie. Fast alt. Jedenfalls über dreißig. Dorte richtete ihren Blick auf das Gebäck auf ihrem Teller.

»Ist Nikolai weg?«, rief Nadia Nikolais Mutter zu wie einer alten Freundin. Oder schlimmer noch, als habe sie eigentlich mit ihm sprechen wollen.

»Ja, schon«, antwortete die Mutter leise und hob beide Hände, während sie auf die Bestellung wartete.

»Hallo. Dorte! Ich hab dich durch das Fenster gesehen. Das hier ist Liudvikas, er hat mir die Arbeit in Schweden besorgt«, sagte Nadia und bewegte sich wie in einem Film. Der Mann tat das nicht. Er wirkte wie eine Figur aus einem Comic, die in die Wirklichkeit geraten war. Steif. Als ob er nicht so recht wüsste, was er mit sich anfangen sollte.

Beide ließen sich ohne zu fragen an Dortes Tisch nieder. Sie konnte ja auch nicht behaupten, dass dort besetzt sei. Nachdem sie Bier und Limonade bekommen hatten, fingen sie an, Russisch zu sprechen, als ob Dorte das nicht verstünde. Sie wandten sich nur aneinander. Es ging darum, was sie tun wollten, um gemeinsame Bekannte und das Auto. Das war fast neu.

Zuerst betrachtete Dorte die hässliche Tapete, ohne sich besonders um die Reisepläne der beiden zu kümmern. Alle gingen ja weg. Nur sie nicht. Die Tapete hatte etwas durch und durch Trauriges, nicht nur hier, sondern überall. Nicht nur, dass Muster und Farben verschossen waren oder feuchte Flecken und Blasen aufwiesen, sondern dass man auf den ersten Blick wusste, dass das Zimmer resigniert hatte. Als sei es seine eigentliche Aufgabe, daran zu erinnern, dass jemand sterben würde. Aber sie riss sich zusammen. Man brauchte nicht so gemein über Nikolais Tapeten zu denken, bloß weil man auf die neidisch war, die ihre Zukunft planen konnten.

Dieser Liudvikas starrte Nadia auf eine Weise an, die Dorte peinlich war. Aber plötzlich wandte er sich ihr zu.

»Du bist hübsch«, sagte er und legte den Kopf schräg. »Kann ich dich zu etwas einladen?«

»Ein Glas Milch, bitte«, sagte sie verdutzt.

Er lachte und zeigte sechs große weiße Zähne. Seine Haare konnten eine Wäsche brauchen, oder hatte er Creme hineingeschmiert? Er war sympathisch – auf eine leicht hektische Weise, aber die Milch bestellte er nicht.

»Hast du auch Arbeit?«, fragte Nadia und schien Dorte jetzt ebenfalls zu entdecken.

»Nein.«

»Warum fährst du dann nicht mit uns? Du kannst das als Urlaub betrachten und umsonst bei mir wohnen. Ich habe dir doch erzählt, wie schön es in Schweden ist. Wir könnten ins Kino und in die Disco gehen. Für mich ist es viel lustiger, wenn du auch dabei bist. Nicht wahr, Liudvikas? Das wäre doch kein Problem?«

Sie sprach wie eine, die im Fernsehen einen Text abliest.

»Mein Vetter hat einen Job an der Hand. Der wäre wie geschaffen für ein junges hübsches Mädchen wie dich«, sagte Liudvikas und zwinkerte Dorte zu.

Sie schluckte den letzten Rest Gebäck hinunter. »Das wird wohl nicht gehen.«

»Warum denn nicht?«, fragte Liudvikas und tätschelte ihre Hand, als gehöre er zur Familie.

»Sie steht unter der Knute ihrer Mutter«, lachte Nadia.

Dorte wurde verlegen. Es war nicht nett von Nadia, sich über sie lustig zu machen.

»Warum sagst du so was?«, fragte Liudvikas mit scharfer, vorwurfsvoller Stimme. Nadia verstummte mürrisch.

»Deine Mutter will doch sicher, dass du Arbeit findest? Oder …? Vielleicht habt ihr es so dick, dass das nicht nötig ist?«, fragte er, und der Blick seiner Katzenaugen war so direkt, dass man meinen konnte, er wisse alles, was sie nicht erzählen konnte. Sie hatte das Gefühl, eine Rolle spielen zu müssen, die sie nicht geprobt hatte. Deshalb gab sie keine Antwort, sie starrte nur in ihre leere Teetasse und legte den Löffel auf die Untertasse.

»Oder hat vielleicht dein Vater zu bestimmen?«

»Der ist tot«, rutschte es aus ihr heraus. Sofort lag das Gesicht des Vaters auf dem Cafétisch, wie eine alte Zeitung, auf die der Fremde seine Ellbogen setzen konnte. Wenn nur Nikolais Mutter endlich zurückkäme!

»Das ist aber traurig«, sagte dieser Liudvikas und streichelte wieder ihren Arm. Sie zog ihn rasch zurück, ohne daran zu denken, dass es unhöflich und abweisend wirken mochte.

»Du kannst es dir doch überlegen?«, hörte sie ihn fragen.

»Vielleicht«, antwortete sie ausweichend, nur um die Sache hinter sich zu bringen.

»Frag doch einfach deine Mutter!«, schaltete Nadia sich ein.

»Was ist das denn für Arbeit?«, fragte Dorte und erfasste zu spät, dass sie jetzt nicht mehr zurückkonnte.

»Die ist ganz einfach. Servieren in einem Café.«

»Nicht in einer Bar? Meine Mutter würde sicher nicht erlauben, dass ich abends in einer Bar serviere«, gestand sie verlegen ein.

»Nein, das ist ein ganz normales Speiselokal«, sagte Liudvikas und zeigte seine weißen Zähne.

Dorte nickte und erhob sich. Aber langsam, sie wollte nicht unhöflich wirken.

»Ich komme morgen wieder her, dann sehen wir weiter«, sagte Nadia eifrig. »Vielleicht erlaubt deine Mutter es ja. Sag, dass du mit uns zusammen fährst und dass Schweden ein ordentliches Land ist. Keine Mafia! Nicht wie in Russland.«

»Schau mal. Ich hab Bilder bei mir, dann kannst du es selbst sehen«, rief Liudvikas eifrig.

Er zog einige Ansichtskarten aus der Tasche seiner schwarzen Lederjacke. Grüne Bäume und eine Kirche. Auf einer anderen war ein Vergnügungspark zu sehen. Eine dritte zeigte viele alte Häuser, die sich um einen Marktplatz drängten. Das alles sah nicht gerade groß und beängstigend aus. Sondern eher gemütlich.

»Ist es eine lange Reise?« Dorte beugte sich über die auf dem Tisch liegenden Karten.

»Nicht doch!«, rief Liudvikas. »Nur ein paar Stunden mit dem Auto, dann nehmen wir die Fähre und schon sind wir da.«

Er musste wirklich stolz auf dieses Land sein, wenn er Bilder davon mit sich herumtrug.

»Kommt Ihre Familie von dort?«

»Das nicht. Aber ich kenne mich gut aus.«

»Du hast doch sicher einen Pass?«, fragte Nadia und betrachtete ihren Arm. Von der Schulter bis hinunter zu den Fingernägeln. Am Ende ballte sie die Faust, und die Fingernägel bohrten sich wie blutrote Krallen in ihre Handfläche.

Dorte nickte.

»Dann ist es ja kein Problem!«, sagte Liudvikas und lächelte.

Dorte erhob sich und machte einen Schritt vom Tisch weg. Liudvikas sprang auf und blieb wie ein Lakai mit ausgebreiteten Armen stehen.

»Willst du die Karten nicht mitnehmen und sie deiner Mutter zeigen?«, fragte er und hielt sie ihr hin.

Das konnte sie ja nicht gut ablehnen. Sie dankte und nahm die Karten entgegen. In diesem Moment trat Nikolais Mutter hinter den Tresen, deshalb ging sie zu ihr, um auch ihr zu danken.

»Grüßen Sie Nikolai«, flüsterte sie, ohne aufzuschauen.

Die Mutter hatte eine Art *cepeliniai* aus getrockneten Pilzen und Dill zubereitet. Aber vor allem gab es Kartoffeln. Eine Weile saßen sie schweigend um den Tisch. Vera hatte Dorte nicht gefragt, wie ihre Runde von Haus zu Haus ausgefallen war. Das war nicht nötig. Wenn sie auch nur Arbeit für zwei Stunden bekommen hätte, dann hätte sie es zuallererst erzählt.

Die Mutter berichtete jetzt von einem verletzten schwarzen Storch, den die Nachbarn im Gebüsch unten am Fluss gefunden hatten. Er konnte nicht fliegen. Dorte dachte an das Buch über Wildvögel, das ihrem Vater gehört hatte. Darin stand, dass der schwarze Storch in Bäumen nistete und Ende April fünf Eier legte. Dass er scheu sei und sich am wohlsten in den Wäldern fühlte, wo es keine Menschen gab. Zugleich überlegte sie, warum die Mutter von Dingen erzählte, an denen sie nichts ändern konnten, wo sie doch wusste, dass Dorte und Vera keine Arbeit gefunden hatten.

»Ein Storch mit einem verletzten Flügel kann sicher nicht nach Südafrika fliegen«, seufzte die Mutter, als ob ihre Existenz davon abhinge.

Dorte beobachtete, wie Vera den unerwarteten Wortschwall der Mutter aufnahm. Aber Vera versuchte vergeblich, den Fisch aus den zerquetschten Kartoffeln zu lösen. Es war eine Aufgabe, die mehr als hoffnungslos wirkte. Die Mutter betrachtete ihre Hände. Die lagen neben dem leeren Teller – wie vergessene alte Handschuhe. Der Teller war fast sauber. Nur in der Mitte war noch ein kleiner Essensfleck zu sehen.

Dorte kam sich vor wie eine Fremde. Der Dinge vorenthalten wurden, oder – schlimmer – die ausgeschlossen blieb. Weil sie so hoffnungslos unbrauchbar und jung war.

»Was werden sie damit machen?«, fragte sie trotzdem.

»Womit denn?«, fragte die Mutter.

»Dem Storch«, flüsterte Dorte und versuchte, Veras Blick einzufangen.

»Ach, mit dem …«, sagte die Mutter zerstreut und fing mechanisch an, den Tisch abzuräumen.

Veras Augen wollten Dorte nicht sehen. Etwas stimmte auf ganz entsetzliche Weise nicht. Etwas, von dem sie, Dorte, nichts wusste. Sie stand auf, obwohl sie noch nicht fertig war, und in diesem Moment fiel ihr ein, dass die Mutter Gott nicht für das Essen gedankt hatte. Das war noch nie vorgekommen.

Vera nahm Jacke und Tasche und ging, ohne ein Wort zu sagen. Dorte brachte es nicht über sich, mit der Mutter allein zu bleiben, und rannte hinter Vera her.

»Ist etwas passiert? Bitte …«, sagte sie atemlos und versuchte, Vera aufzuhalten.

»Dieser verdammte Sohn! Er hat gesagt, dass wir das Haus bis Oktober räumen müssen. Er will an Leute vermieten, die bezahlen«, sagte Vera beängstigend ruhig. »Wenn du nur ebenfalls erwachsen wärst, du!«, fügte sie hinzu, ehe die Dunkelheit sie verschlang.

Dorte konnte nicht sofort nach oben gehen. Sie setzte sich aufs Klo, auch wenn es dort nicht gerade gut roch. Insekten flogen träge gegen die Wände. Normalerweise kollidierten sie mit der Glühbirne. Aber die war durchgebrannt, und niemand hatte sie erneuert. Josef hatte keine mehr. In den letzten Wochen hatte er auch den Rasen nicht mehr gemäht. Jetzt wuchs der durch die Bodenritzen. Sie konnte hinter der Bretterwand einen gekrümmten Schatten sehen. Das war sicher Josef, der darauf wartete, an die Reihe zu kommen. Er rief nie, gab sich nicht zu erkennen, setzte sich einfach zum Warten auf die Bank unter dem Ahornbaum. An diesem Tag würde es schwer sein, an ihm vorbeizugehen. Was sagte man zu einem, der zuließ, dass sein Sohn sie auf die Straße setzte?

Trotzdem brachte sie ein freundliches »Gute Nacht« zustande, als sie an ihm vorüberging.

Oben fing die Mutter wieder mit dem verletzten Storch an. Dass der Nachbar den Flügel aufgebunden habe.

»Vielleicht wird er doch gesund genug, um nach Südafrika zu fliegen«, sagte Dorte und wusch sich unter dem Wasserhahn die Hände.

»Südafrika?«, fragte die Mutter, als habe sie von diesem Land noch nie gehört. »Nein, das wird wohl nichts helfen … der wird sicher getötet werden müssen.«

Es war Dorte unmöglich, ihr die Ansichtskarten aus Schweden zu zeigen.

5

»ZWEI-, DREITAUSEND DOLLAR IM Monat?«, wiederholte Dorte. »Wieso Dollar? Wird in Schweden mit Dollar bezahlt?«

»Dollar ist *international!* Ist dir überhaupt klar, wie viel Geld das ist?«, fragte Nadia.

»Nein.«

»Ungeheuer viel. Hier musst du drei oder vier Jahre arbeiten, um so viel zu verdienen. Nach drei Monaten bist du reich und kannst nach Hause fahren und deiner Mutter ein Haus kaufen. Morgen geht's los. Nimm nur das Allernotwendigste mit. Wenn wir ankommen, bekommst du, was du brauchst, Arbeitskleidung und alles Mögliche.«

»Meine Mutter will sicher nicht, dass ich so weit fortgehe«, sagte Dorte.

»Dann sag, dass du nach Vilnius willst. Ein paar Tage mit Freunden. Oder leg ihr einen Brief hin, den sie lesen kann, wenn du weg bist. Das ist das Beste.«

»Ich kann nicht lügen.«

»Es stimmt doch! Wir fahren schließlich zuerst nach Vilnius. Du kannst schreiben, wenn du in Stockholm bist, und ihr erzählen, wie schön alles ist. Dann ist sie beruhigt. Oder du kannst anrufen. Alles ist möglich. Wenn du erst dort bist und erzählst, wie gut du es hast und wie viel Geld du verdienst, dann wird sie dir sofort verzeihen.«

»Sie will bestimmt wissen, wo ich wohne. Sie will eine Adresse.«

Nadia zog ein Notizbuch hervor und riss eine Seite heraus. Darauf schrieb sie eine Adresse in Vilnius.

»Hier! Die kannst du deiner Mutter geben. Sag, dass das nur vorübergehend ist und dass du die feste Adresse nachliefern wirst. Ist es nicht phantastisch, dass wir in die Welt hinausfahren können? Denk nur, was wir alles sehen werden! Und an das Geld!«

»Werden wir da schlafen? In Vilnius?«

»Ja. Aber nur eine oder zwei Nächte. Liudvikas muss vorher noch allerlei erledigen. Du musst um fünf Uhr am Fluss sein, da, wo die Straße aufhört. Wir warten nicht länger als bis Viertel nach.«

Dorte war noch niemals ohne die Mutter und Vera irgendwo gewesen. Es kam ihr nicht ganz richtig vor, jetzt, wo es ernst wurde. Aber sie war fast sechzehn. Und zwei, drei Monate vergingen doch schnell. Zu Weihnachten wäre sie wieder zu Hause. Für den Anfang musste sie sicher mit Heimweh rechnen. Oder würde alles so spannend sein, dass sie dafür keine Zeit hätte? Ihr Vater wäre sicher stolz darauf gewesen, dass sie sich traute.

Sie hatte Glück. Am nächsten Tag ging die Mutter zum Putzen ins Pfarrhaus. Diese Arbeit dauerte immer fast den ganzen Tag. Vera war am Vorabend ausgegangen und hatte bei einer Freundin übernachten wollen. Als Dorte fragte, bei welcher, hatte Vera nur stumm mit den Schultern gezuckt. Etwas war zwischen die Schwestern getreten. Etwas Fremdes. Als ob sie nicht mehr dieselbe Sprache sprächen, oder als hätten die Mutter und Vera Vereinbarungen getroffen, über die sie Dorte nichts erzählten. Keine von beiden sah froh dabei aus.

Am Morgen war das Gebet der Mutter nicht so wie sonst. Die innige Vertraulichkeit war verschwunden. Ihre Stimme war leise. Als spreche sie mit jemandem, den sie nicht so gut kannte. Oder vor dem sie ihre Gedanken verbergen wollte. Dorte dachte, es sei wohl an der Zeit für sie selbst, erwachsen zu werden.

Dorte packte den kleinsten Koffer, den sie hatten. Der war alt und hatte vor langer Zeit dem Vater gehört. Seitdem sie Weißrussland verlassen hatten, war er nicht mehr benutzt worden. Sie nahm nur das Allernötigste, wie Nadia gesagt hatte. Dann schob sie ihn weit unter das Bett, für den Fall, dass Vera unerwartet zurückkäme, und suchte Kleinigkeiten heraus, die sie mitnehmen wollte. Den Pass. Sie dachte an die große Mühe, die es der Mutter bereitet hatte, die Wohngenehmigung für Litauen zu bekommen, die litauische Fassung ihres Namens registrieren und für Vera und Dorte, die noch so jung waren, eigene Pässe ausstellen zu lassen. Der graue Elefant mit den rosa Ohren, den sie von Nikolai bekommen hatte, musste mitkommen. Der saß immer in ihrem Bett. Und das Buch, in dem sie schrieb. Vor dem Tod des Vaters hatte sie auch gezeichnet. Blumen und den Gang der Jahreszeiten. Drei volle Kladden lagen in ihrer Schublade. Nach dem Tod des Vaters hatte niemand sie sich mehr angesehen.

Die liebsten Bücher wurden in einem Schrank mit Glas in der Tür aufbewahrt. Aus einigen hatte der Vater laut vorgelesen. Eine nervöse Unruhe ließ Dorte in Schweiß ausbrechen. Sollte sie ein Buch mitnehmen? Eins, das sie wieder und wieder lesen könnte? Ihr Blick fiel auf Tolstois »Anna Karenina«. Der Vater hatte es vorgelesen, als Dorte zwölf gewesen war. Danach hatte er versucht, darüber zu sprechen, wohin es führen könnte, wenn die Familie alles bestimmte, aber Vera hatte so schrecklich geweint. Die Mutter hatte die Geschichte schon gekannt und sich nicht rühren lassen. Sie hatte nur bereut, dass er aus einem Erwachsenenbuch vorgelesen hatte – wo Vera doch so empfindsam war!

Dorte packte das dicke Buch und legte es in den Pappkoffer.

Sie musste sich ungesehen aus dem Haus schleichen, ehe die anderen zurückkamen. Sie packte ein wenig Proviant ein und rechnete mit einem Tag am Flussufer, an ihrer und Nikolais geheimer Stelle. Am Ende schrieb sie einen Brief und legte die Adresse in Vilnius bei. In dem Brief bat sie die Mutter, ihr zu vergeben, dass sie die Armbanduhr des Vaters mitnahm, um einen Überblick über die Zeit zu haben, und schrieb, dass sie sie beide liebte. Sie versprach, sparsam zu leben und Geld nach Hause zu schicken. Aber sie schrieb nicht, dass sie so schrecklich viel verdienen würde. Das wäre nicht sinnvoll, denn dann würde die Mutter begreifen, dass sie ins Ausland gefahren war. Sie hatte dasselbe Gefühl wie damals, als sie so weit auf den Fluss hinausgeschwommen war, dass sie den Boden nicht sehen konnte.

Wenn der Vater bei ihr gewesen wäre, hätte er von fabelhaftem Reisewetter gesprochen. Sie hatten, als er noch lebte, oft kleine Ausflüge mit dem Zug gemacht. Hatten an neuen Bahnhöfen gehalten und sich neue Orte angesehen. Und einen Proviantkorb bei sich gehabt. Aber sie waren immer nur so weit gefahren, dass sie abends wieder zu Hause sein konnten. Die Mutter quengelte, sie sollten Regensachen mitnehmen. Und der Vater gab stets dieselbe Antwort: Es sei fabelhaftes Reisewetter. Das Wort »fabelhaft« schmeckte für Dorte nun immer nach Papa und dem Proviantkorb. Sie fragte sich, was er dazu gesagt hätte, dass sie nur mit ein wenig Essen und ohne Regensachen losfuhr, um Geld zu verdienen und die Welt zu sehen. Sie zog die Schuhe aus, um sie zu schonen, und ging barfuß über den Weg durch das Wäldchen hinter dem Haus. Hier sah sie sicher niemand. Und wenn doch, so wusste doch niemand etwas.

Sie setzte sich in den Schatten unter der alten Ulme. Die war ein flimmerndes grünes Dach. Auf beiden Seiten stand das Gestrüpp wie beschützende Wände. Lilien, Nikolais und ihre Lilien, standen noch immer am Ufer. Einige Blumen ließen die Köpfe hängen. Andere waren noch frisch, als ob sie sich alle Mühe gäben und Dorte eine gute Reise wünschen wollten, ehe sie starben.

Dorte brauchte erst um kurz vor fünf zu dem vereinbarten Treffpunkt aufzubrechen. Die Zeit verging weder schnell noch langsam. Aber ihr Herz arbeitete schwer – fast die ganze Zeit. Sie teilte sich ihren Proviant in drei Portionen ein und trank dazu Wasser. Zweimal hörte sie, wie Autos auf dem grasbewachsenen Weg nur zweihundert Meter weiter hielten. Immer schaute sie dann auf die Uhr, auch wenn sie das eben erst getan hatte. Die Uhr war groß und schwer. Die Zeiger bewegten sich entsetzlich langsam. Das Metallarmband war zu weit für Dorte, deshalb zog sie es bis unter den Ellbogen, damit es richtig saß.

Endlich war es an der Zeit, zur Straße hochzugehen. Als sie fast eine Stunde gewartet hatte, fuhr ein kleiner grauer Audi in hohem Tempo auf den Wendeplatz und presste zwei tiefe Streifen in das Gras, ehe er vor Dorte zum Stehen kam. Zuerst glaubte sie, es sei der falsche Wagen, denn Nadia saß nicht darin. Dann erkannte sie Liudvikas. Den anderen Mann hatte sie noch nie gesehen.

»Hallo! Da bist du ja! Spring hinten rein«, sagte Liudvikas und stieg aus, um ihr mit dem Koffer zu helfen.

»Wo ist Nadia?«, fragte Dorte unsicher.

»Die kommt schon noch. Beeil dich jetzt. Wir kommen schon ein wenig zu spät!«

»Wozu denn?«, fragte sie und setzte sich vorsichtig auf den glühend heißen Autositz. Sie hatte das Gefühl, in ein Feuer zu steigen. Die Luft stand vor Zigarettenrauch und Staub.

»Verabredungen, junge Dame. Verabredungen!«, lachte Liudvikas. Er war wie sonst und doch nicht wie sonst. Dorte wusste nicht, worin der Unterschied zur ersten Begegnung lag. Vielleicht war es seine Stimme. Der andere Mann roch irgendwie süßlich, faulig.

Kaum hatte Dorte die Tür geschlossen, da ließ Liudvikas den Motor aufheulen und bretterte in hohem Tempo auf die Straße.

Die Fenster vorn waren halb geöffnet. Als sie die Hauptstraße erreicht hatten, legten Staub und Rauch sich Übelkeit erregend um Dorte.

»Kann ich hier hinten das Fenster aufmachen?«, fragte sie.

»Das klemmt irgendwie. Du musst warten, bis wir halten«, antworte Liudvikas.

Sie sagte sich, so sei es eben! Die Welt zu erleben brachte alles Mögliche mit sich. Den Nacken des Fremden zum Beispiel. Seine Haare hatte er sich in dieser Woche sicher noch nicht gewaschen. Und vielleicht auch nicht in der vorigen. Anfangs wartete sie darauf, dass er sich vorstellte, dann begriff sie, dass er das nicht tun würde. Die Mutter sagte immer, es sei wichtig dafür, mit wie viel Respekt man rechnen könnte, dass man gute Erziehung zeigte. Dieser hier hatte offenbar nicht gelernt, dass man sagen musste, wer man war, wenn man mit anderen zusammen im Auto saß.

»Entschuldigung, ich heiße Dorte. Wer sind Sie?«, fragte sie durch den Motorenlärm. Er drehte sich rasch um und grinste, sagte aber nichts. Vielleicht ist er nicht ganz richtig im Kopf, dachte sie und machte keinen weiteren Versuch.

»Das ist Makar«, sagte Liudvikas nach einer Weile. »Er fährt mit uns. Tut und macht.«

»Tut und macht?«

»Ja, so eine Reise läuft ja nicht ganz von selbst, weißt du.«

»Nein, natürlich nicht«, sagte sie und hoffte, dass die anderen sie nicht für dumm hielten.

Viel später, nachdem sie an einer Tankstelle gehalten und eine Tüte mit etwas zu essen gekauft hatten und nachdem Liudvikas vergeblich versucht hatte, das hintere Fenster zu öffnen, klingelte sein Telefon. Er fischte es aus der Tasche und fuhr dabei eine so scharfe Kurve, dass Dorte, mit dem Magen im Hals, platt in den Sitz gedrückt wurde.

»Scheiße! Aber von mir aus. Okay. Mir doch egal!«, sagte

Liudvikas in das Telefon, dann ließ er es zwischen die Sitze fallen, ohne auf Wiederhören zu sagen.

»Nadia kann ihren Pass nicht finden. Kommt nach, wenn sie einen neuen hat. Mit der gibt es immer nur Ärger«, sagte Liudvikas ganz ruhig. Als habe er es die ganze Zeit gewusst.

Eine schwarze Unruhe riss an Dortes Herz. Sie konnte sich nicht vorstellen, die Reise ohne Nadia zu machen.

»Immer verschusselt sie ihre Sachen. So bist du doch hoffentlich nicht?«

»Ich weiß nicht ...«

Der Nacken dieses Makar wurde zu einem fettigen Haarklumpen. Jemand hatte ihn aus einem riesigen Abfluss gezogen und ins Auto gehängt, damit Dorte nicht aus dem Fenster schauen könnte. Der Geruch im Auto wurde nicht nur unangenehm, sondern unerträglich.

»Ich kann nicht ohne Nadia fahren«, sagte sie unglücklich.

»Natürlich kannst du«, sagte Liudvikas.

»Natürlich kannst du«, kam es wie ein Echo von Makar. Es war das erste Mal, dass er etwas zu ihr sagte.

»Nein!«, erwiderte Dorte mit fester Stimme. »Ich will zurück!«

»Und wie stellst du dir das vor? Glaubst du vielleicht, wir werfen einen ganzen Tag weg, nur weil du plötzlich nach Hause zu Mama willst?«, fragte Liudvikas mit einer Stimme, die er bisher noch nicht benutzt hatte. Er hatte überhaupt keine Ähnlichkeit mehr mit sich. Im Lokal war er ganz anders gewesen.

»Ich kann den Zug oder den Bus nehmen«, sagte Dorte, aber im selben Moment fiel ihr ein, dass sie nur ganz wenig Geld bei sich hatte. Alles sollte doch von selbst gehen, wenn sie mit Liudvikas unterwegs waren.

»Keine Sorge. Nadia kommt in ein paar Tagen. Mach da hinten ein Nickerchen, dann siehst du alles nicht mehr so schwarz.

Du wirst bald noch andere Mädchen kennenlernen. Vielleicht schon morgen.«

»Wen denn?«

»Bekannte von uns.«

Nicht das, was sie sagten, ließ das schwarze Loch in Dortes Kopf noch größer werden, sondern wie sie einander ansahen, während Liudvikas redete. Sie registrierte nur das kurze, rasche Zwinkern im Rückspiegel. Aber diese Blicke fraßen sich in ihr Gehirn. Die Männer benahmen sich, als ob Dorte nicht da sei, oder, schlimmer noch, als sei es ihnen egal, dass sie da war. Als sei sie ein »Niemand«, der weder hörte noch sah. Sie schwitzte. Es war erstickend heiß im Auto, und sie biss die Zähne zusammen, als die zu klappern anfingen. Die Landschaft flog vorbei wie eine zusammenhängende Übelkeit, und die Köpfe der beiden da vorn machten alles noch schlimmer. Liudvikas' Gesicht, das sie ab und zu im Profil sah, schien aus schwarzer Pappe ausgeschnitten und direkt vor den grauen Himmel gehängt worden zu sein. Makar hatte sich den Nacken tätowiert. Anker, Herz und einen undeutlichen Kringel. Das sollten sicher die Symbole für Glaube, Liebe und Hoffnung darstellen. Seine Mähne lag wie eine grauweiße Krankheit in Dortes Blickfeld.

Das ist nur, weil du noch nie in die Welt hinausgereist bist, zwang sie sich zu denken. Es war vernünftig, so zu denken. Aber es half nur sehr begrenzt. Nach einigen Kilometern schaute Liudvikas sich um und zeigte ihr seine weißen Zähne. Aber jetzt konnte sie dieses Lächeln nicht erwidern. Er war sauer und machte keinen weiteren Versuch. So ging die Fahrt weiter.

Sie hielten an einer Straßenkreuzung, einem kleinen Ort mit einer Tankstelle. Als Dorte fragte, ob das Vilnius sei, lachten die Männer. Als sei sie ein Wesen in einem Käfig, das man beobachten und über das man lachen könnte. Sie beschloss, dafür zu sorgen, dass sie nicht zu mehr Gelächter Anlass gab als unbedingt nötig. Als sie von der Toilette kam, stand Makar vor der

Tür, als habe er auf sie gewartet. Das war nicht nötig, denn sie wusste sehr wohl, wo der Audi stand, und es gab ihr das scheußliche Gefühl, überwacht zu werden. Es war jetzt dunkel. Abgesehen von den erleuchteten Fenstern in den um die Tankstelle gelegenen Häusern und den Scheinwerfern der auf beiden Straßen vorüberjagenden Autos war alles schwarz unter dem ein wenig helleren Himmel mit orangefarbenen Einsprengseln im Westen. Der Mond war eine blanke Rübe, von der jemand ein Stück abgeschnitten hatte.

Als sie an einigen Häusern vorbeifuhren, sehnte Dorte sich danach, hinter einem der Fenster zu sein. Es machte nichts aus, dass die Leute Fremde waren. Denn dort, unter den Lampen, lebten die Menschen ganz ruhig und normal. Sie kannten einander. Sie mussten nicht wegfahren. Sie mussten nirgendwohin. Sie taten normale Dinge, ohne Angst zu haben. Lasen ein Buch. Aßen zu Abend und sprachen darüber, was sie erlebt hatten. Wie Vera und Dorte und die Mutter es sonst machten. Was taten die beiden jetzt? Sie hatten den Brief gelesen und machten sich Sorgen. Aber sie hatten einander.

Dorte ging auf, dass dies eine der größten Herausforderungen dabei war, wenn man in die Welt hinausreiste: zu wissen, dass man allein war. Aber ohne das zu überwinden, würde man niemals etwas ausrichten können. So war es einfach. Wenn man sich erst daran gewöhnt hätte, würde man anders denken. Alles würde leichter. Besser. Man könnte sich über das freuen, was man sah, über die Menschen, denen man begegnete. Wenn sie erst in Schweden wären und Dorte mit der Arbeit anfangen könnte, würde sie nicht den ganzen Tag mit diesen beiden Männern in einem Auto sitzen müssen. Im Gegenteil! Sicher würde sie überhaupt nichts mehr mit ihnen zu tun haben. Jetzt galt es nur weiterzukommen. Anzukommen.

Wände aus Tannen auf beiden Seiten. Autoscheinwerfer jagten über den weißen Streifen und fegten über gelbe Gräser und

Sträucher. An einer Stelle leuchteten sie das Schild einer Bushaltestelle an. An einer anderen eins, das vor Elchen warnte. Liudvikas fluchte, als ein mit Holz beladener Lastwagen vor ihnen auftauchte. Als er den überholt hatte, lachte er laut und schlug mit der Faust auf das Lenkrad, dass die Hupe nur so aufschrie.

Nach einer Weile ging Dorte auf, dass sie Vilnius erreicht hatten. Auf beiden Seiten der Straße brannten Laternen, und überall standen Häuser. Verkehr. Sie fuhren auf eine Wand aus hoch aufragenden Blocks zu und hielten vor einem. Dunkle Bäume warfen Schatten über den Platz. Viele Wohnungen waren dunkel, in anderen brannte Licht, und auf den verglasten Balkons standen Plastikblumen. Einige Fensterscheiben waren zerbrochen. An einer Stelle war das Fenster mit einer bunten Decke verhängt worden. Die Leute in der Nachbarwohnung hatten das Gitter vor dem Balkonfenster grün angestrichen. Als ob sie sich etwas anderes wünschten.

Liudvikas führte sie mehrere Etagen hinauf und schloss eine Tür ohne Namensschild auf.

»Werden wir hier auf Nadia warten?«, fragte Dorte.

»Nein, hier kannst du ganz umsonst wohnen, während ich mich um Papiere und Fahrkarten kümmere. Morgen ist sicher alles fertig. Aber ich brauche deinen Pass.«

»Können wir nicht zusammen dahin gehen, wo es die Fahrkarten gibt? Muss ich das nicht selbst machen?«

»Nein, das übernehm ich schon. Dann geht es schneller.«

Aus der Wohnung schlug ihr ein stickiger Geruch nach Staub und Schweiß entgegen. Als Liudvikas das Licht anknipste, sah sie mitten auf dem Boden ein Paar abgenutzte Fußballschuhe und einen Fußball. Die kleine Diele war vollgestopft mit Kleidern und allem möglichen Kram.

»Wer wohnt denn hier?«, fragte Dorte.

»Ein Bekannter von Makar. Hast du deinen Pass? Ich muss

mich beeilen. Ich muss jemanden treffen, und ich bin schon spät dran.«

»Soll ich … werde ich ganz allein hier wohnen?«

»Ja. Aber später werdet ihr zu mehreren sein. Die ganze Zeit. Du wirst nicht allein sein. Nicht doch!« Er zeigte die Zähne, aufmunternd. Fast freundlich. War fast wieder so wie bei ihrem Treffen mit Nadia. Trotzdem konnte sie nicht lächeln, sie zog nur ihren Pass hervor. Er riss ihn an sich und verstaute ihn grunzend in seiner Jackentasche.

»Gibt's hier etwas zu essen?«, fragte Dorte.

Er ging wortlos an ihr vorbei zu einer Art Kochnische. Öffnete einen Kühlschrank. Im Licht zeigte sich, dass etwas vorhanden war. Liudvikas stieß einen triumphierenden Pfiff aus und machte eine Handbewegung. Auf dem Küchentisch lag ein Stück Brot ohne Papier. Dorte hob es auf. Es war nicht von diesem Tag und roch nicht gerade nach Nikolai.

»Okay?«, fragte er.

Sie gab keine Antwort. Erst als er fort war, ging ihr auf, dass sie sich in einer fremden Stadt befand und nicht wusste, wo. In einer fremden Wohnung, ohne zu wissen, wem die gehörte. Oder wie lange sie dort bleiben würde. Und dass sie vergessen hatte, sich einen Schlüssel geben zu lassen; sie würde nicht mehr in die Wohnung hineinkommen, wenn sie ausgehen wollte. Sie lief zur Tür, um hinter Liudvikas herzurufen. Die Tür ließ sich nicht öffnen! Seine Schritte verhallten, lange, ehe ihr klarwurde, dass sie einen Schlüssel brauchte – auch um die Tür von innen zu öffnen. Sie war eingesperrt! Aber das war ihm sicher nicht bewusst. Er schien auch zum ersten Mal hier gewesen zu sein.

Ein Gefühl von Unwirklichkeit überkam sie, und sie lehnte sich an die Wand. Es war wie ein bedrohlicher Traum, aus dem sie nicht erwachen konnte. Sie sagte sich, alles liege daran, dass sie so müde war und dass sie noch nie allein gewesen war. Dann riss sie sich zusammen, hängte ihre Jacke über einen Stuhl und sah sich in der Wohnung um. Die bestand aus einem Zimmer sowie einem winzigen Badezimmer mit einer braunfleckigen Toilettenschüssel. Sie zog ab und wusch sich die Hände. Alles war abgenutzt und alt. Aber das spielte keine so große Rolle. Schlimmer war der Gestank. Als sie die drei vorhandenen Lampen einschaltete, sah sie, dass hier schon lange nicht mehr saubergemacht worden war. Sie suchte in den Schränken nach Bettzeug, fand aber nur allerlei Kram, Sportausrüstung, verdreckte Turnkleidung, Dosen und leere Flaschen. Das ungemachte Schlafsofa wies Flecken von jemandem auf, der dort geschlafen hatte, und das Kissen hatte in der Mitte eine tiefe Furche.

Sie versuchte, das Fenster zu öffnen. Zuerst ging das kaum. Dann sprang es einen Spaltbreit auf. Es schien noch nie geöffnet worden zu sein, und deshalb würde es wohl schwierig werden, es wieder zu schließen. Aber es strömte Luft herein. Schwüle, fette Stadtluft und Verkehrslärm. Tief unten gab es Menschen, die redeten und lachten.

Sie schnitt eine Scheibe Brot ab. Das Brot hatte innen einen grauweißen Kern, der wohl essbar wäre, wenn sie die Kruste abschnitt. Im Kühlschrank fand sie eine Packung Butter, die zum Glück noch ungeöffnet war. und eine Büchse mit etwas, das sich als Thunfisch entpuppte. Er schmeckte nach altem Papier und Öl. Sie aß im Stehen und versuchte, an das letzte Mal zu denken, als Nikolais Mutter ihr etwas serviert hatte. Und als das nicht half, dachte sie an den Duft von Nikolai am letzten Abend am Fluss.

Sie vermied es, das schmutzige Bettzeug anzusehen, und holte sich den Mantel, den sie mitgenommen hatte. Dann putzte sie sich die Zähne, breitete den Mantel über dem Bett aus, legte sich in Hose und Bluse hin und deckte sich die Jacke über die Beine. Die Schuhe ließ sie neben dem Sofa stehen, sie wollte in dieser Wohnung nicht barfuß laufen.

Als sie das Licht gelöscht hatte und aus dem Fenster starrte, auf einen Flecken dunklen Himmel und auf die Lichter der hohen Häuser überall, dachte sie an die Mutter und an Vera. Die schliefen sicher schon. Sie dachte an den Duft von an der frischen Luft getrockneter Bettwäsche. An das Sprengwasser mit dem leichten Lavendelduft, das die Mutter benutzte, und den schlafenden Atem im Zimmer, wenn sie ein seltenes Mal als Letzte einschlief. Veras ruhige, leichte Züge. Die ab und zu unregelmäßigen der Mutter, die in ängstliches Schnarchen umschlagen konnten. Sie schien ihre Sorgen mit in den Traum zu nehmen und tief unten in ihrem Hals mit sich selbst eine Art Diskussion zu führen. Wenn die Diskussion zu laut wurde, drehte die Mutter sich blitzschnell auf die andere Seite. An diesem Abend hatte sie sicher Gott gebeten, Dorte zu beschützen.

Sie faltete die Hände und hörte ihre Stimme in dem fremden Raum, in der fremden Stadt mit den fremden Geräuschen.

»Liebe Maria, Mutter Gottes, ich weiß nicht, wie ich anfangen soll, aber wenn Mama gewusst hätte, dass ich wegfahren würde, dann hätte sie sicher gesagt, ich sollte daran denken zu beten. Ich weiß nicht, ob du findest, dass ich erwachsen und würdig genug bin. Aber es gibt etwas, worüber ich schon lange mit dir sprechen wollte. Und zwar, wo Papa geblieben ist. Ich weiß natürlich, dass er sterben musste, aber ich weiß nicht, wo er jetzt ist. Denn er hat doch nicht gebetet. Vielleicht hat er das lautlos in Gedanken getan. Aber er hat uns niemals an seinen Gebeten teilhaben lassen, so wie Mama das macht. Wenn Mama stirbt, dann werden wir wissen, dass sie alles mit dir besprochen hat. Aber Papa hat seine geheimsten Gedanken für sich behalten, auch wenn er die ganze Zeit mit uns gesprochen hat. Zum Beispiel weiß ich nicht, ob es ihm gefallen hätte, dass ich nach Schweden fahre, mit Leuten, die ich nicht kenne, nur weil wir das Geld brauchen. Es gibt Dinge, die ich nicht erfahren kann, wenn du mir in deiner Güte nicht ein Zeichen gibst. Verstehst du, ich wünsche mir so sehr, dass Papa stolz auf mich ist. Ich habe noch nie allein in einem Zimmer geschlafen. Ich kann mich nicht freuen, auch wenn ich den großen Entschluss gefasst habe, in die Welt zu ziehen, um erwachsen zu werden und Geld zu verdienen. Bitte Gott, so lieb zu sein und Nikolai zu beschützen. Und Mama und Vera! Gib ihnen gute Gedanken, damit sie keine Angst um mich haben. Amen!«

6

»Wir fahren zu einem richtigen Luxushaus«, versprach Liudvikas. »Groß! Viele Zimmer! Riesige Salons und eine Sauna. Da lernst du dann noch andere kennen. Jedenfalls eine junge Russin.«

Er pfiff. Es klang nicht direkt falsch, aber auch nicht beruhigend. Die Wörter, die Fragen, auf die sie sich eine Antwort wünschte, brachte sie nicht heraus. Sie hätte ihm erzählen können, dass sie nicht mit Fremden in die Sauna ging. Aber das würden sie schon merken, wenn sie eben nicht hinginge. Solche Dinge mussten ja nicht unbedingt ausgesprochen werden. Überhaupt sprachen sie nicht miteinander. Auch die beiden Männer nicht. Makar war offenbar keiner, der allzu viel sagte. Er hatte feuchte Hände gehabt, als er sie um die Taille gefasst hatte, ehe sie ins Auto gestiegen war. Seine Finger hatten ihren bloßen Unterarm gepackt, als sie sich losgemacht hatte. Sie riss den Arm zurück und stieg ganz schnell ins Auto. Er lachte. Das Lachen lag noch für mehrere Kilometer über der Landschaft. Stärker und stärker. Bis ihr klarwurde, dass sie die Zähne so fest zusammengebissen hatte, dass sie sie kaum jemals wieder würde öffnen können.

Wenn ich nicht aufhöre, mich vor allem Möglichen zu fürchten, dann kann ich auch gleich wieder nach Hause fahren, dachte sie. Sie hatte zwar kein Geld, aber sie könnte Nikolais Mutter anrufen und sie bitten, der Mutter zu sagen, dass sie leider Geld für die Busfahrkarte brauchte. Geld konnte man schicken. Nur hatte gerade das Fehlen von Geld sie zu dieser Reise gebracht, deshalb war es schändlich, dass sie daran dachte, ihre Mutter mit einer solchen Bitte zu quälen. Vera würde recht in dem behalten, was sie oft sagte, dass Dorte eine verwöhnte und viel zu behütete Göre sei.

Der Vater hätte ihr empfohlen, sich an die Welt zu gewöhnen. Hätte in seinem Sessel gesessen und das gesagt. Ganz sachlich, ohne Verärgerung. »Man muss die Welt so nehmen, wie sie ist, und das Beste daraus machen.« Alle Menschen mussten das, dachte sie. Sonst konnte man nichts ausrichten, sondern war immer abhängig von anderen. Davon hatte sie nicht geträumt. So hatte es ihr Vater sich nicht vorgestellt, als er Pläne für sie geschmiedet und sie gebeten hatte, zu lesen und zu lernen. Als Vera einmal über etwas geweint hatte, das er vorgelesen hatte, hatte der Vater sie damit getröstet, das sei doch nur Dichtung. Aber als sie fragte, ob die Wirklichkeit besser sei, schüttelte er lächelnd den Kopf: »Man muss sich auf das Schlimmste vorbereiten und gleichzeitig das Vertrauen zu den Menschen behalten.«

Aber ihr hatte doch niemand etwas getan. Makar wollte sicher nur nett sein, er konnte nichts dafür, dass er feuchte Hände hatte und vermutlich nicht gerade klug war. Wenn sie Nikolais Hände gespürt hätte, dann wäre sie ganz still stehen geblieben und hätte nicht gemerkt, dass sie feucht waren. Vielleicht hätte sie sich sogar an ihn gelehnt. Dann hätte er sie fester gefasst und sie enger an sich gezogen. So war es zwischen ihnen. Jetzt lief er jeden einzelnen Tag mit duftenden warmen Händen durch Kaunas, und Dorte konnte sie nicht spüren.

Später am Nachmittag wurden die Schatten lang und lagen wie träge Kegel vor Bäumen und Häusern. Die Landschaft trug einen grünen, gelben und ockerfarbenen Samtbezug, und der Osthimmel war rot. Sie hatten die Hauptstraße verlassen und fuhren durch einen Wald. Nichts als Bäume auf beiden Seiten. Keine Dörfer oder Kirchtürme, keine Felder oder Scheunen.

Sie dachte, dass sie ihren Pass zurückverlangen müsste, aber sie fand einfach keine Gelegenheit dazu. Es brachte nichts, darum zu bitten, wenn Liudvikas sich auf das Fahren konzentrieren musste. Sie hatte Hunger und Durst, denn wegen des trockenen alten Brotes hatte sie das Frühstück ausfallen lassen. Aber die Männer würden sich sicher belästigt fühlen, wenn sie klagte. Und hier schien es auch nichts zu geben, wo sie etwas zu essen kaufen könnten.

»Ist es noch weit?«, fragte sie nach einer Weile.

»Noch ein paar Kilometer.« Makars Antwort schnellte empor wie ein Springteufelchen. Aber es war ja schön, dass er etwas sagte. Ihre Erinnerung an sein Lachen ließ nach, als sie weiterfuhren. Die Sprechstimme war in jedem Fall besser.

»Mein Pass, Liudvikas? Sie dürfen nicht vergessen, ihn mir zurückzugeben«, sagte sie schnell. Zu schnell.

»Ganz ruhig. Den behalte ich, bis wir auf die Fähre gehen. Besser, ich zeige ihn zusammen mit der Fahrkarte vor. Wir haben eine Gruppenkarte. Das ist billiger«, antwortete Makar.

Sie hatte nicht geahnt, dass er den Pass haben könnte. Aber sie konnte nichts dagegen machen. Es war offenbar er, der sich um die Fahrkarten kümmerte. Luidvikas drehte laute Musik an, und Dorte stellte keine weiteren Fragen. Der Durst bohrte Löcher in ihren Hals. Fuhr mit einem schmalen, biegsamen Besen den ganzen Weg von ihrem Magen nach oben.

»Ich hätte gern etwas zu trinken«, rief sie schließlich.

»Wir auch«, brüllte Liudvikas fast gutmütig zurück. »Aber wir sind bald da.«

Als die Dunkelheit die Erde bedeckte und der Himmel wie ein unerreichbares lila Fenster darüberlag, tauchte am rechten Straßenrand ein Zaun auf. Es war noch immer Wald, aber es war ein wenig leichter, den Blick darauf ruhen zu lassen, weil es Laubbäume waren. Zuletzt hatte Dorte mit der Übelkeit gekämpft, weil die beiden da vorn so viel rauchten und weil sie nicht einmal die Fenster geöffnet hatten. Alles zog zu ihr nach hinten. Einmal hatte sie sie höflich gebeten, nicht so viel zu rauchen, aber Makar war so gereizt gewesen, dass sie verstummt war. Sie versuchte, nicht daran zu denken, wie wenig sie ihn leiden konnte. Aber das half nichts.

Endlich fuhr Liudvikas auf einen gekiesten Hofplatz, der auf drei Seiten von Häusern umstanden war. Die Dunkelheit legte sich wie ein feuchtes Kleidungsstück über Dorte, als sie ausstieg. Nach der Hitze und der schlechten Luft im Auto kam ihr alles kühl vor. Es roch würzig nach Wald und Erde. So stark, dass sie gern geweint hätte. Endlich würde sie etwas zu trinken bekommen!

Plötzlich zerriss grobes Hundegebell die Stille. Ein schwarzer Hund kam um die Ecke gerannt und hielt genau auf Dorte und die Männer zu. Dorte hatte noch nie einen so großen Hundekopf gesehen. Einen so riesigen Schlund. Sie schluckte ihr Herz hinunter und saß im Auto, ehe sie nachdenken konnte. Als sie die Tür zugeschlagen hatte, tauchte auch schon der Hundekopf mit offenem geifernden Schlund im Fenster auf. Das Geräusch stammte von einem ausgehungerten Ungeheuer. Zum Glück überlegte es sich die Sache anders und rückte zum Fenster an der Fahrertür weiter. Offenbar wollte es zuerst Liudvikas verschlingen. Die groben Krallen kratzten im Autolack, und der rote Schlund öffnete sich immer wieder und zeigte die scharfen Zähne. Schäumender Geifer stob aus dem Schlund auf.

Die Haustür wurde aufgerissen, und ein Mann trat auf die Treppe und rief mit gebieterischer Stimme. Der Hund gab beim dritten Ruf auf und trottete schwanzwedelnd zu dem Mann hinüber. Dort ließ er sich anbinden und gähnte dabei.

»Verdammt, was für ein Untier!«, rief Liudvikas mit leichtem Zittern.

»Hier kommen keine Unbefugten rein«, meinte Makar und lachte wieder sein Lachen.

Die Männer stiegen aus, Dorte aber blieb sitzen.

»Komm!«, sagte Makar, als sie den Kofferraum geleert hatten.

»Ich trau mich nicht! Nicht, solange der Hund da ist.«

Die Männer gingen die Treppe hoch und redeten mit dem, der dort stand. Zeigten auf Dorte und lachten. Wieder hatte sie das Gefühl, eine zu sein, die nicht mitgezählt wurde. Dieses Lachen. Ihr ging auf, dass sie nicht an das Lachen von Männern gewöhnt war.

Der Mann auf der Treppe lachte nicht. Er verschwand mit dem Hund hinter dem Haus. Dorte wartete noch eine Weile, aber als Liudvikas ungeduldig winkte, stieg sie zögernd aus und lief dann die Treppe hoch. Wieder umfing sie die kühle Luft. Ihre Kleider, die so lange an ihrem Körper geklebt hatten, ließen los. Die Haut wurde befreit vom Autogefängnis und dem widerlichen Sitz und genoss die Kühle.

Sie betraten eine große dunkle Diele mit Tierköpfen und Schusswaffen an den Wänden und einem riesigen verrußten Kamin an einer Seite. Mitten in diesem Raum führte eine breite Treppe in den ersten Stock. Es roch wie immer in Häusern, in denen eigentlich niemand wohnt. Gelbbraune Lampenschirme an schmiedeeisernen Armen und schwere dunkle Möbel an den Wänden. Es gab keine Fenster, nur eins in der doppelten Haustür.

Sie wurden in eine Küche geführt, in deren Mitte ein langer Tisch stand. Zwei junge Frauen, vielleicht ein wenig älter als Dorte, und ein Mann mit verschlafenem, welkem Gesicht saßen beim Essen. In der Luft lag der Dunst von Pizza und Bier und der scharfe Geruch von kalter Asche. Und von etwas anderem, wie parfümierten Zigaretten. Dorte hatte das gleiche Gefühl wie dann, wenn sie eine Kirche betrat, in der die Menschen einander nicht kannten und sich auch nicht füreinander interessierten, sondern die Sache nur hinter sich bringen wollten. An der einen Wand, über einer langen Anrichte, ragten zwei hohe Fenster auf wie schwarz angestrichene Spiegel.

Der Mann, der den Hund weggebracht hatte, wies ihnen Plätze am Tisch zu. Er hatte Dorte nicht begrüßt. Jetzt nickte er der einen Frau gebieterisch zu. Sie hatte schöne dunkle Haare und einen großen roten Mund. Ihre Augen waren halb geschlossen, als sei sie kurz vor dem Einschlafen. Aber sie stand gehorsam auf und holte wortlos drei Teller und drei Gläser. Nachdem sie die auf den Tisch gestellt hatte, setzte sie sich wieder auf ihre Stuhlkante. Niemand hatte guten Abend gesagt oder zum Gruß die Hand gereicht. Alle sahen die Neuankömmlinge misstrauisch an, als wären die gekommen, um ihnen etwas wegzunehmen. Vielleicht waren sie böse, weil vor dem Eintreffen der anderen etwas vorgefallen war, oder verärgert, weil ihre Mahlzeit unterbrochen wurde.

Dorte griff nach ihrem Glas und ging zögernd zum Spülbecken, um es zu füllen. Alle sahen ihr dabei zu, abgesehen vom Hundemann. Der starrte einfach durch sie hindurch. Seine Pupillen waren Nadeln. Sie kehrte ihm den Rücken zu und ließ das Wasser laufen, bis es kalt wurde, ließ es ins Glas fließen, bis es überlief. Ihre Hände zitterten wie Fetzen im Wind. In diesem Moment wurde ihr klar, dass sie sich vor etwas fürchtete, von dem sie nicht wusste, was es war, und in ihrem Kopf entstand eine Art Lähmung. Aber sie fasste das Glas mit beiden Händen und trank gierig und mit dem Rücken zu den Augen.

Der Vater saß in seinem Sessel und schloss das Buch über die Macht des Geistes, legte die Brille auf den Tisch und strich sich über die Augen. »In manchen Stammesgesellschaften beschwört der Medizinmann den Geist derer, die er nicht leiden kann, in eine Puppe. Dann sticht er Nadeln hinein, um diese Leute zu verletzen oder umzubringen.«

Dorte drehte sich um. Die Männer starrten sie an, die Mädchen schlugen die Augen nieder.

»Setz dich und iss!«, sagte der Hundemann auf Russisch. Seine Stimme war tief und gebieterisch, als wolle er die Mahlzeit hinter sich bringen. Als meine er, Dorte könne jetzt bald mit dem Abwasch beginnen.

Die anderen Mädchen starrten ihre Teller an. Dorte sehnte sich danach, dass jemand etwas ganz Normales sagte. Am liebsten etwas, worüber man lachen könnte. Aber niemand sagte etwas. Alles auf der Welt, worüber man lachen könnte, war verschwunden. Sie konzentrierten sich auf das Essen. Vielleicht waren diese Leute noch verlegener als Dorte selbst? Vielleicht fehlte es dem Mann, der ihr zu essen befohlen hatte, einfach an Erziehung, und deshalb wusste er nicht, wie er sich verhalten sollte? Vielleicht schwiegen die anderen, weil sie ihn nicht reizen oder in Verlegenheit stürzen wollten?

Alle schienen einander fremd zu sein. Auch Makar und Liudvikas waren fremd, nicht nur Dorte. Das war sicher die Erklärung dafür, dass alle sich so seltsam verhielten. Vielleicht hatte niemand dem Hundemann beigebracht, dass alles einfacher wurde, wenn man höflich zueinander war.

So wie es der Vater immer gesagt hatte, wenn Vera böse geworden war: »Deine Mitmenschen sind oft ein Spiegelbild deiner selbst, auch dessen, was du nicht sein möchtest.« Dorte setzte sich auf den Platz, der ihr zugewiesen war, nahm sich ein Stück Pizza und fing an, ruhig und mit geschlossenem Mund zu kauen. Und als sie den Bissen hinuntergeschluckt hatte, wandte sie sich an das dunkelhaarige Mädchen, das für sie Teller und Gläser geholt hatte.

»Ich heiße Dorte. Und du?«

Die Dunkelhaarige holte Luft und wollte antworten, unterbrach sich aber. Dann warf sie einen Blick auf den Hundemann, schwieg und vertiefte sich in den Anblick ihres Tellers. Sie hielt sich daran fest und hob ihn ein wenig hoch, noch immer lag darauf ein großes Stück Pizza, dann stellte sie ihn vorsichtig wieder auf den Tisch und legte die Hände in den Schoß.

»Hast du vergessen, wie du heißt?«, fragte der Mann mit Roboterstimme.

Die Dunkelhaarige hob den Kopf und warf Dorte einen raschen Blick zu.

»Olga«, sagte sie kaum hörbar und sank dann über dem Tisch in sich zusammen.

Dorte sah die andere Frau an. Sie hatte lange blonde Haare, die ihr Gesicht fast verbargen. Sie schien zu schlafen. Aber unter den Haaren funkelten zwei aufgeregte Augen.

»Marina«, sagte sie schnell und sammelte dann die Teller ein, um sie zum Spülbecken zu bringen.

»Gehört Ihnen dieses Haus?«, fragte Dorte nach einer Weile und nickte dem Hundemann zu.

Zuerst wurde es so still, dass sie schon fürchtete, jemanden beleidigt zu haben. Alle starrten zu Boden. Der Mann ließ sich auf seinem Stuhl zurücksinken und trank. Sein Blick heftete sich auf etwas außerhalb des Raumes oder hinter der Wand, während er geräuschvoll an seinen Zähnen saugte, mit dem Inhalt seines Glases gurgelte und schluckte.

Am Ende antwortete Liudvikas.

»Wir haben es von einem Bekannten geliehen.«

»Bleiben wir bis morgen hier?«, fragte Dorte in der Hoffnung, dass noch immer alles ganz normal werden könnte.

»Werden sehen«, sagte Liudvikas und schielte zu dem Mann hinüber.

»Haben alle hier Arbeit in Stockholm?«, fragte Dorte jetzt und versuchte, mit den beiden Mädchen Blickkontakt aufzunehmen. Aber die wollten nicht.

»Wo zum Teufel habt ihr die denn aufgetrieben? Jetzt sorgt endlich dafür, dass sie die Fresse hält. Schickt sie in die Sauna«, rief der Hundemann.

»Verzeihung«, stotterte Dorte. »Aber ich kann nicht in die Sauna gehen. Ich …«

Der Mann sprang so plötzlich hoch, dass sein Stuhl hinter ihm umkippte.

»Hab ich nicht gesagt, ihr sollt dafür sorgen, dass sie die Fresse hält, Makar!«, flüsterte er so laut, dass alle anderen Geräusche verschwanden. Der Speichel schäumte in seinen Mundwinkeln.

Dorte hatte nicht gewusst, dass es möglich war, so zu sprechen. Es hatte nichts mit der Wirklichkeit zu tun. So konnte man nicht sprechen. Sie hatte nur gesagt, dass sie nicht in die Sauna gehen könnte. Das konnte allen anderen doch egal sein. Sie beugte sich zu Liudvikas hin, der neben ihr saß, und flüsterte: »Ich kann gehen … dahin, wo ich schlafen soll … jetzt gleich. Es ist …«

Plötzlich stand der Hundemann über ihr. Seine Faust umschloss ihren Nacken wie eine Kralle, dann hob er sie fast vom Stuhl. Ein Schmerzensschrei presste sich aus ihr heraus, als er ihr das Knie in den Bauch stieß und sie zu Boden fallen ließ.

Für einen Moment bekam sie keine Luft und lag hilflos auf dem Rücken. Die Geräusche, wenn es welche gegeben hatte, waren verstummt. Die Gesichter um den Tisch waren nur eine Handvoll grauer Ballons, die an der Tischkante befestigt waren. Jemand hatte Löcher gestochen, wo die Augen hingehörten. Trotzdem schwebten sie über dem Tisch. Es war ganz unmöglich, daran zu glauben. Aber sicherheitshalber schlang sie die Arme um den Kopf. Nicht einen Augenblick zu früh. Der Mann ließ seine Schuhspitze mit ihr spielen wie mit einem Fußball.

Es war schwer zu wissen, was vorher war und was nachher, wenn alles nur Nacht war und nach feingemahlenem Blei schmeckte. Sie warf die Reihenfolge durcheinander, fasste aber einen Entschluss. Das, woran sie sich erinnerte, war wichtig. Alles andere, das, was nicht wirklich sein konnte, ließ sie los.

7

»Unter die Dusche mit dir!«, fauchte Makar und grinste sie aus der Türöffnung an, breitbeinig und mit verschränkten Armen. Er sah aus wie ein Bild von einem Soldaten aus den USA, das sie gesehen hatte, von einem, der Kriegsgefangene herumkommandierte. Glücklicherweise hatte Makar kein Gewehr.

Es roch nach Zigarren. Und nach etwas anderem, wie nach Holzwänden, die einmal warm gewesen waren. Sehr warm. Vor langer Zeit. Alles war vor langer Zeit geschehen. Erstickend süßlich war der Geruch. Widerlich. Wie der von altem, ranzig gewordenem Talg. Vor allem im ersten Zimmer, wo die Männer um einen Tisch mit Gläsern, Flaschen, Pfeifen saßen. Fünf von ihnen waren beim Essen in der Küche nicht dabei gewesen. Zwei waren ziemlich jung, drei fast schon alt. Dazu kamen Makar, Liudvikas und der Hundemann. Gesichter wie erstarrte Masken. In der Schule gebastelt, um den anderen Angst einzujagen. Sicher saßen sie schon eine ganze Weile hier. Die Luft stand vor Zigarrenrauch. Alle drehten die Masken zu ihnen hin, als sie hereinkamen. Die Münder öffneten sich. Die Augen stachen, während Dorte am Tisch vorbeitaumelte.

»Ich möchte lieber ins Bett gehen«, sagte sie kaum hörbar zu Makar, der ihren Oberarm gepackt hatte. Olga und Marina sagten nichts, sie waren bereits unterwegs in ein kleineres Zimmer mit Bänken, auf denen Kleidung abgelegt werden konnte, und Zellen mit großen Duschköpfen unter der Decke.

»Unter die Dusche mit dir! Ins Bett kommst du noch früh genug!«, fauchte Makar.

Der Hundemann stand mit verschränkten Armen da und starrte sie an. Er war bestimmt krank im Kopf. Gefährlich krank. Noch immer spürte sie den Schmerz. In Bauch und Rippen. Sie taumelte hinter den anderen Mädchen in den Duschraum. Ihre Knochen gehorchten ihr nicht, und sie stieß idiotische Geräusche aus. Dann wurde die Tür geschlossen, und Makar war verschwunden.

Die anderen beiden zogen sich bereits aus. Dorte hatte keine Hände.

»Beeil dich! Sonst lassen sie es auch an uns aus«, sagte Olga auf Russisch.

»Was macht er?«, fragte Dorte mit klappernden Zähnen.

»Das kann dir egal sein. Du darfst ihm nur nicht widersprechen! Dann wird er wütend.«

»Denk nicht daran. Danach kannst du schlafen«, murmelte Marina und drehte die Dusche an.

Dorte hatte noch immer keine Hände. Ihre Zähne waren Kieselsteine in einer Dose. Olga war bereits nackt und bereit, um unter die Dusche zu gehen, aber als sie Dortes Hilflosigkeit wahrnahm, fing sie wortlos an, sie auszuziehen. Schuhe, Hose, Bluse, Unterhose. Schnell, schnell. Geschickt. Hielt Dortes Arme und Beine mit der einen Hand hoch, damit es klappte.

»Warum müssen wir … duschen?«, klapperte Dorte, als Olga sie unter den Wasserstrahl schob.

»Pst! Wasch dich einfach. Rede nicht!«, sagte Olga mit der Stimme von einer, die lange nicht geschlafen hat.

Makar kam herein, ehe Dorte sich abgetrocknet hatte. Sie versteckte sich hinter dem Handtuch und versuchte zugleich verzweifelt, ihre Kleider zu erreichen.

»Kommt! Jetzt wird getanzt!«, sagte er lachend.

Dorte starrte die beiden anderen an, die sich in ihre Handtücher wickelten und sich vor Makar aufstellten. Es war nichts, worüber sie sich Gedanken zu machen brauchte – denn es war nicht wirklich. Durchaus nicht! Am Ende schaffte sie es, sich ebenfalls in ihr Handtuch zu wickeln.

Als Makar die Tür aufriss und sie in das andere Zimmer stieß, wo die Männer saßen, verstummten alle Gespräche. Die Masken drehten sich ihnen zu. Die Münder waren Öffnungen, aus denen Frostrauch quoll. Zwei entblößte Reihen von blauweißen Eiszapfen. Brennende Zigarren wie bewegliche rote Augen im Halbdunkel. Hoch oben in der Wand saß ein offenes Fenster. Der Rauch strebte dorthin. Entsetzlich weit dahinter ließ ein dunkler Himmel Millionen von Sternen explodieren. Alles, was wirklich war, war weit weg.

Dortes Kinn fiel herunter. Wollte nicht am Kiefer festsitzen und schlug ihre Zähne gegeneinander, ohne dass sie es merkte. Ihre Haut unter dem weißen Handtuch verweste in Sekundenschnelle. Fiel in Streifen und Tropfen hinunter. Wie glühendes Eis.

»Meine Herren, jetzt kommen wir endlich zur Sache. Makar! Mach hoch die Tür zum Allerheiligsten. Weit!«, sagte der Hundemann und erhob sich.

Makar öffnete eine breite, mit Schnitzereien verzierte Tür. Die führte in ein Zimmer, in dem viele Sessel um ein großes Bett standen. Über dem Bett hing ein schwarzer Leuchter mit verdrehten Armen und vielen nackten Birnen. Die Männer gingen der Reihe nach hinein. Als sie an den Mädchen vorbeigingen, streckten sie die Hände aus. Dorte spürte einen Griff im Schritt, während sie die Arme an ihren Körper presste, um das Handtuch nicht fallen zu lassen. Sie wurde zu der Stoffpuppe, die am Spülbecken Wasser einlaufen ließ. Aber das Sägemehl war herausgerieselt. Bald war sie niemand mehr.

Die Männer hatten sich in die Sessel gesetzt. Nur der Hundemann stand da wie ein Zirkusdirektor.

»Olga! Mach alles bereit!«, befahl er, noch immer in diesem dunklen, metallischen Flüstern.

Olga setzte einen Fuß vor den anderen. Über den Boden und weiter zu dem riesigen Bett. Breitete ein weißes, zusammengefaltetes Laken darüber aus. Langsam. Sorgfältig. Machte es nicht zum ersten Mal. Sie gab den Versuch auf, das Handtuch um ihren Leib zu behalten. Jetzt lag es um ihre Füße, und sie machte keine Miene, es aufzuheben. Von den Sesseln her war Applaus zu hören. Das grelle Licht warf sich über Olgas schmächtigen Körper. Über große blaue Flecken, die an einigen Stellen in Gelb übergingen.

Dorte wollte ein NEIN! rufen, aber ihr Kiefer wollte ihr nicht gehorchen. Die Zähne waren zu sehr damit beschäftigt, sich zusammenzubeißen. Die Sterne waren wirklich! Der Himmel! Aber das hier nicht.

Makar schaltete einen auf dem Boden stehenden Kassettenrecorder ein. Olga war mit dem Laken fertig. Gebückt hob sie das Handtuch auf und kroch fast an den Männern vorbei zu Dorte und Marina.

Eine Art Polka schrillte los und schabte mit dem Kassettenrecorder an den Bodenbrettern. Das Geräusch wuchs durch die nackten Füße auf dem kalten Boden hinauf in Waden und Oberschenkel – und nistete sich im Bauch ein. Marina war aschgrau im Gesicht. Ihre Augen starrten glasig etwas unter den Bodenbrettern an.

»Marina! Tanz! Tanz für uns!«, befahl der Mann.

Marina trat mit weitaufgerissenen Augen in einen Schlaf ein und machte einige unsichere Schritte. Der Knoten des Handtuchs löste sich. Ihre Hüften und ihr Bauch wurden unter den vielen Glühbirnen entblößt. Ein Aquarell aus blauen und gelben Flecken. Sie versuchte, das Handtuch mit einer Hand zu halten. Die andere hob sie mit einer seltsamen kraftlosen Bewegung über ihren Kopf. Ihre Haare waren ein Vorhang vor ihrem Gesicht. Waden und Oberschenkel wiesen die gleichen unregelmäßigen Flecken auf wie ihre Arme. Ihre Füße konnten den Takt nicht halten. Sie schien gerade erst gehen gelernt zu haben.

Ich darf nicht weinen, dachte Dorte. Nicht jetzt! Marinas Erniedrigung konnte noch schlimmer werden. Sie suchte nach etwas, an dem sie sich festhalten konnte. Etwas, das sie ansehen konnte. Einen Bettpfosten. Gusseisen, zu einem Tierfuß mit Krallen geformt. Rasch ließ sie ihren Blick zu dem offenen Fenster weiterwandern. Der Rauch floh hinaus zu den vielen Sternen.

Das Licht über den Männern wurde gedämpft. Einer fing an zu klatschen, ein anderer schnupfte etwas von einem Zigarettenpapier, das er auch Makar anbot. Ein dritter öffnete Schlips und Gürtel.

»Lass das Handtuch fallen. Zeig, was du zu bieten hast!«, rief einer, öffnete seine Jeans und schob die Hand hinein.

Es gab keine Erklärung. Warum war sie hier?

Der Älteste der Männer erhob sich ein wenig aus seinem Sessel und beugte sich so weit vor, dass sein hängender Schnurrbart fast Marinas Oberschenkel streifte, als sie vorüberschwankte. Der Mann riss Marina das Handtuch weg und warf es wie einen schlaffen Ball unter das Bett. Marina geriet aus dem Takt. Eigentlich hatte sie ihn nie gefunden. Sie taumelte und wäre fast über einen der anderen Männer gefallen. Er kniff sie mit der einen Hand in die Brust und schob die andere zwischen ihre Oberschenkel. Marina fand eine Art schwankendes Gleichgewicht, wie ein neugeborenes Kalb. Wer eines sieht, empfindet oft Zuneigung zu diesem Geschöpf. Aber hier kam das Lachen und übertönte die Polka.

Olga und Marina knieten mit gesenkten Köpfen einander gegenüber im Bett. Nackt warteten sie auf Befehle. Olgas Gesicht verschwamm mit dem weißen Laken. Marinas wies noch eine Art Grauton auf. Ihre Augen waren nicht mehr aufgeregt, sondern leer. Wie Dürre auf dem Boden eines verschorften Kolks.

»Steck den Finger rein!«, rief der, der vom Zigarettenpapier schnupfte.

»Olga! Steck den Finger rein! Küss sie auf die Brust!«, rief Makar. Der Blick zwar glasig, aber zielgerichtet. Die Stimme heiser, die Wörter jedoch deutlich. Sein Zeigefinger fuchtelte in der Luft. Aber die Szene lief offenbar zu langsam ab.

»Zeig es ihr! Zeig es ihr!«, rief einer.

Und Makar griff nach einem Gegenstand, der sich als zusammenklappbarer Baseballschläger entpuppte. Der sprang hervor und wurde dreimal so lang. Er hielt ihn vor sich hin und ging unsicher, aber zielstrebig zu dem Bett, um die Sache zu demonstrieren. Die Männer in den Sesseln applaudierten. Als wüssten sie, wie die Sache sich entwickeln würde. Ihre Augen waren verschleiert, die Erwartung lag im Gesichtsausdruck und in halboffenen Mündern, in vorgebeugten Oberkörpern. Im Atem.

Makar stieg halb auf das Bett, riss Marina herum und spreizte ihre zitternden Kälberbeine mit einer einzigen geübten, kräftigen Bewegung. Er hielt den Baseballschläger zwischen Marinas Oberschenkel und stieß heftig zu.

Der Schrei ließ alles drehen. Dorte spürte eine Kraft, die sie zu dem offenen Fenster hochzog. Die Sterne kamen so nahe. Fast hätte sie es geschafft. Sich zu entfernen. Aber etwas fing sie auf der Flucht ein.

Die Mutter bereitete mit weißen Laken alles für die Beerdigung des Vaters vor. Das dauerte. Die Feierlichkeit kam von innen. Die Trauer ebenfalls. Man begriff ja, dass jemand sterben musste. Aber nicht er. Allein im Wohnzimmer zog sie das Buch hervor, aus dem er an dem Abend vorgelesen hatte, bevor alles still geworden war. Über ein Indianervolk, das die Sonne anbetete. Zeit und Wirklichkeit lösten sich auf und verschwammen mit den Bildern aus dem Buch und den Laken um den toten Körper des Vaters. Die Menschen im Zimmer blieben undeutlich, trieben nur umher. Die graue Haut des Vaters auf dem Laken blieb in ihrem Kopf haften, obwohl sie das nicht wollte. Seine Züge lösten sich auf und vermischten sich mit den Bildern im Buch über die Indianer. Die ihre Töchter dem Sonnengott opferten.

Auf einem freien weißen Platz standen die Mädchen Stunde um Stunde nackt unter der brennenden Sonne, während die anderen Menschen daneben warteten und zusahen. Bis Dunkelheit und Nacht kamen. Die Kälte kam. Die sonnenverbrannte Haut wurde zu einer Kruste. Ein neuer Morgen. Die stetig brennende Sonne. Augen, die sahen. Nicht nur die Fremden. Auch die, die liebten. Das Opfer musste vollbracht werden. Die Mädchenleiber sanken in sich zusammen. Aber die Sonne brannte weiter, nachdem alles Leben verebbt war. Gott verlangte das Seine, damit die Menschen gute Ernten hätten, Brot, Wasser und Kriegsglück, Ehre und Ruhm. Und damit die Frauen weiterhin sorglose Gattinnen sein könnten. Und neue Töchter gebärten.

Sie erwachte auf dem Boden, in ihrer eigenen Wasserlache und ohne das Handtuch. Makar zog sie über den Boden und warf sie ins Bett. Lange Zeit schlug der Baseballschläger auf die Bodenbretter. Sie kroch in sich zusammen, um unsichtbar zu werden. Um zu einem Schatten zu werden, den niemand fassen konnte.

Der Alte kam mit offenem Hosenschlitz durch das Zimmer und schnaufte wie ein Blasebalg. Dann stand er im Gestank nach altem Talg über ihr.

»Wie viel gibst du? Für die Jungfrau!« Der Hundemann war zu der Stelle gekommen, an der Dorte sich zusammenkauerte. Eine Kralle packte ihren Nacken, eine andere ihre Brust. Er führte eine Ausziehpuppe vor. Die Männer lachten. Oder war es Gebrüll?

»Erst mal sehen, ob sie wirklich Jungfrau ist!« Der Alte war über ihr.

Dorte fuchtelte in der Luft herum. Sinnlos. Langsam öffnete ihr Kiefer sich ohne ihre Mitwirkung. Dann schloss er sich wieder. Ihre Zähne saßen im Fleisch fest. Sie konnte sie nicht öffnen, trotz Gestank und Geschmack. Ein Schlag auf den Kopf, und die Zähne kamen sich näher.

Nikolais Mutter stand im Sternenregen, mit einem Kuchen auf einem Teller und einem weichen Mehlschatten zwischen Mund und Nase. Im nächsten Augenblick war sie verschwunden. Die Sterne waren verschwunden. Alles wurde schwarz.

Etwas, das Stimmen ähnelte, kam aus der Dunkelheit, ohne dass sie die Wörter verstanden hätte. Dann war sie in einem Boot auf dem Wasser. Stimmen kamen durch den Nebel. Sie konnte Arme und Beine nicht bewegen. Das Boot schlingerte, und jemand versuchte, sie zu zerreißen. Der Schmerz zwang ihre Augen offen. Gefesselt, nicht in einem Boot, sondern an ein Bett. Schnur schnitt in ihre Haut. Fäuste. Finger. Nägel. Atem.

»Was bietest du?«

Eine grobe Stimme antwortete in weiter Ferne. Euro.

»Bietet jemand mehr?«

»Ich! Wenn sie wirklich Jungfrau ist. Aber ich will auch nachsehen.« Gleich darauf war sie da.

»Okay. Entscheide dich. Und die nächste Runde? Wer will die nächste Runde?«

Die Stimmen knurrten. Ungeduldige Befehle wurden erteilt. Die Reihenfolge wurde festgelegt. Der Erste bezahlte doppelt. Dann: Füße hin und her. Die Matratze gab heftig nach. Ein großer Körper presste Dorte auf die Unterlage. Es stank nach ranzigem Atem.

Der Schrei schoss wie durch gewaltigen Luftdruck heraus. Ein feuchtes Handtuch wurde auf ihr Gesicht gepresst. Sie musste schlucken, schaffte es aber nicht, und sie wehrte sich, bis sie das Gefühl hatte, dass ihre Handgelenke abgeschnitten wurden. Sein Speichel strömte auf sie herab. Über Hals und Brüste. Stöhnen bohrte sich in ihren Kopf. Sie wurde zu einem Haufen Hackfleisch, in dem er wühlen konnte. Und dann, mit einem energischen Stoß, wurde sie zerteilt. Applaus und Bravorufe. Hämmernder Rhythmus. Das feuchte Handtuch wollte den Schrei einfangen, konnte ihn aber nicht festhalten. Er flog zu dem Fenster, wo Gott mit seinen Sternschnuppen spielte.

Dann Stille. Klebrige Spucke wanderte Millimeter um Millimeter über ihre Haut. Der Mann stöhnte und richtete sich mühsam auf, zog die Hose über seinen Bauch, hob die Arme über den Kopf und heimste noch mehr Applaus ein.

Dann gab die Unterlage wieder nach. Ein anderer Körper. Ein anderer Atem, ein anderer Geruch. Packte sie, presste ihre Oberschenkel noch weiter zur Seite und bohrte sich in das hinein, was bereits zerstört war. Stöhnte und stieß. Biss. Versuchte, ihren Mund zu öffnen, um die Zunge hineinzustecken. Der Raubvogel fraß, was er zwischen den Krallen hielt.

Applaus bei jeder Stille. Wie oft?

Zwischendurch wurde alles schwarz. Einmal rief jemand laut nach Maria, der Mutter Gottes. Das führte zu großer Wut. Dortes Gesicht wurde in die Unterlage gepresst – wie etwas, dessen Lärm man nicht ertragen konnte. Sie kniff die Augen zusammen, um sich zu schützen. Aber der Blutgeruch drang in ihre Nasenlöcher. Sie hatte nur die Schnur, an der sie sich festhalten konnte.

8

Und es wurde Abend, und sie waren zu Bett gegangen. Die Mutter faltete die Hände auf der Decke und betete.

»Mutter des allmächtigen Gottes, ich bitte dich, bewahre meine Mädchen vor Versuchung. Lass sie mutig sein, mit warmem Herzen und kühlem Kopf. Lass sie sehen, dass Treue und Ausdauer größere Gaben sind als flüchtiger Genuss. Lass sie auf den Richtigen warten und sich nicht wegwerfen. Lehre sie, die Liebe zu sehen, wenn sie sich ihnen zeigt. Sorg dafür, dass sie sich nicht von Reichtum und Geschenken verlocken lassen, lass sie darauf hören, was ihr Herz sagt. Sorg dafür, dass es für jede einen guten Mann gibt. Hilf ihnen, damit sie sich für den Richtigen aufbewahren. Erspare ihnen die Schande, lass sie ihren Körper schützen als den heiligen Tempel, der er ist … Amen!«

Dorte öffnete das eine Auge. Das andere wollte nicht. Oder war verschwunden. Der schmiedeeiserne Leuchter schickte eine weiße Eiswüste über sie, deshalb schloss sie das Auge wieder. Später lag sie in dem großen Metallsieb, das die Mutter benutzte, um Gemüse zu waschen. Es hatte Rostflecken, weil sie es jahrelang nicht sorgfältig genug abgetrocknet hatten, ehe sie es über den Ausguss gehängt hatten. Jetzt kratzte es über ihre Haut. Vor allem an Knöcheln und Handgelenken. Dann fiel sie hindurch, mit dem Unterleib zuerst – und war für sich selbst verschwunden. Gleich darauf lag sie wieder im Metallnetz.

Etwas klapperte wie lose Kaffeetassen in einer wackelnden Blechbütte. Ihre Zähne. Sie drehte vorsichtig den Kopf zur Seite und zwang das Auge zum zweiten Mal auf. Ihre Arme waren an das Bett gefesselt. Die Schnüre kamen ihr vor wie der Draht, mit dem Käse geschnitten wird. Wenn sie sich zusammenriss und die Zähne fest aufeinanderbiss, konnte sie sich ein wenig höher schieben, und dann tat es nicht so weh. Sie wollte sich die Hände nicht abschneiden lassen. Sie spürte, dass ihr Gesicht und ihr Hals übel verschmutzt waren. Versuchte, nicht daran zu denken, wovon. Öffnete den Mund, um ein wenig mehr Luft zu bekommen. Lippen wie fremdartige Lehmklumpen – schmeckten nach Blei. Versuchte, sie mit der Zungenspitze anzufeuchten. Der Hals trocken. Hatte sicher eine Ewigkeit lang nicht mehr geatmet oder getrunken. Kiefer verspannt. Ein Röcheln drängte sich aus ihrem Bauch nach oben. Quoll hervor wie eine zähe alte Suppe aus faulen Eiern.

Die Sessel waren leer und standen durcheinander. Marina und Olga waren irgendwo in der Nähe, aber sie sah sie nicht. Hörte nur leise Stimmen, Geflüster aus einem tiefen Schacht. Die Zeit? Wo war die Uhr des Vaters? Sie schaute sich um. Überall rote und rotbraune Flecken. Wie Tapete nach einem Hochwasser. Auf dem Laken und auf ihr. Vor dem Bett schien jemand mit einer Wasserpistole Himbeersaft verspritzt zu haben. Frisch und rosa. Als ihr aufging, dass das aus ihr selbst stammte, verschwand alles.

Auf der schönen Lichtung im Wald, gleich bei dem Pfad, der zum Fluss hinunterführte, war an diesem Tag alles anders. Das Gestrüpp war abgemäht und das Gras platt. Überall waren Löwenzahn und Veilchen zertrampelt. Jemand hatte eine Plattform oder eine Veranda ohne Geländer aufgestellt. Als sie sich konzentrierte, sah sie, dass ihr Vater und Fjodor Dostojewski an Pfähle gebunden waren; zwischen ihnen war eine kleine dritte

Person. Sie befanden sich auf dem Semjonowplatz, in Erwartung ihres Urteils. Die Särge standen im Wagen unter der Plattform bereit. Altmodisch und aus ungehobeltem Holz. Dostojewski klagte darüber, dass der Vater nichts unternahm. Der Vater versuchte, ihn zu trösten, wirkte aber nicht ganz gesund. Plötzlich ging ihr auf, dass sie an den dritten Pfahl gebunden war. Die Männer trugen Leichenhemden, sie jedoch war nackt. Die Kälte war von Scham gesättigt. Ein Heer tauchte zwischen den Bäumen auf. Soldaten, denen Frostrauch aus dem Mund quoll. Sie wollte nur, dass es ein Ende nahm. Aber jemand hielt die Zeit an, und ein Kurier kam mit einem weißen Tuch angelaufen und verkündete mit Onkel Josefs Stimme, der Zar habe eine Begnadigung gewährt. Der Vater und Dostojewski kamen ins Zuchthaus, Dorte dagegen sollte für den Rest ihres Lebens nackt am Pfahl stehen. Die Soldaten banden die Männer los und führten sie weg, während Dorte sie anflehte, ihr ins Herz zu schießen. Die Soldaten lachten und starrten sie an. Sie rief mit Veras wütender Stimme, dass der Vater einen Richter finden würde. Sie musste verbergen, dass sie selbst zweifelte. Vielleicht würde er sich diese Mühe nicht machen. Die Gewehre, mehr, als man zählen konnte, hatten aufgepflanzte Bajonette. Die Soldaten beugten sich vor. Sabberten auf sie, als sie ihr näher kamen. Das Lachen donnerte. Das erste Bajonett bohrte sich durch Hohlräume, Haut und Fleisch. Dann das nächste, und das nächste. Sie stützte den Kopf gegen den Pfahl und schaute auf. Hoch über ihr saß die Mutter in ihrem Trauerkleid auf Gottes Schoß. Zu Gottes Füßen lag der schwarze Hund und schlief.

Marina und Olga halfen ihr wortlos unter die Dusche. Zwischendurch versagten ihre Beine den Dienst, und sie blieb liegen. Ein Klumpen unter dem fließenden Wasser. Am Ende zog Marina sich aus und kam zu ihr in die Zelle.

»Papas Uhr?«, keuchte Dorte, aber keine antwortete.

Marina seifte sie ein und vermied die Stellen mit offenen Wunden. Sie nahm den Duschkopf herunter, und Dorte sollte sich selbst im Schritt waschen.

»Mach dich weit! Du musst den ganzen Dreck herausspülen«, flüsterte Marina über ihr und zog sie am Bein.

Mit dem Oberkörper an die Wand gepresst und gespreizten Beinen versuchte Dorte, den Wasserstrahl zu lenken. Sie hatte das Gefühl, sich mit Salzlake zu waschen. Musste sich in Marinas blaugefleckte Arme sinken lassen. Nichts wurde gesagt. Sie saßen in einer Saftpfütze da.

Einmal sah sie, wie Liudvikas weitere Handtücher auf den Boden warf. Sein Gesicht trieb in der Luft. Olga und Marina verhielten sich, als wäre er ein blinder Eunuch.

»Sie blutet so sehr. Die ganze Zeit«, sagte Olga durch die Türöffnung.

»Leg ihr ein Handtuch in den Schritt, dann hört das schon auf.«

»Sie kann nicht gehen. Wir müssen sie über den Hof tragen. Sie müssen ihn bitten, den Hund anzubinden.«

Als Dorte begriff, dass von ihr die Rede war, trieben die Stimmen weit fort. Alles wurde unendlich vage und flach. Hier und da tauchten Flecken auf, wie Blumen auf einer Wiese. Marinas nackter Körper war ein unzusammenhängendes Karussell.

Plötzlich stand die Sonne auf und malte Perlmuttwolken in den Wasserdampf. Der Fluss kräuselte sich an diesem Tag nicht. Der Kirchturm und das Boot des Nachbarn wippten nur leise auf der silbrigen Fläche. Das Schild mit dem Strich durch den Anker glitt vom anderen Ufer her auf sie zu. Nikolai war nahe, aber sie konnte ihn nicht sehen. Das Licht war zu grell.

»Ein Geschenk für deine Mutter«, sagte er verlegen und

reichte ihr mit beiden Händen etwas. Rote Marzipanblumen, die nach Seife dufteten.

Sie horchte, während sie versuchte, den Atem anzuhalten. Es war ganz still. Weil sie sich zerstört fühlte, sagte sie sich, dass wirklich alles in Ordnung sei. Nur war sie eben erst aufgewacht und musste dringend pissen. Als sie versuchte, sich aus dem Bett zu erheben, ging ihr auf, dass sie dieses Zimmer noch nie gesehen hatte. Wie war sie hierhergekommen?

Eine große braune Kommode mit einem Spiegel stand an der Wand. Links vom Bett war ein Fenster mit verschossenen Vorhängen. Graues Tageslicht drängte an der Stelle herein, wo sie sich teilten. Legte eine Haut über alles, was es erreichen konnte. Ihr gegenüber war eine schwarze Öffnung in einem rußigen Kamin. Unter der Decke hing eine schwarze Lampe mit Armen. In der Ecke stand ein Sessel mit gelben und braunen Punkten in einem schwindelerregenden Durcheinander. Das erinnerte sie an den Raum in dem Haus, das Sauna genannt wurde. Bett und Sessel. Und daran, dass jemand sie in eine Decke gewickelt über den Hof gebracht hatte. Jetzt trug sie einen blauen Baumwollpullover. Der gehörte nicht ihr. Sie versuchte, sich aufzusetzen, aber alles war zerbrochen. Sie hatte das Gefühl, in Schritt und Unterleib Brandwunden zu haben. Ein fremdes Gesicht sah sie aus dem Spiegel an. Grau und verschwollen, mit blauen Flecken. Mund und Augenlid waren ein dicker Brei. Sie musste doch nur das Klo finden, aber sie fing an zu weinen.

Der Vater öffnete mit ruhiger Bewegung seine Ledertasche und nahm die mitgebrachten Bücher heraus, eins nach dem anderen. Legte sie auf den Wohnzimmertisch und sagte: »Man muss seine Phantasie entwickeln, muss sie aber im Zaum halten!«

Kaum hatte er seine Ledertasche hinter das Regal gestellt und der Mutter die Blechdose gegeben, in der er sein Mittagessen aufbewahrte, da veränderte sich alles, als habe jemand ein soeben beendetes Puzzlespiel auf den Boden geworfen. Sie war irgendwo dort unten, zugleich war sie verloren.

Sie lehnte sich an den Türrahmen und öffnete die Tür. Ein Treppengeländer führte nach unten und sagte ihr, dass sie sich im ersten Stock befand. Viele geschlossene Türen. Der schwarze Hund konnte sich durchaus hinter einer davon verstecken. Oder der Mann, der ihn weggebracht hatte. Die Männer. Sie trat einen Schritt zurück und schloss die Tür. Sie musste etwas finden, in das sie pissen konnte. Öffnete die Nachttischschublade. Die war leer. Schaute sich eilig um. Ein Spalt in der Tapete zeigte die Konturen einer kleinen Tür. Ein Verschlag? Sie schwankte hinüber und öffnete sie mit ihren Fingernägeln. Die Dunkelheit roch nach feuchter alter Matratze. Nach und nach konnte sie Gegenstände erahnen. Einige Gläser blinkten, sie senkte den Kopf und ging hinein. Eine große Blumenvase war genau das, was sie brauchte.

Als sie sich darüberhockte und alles losließ, wurde sie in ihrem Inneren von einem glühenden Eisen getroffen, und es verschlug ihr den Atem. Es hatte keinen Zweck, sich zusammenzureißen, und deshalb jammerte sie alles aus sich heraus. Nach einer Weile konnte sie sich am Spinngewebe an den Wänden entlangtasten und fand ihr Bett. Das Laken wies in der Mitte einen großen Fleck auf. Auf dem Boden lag ein Handtuch mit roten Klumpen – wie der Lappen eines Anstreichers. Sie wandte sich ab und wusste nicht, wohin. Aber sie schwankte so sehr, dass ihr klar war, dass sie nicht stehen bleiben konnte. Sie ließ sich einfach fallen und zog die starre, fremde Decke über sich. Als sie die Spuren versteckt hatte, die der Käsedraht an ihren Handgelenken hinterlassen hatte, ging es ein wenig besser. Aus den Augen, aus dem Sinn. Aber das war eine Lüge.

»Willst du nicht aufstehen?«, hörte sie, als eine Tür aufgerissen wurde. Liudvikas brachte einen Becher mit etwas, das wie Kaffee roch. Er sah ganz normal aus. War er dabei gewesen? Sie konnte sich nicht erinnern.

»Scheiße! Was für eine Schweinerei!«, sagte er und trat das rote Handtuch unter das Bett. »Hier ist Kaffee. Manche haben's eben gut!«, fügte er mit breitem Lächeln hinzu. Seine kreideweißen Zähne sprangen auf sie zu.

Sie wollte sich nicht darauf verlassen, dass ihre Stimme ihr gehorchte, deshalb streckte sie nur die Hände nach dem Becher aus. Liudvikas blieb stehen und starrte sie an, während sie trank. Der Kaffee schmeckte bitter und ließ sie zittern. Aber es war etwas zu trinken.

»Du siehst nicht gerade umwerfend aus … aber das kommt schon in Ordnung. In zwei Tagen fahren wir weiter. Nach Schweden. Da ist im Moment verdammt gutes Wetter. Ich habe mit einem Kumpel telefoniert. Sonne und …«

»Klo?«, brachte sie heraus.

»Hinten im Gang, mit einem Bild auf der Tür. Hast du einen Morgenmantel?« Er blieb stehen und sah sie abwartend an. Ihr Koffer stand vor der Wand. Jemand hatte ihn ohne ihr Wissen dort abgestellt.

»Du, ich bitte Olga, dir einen Morgenmantel zu holen. In der Sauna liegt ein ganzer Stapel. Ein bisschen Luxus ist doch nett, was?«

In diesem Moment wusste sie, dass er dabei gewesen war. Er hatte mitgemacht. Vermutlich hatte sie das schon gewusst, sowie er das Zimmer betreten hatte. Der Becher war viel zu schwer. Sie gab sich alle Mühe und konnte ihn auf den Nachttisch stellen. Ihre Hand zitterte noch immer. Sie zog sie unter die Decke.

9

Es war dunkel, und der Hund bellte wütend. Gummireifen rollten über Kies. Grelles Licht zwang sich durch den Vorhang. Autotüren wurden zugeschlagen. Sie schleppte sich zum Fenster. Packte die Fensterbank und bemühte sich, hinter dem Vorhang unsichtbar zu sein. Der Mond war ein trockener Schwamm zwischen strohsackdicken Wolken. Der Schädel des Hundemannes trug unter der Hoflaterne einen Heiligenschein. Menschen stiegen aus drei Autos. Zwei Mädchen. Die eine taumelte zwischen zwei Männern, wie betrunken oder krank. Die andere ging ruhig daneben her.

Ehe sie das Haus, das sie Sauna nannten, erreicht hatten, kam plötzlich Unruhe in der Gruppe auf. Eine Gestalt löste sich und rannte auf den Wald zu. Zuerst war sie wie ein blitzschneller Schatten unter der Hoflaterne, dann verschwanden ihre Umrisse in der Dunkelheit fast. Dorte hoffte, dass die Männer dort unten nicht so gute Sicht hatten wie sie.

Für einen Moment war alles Geschrei und Chaos, und drei Männer rannten hinter die Sauna. Dorte konnte nicht entscheiden, ob das Mädchen geflohen war, das zwischen den Männern getaumelt war, oder das andere, das ruhig nebenher gegangen war. Aber sie spürte ihre Angst. Den Eisengeschmack, während sie um ihr Leben rannte.

Ein Mann stieß das andere Mädchen in die Tür des Anbaus und schloss ab. Dann waren alle in Bewegung. Wie ein dunkler Pflug jagten sie hinter dem Mann mit dem kläffenden Hund her. Geschrei und Gebell entfernten sich. Dorte starrte zum Wald hinüber. Ich auch! Der Gedanke war wie ein Blitz. Jetzt hatte sie die Gelegenheit, während die Männer nach der anderen suchten. Voller Panik griff sie nach den Kleidern, die jemand auf den Koffer gelegt hatte. Zog den Pullover über den Kopf und die Hose über das eine Bein. Stand auf einem Fuß. Genau wie sonst. Aber nichts war wie sonst. Sie fiel auf das Bett.

Das Gebell kam näher. Sie kamen zurück. Sie zwang sich zum Fenster. Auf dem Platz standen viele Männer im Halbkreis. Der Hundemann hob eine Peitsche. Vor ihm kroch das Tier mit eingezogenem Schwanz. Der Hund bellte nicht, er schien zu wissen, was ihn erwartete. Er wimmerte. Der Mann schrie, während er schlug. Der riesige Hund versuchte, dem Mann klarzumachen, dass er bereits totes Fell war. Als es eine Weile Schläge und Schimpfwörter gehagelt hatte, hörte sie nicht einmal mehr das Wimmern. Jemand hatte ein Kleidungsstück geholt, das ihm zugeworfen wurde. Eine Zeit lang lag er bewegungslos da. Aber als der Mann ihn anbrüllte, nahm er das Kleidungsstück ins Maul und kroch auf dem Bauch vorwärts. Der Mann steckte die Peitsche in die Tasche seiner Lederjacke, beugte sich über den Hund und rief einen Befehl, während er ihm in die Seite trat. Der Hund rappelte sich mühsam auf und leckte die ausgestreckte Hand. Wedelte mit dem Schwanz. Der Mann löste die Kette und befestigte sie an seinem Gürtel. Dann ging es wieder los.

Sie wusste nichts über die Zeit. Aber sie begriff, ehe sie sie sah, dass sie sie gefunden hatten. Der Hund bellte munter, und die Männer lachten. Der Mond hatte sich ebenfalls durchgekämpft, um zuzusehen. Dem Mädchen waren die Kleider vom Leib gerissen worden. Sie schleppte sich zwischen zwei Männern dahin. An den Beinen trug sie hochhackige Stiefel, die ihr bis zu den Knien reichten. Ein kurzes Hemd hing in Fetzen über einer Schulter. Ansonsten war ihr Körper nur vom weißen Mondlicht bedeckt.

Gleich darauf waren auf der Treppe schwere Schritte zu hören, und die Tür wurde aufgerissen.

»Du sollst baden!«, sagte Makar grinsend und drückte auf den Lichtschalter.

»Nein«, jammerte sie und kniff im grellen Licht die Augen zusammen.

»Fass mit an!«, befahl Makar und zog ihr die Decke vom Leib. Liudvikas tauchte auf und wollte ihr in den Morgenmantel helfen.

»Scheiße, was für eine Schweinerei«, rief Makar und zeigte auf das Bett. Es war voller Blut, obwohl Marina ihr ein neues, sauberes Handtuch in den Schritt gelegt hatte.

»Verdammt. Wir sagen einfach die Wahrheit. Die ist im Moment nicht benutzbar«, murmelte Makar und warf Dorte einen angeekelten Blick zu. »Aber gleich zwei defekte Fotzen! Was zum Teufel sollen wir jetzt machen? Die haben doch schon geblecht!«

»Geh du runter und sag es ihnen«, sagte Liudvikas.

»Warum ich?«

»Darum«, fauchte Liudvikas und schob Dorte wieder ins Bett.

»Schon gut, schon gut«, murmelte Makar und ging auf die Tür zu.

»Du hättest sie verdammt noch mal nicht mit deinem Geschrei nach Gott und Maria provozieren dürfen. Es war deine eigene Schuld. Da haben sie die Beherrschung verloren«, schimpfte Liudvikas und beugte sich über Dorte.

Gleich darauf rief Makar vom Treppenhaus herauf, die Blutfotze solle bleiben, wo sie war. Jemand fluchte unten und gab seinen Kommentar ab. Liudvikas breitete die Arme aus, zog für Dorte eine resignierte Grimasse und ging. Nach einer Weile fielen Türen ins Schloss, und viele Füße liefen durch den Kies. Sie stand auf, um das Licht zu löschen. Hatte das Gefühl, als habe jemand hinter den gelben Hautfalten Säure in ihr Auge geträufelt. Die Schmerzen galten auch dem Mädchen mit den hohen Stiefeln. Sie stand sicher schon unter der Dusche. Auf dem Boden lag noch immer die Hose, die Dorte anzuziehen versucht hatte. Sie knipste das Deckenlicht aus und stützte sich auf alles, was sie finden konnte, um sich ans Fenster zu schleppen. Kommode, Wand, Bett – wieder Wand.

Der Hund lungerte ein Stück von der Treppe entfernt im Hof herum. Sie konnte nicht erkennen, ob er frei lief oder an einer langen Leine lag. Was dachte so ein Tier? Hatte es ebenfalls Angst? Waren ängstliche Hunde die allerallergefährlichsten? Die aufsteigende Übelkeit machte ihr klar, dass sie warten musste. Sie konnte jetzt nicht fortgehen. Musste sich erst ein wenig ausruhen.

Jemand war im Zimmer. Wenn sie nicht die Augen öffnete, brauchte sie nichts davon zu wissen.

Als sie eine Hand auf der ihren spürte, fuhr sie zusammen und keuchte lautlos auf – wie ein aus dem Wasser gerissener Fisch.

»Wie geht es dir?«

Sie starrte in Olgas Gesicht. Nahe und viel zu groß. Die Poren an Nase und Kinn. Der blaue Farbton, der sich über ihren Hals breitete und an den Rändern gelb wurde. Die langen Haare, die zwischen sie fielen.

»Ich hab das hier aufgehoben. Es lag auf dem Boden …« Olga legte die Uhr des Vaters auf die Decke. Dorte hob sie hoch und hielt sie vor das Gesicht. Drei Minuten nach halb elf.

Durch das zerkratzte Glas. Die Zeiger. Sie bewegten sich nicht. Die Uhr des Vaters war stehengeblieben.

Der Hund bellte einige Male. Das Tageslicht spuckte die Stimme des Mannes durch das offene Fenster. Dann wurde alles still.

»Kannst du für mich beim Bäcker anrufen? Und sagen, dass Mama mich holen soll«, flüsterte Dorte.

Olga schüttelte den Kopf. »Ich habe kein Telefon, außerdem … ich weiß nicht, wo wir sind. Weißt du das?«

»Im Wald … mitten im Wald. Man geht einfach die Straße entlang«, sagte Dorte voller Überzeugung. »Wie lange … bist du schon hier?« Ihre Stimme klang wie das Echo eines zerbrochenen Gegenstandes.

»Weiß nicht … eine Woche vielleicht.«

»Ich … kannst du mir Geld leihen? Dann fahre ich mit dem Bus … nach Hause … Mama …«

Olga versuchte, ihr Wasser einzuflößen.

»Trink. Versuch, dich zusammenzureißen. Ich hole dir etwas zu essen. Wenn wir nur nach Stockholm kommen, dann wird alles besser. Sie sagen, du musst aufhören zu bluten, damit du nicht das Auto versaust.«

»Wie hört man auf zu bluten?«, flüsterte Dorte, nachdem sie sich nach besten Kräften bemüht hatte, das Wasser zu schlucken.

»Ich weiß nicht«, murmelte Olga.

»Stockholm?«, fragte Dorte nach einer Weile.

»Dahin sollen wir doch. Arbeiten …«

»Kommt der Hund mit?«

»Ich glaube nicht.«

»Dann können wir … du und ich … wir können versuchen zu fliehen und den Zug nehmen – oder den Bus?«

»Sie schließen die Türen ab. Wir kommen hier nicht raus. Ich weiß nichts über Busse.«

Sie hatten Proviant eingepackt und wollten den Bus nehmen. Die Mutter steckte alles in einen großen Korb mit Lederriemen, den der Vater auf dem Rücken trug. Immer nahmen sie zwei große Regenschirme mit. Für alle Fälle, meinte die Mutter.

Einer war gestreift, weiß und rot. Der andere war grau mit vielen Flecken. Der Vater schimpfte sanft darüber, wie sinnlos es sei, dermaßen nutzlose Dinge mit sich herumzuschleppen. Aber die Mutter setzte ihren Willen durch. Teilweise, weil der Vater vergaß, was er gesagt hatte, wenn niemand ihm widersprach. Und die Mutter hatte Vera verboten zu widersprechen.

Ein anderer Grund, die Regenschirme mitzunehmen, waren die festen Gewohnheiten der Mutter. Es fing damit an, dass sie die Schirme unter den Arm klemmte, wenn sie das Haus verließen. Aber noch ehe sie die Schule erreicht hatten, wo der Freund des Vaters wohnte, fiel sie mit ihrer allzu schweren Last zurück. Der Vater konnte nicht damit leben, dass die Nachbarn sahen, wie seine Frau zwei große Schirme und noch dazu alles andere trug. Deshalb blieb er stehen, mit einem tiefen, aber alles andere als unfreundlichen Seufzer. Dann übernahm er die *riesigen Stöcke,* wie er sie nannte. Die Mutter hatte sie bei einer Auktion erstanden. Dort hatte sie auch einen schiefen alten Sessel gekauft, in dem niemand sitzen mochte. Sie hatte hartnäckige und für andere unbegreifliche Vorstellungen davon, was sie brauchte.

Der Vater schimpfte nie mehr über die Regenschirme, wenn sie erst so weit gekommen waren, dass er sie trug. Vermutlich vergaß er sie in dem Moment, in dem er sie über seine Schulter legte. Vor der Schule überließ ihm die Mutter also mit einem Lächeln die beiden »für alle Fälle«. Sie selbst trug einen alten Leinensack mit all der Kleidung, die sie vielleicht brauchen würden. Ganz oben steckte die Decke. In der Hand trug sie den flachen Korb mit einem Messer. Darin brachte sie Blumen und Pilze nach Hause, Tannenzapfen und Kräuter. Alles, was das Auge schön, seltsam oder nützlich fand. Kaum hatten sie den Wald erreicht, da bewegte sie sich wie eine zielstrebige Schlafwandlerin. Mal rasch und ruckhaft, dann wieder langsam, um plötzlich in einer Bewegung zu erstarren, deren Sinn nur sie allein erfasste. Und dann bückte sie sich mit ausgestreckter Hand und stechendem Blick und legte etwas in den Korb.

Die Sonne brach durch, als sie das Seeufer erreichten. Die Mutter setzte sich unter beide Schirme und streckte die Beine aus dem doppelten Schattenkreis heraus. Wenn es Regen gab, wurden die anderen in den Kreis hineingebeten. Vera fand, dass Dorte zu viel Platz einnahm. Das stimmte nicht, aber Widerspruch war zwecklos.

Sie gingen immer an denselben Strand. Es war schön dort. Und friedlich, wie die Eltern das ausdrückten. Die Bäume hingen über das Wasser. Einige Zweige streiften sogar darüber, sie schienen den Wasserspiegel zu berühren, um Spuren zu hinterlassen. Aber das Wasser strömte einfach weiter oder schloss sich, ohne sich ansehen zu lassen, dass jemand da gewesen war. Es spielte keine Rolle, ob man ein Zweig oder ein Mensch war. In dem Moment, in dem man sich zurückzog oder sich von der Strömung mitnehmen ließ, glättete sich die Oberfläche ohne Spuren. Das Wasser gehörte nur sich selbst.

Der Vater angelte. Nur selten fing er einen Karpfen mit den Fliegen, die er in seiner Jugend von einem englischen Buchhändler bekommen hatte. Er beklagte sich nicht darüber, sondern seufzte nur ein wenig, wenn lange Zeit verging, ohne dass einer anbiss. »Nein, ich muss mich wohl ans gewöhnliche Angeln halten«, sagte er manchmal. Dann holte er die Leine ein und vertauschte die Fliege mit einem Haken mit Wurm. Strich den Fliegen kurz über die Federn, ehe er sie weglegte. Dorte bewunderte es, wie schnell er den Haken an der kleinen Metallrundung befestigte. Er hatte eine Dose mit vielen Fächern. Wenn er den oberen Teil abhob, wartete darunter eine ganze Kolonie aus Haken und Fliegen. Voller Eleganz hingen sie in ihrem Fach an einem Stück Kork. Er behandelte sie behutsam, als sei jede Fliege etwas ganz Besonderes.

Dass der Vater angeln wollte, war ein Zweck dieser Ausflüge. Ein anderer war, dass der Pilzkorb der Mutter gefüllt werden sollte. So hatten die Eltern es schon vor Veras Geburt gehalten. Es gab ein Foto der Mutter, die unter einem Baum ihre Beine sonnte und den dicken Bauch zeigte, in dem Vera lag. Einmal fragte Dorte, warum es kein Foto vom Bauch der Mutter mit ihr selbst gäbe.

»Das ist ein Zufall. Der Bauch mit dir war zu einer anderen Jahreszeit als der mit Vera«, sagte der Vater zerstreut.

»Papa hat nach und nach das Interesse am Fotografieren verloren«, erklärte die Mutter.

Dorte fühlte sich verletzt. Der Vater fand es nicht so interessant, sie zu fotografieren wie Vera. Außerdem war es unheimlich zu wissen, dass der Vater das Interesse an etwas verlieren konnte, das ihm wirklich Freude machte. Aber an den Angelausflügen verlor er nicht das Interesse. Sie waren an Feiertagen mit schönem Wetter so selbstverständlich wie das Essen. Es war seltsam, dass sie schon seit ihrer Geburt dabei war. Oder vielleicht schon früher dabei gewesen war. Man dachte nicht darüber nach, ob man das gut fand oder nicht. Natürlich wurde es ein wenig langweilig für Vera, als sie älter wurde. Sie wollte lieber dort sein, wo viele Menschen waren und wo sie mit Freundinnen herumtollen konnte.

Die Mutter sonnte ihre Beine. Die waren im Winter blass und im Sommer braun. Sie zog die Röcke hoch und sonnte sie, wann immer sie konnte. Aber niemals, wenn Fremde in der Nähe waren. Das nannte man Schamgefühl.

10

Auf der ganzen Fahrt durch Landschaft und Städte, ehe sie die Fähre erreichten, war das Blut eine Qual. Sie saßen so eng, dass sie fürchtete, der Geruch belästige Olga und Marina. Makar schimpfte, wenn er an Tankstellen halten musste, weil sie eine Toilette brauchte, um die Handtücher zu erneuern. Aber in der Nacht vor der Überfahrt, als sie irgendwo übernachteten, alle in ein Zweibettzimmer gepfercht, war sie froh, dass sie so blutete. Sie musste zwar auf dem Boden liegen, aber das spielte keine Rolle. Sie wurde in Ruhe gelassen.

Am Fähranleger stank es nach Abgasen, deshalb mussten sie die Fenster schließen, während sie darauf warteten, an Bord zu fahren. Makar war so gestresst, dass Liudvikas ihn bat, den Mund zu halten. Im Rückspiegel konnte Dorte sehen, dass Makar an einer kleinen Papiertüte herumfummelte und eine Pille herausholte. Liudvikas sagte, er solle das lassen, aber Makar hatte die Pille schon hinuntergeschluckt. Dorte hätte gern gewusst, wie das möglich war, ohne Wasser dazu zu trinken. Als Liudvikas schimpfte, weil er die ganze Verantwortung allein tragen müsste, schien Makar kaum zuzuhören. Dorte sehnte sich danach, sich irgendwo hinzulegen. Ohne je am Meer gewesen zu sein, wusste sie, dass es danach roch. Nach altem Meer. Der Vater hatte von Schönheit und Kraft erzählt, so lebendig, dass sie sich nach den Stränden der Ostsee sehnte, die er als Kind kennengelernt hatte. Er hatte nichts über den Gestank gesagt, also kam der wohl von ihr selbst. Sie versuchte, sich an seine Beschreibung zu erinnern, aber ihre Gedanken steckten in einem Stundenglas fest, das niemand umgedreht hatte.

Auf der Fähre, als sie zu ihrer Kabine gingen, waren so viele Menschen, dass es keine Luft mehr für sie gab. Einmal konnte sie sich gegen die Wand stützen. Aber nur für einen Moment, dann wurde sie weitergestoßen.

Die Kabine hatte drei Betten. Olga und Marina würden das eine teilen, die Männer bekamen jeder eins. Dorte wurde unter den Tisch verbannt, weil sie eine solche Schweinerei veranstaltete. In gewisser Weise war sie erhört worden, wenngleich sie nicht gewagt hatte zu beten: »Mach, dass ich blute, bis wir nach Stockholm kommen und alles besser wird.«

Anders war es mit Olga und Marina. Wenn das Licht brannte, musste Dorte sehen und hören. War das Licht gelöscht, hörte sie umso mehr. Das eine oder andere »Nein!« und »Bitte!«. Ab und zu sah sie einen nackten Fuß oder eine Wade oder die behaarten nackten Körperteile der Männer, wenn sie zwischen dem kleinen Badezimmer und den Betten hin- und herliefen. Sie machten sich kaum je die Mühe, die Tür zu schließen, wenn sie ihr Bedürfnis verrichteten. Heftiges Platschen oder Rieseln, oft beendet mit einem ausgespuckten Speichelklumpen. Wenn sie zurückkamen, dann musste Dorte sich steif unter dem Tisch verkriechen, damit sie nicht auf sie traten.

Mit der Zeit roch es nicht mehr nur nach ihr. Die Männer stanken harsch, und das Boot schlingerte. Die Übelkeit kam und ging. Einige Male nickte sie ein und erwachte mit der Stirn am Papierkorb. Ihre Jacke war ihr Kissen, der Mantel die Decke.

Der Hund und auch der Mann waren zum Glück nicht dabei. Trotzdem tauchte er auf, wenn sie zu schlafen versuchte. Die Lederjacke und die stechenden Augen. Makars Stimme klang wie ein Winseln, wenn er mit ihm telefonierte. Der, der den Hund kontrollierte, kontrollierte offenbar alles.

Einmal durfte sie unter der Tischplatte hervorkommen und sich aufrichten. Sich an die Wand lehnen, während die anderen auf den Betten saßen. Dann tranken alle schwarzen Kaffee und aßen Pommes frites und Würstchen von Papptellern. Es wirkte fast normal. Als seien sie ganz einfach fünf Menschen, die nach Stockholm reisten. Als sei das Haus im Wald nur ein schändlicher Alptraum, von dem sie allesamt nicht zugeben wollten, dass sie ihn geträumt hatten. Dorte traute sich zu fragen, ob sie mit dem Cafébesitzer gesprochen hatten, für den sie arbeiten sollten. Liudvikas antwortete, das habe noch Zeit. Makar sagte nichts.

Schon im Wagen hatte Dorte sich gedacht, dass es das Café wohl gar nicht gab. In ihr entstand ein tiefes Loch. Aber in einer Stadt wie Stockholm gab es viele Cafés. Sie würde sicher selbst eins finden können, wenn sie erst dort war. Während sie ein wenig aß und Wasser aus einem Pappbecher trank, sagte sie sich, dass man nicht alle Sorgen schon im Vorhinein auf sich nehmen sollte. Es gab auch so genug.

Nachdem sie sich wieder unter den Tisch gelegt hatte, wurde ihr bewusst, dass Makar sich eine Spritze setzte. Von unten konnte sie nur seinen Oberarm und den gekrümmten Rücken sehen. Seine Bewegungen. Trotzdem wusste sie, was da passierte. Zuerst hielt sie es für Insulin gegen Zuckerkrankheit, wie Onkel Josef es benutzte. Aber als Liudvikas ihn bat, die Sache nicht zu übertreiben, ohne dass Makar irgendetwas gemacht hatte, wusste sie, dass es *Stoff* war. Ihr Herz hämmerte los, als müsse es das ganze Schiff antreiben.

Nach einer Weile hing Makar mit dem Oberkörper über dem Tisch. Seine Füße stießen gegen ihre Hüften. Seine Turnschuhe hatten keine Schnürsenkel und waren ziemlich verdreckt. Er benutzte Dorte als Stütze für seine müden Beine. Es hatte keinen Sinn zu protestieren. Er könnte sie treten. Sie ließ einfach die Zeit vergehen, bis er sich anders setzte. Seine langen Finger hingen wie abgelegte Klauen über die Tischplatte. Ab und zu zuckte er zusammen, und sein Kopf knallte auf die Tischplatte.

Liudvikas sagte mehrere Male »Scheiße« und stieß ihn an. Dann zog er eine Flasche aus der Tasche und füllte Plastikgläser. Wollte unbedingt, dass auch Olga und Marina tranken. Dorte wurde zum Glück nicht gefragt. Olga wollte nicht, aber Liudvikas riss sie an den Haaren und schrie gemeine Beschimpfungen. Makar erwachte zum Leben und drohte, auch ihr eine Spritze zu verpassen.

Olga saß mit hochgezogenen Beinen im Bett. Dorte konnte alles von ihr sehen. Jetzt hob sie das Glas an den Mund. Ihr Gesicht verzog sich, als sie schluckte. Liudvikas setzte sich neben sie und lachte. Drückte ihr wieder das Glas ins Gesicht. Und noch einmal. Olga trank. Ihre Augen erinnerten an das Pferd des Bauern bei schlechtem Wetter. Als das Glas leer war, füllte Liudvikas es noch einmal und zwang sie zu trinken. Am Ende schien es ihr egal zu sein. Da verlor er das Interesse an diesem Spiel und wollte mit Olga und Marina Karten spielen.

»Kann Dorte hinter unserem Rücken liegen, während wir spielen?«, fragte Marina.

»Scheiße, nein. Nicht diese Schweinerei«, rief Makar und war plötzlich hellwach.

»Nein, nein«, meinte auch Liudvikas.

Dann wurden die Karten auf die Tischplatte geknallt. Wenn die Mädchen verloren, und das taten sie fast immer, mussten sie ein Kleidungsstück ausziehen. Olga hing mehr am Tisch, als dass sie saß. Öffnete den Mund ein wenig und presste dann die Lippen zusammen, wie um ein Erbrechen zu unterdrücken. Die Schläge mit den Karten auf den Tisch waren Schattentheater an der Wand. Olga schien nicht mitzubekommen, was passierte. Hatte sich von allem weggesoffen. Marina hatte nicht so viel trinken müssen, aber sie war das Kartenspielen nicht gewöhnt, deshalb war sie rasch nackt. Als sie ihre Unterhose anbehalten wollte, zog Makar den Baseballschläger aus seiner Reisetasche.

Dorte konnte es nicht sehen, so, wie sie unter dem Tisch hockte, aber sie begriff, dass Marina sich ganz auszog.

Als die Mädchen nackt waren, mussten sie sich in das eine Bett legen. Liudvikas sagte ihnen, was sie tun sollten, und Makar lachte sein gröbstes Lachen. Dorte war erleichtert darüber, dass es im Bett hinter ihrem Rücken passierte. Als Liudvikas das alles satthatte, befahl er Olga, mit Makar zu schlafen.

»Ich will Marina ficken«, erklärte er und zog sie aus dem Bett.

Sie musste sich mit dem Rücken zu ihm hinstellen und sich am Tisch festhalten. Dorte spürte, wie Marinas Fuß dicht an ihrer Wade zitterte. Liudvikas zog die Hose so weit hinunter, wie es nötig war. Während er arbeitete, glitt sie ihm über die behaarten Waden. Seine Knie knickten rhythmisch ein und bohrten sich nicht weit von Dortes Wange entfernt in die Luft. Marinas Waden erinnerten an die Stäbchen in Onkel Josefs Mobile. Sie schwankte und weinte. Dünne Finger um die Tischkante.

Dorte musste Olga und Makar nicht sehen. Aber sie waren nur wenige Zentimeter hinter ihrem Nacken. Als Liudvikas fertig war, zog er die Hose wieder hoch und ging ins Badezimmer. Platschte ein wenig mit dem Wasser. Pfiff. Öffnete die Tür und erklärte, er werde jetzt *Geschäfte machen.*

»Versucht ja keinen Scheiß, auch wenn Makar schläft«, drohte er. »Ihr würdet nicht weit kommen.«

Keine antwortete. Als die Tür hinter ihm zufiel, konnten sie in dem harschen Gestank in der Kajüte ruhig atmen. Makar schnarchte. Olga und Marina benutzten nacheinander das Badezimmer. Olga taumelte hin und erbrach sich, noch ehe sie die Tür schließen konnte. Nach einer Weile hörten die anderen, wie sie sich die Zähne putzte. Als Dorte an die Reihe kam, konnte sie fast nicht aufstehen. Ihr Rücken war ein alter Zollstock, der so lange zusammengeklappt gewesen war, dass er eingerostet war. Jetzt prickelte und brannte er. Sie fand kein sauberes Handtuch, aber Marina gab ihr eine Binde. Nichts wurde gesagt. Um Makar nicht zu wecken. Marina half Dorte, eine Decke so zusammenzufalten, dass sie als Matratze dienen konnte. Das war eine große Verbesserung. Olga und Marina legten sich in das Bett oberhalb von Makar. Halb unter dem Tisch sitzend, sank Dorte in eine Art Schlaf.

Die Tür wurde aufgerissen, und Liudvikas stieß zwei Männer hinein. Das Deckenlicht wurde eingeschaltet, und die enge Kajüte verwandelte sich in einen überfüllten Operationssaal. Der eine Mann war so groß, dass er den ganzen Boden einnahm. Liudvikas stieß ihn zu dem Bett, in dem die Mädchen lagen. Er zog Marina am Fuß und befahl ihr herunterzukommen. Sie protestierte mit verschlafener, flehender Stimme. Sofort stand Makar auf den Füßen, wie ein Soldat, der sich schämte, weil er auf der Wache eingeschlafen war. Wühlte in seiner Tasche und zog den Baseballschläger heraus. Marina kletterte nur mit Unterhose und Baumwollhemd bekleidet aus dem Bett. Liudvikas versuchte, Platz für alle zu organisieren.

»Mach, dass du aus dem Bett kommst«, fauchte er Makar an, der sich wieder hingelegt hatte. Makar sprang auf und machte dem fetten Kerl Platz. Marina wurde wie ein kleiner Sack zu ihm hineingeworfen.

Der andere Mann schwankte, und Liudvikas befahl Olga, aus dem Bett zu kommen. Die Luft war zum Schneiden dick. Als sie nicht schnell genug war, packte Liudvikas ihren Fuß und zog daran. Der Fremde ärgerte sich und fing an, auf Englisch zu schimpfen. Fand sicher, dass hier zu viele Menschen seien, und wollte Olga mit in seine Kajüte nehmen. Unter der Deckenlampe war Liudvikas' Gesicht ein grüner Kohlkopf. Plötzlich sprach er höflich, wie an dem Tag, als er Dorte die Ansichtskarten aus Schweden gegeben hatte. Benutzte eifrig die Finger an beiden

Händen, um zu erklären, wie viel es extra kosten würde, wenn der andere Olga für sich haben wollte. Der Mann im Anzug schüttelte den Kopf, und Liudvikas zuckte mit den Schultern und wollte die Tür öffnen. Da wurde der Fremde wütend. Dorte konnte sein Gesicht nicht sehen, wohl aber die Art, in der er schwankte. Am Ende einigten sie sich offenbar. Der Mann blätterte einen Haufen Geld hin. Liudvikas zählte die Scheine, steckte sie in die Tasche und ging hinaus.

Makar setzte sich auf den einzigen Stuhl und glotzte vor sich hin. Aber als der Mann, der Olga bekommen hatte, auf Englisch brüllte, glitt er aus der Tür. Das Deckenlicht wurde ausgeschaltet, doch die Badezimmertür stand offen. Ein flackernder Lichtkegel wanderte über den Boden, wenn die Tür zu den Bewegungen des Schiffes hin und her schwankte. Das Meer war unruhig. Dorte kniff die Augen zusammen und bohrte die Nase in den Kragen ihres Pullovers. Es war wichtig, sich selbst festzuhalten. Nicht zu denken. Alles würde ein Ende nehmen. Auch das Schlimme.

Der Mann, der Marina bekommen hatte, war zuerst fertig. Sie half ihm aus dem Bett und zur Tür, um ihn los zu sein. Der Mann, der auf Olga lag, warf sich hin und her, und das ganze Bett zitterte. Sein Atem war ein grobes Keuchen, durchsetzt mit kleinen Piepslauten. Es klang wie der Blasebalg des Schmiedes, an den Dorte sich aus Weißrussland erinnerte. Der Schmied hatte die Pferde beschlagen. Der Blasebalg war aus Leder und schnaubte ganz schrecklich, während das Eisen, das den Balg antrieb, kreischte. Der Schmied und das Tier mit den traurigen Augen standen im Funkenregen.

Olga ließ keinen Laut hören. Dorte wollte zu Maria, der Mutter Gottes, beten. Aber in einem Raum wie diesem konnte man die Jungfrau Maria nicht anrufen. Der Lichtkegel der schlagenden Tür faltete sich immer wieder auseinander, musste sich aber geschlagen geben. Dorte hatte beide Arme um den

Leib geschlungen und dachte daran, dass nicht sie es war, die dort im Bett lag. Je mehr man sich fürchtete, umso schwieriger wurde es, auch an andere zu denken.

Als der Mann fertig war, sprang er aus dem Bett und knipste das Licht über dem Bett an, um seine Hose zu suchen. Hob die Faust und rieb sich damit vorne ab. Wischte sie an der Bettwäsche ab. Entdeckte Dorte, bückte sich und starrte sie an. Seine Augen waren blutunterlaufen und zugleich träge. Der Mund mit den dicken Lippen stand halboffen, und die Zähne sahen aus wie Scherben eines zerbrochenen Tellers. Schon glaubte sie, es sei aus mit ihr, da richtete er sich auf und machte einige unsichere Schritte in Richtung Tür, während er Geräusche ausstieß. Vermutlich fluchte er auf Schwedisch.

»Können wir nicht einfach weggehen?«, flüsterte Dorte und kroch unter dem Tisch hervor, um ihren Körper zu recken.

»Von hier? Wo sollten wir denn hin, ohne Pass und Geld und Fahrkarten?«, murmelte Marina.

»Jemanden um Hilfe bitten …«

»Und was glaubst du, was dann passiert?«

»Weiß nicht …«

»Liudvikas und Makar würden sich eine Geschichte aus den Fingern saugen und uns zurückholen. Und dann würden sie uns zu Krüppeln schlagen.«

Dortes Knie gaben unter ihr nach. Ihre Fingerspitzen prickelten, sie fühlte sich wie gerädert. Ihr Kiefer mühte sich ab, um Luft zwischen den Zähnen durchsickern zu lassen und zugleich ihren Schädel zusammenzuhalten. Sie sehnte sich nach Veras Wut. Wenn sie doch schlagen könnte! Hart zulangen. Bis nur noch blutige Fetzen übrig wären. Die sein, die immer gewann. So stark wie der Hundemann, der seinen Hund schlug, bis der mit dem Schwanz wedelte und kroch.

Für einen Moment kam Dorte der Gedanke, dass es Männer gab, die Gott nicht erschaffen haben konnte.

Die Mutter schloss alle Knöpfe an ihrer schwarzen Strickjacke und musterte Dorte mit strengem Blick.

»Vor Gott sind wir alle gleich. Wir alle sind Geschöpfe Gottes.«

»Nicht alle, Mama!«

»Alle Menschen!«

Was wusste die Mutter eigentlich über die Menschen?

Der Vater stand mitten im Raum und sah sie an.

»Die Hölle ist nicht an irgendeinem anderen Ort, sondern auf der Erde«, sagte er. Sein Schnurrbart neigte sich nach rechts.

»Hör auf«, sagte die Mutter unglücklich aus dem Lichtkegel und schwankte ein wenig.

»Sieh dich um!« Der Vater hob die Hände und wies nach rechts und links. Dortes Mut verrann wie Wasser aus einem zerbrochenen Krug. Da spürte sie, wie die Arme des Vaters sie umfingen. Er hob sie vom Boden auf und wickelte sie in die Decke. Jetzt trug er sie an einen sicheren Ort. Danach würde er jemanden dazu bringen, Olga und Marina zu retten. Dazu brauchte er die beiden nicht zu kennen. Im Winter ließ er alle möglichen Leute um den Ofen in der Bücherei sitzen, auch die, die gar nicht lasen.

11

Das Erste, was Dorte von Schweden sah, waren Hebekräne, die den Skeletten von toten Pelikanen ähnelten. Eisencontainer, Lastwagen und eine endlose Autoschlange. Die Menschen eilten hin und her, ohne einander anzusehen. Alle schienen nur darauf bedacht, die Ersten zu sein.

Liudvikas brachte das Auto nicht in Gang, deshalb mussten sie von einem Mann an Land geschleppt werden, der mit einem Lieferwagen gekommen war, um sie abzuholen. Liudvikas sprach Englisch und fluchte zwischendurch auf Litauisch. Der Mann kannte offenbar jemanden an einer nahe gelegenen Tankstelle, der sich das Auto ansehen konnte, deshalb schleppte er sie dorthin. Dort sprach Liudvikas mit einem weiteren Fremden, gab ihm den Schlüssel, und sie stiegen in den Lieferwagen um. Liudvikas war schweißnass und setzte sich nach vorn zu dem Fahrer. Die anderen klammerten sich an Kästen und Koffer. Makar sah sauer aus. Dorte hatte Glück und brauchte nicht neben ihm zu sitzen. Das musste Olga. Sie musste sich sogar in den Kurven an ihm festhalten, um nicht zu fallen.

Dorte klammerte sich an ein Gitter zwischen sich und dem Fahrersitz. Auf diese Weise konnte sie immerhin ein wenig aus dem Fenster schauen – auch wenn es ein Blick durch ein Gefängnisfenster war. Es war unmöglich, die Augen irgendwo ruhen zu lassen. Alles flog vorüber. Zweimal mussten sie an einer roten Ampel halten. Die Häuser waren fast sauber. Sie sah keine zerbrochenen Fenster oder baufälligen Balkons. Man mochte nicht glauben, dass die alten Häuser schon seit vielen Jahren dort standen. Für einen Moment ahnte sie Wasser und Bäume. Sie reckte sich, um besser zu sehen. Rutschte vorsichtig auf der Kiste weiter, damit das geronnene Blut in ihrem Schritt nicht zu sehr scheuerte. Wenn sie sich leicht wie eine Feder machte, konnte sie vergessen, wie es um sie stand. Sie müsste doch in dieser Stadt herumgehen können, um sich auf eigene Faust Arbeit zu suchen? Je mehr sie darüber nachdachte, umso leichter schien es.

Nachdem sie eine Weile durch enge Straßen mit alten Häusern gefahren waren, hielten sie in einer Gegend mit neueren Gebäuden. Hohen Gebäuden. Als Liudvikas die Hecktür öffnete, damit sie aussteigen konnten, blieben zwei Jungen stehen und glotzten. Sie tauschten einen Blick und lachten. Drehten sich mehrere Male um, als sie weitergingen.

»Warum lachen die?«, fragte Marina.

»Es ist nicht üblich, Leute in solchen Wagen zu transportieren«, murmelte Liudvikas gereizt.

Makar beschimpfte den Mann, der sie gefahren hatte, aus irgendeinem Grund. Liudvikas sagte, er solle den Mund halten, damit sie keine Aufmerksamkeit erregten. Makar verstummte, sah aber aus, als ob er jeden Moment zum Baseballschläger greifen würde. Als er auf die andere Seite des Autos ging, flüsterte Olga: »Er hat keine Pillen mehr und nichts für seine Spritze.«

Dorte hob ihren Koffer aus dem Auto und blieb aufmerksam stehen, während die Männer auf Englisch miteinander redeten. Sie trafen Verabredungen, und Liudvikas bekam Schlüssel. Ein junges Paar stand nicht weit entfernt vor einer Hauswand und neigte sich einander zu, während sie laut und mit munteren Stimmen redeten. Die Sprache war seltsam. Hart und zugleich doch weich. Sie hatte keine Ähnlichkeit mit Englisch, Russisch oder Litauisch. In Sekundenschnelle durchfuhr Dorte der Gedanke, dass die beiden sich freuten, einander zu sehen. Das Mädchen trug Jeans und einen engen Pullover, der dicht über ihrem Nabel endete. Jetzt schmiegte sie ihren nackten Bauch an den Jungen und warf den Kopf genauso in den Nacken, wie Vera das immer tat. Er legte die Arme um sie und vergrub sein ganzes Gesicht in ihren Haaren. So blieben sie stehen und wiegten sich gemeinsam hin und her.

Eine junge Mutter schob ein Kind in einer Karre vor sich her. Sie beugte sich vor und reichte dem Kind lächelnd ein Spielzeug. Das Kind hob beide Hände und zeigte auf etwas. Die Mutter schaute in diese Richtung, während sie an Dorte vorbei die Straße entlangging. Makar fuchtelte ungeduldig mit dem Arm, er wollte ins Haus.

Die Mädchen schleppten ihre Habseligkeiten drei Treppen hoch. Die Betonstufen verursachten ein hohles Geräusch. Dorte hatte das Gefühl, dass dieses Geräusch aus ihr selbst kam. Während sie Schlange gestanden hatten, um an Land zu gelangen, hatten Olga und Marina sie schließlich zwischen sich genommen, damit sie nicht stürzte. Jetzt musste sie bei jeder zweiten Stufe stehen bleiben. Zweimal glitt sie am Geländer nach unten und blieb sitzen. Das letzte Stück nahmen Olga und Marina sie wieder in die Mitte.

»Du siehst aus wie eine Leiche!«, behauptete Marina.

»Lass sie in Ruhe«, sagte Olga und zog sie hoch wie einen Sack, der stehen bleiben soll. Dorte klammerte sich an das Geländer. Das war eine schwarze Schlange. Sie wand sich in einem schwindelerregenden Schacht nach unten und wollte sie mitreißen. Auf der Fähre hatte sie das Gefühl gehabt, dass alles egal sei. Aber jetzt, als sie fast oben angekommen war, merkte sie plötzlich, dass es zu früh war, um aufzugeben. Plötzlich spürte sie den Geruch von Nikolai, der durch den Treppenschacht nach oben schwebte. Sie lehnte sich an Olga und ließ sich nichts anmerken.

Sie betraten einen Raum, der wie ein Wohnzimmer möbliert war. Es gab mehrere Türen. Sie konnte es sich nicht so genau erklären, begriff aber, dass das gut war. Tisch und Stühle waren aus hellem lackierten Holz. Sofa und Sessel. Olga setzte Dorte auf einen Stuhl. Marina sah sich an, was hinter den anderen Türen lag.

»Hier sind Betten für alle«, sagte sie laut aus dem Schlafzimmer.

»Du kommst woandershin«, sagte Liudvikas und warf seine Tasche in eine Ecke.

»Wohin denn?«, rief Marina ängstlich.

»Ich weiß nicht. Näher an dem Ort, wo du arbeiten sollst. Vielleicht in ein Hotel oder so. Dafür ist ein Schwede verantwortlich. Der Mann, der uns gefahren hat, kommt dich dann holen.«

»Ich kann auf dem Sofa schlafen«, sagte Marina zitternd.

»Halt die Fresse«, rief Makar und hob die Faust.

Marina wich blitzschnell zur Seite und schwieg. Langsam entfernte sie sich von Makar und flüsterte Liudvikas etwas zu.

»Ein Schwede! Ich kann doch kein Schwedisch! Wie sollen wir uns da verständigen?«

Liudvikas zuckte mit den Schultern und erklärte, sie müssten jetzt Essen kaufen gehen.

»Und etwas für die Blutfotze, damit wir in der Schweinerei nicht ertrinken«, sagte Makar grinsend, ließ sich auf das Sofa fallen und richtete einen länglichen Gegenstand, der auf dem Tisch gelegen hatte, auf den Fernseher. Ein ohrenbetäubender Lärm erfüllte das Zimmer, und auf dem Bildschirm erschien eine Popgruppe, die sich bewegte, als ob sie Feuer zwischen Körpern und Kleidern hätte.

»Blutest du noch immer?«, brüllte Liudvikas, um die Musik zu übertönen.

Dorte wusste, dass sie antworten musste, doch es gelang ihr nicht. Sie fror. Klapperte mit den Zähnen und nickte.

»Dreh das da ab, zum Teufel«, rief Liudvikas genervt und wollte wissen, was er kaufen sollte.

Makar stand vom Sofa auf, zeigte und drückte, konnte aber nicht abschalten. Olga trat zum Fernseher und drückte auf einen Knopf. Makar blieb stehen und glotzte den schwarzen Bildschirm mit einer Art Grinsen an, ehe er sich auf das Sofa gleiten ließ und die Augen schloss.

»Makar ist ein Trottel, der kann nicht mal die einfachsten Dinge«, sagte Liudvikas mit einem bösen Blick in Richtung Sofa.

Olga zog Dorte die Schuhe aus. Dortes Zähne führten sich

auf wie Kastagnetten. Sie wollte sich an der Sitzfläche festhalten, aber ihre Hände gehorchten ihr nicht.

»Dorte muss ins Bett«, sagte Olga, zog sie hoch und wollte sie in eins der Nebenzimmer bringen.

»Verdammt!«, rief Liudvikas, zeigte auf Dortes Rückseite und machte Würgegeräusche. »Die sieht am Arsch ja aus wie ein Schlachthof! Die kommt erst ins Bett, wenn sie gewaschen worden ist. Ist das klar? Häng ihr einen Eimer zwischen die Beine, zum Teufel!«

Die Mädchen hatten ihr unter die Dusche geholfen. Niemand hatte vor ihr in dieser Bettwäsche gelegen. Sie hatte mehrere Handtücher unter sich liegen. Das zwischen ihren Oberschenkeln war zu einem steinharten Kissen zusammengefaltet. Sie hatte das Gefühl, dort unten mit grobem Salz eingerieben worden zu sein. Aber immerhin kauerte sie nicht unter einer Tischplatte.

Der Vater hatte immer gesagt, es sei wichtig, sich selbst zu verzeihen, denn nur so könne man auch anderen verzeihen. Dorte wusste nicht, wie viel der Vater verziehen hatte. Oder wem. Das hatte er nie erzählt. Sie selbst würde sich wohl alles sorgfältig überlegen müssen. Später. Wie sie sich verzeihen sollte, dass sie von zu Hause weggegangen war. Vor allem musste sie vielleicht aufhören zu bluten. Sie wusste ja, dass das Blut sie gerettet hatte. Wusste auch, dass man eine bestimmte Menge Blut in den Adern hatte und eigentlich nichts davon entbehren konnte. Versuchte zu berechnen, wie viel sie verloren hatte. Sah bald ein, dass solche Rechenaufgaben ebenso schwer waren, wie durch das Fenster davonzufliegen.

Sie flogen, der Vater und sie. Über die Berge, bei Sonnenschein. Jetzt ging es über die Ostsee. Zu einem internationalen Bibliothekarskongress in Stockholm. Sie flogen ziemlich niedrig. Die

Ufer mit den Haffs und den Nehrungen zeichneten sich unten deutlich ab. Die Luft war so klar. Die Farbe war anders. Der Himmel war eine glutrote Landschaft in einem orangefarbenen Meer. Die Wolken waren durchsichtig – und die ganze Zeit wechselten sie den Ort. Hier und dort ragten sie auf wie die Gipfel in einem gewaltigen Urwald. Leuchtende rote Seen und majestätische Felsformationen tauchten in ständiger Veränderung auf. Die Natur war allein. Ohne Menschen oder andere Lebewesen. Nur Farben – und eine zitternde Stille. Wie wenn man das Ohr an eine Muschel hielt. Darunter konnte sie eine andere Welt erahnen. Das Meer, glänzendschwarz wie die Seide im Trauerkleid der Mutter. Das Nächste jedoch, das nur ihr und dem Vater gehörte, das Gelbe und Rote – und schließlich Perlmuttweiße, das war das Augenblick.

»Das Leben besteht aus Augenblicken, die wir nicht sehen können, weil wir zu sehr damit beschäftigt sind, uns um die Zukunft zu sorgen«, flüsterte der Vater, während unter ihnen alles schwarz wurde wie ein frisch ausgehobenes Grab.

»Da ist das Licht! Das Dunkle ist nur der Lauf der Sonne, die uns einen Streich spielt!«

12

Dorte sass auf dem Stuhl und hatte Kopf und Oberkörper auf den Tisch gelegt. Ihre Arme lagen da wie hingeworfene Kleidungsstücke. Die Tischplatte roch nach Holz und Leim. Liudvikas hatte sich auf dem Sofa ausgestreckt, sah schwedisches Fernsehen und trank aus der Flasche. Manchmal grunzte er ihr irgendetwas zu. Vermutlich, um nett zu sein. Sie versuchte zu antworten, um ihn nicht zu reizen.

Sie durfte sich aus dem Kühlschrank bedienen. Sie wusste, welcher Karton Milch enthielt. Hatte ein großes Glas getrunken. Sie schmeckte anders als die Milch zu Hause. Wie aus einer Blechdose. Aber sie würde sich daran gewöhnen müssen.

Makar und Marina waren nicht da. Dorte wusste nicht, wie lange sie im Bett gelegen hatte, während Liudvikas und Olga sich in den anderen Zimmern zu schaffen gemacht hatten. Eine Jalousie bewachte das Fenster. Einige Male hatte sie aufstehen und sich anziehen müssen, weil Männer für Olga gekommen waren. Sie sagte sich, für Olga sei alles schlimmer. Sie sprachen nicht darüber. Jetzt war es wieder so weit. Sie war offenbar über dem Tisch eingeschlafen, denn plötzlich hörte sie, dass Liudvikas mit einem Mann Englisch sprach. Dann fiel die Wohnungstür zu, und Liudvikas sagte, sie könne sich wieder hinlegen.

An das lodernde Feuer dort unten hatte sie sich gewöhnt. Nur nicht wenn sie pissen musste. Da verlor sie – jedes einzelne Mal. Saß zusammengekrümmt auf der Toilette, wollte verzweifeln, wagte es aber nicht. Ihre Knie waren aus Gummi, sie konnte das Elend nicht vom Bett zur Toilette tragen. Sie versuchte, so viel von Veras Zorn heraufzubeschwören, um sich durch die Wohnung zu schleppen. Es gelang ihr kaum.

Sie hätte wohl zur Toilette gehen sollen, ehe sie sich wieder hinlegte, aber Olga sollte den Mann in Ruhe von sich abspülen. Liudvikas hatte den Fernseher noch lauter gedreht. Ab und zu brüllte eine Menschenmenge wie Tiere.

Sie wurde davon geweckt, dass Olga in dem anderen Bett weinte. Als sie ihren Namen geflüstert hatte, ohne eine Antwort zu erhalten, schlich sie hin und setzte sich auf die Bettkante.

»Verzeih mir, dass ich eingeschlafen bin«, sagte sie in die Dunkelheit hinein.

»Hast du gewusst, dass es so werden würde?«, schluchzte Olga durch das Gebrüll des Fernsehers.

»Nein … ich weiß es noch immer nicht …«

»Wir müssen alle empfangen, die sie schicken. Ich ersteche mich, dann sollen sie das Geld selbst verdienen«, schluchzte Olga.

»Diese Arbeit im Café? Die gibt es nicht?«

»Nein.«

»Hast du das gewusst?«, fragte Dorte, ihre Stimme war nur eine leichte Unruhe in der Luft.

»Eigentlich nicht … ich wusste, dass man viel Geld verdienen könnte, weil reiche Männer mit uns ins Theater und so gehen wollten oder weil sie Gesellschaft brauchten, wenn sie sich einsam fühlen. Aber das sollte ich selbst entscheiden dürfen. Und Makar sollte nur fünfundzwanzig Prozent von dem Geld bekommen. Für Miete und so. Jetzt sagt Liudvikas, dass wir nichts verdienen, solange wir den Vertrag nicht erfüllt haben.«

»Den Vertrag?«

»Ja. Den Vertrag … drei Monate. Dann können wir nach Hause fahren, wenn wir das wollen. Aber jetzt sagt er, diese Wohnung ist teuer, deshalb braucht er alles Geld, um sich einzurichten … und Kontakte aufzubauen. Deshalb müssen wir die ganze Zeit Kunden empfangen.«

Liudvikas schaltete den Fernseher aus, und Olga verstummte. Nach einer kleinen Weile kam er herein, schaltete die Deckenlampe an und glotzte sie eine nach der anderen an, als ob sie seine Brieftasche gestohlen hätten.

»Was tuschelt ihr hier eigentlich? Ich geh kurz weg. Macht ja keinen Scheiß. Dann schlägt Makar euch zu Brei!«

Sie schwiegen, bis sie hörten, dass er die Wohnungstür abschloss.

»Er sperrt von außen mit einem Sicherheitsschloss ab. Wir kommen hier nicht raus.«

Dorte spielte mit dem Gedanken, Olgas Wange zu streicheln, aber das kam ihr zu kindlich vor.

»Ich wusste nicht, dass es noch andere Absprachen gab als die mit dem Café«, flüsterte sie und schämte sich. Das Licht war unerträglich, deshalb stand sie auf und knipste es aus.

»Es ist so unheimlich, wenn du mit den Zähnen klapperst. Leg dich hin. Dann können wir doch auch reden. Wir sind ja jetzt allein hier!«, sagte Olga und putzte sich die Nase.

Dorte gehorchte, lag da und kostete das Unbehagen aus. Wenn sie hier jemals wegkäme, wäre sie sicher zahnlos.

»Wo ist … Marina«, fragte sie in die Dunkelheit hinein.

»Ich weiß nicht. Sicher muss sie jetzt bezahlen«, sagte Olga hart.

Dorte schluckte und konnte eine Zeit lang nichts sagen. Dann fiel ihr etwas ein. »Glaubst du, es gibt hier Kakaopulver?«

»Kakaopulver?«

»Ja. Ich mache uns heißen Kakao. Aus der Tüte. Wie du am ersten Tag!«

Sie stand auf und zog sich den Pullover über den Kopf. Dann ging sie mit schwankenden Schritten zur Kochnische und machte Licht. Es gab kein Kakaopulver mehr, aber sie fand ein Glas Honig. Sie war an die Knöpfe des Elektroherdes nicht gewöhnt. Sie hielt die Hand über die Platte, um festzustellen, ob sie die richtige angedreht hatte. Zog einen Stuhl heran und setzte sich, während sie wartete. Stand nach einer Weile auf und tunkte den Finger in die Milch. Schaltete die Platte aus und verrührte den Honig.

Olga nahm die Tasse mit beiden Händen entgegen. Dorte stellte ihre auf den Nachttisch, während sie ihren Körper unter die Decke schob. Als sie die heiße Tasse in der Hand hielt und trank, war schon der Gedanke daran tröstlich. Bis Olga sagte: »Du warst vor dieser Nacht noch nie mit einem Mann zusammen …? Vor der Nacht in der Sauna?«

Eine Schranktür stand ein wenig offen. Der Schrank war leer. Das Licht von Olgas Nachttischlampe spielte an einem Metallkleiderbügel. Dorte dachte, dass sie aufstehen und die Tür schließen sollte, fühlte sich aber zu schwach, als hätte sie Tage gebraucht, um diese Milch heiß zu machen.

»Was für eine Sauna?«

Olga wandte sich zu ihr um und riss die Augen auf.

»Weißt du das nicht mehr? Das Haus im Wald …«

»Man muss sich mit dem schwarzen Hund anfreunden, der hat Angst«, hörte Dorte sich sagen.

Olga verstummte.

Es wurde unerträglich still. Deshalb sagte sie: »Ich glaube, ich weiß, wo Liudvikas unsere Pässe hat.«

Eine gelbe Haut lag am Boden der Tasse, nachdem sie die Milch getrunken hatte. Also hatte sie den Honig nicht gut genug verrührt. Vielleicht hatte sie gar nicht gerührt. Sie konnte sich nicht erinnern, ob sie einen Löffel gefunden hatte.

»Wo denn?«, fragte Olga.

»In dem Leinenbeutel, den er an einer Schnur um den Hals trägt, unter seinem Hemd«, sagte Dorte rasch. Als ob es möglich wäre, das zu vergessen.

»Zieht euch so schön an wie möglich! Wir gehen aus!« Liudvikas machte Licht und zog Olga die Decke weg. Sein Blick machte Dorte klar, dass sie zu gehorchen hatten. Olga half ihr, Kleider aus dem Koffer zu suchen. Liudvikas klopfte dreimal an die Badezimmertür, während sie drinnen waren. Beim letzten Mal klang das Klopfen düster. Olga rieb beiden braune Creme ins Gesicht und malte ihre Münder an. Als Dorte in den Spiegel blickte, sah sie dort eine andere.

Olga hielt ihr neues Puppengesicht horchend ins Zimmer hinein.

»Liudvikas hat jemanden reingelassen«, sagte sie mutlos, machte sich aber trotzdem fertig, während Dorte Binden in die rote Lacktasche steckte.

Ein magerer Mann in einem gestreiften Anzug saß auf dem Sofa. Weder alt noch jung. Seine Augen unter den fast unsichtbaren Brauen lagen tief im Kopf. Sein Gesicht war bleich, und in der Mitte saß eine große Nase. Er hatte die Arme vor der Brust verschränkt, als nehme er Berechnungen vor. Seine farblosen Haare waren kurz geschnitten, und er hatte hohe Geheimratsecken. Er sah aus, als sitze er schon seit Jahren in seinem weißen Hemd hungerleidend auf dem Sofa. Jetzt stand er auf und kam einige Schritte auf sie zu. Sein Anzug sah leer aus. Als sitze der Kopf direkt auf den Kleidern. Eine schwarze Aktentasche mit Schulterriemen blieb auf dem Sofa liegen.

Liudvikas und er kannten sich schon, sie plauderten auf Englisch wie alte Bekannte. Liudvikas benutzte seine höfliche Stimme. Fast unterwürfig. Als fürchte er, der Fremde könnte verschwinden.

»I am Tom!«, sagte der Mann und gab Olga und Dorte nacheinander die Hand – als sei alles ganz normal. Seine Hand fühlte sich an wie angewärmte Knochen. Als er den Mund zu einer Art Lächeln öffnete, stellte Dorte fest, dass er nicht nach Schnaps stank. Olga stand mitten im Zimmer und wartete auf irgendetwas. Ihre Arme hingen schlaff nach unten, und ihr Kinn lag fast auf ihrer Brust. Ihre blonden Haare waren am Hinterkopf ein wenig verfilzt, als habe der Wind versucht, dort etwas zu verstecken. Aber Olga war seit ihrer Ankunft nicht draußen gewesen.

»Tom lädt ein und spendiert«, sagte Liudvikas vage.

Olgas Lippen zogen sich auseinander, und ihre Zähne waren zu sehen. Dorte ging auf, dass sie Olga noch niemals hatte lächeln sehen. Sie war nicht sicher, ob es ihr selbst gelingen würde. Aber Liudvikas versetzte ihr einen Stoß.

»Reiß dich zusammen. Sieh aus wie ein Mensch! Der da ist wichtig!«, fauchte er auf Russisch.

Die Bäume verloren jetzt ihre Blätter. Sie lagen auf dem Bürgersteig und im Rinnstein und hielten den Regen fest, der schon eine Weile auf sie fiel. Sie hatte das durch das Fenster gehört. Hier und dort glühte es rot und gelb unter den Straßenlaternen. Wie gewaltige Schmuckstücke. Wenn sie sich von Liudvikas' Faust losrisse, müsste sie schrecklich schnell sein, damit er sie nicht einholte. Sie wusste, dass das nicht möglich war. Ihre Schuhe hatten keine Gummisohlen und zogen Wasser. Das machte sie traurig. Es war ihr einziges schönes Paar.

Zum Glück wollte Tom ein Taxi nehmen. Er war sicher reich, denn sie hatten einen weiten Weg vor sich. Sie fuhren offenbar in die Innenstadt. Schließlich tauchte eine breite Straße mit vielen beleuchteten Schaufenstern voller funkelnder Dinge auf. Kleider. Schuhe. Hausrat. Möbel. Unfassbar viele schöne Dinge. Sicher hatte Liudvikas recht, und alle in Schweden waren reich.

Olga lächelte und zeigte auf die Schaufenster. Einmal lachte sie, als sie an einer Schaufensterpuppe in einem roten Kleid vorbeikamen. Der Fahrer bog in eine Seitenstraße ab und dann noch einmal. Die Straßen schienen immer enger zu werden. Einmal funkelten Nikolais Augen in einer Pfütze.

Sie gingen in einen Keller. Viele Menschen bewegten sich hin und her und tanzten miteinander oder mit sich selbst. Die laute Musik machte das Reden unmöglich. Aber Dorte hatte nichts zu sagen. Der Schwindel saß ebenso in ihren Knien wie in ihrem Kopf. Sie hatte das Gefühl, einen mit Blei gefütterten Raumanzug zu tragen. Einmal hielt sie sich an Olga fest, weil der Boden unter ihr verschwand.

Tom kannte offenbar jemanden, der in diesem Lokal arbeitete, und sie wurden zu einem Vierertisch ganz hinten geführt. Tom und Olga saßen nebeneinander. Liudvikas und Dorte kehrten dem großen lärmenden Raum den Rücken zu. Tom schenkte aus einer Flasche Wein ein. Dorte protestierte nicht, sie ließ ihr Glas einfach stehen. Olga nippte an ihrem und lächelte oft.

Tom wollte mit Olga tanzen, und sie verschwanden in dem Lärm hinter Dortes Rücken. Liudvikas beugte sich so dicht über sie, dass sie seinen Atem teilen musste. Sie wagte nicht auszuweichen.

»Er will Olga mitnehmen«, sagte Liudvikas eifrig, wie zu einem Kumpel.

»Mitnehmen?«

»Ja, mit nach Norwegen. Er bezahlt gut für sie. Ich kenne ihn.«

»Ach?«

»Vom letzten Mal. Aber da hat es kein Geschäft gegeben. Er ist wählerisch. Der Norweger hat Stil, nicht? Und er bezahlt bar und sofort. In Euro oder Dollar.«

Dorte begriff, dass sie nicht zeigen durfte, wie verzweifelt es sie machte, dass Olga sie verlassen würde. Liudvikas' gute Laune war das Einzige, was sie im Moment hatte.

»Muss ich dann allein sein … in der Wohnung?«, fragte sie trotzdem und ein wenig jämmerlich.

»Nein, wir bringen dich zu den anderen, das wird billiger«, sagte Liudvikas und grinste.

»Zu wem?«

»Marina. Und denen von der ersten Tour«, sagte er stolz. Als sei die erste Tour etwas ganz Einzigartiges gewesen. »Aber du kannst nicht mehr krankfeiern, jetzt, wo Olga weggeht. In diesem Land ist alles so verdammt teuer. Der Vermieter muss ja auch bezahlt werden, ehe wir ausziehen. Ich habe kein Bargeld, also musst du das erledigen.«

»Ich hab kein Geld …«

Liudvikas prustete los – mit dem Gesicht zur Decke. Dorte verbarg die Hände im Schoß, um sie nicht aus dem Griff zu verlieren. Sie wagte nicht, den Umriss des rechteckigen Beutels unter seinem Pullover anzusehen.

Ein Paar setzte sich an den Nebentisch. Sie hatte gerade etwas gesagt, das beide zum Lachen brachte. Sie trug ein ausgeschnittenes und mit Perlen besetztes Oberteil. Die beiden hatten nur Augen füreinander. Wenn Dorte sie um Hilfe gebeten hätte, um nach Hause zu kommen, dann hätten sie es nicht verstanden, oder es wäre ihnen egal gewesen. Aber Liudvikas würde sie mitnehmen. In die Wohnung, zum Baseballschläger.

»Wohin geht Olga denn?« Sie bemühte sich, ganz normal zu klingen.

»Das weiß ich nicht. Nicht in die Hauptstadt, wie immer die heißt … sondern in eine andere Stadt.«

Er leerte sein Glas und schenkte sich nach. Dann hielt er ihr den Zeigefinger unter das Kinn, sagte, das Make-up stehe ihr gut und er wolle tanzen.

Sie murmelte, dass sie keine gute Tänzerin sei, aber er zog sie mit sich auf die Tanzfläche. Dort hüpften sie herum wie Bälle in einem Eimer. Sie musste nur ertragen, dass er sehr nahe kam – mit Armen und Beinen wie ein spasmischer Krebs. Er presste seinen Unterleib an ihren, als wolle er dort Saugnäpfe anbringen. Sie versuchte an Vera zu denken, die zu Hause durch das Zimmer tanzte, wenn sie guter Laune war. Es war witzig, mit Vera zu tanzen.

Liudvikas entdeckte im Gewimmel Tom und Olga, und er zog Dorte mit sich durch die tanzende Menge und gestikulierte dabei. Tom wollte die Partnerinnen tauschen, worauf Liudvikas johlend einging, während Olgas Gesicht erlosch. Die Musik klang wie ein wütender Traktor.

Dorte hatte niemals etwas dermaßen Knochiges berührt. Aber er roch nach Rasierwasser und sauberer Kleidung. Wenn er nicht soeben Olga wie ein Stück Fleisch gekauft hätte, dann hätte sie ihn für etwas besser als Makar und Liudvikas gehalten.

Er hielt sie von sich ab wie einen Wandschirm. Außerdem hatte er seine schwarze Aktentasche bei sich. Sie hing an einem Schulterriemen quer über seinen Bauch, als sei sie sein allerliebster Besitz. Ab und zu schlug sie gegen Dortes Rippen, als wolle sie sie nicht in ihrer Nähe haben.

Zum Glück wollte er bald zum Tisch zurückkehren. Liudvikas hatte die Flasche geleert, und Tom bestellte eine neue. Er selbst trank nicht viel. Als Liudvikas Olga und Dorte zum Trinken zwingen wollte, hielt Tom ihn zurück. Liudvikas ließ sich diesen Tadel ohne Murren gefallen, und Olga sah Tom an wie ihren Bruder. Dorte fand es eine Erleichterung, keinen Wein trinken zu müssen. Der schmeckte sauer und wollte nicht in ihrem Magen bleiben.

Tom war rastlos und wollte gehen, ehe Liudvikas ausgetrunken hatte. Als Liudvikas sich die Flasche unter die Jacke schob, schüttelte Tom den Kopf und sagte einige Sätze auf Englisch. Liudvikas stellte die Flasche wieder auf den Tisch, sah aber wütend aus. Die Frau am Nachbartisch lachte lauter als die Musik. Sie trug enge Jeans, die weit unten auf ihrem Hintern anfingen. Die Spalte und ein rosa Strang, der wohl eine Unterhose vorstellen sollte, waren zu sehen, wenn sie sich bückte. Taille und Bauch lagen wie eine locker eingepackte Wurst über dem Hosenbund. Vielleicht besaß jemand sie und hatte beschlossen, dass sie sich so anziehen sollte, um Kunden anzulocken? Dorte hörte ihr wildes Lachen noch lange, nachdem es verstummt sein musste. Tom hielt ihren Arm, als sie gingen. Ab und zu sagte er auf Englisch etwas zu Liudvikas. Wenn er sie losließe, wenn sie die Straße erreichten, würde sie fliehen können. Ihre Handflächen waren feucht.

Er ließ nicht los, sondern drehte sich um, um mit Liudvikas Englisch zu sprechen. Sie hörte, dass Olgas und ihr eigener Name fielen. Und als ob Liudvikas Dortes Gedanken gelesen hätte, trat er auf ihre andere Seite und legte den Arm um Olga und sie.

»Er will dich mit ins Hotel nehmen«, flüsterte er in Dortes Ohr.

»Warum denn? Er hat doch Olga …«, setzte sie an, verstummte dann aber; sie hatte Angst, Olga könnte hören, dass sie alles auf sie ablud.

Tom winkte einem Taxi, und Liudvikas drückte sie auf den Rücksitz, ohne loszulassen. Olga und sie blieben mit ihm verschränkt sitzen. Tom stieg vorne ein. Auf der Fahrt nahm sie sich vor, mutig zu sein und hinauszuspringen, obwohl sie schon jetzt wusste, was dann passieren würde, denn auf ihrer Seite war lebhafter Verkehr. Der Türgriff blinkte in der Dunkelheit. Sie versuchte zu erraten, wie der Mechanismus funktionierte.

Als das Taxi an den Straßenrand fuhr, jagten die Autos dicht an dicht vorüber. Sie würde sofort überfahren werden, wenn sie ihre Tür öffnete. Sie hörte bereits das Klirren von Glas und Metall. Sah sich selbst in einer Lache. Tom sprach mit dem Fahrer und bezahlte. Die beiden anderen stiegen aus, um sie herauszulassen, da die Tür zur Straße nicht geöffnet werden konnte. Liudvikas beugte sich herein und zog sie am Arm. Sie hielt die Tasche krampfhaft vor sich und landete fast auf dem Asphalt. Tom trug sie mehr, als dass er sie über den Bürgersteig und durch eine Tür mit Messingklinke führte. Dann wurde sie vom grellen Licht verschlungen. Sie sah bereits die Männer in den Sesseln um das Bett. Toms Hand war eine Eisenklaue um ihre Taille.

Ein Mann hinter einem Tresen reichte ihm einen Schlüssel und nickte abwesend. Als Tom sie losließ, um seine Aktentasche hochzuschieben, hätte sie laufen können. Aber die Halle war ein ganzes Meer, und er hätte sie noch vor der Tür erreicht. Und dann wartete der Baseballschläger. Er war sicher nur dann freundlich, wenn es ihm gerade passte, genau wie Liudvikas. Im nächsten Augenblick war es zu spät. Er führte sie durch die Halle und in einen Fahrstuhl und drückte auf die vierte Etage. Der Fahrstuhl hatte ein Gitter vor der Tür.

13

Der Vater sass vor einem aufgeschlagenen Buch. Nicht das Buch über Dante in der Unterwelt oder eines über Dostojewskis unglückliche Helden, sondern das große Buch über die Pflanzen. Blütenblätter entfalteten sich über eine ganze Buchseite. Schmetterlinge. Jetzt fragt er mich, warum ich nicht zu Hause bin, dachte sie. Aber das tat er nicht. Er blätterte im Buch, ohne sich etwas anmerken zu lassen, als wisse er, dass alles verändert und zerstört war. Vielleicht war es eine Bagatelle für jemanden, der durch die Finsternis dorthin gegangen war, wo er jetzt war. Er zeigte auf die Blumenbilder und erzählte mit seiner gedämpften, ein wenig schläfrigen Stimme. Ab und zu lächelte er. Das rasche Lächeln. Nur eine kleine Bewegung des Mundwinkels, während er aus zusammengekniffenen Augen über die Brillengläser blickte. Jetzt funkelten seine dunklen Augen.

Das Zimmer war ziemlich groß. Möbel und Vorhänge dunkel. Zwei nebeneinanderstehende Betten mit Nachttischen auf den Seiten – und noch andere Möbel, die ihr nicht sofort aufgefallen waren. Eine offene Tür zum Badezimmer. Dorte hatte noch nie ein Hotelzimmer gesehen, aber sie wusste ja, dass es welche gab. Er schloss die Tür ab und blieb für einen Moment mit dem Schlüssel in der Hand stehen. Der hing an einem ziemlich großen Metallgegenstand. Trotzdem ließ er ihn in die Hosentasche gleiten, half ihr aus der Jacke und hängte diese auf. Am Ende breitete er die Arme aus, wie um ihr das Zimmer zu zeigen. Sie blieb stehen und starrte ihre feuchten Schuhe an. Dann spürte sie seine knochige Hand unter dem Ellbogen, und sie traten wie auf Verabredung hin in das Zimmer.

Ihr Blick wanderte an den Wänden und am Fußboden entlang. Hatte er in seinem Koffer einen Baseballschläger versteckt? Der Koffer stand geöffnet auf einem Gestell. Darin lagen Hemden und Unterwäsche so ordentlich zusammengefaltet, als ob Dortes Mutter das gemacht hätte. Zwei blankgeputzte schwarze Schuhe standen mit den Absätzen zur Wand unter den Haken, an denen die Mäntel hingen.

Sie wurde auf das nächste Bett gesetzt wie eine Schachtel mit einem unberechenbaren Inhalt. Kreideweiße Bettwäsche. Als er die Schuhe ausgezogen hatte, zeigte er auf ihre. Sie zog sie aus. Er trug beide Paar Schuhe zur Tür und stellte sie mit den Absätzen zur Wand. Zog sein Jackett aus und hängte es auf. Lockerte seinen Schlips und machte sich an seinen Hemdknöpfen zu schaffen. Im Halbdunkel an der Wand gegenüber hing ein Bild. Es stellte Bäume in starkem Wind unter einem gelben Himmel dar. Der Vater hätte das sicher nicht als Kunst bezeichnet.

Tom ging zu einem kleinen Schrank unter dem Tisch und nahm eine Flasche Wasser heraus, öffnete sie und füllte zwei Gläser. Dann reichte er ihr das eine und setzte sich neben sie. Ihr Glas schwappte über. Sein Blick kam ihr vor wie krabbelnde Raupen.

»Du bist nicht so alt?«, fragte er auf Englisch, aber sie zeigte nicht, dass sie das verstanden hatte.

Beim Trinken machte er ein gurgelndes Geräusch. Sein Adamsapfel arbeitete mit sprunghaften Bewegungen. Irgendwo draußen ging plötzlich ein schriller Autoalarm los. Das Geräusch hing in der Luft, obwohl das Auto davonfuhr. Die Uhr des Vaters kam ihr schwer vor, obwohl sie die Zeit nicht mehr anzeigte. Tom stellte beide Gläser auf den Nachttisch und fasste sie unters Kinn, damit sie ihn ansah. Der Frost kam von innen und ließ sich nicht aufhalten. Sie hatte keinen Baseballschläger gesehen, aber sie wusste ja nicht, was er sonst machte. Einmal hatte sie gelesen, dass Menschen, die sich dringend den Tod wünschten, ihren Willen durchsetzen könnten. Aber sie wusste nicht, ob sie das wirklich wollte. Seltsam, etwas so Einfaches nicht zu wissen. Jetzt saß sie hier.

Er sagte etwas, das sie nicht verstand. Seine Hand hob ihre Haare, genau wie vorhin, als sie getanzt hatten. Und als habe er ihre Gedanken erraten, zog er sie hoch, bis sie beide vor dem Bett standen. Legte die Arme um sie wie um einen kippenden Pfosten, während er die Füße zu einer Art Tanz bewegte. Er summte eine Melodie, die sie nicht kannte. Seine Stimme war jetzt noch heller als dann, wenn er sprach. Sie bewegte gehorsam die Füße und ließ sich führen, während sie, so hart sie konnte, die Lippen zwischen die Zähne zog. Nach einer Weile blieb er stehen, als gebe er auf. Sein Hemd leuchtete kalt im Halbdunkel.

Sie musste pissen. Das hatte sie schon im Lokal gemusst. Jetzt wusste sie nicht, ob sie es rechtzeitig schaffen würde. Mit dem Laut einer halberstickten Maus gab sie es ihm zu verstehen. Auf irgendeine Weise gelang es ihr, die Tasche zu nehmen und das Badezimmer zu erreichen. Die Tür ließ sich abschließen. Während sie abwechselnd zurückhielt und aushielt, kniff sie die Augen fest zusammen. Die Binde packte sie, ohne sie anzusehen, in Toilettenpapier und ließ sie in den Eimer fallen, der dort stand. Nachdem sie sich Hände und Gesicht gewaschen hatte, trocknete sie sich an einem der kreideweißen Handtücher ab.

Unerwartet tauchte Veras Trotz in ihr auf, als ob sie ihn die ganze Zeit in der Tasche gehabt hätte. Sie schob die Hand in den Eimer und zog die Binde heraus. Das Blut hatte bereits das Papier durchtränkt.

Er hatte auf beiden Betten die Decke zurückgeschlagen. Sie ging mit der Binde in der ausgestreckten Hand durch das Zimmer, ohne etwas zu sagen. Einen Moment stand er wie gelähmt mit offenem Mund da, dann schlug er sich mit der flachen Hand vor die Stirn und schüttelte den Kopf.

»Okay! Okay!«, sagte er mit einem starren Lächeln, zeigte auf das Bett und breitete die Arme aus. Stellte sein Glas auf den anderen Nachttisch und legte zwei der vier Kissen an die Stelle, wo die Betten einander berührten. Zeigte auf Dorte und auf die eine Seite der Kissen. »Okay?«, fragte er dann.

Sie warf die Binde in den Eimer, wusch sich noch einmal die Hände, zog die Tür zu und setzte sich auf das Bett, das er ihr zugewiesen hatte. Seltsame Geräusche quollen aus ihr heraus und ließen sich nicht anhalten. Ohne ihn zu sehen, spürte sie, dass er einfach dastand. Nach einer Weile verebbten die Geräusche wie hinter einem plötzlich geschlossenen Fenster. Sie wischte sich mit dem Arm über das Gesicht.

Er kehrte ihr den Rücken zu und fing an, sich auszuziehen. Als er seine Hosen genau entlang der Bügelfalte über einen Stuhl hängte, fiel der Schlüssel auf den Boden. Er hob ihn auf und legte ihn auf den Nachttisch. Als er in gestreiften Boxershorts dastand, zeigte er auf sie, wie um sie daran zu erinnern, dass sie sich ausziehen sollte. Als sie sitzen blieb, löschte er die Nachttischlampe und legte sich mit dem Rücken zu ihr hin.

Eine Weile saß sie nur da und atmete. Als sie den Kopf in seine Richtung drehte, sah sie, dass der Schlüssel nicht mehr auf dem Nachttisch lag. Vielleicht hatte er ihn unter das Kopfkissen geschoben? Sie löschte die Lampe auf ihrer Seite und zog sich im Dunkeln aus. Die Hose nahm sie mit unter die Decke, den Pullover behielt sie an. Mit der rechten Hand konnte sie vorsichtig feststellen, dass er die Kissen zwischen ihnen nicht weggenommen hatte.

Erst lag sie nur da und wartete darauf, dass er sich über sie warf. Machte sich bereit. Aber er legte sich nur bequemer hin und zog ein wenig an der Decke. Nach einer Weile konnte sie seinem Atem anhören, dass er schlief. Nach und nach hörte ihr Kiefer auf zu zittern. Eine seltsame Wärme setzte in den Füßen ein, kroch die Waden hinauf und erfüllte ihren ganzen Leib. Sie wagte zu spüren, wie sie lag. Hatte den Mut, sich zu bewegen. Das Licht von der Straße malte einen weißen Streifen an die Wand. Wenn sie ein wenig zur Seite schielte, konnte sie seinen Körper sehen. Wie einen Hügel in einer Landschaft.

Sie wurde von seiner Stimme geweckt. Und wusste sofort, wo sie war. Er saß in Boxershorts auf einem Sessel vor dem Fenster und telefonierte. Sie lag ganz still da und musterte ihn. Zuerst sprach er mit ruhiger und neutraler Stimme, während er sich mit der freien Hand am Oberschenkel kratzte. Dann wurde er energisch, schüttelte ab und zu den Kopf oder nickte heftig. Am Ende lächelte er vor sich hin und sagte: »Okay! Yes!«, während er auf das Bett zukam, sich über sie beugte und ihr das Telefon reichte.

»Hallo! Dorte!« Sie verstand nicht sofort, dass es Liudvikas' Stimme war.

»Ja …«

»Er will Olga doch nicht mit nach Norwegen nehmen. Er will dich! Er bezahlt gut.«

»Bezahlt …? Mich?«

»Sei nicht blöd. Er hat dich gekauft! *Du* kriegst kein Geld. Du hast uns doch nur gekostet. Reise, Essen, Haus. Und eine verdammte Menge Scheiß.«

»Wo … wohin soll ich?«

»Keine Ahnung. Frag Tom!«, sagte Liudvikas verärgert.

»Ich verstehe nicht, was er sagt.«

»Dann musst du das eben lernen! Ich bring dir deine Sachen

runter, wenn ihr hier vorbeikommt. Offenbar brecht ihr heute schon auf.«

Sie starrte den Mann an, der sich über sie beugte, starrte die Wand hinter ihm an. Starrte eine Brustwarze an. Ein dunkler Fleck auf glatter Brust. Seine Rippen ragten hervor. Hoben und senkten sich. Sie starrte seine Hand an, die noch immer zwischen ihnen in der Luft hing und auf das Telefon wartete. Dann fiel ihr ein, dass sie die ganze Nacht geschlafen hatte, ohne den Hund oder den Hundemann zu hören. Sie räusperte sich und sagte: »Vergiss meinen Pass nicht! Und den Elefanten im Bett … Olga weiß …«

»Gut. Passport. Yes!«, sagte Tom lächelnd – und nahm das Telefon, um weiter mit Liudvikas zu sprechen. Als er aufgelegt hatte, reckte er sich und gähnte, klopfte ihr kumpelhaft auf die Schulter, zeigte auf das Badezimmer und sich selbst. »Okay?«

»Okay!«, sagte sie und hielt den Atem an, während er die Tür schloss. Dann schob sie rasch die Hand unter sein Kissen, aber da war der Schlüssel nicht. Er hatte ihn wohl zusammen mit der Aktentasche ins Badezimmer mitgenommen. Sie zog ihre Hose an und legte sich zum Warten hin. Das Geräusch von fließendem Wasser. Und seine Stimme wie ein seltsamer Gesang in einer hart-weichen Sprache. Ganz und gar unverständlich. Niemals würde sie die lernen. Es würde aber auch nicht nötig sein. Wenn sie nur ihren Pass an sich bringen könnte, dann würde sie es schon nach Hause schaffen. Vera würde sagen: »Du dummes Gör! Wie bist du nur auf die blöde Idee gekommen, uns zu verlassen!« Aber sie würden vor Freude weinen, alle drei. Die Mutter würde sie nicht quälen. Wunden verheilen doch. Zum Glück würde niemand es sehen können. Alles war versteckt. Niemand würde etwas wissen. Denn sie wusste es selbst nicht.

14

Das Auto war sicher neu – und glänzend grau. Bäume und Fenster spiegelten sich darin. Die Menschen, die vorübergingen, legten sich wie bucklige Bilder auf die Motorhaube. Tom öffnete die hintere Tür und stellte seinen Koffer hinein. Wurde selbst zum Spiegelbild. Glitt vorüber.

Auf dem Weg zur Wohnung dachte Dorte, Olga sei sicher wütend, weil sie doch nicht wegfahren würde. Vielleicht hatte sie aus Rache den grauen Elefanten nicht mit eingepackt? Als Liudvikas mit dem Koffer auf die Straße kam, war Olga nicht dabei. Natürlich nicht. Liudvikas grinste und reichte Dorte eine nicht weiter eingewickelte Packung Binden.

»Abschiedsgeschenk von Olga.«

Dorte gab keine Antwort, sie legte die Binden nur in ihre Tasche. Die Vera ihr geschenkt hatte, weil sie sie zu kindlich gefunden hatte. Roter Lack und ein Reißverschluss mit einer Troddel. Ein großes Fach und mehrere kleine.

Tom legte die Aktentasche auf die Motorhaube und reichte Liudvikas einen Briefumschlag. Liudvikas öffnete den Umschlag, zog einige Geldscheine heraus, nickte und fing an zu zählen. Dann nickte er noch einmal und fischte Dortes Pass aus dem Beutel auf seiner Brust. Tom kehrte ihnen den Rücken zu, sie wusste nicht, ob er den Pass in seine Aktentasche oder in die Jackentasche steckte. Als sie losfuhren, fragte sie sich, wie sie den Pass an sich bringen sollte. Am Vorabend hatte er seine Jacke aufgehängt, ohne die Taschen zu leeren. Aber da hatte er den Pass noch nicht gehabt. Sie hatte keine Vorstellung davon, wo oder wann er die Jacke das nächste Mal aufhängen würde.

Wusste nicht einmal, wohin sie unterwegs waren. Hatte nur Liudvikas' Abschiedsworte: »Jetzt gehörst du Tom. Er hat bezahlt, was du uns schuldest. In Geschäftsdingen ist er in Ordnung. Für ihn arbeitet eine, die Russisch spricht. Du kannst mit ihr reden. Aber benimm dich anständig. Wenn er Ärger mit dir kriegt oder wenn du weiter blutest, dann müssen wir dich für einen schlechteren Preis zurücknehmen. Ich soll dir sagen, dass er dich gut behandeln wird. Aber wenn du irgendwelchen Scheiß baust, dann wird es ernst. Er wird dich immer finden. Egal wo!«

Auf der Fahrt, mit Tom am Steuer, fühlte sie sich fast frei. Sie hatten die Stadt verlassen und waren schon eine Weile unterwegs, als er bei einer Tankstelle von der Straße abfuhr, die Schlüssel aus dem Zündschloss riss, sich zu ihr wandte und ihr ein Zeichen gab mitzukommen. Zögernd schob sie sich vom Sitz. Für einen Moment überlegte sie wegzulaufen. Aber wohin? Es war doch so hell. Er würde sie finden. Niemand würde verstehen, was sie sagte.

Er griff nach ihrer Hand, als wären sie ein Liebespaar. Am Kiosk kaufte er eine Zeitung, auf der ein schweißnasser Mann im Fußballtrikot abgebildet war, dazu Obst und Schokolade und vier Flaschen Wasser. Als er bezahlt hatte, ging er mit ihr hinter das Haus zu den Toiletten und wartete draußen auf sie. Sie würde niemals erfahren, ob er riskiert hatte, selbst aufs Klo zu gehen, oder ob er darauf verzichtet hatte, weil er fürchtete, sie könnte davonlaufen. Vielleicht hatte er einfach hinter dem Gebüsch gepisst?

Als sie wieder ein Stück weit gefahren waren, legte er Musik ein. »Bach!«, sagte er und nickte im Takt. Gab sich der Musik hin. Sie merkte, dass es guttat, seinem Beispiel zu folgen, zu lauschen, während die Landschaft auf beiden Seiten dahinjagte. Hin und wieder gelang es ihr, die Gedanken daran, was jetzt werden sollte, loszulassen. Einmal nahm sie beide Arme, um sich hochzustemmen, als sie sich anders setzen wollte. Die Binde scheuerte. Er schaute zu ihr herüber und sagte etwas auf Englisch.

Sie verstand nicht, und er nickte mit dem ganzen Oberkörper zum Rücksitz hin. Der Wagen schlingerte bedrohlich zum Mittelstreifen. Rasch schüttelte sie den Kopf. Die Vorstellung, bei diesem Tempo auf dem Rücksitz hin und her geworfen zu werden, machte ihr Brechreiz. Aber als sie an einen durch dichten Wald von der Straße abgeschirmten Weg kamen, bog er ab und schaltete den Motor ab. Ihr Herz wollte entfliehen. Was hatte er jetzt vor?

Er stieg aus dem Auto, öffnete die Tür auf ihrer Seite und beugte sich über sie. Sie kniff die Augen zusammen. Das leise Metallklicken, als er den Sicherheitsgurt öffnete, war wie Donner. Vor ihren Augen flimmerte es. Er sagte etwas, das sie nicht verstand, und machte ein Manöver, das den Sitzrücken flach legte. Ihr Körper musste sich anpassen. Dann zog er eine Decke vom Rücksitz und deckte sie von den Füßen bis zur Brust zu. Seine Miene ähnelte der der Mutter, wenn sie sich um Vera Sorgen machte. Sein Gesicht war viel zu nah. Seine Unterlippe war größer als die Oberlippe, als wolle sie klarstellen, wer hier der Stärkere war.

»Okay?«

»Okay«, flüsterte sie.

Dann schien ihm etwas einzufallen. Er bückte sich tiefer ins Auto hinein und machte sich an ihren Füßen zu schaffen. Ihre Schuhe wurden abgestreift, einer nach dem anderen. Seine warmen Hände schlossen sich um ihre Fußsohlen wie mit warmem Wasser gefüllte Schalen. Im selben Moment trafen schwere Regentropfen auf die Windschutzscheibe auf. Eine Serie weicher Schläge. Während er ihre Füße in die Decke wickelte, sammelten sich die Tropfen zu kleinen Flüssen, die vom Kragen der

Jacke über den Nacken liefen – und vermutlich hinter das Ohr, um endlich an seinem Ohrläppchen hängen zu bleiben. Es roch nach feuchtem Waldboden.

Sie fuhren durch Nadelwald, Ackerlandschaft und Dörfer mit Schildern, die ihr nichts sagten. Er fütterte das CD-Gerät und schaute dabei auf die Straße. Ab und zu tranken sie aus den Wasserflaschen und aßen Schokolade.

Offenbar war sie eingeschlafen. Plötzlich fuhr sie zusammen und war hellwach. Er war vor einer von Bergen und Wald umgebenen Gaststätte stehen geblieben. Sie merkte, dass sie aufs Klo musste. Vor dem Einschlafen hatte sie fast die ganze Flasche geleert. Und er auch. Sie hatte den Deckel für ihn abgeschraubt und ihm die Flasche hingehalten, wenn er die Hand ausgestreckt und sie angesehen hatte. Jedes Mal hatte er sich bedankt.

Sie schob die Füße in die Schuhe und stieg aus dem Auto. Eine frische Kälte legte sich über ihr Gesicht und ihren Hals. Einige Bäume waren grün, andere rot und gelb. Eine überfüllte Mülltonne war auf den Boden gekippt. Fast wie zu Hause. Trotzdem war alles anders. Er kam um den Wagen herum und nahm ihren Arm. Sie durfte ihn nicht ansehen. Er hob ihre Tasche hoch, die zu Boden gefallen war, als sie geschlafen hatte, und gab sie ihr. Dann hängte er sich die schwarze Aktentasche um, und sie gingen zwischen den Autos durch und über einen Platz. Zwei Treppenstufen hoch in das Lokal. Als wisse er, dass sie dorthin musste, zeigte er auf das Toilettenschild. Sie schwankte ein wenig, als er sie losließ. Wollflocken tanzten vor ihren Augen.

Sie konnte von innen abschließen und allein sein. Danach, als sie in die Toilette schaute, sah sie ihre eigenen Spuren – wie alte Rote-Bete-Suppe. Wie mochte sie von innen aussehen, wenn die Toilettenschüssel so war? Zweimal griff jemand nach der Türklinke, während sie sich ausruhte. Dann wurde es still. Das Gesicht im Spiegel über dem Waschbecken war fast weiß.

Die Haare hingen glatt nach unten. Die Augen waren wie alte Fensteröffnungen. Der Mund verschorft und gesprungen. Sie zog ihren Fettstift hervor und schmierte sich ein.

Er wartete vor der Tür auf sie. Lächelte und sagte etwas zu ihr. Seine Stimme war fast freundlich. Es ging darum, dass sie jetzt essen würden. Dann standen sie vor einem Tresen voller Töpfe und Schüsseln. Es roch gut. Tom zeigte auf Hähnchen und Salat und sah sie fragend an. Sie nickte und machte ihm verständlich, dass sie Milch wollte. Sie fanden einen Tisch, und er lud das Tablett ab. Seine Hände waren schmal und hatten lange Finger, und über den Handrücken zogen sich breite Adern. Die Knochen schienen sich aus der Haut zu sprengen.

Über dem Tisch hing eine riesige Lampe mit einem gestreiften Schirm. Das Licht tat weh. Sie versuchte, das in eine Papierserviette gewickelte Besteck hochzuheben. Gabel und Messer. Ihre Finger konnten es nicht halten. Zweimal klirrte alles auf den Tisch. Vor Müdigkeit, oder was immer es sein mochte, drehte sich alles vor ihren Augen. Sie gab auf und saß einfach nur da. Er sagte etwas, auf Englisch. Sie hob den Blick, um vielleicht zu verstehen. Seine Augen waren blau. Ganz blau. Er nahm ihr Besteck und packte es ruhig aus, ohne mehr zu sagen. Dann reichte er ihr Messer und Gabel und legte die Serviette vor sie hin – ohne sie anzusehen.

»Okay … little thing … Okay. Easy, easy … Please eat!«

Ein Stück Hähnchen hatte Blutreste am Rand. Übelkeit quoll in ihr auf. Eine Weile blieb sie ganz still sitzen. Dann schob sie das blutfarbene Fleischstück unter den Reis und beschloss, dass sie Hunger hatte. Zuerst musste sie das Essen dazu bringen, an der Gabel zu haften, dann musste sie alles an die Lippen heben. Der Reis war ungebärdig. Nach kurzer Zeit hatte sie ein kleines Lager auf den Knien.

Er war zuerst fertig, ließ sich in den Stuhl zurücksinken und seufzte. Dann sagte er plötzlich ihren Namen. »Dorte.« Es klang wie das Scheppern einer Fahrradkette.

Es war dunkel, als er auf einen Hofplatz fuhr, der von kleinen Häusern umgeben war. Sofort sah sie Bilder des schwarzen Hundes und des Mannes vor sich. Die Tannen standen dicht an dicht. Nur die Wipfel trennten sie, sonst bildeten sie eine einzige Wand. Die Kälte schlug ihr entgegen, als er die Autotür öffnete. Der Boden war steinhart, und der Frost drang durch ihre Schuhsohlen. Hinter einigen Fenstern brannte Licht. Nachdem er einige Kleidungsstücke aus seinem Koffer in eine Tasche gelegt hatte, nahm er diese und ihren Koffer mit einer Hand. Die andere hielt Dorte fest, als sie über den Platz gingen.

In einem Raum mit schweren Möbeln aus Baumstämmen saß eine Frau hinter einem Tresen. In kleinen Fächern an der Wand hinter ihr lagen Schlüssel. Jeder war am Horn eines großen Tieres befestigt. Tom ließ sich einen geben und nickte zur Eingangstür hinüber. Also würden sie wieder hinausgehen. Zur Sauna? Sie schüttelte den Kopf und wollte nicht. Als Tom auf sie einredete, schien er den Mund auf der Stirn zu haben. Sie griff nach einem Stuhlrücken, verfehlte ihn aber.

Wolle? Eine grobe Wolldecke? Erleichtert merkte sie, dass sie vollständig angezogen war. Bis auf die Schuhe. Sie hörte Knistern und roch brennendes Holz. Ohne die Augen zu öffnen wusste sie, dass sie sich in einem Zimmer mit offenem Kamin befand und dass noch jemand da war. Sie schaute in Toms Gesicht und erinnerte sich. Aber hier gab es keine Sessel. Nur einen Tisch und Stühle aus hellem, unbemaltem Holz. Sie sah niemand anderen als Tom. Aber zwei Türen.

Er fasste sie um den Nacken, half ihr beim Aufsetzen und hielt ihr ein Glas Wasser an den Mund. Sprach mit ihr. Wollte ihr die Kleider ausziehen, die Hose. Sie wimmerte, ohne sich zu wehren. Er trug sie in ein Badezimmer, das nach verbranntem Holz und Seife roch. Setzte sie auf den Toilettendeckel und sah sie fragend an. Sie stützte sich gegen die Wand und nickte. Für einen Moment blieb er mit abgewandtem Gesicht stehen. Aber sie wusste, dass er sie beobachtete. Als sie ein wenig in sich zusammensackte, ohne das zu wollen, legte er beide Arme wie ein Geländer um sie. Nach einer Weile holte er die Tasche und ihren Koffer. Öffnete den Koffer und ließ alles da liegen. Dann ging er und schloss die Tür.

Sie ließ sich zu Boden sinken. Das war das Beste, dann konnte sie immerhin nicht so tief stürzen. Danach konzentrierte sie sich auf das Nötigste. Reißverschluss. Die Hose über den Hintern ziehen. Sich daran erinnern, wo im Koffer ihre Unterwäsche lag. Sich weitertasten. Mit den Fingern fühlen wie eine Blinde. Die stinkende Unterhose mit den rotbraunen Flecken in die Plastiktüte rechts stopfen. Die Hand nach der roten Tasche ausstrecken. Reißverschluss. Binde aus der Tüte. Der Schweiß strömte. Das ist nicht gut, konnte sie noch denken. Dann schlug ihr Kopf mit einem einsamen Knall auf den Klodeckel.

Ein lauter Schrei weckte sie. Dann leuchtete das Licht auf. Sie stand an der Tür in einem Zimmer, klammerte sich an einen Garderobenständer und schrie. Im Bett ihr gegenüber saß ein Mann und glotzte wie eine Eule aus zwei Nachtaugen. Es war Tom. Vor Erleichterung sackte sie wie ein Lumpenbündel in sich zusammen. Gegen die Wand und auf den Boden. Dort blieb sie sitzen. Nur, um sich zu sammeln, bis sie verstand, wie die Wirklichkeit war. Toms unverständliche Sprache kam aus einem Boot mitten auf dem Fluss, wo er am breitesten war.

Der Vater saß in seinem Sessel und las über die Babylonische Verwirrung vor, die dazu geführt hatte, dass alle Menschen eine eigene Sprache hatten. Seine Stimme klang, als ob er eine Erkältung ausbrütete. Dorte sah das Bild des vielfach gewundenen Turmes im Süden von Babylon vor sich. Fünfzig Meter hoch, errichtet zu Ehren Nebos, des Gottes der Weisheit und der Schriftkunst. Der Vater reichte ihr das Buch, damit sie selbst lesen konnte, ließ sich zurücksinken und wartete. Sie zögerte ein wenig, dann hörte sie ihre eigene Stimme.

»Das Bauwerk wurde niemals vollendet, weil die Bauherren zu unersättlich wurden. Ein Bauarbeiter stürzte in den Tod, aber der Bauherr ließ die Leiche einfach wegschaffen und die Bauarbeiten fortsetzen. Später verunglückten noch weitere Bauarbeiter. Die Bauherren jammerten über die Steine, die sich lösten und die Arbeit aufhielten. Sie dachten mehr an diese Steine als an die in den Tod gestürzten Menschen. Das gefiel Gott nicht, deshalb schickte er Verwirrung, und die Menschen konnten ihre Sprache nicht mehr verstehen. Damit sollten die Menschen daran erinnert werden, dass er jene straft, die die Grenzen überschreiten wollen, ohne an ihre Mitmenschen zu denken. Und als die Menschen ihre Reden nicht mehr verstanden, wurden sie einander fremd.«

Als sie fertig war, wurde es sehr still. Sie wünschte sich, dass der Vater etwas zu ihr sagte, um zu wissen, ob er alles verstanden hatte, was sie gelesen hatte. Aber er sagte nichts.

»Ich hätte es gern gesehen«, flüsterte sie an seiner Wange.

Dorte hörte ihn mit der Stimme eines Mannes antworten, der vielleicht einen Schnupfen bekommen wird, aber sie begriff nicht, was er zu sagen versuchte. Eine große Verzweiflung steckte wie ein Schleimpfropf in ihrem Hals.

15

Er zeigte ihr alles, und sie versuchte, die englischen Wörter zu verstehen. Wie sie das Licht anschaltete, die Kochplatten und den Backofen. Wo der Hausrat lag. Wo sie Handtücher und frische Bettwäsche finden konnte. Im Badezimmer funkelte alles, als ob die Mutter dort geputzt hätte. Dorte sollte im kleineren von zwei Schlafzimmern schlafen. Eine Kommode, Kleiderschrank, Nachttisch und Bett. Das Bettzeug war sauber und mit Mohnblüten bedruckt. Im Wohnzimmer gab es Sofa, Tisch und Sessel. Die Bücherregale an den Wänden waren leer. Tom zeigte ihr nur das Zimmer, in dem sie schlafen sollte. Vielleicht wohnte in dem anderen jemand, der jetzt nicht zu Hause war. Oder er selbst.

In der Küche gab es einen mit Lebensmitteln gefüllten Kühlschrank. Milch! Sie trank zwei Glas, während sie am Küchentisch saß und zusah, wie er Eier und Speck briet und dazu dicke Brotscheiben abschnitt. Es war seltsam, einen Mann so etwas tun zu sehen. Er drückte auf einen Knopf über dem Herd, und aller Rauch verschwand dröhnend in einem Trichter. Durch das Fenster konnte sie unter sich die Lichter der Stadt sehen. Ansonsten war die Scheibe schwarz und blank wie die Oberfläche des Lackkästchens, in dem die Mutter ihre Broschen aufbewahrte.

Eine solche Wohnung müssten die Mutter und Vera haben. Sie hätten natürlich die Möbel hineingestellt, die die Mutter so liebte. Das Bücherregal. Der Esstisch mit den sechs Stühlen hätte vor dem großen Wohnzimmerfenster stehen können. Aber sie hätten auch diese neuen Möbel behalten können. Und alle ihre kleinen persönlichen Dinge hätten sie gebraucht. Der graue Elefant saß schon auf dem Bett. Sie dachte beschämt daran, dass sie geglaubt hatte, Olga werde sich rächen und ihn nicht in ihren Koffer packen. Die Mutter hätte sich sicher über die Kleiderschränke gefreut. Zu Hause hängten sie ihre Kleider hinter einen Vorhang in einer Ecke hinter dem Bett, in dem Dorte und Vera schliefen. Vielleicht hatte die Mutter jetzt ihren Platz eingenommen? Dann musste sie nicht mehr morgens und abends ihr Bett machen. Und sie könnten Übernachtungsgäste haben. Dorte versuchte sich vorzustellen, wer das sein könnte. Und wie sie sonntagmorgens beim Frühstück säßen. Aber solche Gedanken taten niemandem gut.

Sie hatte geglaubt, dass noch andere Mädchen da sein würden. Liudvikas hatte doch von einer gesprochen, die Russisch konnte. Dass Tom seinen Lederkoffer nicht nach oben brachte, machte ihr klar, dass er nicht dort schlafen würde. Aber als er mit seiner Aktentasche dastand und gehen wollte, hatte sie Angst, denn das konnte bedeuten, dass andere Männer kommen würden. Sie versuchte, etwas zu sagen, aber sie plapperte nur etwas, das sie selbst nicht verstand. Und er schien ihre Gedanken zu erraten und sagte: »Dorte, nobody can come in. You are safe.«

Als er sie anlächelte, sah sie plötzlich, dass er ebenfalls müde war. Tiefe Sorgenfalten und spärliche Bartstoppeln zeichneten sich ab, und er hatte dunkle Schatten unter den Augen. Er zeigte auf sie und das Schloss und schüttelte den Kopf. Zeigte ihr die Schlüssel und sagte: »Only for me – and Lara.«

»Lara?«

»The lady from Russia. Okay?«

Sie nickte. Dann holte sie tief Luft und fragte: »Passport?«

Er klopfte auf seine Aktentasche und nickte, wie um ihr zu versichern, dass er darauf aufpasste, und als begreife er nicht, dass sie ihn selbst haben wollte. Dann führte er ihr das Schnappschloss vor und zeigte ihr, dass sie nicht hinausgehen durfte, denn dann könnte sie nicht wieder hereinkommen.

Als er gegangen war und sie den Fahrstuhl unten im Haus verschwinden hörte, glitt ihr Körper von selbst an der Wand hinunter und landete auf dem Boden. Von dort konnte sie durch die offene Zimmertür auf die schwarze Fensterscheibe im Wohnzimmer blicken. Ein großer grauer Vogel schwebte mit ausgebreiteten Flügeln vorüber. Vielleicht war er weiß? Er flog einen Bogen und kam zurück. Für einen Augenblick glaubte sie, dass er gegen die Scheibe stoßen würde, aber in letzter Minute wich er aus und verschwand.

Während sie auf dem Boden saß, versuchte sie zu zählen, wie viele Tage und Nächte sie mit Tom zusammen gewesen war. Wie weit war sie von zu Hause fort? Zu wissen, dass in dieser Stadt Tausende von Menschen leben mussten, ließ sie sich nur noch einsamer fühlen. Es hatte etwas mit den Schlüsseln und Tom zu tun. Mit dem Geruch der Kokosmatte, den Schuhen vor der Wand, den vielen fremden Dingen, die sie umgaben – und einem Hauch von Kochgeruch. Sie fing an zu weinen.

Später, nachdem sie geduscht und den blauen Frotteebademantel angezogen hatte, der im Badezimmer hing, zog sie einen Stuhl ans Wohnzimmerfenster, obwohl sie so müde war. Sie befand sich in einem hohen Haus. Als Tom geparkt und sie begriffen hatte, dass sie dieses Haus betreten würden, hatte sie den anderen Turm in Vaters Buch über Babylon vor sich gesehen. Den Tempel Zikkurat. Er sollte der Grundstein von Himmel und Erde sein, aber auf dem Bild sah er nur aus wie riesige aufeinandergetürmte Quader. Dieses Haus war so ein Quader – den man hochkant aufgestellt hatte. Aber sie durfte ihre Zeit nicht damit vergeuden, sich vor der Höhe zu fürchten, wo es so viel gab, wovon sie nichts wusste.

Plötzlich wünschte sie, Tom sei bei ihr, auch wenn er sie eingeschlossen hatte. Wünschte, sie könnte ihm vom Buch des Vaters und den beiden Türmen in Babylon erzählen. Vielleicht war auch er dort gewesen. Aber dann fiel ihr ein, dass die Strafe eben darin lag, dass sie sich nicht verständigen konnte. Auf der Fahrt hatten sie das eine oder andere Wort gewechselt – auf Englisch. Aber als Gespräch konnte man das nicht bezeichnen. Er hatte die ganze Zeit CDs laufen lassen. Sie hatte Bach ziemlich gut kennengelernt.

Welche Zahl hatte Tom im Fahrstuhl gedrückt? Die Wohnung lag sicher in einem der obersten Stockwerke. Sie stellte sich vor, dass sie in einem Ballon saß, der über einer fremden dunklen Stadt schwebte. Es war fast Nacht. Jedenfalls war es sehr spät. Ihr fiel ein, dass sie auf dem Nachttisch eine Uhr gesehen hatte, ohne auf die Zeit zu achten. Tom hatte die Uhr des Vaters gesehen und versucht, sie aufzuziehen. Aber am Ende hatte er den Kopf geschüttelt. Die Uhr des Vaters hatte ihnen die Zeit nicht sagen wollen.

Es hatte sich aufgeklart, und aus der Ferne winkten die Sterne. Sie wirkten kälter und ferner als zu Hause. Aber es waren dieselben Sterne. Der Vater hatte Bücher über den Sternenhimmel mit nach Hause gebracht. Er hatte gern über das gesprochen, was draußen im Universum war. Sie versuchte, sich an die Namen der Sternbilder und an ihr Aussehen zu erinnern. Kleiner Bär, Großer Bär, Orion … aber sie konnte sie an diesem Himmel nicht wiederfinden. Und diese dumme Tatsache brachte sie wieder zum Weinen. Sie wischte sich mit dem Ärmel des Frotteemantels die Nase. Es roch nach Rotz, Seife und nassen Haaren. Tief unten glühten unendlich viele kleine Punkte wie auf einer irdischen Milchstraße. Autos. Sie bewegten sich in einer Linie zwischen Lichtreihen.

Jemand ging draußen über den Gang. Sie dachte an das Echo von Toms und ihren Schritten, als sie vom Fahrstuhl zur Wohnung gegangen waren. Und an die vielen Türen auf beiden Seiten. Das Haus musste voller Menschen sein. Im Badezimmer hatte sie zweimal den Fahrstuhl gehört. Jetzt schloss irgendwer die Tür der Nachbarwohnung auf. Wenn sie jemanden sehen wollte, musste sie die Tür öffnen und auf den Gang hinausgehen. Sie könnte einen Schuh oder einen anderen Gegenstand in den Türspalt legen, um sich nicht auszusperren. Aber was sollte sie sagen? Und ihr konnte doch auch ein Mann begegnen.

Sie holte sich ein Glas Milch und setzte sich wieder ans Fenster. Der Boden war unendlich tief unter ihr. Tom hatte das Küchenfenster geöffnet, um den Essensgeruch auszulüften. Sie hatte zuerst nicht daran gedacht. Das Fenster war immer eine Möglichkeit. Aber dazu müsste alles viel schlimmer werden, als es jetzt war.

An der Wand bei der Tür hing ein Kalender mit dem Bild eines Segelbootes. Er war seit Juli nicht mehr abgerissen worden. Ihr kam das vor wie eine andere Welt. Vielleicht könnte sie Tom fragen, welcher Tag es war? Dann fiel ihr ein, dass sie nicht wusste, ob er zurückkommen würde.

Als sie das Glas ausgetrunken hatte, beschloss sie, diese Lara zu fragen, die Russisch konnte. Es war wichtig, die Tage im Auge zu behalten. Ordnung zu halten. Zu wissen, wie viele Tage des Lebens verbraucht waren. Sie würden niemals wiederkommen. Sie stapfte in das Zimmer, in dem sie schlafen sollte, und schaute auf die Uhr auf dem Nachttisch. Zehn Minuten nach fünf. Das konnte jedenfalls nicht richtig sein. Sie nahm die Uhr des Vaters ab und legte sie neben die andere. Vielleicht hatte Gott entschieden, dass dieser Teil ihres Lebens nicht gemessen werden sollte?

Sie wusste nicht, ob sie es wagen würde, sich schlafen zu legen, obwohl sie so müde war. Aber am Ende ließ sie die Tür einen Spaltbreit offen stehen und legte sich hin. Auf diese Weise hatte sie immerhin einen Überblick darüber, wer kam. Trotzdem konnte sie nicht schlafen. Die Geräusche aus dem Haus gaben ihr das Gefühl, in einem riesigen knurrenden Magen zu liegen. Sie horchte. Wartete. Worauf, wusste sie nicht. Sie hörte sogar ihr eigenes Herz. Das schlug und schlug. Zweimal fuhr sie zusammen, weil draußen jemand vorbeiging. Dann ertönte das gleitende metallische Geräusch des Fahrstuhls. Schlagende Türen. Der Verkehr unten vor dem Fenster, der lauter und leiser wurde. Eine Zeit lang schien jemand mit einer Maschine in die Wand zu bohren, aber vielleicht kam dieses Geräusch aus ihr. Sie hatte die Vorstellung, dass jemand versuchte, sich zu ihr hereinzubohren. Dann plötzlich, wie ein langes Amen aus den Gebeten der Mutter, von weit her, hörte sie ein Schiffshorn.

Eine Hand auf der Decke umfasste die andere. Die Haut fühlte sich glatt, warm und normal an. Als ob sie zu Hause neben Vera läge. Das half. Sie zwang sich auszukosten, wie gut es war, sich in einem sauberen Bett ausstrecken zu können, auch wenn es da unten brannte und wehtat. Als das Licht zwischen den Vorhängen hereinsickerte und Schatten auf die graue Wand gegenüber zeichnete, war sie noch immer nicht eingeschlafen.

16

»Hallo! Ist da jemand?«

Dorte saß aufrecht im Bett, sie war wach. Sie spürte wie immer das Messer im Unterleib, weil sie eine hastige Bewegung gemacht hatte. Die Tür zum Gang war angelehnt, aber sie konnte nicht sehen, wer da hereinkam. Sie schluckte und lauschte. Streckte die Hand nach dem Frotteemantel aus und stand auf. Egal, wer es war, sie wollte aufrecht stehen. Die Uhr auf dem Nachttisch zeigte noch immer zehn nach fünf. Sie trotzte dem vertrauten Schmerz, kniff alles fest zusammen, weil sie pissen musste, und ging barfuß hinaus in die Diele.

Eine fremde Frau hängte einen eleganten grünen Ledermantel an den Garderobenständer. Sie schien hier zu Hause zu sein und nur kurz eingekauft zu haben. Als sie sich umdrehte und Dorte entdeckte, riss sie die Augen auf und sagte: »Oi!« Dorte hatte das Gefühl, dass die Fremde etwas Widerliches erblickt hatte, aber eine goldene Hand wurde ihr hingestreckt. Sie nahm die festen, warmen Finger.

»Guten Tag, Dorte. Ich heiße Lara und soll dir bei allem helfen. Tom sagt, du bist nicht ganz gesund. Da müssen wir etwas unternehmen.«

Diese vielen Wörter – auf Russisch! Wie Bälle, die durch die Wohnung hüpften! Gleich darauf ging Dorte auf, dass sie barfuß und in einem blauen Frotteemantel dastand und vor den Augen einer Fremden weinte. Beschämt zog sie die Hand zurück und fuhr sich damit übers Gesicht. Die Fremde legte den Kopf schräg und musterte sie, ohne eine Miene zu verziehen. Dann bückte sie sich, hob eine große schwarze Tasche auf und ging in die Küche.

Dorte trottete schweigend hinterher. Riss nur ein Stück Papier von der Rolle, die auf der Anrichte stand, und putzte sich so lautlos wie möglich die Nase. Die Befreiung, die sie verspürte, weil sie verstand, was gesagt wurde, ließ ihren Kopf schweben.

Lara zog eine Tüte aus ihrer Tasche und legte sie auf die Anrichte. Die Tüte verbreitete Nikolais Duft, und schon traten Dorte wieder die Tränen in die Augen. Sie nahm sich noch ein Stück Küchenpapier. Das alles, während die Fremde in hohem Tempo mit der munteren, tiefen Stimme einer Landarbeiterin weitersprach.

»Es war eine harte Reise, nicht wahr? Tom hat erzählt, dass du an unhöfliche Männer geraten bist. Aber jetzt werden wir das alles klären, alles kommt in Ordnung. Das ist doch klar.

Alles kommt in Ordnung. Sei du nur ganz ruhig. Ich werde dir helfen. Es wird alles so gut werden«, verkündete sie und öffnete die Kühlschranktür. Nahm das eine oder andere darin in die Hand. Zog eingepackten Aufschnitt heraus, hob ihn an die Nase, roch daran – und ließ ihn in einen Mülleimer fallen, der mit einem Fußhebel zu öffnen war. Dann zog sie einen Block aus der Tasche und machte sich Notizen wie die Kontrolleurin bei einer Inspektion. Danach ging sie wieder in die Diele, öffnete die Türen zu den Zimmern und lief in hohem Tempo hin und her – als habe sie es entsetzlich eilig.

Dorte war noch nicht auf der Toilette gewesen, aber das spielte irgendwie keine große Rolle. Sie hörte sich an, wie gut alles werden würde, wie schön die Wohnung war, wie phantastisch diese Stadt und dass Tom ein wunderbarer Mann sei. Es war, wie Lieder aus ihrer Kindheit zu hören oder Dinge, die der Vater vorlas. Alles wurde so einfach. Nur, weil eine fremde Frau russisch sprach, ohne auch nur Atem zu holen.

Nach einer Weile ging Lara wieder in die Küche und schaltete die Kaffeemaschine ein. In diesem Land hier wurde der Kaffee nicht ordentlich aufgebrüht. Ihre Hände flogen durch die Luft wie Schwalben bei jähen Windstößen. Dorte hatte sich auf die Kante eines Küchenstuhls sinken lassen, als Lara plötzlich herumfuhr, als habe sie trotz ihres ganzen Geredes Dorte erst jetzt bemerkt.

»Mach dich fertig! Jetzt wollen wir ganz gemütlich zusammen essen!«

Wie auf ein Stichwort ging Dorte ins Badezimmer. Sie hatte das Gefühl zu bersten, so dringend musste sie. Jetzt, wo sie ohnehin schon wegen der wunderbaren russischen Wörter weinen musste, konnte sie es auch gleich hinter sich bringen. Sie wechselte die Binde und wusch sich Hände und Gesicht. Im Spiegel sah sie das Gesicht einer Aussätzigen. Der Schorf hatte sich von der Lippe gelöst. Es blutete. Sie drückte ein Stück Toilettenpapier darauf, ohne sich die Wunde weiter anzusehen. Wollte den Klang der russischen Wörter nicht zerstören. Auf dem Regal unter dem Spiegel stand eine Plastikflasche mit Lotion. Sie rieb sich ein wenig davon ins Gesicht, zog die Bürste durch die Haare und band sich mit einem Gummi einen Pferdeschwanz. Dann holte sie frische Wäsche aus dem Koffer, zog sich an und ging wieder in die Küche.

Lara mochte vielleicht dreißig Jahre alt sein. Am Mund und auf der Stirn hatte sie tiefe Sorgenfalten, genau wie die Mutter. Ihre Haut war golden, als ob sie jeden Tag in der Sonne arbeitete. Ihr Hals war ein wenig gesprungen wie ein alter Krug. Ihre Haare waren blond und lang wie Veras. Aber sie glänzten nicht so. Eher ähnelten sie Stroh, das in Wind und Regen draußen gelegen hatte. Sie benutzte viel Schminke. Ihr Lächeln kam oft, dauerte aber nur einen kurzen Moment an. Alles, was sie machte, schien sie in hohem Tempo zu erledigen. Als denke sie die ganze Zeit an etwas anderes oder sei irgendwohin unterwegs. Ihr Körper war weder dick noch dünn. Er sah aus wie ein für alle Mal in die engen Jeans und den taillierten Pullover hineingepresst. Über den Hüften trug sie einen Metallgürtel, der bei jeder Bewegung glitzerte. Zwischen Gürtel und Pullover suchte ihr Körper in einem kleinen Wulst die Freiheit.

Als sie beim Frühstück saßen – Lara trank Kaffee und Dorte Milch –, dachte sie, dass sie Lara vielleicht mögen könnte, weil sie russisch sprach.

»Tom meint, du brauchst ein paar Tage Ferien. Bis du gesund bist und dich daran gewöhnt hast, hier zu sein. Er ist total in Ordnung, aber er muss sich auf dich verlassen können.«

»In welcher Hinsicht muss er sich auf mich verlassen können?«

»Du darfst nicht mit den Nachbarn sprechen oder dich bei ihnen beklagen. Aber sie verstehen weder Russisch noch Litauisch. War die Fahrt hierher anstrengend?«

»Weiß nicht«, sagte Dorte und schaute die Tischplatte an.

»Tom hat erzählt, dass du geblutet hast und ohnmächtig geworden bist.«

»Ach – das, ja …«

»War das ein Kunde, der …? War er gewalttätig?«

Dorte starrte ihre Hände an und gab keine Antwort. Alle Nägel waren abgebrochen, und die Reste hatte sie abgeknabbert. Die Haut über dem Handrücken war graublau. Lara hatte goldene Hände.

»Na gut. Du erzählst nur, was du willst. Wie alt bist du eigentlich? Achtzehn?«

»Werde sechzehn. Am 1. Dezember …«

Lara sperrte ihre großen Kulleraugen auf, als sei es ein Vergehen, dass Dorte noch keine sechzehn war.

»Hattest du in Stockholm Kunden?«

»Nein.«

»Warum nicht?«

Eine plötzliche Übelkeit ließ Dorte wünschen, dieses Gespräch bereits hinter sich zu haben.

»Kannst du mir helfen herauszufinden, wie viel Uhr es eigentlich ist? Die Uhr auf dem Nachttisch ist stehengeblieben.«

»Natürlich. Nach dem Essen«, sagte Lara vage und schaute auf ihre Armbanduhr. »Es ist fast elf … wo ist es passiert?« Ihr großer Mund zog sich zusammen, als wolle sie ihn hinunterschlucken, aber ihre Augen hielten Dorte fest.

»Weiß nicht mehr … in einer Sauna«, flüsterte Dorte. Das hätte sie niemals sagen dürfen. Nicht einmal denken. Lippen und Kinn gerieten außer Kontrolle. Ihre Zähne arbeiteten, als glaubten sie, Dorte habe den Mund voller Brot.

»Was hat er gemacht?«

Dorte schluckte und schluckte lange, während Lara wartete.

»Sie … saßen in Sesseln …«

»In Sesseln?«

Dorte nickte und schaute aus dem Fenster. Ihre Finger wurden taub, und das Brötchen fiel irgendwohin. Auf die Untertasse. Es schneite jetzt. Die Flocken legten sich auf der Fensterscheibe übereinander. Dann fingen sie an, nach unten zu rutschen. Irgendwo draußen stieg aus einem Schornstein Rauch auf. Ein wolliger weißer Streifen, der sich zerteilte. Jede Hälfte strebte in eine andere Richtung. Sie konnte das Haus auf der anderen Straßenseite nicht sehen, es war zu tief unten. Sie sah nur das Dach. Es sah flach aus. Jetzt würde es bald ganz weiß sein.

»Waren es mehrere?«

Dorte nickte.

»Haben sie noch etwas anderes als nur sich selbst benutzt?«

»Glaub schon.«

»Was denn?«

»Weiß nicht … die hatten Dinge … Baseballschläger … Flaschen … Holz … aus …«

»Verdammt!«, fauchte Lara. Dann zog sie den Mund zu einem Strich zusammen und schwieg eine Weile, ehe sie sagte: »Tut es weh? Noch immer?«

Dorte nickte.

»Wenn du aufs Klo musst?«

»Dann am schlimmsten …«

»Vorne und hinten?«

»Wie meinst du das?«

»Haben sie die Dinge da unten in beide Öffnungen gesteckt?«

Dorte presste die Handflächen auf den Tisch, rechts und links von der Untertasse mit dem Brötchen. Die Tischplatte wurde nass, deshalb schob sie die Hände an eine trockenere Stelle. Gefangen. Schließlich hörte sie Lara sagen: »Wenn ich dir helfen soll, dann muss ich wissen, was los ist.«

»Nicht hinten … vorn …«

»Blutest du noch immer?«

»Ja. Aber ein bisschen weniger.«

»Ist es Zeit für deine Tage?«

»Nein.«

»Wann ist das?«

»Weiß nicht mehr«, murmelte Dorte und fühlte sich wie vor einer Lehrerin, die feststellen sollte, ob die Schülerin versetzt werden konnte. Sie wusste nicht, ob sie Lara mochte, auch wenn sie russisch sprach.

»Weißt du, wann du sie zuletzt gehabt hast?«

Dorte überlegte – und legte den Kopf neben die Untertasse. Ihre Augen tränten so albern.

»Zwei Tage, nachdem Nikolai nach Kaunas gefahren ist«, schluchzte sie.

»Wer ist Nikolai?«

»Der Sohn des Bäckers«, sagte Dorte und gab sich alle Mühe, aufrecht am Tisch zu sitzen.

»Wann ist er gefahren?«, fragte Lara mit raschem Lächeln.

»Weiß nicht mehr …«

»Hast du mit ihm geschlafen, ehe er gefahren ist?«

»Nein!«, flüsterte Dorte entsetzt und glaubte ganz fest, dass sie Lara nicht leiden konnte.

Das halbe Brötchen lag mit der Räucherwurst nach unten. Es wies Spuren von Dortes Zähnen auf. Als habe ein Tier es sich schnappen wollen. Daneben lag ein blasses grünes Gurkenauge.

»Na gut. Trink deine Milch und iss«, sagte Lara nach einer Weile.

Dorte drehte das Brötchen richtig herum, aß jedoch nicht. Dann putzte sie sich energisch die Nase mit Küchenpapier.

»Tut mir leid! Dass ich so verdammt direkt bin!«, sagte Lara und berührte ihren Arm.

»Das macht nichts …«

»Natürlich macht es was. Ich kann mich ja wohl wie ein

Mensch aufführen, auch wenn die Welt ein Drecksloch ist!«, rief Lara und schlug sich selbst auf die Hand.

Dorte musste lächeln. Dabei tat ihre Oberlippe weh.

»Was brauchst du?«, fragte Lara freundlich. »Ein bisschen Schminke vielleicht?«

»Milch. Und Binden …«

»Hast du mal da unten nachgesehen? Wie es aussieht?«

Dorte schaute nach unten und schüttelte den Kopf. »Das geht doch nicht …«

»Doch, sicher, nimm einfach einen Handspiegel.«

Vor Dortes innerem Auge tauchte das elende Loch auf, und sie zog eine Grimasse, ohne es zu wollen. So etwas sah man sich doch nicht freiwillig an. Und mit einem Spiegel schon gar nicht.

»Darf ich mal sehen?«, fragte Lara, als sei hier die Rede von einem Kleidungsstück.

»Wieso denn?«

»Ob du einen Arzt brauchst. Tom meint, das sei vielleicht der Fall.«

»Was macht ein Arzt?«

»Untersucht dich und stellt das fest.«

»Muss er da hinsehen und so?«

»Das muss er natürlich. Aber ich kann versuchen, eine Ärztin zu finden.«

Dorte nickte. Es wäre schön, wenn eine Ärztin sie heilen könnte.

Lara beugte sich vor und hob Dortes Haare an.

»Du hast schöne dunkle Haare. Gut!«, sagte sie und legte den Kopf schräg. »Und schöne Augen – auch wenn du im Moment ein bisschen mitgenommen aussiehst. Und was bist du schlank! Vielleicht sogar ein wenig zu dünn geraten … aber richtig gut gebaut. Jetzt musst du nur ein wenig zu Kräften kommen, dann gehen wir los und kaufen dir ein paar fesche Klamotten. Unterwäsche … das ist wichtig. Was brauchst du sonst noch?«, fragte sie und lächelte aufmunternd.

»Meinen Pass«, murmelte Dorte und brachte doch einen Bissen von ihrem Brötchen hinunter.

»Um den kümmert Tom sich. Den brauchst du nicht.«

»Ich kann ohne Pass nicht nach Hause fahren.«

»Du kannst auch nicht nach Hause fahren, solange du noch kein Geld verdient hast. Das weißt du doch.«

Dorte versuchte zu schlucken, aber das Essen wollte nicht. Sie musste mehrere Versuche machen, ehe es nach unten glitt.

»Liudvikas hat gesagt, ich sollte in einem Café servieren?«, flüsterte sie und schaute der anderen in die Augen.

»Wer ist Liudvikas?«

»Der, der mich nach Stockholm gebracht hat. Er hat gesagt, Nadia und ich sollten in einem Café servieren.«

»Nadia?«

»Ja. Sie kannte Liudvikas und wollte, dass ich mitfahre. Aber dann ist sie nicht gekommen.«

»Aber sie ist sicher bezahlt worden.«

»Bezahlt?«

»Damit du glaubst, dass ihr zusammen fahrt.«

»Das kann doch nicht sein«, keuchte Dorte.

Lara überlegte, aber nur für einen Moment. Ihr Mund zog sich nach innen, während sie ihre unendlich langen Wimpern ein wenig flattern ließ. Sie fegten wie Amselflügel über ihre Wangen.

»Scheißegal. Jetzt hat Tom zu bestimmen. Und darüber kannst du froh sein – so schlecht, wie dieser Liudvikas auf dich aufgepasst hat. Auch wenn du erst fünfzehn bist, verstehst du das doch sicher. Nicht wahr? Kein Café will eine Serviererin, die kein Norwegisch spricht. Außerdem wird das schlecht bezahlt im Verhältnis zu dem, was du wert bist.«

»Dürfte ich in einem Café servieren, wenn ich Norwegisch könnte?«, fragte Dorte. Lara zuckte mit den Schultern und sah sie resigniert an.

»Ja, vielleicht, aber …«

»Dann will ich Norwegisch lernen!«

Lara lachte ein wenig, aber Dorte sah, dass die andere sie ernst nahm.

»Norwegisch ist schwierig … aber ich werde mit Tom darüber reden. Vielleicht sieht er das positiv. Es gibt Kunden, die nicht so viel … Action wollen. Sie wollen nur eine haben, mit der sie reden oder mit der sie es sich gemütlich machen können. Und dann ist es nützlich, ein bisschen Norwegisch zu sprechen. Alte Männer sind oft netter als die jüngeren. Und mehr Geld haben sie auch. Aber dann musst du doch eine Weile hierbleiben. Drei Monate reichen nicht, um Norwegisch zu lernen. Ich hab keine Ahnung davon, wie das mit dem Aufenthalt ist … aber Tom weiß sicher Rat.«

»Aufenthalt?«

»Du bist als Touristin hier, deshalb muss Tom sich um alles kümmern, damit du keinen Ärger mit der Polizei kriegst.«

»Ich hab doch nichts verbrochen …«

»Nicht doch. Keine Sorge. Aber Tom hat für dich bezahlt. Jetzt wirst du drei Monate hier arbeiten. Das heißt, zuerst musst du zusammenwachsen. Du bekommst fünfundzwanzig Prozent von dem, was du verdienst – wenn das abgezogen ist, was du Tom schuldig bist.«

»Was bin ich Tom schuldig?«

»Ich weiß nicht. Aber ich kann fragen. Da ist ja erst mal die Reise. Und er hat diesen Ludivikas für dich bezahlt. Und du musst wohnen und essen und anständig angezogen sein.«

»Wo soll ich arbeiten?« Dorte hörte ihre eigene Frage kaum. Die Reste des Brötchens griffen sie vom Teller her an. Rote Wurst mit weißen Fettporen. In der lackierten Tischplatte sah sie ein fremdes Gesicht mit Rissen an Schläfe und Mund. Die Farben waren völlig verwischt.

»Hier. Du schläfst in dem einen Zimmer und empfängst die Gäste im anderen. Daran gewöhnst du dich. Das ist wie jede andere Arbeit, wo die Leute dicht beieinander sind. Sie dürfen duschen, aber ansonsten brauchst du sie nicht mit in die Zimmer zu nehmen, die du selbst benutzt. Wir erwarten noch ein Mädchen aus Russland. Aber es wird nur nett für dich, wenn du eine zum Reden hast. Die anderen Mädchen wohnen nicht halb so gut wie du. Das hier ist Toms jüngste Investition. Ich glaube, er hat eine kleine Schwäche für dich.«

»Wo wohnt Tom?«

»Das kann uns egal sein. Er ist viel unterwegs. Ich habe vor allem am Telefon mit ihm zu tun.«

»Kommt er manchmal her?«

»Warum fragst du?«

»Ich weiß nicht …«

Lara sah sie neckend an. Dann sprang sie auf, packte Tasse und Untertasse und marschierte zum Spülstein.

»Du musst Norwegisch lernen, dann kannst du selbst mit ihm sprechen. Du kannst meine Wörterbücher leihen. Ich habe auch Kassetten. Ich habe ein Jahr gebraucht … Aber du lernst vielleicht schneller, wer weiß?«

»Mit wem soll ich Norwegisch sprechen?«

»Mit mir! Ich komme doch jeden Tag her. Lasse die Kunden rein und raus … jedenfalls, bis du ein wenig mehr Routine hast. Außerdem kaufe ich ein, was du brauchst. Das ist mein Job. Später kannst du mit den Kunden sprechen. Aber nur über alltägliche Dinge. Schenk ihnen nicht deine Seele. Und vor allem: Beklage dich nie! Das hier werden die puren Ferien!«

»Aber was soll ich tun? Die Arbeit?«, flüsterte Dorte, ohne sie anzusehen.

»Herrgott! Ich kapiere nicht, was Tom sich dabei denkt! Ein

Kind …«, murmelte Lara mit dem Rücken zu ihr. Dann kam sie langsam zum Tisch zurück.

»Du sollst nett und fröhlich sein. Der Kunde weiß selbst, was ihr tun werdet. Du brauchst nicht zu lachen oder zu lächeln. Aber du musst ausreichend geschminkt sein.«

»Ich hab keine Schminke.« Dorte nahm die Gurkenscheibe und hielt sie über ihr wehes Auge. Lara lachte und warf ihre lange Mähne nach hinten.

»So ist es richtig! Humor! Nichts ist wie gute Laune. Wenn du den Kunden empfängst, gehe ich entweder eine Runde, oder ich sitze hier und warte. Wenn er seinen Mantel ausgezogen hat, zeigst du ihm das Badezimmer und den Raum, in dem ihr euch aufhalten werdet. Ich werde dir zeigen, was du dabei anziehst. Dann geht alles wie von selbst. Wenn er fertig ist, möchte er vielleicht duschen oder sich waschen. Dann gibst du ihm ein sauberes Handtuch. Danach hat er einfach zu gehen. Er darf auf keinen Fall länger hier herumlungern. Das ist die erste Regel. Nur Geschäfte. Er darf ja keinen Versuch machen, Freundschaft zu schließen! Auch nicht, wenn du Norwegisch gelernt hast. Und er darf dich schon gar nicht zu Schnaps oder Wein einladen. Oder Drogen. Nicht mal zu einer Zigarette! Tom kann den Gestank nicht ausstehen. Die ersten Male komme ich nach einer Stunde zurück und sehe nach, ob bei dir alles in Ordnung ist. Okay?«

Die Wasserleitung rauschte. In einem so großen Haus musste es ungeheuer viele Leitungen geben.

»Wie viele wohnen in diesem Haus?«, fragte Dorte.

Lara starrte sie einen Moment lang überrascht an, dann lächelte sie kurz und zog ihr Notizbuch aus der Tasche, um etwas aufzuschreiben, das ihr gerade eingefallen war.

»Das hier wird ungeheuer gutgehen. Und jetzt wollen wir uns mal deine Unterwäsche ansehen. Du musst anfangen, einen BH zu tragen. Den legst du als Allerletztes ab. Den und die

Strümpfe! Du brauchst sexy Strümpfe. Vielleicht ein Korsett mit Strapsen. Aber jetzt musst du mir zeigen, wie es da unten aussieht.«

Sie gingen in das Zimmer, in dem Dorte geschlafen hatte. Lara bedeckte das Bett mit einem Handtuch und sagte ihr, was sie tun sollte. Dorte legte sich ungeschickt auf den Rücken und zog die Beine an, während Lara sich die Hände waschen ging. Es war besser, die Augen zuzukneifen und einfach die Zeit vergehen zu lassen. Dann spürte sie Laras Hände auf ihrer nackten Haut. Es war auszuhalten, auch wenn es ungeheuer peinlich war. Lara ging gründlich zu Werk. Als der Schmerz zustach, jammerte Dorte verzweifelt. Dann hörte sie zwischen ihren Oberschenkeln eine unterdrückte Verwünschung.

»Mögen sie in der Hölle schmoren! In der Hölle!«, fauchte Lara und tauchte mit dem Aussehen eines Drachen aus dem Märchen zwischen Dortes Oberschenkeln auf.

Und kurz danach, nachdem sie Dortes Arm gestreichelt und sich abgewandt hatte, fing sie an, auf das Fenster einzureden. Dorte hatte noch nie so viele verschiedene russische Flüche gehört.

17

Die Frau trug einen weissen Kittel und machte ein besorgtes Gesicht. Aber sie nahm den Namen hin, den Lara sich ausgedacht hatte. Zumindest schrieb sie ihn wohl in ihren Computer. Vorher hatte Lara Dorte zwei Dinge eingeschärft. Erstens: Wenn sie unterwegs wegliefe, würde Tom sie finden. Und er würde dafür sorgen, dass auch Lara zusammengeschlagen würde und ihren Job verlor. Zweitens: Dorte sollte nichts sagen, während sie bei der Gynäkologin waren. Lara würde das Wort führen. Dorte könne nur Russisch und sei bei Lara zu Besuch. Dann sei etwas Schreckliches passiert, ein Überfall oder so. Dorte wolle nicht darüber sprechen und auch keine Anzeige erstatten.

»Anzeige?«

»Ja, hierzulande darf man niemanden misshandeln, ohne im Knast zu landen. Na ja – es gibt jede Menge Ausnahmen.«

»Was denn für Ausnahmen?«

»Herrgott, was du alles wissen willst! Ich kann doch nicht alles erklären!«

So war es oft, wenn Dorte versuchte, Lara nach etwas zu fragen, worauf diese nicht antworten wollte oder konnte. Oder sie dachte an etwas anderes und ließ sich nicht zu einer Antwort herab.

Der schwarze Hund und Dorte lagen gewissermaßen zusammen auf dem unheimlichen Stuhl mit den Fußbügeln. Jammerten, ohne die Zähne zu fletschen. Als die Ärztin ein Instrument einführte, war es trotzdem unerträglich. Lara übersetzte die Worte der Ärztin. Sie müsse schneiden, ehe sie nähen könne, denn es wachse falsch zusammen. Aber sie werde ihr eine Spritze geben, um in Ruhe arbeiten zu können. Für Dorte spielte es kaum eine Rolle, wie es aussah, wenn es nur nicht wehtat. Sie hatte nie daran gedacht, dass Leute dort unten genäht wurden, und sie schämte sich unter dem grellen Licht.

Zuerst saß Lara auf einem Stuhl und hörte sich Dortes Gejammer an. Aber als es still wurde, rückte sie näher, als wolle sie sich davon überzeugen, dass alles seine Richtigkeit habe. Am Ende tauchte ihr Gesicht wie ein braungebrannter Mond über Dortes linkem Knie auf. Die Sorgenfalten auf ihrer Stirn waren tief. Die Ärztin sagte etwas, das, so glaubte Dorte, bedeutete, Lara solle wegbleiben. Aber Lara zuckte mit den Schultern und blieb gelassen stehen, als sähe sie zu, wie eine Tierärztin eine Kuh behandelte.

Als alles vorbei war, gab die Ärztin ihr ein Papiertaschentuch und eine Binde und half ihr vom Stuhl hinter einen Wandschirm. Dorte war erleichtert, auch wenn der Boden eiskalt war und ihre Unterhose Flecken hatte. Gestützt auf eine Art Barhocker zog sie sich an, während die beiden anderen miteinander norwegisch sprachen. Dorte vermutete, dass Lara log. Die Stimmen verrieten, dass nicht so einfach zu entscheiden war, was in den Computer eingegeben werden sollte.

»Du wirst wieder ganz verheilen, aber das dauert ein paar Wochen. Die Fäden lösen sich von selbst auf, du brauchst also nicht noch einmal herzukommen. Sie hat einen HIV-Test mit dir gemacht. Und schwanger bist du auch nicht. Also bist du jetzt so gut wie neu. Das ist doch schön?«, fragte Lara, ohne eine Antwort abzuwarten. Sie standen jetzt wieder auf der Straße.

»Du musst Antibiotika und Eisen nehmen. Die Proben haben offenbar ergeben, dass du blutarm bist. Aber das kriegen wir schon hin«, tröstete sie.

Dorte wusste, dass sie wie eine Verrückte torkelte. Ihre Oberschenkel schienen viel zu weit außen an den Hüften angebracht zu sein. Sie fühlte sich elender als zuvor auf dem Herweg. Sie freute sich darauf, sich hinzulegen und das Schmerzmittel zu nehmen, das die Ärztin ihr gegeben hatte. Trotzdem dachte sie an ihren ganz großen Wunsch: zu bluten, bis sie so viel Norwegisch gelernt hätte, dass sie in einem Café arbeiten könnte. Als habe Lara ihre Gedanken erraten, legte sie Dorte den Arm um die Taille und sagte: »Mach ja keinen Unfug! Bilde dir nichts ein! Tom ist in Ordnung, er bezahlt für dich. Ärztin, Medizin und alles. Aber versuch nicht, ihn zu betrügen. Er ist nett, bis er böse wird. Und dann kann ich dich nicht retten.«

»Was könnte ich denn tun?«

»Aus der Wohnung fliehen. Zur Polizei gehen. Was weiß ich, auf was für Dummheiten du kommen könntest?«

»Er hat meinen Pass. Ich habe kein Geld.«

»Ja, nicht wahr? Sie sperren dich ins Gefängnis und werfen dich aus dem Land, nachdem sie dich in allen großen Zeitungen angeprangert haben. Mit Foto und allem. Vielleicht auch in litauischen Zeitungen. Dann erfahren alle bei dir zu Hause, was du hier für eine Arbeit hast.«

Dortes Herz krampfte sich zusammen. Gerade das durfte nicht passieren! Sie konnte nichts sagen. Sie stapften über die Straße zu einer Bushaltestelle. Der Regen war fast Schnee.

»Du stehst auf jeden Fall auf Toms Seite«, brachte sie heraus.

»Ich stehe auf meiner eigenen Seite. Auf jeden Fall. Aber ich arbeite für Tom.«

»Wo ist der?«

»Das kann dir egal sein. Aber ich kann ihm erzählen, dass du Sehnsucht nach ihm hast.«

»Ich hab keine Sehnsucht nach ihm.«

»Warum fragst du dann dauernd nach ihm?«

»Das tu ich nicht!«

Sie wusste nicht, ob sie sich hier mit Lara stritt oder ob das einfach Laras Art war, ein Gespräch zu führen. Aber als die genähten Stellen unten wehtaten und sie fror, weil ihre Schuhe Wasser gezogen hatten, fing sie an zu schluchzen.

»Hör auf mit dem Unfug«, befahl Lara mit leiser Stimme. »Hör mal zu. Wenn du gesund bist, gehen wir in ein Café und essen Kuchen. Das haben wir uns verdient«, fügte sie hinzu.

»Ist es dort warm?«

»Natürlich ist es dort warm! Wenn du dich erst hingesetzt hast und an der heißen Schokolade nippst, wirst du es wunderbar finden, in dieser Stadt zu sein.«

»Das kann ich nicht, weil ich an die zu Hause denke.«

»Was ist mit denen?«

»Die werden auf die Straße gesetzt, weil ich ihnen noch immer kein Geld geschickt habe.«

Dorte nahm an, dass Lara überlegte, denn sie war still. Dann versetzte sie Dorte einen Rippenstoß und runzelte die Stirn.

»Ich frage Tom, ob er Geld schicken kann, auch wenn du noch nicht arbeitest. Du kannst doch verdammt noch mal nichts für diesen Dreck! Schreib Namen und Adresse deiner Mutter auf. Ich werde mit ihm reden.«

»Machst du das wirklich?«

»Aber klar doch. Aber ich kann nicht versprechen, dass er ja sagt. Bis auf weiteres musst du einfach an deiner guten Laune arbeiten. Wenn du aufhörst zu bluten, kaufen wir Unterwäsche.«

»Das ist nicht nötig«, sagte Dorte unglücklich.

»Sicher ist Unterwäsche nötig. Oder willst du ganz vor die Hunde gehen?«

Lara besorgte ihr einen alten Kassettenrecorder. Mit einem Deckel, der aufsprang, wenn sie auf den richtigen Knopf drückte. Dann brauchte sie nur noch die Kassette einzulegen, den Deckel zu schließen und auf »Play« zu drücken. Der Recorder hatte auch ein Radio. Die Stimmen waren ein wildes Durcheinander. Die Musik dagegen machte ihr Freude. Es gab alles Mögliche. Eine Menge Pop. Natürlich hatte Lara den Recorder wegen des Sprachkurses gebracht, aber man konnte ja auch das Radio benutzen. Es war ein bisschen Gesellschaft. Vor allem an den Tagen, an denen Lara nicht vorbeischauen konnte. Nicht, dass sie mit unbekannten Menschen in einem Gehäuse Gespräche führen konnte, aber die Stimmen waren ein Trost. Sie konnte zuhören und lernen. Mit jedem Tag verstand sie mehr. Und weil sie sich darauf konzentrierte, sich die Wörter einzuprägen, hatte sie keine Zeit, an all das andere zu denken. Es kam vor, dass sie sich dabei ertappte, wie sie nickte oder Stimmen nachahmte. Wie in einem Klassenzimmer. Nur dass sie keine Klassenkameraden hatte.

Die Uhr des Vaters wollte die Zeit noch immer nicht verraten. Aber Lara hatte die Uhr auf dem Nachttisch repariert, gleich, nachdem sie die vielen Verwünschungen ausgestoßen hatte. Sie knallte den Wecker so hart auf den Nachttisch, dass Dorte dachte: Jetzt bricht das Glas. Aber es war eine solide, altmodische Uhr.

Lara besorgte ihr gelbe und rosa Zettel mit Kleberand auf der Rückseite. Dorte schrieb die norwegischen Wörter darauf und befestigte die Zettel an den jeweiligen Gegenständen in der Wohnung. Ab und zu half Lara ihr. Sie hatten ein Spiel, das daraus bestand, dass Dorte nichts anfassen durfte, ohne zu sagen, wie es auf Norwegisch hieß. Ab und zu lachte Lara laut über ihre Aussprache. Das war nicht böse gemeint. Die Verben waren ein Problem. Dortes Möglichkeiten, etwas zu unternehmen, waren ziemlich begrenzt, und man konnte keine Zettel darauf kleben.

Wenn sie ein seltenes Mal aus dem Haus gingen, starrte Dorte nur. Lara sagte norwegische Wörter. Aber da sie draußen keine Zettel anbringen konnten, vergaß Dorte sie bald wieder. Draußen war die Sprache viel komplizierter als im Kassettenrecorder. Die Menschen auf der Straße, in den Läden und Cafés redeten ganz anders als die Stimme auf der Kassette, die sie nachahmte. Hier hatte die Sprache eine ganz andere Melodie, die es schwermachte, die Wörter zu verstehen. Als sie sich bei Lara beklagte, erfuhr sie, dass die Menschen hier in der Stadt einen Dialekt sprachen, der sogar für andere Norweger oft schwer zu verstehen war. Ein magerer Trost, denn Dorte war doch hier.

»Mir ist noch kein Mensch begegnet, der das so leicht gelernt hat«, tröstete Lara, wenn Dorte sich beklagte. Vielleicht sagte sie das ja nur, um nett zu sein. Aber eigentlich glaubte Dorte nicht, dass Lara mit Nettigkeiten um sich warf.

Der Vater hatte gesagt, Dorte könne doch auf die Kunstschule gehen. Aber etwas in seiner Stimme hatte bewirkt, dass sie nicht so ganz daran glaubte. Oder vielleicht lag es daran, dass die Mutter nicht zustimmte, sondern aussah, als sei sie ganz anderer Meinung. Als Dorte eines Tages aus der Schule nach Hause kam, saß der Vater über ihre Zeichnungen gebeugt da.

»Du hast zweifellos eine *Gabe*«, sagte er fast bekümmert.

Ihr wurde so heiß. Vor glühender Verlegenheit.

»Aber es reicht nicht, eine Gabe zu haben. Es ist nicht einmal ausreichend, einen guten Pinselstrich zu haben, um Künstlerin zu sein. Du brauchst den richtigen *Irrsinn.* Musst alles andere beiseitelegen.«

»Irrsinn?«, flüsterte sie und glitt auf sein Knie.

»Für viele ist es wohl besser, sich ans Sticken zu halten, wie deine kluge Mutter es tut.«

Dorte war verwirrt, sie begriff nicht, was die Mutter mit ihren Zeichnungen zu tun hatte. Sie hatte die Mutter niemals zeichnen sehen. Der Vater zeichnete. Vor allem Karten und Landschaftsskizzen, die er nie vollendete.

»Ein guter Kopf dagegen ist eine Verpflichtung, sogar für eine Frau.«

Dorte wusste nicht, ob ihr gefiel, was er da über die Mutter sagte – und über sie selbst. Es ruinierte das, was er zuerst gesagt hatte. Den Stolz. Der verschwand, als er über die Stickerei der Mutter sprach. Und als die Mutter hereinkam und ihm irgendeine Frage stellte, schob er Dorte auf den Boden wie die Katze, erhob sich und verließ das Zimmer. Danach erwähnte er die Gabe nie mehr. Schon zehn Tage darauf war alles still. Totenstill.

Sie wusste nicht, was sie in der Zeit danach gemacht oder ob sie mit jemandem gesprochen hatte. Gezeichnet hatte sie jedenfalls nicht. Später war alles, was zu Weißrussland gehört hatte, ebenfalls verschwunden. Das Leben, das sie gelebt hatten, als der Vater jeden Tag von der Arbeit gekommen war, als er mit ihnen gegessen, die Zeitung gelesen oder im Sessel gesessen und mit ihnen gesprochen hatte. Verschwunden.

Sie waren nicht reich gewesen, aber auch nicht arm. Ihr Haus hatte ein wenig am Ortsrand gelegen, umgeben von Feldern und hohen Bäumen. Lange, nachdem sie es verlassen hatten, hörte sie in Gedanken noch immer die Vögel singen, wie sie es stets getan hatten – noch ehe sie morgens aufgewacht war. Hörte vorsichtige Schritte, wenn er über die knackenden Bodenbretter und die Treppe hinunterging. Er war gern allein, wenn er den Morgenkaffee trank, den er selbst aufgegossen hatte.

Der Vater betreute die Bücherei der kleinen Stadt. Außerdem unterrichtete er russische Geschichte und Literatur am Gymnasium. Fast immer las er. Über Literatur, Politik, Sprache – und er las Zeitungen. Oder er sprach zu ihnen. Man konnte das nicht Gespräch nennen, eher erzählte er ihnen, was ihn beschäftigte. Aber er erklärte niemals, was er mit dem »richtigen Irrsinn« gemeint hatte. Dann war es zu spät. Nachdem sie in Litauen angekommen waren, tauchte es wieder auf. Vor allem, wenn sie den Farbkasten und den Skizzenblock öffnete, die er ihr einmal gegeben hatte. Rasch legte sie sie wieder fort. Als hätten sie einer anderen gehört.

18

Nikolai wartete sicher auf einen Brief von ihr. Sie hatte drei geschrieben – hatte Lara aber nicht gebeten, sie abzuschicken. Er würde vielleicht durchschauen, dass sie ihm Lügen erzählte. Und die konnte sie unter der Dusche nicht wegspülen. Trotzdem schrieb sie. Über alles so, wie sie es sich gewünscht hätte. Dass sie sechs Tage in der Woche in einem Café servierte und am siebten frei hatte. Ins Kino ging und am Fluss spazierte. Dass sie mit einer Freundin namens Lara zusammen war und russisch sprach. Dass sie Norwegisch lernte, stimmte immerhin. Wie auch die Beschreibung von Wetter, Aussicht und Lage der Wohnung. Die Briefe an Vera und die Mutter wurden ebenfalls nicht abgeschickt. Dort beschrieb sie ebenfalls alles so, wie es hätte sein können. So, wie es werden würde, wenn sie die Sprache gelernt hätte und sich eine normale Arbeit suchen könnte.

Sie sammelte die Briefe in einer Plastiktüte und versteckte sie im Kleiderschrank unter den beiden Pullovern, die immer sauber bereitlagen. Den jeweils dritten trug sie. Ab und zu holte sie die Briefe hervor und versuchte, sie ins Norwegische zu übersetzen. Aber dazu war sie noch längst nicht gut genug. Sie hätte sie Lara zeigen und um Korrekturen bitten können, aber ihr gefiel die Vorstellung nicht, dass Lara sehen könnte, dass sie log, auch wenn sie sonst alles über Dorte wusste. Dass sie nicht mehr blutete, aber noch nicht wieder ihre Tage bekommen hatte. Dass sie viel Milch trank und wegen des Eisens Blaubeersaft. Und welche norwegischen Wörter sie seit ihrer letzten Begegnung gelernt hatte. Aber von den Briefen wusste Lara nichts.

Einmal hatte Dorte einen alten Brief an die Mutter gefunden. Die Großmutter warf ihr darin vor, Schande über die Familie zu bringen. Dorte erzählte niemandem, dass sie diesen Brief gelesen hatte. Nicht einmal Vera. Man durfte die Briefe anderer nicht lesen. Aber sie beschloss, dass sie die Großmutter nicht leiden konnte, wer auch immer sie war. Das Schlimmste war, dass die Großmutter sich über die Liebe der Eltern lustig machte. Das war schlimmer als alles andere, was außerdem dort stand. Zum Beispiel der Satz: »Ein Jurist im Staatsdienst verheiratet seine Tochter nicht mit einem Juden aus der Provinz.« Dorte entschied, die Großmutter sei eine Schindmähre mit durchhängendem Rücken und Dreck in der Mähne und fleckigen Zähnen. Etwas Widerlicheres fiel ihr gerade nicht ein.

Aber lange, ehe sie den Brief gefunden hatte, war die Mutter mit Vera und ihr in die Stadt gefahren, die jetzt St. Petersburg hieß. Der Großvater wurde begraben. Die Reise an sich war wie ein Abenteuer. Die vielen Menschen. Die Gerüche. Wie die Lokomotive pfiff. Die Landschaft, die vorüberflog, ehe Dorte begriff, dass sie wirklich war. Sie hatte nie eine so große Wohnung gesehen wie die der Großmutter. Der Herbst war noch warm. Blumensträuße mit kleinen, an den Stengeln befestigten Karten dufteten in den Zimmern. Vera und sie waren zehn und acht und noch niemals in einer so großen Stadt gewesen.

In neuen Lackschuhen trippelten sie zwischen den Erwachsenen umher, die weinten und leise über den Mann sprachen, den die Kinder nicht gekannt hatten und der jetzt tot war. Fast niemand redete mit Dorte und Vera. Der Vater war ja nicht da. Alles war anders als zu Hause. Eine Sekretärin öffnete die Tür, wenn jemand klingelte, und machte auch alles andere. Nachts schlief sie in einem Verschlag hinter der Küche. Es gab auch einen alten, launischen Hund, der alle hasste, nur nicht die Großmutter. Als Dorte ihn streicheln wollte, biss er wütend zu. Die Mutter geriet auf eine Weise außer sich, wie sie es noch nie erlebt hatten. Obwohl Dorte nur mit der blutenden Hand dastand, ohne zu weinen. Eigentlich vergaß sie den Schmerz, denn der Schmerz der Mutter war viel größer als ihrer. Die Mutter schrie: *»Du musst das alte Ungeheuer umbringen!«* Es war eine seltsame Szene, denn sie hatte die Mutter noch nie schreien hören.

Große Aufregung folgte. Die Großmutter kam dazu und sagte, sie solle sich nicht aufführen wie ein verwöhntes Kind. Da schrie Vera, um die Mutter zu verteidigen: »Aber sie ist doch dein Kind!« Die Schwester der Mutter, die sie Tante nennen sollten, sagte »armes Kind!« und ging. Sie zog an ihren Fingerknöcheln und strich sich immer wieder die Haare glatt. Die

Großmutter tat, als habe sie Vera nicht gehört, und bat einfach die Sekretärin, Dortes Hand zu verbinden. Alle Fremden übersahen die Mutter. Auch die Sekretärin.

Als sie am Abend im Bett lagen, sagte Vera: »Diese Hexe!« Das war, ehe die Mutter kam und gute Nacht wünschte und sagte, sie würden einen Tag früher nach Hause fahren als geplant. Dorte wusste sehr genau, was Vera meinte. Eigentlich wollte sie nicht daran denken. Aber schon da hatte Dorte verstanden, dass die Mutter nicht in dieses Haus passte und dass es ganz natürlich gewesen war, dass sie mit dem Vater nach Weißrussland gegangen war. Sie begriff auch, warum die Mutter nur zu Besuch fuhr, wenn sie zu einer Beerdigung musste.

Der Großvater lag schön angezogen in seinem Sarg. Aber man wurde auf diese Weise nicht vertraut mit ihm. Seine Gesichtshaut war wie aus Wachs – und hatte grobe Poren. Als hätte jemand mit einer Ahle winzige Löcher hineingestochen. Die buschigen Augenbrauen sahen aus, als habe er sie gekauft, um anderen damit Angst einzujagen. Viel zu groß waren sie. Auch die Haare in der Nase waren zu lang. Seine Hände waren über der Brust gefaltet, und er trug weiße Handschuhe. Eine Rose steckte zwischen seinen Daumen und musste mit ihm zusammen sterben. Aber sie war dunkelrot im Schein der vielen flackernden Kerzen. Noch lange, als sie längst wieder zu Hause waren, sah sie manchmal diese Rose vor sich. Auf diese Weise bekam sie eine Art ewiges Leben. Über ihren Großvater wusste Dorte nichts.

Die Mutter fuhr noch zweimal nach St. Petersburg. Wenn ein Elternteil starb. Beim letzten Mal erfuhr sie, dass der Besitz ihrer Eltern an ein Kurbad am Schwarzen Meer fallen würde, weil man sich dort um die Nerven der Großmutter gekümmert hatte. Der Vater wollte sich an die Behörden wenden und das Testament anfechten. Aber die Mutter sagte nein. Dorte hörte die Eltern darüber sprechen, als sie abends im Bett lagen. Die

Stimme des Vaters war streng, wie die eines Lehrers. Aber die Mutter hörte einfach auf zu antworten.

Als sie kein Geld hatten, nachdem der Vater gestorben war, versuchte Vera, mit der Mutter zu sprechen. »Anwalt«, sagte sie mit der Stimme des Vaters.

»Man kann nichts von Menschen verlangen, für die man nicht betet«, sagte die Mutter ganz ohne Zorn. Aber das Geld war da gewesen. Sie hatten es in St. Petersburg gesehen.

Dorte hatte nicht viele, mit denen sie Norwegisch üben konnte. Eigentlich hatte sie nur Lara. Aber auch die Jungfrau Maria ließ sich einsetzen. Dorte sprach ihre einfachen Dankesgebete auf Norwegisch, die langen, komplizierten dagegen mussten auf Russisch erfolgen. Die, die von Vergebung handelten und davon, dass sie nach Hause wollte.

Lara brachte oft norwegische Zeitschriften mit, in denen Dorte das Lesen üben konnte. Das war nicht leicht, sie musste noch bei den einfachsten Sätzen im Wörterbuch nachschlagen. Lara rief immer auf Norwegisch »guten Tag, meine Kleine«, wenn sie hereinkam. Aber nachdem sie Dorte abgehört und ein wenig mit ihr gesprochen hatte, hatte sie es satt und wechselte zum Russischen über.

Durch die Stadt floss ein Fluss. Er war nicht sonderlich breit, aber schön. Sie konnte vom Fenster der Wohnung aus eine Art Biegung sehen. Als sie verheilte und besser den einen Fuß vor den anderen setzen konnte, bedrängte sie Lara, dass sie an den Fluss gehen wollte. Meistens fand Lara Entschuldigungen, um sich das zu ersparen. Sie wollte Läden besuchen oder im Café sitzen und Schokolade oder Caffè Latte trinken. Am Fluss zu spazieren erschien ihr nicht sonderlich verlockend. Aber an dem Tag, an dem sie Dorte untersuchte und für gesund erklärte, schlug sie es selbst vor.

»Das sieht schön aus! Wir machen einen Spaziergang am Fluss«, sagte sie stolz, als sei alles ihr Verdienst. Was auch nicht so ganz weit von der Wahrheit entfernt war.

Dorte wollte nicht darüber nachdenken, was die Gesundmeldung bedeutete. Der Kalender zeigte den 1. Dezember, und sie überlegte, ob sie Lara sagen sollte, was das für ein Tag war. Aber sie entschied sich dagegen. Es war kalt und klar und mitten am Tag. Trotzdem war der Himmel trübe, und das Licht wollte nicht richtig durchbrechen. Sie gingen durch Straßen voller Menschen, bis sie eine rote Brücke erreichten. Auf der Brücke blieb sie stehen und sah sich an, was unten im Wasser trieb. Vögel, Zweige, Abfall. Boote. Die Ufer sahen anders aus als zu Hause. Hier kamen Häuser und Menschen zu dicht heran. Die Natur musste gewissermaßen zurücktreten. Aber das Wasser hatte dieselbe Ruhe.

Plötzlich schwamm Nikolais Gesicht unter der Brücke. Seine Züge waren undeutlich, und mitten auf seiner Stirn saß eine Ente.

Sie ließen den Fluss hinter sich und gingen in eine Straße, in der die Menschen in Schwärmen vorüberhasteten wie zielstrebige Fische. Es fing an zu schneien. Trockene kleine Körner trafen sie im Gesicht und legten sich auf ihre Kleider. Ein eiskalter Wind machte von allen Straßenecken her Jagd auf sie. Auf einem offenen Platz flackerten Weihnachtslichter, und Girlanden hingen an Laternenmasten und Gesimsen. In den Schaufenstern glänzten Engel und leuchtende Gegenstände. Die Menschen drückten sich an die Hausmauern oder strömten in die Läden hinein und wieder hinaus. An einer Stelle standen zwei Uniformierte und sammelten Geld in einem schwarzen Kessel. Aus dem Eingang eines Ladens erklang etwas, das sich wie ein Choral anhörte. Dorte hielt die Jacke am Hals zusammen und senkte den Kopf.

»Warum in aller Welt flennst du?«, fragte Lara resigniert.

»Ich weiß nicht. Ich hoffe, dass Mama und Vera nicht aus dem Haus geworfen worden sind.«

»Wir haben jedenfalls getan, was wir tun konnten. Du solltest dich freuen!« Sie spielte darauf an, dass Tom versprochen hatte, der Mutter tausend Kronen zu schicken. Furchtbar viel Geld! Dorte hatte Namen und Adresse mit Blockbuchstaben auf einen der gelben Zettel geschrieben. Lara meinte, auf Tom sei Verlass, aber Dorte war sich nicht sicher. Sie wusste nicht einmal mehr, wie er aussah.

»Warum hast du das Geld nicht geschickt? Dann hätte ich dich begleiten können«, sagte sie.

»Es wäre nicht gut, das von hier aus zu machen.«

»Warum nicht?«

»Tom will nicht, dass die Polizei herumschnüffelt. Es kann doch sein, dass deine Mutter dich vermisst gemeldet hat. Du musst wirklich dankbar sein, dass er ihnen Geld schickt, wo er wegen dir bisher nur Ausgaben gehabt hat.«

»Ich weiß«, murmelte Dorte. Sie fror, aber sie versuchte, es zu verbergen, denn sie wollte draußen sein.

Lara warf einen Blick auf sie, dann schaute sie an ihrem eigenen Pelzmantel hinunter und seufzte.

»Diese Jacke ist wirklich nichts für den Winter. Du! Weißt du was? Jetzt gehen wir hier rein und kaufen dir etwas Warmes und Schönes – das wird deiner Laune auf die Sprünge helfen. Ich lege es aus«, erkläre Lara und stieß sie in die Tür des Ladens mit den Chorälen.

Die Wärme schlug ihnen entgegen, und Dorte wich in eine Ecke aus, um den vielen Menschen nicht im Weg zu stehen. Sie kamen in Schwärmen. Sahen Kleider an, fassten Kleider an, sprachen miteinander. Rissen Kleider aus den Regalen und warfen sie wieder hinein, ohne sie wirklich anzusehen. Von den vielen Farben und Bewegungen wurde es Dorte schwindlig. Von den Geräuschen. Der Wärme. Den vielen unbekannten Menschen. Sie sahen sie nicht an. Sie schien gar nicht da zu sein.

Laras Telefon klingelte. Sie zog es hervor und hörte eine Weile zu, dann ließ sie eine Menge norwegische Wörter hervorrieseln wie aus einem Sack. Am Ende lächelte sie breit und schaltete das Telefon aus.

»Herzlichen Glückwunsch zum Geburtstag! Warum hast du nichts gesagt? Tom hat in deinem Pass gesehen, dass du heute sechzehn wirst. Wollte mir sagen, dass ich dir gratulieren soll. Ich habe gesagt, dass du hier noch erfrierst und Winterjacke und Schuhe brauchst. Er hat gesagt, wir sollen shoppen!«, sagte Lara triumphierend und steckte das Telefon in die Jacke. »Weißt du, was er gesagt hat, als ich gefragt habe, ob wir das zu deinen Schulden dazuschreiben sollen?«

»Nein«, murmelte Dorte.

»Dorte und ich werden uns über die Bezahlung schon einigen!« Laras Lachen kam tief aus ihrem Bauch.

»Wie das denn?«, fragte Dorte.

»Verstell dich nicht. Sei froh, dass er dich mag. Das lohnt sich für dich!«

Sie kauften eine rote Daunenjacke und dicke weiße Winterschuhe mit Webpelz und Schnürsenkeln. Vera hätte die »scharf« gefunden. Sie schlossen sich wie warme Hände um die Fußsohlen. Plötzlich fiel ihr ein, wie Tom ihre Füße gehalten hatte, als er sie in die Decke gewickelt hatte. Oder hatte sie sich das eingebildet? Die Jacke war federleicht! Der Reißverschluss ganz unbenutzt. Sie wandte sich ab, denn Lara sollte nicht sehen, dass ihr schon wieder die Tränen kamen.

»Behalt die Schuhe an, wenn du sie haben möchtest«, sagte Lara und machte einige seltsame Bewegungen. Ihre Hände arbeiteten auf beiden Seiten unter ihrem Pelz, als ob sie überall Taschen hätte. Sie machte einen Schmollmund und fischte Geldscheine heraus, um die sie blitzschnell die Hände schloss.

Für Dorte sah es aus wie ein Vermögen. Als sie bezahlt hatte, tanzte Lara um den Tresen herum, wie um ihren Pelzmantel vorzuführen.

»Zieh auch die Jacke an, dann lassen wir uns für die alte eine Tüte geben!«

»War das nicht schrecklich teuer?«, fragte Dorte.

»Drei Kunden. Aber für dich ungefähr anderthalb«, flüsterte Lara, dann wurde sie lauter. »Ist es nicht herrlich, so einfach shoppen zu gehen? Wunderbar. Das kaufen zu können, was man braucht. Nicht wahr?«

Dorte wünschte, Lara hätte die Kunden nicht erwähnt. Vielleicht würde sie immer daran denken müssen, wenn sie sich zum Ausgehen anzog?

Sie gingen in ein Café, um Dorte zu feiern, wie Lara das nannte. Apfelkuchen und heiße Schokolade mit Sahne. Dorte wollte die Jacke am liebsten nicht ausziehen, aber das musste sie doch. Es wurde zu warm. Sie hängte sie über den Stuhlrücken und lehnte sich daran.

Das Café war voller Menschen. Ein Mann saß allein an einem Tisch und las eine Zeitung, die meisten aber hatten jemanden zum Reden. Alle hatten Plastik- oder Papiertüten mit Paketen. Weihnachtspapier in vielen Farben glühte Dorte entgegen. Sie wollte der Mutter und Vera etwas zu Weihnachten schicken. Vielleicht würde der Postbote das bringen? Zuerst würde er vor dem Fenster mit zwei Fingern im Mund pfeifen. Das bedeutete, dass er etwas für sie hatte. Dann würde Vera in den Hof hinunterlaufen. Dorte sah vor sich, wie sie mit dem Paket in den Armen zur Mutter nach oben kam.

»Ich glaube, ich schicke meiner Schwester Vera die Daunenjacke«, sagte sie.

Lara schaute erschrocken auf und knallte den Teelöffel auf die Untertasse.

»Nein, das tust du nicht!«, erklärte sie. »Die brauchst du

selbst. Es kann hier schrecklich kalt werden. Und das für Monate. Und wenn du wieder krank bist, bedeutet das ganz viel verlorenes Geld.«

»Wie viel ist ein Kunde?«, flüsterte Dorte vor sich hin und schloss beide Hände um ihre Tasse. Sie war warm und trug eine kleine glänzende Spur ihrer Lippen. Dorte fuhr mit dem Finger darüber, um sie zu entfernen.

»Fünfzehnhundert für eine halbe Stunde. Zweitausendfünfhundert für eine ganze. Das nimmt Tom für das Spezielle. Mit der Gefahr, sich zu ruinieren, natürlich …«, flüsterte Lara und beugte sich weit über den Tisch. Ihre Lippen waren groß und rosa.

»Das Spezielle?« Dorte flüsterte ebenfalls.

»Du bist doch fast Jungfrau. Schön und unschuldig. Anmutig, das bist du. Schieb deine Titten vor und sag dir, dass du es weit bringen kannst. Du hast fünf oder sechs Jahre vor dir, höchstens. Danach ist Schluss. Alle Sportstars müssen ihr Bestes geben und sich den Bonus erarbeiten, den sie kriegen, solange sie oben sind. Man wird müde, weißt du. Das merken die Kunden. Und dann ist es zu spät. Aber eins muss ich dir sagen. Fang nicht mit Schnaps oder Drogen an. Solange ich für dich verantwortlich bin, hast du keine Chance. Hörst du?«

»Aber warum sollte ich?«

Lara überlegte und sah Dorte unter ihren sorgfältig getuschten Augenwimpern hervor an.

»Du darfst nicht glauben, ich wüsste nicht, dass das Leben nicht immer so leicht ist. Und dann kann es verlockend sein, etwas zu nehmen oder irgendwas zu machen, um wegzukommen. Das habe ich auch versucht. Deshalb heiße ich Jensen.«

»Jensen?«

»Ja. Ich hielt norwegische Männer für Heilige und glaubte, in ein gutes Leben hineinzuheiraten. Aber er war ein Gangster und ein Arsch. Ich hätte ihn umbringen können, aber zu meinem Glück hat jemand anders diese Aufgabe übernommen …«

»Was hat er gemacht?« Dorte saß mit offenem Mund da.

»Bring mich nicht dazu, darüber zu reden, sonst verliere ich den Verstand. Noch dazu im Café! Aber glaub nicht, alle Norweger wären Engel. Ich kenne mehr Schweine, als du an beiden Händen abzählen kannst. Aber scheiß drauf. Wenn du jetzt drei Monate lang ranklotzt, dann hast du es geschafft. Vielleicht kannst du dich dann selbständig machen. Falls du dich gut aufführst und die Sprache lernst!«

»Das geht nicht so schnell. Ich hab ja niemanden zum Reden.«

»Wir reden doch miteinander«, sagte Lara verletzt. »Wir können jetzt gleich eine Lektion machen. Sofort! Schuh«, sagte sie, bückte sich und zeigte auf Dortes neue Schuhe.

Unwillig schob Dorte den Kopf unter den Tisch und ahmte sie nach. Der Boden wies Lachen aus geschmolzenem Schnee und schmutzige Sohlenabdrücke auf. Am Nebentisch saß ein junges Paar. Sie trug schwarze Stiefel mit einer Fellborte. Ein Reißverschluss war nicht richtig hochgezogen. Die Spitzen waren abgenutzt und die Absätze schief. Ein grauer Rand aus Streusalz und Feuchtigkeit zeichnete sich bis in den Stiefelschaft hinauf ab. Der Mann trug Wollsocken und rote Turnschuhe. Sie waren nicht zugebunden. In diesem Land lief man wohl einfach weiter, bis alles auseinanderfiel. So war es vielleicht, wenn man reich war und nicht auf den Preis zu schauen brauchte.

»Was heißt, die Norweger sind so reich, dass ihnen ihre Schuhe egal sind, auf Norwegisch?«, fragte sie.

Lara lachte und übersetzte. Dorte wiederholte mehrmals, bis ihr klarwurde, dass die Leute am Nebentisch zuhörten. Da verstummte sie abrupt und schaute zu Boden.

»Wir üben lieber, wenn wir allein sind«, sagte Lara energisch.

Schon bei ihrem ersten gemeinsamen Ausgang hatte sie Dorte eingeschärft, dass sie keine Aufmerksamkeit erregen durften. Aber das galt sicher nur für Dorte, denn Lara musste doch wissen, dass sie ohnehin auffiel. Sicher auch dadurch, wie sie Norwegisch sprach. Dorte ging auf, dass sie mit ihren neuen Kleidern als Norwegerin durchgehen konnte, solange sie nichts sagte.

Als sie wieder auf der Straße standen, fragte sich Dorte, wie es wohl sein mochte, in dieser Stadt ein normaler Mensch zu sein. Mit allen sprechen zu können. Irgendwo zur Arbeit zu gehen. Mit eigenem Geld zu bezahlen. Mit eigenem Schlüssel die Tür zu öffnen. Sie hinter sich zuzuziehen und zu wissen, dass niemand hereinkommen könnte. Jemanden zu haben, mit dem man lachen konnte. Jemanden, der nicht bei ihr war, weil das eben ein Job war.

Einige Jugendliche standen an einer Ecke und lachten. Im Schaufenster hinter ihnen war ein Weihnachtswichtel mit roter Mütze und einem Kochlöffel in der Hand. Er verneigte sich ruckhaft vor einer Schüssel voll Grütze und versuchte vergeblich, seinen Kochlöffel zu füllen.

»Wir müssen jetzt zum Bus. Ich muss auch noch bei den anderen Mädchen vorbeischauen, ehe ich Feierabend machen kann«, sagte Lara. Sie erwähnte die anderen nicht oft, aber Dorte wusste ja, dass es sie gab.

Eine alte Dame hielt sie an und stellte irgendeine Frage. Sie schien sich verlaufen zu haben. Lara lächelte, erklärte und zeigte den Weg – und die alte Dame bedankte sich mehrmals. Dorte starrte auf den Boden und wartete.

»Du siehst total verängstigt aus. Du musst den Leuten in die Augen schauen«, sagte Lara, als sie wieder allein waren. »Wer die ganze Zeit zu Boden starrt, erweckt kein Vertrauen. Man könnte meinen, dass du Angst hast oder dumm bist oder noch Schlimmeres.«

»Noch Schlimmeres?«

»Ja. Unehrlich. Wenn der Kunde dich für unehrlich hält, kommt er nicht wieder.«

Darauf aufmerksam gemacht zu werden, dass sie unehrlich wirken könnte, ließ Dorte vor Scham erröten. Als die große Kirche in Sicht kam, fragte sie, ob sie dort eine Kerze anzünden könnten. Aber Lara hatte keine Zeit. Die hohen Bäume waren bereift, und der Himmel schob sich schichtweise übereinander. Aus den höchsten Schornsteinen legte sich der Rauch wie graue Spiralen über die Dächer.

»Wie heißt das auf Norwegisch, was die Kunden machen ...?«

Lara lachte laut los. Das war das Beste an ihr. Dass sie plötzlich und fast ohne Grund losprusten konnte. Lara lachte für zwei – ganz allein.

»Ficken«, sagte Lara. In diesem Moment begegneten sie einem Mann mit einem lila Hemd unter dem dunklen Wintermantel. Er schaute Lara vorwurfsvoll an und eilte weiter.

»Herrgott, das war sicher ein Geistlicher«, kicherte Lara und versetzte Dorte einen Rippenstoß.

»Ist das ein schlimmes Wort?«

»Was heißt schon schlimm? Die Leute sagen das jedenfalls so.«

»Zu ihren Kindern?«

»Das weiß ich nicht. Kommt wohl ein bisschen darauf an, wer sie sind.«

»Würdest du das zu deinen Kindern sagen?«

»Nein, spinnst du? Man hat doch Anstand im Leib!«

19

An diesem Abend fönte Dorte sich nach dem Duschen die Haare und versuchte, nicht an den nächsten Tag zu denken. Der Spiegel sagte ihr, dass ihr Gesicht fast so aussah wie früher. Eine kleine weiße Narbe an der Augenbraue und eine weiße Erhebung an der Oberlippe erinnerten an die Dinge, an die sie sich nicht erinnern wollte.

Ein plötzliches Geräusch ließ sie denken, dass jemand in der Wohnung war. Es geschah nicht zum ersten Mal, aber diesmal war das Geräusch deutlich gewesen. Ihr Herz schlug ihr bis in den Hals. Sie schluckte. Lauschte.

Da draußen war jemand! War sicher gekommen, als sie geduscht hatte. Lara kam nie um diese Zeit. Außerdem rief sie immer: »Dorte! Bist du zu Hause?« Als ob sie eine andere Möglichkeit hätte.

Hatte Lara einfach so einen Mann hereingelassen? Musste Dorte das allein durchstehen? Ohne Lara? Sie legte das Handtuch weg und schlüpfte eilig in den Frotteemantel, während sie zum Flur hin horchte. Jemand ließ Kleider und vielleicht auch Tüten rascheln. Dann waren langsame Schritte ohne Schuhe zu hören. Weicher, aber fester Druck aufs Parkett. Sie entfernten sich ein wenig, waren aber gleich wieder da und kamen näher. Dorte schloss die Badezimmertür ab. Das Klicken kam ihr so laut vor wie ein Kanonenschuss. Die Schritte hielten inne, als ob der Betreffende lauschte.

»Ich bin's. Tom!«

Dorte keuchte und presste sich das Kinn auf die Brust. Dann band sie den Gürtel ihres Frotteemantels und versuchte, Zeit zu gewinnen. Zuerst begriff sie nicht, warum sie so erleichtert war, fast froh. Dann fiel ihr ein, dass sie die norwegischen Wörter verstanden hatte. Sie steckte die Füße in die Pantoffeln mit den Hasenohren und schloss die Tür auf. Er stand gleich davor, ohne Schuhe und Mantel, und lächelte. Sein Hemd war nicht so weiß wie das, an das sie sich vom letzten Mal erinnerte, sondern blaukariert. Er trug Jeans und war ganz anders als an dem Abend vor langer Zeit, als er Eier und Speck gebraten, sie eingeschlossen hatte und gegangen war. Ein rascher Blick durch die Diele sagte ihr, dass er seine schwarze Aktentasche nicht bei sich hatte.

»Happy birthday to you! Frischgewaschen und schön!«, sagte er fröhlich, als seien sie alte Bekannte, die sich soeben wiederbegegnet waren. Aber sie zeigte nicht, dass sie verstand, was er sagte. Unter keinen Umständen wollte sie das zugeben, auch wenn sie an Laras Mahnung dachte, Tom nicht zu irritieren. Sie schluckte. Er hatte bestimmt den Mantel abgelegt, um eine Weile zu bleiben.

»Ich habe zwei halbe Hähnchen, Pommes frites und Cola mitgebracht«, sagte er und sah sie fragend an. Als ihre Antwort ausblieb, ging er mit der Plastiktüte in die Küche. Dort verteilte er das Essen auf Teller und verzierte die Teller mit Gurken- und Tomatenscheiben. Deckte den Küchentisch mit Besteck und Gläsern. Sie blieb in der Türöffnung stehen, ohne zu wissen, was sie sagen sollte.

»Du wolltest vielleicht gerade schlafen gehen? Na, zieh dich meinetwegen nicht wieder an, ich muss nicht so lange bleiben«, sagte er und wiederholte das noch einmal auf Englisch, als sie keine Antwort gab. Als könnte sie entscheiden, wie lange er bleiben dürfte.

»Lara sagt, dass du schon ein bisschen Norwegisch verstehst.«

»Ein bisschen …« Ihr ging auf, dass sie seit dem Tag ihrer Ankunft nur mit Lara gesprochen hatte. Wie lange war das wohl her?

»Schön! Lara sagt, dass du wieder gesund bist … Stimmt das?«

Sie verspürte etwas Hohles. Es breitete sich aus. Sie brachte nicht einmal ein Nicken zustande. Oder ein Kopfschütteln.

»Iss! Leiste mir Gesellschaft!«, sagte er und riss mit geschicktem Griff die gelbe Haut von seinem Hähnchen.

Sie versuchte, es ihm nachzutun, aber der Vogel flog in all seiner gebratenen Steifheit davon. Messer und Gabel wollten nicht mit den fremden Fingern zusammenarbeiten, die sie benutzen musste. Ihr ging auf, dass sie schon einmal so dagesessen hatten. Auf der Fahrt hierher. Er legte für einen Moment Messer und Gabel hin, trank Cola und sah sie unter gesenkten, fast unsichtbaren Wimpern an. Plötzlich zeigte er auf sich.

»Hast du Angst vor mir?«

Sie schlug die Augen nieder und wurde rot, ohne zu antworten. Aber nach einer Weile fiel ihr ein, was Lara darüber gesagt hatte, dass sie anderen in die Augen schauen sollte, und sie zwang sich, seinen Blick zu erwidern. Sie schob ein Stück Pommes auf ihre Gabel und hob es an den Mund. Es schmeckte ein wenig nach Zahnpasta.

»Du lernst Norwegisch?«, fragte er ernst und musterte die Zettel, die überall hingen.

»Ja«, flüsterte sie endlich.

»Gut. Fenster«, las er und schaute den Zettel am Fensterrahmen an.

»Fenster«, wiederholte sie.

Er lächelte mit offenem Mund. Ein Vorderzahn ragte schräg nach innen. Sie wusste nicht, ob er begriff, dass sie zurücklächelte.

Er räumte nach dem Essen in der Küche auf, genau wie beim letzten Mal. War sehr ordentlich. Spülte Teller und Besteck sorgfältig unter heißem Wasser ab und stapelte sie im Spülbecken aufeinander. Nachdem er die Reste des Hähnchens in die

Plastiktüte gesteckt hatte, knotete er die zu und stellte sie neben die Wohnungstür. Dann legte er eine saubere Tüte in den Mülleimer. Sie stand am Tisch und sah zu, ohne zu wissen, was er von ihr erwartete. Zum Glück sah er nicht böse aus, auch wenn er alles allein erledigen musste. Sondern fast munter. Als er fertig war, winkte er sie mit sich ins Wohnzimmer.

»Wir setzen uns und reden miteinander!«

»Norwegisch reden?«, brachte sie heraus und setzte sich auf das Sofa. Dann fiel ihr ein, dass sie sich vielleicht auf seinen Platz gesetzt hatte. Es war doch seine Wohnung. Aber es hätte sehr seltsam ausgesehen, wenn sie jetzt wieder aufgestanden wäre.

»Gut«, sagte er und ließ sich neben sie fallen, so natürlich, als ob sie im Auto säßen.

Zuerst saß sie wie auf Nadeln und versuchte die vielen Wörter zu verstehen, die aus ihm herausströmten. Dann zog sie die Füße auf das Sofa, wickelte den Frotteemantel um ihre Füße und ließ sich zurücksinken, während sie auf seine Stimme lauschte. Die war noch heller als in ihrer Erinnerung. Als seien seine Stimmbänder gerissen. Ab und zu ergaben die norwegischen Wörter einen Sinn: »Lara und du Freundinnen?« – »Hier gefallen?« – »Mutter Geld geschickt.«

Bei der letzten Bemerkung stotterte sie ein »tausend Dank!« Er lächelte. Seine Oberlippe wurde schmal und die Mundwinkel noch tiefer. Plötzlich fing er an, über Musik zu sprechen, mit mehr Wörtern, als sie kannte. Er stand auf und holte einen runden Gegenstand aus der Tasche seiner Lederjacke, die am Garderobenständer hing. Öffnete einen Deckel und legte eine Scheibe ein. Dann steckte er sich Stöpsel mit Leitungen in die Ohren und drückte auf Knöpfe. Eine Weile saß er da und lauschte und bewegte den Kopf hin und her. Sie versuchte, ihn dabei nicht anzusehen. Am Ende zog er die Stöpsel aus den Ohren und steckte sie in ihre. Sie wich zurück. Seine Finger kamen ihr zu nahe.

Aber dann glitt sie hinein, langsam, es war, als säße sie in angenehm warmem Wasser. Ihre Hände kamen auf ihrem Schoß zur Ruhe. Ihr Kiefer hörte auf, ihr Gesicht festzuklammern. Ihre Schultern sanken auf dem Sofa zurück und zogen den Rest ihres Körpers mit sich, als sei sie allein im Zimmer.

»Schön?«, fragte er nach einer Weile.

Als sie ihn fragend anblickte, fügte er hinzu: »Schöne Musik?«

»Ja!«

»Du kannst sie haben. Ich hab noch mehr. Auch Bach und Mozart. Das da ist Sibelius.«

Sie musste ihn ansehen. Es kam ganz von selbst. Nichts hier stimmte. Ihr ging auf, dass sie sich Laras Mahnungen so sehr zu Herzen genommen hatte, dass sie vergessen hatte, wie er war, wenn sie allein waren. Wie er unterwegs gewesen war. Und als sie geschlafen hatten. Laras Warnungen lösten sich in Unbilligkeit auf. Aber als er den Kopf in ihren Schoß legte, die Füße auf der Armlehne, und die Augen schloss, war sie darauf nicht vorbereitet. Sie wusste nicht, wohin mit sich. Halb liegend, halb sitzend nahm sie den Druck seines Kopfes an ihrem Unterleib wahr. Seine Wärme durchdrang den dicken Frotteemantel. Er lag ganz still da. Nur die Brust hob und senkte sich. Das karierte Hemd hatte drei offene Knöpfe. Die Jeans waren an der einen Wade hochgerutscht. Der Knöchel über der schwarzen Socke war fast weiß. Der Bauch wirkte hohl. Seine Gesichtshaut spannte sich über den Wangenknochen.

Er hatte offenbar gehört, dass die Musik zu Ende war, obwohl die Stöpsel in ihren Ohren steckten, denn er streckte die Hand aus und schaltete sie wieder ein. Dann drehte er sich auf die Seite und zog die Knie an. Bald darauf schob er vorsichtig seine Hand unter ihren Frotteemantel und ließ sie einen Moment dort liegen, ehe er sich den Weg unter ihr Nachthemd suchte. Sie erstarrte. Alle ihre Poren wurden zu Eis. Sie bewegte sich nicht. Er bewegte sich allerdings auch nicht. Er schien nicht zu merken, dass er seine Hand verschob, wenn er sich umdrehte.

Irgendwann konnte sie wieder Atem holen. Er lag einfach da. Einmal fuhr er ihr zerstreut, fast wie im Schlaf, über Wade und Oberschenkel. Dann schloss seine warme Hand sich über ihrem Knie. Sie wusste nicht, ob er schlief. Der Himmel hinter dem Fenster war wie eine undurchdringliche Haut. Der Schnee wartete darauf, sich herabstürzen zu können. Aber die Lichter von den Anhöhen über der Stadt blinkten verschlafen in einer ununterbrochenen Reihe. Als die Musik endete, blieb sie einfach nur sitzen, als ob alles genau auf diese Weise enden sollte.

Langsam wurde sie davon geweckt, dass etwas ganz anders war. Die Stöpsel waren aus ihren Ohren geglitten. Der Druck an ihrem Unterleib stammte nicht von seinem Hinterkopf. Sondern von seinem Gesicht. Seinem Mund. Ganz dicht an ihrer Haut. Langsam zog er sie auf dem Sofa nach unten. Sie spürte etwas Feuchtes. Weiches. Und seine Wange schabte an ihrem Oberschenkel.

Ihr Atem versagte, und ihr Herz hämmerte los. Das war seine Zungenspitze! Sie wollte wegrutschen, aufspringen. Aber sie blieb liegen. Wie ein erschöpfter Schmetterling auf der Fensterbank, unmittelbar vor dem Sommerende. Er leckte sorgfältig und behutsam. Ab und zu ließ er die Hand über ihren Bauch gleiten. Oder er hielt inne und holte Atem, als horche er auf etwas.

Sie zeigte keine Reaktion, sie lag nur da, während das Blut in alle kleinen Adern strömte und sie flüssig und weich werden ließ. Einmal musste sie sich ein wenig zu ihm hochschieben. Er legte beide Hände unter ihr Hinterteil, hob den Kopf, entblößte ihren Bauch und seufzte, ehe sie seinen Mund wieder spürte. Sie hatte nicht geahnt, dass es ein solches Gefühl geben könnte. Ehe sie sich's versah, hatte sie die Arme gehoben und seine Schultern umfasst. Zähe Muskeln unter dem dünnen Hemd bewegten sich im Rhythmus seiner vorsichtigen Berührungen. Sie war nur noch ein Punkt, und diesen Punkt berührte er mit seiner Zunge. Alles andere, das, was geschehen oder nicht geschehen war, verschwand.

Als sie zum zweiten Mal erwachte, hatte er sie gerade hochgehoben und war dabei, sie ins Bett zu tragen. Er zog ihr im Dunkeln den Frotteemantel aus und drückte sie an sich. Dann legte er sie hin und breitete die Decke über sie. Nichts wurde gesagt. Als die Dunkelheit zu einer Wand wurde, weil er die Tür zum Flur geschlossen hatte, ging ihr auf, dass sie allein im Raum war.

Was würde passieren, wenn sie hinter ihm herriefe? Was sollte sie dann aber rufen? »Komm zurück! Lass mich nicht allein!« Und wenn er dennoch ging? Oder lachte? Dann wäre alles zerstört und nicht zu ertragen. Als sie hörte, wie er die Wohnungstür hinter sich abschloss, kam ihr das Laken kalt und gefährlich vor. Wie eine unberechenbare Leere.

20

»Wo hast du den denn her?«

Lara stand mitten im Zimmer und hielt den runden Discman in der Hand. Die Stöpsel baumelten hilflos an den Leitungen.

»Tom!«, antwortete Dorte.

»War Tom hier? Warum hast du das nicht sofort gesagt?«

»Du bist doch gerade erst gekommen …«

»Gerade erst gekommen! Herrgott! Du musst mir doch sagen, wenn Tom hier gewesen ist.«

»Aber du redest doch regelmäßig mit ihm!«

»Werd jetzt nicht frech«, rief Lara mit schriller Stimme und zog ihr kurzes Oberteil über ihren Nabel. In einer zerknitterten Hautfalte hing ein kleiner Goldring, der sofort wieder hervorsprang.

»Ich wollte nicht … frech sein.«

»Scheiß drauf. Was hat er gesagt?«

»Er hat Norwegisch gesprochen, ich hab nicht so viel verstanden. Aber ich habe ihm dafür gedankt, dass er meiner Mutter Geld geschickt hat.«

»Gut so. Was wollte er?«

»Ich weiß nicht … ich glaube, er wollte sich nur ausruhen.«

Lara trat dicht an sie heran und musterte sie aus zusammengekniffenen Augen.

»Sich ausruhen, meine Güte! Hör mal zu, mein Mädchen! Versuch ja nicht, mir etwas zu verheimlichen. Wir müssen zusammenhalten, sonst kann das hier nicht gutgehen. Jedenfalls nicht für dich.«

»Er ist doch einfach hereingekommen – gestern Abend, spät«, jammerte Dorte. Wenn sie sich mit Lara zerstritte, würde sie allzu einsam sein.

Lara knallte den Discman auf den Tisch. Die Ohrstöpsel sprangen über den Rand und versuchten, sich um ein Tischbein zu schlingen.

»Fang ja nicht mit Intrigen und Unfug an! Hörst du? Erzähl mir alles, was passiert ist!«

Aber auch wenn es ihr Leben gekostet hätte, hätte Dorte nicht berichten können, was geschehen war. Sie wäre vor Scham gestorben. Und während sie mit flackerndem Blick vor Lara stand, ging ihr auf, dass sie sich jetzt schon schämte. Weil ihr das, was Tom getan hatte, gefallen hatte.

Lara wandte sich ab und seufzte.

»Du verstehst, er schläft nicht mit den Mädchen … obwohl …«

»Auch nicht mit dir?« Die Frage war ihr einfach herausgerutscht.

Lara fuhr blitzschnell herum und fauchte: »Halt die Fresse!« Aber nach einer Weile murmelte sie: »Weiß der Geier, mit wem der schläft! Oder er schläft mit gar keiner. Er ist ein Mönch … eine unheimliche Sorte Mönch. Manchmal frage ich mich, ob bei ihm etwas nicht stimmt…«

»Wie denn … etwas nicht stimmt?«

»Vergiss es. Erwähn es nicht!« Lara wischte sich ein paar unsichtbare Staubkörner von ihrem Pullover. Blitze aus Silberfäden jagten darauf in alle Richtungen. »Hat er über mich gesprochen«, wollte sie wissen.

Dorte überlegte, sie wollte auf keinen Fall etwas sagen, das wieder zu Streit führen könnte.

»Ich habe fast nichts verstanden … aber er hat gesagt, wie tüchtig du bist«, log sie. »Und dann hat er gefragt, ob ich … gesund bin …«

Für einen Moment maßen sie einander mit Blicken, dann konnte Dorte nicht mehr. Sie zog den Hals ihres Pullovers über ihren Kopf und jammerte. Stand mitten im Zimmer. Laras Silhouette zeichnete sich durch den Pullover ab, den sie zu Hause in einem Laden für Gebrauchtkleider gekauft hatte.

»Er hat eine Schwäche für dich«, hörte Dorte Lara sagen. »Dass er dich hier in dieser großen Wohnung leben lässt, mutterseelenallein. Wie ein Luxustier! So was hat er mir nie angeboten, und dabei tu ich doch alles, was er will. Aber er fickt dich nicht?«

»Hör auf«, schrie Dorte so laut, dass ihr Trommelfell bebte. Der Hals ihres Pullovers war nass und klebrig.

»Schrei mich nicht an. Reiß dich zusammen!«

In diesem Moment klingelte Laras Telefon. Sie wühlte in ihrer Handtasche, zog es heraus und hörte zu. Warf einige Wörter auf Norwegisch ein und hörte wieder zu. Danach ging sie ins

Badezimmer, um weiterzureden, als fürchte sie, Dorte könne die norwegischen Wörter verstehen. Nach einer Weile kam sie zurück, verstimmt und mit gerunzelter Stirn.

»Was hast du mit ihm gemacht? Er will dir jede Woche einen ganzen Tag freigeben. Und wir sollen schon wieder Kleider für dich kaufen gehen.«

»Ich brauche nichts«, murmelte Dorte und zog sich in die Küche zurück, um die Kaffeemaschine einzuschalten. Sie hoffte, das würde die Stimmung vielleicht auflockern.

»Stell dich nicht so an!«, schimpfte Lara und folgte ihr. »Du bist schon so gerissen in diesem Job, dass man das für angeboren halten könnte. Aber dass du es schaffst, dass Tom ihn hochkriegt. Das ist mehr, als mir gelungen ist.«

»Wieso nicht?«

»Tom interessiert sich nicht für Huren. Springt nicht auf uns an. Er will seine Frau ganz für sich haben. Na ja, mir ist das nur recht. Da habe ich weniger zu tun. Auch wenn er in vieler Hinsicht ein toller Typ ist … aber er nimmt alles so kackgenau. Fast pedantisch«, seufzte sie und holte eine Einkaufstüte aus der Diele. Eine braune Tüte voller Kuchen wurde auf den Tisch geknallt, dann ließ Lara sich auf den Stuhl sinken.

»Was nimmt er so genau?«, fragte Dorte und dachte daran, wie Tom aufgeräumt hatte.

»Er wird schrecklich sauer, wenn irgendwas nicht in Ordnung ist und wenn jemand sich nicht an Abmachungen hält. Einmal musste Stig einen Freier zusammenschlagen, weil der auf den Boden gespuckt hatte.«

»Wer ist Stig?«

»Einer von den Jungs … aber Tom selbst ist auch hart im Nehmen. Er sieht nicht gerade so aus, aber er macht Karate oder irgendeinen Kampfsport. Sei froh, dass er das nicht an dir auslässt!«, erklärte Lara und zeigte mit der Kaffeekanne auf Dorte. Dann öffnete sie die Tüte und schmatzte voller Vorfreude.

»Die Kopenhagener in dieser Stadt sind eine Delikatesse. Die weichen Waffeln dagegen sind eine Schweinerei.«

Dorte schenkte Kaffee ein, und Lara machte sich über den Kuchen her.

»Weißt du noch, dass ich von einer Neuen aus Russland gesprochen habe, die mit dir zusammenwohnen sollte? Jetzt will er sie plötzlich zu Martha und Anna stecken, obwohl die Wohnung kleiner ist als diese hier.« Lara schnitt eine Grimasse, als sie sich am Kaffee verbrannte.

»Sie kann doch gern hier wohnen«, sagte Dorte und sah sich um. Vielleicht wäre dann alles weniger traurig, und sie hätte eine Gesprächspartnerin. Sie dachte an Nadia, die sie wahrscheinlich betrogen hatte, aber diesen Gedanken verdrängte sie.

»Du kleine Närrin! Wenn Tom etwas sagt, dann meint er es auch so. Bestimmt hat er Pläne für dich«, sagte Lara und verzog den Mund. »Ich soll dir auch sagen, dass du an deine Mutter schreiben und sagen sollst, dass es dir gutgeht. Ich muss den Brief natürlich lesen, ehe er abgeschickt wird. Vielleicht schickt er ihr mehr Geld.«

Dorte stellte ihr Milchglas ab. Ungeheuere Erleichterung strömte aus ihren Augen.

»Ist das jetzt auch schon wieder ein Unglück?«, schimpfte Lara, beugte sich über den Tisch und stieß Dortes Arm an.

»Was soll ich denn schreiben?«, schniefte Dorte.

»Schreib, dass du in einer ziemlich großen Stadt bist, in einem schönen Haus mit viel Platz und schöner Aussicht. Dass du gern am Fluss spazieren gehst, mit deiner Freundin, mit der du Russisch sprichst. Aber keine Namen nennen! Hörst du? Erzähl ihr, dass du für ein nettes Serviceunternehmen mit mehreren Angestellten arbeitest. Dass du jede Woche einen Tag frei hast und gut verdienst. Dass es dir so gut gefällt, dass du noch nicht sagen kannst, wann du wieder nach Hause kommst. Du lernst Norwegisch und hast in der Kirche eine Kerze angezündet. Das hört deine Mutter bestimmt gern.«

»Aber das habe ich doch noch gar nicht!«

»Herrgott!« Lara verdrehte die Augen. »Hör gut zu! Bisher hast du bei Tom das Unmögliche geschafft. Wenn du so weitermachst, kannst du vielleicht meinen Job übernehmen, wenn ich nach Russland gehe, um eine Pension aufzumachen!«

»Eine Pension?«

»Ja, ich hab da eine Möglichkeit an der Hand. Nur muss der Besitzer noch sterben.«

Schmutziges Sonnenlicht brach durch die graue Fensterscheibe.

»Aber der ist schon alt, weißt du. Wir werden sehen.«

Dorte versuchte sich vorzustellen, was es wohl für ein Gefühl war, auf den Tod eines anderen Menschen zu warten, aber es gelang ihr nicht. Vermutlich lag es daran, dass sie sich nicht so für die Pension interessierte wie Lara.

»Ich glaube nicht, dass ich einen Job wie deinen möchte …«

»Nein, du willst sicher Königin von Saba oder sonst was Großes werden?«, schnaubte Lara.

»Ich hab Heimweh … ich hab so entsetzliches Heimweh …«, flüsterte Dorte.

Lara sah ein wenig verwirrt aus, aber dann schien sie einen Entschluss zu fassen. Sie nahm Dortes Hände und schüttelte sie gutmütig. Ihre Handflächen waren trocken und warm, so, wie die der Mutter immer gewesen waren.

»Aber, aber … nein, es ist nicht so einfach«, sagte sie leise, fast liebevoll. »Es ist nie ganz einfach. Aber es hat auch seine Freuden, das kann ich dir sagen. Und wenn du ein Ziel hast, ein echtes Ziel, dann geht es leichter. Du darfst nie vergessen, dass du deiner Mutter und deiner Schwester helfen musst.«

»Aber Mama … sie würde nicht wollen … sie darf das nie erfahren …«

»Nein, natürlich nicht. Mütter dürfen nie erfahren! Sie haben sich viele Jahre lang so schrecklich abgemüht, dass sie es verdient haben, nicht wissen zu müssen. Sie haben es verdient, gut zu schlafen und in Sicherheit zu leben, bis sie sterben. Nicht wahr? Du! Dreh dich mal kurz um, bitte! Du siehst unmöglich aus!«

»Aber es ist eine schreckliche Sünde. Denn der Leib ist der Tempel des Menschen. Nach allem …. traue ich mich nicht einmal, abends zu beten, ich weiß doch, dass Gott wütend ist.«

Lara sprang auf, riss ein großes Stück Küchenpapier ab und reichte es ihr. Gehorsam putzte Dorte sich die Nase, Laras warme Hände lagen auf ihren Schultern.

»Hör zu! Dass Gott wütend auf dich ist, ist der pure Blödsinn. Gott ist gerade für solche, wie wir es sind, da. Die Perfekten, die brauchen ihn nicht. Die haben an ihrer eigenen Vortrefflichkeit genug – und daran, die Sünden der anderen zu beobachten. Aber wir, wir, die etwas für die Einsamen tun, wir sind Mitmenschen. Gott respektiert uns, das ist ja wohl klar. Er sieht, dass du versuchst, dein Bestes zu tun. Das ist doch klar. Er ist schließlich kein Idiot! Er wird dir helfen, im Rekordtempo Norwegisch zu lernen. Ich glaube ganz sicher, dass Gott stolz auf dich ist, mein Mädchen. Ich finde, du solltest abends beten, damit er dich nicht vergisst«, erklärte Lara entschieden.

»Ich kann nicht so gut beten. Meine Mutter kann das. Sie redet mit Gott laut über alles. Und so lernt man sie sozusagen kennen.«

»Ha! Du kennst deine Mutter doch sicher auch über andere Dinge, nicht nur über Gott«, rief Lara und massierte Dortes Schultern. Das tat weh und war doch gut.

»Mama scheint einfach in sich zu stecken. Da ist sie geblieben, seit Papa gestorben ist. Sie hat nur Vera und mich. Ihre Eltern wollten sie nicht sehen, weil sie sich den falschen Mann ausgesucht hatte.«

»Sie hatte sich den falschen Mann ausgesucht?«

»Sie hatte sich doch meinen Vater ausgesucht. Das war richtig für uns, aber nicht für ihre Familie.«

»Das waren also lauter Ärsche? Erzähl!«

»Vera meint, dass unsere Großmutter eine Hexe war, aber Mama will davon nichts hören. Sie sagt, dass sie sich nicht in die Probleme anderer hineinversetzen konnte. Aber deswegen sei man noch kein schlechter Mensch.«

»Vielleicht nicht. Was ist passiert? Warum wollten sie deinen Vater nicht?«

»Sie hatten sich einen anderen für sie ausgesucht – einen mit einem hohen Posten in der russischen Justiz.«

»Hat er ihr einen Antrag gemacht, dieser Bonze?«, fragte Lara atemlos.

»Ja, er war wohl alt und entsetzlich förmlich. Mama hat erzählt, dass sie allein im Wintergarten waren, und sie hatte solche Angst, dass sie hinausgestürzt ist.«

»Wie alt war sie damals denn?«

»Achtzehn, glaube ich. Großmutter hielt es für Mamas Schuld, dass Großvater nicht die Stelle bekam, die ihm zugesagt worden war. Der Mann hatte wohl große Macht über die Juristen und wollte ihn bestrafen.«

»Herrgott! Dein Opa war Jurist?«, rief Lara voller Ehrfurcht. »Und hier sitzt du!«, murmelte sie dann.

»Betet *deine* Mutter?«, fragte Dorte und neigte die Wange auf Laras Hand.

Es wurde still. Laras Hände lagen bewegungslos auf Dortes Schultern.

»Das weiß ich nicht. Ich habe sie nie gekannt. Weiß nicht einmal, ob sie noch lebt. Ich bin in einem Waisenhaus in Moskau aufgewachsen. Als es zu schlimm wurde, bin ich auf die Straße geflohen«, sagte Lara und holte Atem, ehe sie weitersprach: »Bin hinter Männern hergegangen, die gut angezogen waren und nett aussahen. Hab mich an sie rangehängt und so getan, als ob ich Lust auf sie hätte. Hab keine Ahnung, wo ich das gelernt hatte. Hab einfach damit angefangen. Unter den Obdachlosen gab es nur Scheiß und Snifferei. Da war es besser, mich an den Gartenzäunen der Reichen oder bei den feinen Hotels herumzudrücken. Wenn es dunkel war. Allein. Polizei und Wächtern auszuweichen. Zur Stelle zu sein, wenn jemand das brauchte. Diskret, aber hartnäckig. Sie mit unglücklichen Augen ansehen und sich geil stellen. Das hat gewirkt.«

»Hast du nirgendwo gewohnt?«, fragte Dorte entsetzt.

»Ab und zu. Wenn ich Glück hatte. Aber meistens bin ich herumgestreunt. Ich habe mich in der Herde nie wohlgefühlt. Dann muss man beweisen, wie hart man ist, oder man muss sich den Stärkeren unterordnen. Ich war nie stark, nur charmant und warmherzig«, erklärte Lara, als ob sie eine andere beschrieb. »Ich kann mich gut an den ersten alten Mann erinnern, dem ich die Hand in die Hose geschoben habe. In einer Art Reflex. Ich kann dir sagen, diese Hand wurde ganz schnell warm. Er hat mich fast wie eine Hauskatze gehalten. Ich tauchte auf und ging dann wieder. Eigentlich hatte er bei der letzten Währungsreform sein ganzes Geld verloren, aber sein Sohn hatte im Ausland gute Geschäfte gemacht. Er hat mir das Lesen beigebracht. Ich war ja nicht richtig zur Schule gegangen, kann mich nur erinnern, dass wir dort verprügelt wurden. Ich habe ihm einen runtergeholt oder ihm einen geblasen, wenn er das wollte, während er an mir herumfummelte. Er wohnte allein und hatte immer zu essen, und ich durfte mich waschen. In der Wohnung gab es düstere Zimmer und viele verstaubte Bücher. An eins kann ich mich erinnern, es hieß *Anna Karenina.*«

»Tolstoi!«, rief Dorte, aber Lara ließ sich nicht unterbrechen.

»Furchtbar traurig. Am Ende wirft sie sich vor einen Zug«, sagte Lara, aber Dorte lief schon in ihr Zimmer.

»Der Alte und ich wurden sozusagen Freunde«, rief Lara hinter ihr her.

Dorte hockte sich vor ihrem Bett auf die Knie und zog den Koffer hervor. Gleich darauf hatte sie *Anna Karenina* in der Hand. Als sie in die Küche kam, machte Lara große Augen und griff danach.

»Ja!«, sagte sie begeistert. »Das ist es!«

»Es gehört Mama, aber ich habe es mitgenommen. Möchtest du es leihen?«

Lara blätterte ein wenig darin und seufzte.

»Nein. Ich will nicht an diese Zeit erinnert werden. Die war zu schrecklich!« Sie knallte das Buch auf den Tisch.

Dorte schluckte ihre Enttäuschung über Laras mangelndes Interesse hinunter und setzte sich.

»Was ist aus dem Alten geworden?«

Lara ließ sich auf den anderen Stuhl gleiten und musterte aus zusammengekniffenen Augen und mit spitzem Mund ihre Fingernägel.

»Der Alte und ich hatten uns, wie gesagt, auf gewisse Weise angefreundet, aber als ich eines Tages hinkam, war er tot. Im Haus wimmelte es nur so von gierigen Verwandten, die sich um seine Habseligkeiten stritten. Es war Frühling. Ich stand hinter dem blühenden Kirschbaum im Garten und hörte und sah sie durch das offene Fenster. Ich war noch nie im Theater, aber so stelle ich es mir vor. Allerdings gab es nur eine Zuschauerin. Mich. Ich schlich mich ungesehen ins Haus. Er hieß Herr Belinski, und er lag in einem offenen Sarg. Sie hatten ihm ein Tuch um den Kopf gebunden, damit sein Mund zublieb. Es sah aus, als ob er sich nur hingelegt hätte, weil er Zahnschmerzen hatte. Das Buch lag auf dem Tisch, *Anna Karenina.* Also habe ich es mitgenommen. Das war verdammt blöd von mir, ich hätte doch einen Wertgegenstand einstecken können. Für das Buch habe ich so gut wie nichts gekriegt.«

Lara verstummte, und Dorte versuchte sich vorzustellen, wie das alles gewesen war.

»Wie alt warst du damals?«

»Vielleicht dreizehn? Alte Männer wurden gewissermaßen zu meinem Spezialgebiet. Ich fand sie überall. Sie hatten traurige Augen. Es war wichtig, sie danach auszusuchen, wie ordentlich sie angezogen waren. Das brachte am meisten ein. Ihre Schuhe verrieten, wie reinlich sie waren. Ich hab immer schon einen störend guten Geruchssinn gehabt.«

»Wo warst du an Feiertagen?«, fragte Dorte.

»In den offenen Kirchen, da habe ich mich gewärmt, bis ich hinausgejagt wurde.«

»Du wurdest hinausgejagt?«

»Ja, oft. Ich war zerlumpt und nicht ganz sauber. Sie hielten mich sicher für eine Diebin oder Schlimmeres. Und da hatten sie schließlich recht.«

»Haben sie dich nicht erwischt?«

»Sicher. Aber wenn ich eingelocht wurde, dann machte das nicht so viel. In den Kloaken und auf den Straßen gab es schließlich auch Ratten. Und da war es kälter.«

»Aber diese … wollten die dich denn, wenn du dich nicht waschen konntest?«

»Weißt du, was? Manche Männer sind so scharf auf ein Loch, in dem sie ihr Stöckchen wärmen können, die nehmen sogar Hunde, wenn sie sonst nichts finden. Und die stinken doch auch!«

»Hunde!«, rief Dorte.

»Vergiss es. Du bist so unschuldig. Das ist das Besondere an dir. Das findet Tom sicher auch«, sagte Lara und seufzte.

21

Die Schuhe waren braun und blankgeputzt und hatten ganz vorn ein Muster aus Löchern. Darüber war ein Anzug und ein offener Mantel. Der Körper war groß. Die Gestalt füllte die gesamte Türöffnung aus. Dorte wandte sich ab. Ihre Fäuste ballten sich so fest, dass die Nägel sich in die Handflächen bohrten. Sie wich ins Wohnzimmer zurück und versuchte, die Tür zur Diele zuzuziehen. Ihr Kiefer arbeitete ganz von selbst. Sie lehnte sich an die Wand. Der Hundemann stand vor der Tür.

»Reiß dich zusammen, Mädel! Mach hier keine Szene! Hör auf, dich wie eine Idiotin aufzuführen«, flüsterte Lara. Sie war nicht böse, aber überaus entschieden. Der Mann streifte den Mantel ab, hängte ihn an den Garderobenständer und verschwand im Badezimmer.

»Nicht … geh nicht …«, würgte Dorte hinaus. »Lass mich … nicht allein!« Ihre Hände tasteten sich durch die dicke Luft und packten blindlings nach Lara, wo auch immer sie sie gerade erreichen konnten.

»Ganz ruhig. Ich setze mich in die Küche und erledige einige Anrufe. Er hat für eine Stunde bezahlt, aber so lange braucht er nicht. Ehrenwort. Wenn es mehr als eine halbe Stunde dauert, dann sicher, weil er wieder zu Atem kommen muss«, sagte Lara und versuchte, sich aus Dortes Umklammerung zu lösen.

»Er weiß, dass du keine große Erfahrung hast. Darum geht es ihm ja gerade. Denk daran, dass du etwas *Besonderes* bist, dann geht alles ganz wunderbar. Und danach – dann bist du sozusagen getauft. Dann wird alles leichter gehen. Alles ist so gut verheilt. Du wirst es kaum merken. Es ist nur ein Job. Wie Turnlehrerin oder Krankenschwester.«

Laras tiefe Stimme war freundlich, eindringlich. Sie schob Dorte durch die Diele und in das Zimmer mit den roten Lampen. Der Mann war noch immer im Badezimmer.

»Zieh das schwarze Korsett mit den Strümpfen an – und das Négligé. Mach das Beste daraus. Denk dran, dass Tom versprochen hat, deiner Mutter noch einen Vorschuss zu schicken. Sei jetzt vernünftig! Dann halte ich ihn fest, bis du fertig bist. Er ist ein Mann mit guten Manieren. Er arbeitet in der Schifffahrtsbranche. Viel Geld. Er will dir nichts Böses. Aber jetzt hör endlich auf, mit den Zähnen zu klappern, du Dummchen. Du wirst nicht umgebracht, du sollst nur einen verdammt gut bezahlten Job hinlegen. Verdienst pro Stunde mehr als der Präsident von Litauen«, murmelte Lara ungeduldig und legte Dorte das schwarze Korsett um die Rippen, drehte sie mit ungeduldigen Bewegungen um und schloss die Haken. Dann half sie ihr, die Strümpfe anzuziehen und die Strapse zurechtzurücken. Danach teilte sie Dortes Beine und befahl ihr, sich mit Gleitcreme einzureiben.

»Mehr. Viel mehr! Das ist das erste Mal«, sagte sie energisch. Dorte konnte nur gehorchen.

»Das wird so gutgehen«, murmelte Lara aufmunternd, ehe sie das Zimmer verließ und die Tür schloss.

Als der Mann hereinkam, saß Dorte auf dem Bett. Die Metallstäbe im Korsett stachen. Es half nicht viel, ganz gerade dazusitzen. Er hatte Schuhe und Jackett ausgezogen. Seine Waden kamen näher. Das Bett gab nach, als er sich setzte. Er räusperte sich, und sie spürte seine Faust auf ihrem Arm. Sie richtete ihre Augen auf die Lampe. Die hing ein wenig schief. Seine Hände wanderten über sie hinweg, während sie sich befahl, es nicht zu spüren.

Sie war eine Statue. Eine von denen, die sie auf Bildern gesehen hatte. Nackte junge Mädchen auf Sockeln in Parks oder hoch unter der Decke in großen Sälen mit Bogenfenstern. In Metall gegossen – oder in Stein gehauen. Davon gab es viele auf der Welt. Die Leute konnten vorüberspazieren oder stehenbleiben und glotzen. Das war ihre Sache. Sie konnten sogar ganz dicht herantreten und diese Mädchen berühren. Wo immer sie wollten. Konnten mit ihnen machen, was sie wollten. Jedenfalls, wenn niemand sie sah. Die Statue blieb völlig unbeeinflusst davon, was um sie herum geschah. Vögel, die Nester bauten. Abgebrochene Zweige. Verblühte Lilien. Hundehaufen, auf denen jemand ausgerutscht war. Plastikabfall, der im Wind herumwirbelte. Zerbrochene Flaschen. Menschen auf Bänken. Mütter, die Kinderwagen schoben. Der Frost, der jeden Herbst kam und sich auf Wege und Pfützen legte.

Nichts konnte einer solchen Statue etwas anhaben, auch wenn sie ein nacktes junges Mädchen darstellte. Niemand wusste etwas von ihr. Die Leute konnten sie ansehen, sie berühren, mit ihr spielen. Sich an sie klammern. Wenn sie ein Loch hatte, konnte man sicher Dinge hineinstecken. Was machte das schon? Irgendwann mussten sie die Dinge wieder herausnehmen und gehen. Sie spürte die Haut des Fremden oder seinen immer heftiger keuchenden Atem nicht. Und vielleicht würde es ja nicht schlimmer werden?

Eine seltsam brüchige Stimme flüsterte etwas, das sie zum Glück nicht begriff. Jetzt hauchte er Feuchtigkeit gegen ihren Hals. Bückte sich und zog die Brüste aus dem Korsett. Die Skulptur saß auf dem Bett und stützte sich mit den Armen ab, einen auf jeder Seite. Das Fenster war mit roten Vorhängen verhangen, die nicht ganz vorgezogen waren. Auf einer weißen Kommode stand eine Lampe mit dem gleichen roten Schirm, wie ihn die Deckenlampe hatte. Gleich rechts von der Lampe war ein Riss im Verputz. Die Farbe war abgeblättert, als habe jemand einen Haken herausgerissen.

Ein Knall und zugleich ein scharfes Geräusch machten ihr klar, dass die Wohnungstür zufiel. Also ging Lara doch. Aus irgendeinem Grund geriet alles durcheinander. Augen und Nase strömten. Sie kniff den Mund zusammen, konnte aber nicht verhindern, dass sie mit dem Mann um die Wette keuchte, und der hielt inne. Aber nur für einen Moment, dann packte er eine ihrer Brustwarzen mit zwei Fingern. Wie einen Gegenstand, den er mitnehmen könnte. Sie musste den Atem anhalten. Jetzt! Konnte die Vorstellung nicht ertragen, ihren und seinen Atem zu vermischen. Zum Glück trug die Skulptur den Sieg davon. Saß wieder versteinert da und ließ keinen Mucks hören. Ließ alles einfach geschehen, ohne sich zu wehren oder zu wimmern.

Der Vater hatte immer gesagt, die Zeit sei ein Trug. Eine Einrichtung, die die Leute an Anfang und Ende glauben lassen sollte. Manchmal liefe die Zeit davon, weil man glücklich war oder zu dumm, um Schritt zu halten. Manchmal wiederum schien sie das zu unterstützen, dem man entgehen wollte. Man wünschte, es wäre ebenso rasch und leicht vorbei wie ein Fingerschnipsen. Aber dann musste man immerhin schnipsen können.

Bilder tauchten auf der grauen Wand auf. Die Fenster zu Hause, mit zwei Pelargonien auf jeder Fensterbank, die Decke auf dem Bett, das Regal mit Veras und ihren vielen bunten Schmusetieren. Der Zopf der Mutter über dem weißen Nachthemd, wenn sie auf dem Ausklappsofa saß und betete. Veras Kopfbewegungen, wenn sie in der Stimmung war, in der die Mundwinkel nach unten zeigten. Wenn nur Toms Geld nicht zu spät kam! Wenn nun die Mutter und Vera schon hinausgeworfen worden waren und alle Möbel und Koffer auf der Straße standen, fragte sie sich. Obwohl Skulpturen nicht denken.

Er öffnete seine Hose und stöhnte leise. Wollte, dass sie ihn anfasste. Sie registrierte etwas Runzliges, Behaartes und Schweißnasses. Er zog sich ein wenig hoch und zeigte ihr, was sie machen sollte, aber offenbar war er damit nicht zufrieden. Dann richtete er sich auf und wollte in ihren Mund. Ihr ganzer Kopf verkrampfte sich. Ihr Kiefer bestand aus zwei eisernen Reifen. Es gab keine Öffnung. Er gab sich alle Mühe und schnaufte so jämmerlich, dass man meinen konnte, er habe Schmerzen. Aber schließlich gab er auf und fing an, sich auszuziehen. Zwei mit schwarzen Haaren bedeckte Oberschenkel standen im Licht der roten Lampen vor ihr. Die Waden sahen krank aus, hatten zu viel zu tragen. Seine Socken waren an Sockenhaltern befestigt, die hatte er nicht ausgezogen. Aber Schlips und Hemd und ein weißes Unterhemd lagen auf dem Stuhl. Die Unterhose klemmte hoch oben im Schritt, dafür hing sie an den Oberschenkeln schlaff herunter. Langsam und mit Hilfe eines seltsamen Balanceakts wurde sie entfernt und landete unter den anderen Kleidungsstücken. Seltsam, wo sie doch das Erste war, was er wieder anziehen würde. Sein Ding war fast versteckt unter dem Bauch, der wie vergessener Brotteig überquoll.

Plötzlich warf er sie im Bett um. Riss das Négligé auf und bohrte eine eifrige Faust zwischen ihre Oberschenkel. Ein Geräusch wie von einem bis zum Zerreißen aufgeblasenen Ballon, aus dem die Luft entweicht, entrang sich ihm. Das Geräusch schien zur Decke hochzuschießen, um dann wie ein kleiner Gummiklumpen irgendwo im Zimmer zu landen. Trotzdem wurden ihre Oberschenkel auseinandergezwungen. Eine schwarze Netzwade ragte an der Wand hoch, während er arbeitete. Es schien schwer zu sein. Er schwitzte. Bald tropfte der Schweiß auf sie.

Skulpturen kennen weder Schmerz noch Scham. Sie ruhen in sich! Das ist alles. Jetzt riss der Mann über ihren Brustwarzen den Mund auf und wimmerte wie ein Kleinkind.

Ein plötzliches Geräusch ließ ihn schwappend loslassen und in die Luft starren. Klick-klack! Das war die Wirklichkeit, die

die Tür der Nachbarwohnung aufschloss. Schwere und leichte Schritte. Eine Tür fiel zu, und wieder war alles still.

Er blieb mit seinem ganzen Gewicht auf ihr liegen. Das Bett gab nach wie eine Hängematte. Sein Bauch lag zwischen ihnen wie ein vollgestopfter Ledersack. Er schwamm darauf, versuchte zu balancieren, stöhnte und krümmte sich zusammen, während seine Hände überall waren. Zwischendurch versuchte er sie zu küssen. Sie presste ihre Stirn gegen sein Gesicht, bis er aufgab. Als er die Finger in sie steckte, machte Laras Gleitcreme schwappende Geräusche. Darüber schien er sich zu freuen, denn nun schmunzelte er. Das gutmütige Geräusch ging weiter, als er seine Finger immer tiefer in sie hineinzwang. Dann war er so weit, hielt seine Stange fest und zielte. Stützte sich stolz auf dem einen Arm ab und stieß heftig zu.

Sie hörte den Schrei. Der Mann hörte den Schrei, sagte »pst« und stieß wieder – noch einmal. Und noch einmal. Er fand seinen Rhythmus und stieß kurze, freudige Rufe aus.

Einer Skulptur kann es nicht schlecht werden. Sie ist still und lässt die Zeit vergehen. Die Fensterfläche zwischen den roten Vorhängen war ein beschlagener Spiegel. Irgendwo dort draußen war auch sie. Sie trieb umher, ganz frei. Nur für kurze Momente und irrtümlicherweise war ihr Körper im Zimmer. Ganz still mit gespreizten Oberschenkeln und leicht angezogenen Knien. Das machte es einfach. Ihre Hände gruben zu beiden Seiten des Körpers Klumpen aus dem Frotteelaken. Um sich daran festzuhalten.

22

Sie brauchte nicht mit ihnen zu sprechen. Das fiel ihnen offenbar nicht auf. Lara behielt recht – in gewisser Weise. Man konnte es aushalten. Denn es gab keinen Ausweg. Sie wusste mehr oder weniger, was kommen würde. Zuerst die Hände. Was die machen würden, das konnte sie nicht voraussehen. Dann kam der harte Druck. Danach – der durchbohrende Schmerz. Dabei musste sie Vernunft walten lassen, wie Lara das nannte. Das bedeutete, sich ruhig zu verhalten, bis es vorüber war. Wie lange es dauern würde, konnte man nicht sicher wissen. Vor allem dann nicht, wenn sie sich Mühe gaben, um fertig zu werden. Sie schienen das nicht selbst bestimmen zu können. Dazu musste man den Schleim ertragen. Lara hatte ihr das mit den Kondomen erklärt, nur waren ihre Kunden gesunde Männer, die extra bezahlten, um darauf zu verzichten. Einige Male wollten sie nicht von ihr heruntersteigen, selbst wenn sie fertig waren, und dann musste sie stillliegen, während der Schleim erstarrte.

Es kam vor, dass es schneller ging, wenn sie an seinem Ding zog, statt dass er herumfummelte, um in sie hineinzukommen. Dann brauchte sie seinen Körper nicht so dicht an sich heranzulassen. Wenn sie schon rochen, wenn sie kamen, riet Lara ihnen energisch zu einer Dusche, ehe man ins Geschäft käme. In dieser Hinsicht war Lara in Ordnung.

Sie hatten keine Gesichter. Waren mehr oder weniger schwer. Hatten mehr oder weniger harte Hände. Brauchten mehr oder weniger Zeit. Aber nach und nach deutete sie sie alle – merkte an Geräuschen und Bewegungen, wann sie sich darüber freuen könnte, dass es für dieses Mal vorüber war. Und dann blieb nur der Gestank von faulen Eiern.

Wenn die Tür zufiel, konnte sie sich sammeln, sich viel Papier von der Rolle holen, die immer an der Wand stand, und sich zwischen den Beinen abwischen, damit nichts auf den Boden tropfte, wenn sie unter die Dusche ging. Jeden Morgen nahm sie die Pillen, die Lara besorgt hatte, damit sie kein Kind bekäme.

Einmal klingelte jemand, weil Lara verhindert war. Dorte hatte das Geräusch der Türklingel noch nie gehört und fing an zu zittern. Sie blieb stehen, während sich das Klingeln mehrere Male wiederholte. Dann wurde es still. Nach einigen Minuten kam Lara keuchend und wütend mit dem Mann herein, den Dorte nicht in die Wohnung gelassen hatte. Sie verpasste Dorte eine Ohrfeige, die auf ihrer Wange brannte, und schimpfte sie auf Russisch.

»Du hast doch gesagt, dass ich die Tür nicht aufmachen darf!«, weinte Dorte.

Plötzlich sah Lara beschämt aus. »Kümmer dich nicht um diese verdammte Mistkuh!«, sagte sie und streichelte die Wange, die sie eben erst geschlagen hatte.

Eines Tages kam einer, der nach dem gleichen Rasierwasser roch wie Tom. Lara ließ ihn sofort ins Zimmer ein.

»Der hier ist reich! Er hat für alle Dienste bezahlt. Wenn du ihm gefällst, kommt er vielleicht fest«, sagte Lara eifrig, als sie im Badezimmer standen.

»Alle Dienste? Was bedeutet das?«

»Du musst damit rechnen, dass du ihm vielleicht einen blasen musst. Oder dass er dich von hinten ficken will. Das geht aber wirklich gut. Schmier dich einfach an beiden Stellen ordentlich mit Creme ein. Du hast doch wohl einen leeren Darm?«

Dorte sank auf einen Hocker neben dem Waschbecken. Der Plastiksitz klebte an ihrem Hinterteil.

»Nein«, flüsterte sie. »Nein, das kann ich nicht!«

»Hör her!«, fauchte Lara. »Jetzt war ich die ganze Zeit wie eine Mutter für dich. Die Kunden und ich waren geduldig. Es ist doch ein Wunder, dass sie überhaupt wiederkommen, so, wie du dich zierst. Ganz zu schweigen davon, welche Geduld Tom gehabt hat! Du musst dich daran gewöhnen, deine Arbeit zu tun. Sonst will ich nicht mehr und überlasse dich einem von den Jungs. Wir können dich nicht wochenlang verwöhnen. Du musst endlich erwachsen werden! Hast du verstanden?«

»Lara … bitte …«, weinte Dorte.

Die Ohrfeigen kamen von beiden Seiten. Aber sie spürte sie fast nicht. Sie faltete die Hände, steckte sie in den Mund und biss auf die Knöchel. Es schmeckte nach Seife und Salz. Lara verpasste ihr noch eine Ohrfeige, dann verließ sie das Badezimmer.

Dorte zog das Korsett an. Die Stangen scheuerten ihre Haut auf. Sie musste die Haken vorn schließen und das Korsett dann herumdrehen, damit die BH-Körbchen saßen, wo sie hingehörten. Zwischendurch wischte sie sich mit dem Handtuch das Gesicht ab. Es strömte die ganze Zeit. Sie putzte sich energisch die Nase, als könne das ein für alle Mal erledigt werden. Hielt das ganze Gesicht unter den Wasserhahn über dem Waschbecken. Putzte sich noch einmal die Nase, trocknete sich ab und trug Wimperntusche auf, so wie sie es von Lara gelernt hatte.

Durch die halboffene Tür hörte sie Lara Norwegisch sprechen und die Verspätung bedauern. Dann kam sie ins Badezimmer, musterte Dorte und nickte gnädig.

»So soll es sein! Ich geh jetzt. Er will dich für sich haben. Das wird alles wunderbar gehen!«

Er lag nackt auf dem Bett, als sie hereinkam. Ein dicker Wald aus Gestrüpp. Mit Augen, die an ihrer Haut klebten. Sie ging durch das Zimmer und blieb vor ihm stehen. Seine Fäuste packten ihre Taille, und er zog sie auf seinen Schoß. Zuerst war alles wie immer. Er drang in sie ein und seufzte dabei. Zwischendurch machte er sich an seinem Gerät zu schaffen und drückte es gegen ihren Hintern. Dann hob er sie darüber. Hart. Machte Bewegungen mit ihr und zog ihre Brüste aus dem Korsett.

Sie richtete ihren Blick auf die Wand. Auf die Lampe. Wich den Plakaten aus, die auf beiden Seiten hingen. Aber sie wusste, was darauf zu sehen war. Rechts saß ein Mädchen mit gespreizten Beinen und den Fingern in der Öffnung und schaute aus halbgeschlossenen, matten Augen ins Nichts. Ihr Mund war offen, und die Zunge lugte heraus. Auf dem anderen Plakat stellte das Mädchen einen Fuß auf einen Hocker und bot sich ebenso an wie auf dem anderen. Sie hatte ballongroße Brüste.

Der Behaarte wurde immer heftiger. Aber die Skulptur stand an diesem Tag am Fluss und ließ sich nicht aus dem Gleichgewicht bringen. Die Blumen am Ufer hatten sich geöffnet. Tulpen und Krokusse. Und diese kleinen blauen … wie hießen die noch gleich? Unter der Lampe wogte das Gras an der Stelle, wo die Boote an Land gezogen wurden. Ein heller Streifen zeichnete sich hinter dem kleinen Steg ab, der bei Regenwetter immer grau wurde. An einer Stelle konnte sie den spitzen Stein sehen, der durch den Wasserspiegel brach, wenn der Fluss nicht allzu viel Wasser führte. Die Zweige der riesigen Bäume hingen über das Wasser. Die Strömung produzierte Kreise und Blasen, vorbei an Steinen, Zweigen, die im Schlamm festhingen. Eisenschrott und solchen Dingen. Die Grüntöne gingen ineinander über. Von tiefem Grün im Schatten bis fast Weiß draußen in der Sonne. Stellenweise beinahe golden schimmernd, als habe ein Elf seinen Zauberstab darübergeschwenkt. Die Blumen bildeten in weniger als zwei Sekunden Knospen und sprangen auf. Blumenkränze hingen an den Bäumen am Ufer. Löwenzahn. Am Waldrand ragten überall die goldenen Köpfe auf.

Das Flussufer verschwand, als der Mann sie auf den Boden warf und an den Haaren wieder hochzog. Sein Ding war zu einem Baseballschläger geworden. Er packte ihren Kopf und versuchte, sie mit dem Schläger zu erwürgen. Er schmeckte nach salzigem Sägemehl. Als sie anfing sich zu erbrechen, drehte er sie mit wütendem Grunzen um. Hielt sie wie in einem Schraubstock, den Hintern in die Luft gereckt, das Gesicht ins Bett gepresst. Dann spürte sie, wie eine Stange in rhythmischer Wiederholung durch ihren Körper gepresst wurde. Als sie in die Matratze schrie, hörte sie ein heiseres Lachen und spürte seine Zähne im Nacken.

Ihr rechter Arm jagte ganz von selbst nach hinten. Die Nägel schlossen sich um etwas Weiches. Trotzdem kam sein Schrei unerwartet. Er ließ los und zog sich fluchend zurück. Sie konnte sich losreißen und rannte durch das Zimmer hinaus in die Diele. Im Badezimmer drehte sie den Schlüssel um und wartete darauf, dass er die Tür aufbrach. Aber er hämmerte nur dagegen und fluchte. Bald darauf hörte sie die Wohnungstür ins Schloss fallen. Sie blieb keuchend stehen und sah ihre Hand an. Erlebte noch einmal das Gefühl, einen Augapfel unter den Nägeln zu haben.

Der Vater hatte einmal gesagt, der Fluss sei ewig. Er stamme aus Schmelzwasser und Rissen in den Bergen, sammle sich und werde dadurch unüberwindlich – ehe er im Meer verschwand. Sonnenstrahlen brachen durch einen nackten Baum am Ufer und zogen einen breiten roten Streifen durch das graue Wasser. Alles war so still. Drei Boote waren draußen unterwegs. Sie konnte deutlich die Körper der Ruderer sehen. Langsame, zähe Bewegungen. Die Hausdächer im Dorf waren aus schwarzem Papier ausgeschnitten. Ein scharfer Streifen vor dem gelben Himmel. Hier und dort eine Antenne, wie gespreizte Krähenkrallen, zufällig hingeworfen. Die Schornsteine zogen ihre grauen Wollfäden in langsamer Formation hinaus in die Ewigkeiten. Am Ufer stand ein Lilliputanerwald aus Schilf. Hier und dort ragten patinagrüne Halme heraus. Bald würde sie nach Hause gehen. Zur glühendheißen Borschtsch-Suppe der Mutter. Die Rote Bete hatte auf dem Küchentisch gelegen, als sie gegangen war. Jetzt hatte die Mutter sicher rote Hände, und das Wasser kochte.

23

Lara stellte zwei Liter Milch in den Kühlschrank, deshalb wusste Dorte, dass sie nicht ganz in Ungnade gefallen war. Aber ihr Wortschwall ging weiter.

»Du hast dich wie eine Idiotin benommen! Du hättest ihn blind machen können«, erklärte sie. »Er hat geplatzte Adern und Sehstörungen. Musste zum Arzt. Jetzt will er sein Geld zurück. Was soll denn so ein Benehmen?«

»Tu das nicht!«, sagte Dorte rasch.

»Was denn?«

»Gib ihm das Geld nicht!«

»Nein, hältst du mich für blöd? Aber er wird nicht wiederkommen, das steht jedenfalls fest. Und er kann irgendwelchen Scheiß anstellen, um sich zu rächen.«

»Was denn?«

»Woher soll ich das wissen? Lass jedenfalls keinen hier rein.«

»Du weißt doch, dass ich das nicht tue. Hältst du *mich* für blöd?«

»Was ist das denn für ein Ton?«, schrie Lara wütend und knallte die Kühlschranktür zu. »Hältst du dich jetzt für die Weltmeisterin, bloß, weil du einen Typen fast blind gemacht hättest? Hä?«

Dorte gab keine Antwort. Aber sie überlegte. Es mochte durchaus ein wenig Wahrheit enthalten. Sie konnte sich nicht erinnern, jemals ein solches Gefühl verspürt zu haben. Als hätte Vera ihr ein wenig von ihrem Zorn geschickt.

»Hä?«, fragte Lara noch einmal.

»Ich will ihn nicht mehr sehen! Ihr könnt mir die Haut abziehen oder mich totschlagen, aber ich will ihn nicht sehen. Von vorn kann ich sie ertragen, aber so nicht! Ich bring sie um!«

Dorte hörte staunend ihrer eigenen Stimme zu. Lara ging es offenbar ebenso. Ihr großer geschminkter Mund fiel ein wenig in sich zusammen. Sie griff mit beiden Händen nach der Tischkante und starrte Dorte an.

»Was ist denn los mit dir? Du bist doch sonst nicht so … irrsinnig … vulgär! Ich müsste dir eigentlich Unmengen von Ohrfeigen verpassen. Aber weißt du, was? Ich will nicht. Soll Tom doch selbst sehen, was dabei rauskommt, wenn er die Mädchen vorzieht und verwöhnt. Sei heilfroh, dass er noch nichts weiß, denn dieser Mann ist einer der besten Kunden.«

»Wirst du es ihm erzählen?«, fragte Dorte kleinlaut.

Lara seufzte. Sie stand mitten im Zimmer und stemmte die Hände in die Seiten, wie sie es oft machte. Vier Schichten klimpernder Armreifen mit Anhängern und Krimskrams tanzten nach ihrer letzten Bewegung noch weiter. Jetzt kam sie auf Dorte zu und stieß sie fast vor sich her an den Tisch.

»Setz dich!«

Dorte setzte sich gehorsam. Und wartete. Auch Lara setzte sich.

»Tom hat Probleme genug, da musst du nicht alles noch schlimmer machen. Ich weiß nicht, wie er reagieren würde, wenn ich es ihm erzählte. Außerdem verlässt er sich darauf, dass du diese Wohnung erarbeitest …« Sie verstummte jählings und biss sich auf die Lippe.

Dorte sah sie mit offenem Mund an. »Die ganze Wohnung«, flüsterte sie.

»Nein, natürlich nicht … aber du begreifst doch sicher, was

du angerichtet hast? Der Typ kann für uns gefährlich werden, wenn er beschließt, sich zu rächen.«

»Wie denn?«

Lara verdrehte die Augen wie kleine Planeten in freiem Flug.

»Er kann Gerüchte streuen … oder zur Polizei gehen. Was weiß ich?«

»Kennt er Tom?

»Nein, woher sollte er den kennen?«

»Dann kann Tom nichts erfahren, wenn du es ihm nicht sagst.«

Lara schlug mit der flachen Hand auf den Tisch.

»Sag du mir nicht, was oder wie! Ist das klar?«

Dorte hielt es für klüger, sich nicht zu verteidigen. Lara sah müde aus unter ihrem goldenen Teint. Aber gleich darauf sagte sie triumphierend: »Den Spaziergang heute kannst du vergessen!«

Sie hatte Dorte einen Spaziergang am Fluss versprochen. Über die Brücke. Vielleicht endlich in die Kirche, damit sie eine Kerze anzünden könnte. Darauf hatte sie sich gefreut. Auf den Altar. Die Wachskerzen. Aber vor allem auf das Flussufer.

»Von mir aus«, murmelte Dorte, stand auf und öffnete die Kühlschranktür, um sich ein Glas Milch zu holen. Sie trank im Stehen und kehrte Lara dabei den Rücken zu.

Nach einer Weile hörte sie, dass Lara den Müllsack mit der schmutzigen Wäsche vom Badezimmer in die Diele zog.

»Du verbrauchst schwachsinnig viele Handtücher und Laken«, rief sie. »Das Waschen kostet viel zu viel!« Sie stand mit zerzausten Haaren und schweißnasser Nase in der Tür. Ihre Stimme war wütend.

»Nimmst du bei jedem Kunden ein neues Laken?«

Dorte nickte wortlos.

»Du musst das Laken umdrehen. Es wirklich restlos nutzen!«, befahl Lara und trat den Sack zur Wohnungstür.

»Das bring ich nicht über mich!«

Lara fuhr herum und trat mit erhobenem Zeigefinger ganz dicht vor Dorte hin. Der Ring mit dem großen roten Stein funkelte bedrohlich. Dorte kniff beide Augen zu.

»Du tust verdammt noch mal, was ich dir sage. Sonst erzähle ich Tom, dass du dich widersetzt. Und dann gibt's keine Vorschüsse mehr für deine Mutter.«

Als sie hörte, dass Lara wegging, öffnete sie vorsichtig die Augen. Lara war unterwegs zur Kaffeemaschine, und das verriet Dorte, dass die Abmahnung beendet war. Und als sie wie sonst am Küchentisch saßen, Dorte mit dem Milchglas und Lara mit dem Kaffeebecher, schienen sie ihren Streit vergessen zu haben.

»Ich fahre zu Weihnachten kurz weg«, sagte Lara und biss in ihr wie immer mit Salami belegtes Brötchen. Ihr Mund beulte und verzog sich, während sie redete.

»Weihnachten?«

»Ja, du hast doch den Kalender immer vor Augen, da musst du doch wissen, dass bald Weihnachten ist? Dann hast du jedenfalls ein paar stille Tage für dich«, sagte Lara.

Dorte leerte ihr Milchglas, es war das dritte. »Kommt dann keiner?«

»Nicht, während ich verreist bin. Wie sollte das denn gehen?«

Im Raum bildete sich eine kleine Lichtung.

»Ich fahre erst am dreiundzwanzigsten.«

»Wie kriege ich dann Milch?«

Lara legte den Kopf mit der strohfarbenen Mähne in den Nacken und lachte.

»Du bist wirklich großartig«, erklärte sie. »Du bedienst jeden Tag sechs oder sieben Kunden, aber trotzdem scheint deine einzige Sorge hier auf dieser Welt zu sein, woher du frische Milch nehmen sollst. Weißt du, was? Milch hält sich im Kühlschrank viele Tage. Ich bringe einfach genug, dann kannst du damit norwegische Weihnachten feiern.«

Dorte sagte nichts mehr. Jeder Tag hatte seine eigene Sorge. Die Dunkelheit hatte sich jetzt verdichtet. Vor allem in ihr. Das Zimmer mit den roten Lampen hatte sie in die Wände gesaugt. Wenn Lara verreiste, würde der Staub sich auf sie legen, ohne dass jemand es sah, und es würde nur die Stille geben.

Dorte beschloss, die Laken nicht umzudrehen. Da würde sie sich lieber darauf verlassen, dass Lara Tom nichts erzählte. Es war schwer, ihn sich vorzustellen, wenn er wütend war.

Am Tag vor Laras Abreise kam sie mit zwei Männern im Overall an, die zwischen sich eine Waschmaschine trugen. Sie montierten sie im Badezimmer, und Lara lachte und leistete den beiden Gesellschaft. Nach einer Weile ging der eine, und Lara kam ins Wohnzimmer und schloss die Tür.

»Jetzt ist das Wunder an Ort und Stelle. Aber du musst den Mann bezahlen«, sagte sie leise und nickte zum Gang hin.

»Bezahlen?« Dorte sah sie hilflos an.

»Ja, den großen. Das ist der Chef. Es wird schnell gehen. Ich bleibe hier und sehe mir die Gebrauchsanweisung an, dann zeige ich dir nachher, wie das geht. Geh du einfach ins Zimmer und mach dich bereit.«

Dorte erhob sich langsam und ging hinaus in die Diele, vorbei an der offenen Badezimmertür. Der Große legte Werkzeug in einen Eisenkasten. Als sie an ihm vorüberging, stieß er einen langen Pfiff aus und fuhr sich mit dem Hemdenärmel über das schweißnasse Gesicht. Sie richtete den Blick auf die Wand und ging ins Zimmer.

Lara hatte irgendwie recht. Es ging ziemlich schnell. Aber er stank.

Der letzte Kunde des Tages war gegangen, und Lara würde für fünf Tage verreisen. Sie hatte nicht gesagt, wohin oder auf welche Weise sie reisen würde. Es spielte auch keine Rolle. Es war wichtig zu denken, dass es keine Rolle spielte. Sie hatte versucht, rasch zu duschen, denn Lara hatte versprochen, ein wenig zum Plaudern zu bleiben. Aber am Ende hatte sie dann doch keine Zeit, sich zu setzen. Sie lief nur hin und her und ermahnte Dorte. Und als sie gegangen war, wurde alles leer.

Dorte spielte mit dem Gedanken, die Tür zu öffnen und den erstbesten Menschen anzusprechen, der durch das Treppenhaus ging. Sie kannte die Wörter »allein« und »ich will nach Hause!«. Aber dann hatte sie Angst, dieser Versuchung zu erliegen. Man musste sich in Acht nehmen, damit man keine Dummheit beging.

Also ging sie noch einmal unter die Dusche. Ihre Haut war vom vielen Waschen ganz ausgetrocknet. Vor allem im Schritt und auf der Innenseite der Oberschenkel. Die große Plastikflasche mit der Feuchtigkeitscreme war bald leer. Es war die dritte. Lara behauptete, das sei Verschwendung. Sie hatten nicht mehr über den Mann mit dem Auge gesprochen, aber Lara hatte Tom offenbar nichts gesagt. Und jetzt waren die Laken kein Problem.

Die Mutter hätte so eine Waschmaschine haben sollen, dann hätte sie nicht immer so wunde Hände gehabt. Die Maschine war wie ein Wesen, das sang. Sie hatten Laken und Handtücher in den blanken Bauch gelegt, die Maschine auf neunzig Grad gestellt und auf »Ein« gedrückt. Sofort war Wasser hineingeschäumt. Die Maschine sang in mehreren Stimmlagen. Jetzt fing sie plötzlich an, wie eine Besessene auf den Boden zu schlagen. Als wolle sie Dorte erzählen, was sie war. »Hure, Hure, Hure!«, in wütendem Strom. Schneller und schneller.

Sie schloss die Badezimmertür. Schloss die Tür zwischen Diele und Wohnzimmer, schaltete den Discman ein und steckte die Stöpsel in die Ohren. Nach einer Weile wurde es still. Als sie zurückkehrte, glotzte die Maschine sie mit ihrem riesigen Glasauge an. Während Dorte dort stand und sich ein Handtuch um die feuchten Haare wickelte, wurden die Dinge um sie herum undeutlich. Sie setzte sich auf den Plastikhocker und lehnte den Kopf an die Duschwand, bis es vorüber war. Dann zog sie den Frotteemantel an, schob die Füße in die Pantoffeln mit den Hasenohren und trottete hinaus ins Wohnzimmer. Holte sich die Sprachkassetten und setzte sich zum Üben aufs Sofa.

Nach und nach ging ihr auf, dass sie einfach vor sich hin redete, ohne darüber nachzudenken, was sie sagte. Ihre Stimme wurde zum Piepsen und hatte keinen Willen mehr, Wörter zu bilden. Sie stand auf und ging. Von Zimmer zu Zimmer. Nur nicht in das eine.

Sie blieb vor der Waschmaschine stehen. Obwohl alles still war, dachte sie daran, wie Laken und Handtücher im Seifenschaum umhergewirbelt waren. Sie riss sich los und ging weiter. Plötzlich tauchte eine Erinnerung auf. Der Hamster einer Schulfreundin. Der hatte mit zitternder Schnauze und krabbelnden Krallen im Laufrad gesteckt. Nur selten wurde er aus dem Käfig genommen, weil es so schwierig war, ihn im Auge zu behalten. Er hatte ihr leidgetan, aber trotzdem hatte sie ihn widerlich gefunden.

Sie zwang sich weiter, Schritt für Schritt. Überall hingen die gelben Zettel und sahen sie aus viereckigen Augen an. Hinter der dunklen Fensterfläche waren die vielen Lichter. Fenster. Dort, wo Menschen wohnten. Sie versuchte sich vorzustellen, was es wohl für ein Gefühl wäre, jemanden hinter einem dieser Fenster zu kennen. Aber es gelang ihr nicht. Sie wiederholte laut die Wörter auf den gelben Zetteln. Schalter. Tisch. Stuhl. Schrank. Bild. Sofa. Fenster!

Nach einer Weile stand sie wieder im Badezimmer. Dusche.

Klo. Waschbecken. Seife. Spiegel. Ihr Blick traf etwas hinter der blanken Fläche.

»Hure!«, sagte sie laut und drehte das heiße Wasser auf. Der Hahn dampfte. Sie schob die Hand darunter, doch die fuhr von selbst zurück. Das Wasser war brühend heiß.

»Hure!«, sagte sie noch einmal, hielt die Hand wieder unter das Wasser und blieb stehen, bis sie keinen Schmerz mehr spürte. Als sie den Hahn zudrehte, war ihr ganzer Handrücken rot. Die Übelkeit kam, aber sie musste sich nicht übergeben.

Als es im Wohnzimmer fast dunkel geworden war, merkte sie, dass sie schon lange durstig war. Aber daran ließ sich nicht viel ändern. Denn die ganze Zeit musste sie auf die Türklingel horchen. Die Küche, wo Milch und Wasser waren, war zum Horchen nicht geeignet. Ein großer Druck entstand, als sie durch die Wohnung lief. Als verbrauche jemand alle Luft im Wohnzimmer. Oder atme in der Diele. Wenn sie jetzt die Türklingel hörte, dürfte sie um keinen Preis aufmachen.

24

»Hier ist es aber dunkel!«

Das Licht auf dem Flur wurde eingeschaltet und warf ein gelbes Fenster zu ihr herein. Und dann stand er wie eine dunkle Pappfigur in der Tür. Wie war es möglich, dass sie seinen Schlüssel nicht gehört hatte? Das Licht wurde eingeschaltet, und sein Gesicht war da, fast weiß, wie eine Mondlandschaft.

»Hallo, sitzt du hier im Dunkeln«, glaubte sie zu hören. Er stand auf Socken da, trug aber Lederjacke und Schal. Ohne eine Antwort abzuwarten, drehte er sich um und ging wieder hinaus in die Diele. Der Garderobenständer ächzte leise. Der Mann kam ihr nicht böse vor. Also hatte Lara ihm nichts von dem mit dem Auge erzählt. Als er in Hemdsärmeln hereinkam, schaute er sich um und fragte, ob alles gutgehe.

»Das geht gut«, antwortete sie stotternd. Nicht Tom verärgern, dachte sie und wollte aufstehen. Aber als sie sich reckte, ging ihr auf, dass sie wohl lange in derselben Haltung verharrt hatte. Ihre Füße stachen und schmerzten. Als sie die Armlehne berührte, um sich darauf zu stützen, verspürte sie den Schmerz, blieb sitzen und starrte ihre Hand an. Die war rot und mit Blasen überzogen.

Er war sofort da. Packte ihr Handgelenk und hob die ganze Hand hoch. Und dann waren sie zwei, die das Elend anstarrten.

»Was ist das?«, fragte er.

»Hand«, antwortete sie mechanisch.

»Was ist passiert?«

Als sie keine Antwort gab, brachte er Vorschläge, die sie nicht zu verstehen brauchte. Kochplatte? Backofen? Nachdem er es erfolglos auf Englisch probiert hatte, ging er ins Badezimmer und wühlte in den Schränken. Trat in die Tür und sagte etwas. Ein Wort konnte sie verstehen: »Auto.« Dann war er verschwunden. Seine Jacke hing weiterhin am Garderobenständer.

Sie dachte daran, wie es passiert war, aber es war einfach zu blödsinnig, um wahr zu sein, deshalb stand sie auf und fing an zu gehen. Wohnzimmer. Diele, Schlafzimmer, Küche, Badezimmer. Das machte die Schmerzen in der Hand nicht besser, aber immerhin konnte sie die Runden zählen. Sie stand im Badezimmer, als er zurückkam. Die Rundenzahl verschwand.

Er öffnete eine Plastiktasche voller Medikamente und Verbandszeug. Sie hatte diese Tasche schon einmal gesehen, im Auto. Sie setzten sich wieder auf das Sofa, und er zog Latexhandschuhe aus einer Plastiktüte. Dann schmierte er ihre Hand vorsichtig mit Salbe ein. Um die Blasen herum. Ab und zu hielt er inne, weil sie einen Laut ausgestoßen hatte. Einmal schaute er von der Arbeit auf und sagte etwas. »Weh?« – »Gut?« – »Linke Hand, nicht rechte. Gut!« Sie versuchte zu verstehen und zufrieden zu wirken, aber das war nicht leicht. Am Ende legte er eine Gazebinde über die Blasen, wie ein Arzt.

Als er fertig war, hielt er ihr die Salbe hin, um ihr klarzumachen, dass sie die behalten durfte. Er ließ Gazeverband und Salbe auf dem Tisch liegen, zog den Reißverschluss der Plastiktasche zu und stellte sie unter den Garderobenständer in der Diele. Erst jetzt fiel ihr ein, dass sie die schwarze Aktentasche nicht gesehen hatte.

Danach ging er von einem Zimmer zum anderen, genau wie sie. Und auch er wich dem einen Zimmer aus. Als er sie rief, machte sie sich auf und fand ihn dort, wo sie immer schlief. Rechnete damit, dass er plötzlich wütend werden würde, weil sie den Kunden am Auge verletzt hatte. Aber auch jetzt schlug seine Stimmung nicht um.

»Gut! Ordnung! Sehr gut!«, sagte er und öffnete die Schranktür.

Ein geblümtes Sommerkleid, das sie von Vera geerbt hatte, bewegte sich leise hin und her. Ein schmaler Rock, ein wenig damenhaft, war das einzig Schöne, das sie besaß. Jeans und eine Trainingshose. Außerdem die Jacke, die sie getragen hatte, als sie hergekommen war, und die neue rote Daunenjacke. Sie mochte sich nicht vorstellen, die an den Garderobenständer zu hängen, wo die Kunden ihre Jacken ablegten. Er zeigte darauf und sagte etwas, das sie nicht verstand. Sie nickte trotzdem, als sei sie ganz seiner Ansicht.

In den Fächern rechts im Schrank lagen die wenigen Pullover und Blusen, die sie besaß. Sehr ordentlich übereinander. Und die Unterwäsche. Hier lag nur ihre eigene. Korsett und Strümpfe, die Lara gekauft hatte, wurden im *Zimmer* aufbewahrt.

Sie fürchtete, er werde die Kleider hochheben und die Plastiktüte mit den nicht abgeschickten Briefen finden. Aber zum Glück fasste er nichts an. Nickte nur und schloss die Schranktür. Dann sagte er etwas, runzelte die Stirn und zeigte auf Dorte. Sie verstand, dass er fand, sie habe nicht genug Kleider. Als sie noch vor dem Schrank standen, legte er plötzlich den Arm um ihre Taille und zog sie an sich. Sie spürte seine Finger unter ihren Nackenhaaren und fragte sich, ob er zudrücken würde. Spürte bereits den Griff der starken Hände um ihre Kehle.

Stattdessen machten seine Finger Kreisbewegungen, von denen sie eine Gänsehaut bekam. Sie konnte unmöglich verhindern, dass ihr Kopf sich an seine Brust lehnte. Aber sie zog ihn rasch zurück.

Ab und zu hatte sie sich daran erinnert, wie sie zusammen hergefahren waren. Wie sie übernachtet hatten. Die Mutter hätte ihn als gütig bezeichnet. Aber wenn Lara recht hatte, dann konnte seine Stimmung schrecklich schnell umschlagen. Und dann war ja noch das vom letzten Mal, als er hier gewesen war. Auf dem Sofa. Auch daran hatte sie wohl gedacht. Aber er durfte es nicht hier machen, in diesem Raum! Wieder sah sie Laras Gesicht vor sich, als sie gesagt hatte: »Gib ihm keinen Anlass! Mach Tom nicht wütend!«

Noch war er nicht wütend, er ließ sie nur los und führte sie aus dem Zimmer, während er versuchte, ihr etwas zu erzählen, von dem sie nur einzelne Wörter verstand. »Reisen« und »Weihnachten«. Die Zettel mit den norwegischen Wörtern hatten einen bedeutenden Fehler. Sie trugen nur die Bezeichnungen von Dingen und Adjektive. Aber keine Verben. Man konnte eine Sprache nicht lernen, ohne die Verben zu kennen. Natürlich ahmte sie die Stimme auf den Kassetten nach, aber das war nicht genug.

Als wisse er, was fehlte, griff er zu dem Block mit den gelben Zetteln und winkte sie zum Sofa. Dann fing er an, Strichmännchen zu zeichnen, die alles Mögliche unternahmen. Sie liefen, saßen auf Stühlen, fuhren Auto, tranken, lagen auf einem Sofa, hörten mit gewaltigen Ohrstöpseln Musik, darüber tanzten Noten in einer Blase. Er kritzelte die Wörter neben die Strichmännchen und sagte sie laut vor. Seine Schrift sah aus wie verdorrte Zweige. Sie ahmte nach, und er nickte ernst und sagte »gut« oder »noch einmal«. So machten sie eine Weile weiter. Sie merkte, dass ihre Wangen sich vor Eifer röteten.

Plötzlich schien er das Unterrichten sattzuhaben, er sprang auf und sah sie fragend an.

»Trinken?«, fragte er und hob etwas an den Mund.

»Ein Glas Milch, bitte«, antwortete sie und stand ebenfalls auf. In der Küche blieben sie nebeneinander stehen und tranken. Er Wasser aus dem Hahn, sie Milch aus dem Kühlschrank. Beide füllten ihre Gläser nach und gingen damit ins Wohnzimmer.

»Musik hören?«, fragte er und hielt sich die Hand hinters Ohr.

»Ja, Musik hören«, wiederholte sie und betonte dabei jedes Wort.

Sie stellten die Gläser auf den Tisch, holten den Discman und legten eine Bach-CD ein.

»Auf dem Sofa liegen?«, fragte er und zeigte auf das Bild des liegenden Strichmännchens.

Sie konnte nicht antworten, legte sich nur hin und machte sich so schmal sie konnte. Er sagte nichts mehr, schaltete nur das Deckenlicht aus und schmiegte sich an sie. Ihre verbundene Hand legte er vorsichtig auf seine Schulter. Dann steckte er einen Stöpsel in ihr Ohr und den anderen in sein eigenes. Sie spürte den knochigen Druck seines Kopfes durch den Frotteemantel. Seine Arme mussten irgendwo sein, aber sie konnte nicht feststellen, wo, denn sie spürte sie nicht.

»Bach!«, sagte er mit schläfriger Stimme. Dann lagen sie ganz still da und lauschten.

Bald darauf war der Schmerz in ihrer Hand fast verschwunden. Aber diesmal schlief sie nicht ein. Und sie wusste, was kommen würde, als er den Stöpsel aus dem Ohr nahm. Dann zog er sich aus, bis auf die Boxershorts. Öffnete den Frotteemantel, und sie nahm das seltsam Zerbrechliche der Haut eines anderen wahr. Lange lag er nur neben ihr, wie um sich zu wärmen. Gebeugt und mit krummen Armen zwischen ihnen. Kein einziges Mal streifte er ihre verbundene Hand. Sein Atem war ruhig, wie im Schlaf. Nach und nach kam er von tief unten. Dort, wo seine Hände jetzt warme Schatten waren. Nun wartete sie nur darauf. Seinen Mund. Die Zunge.

»Nein, daran darfst du nicht denken!«, sagte Nikolai entschieden. Sie lagen ausgestreckt im Roggenfeld, obwohl das verboten war. Sie zerdrückten doch das Korn. Aber das war noch nicht das Schlimmste.

»Wenn uns jemand sieht, dann erfahren es alle«, flüsterte sie und dachte daran, dass ihr einziges Sommerkleid Erdflecken abbekommen könnte.

»Wir tun doch nichts Schlimmes, wir liegen ja nur hier. Außerdem werden alle begreifen, dass es meine Schuld ist«, sagte er ernst.

»Wieso das denn?«

»Wenn ich nicht vorgeschlagen hätte, herzugehen, wärst du nie auf die Idee gekommen.«

Das stimmte zwar, aber dennoch. »Du kannst mich ja auch nicht einfach unter den Arm klemmen«, sagte sie leicht verärgert.

»Doch, eigentlich schon, du bist doch so leicht wie eine Feder«, neckte er. Ein Lächeln zitterte zuerst in seinen Mundwinkeln, dann verbreitete es sich über sein ganzes Gesicht. Er war so nah, dass seine Haut in ihre überging.

Die Roggenähren bebten über ihnen im warmen Wind. Man

konnte sich einbilden, den Klang von all dem Gelb zu hören. Aber das waren nur die Mücken, die nach ihrem Blut trachteten. Die über ihnen summten, mit wirbelnden, durchleuchteten Flügeln und Körpern wie winzigem Mäusekot.

Vor allem Nikolai war ihnen preisgegeben, denn er bedeckte Dorte fast ganz mit seinem Körper. Als er das Gesicht an ihren Hals presste, schaute sie auf ins Sonnenauge. Das schickte eine Unendlichkeit von Wärme auf sie herab. Mehrere Jahrmilliarden voller Energie hatte es für genau diesen Moment aufgespart.

Er trug sie durch die helle Diele in das halbdunkle Badezimmer. Nur das Licht über dem Waschbecken brannte. Er fand Pflaster und klebte eine Plastiktüte über die verbrannte Hand. Als er anfing sie einzuseifen, stand sie mit geschlossenen Augen da und dachte, dass er sicher auch nass würde. Seine Hände spielten mit ihr. Aber nicht in ihr. Als wisse er, dass sie Angst davor hatte. Sie senkte den Kopf, damit er ihr Gesicht nicht sehen konnte. Es kam ihr nackt vor. Nach einer Weile trat er zurück. Sie wusste nicht, was er vorhatte, während er mit einem Handtuch über den Knien auf dem Plastikhocker saß und sie ansah. Das Bewusstsein, dass er sah, machte ihr Gänsehaut. Sie bewegte sich nicht, auch wenn es nicht auszuhalten war. Sie achtete nur darauf, den Arm mit der Plastiktüte nicht ins Wasser zu halten. Das Wasser schäumte um ihre Füße und in den Abfluss. Sie war ein glatter, seifenduftender Fisch mitten im Strom.

Der Dampf lag dick im Badezimmer. Er saß noch immer ernst da, mit dem Handtuch über den Knien. Seine Arme sahen ganz und gar verlassen aus. Sie wagte nicht, seinen Blick zu erwidern, aber sie spürte ihn wie ein Feuer. Dann stand er auf, streckte den Arm zu ihr herein und drehte das Wasser aus, ehe er sie mit dem Handtuch umfing. Er trocknete sie behutsam ab, als vermute er überall Brandwunden. Sie hob die Arme, damit er alle Stellen erreichen konnte. Streckte auch die Hand mit der Plastiktüte aus.

Als er ihre Oberschenkel abtrocknen wollte, trat sie einen Schritt vor, glitt aus und verlor das Gleichgewicht. Er versuchte sie aufzufangen, aber sie blieb am Boden liegen und hielt das gepackt, was ihr am nächsten gewesen war. Seine Boxershorts. Als sie losließ, sprangen sie wie ein Gummi zurück gegen seine Waden. Er stand da, gebückt und mit hängenden Armen. Sein sehniger Körper war unbeweglich, als warte er auf etwas. Sie hob den Blick und sah es. Dass sein Schritt nicht dem der anderen Männer ähnelte, sondern eher ihrem eigenen.

Jetzt bringt er mich um, dachte sie.

25

Die Uhr auf dem Nachttisch zeigte kurz nach acht, und das Tageslicht war geizig. Zögernd faltete Dorte die Hände auf der Bettdecke.

»Liebe Maria«, fing sie mit geschlossenen Augen an. »Lara meint, ich soll beten, auch wenn ich mich schäme. Jetzt tu ich es. Vielleicht kennst du Tom nicht so gut, aber sicher weißt du, wie Gott ihn erschaffen hat oder wie er so geworden ist. Ich verstehe nicht viel, aber ich glaube, Nikolai würde es entsetzlich schwernehmen, wenn ihm das passierte. Tom ist nicht wütend geworden, obwohl ich es gesehen habe. Aber als er später gesagt hat, ich sollte Mama schreiben, dass es mir gutgeht, konnte ich nicht nein sagen. Verzeih mir, dass ich zulasse, dass Tom ihr Lügen schickt. Du verstehst sicher, dass ich nicht erzählen kann, dass mein Körper kein Tempel mehr ist. Danke dafür, dass ich in einem guten Bett liege und dass niemand mich quält und dass ich zu Essen und Milch habe. Danke dafür, dass Lara mir geholfen hat, dass ich nicht zerstört geblieben bin wie Tom. Ich weiß nicht, was er getan hat, aber verzeih ihm. Und verzeih mir, bitte. Ich bitte dich, gib mir ein Zeichen. Ich warte bis morgen oder solange du willst. Schenk Mama und Vera Freude und ein schönes Weihnachtsfest. Und Nikolai auch. Amen!«

Sie machte das Bett, dann zog sie Pantoffeln und Frotteemantel an. Das Zimmer war kalt. Die Wände der Diele wirkten unfreundlich. Die Wohnungstür war ein braunes Tor, das sie bewachte. In der Küche schlug ihr ein Echo entgegen, wann immer sie mit Küchendingen ein Geräusch machte. Deshalb nahm sie Brot und Milchglas mit in das warme Wohnzimmer. Blieb vor dem großen niedrigen Fenster stehen. Die Erde war jetzt weiß. Die Autos hatten breite schwarze Striche durch die Straßen gezeichnet. Der Himmel war aus Glas, eingepackt in Frost und Winterlicht. Wenn sie den Kopf ganz dicht an das Fenster legte und aufschaute, konnte sie sehen, wie der Wind steifgefrorene Wolken jagte. Wenn sie nach unten schaute, sah sie die Häuser in bleichen Farben unter riesigen Schneehüten stehen. Einige Bäume sahen aus wie verschneiter Broccoli. Einer war schwarz und unbeschreiblich nackt.

Er hatte die Shorts und seine restliche Kleidung angezogen und sich nichts anmerken lassen. Später, als sie im Wohnzimmer saßen, hatte er sogar gelächelt, als er ein Strichmännchen zeichnete, das einen Brief schrieb. Dann setzte er hinter das Wort »Mutter« ein Fragezeichen. Der Brief war doch schon geschrieben, also holte sie ihn. Er sah ihn an, aber er konnte ja nicht lesen, was darin stand. Musste sicher mit dem Abschicken warten, bis Lara ihn gelesen hatte.

Ehe er ging, trug er sie ins Bett und deckte sie zu, genau wie beim letzten Mal. Trotzdem war alles ganz anders. Sie stellte sich nicht schlafend. Irgendwie fühlte sie sich sicher, dass er sie niemals dafür bestrafen würde, dass sie ihn gesehen hatte, weil er es nicht sofort getan hatte.

Sie versuchte sich vorzustellen, dass sie dort unten entlangging. Mit dem Schlüssel in der Tasche. Dass sie etwas zu erledigen hatte und in die Wohnung zurückkehren konnte, wann sie wollte. Dass sie Bekannte treffen würde. Nein, noch besser, sie stellte sich vor, dass sie sich fertig machen müsste, um in der roten Daunenjacke und den Winterschuhen auszugehen. Sie hätte ganz andere Gedanken im Kopf als jetzt. Furchtlose Gedanken darüber, was sie machen könnte, wenn sie wollte. Sie würde mit jemandem gemeinsam Weihnachten feiern und vielleicht erzählen, wie sie das zu Hause machten.

Die Menschen sahen aus wie kleine Spielfiguren. Wem würde sie wohl begegnen? Der Frau, die eine rote Mütze trug und vorwärtsgebeugt ging? Oder dem Mann mit dem bloßen Kopf, der eilig in ein Auto stieg und losfuhr? Es waren noch andere Menschen dort unten. Sie krochen in alle Richtungen, wie bekleidete Schriftzeichen, die auf einer weißen Fläche verstreut worden sind. Punkt, Komma, Semikolon. Ein Gedankenstrich beugte sich in sein Auto. Sie versuchte, es als Zeichen der Jungfrau Maria zu deuten, sah aber bald ein, dass das Unsinn war.

Sie war nicht dort draußen. Sie war hier. Wusste nicht, wie lange sie zwischen den gelben Zetteln umherlaufen würde, um die norwegischen Wörter zu üben, um am Fenster zu stehen, Musik zu hören. Mit ihnen in das Zimmer zu gehen. Sich zu duschen, bis sie das Gefühl hatte, ihr werde die Haut abgerissen. In der Leere gefangen zu sein. Ob es Tom auch so ging? Mit wem war er zusammen, wenn er Weihnachten feierte?

Als sie aufgab und in den Raum hinausschluchzte, stellte sie sich vor, wie der Vater aufstand, um vor dem Weihnachtsschmaus das rechteckige *kalėdaitis*-Brot zu brechen. Das teilten sie miteinander, um Vergebung zu erlangen und gute Wünsche auszutauschen. Die kleinen Unebenheiten in der Tischdecke verrieten, an welchen Stellen die Mutter Stroh daruntergelegt hatte, zur Erinnerung an Jesus in der Krippe. Als Dorte klein gewesen war, hatte sie immerzu die Schüssel mit den Plätzchen aus Hefeteig ansehen müssen.

Die Mutter sagte immer, sie feierten dem Vater zuliebe litauische Weihnachten. Aber der interessierte sich nicht weiter für Feste, auch wenn er Kerzen in dem jüdischen Leuchter anzündete. Die Mutter ihrerseits wollte nicht an russische Weihnachtsfeste erinnert werden, und sie hatte alte litauische Kochrezepte studiert. Zwölf fleischlose Gerichte. Hering mit getrockneten Pilzen, die sie selbst gesammelt hatte. Hering mit Roter Bete, gebratener Fisch mit Möhren, Salate aus gekochtem Gemüse aus dem eigenen Küchengarten.

Jetzt schenkte sie selbstgemachten *kisielius* aus Moosbeeren ein, in Wasser gekocht mit Zucker und Stärke. Sie sagten nicht viel, alles sollte doch feierlich sein. Aber Dorte wusste, dass Vera darauf brannte, zugreifen zu dürfen. Solange man nicht quengelte, konnte man denken, woran man wollte.

»Wie nett, dass Onkel Josef zu Weihnachten geschrieben hat«, sagte die Mutter plötzlich. Sie saßen beim Essen, und bald würde alles fertig und gut sein.

»Onkel Josef ist der, den ich am allermeisten bewundere. Es ist unglaublich, dass er überlebt hat. Als ich ihn das letzte Mal besucht habe, hat er erzählt, wie er durch kleine Tricks verhindert hat, dass in der Gefangenschaft sein Gehirn zerstört wurde«, sagte der Vater.

»Aber mein Lieber, das ist doch kein Thema für diesen Moment«, sagte die Mutter, aber niemand achtete auf sie.

»Was denn für Tricks? Was hat er gesagt?«, fragte Vera atemlos und beugte sich zum Vater vor.

»Er hat in Gedanken Melodien gesummt, die ihn an das Leben erinnerten. Hat lautlos Gedichte aufgesagt. Und hat das

Foto von Anna vor sich gesehen, wie es zu Hause im Rahmen stand.«

»Das Foto? Warum nicht sie selbst?«, fragte Vera.

Der Vater überlegte, aß einen Löffel Suppe, lächelte die Mutter an und sagte »köstlich«, ehe er antwortete.

»Es ist schwer, einen ganz klaren Eindruck eines Menschen zu behalten, wir sind doch so flüchtig. Ein Bild dagegen hat den Augenblick eingefangen. Sicher umgeben wir uns deshalb mit Bildern.«

»Aber wie kann der Gedanke an ein Foto einen Kopf retten?« Vera war noch nicht zufrieden.

»Das Geheimnis bei den Gedanken ist, dass niemand sie uns wegnehmen kann. Du kannst beschließen, dass du nicht aufgibst, und niemand kann dich daran hindern. Die anderen wissen das ja nicht einmal.«

»Aber wenn sie ihn geschlagen und ihm nichts zu essen gegeben haben und überhaupt? Konnte er dann über seine Gedanken bestimmen?«, flüsterte Dorte.

»Einige schaffen das. Deshalb bewundere ich Onkel Josef«, sagte der Vater ernst.

»Haben die Deutschen oder die Russen ihn eingesperrt?«, fragte Vera und schaute kurz zur Mutter hinüber. Die legte ihren Löffel hin und sah den Vater bittend an.

»Die Litauer dachten, die Deutschen würden uns von den Russen befreien. Auch viele Juden haben das geglaubt. Aber gegen Weihnachten 1941 hat die deutsche Einsatzgruppe zusammen mit Einheimischen die meisten der zweihunderttausend litauischen Juden umgebracht, denen vor Kriegsbeginn nicht die Flucht gelungen war.«

»Aber Lieber, es ist doch Weihnachten …«, sagte die Mutter flehend.

»Was hatten sie denn verbrochen, die Juden?«, fragte Dorte fast ohne Stimme.

»Sie waren *litvakai*, Juden. In der litauischen kommunistischen Partei waren viele Juden, und die wurden dafür verantwortlich gemacht, dass die Kommunisten die Macht an sich gerissen hatten.«

»Sind wir auch *litvakai*?«, fragte Vera.

»Mama nicht. Und du und Dorte nur zur Hälfte. Aber ich bin einer.«

»Bist du darüber traurig oder stolz?«

»Können wir bald damit beginnen, den Feiertag zu begehen?« Die Stimme der Mutter näherte sich dem Zerreißpunkt, und sie schien sich in Zorn zu reden.

»Ich bin vor allem froh darüber, dass ich ein Mensch mit freien Gedanken bin. Aber ich bewundere Onkel Josef.« Zur Mutter sagte er dann noch: »Du hast ganz recht. Wir wollen jetzt den Feiertag begehen.« Er hob das Glas und sah eine nach der anderen an. Auf diese Weise wusste Dorte ganz sicher, dass er sie alle liebte.

Sie blieb mitten in der Diele stehen. Etwas war anders. Plötzlich sah sie es! Auf der Kommode beim Garderobenständer lag etwas, das vorher nicht dort gewesen war. Sie ging hinüber und fand einen zusammengefalteten Stadtplan. Gleich darauf lag ein Schlüsselbund zu ihren Füßen. Sie stand lange vor der Tür, ehe sie sie einen Spaltbreit öffnete. Im Treppenhaus brannte helles Licht. Kein Mensch war zu sehen. Sie schloss die Faust um die Schlüssel, und ihr Körper hinderte die Tür am Zufallen. Zitternde Finger machten sich an dem einen der beiden Schlüssel zu schaffen. Er passte nicht. Hatte er einfach irgendwelche Schlüssel hier verloren?

Dann glitt der andere ins Schloss. Gleich darauf ein kleines Klicken – und das Metall im Schloss schoss zur Seite. Es war der Wohnungsschlüssel! Sie drehte ihn einige Male um, noch immer mit ihrem Körper als Türstopper. Die viereckige Metallzunge schnellte gehorsam im Schloss aus und ein, sooft und so schnell Dorte das wollte. Ihr Atem ging stoßweise.

Als sie wieder in der Wohnung stand und hinter sich die Tür abgeschlossen hatte, hob sie die Karte vom Boden auf. Erkannte den Fluss, eine Brücke mit Pfosten und Häuser mit spitzen oder abgeschnittenen Giebeln. Hinter einer Brücke erkannte sie den Turm der großen Kirche. Maßstab 1:50 000, 1:20 000 und 1:5000, las sie. In der zusammengefalteten Karte lag ein Umschlag mit der Aufschrift: »Fröhliche Weihnachten, Dorte!« Sie öffnete ihn und fand einen Packen Geldscheine. Irgendwann konnte sie sie zählen. Eintausendfünfhundert norwegische Kronen. So viel Geld hatte sie noch nie in der Hand gehalten.

Das war das Zeichen, um das sie gebetet hatte.

26

Sie steckte die Karte in die Handtasche, damit sie keine Aufmerksamkeit erregte. Ehe sie die Wohnung verließ, schrieb sie auf zwei gelbe Zettel, durch welche Straßen sie gehen musste, um die Kirche zu erreichen. Auf diese Weise würde sie auch den Rückweg leicht finden. Es kam ihr nicht schwierig vor. Das Haus war hoch und leicht wiederzuerkennen. Sie hatte auf der Karte eine Brücke gefunden, über die sie gehen könnte. Lara und sie fuhren immer mit dem Bus, also war das hier ein anderer Weg, aber er war sicher nicht so weit, dass sie das nicht schaffen würde.

Sie war alle Treppen von der Wohnung nach unten gegangen. Einmal hörte sie unter sich auf dem Flur Schritte, aber niemand begegnete ihr. Ehe sie die Haustür schloss, musste sie noch einmal überprüfen, ob sie die wirklich wieder öffnen könnte. Es war wenig verlockend, tagelang draußen zu bleiben. Der Schlüssel funktionierte. Über den bestimmte sie.

Wenn Lara früher zurückkäme als angenommen und die Wohnung leer vorfände, würde sie Tom anrufen, weil sie glauben müsste, Dorte sei weggelaufen. Und er würde sagen: »Dorte hat doch einen Schlüssel!« Das hätte sie gern gehört.

Wenn es nicht so gewesen wäre, wie es eben war, hätte sie durch die Straßen gehen und sich freuen können, während ihre Finger in der Tasche die Schlüssel streichelten. Sie hätte sich die weißen Straßen und die nur hier und da betretenen Bürgersteige ansehen können und dabei eine Art Ruhe gefunden. Alles war so still. Die Sonne war kugelrund und rot. Es war so lange her, dass sie draußen unterwegs gewesen war, ohne dass andere über sie bestimmt hatten, und deshalb kam es ihr unwirklich vor. Ihr Kopf schien über ihr zu schweben. Sie musste sich vorsehen, um nicht zu fallen. Auch die Bürgersteige waren glatt.

Menschen kamen ihr entgegen. Allein oder zu zweit. Einige unterhielten sich. Aber zumeist trieben sie einfach in Sonnenschein und Wind ein und aus. Die Farben waren so klar. Mitten in diesem Schönen gab es einen Schatten – der von ihr selbst kam. Die Gedanken, die den Augenblick hinderten, die Gedanken, die sich festklebten und besudelten, die sie daran erinnerten, dass das hier nicht für sie bestimmt war, sondern für die anderen. Die sie nicht kannte, mit denen sie nicht sprechen konnte. Die an ihr vorübergingen, als wäre sie gar nicht da.

Aber als sie die Brücke erreichte und das Eis wie zerstoßenes Glas am Ufer liegen sah, genau wie zu Hause, fiel ihr ein, dass sie sich, noch ehe sie Toms Geschenk entdeckt hatte, aufgetragen hatte, gute Gedanken zu denken. Sogar dann, wenn alles ganz schrecklich war. Und an diesem Tag war es das doch nicht! Die Mutter sagte immer: »Man ist, was man isst und was man denkt.« Wenn das stimmte, dann musste sie jedenfalls ihr Teil dazu beitragen. Du schaffst es, ermahnte sie sich.

Der Frost biss in ihre Wangen. Sie hatte vergessen, sich mit Hautcreme einzureiben. Hatte nicht daran gedacht, dass es für die Haut etwas anderes war, an der frischen Luft zu sein. Als sie an einer Laterne stand und die Handschuhe, die Lara ihr gekauft hatte, in die Tasche steckte, ertappte sie sich dabei, wie sie sich über die neuen weißen Winterschuhe freute. Dann zog sie am Reißverschluss der Daunenjacke, um ein wenig Luft zu bekommen, und machte sich auf den Weg über die Brücke. Auf halber Strecke hörte sie die ehernen Rufe der Kirchenglocken. Sie blieb stehen und hielt sich am Geländer fest. Der Himmel breitete einen aprikosenfarbenen Umhang über die Dächer, und die Wolkenbänke waren mit schwachen Kohlenstrichen von ihrer Umgebung getrennt. Unter ihr floss ruhig das Wasser dahin. Sie packte das Geländer fester und dachte daran, was das für ein Gefühl wäre. Sich einfach über den Rand kippen zu lassen und zu schweben. Der Wind würde durch die offene Daunenjacke auf ihre Brust treffen. Dann würde sie bereuen und sich entsetzlich fürchten. Danach wäre alles eiskalt, vor dem Kampf. Den Schluss konnte sie sich nicht vorstellen.

»Nein!«

Sie ließ das Geländer los und ging dem Geräusch der Kirchenglocken entgegen. Sie konnte nur so tun, als ob sie dazugehörte. Die anderen würden sicher nicht sehen, dass sie keine von ihnen war. Nicht wissen, dass sie eine Hure vor sich hatten, der plötzlich ein Schlüssel in die Hand gegeben worden war. Das zündete einen Funken an, wie eine Wunderkerze in ihrer Hand, als sie noch klein gewesen war. Sie wollte sich freuen, solange sie brannte.

Es war nicht schwer, den Weg zu finden. Die Kirche ragte mit ihren Türmen auf. Als sie unter den verschneiten Bäumen dahinging und näher kam, sah sie, wie riesig die Kirche war. Grau und alt, mit Bogen und Ornamenten. Ganz oben, wie in einem Säulengang, stand eine Reihe von Figuren mit Schnee auf den Schultern. Vielleicht waren das die Heiligen in diesem Land? Wenn ja, dann hatten sie viele. Sie blieb eine Weile unter einem großen Baum stehen, während die Menschen an ihr vorbei und in die Kirche strömten. Die Glocken hörten auf zu läuten. Als viel mehr Menschen, als Dorte hatte zählen können, in das gelbe Licht hinein verschwunden waren, ging auch sie weiter. Am Ende wagte sie es, sich den anderen anzuschließen.

Es herrschte arges Gedränge. Das Kircheninnere war dunkel. Die Bleiglasfenster sperrten das Tageslicht und die Welt aus. Die Kerzen konnten Nischen und Ecken nicht ausleuchten. Sie bildeten nur kleine flackernde Glorienscheine, die zu nichts anderem nutze waren, als Stimmung zu erzeugen. Alle Wände warfen Echos zurück. Stimmen, das Scharren von Stiefeln und Schuhen. Die vielen Gegenstände, die die Menschen bei sich hatten, raschelten. Dorte war nicht darauf vorbereitet gewesen, dass hier so unendlich viele Menschen sein würden.

Junge Mädchen mit kurzen Röcken unter Daunenjacken oder kurzen Mänteln, wie auf dem Weg zu einem Fest. Ein kleines Mädchen hatte seinen Mantel abgelegt und führte ein neues rosa Kleid vor. Ihre Nase war eine rote Beere. Sie zog eine Frau an der Hand und erklärte etwas mit schriller Stimme. Dorte überlegte, dass Vera als kleines Kind vielleicht so gewesen war.

Die Menschen benahmen sich nicht wie in einer Kirche üblich, sondern als wollten sie ihre Plätze in einem Zirkus einnehmen. Feierlichkeit und Ernst des Kircheninneren waren an sie vergeudet. Dorte drückte sich im Gedränge an der Wand entlang. Machte sich so dünn wie ein Blatt Papier und fand einen Platz, von dem aus sie den Weihnachtsbaum sehen konnte. Die Stühle waren mit gelbbraunem Stoff bezogen. Sie faltete die Hände über ihrer Tasche. Sie wollte die alte Dame neben sich nicht stören. Der Junge auf der anderen Seite saß ungeheuer unruhig da. Seine Füße schlugen wie Kolben gegen die Stuhlbeine, und er schniefte und zog die Nase hoch. Seine große

Schwester neben ihm versetzte ihm einen so harten Rippenstoß, dass er seinerseits Dorte anstupste, aber das half nichts. Eine Frau in der Bank hinter ihnen, vermutlich die Mutter, tadelte das Mädchen, nicht ihn.

Dorte nahm keine misstrauischen oder fragenden Blicke wahr. Sie merkten sicher nicht, dass sie ganz allein war. Und das andere war ihr ja nicht anzusehen. Trotzdem presste sie die Ellbogen fest an den Leib und stellte die Füße nebeneinander. Es war seltsam, so dicht neben Menschen zu sitzen, die sie nicht kannte. Ein ziemlich scharfes Parfüm umgab die alte Dame wie ein Gitter. Als die Orgel aufbrauste und die Menschen zu singen begannen, ließ die Frau ihr Gesangbuch geschlossen und stieß Geräusche aus, die sicher Gesang vorstellen sollten. Die Adern auf ihren weißen Händen zeichneten sich ab wie Straßen auf einer Landkarte. Die Fingerknöchel dagegen waren pfadlose weiße Berge auf dem dunklen Schoß.

Alle waren schön angezogen. Niemand schien besser zu sein als ein anderer. Aber sicher waren sie das. Ganze Familien saßen zusammen. Dorte fiel auf, dass sie nicht einander ansahen, sondern alles andere. Die Kerzen, die Wände, die Decke. Ein Chor in lila Gewändern, die vorn mit einem goldenen Kreuz bestickt waren, trat vor. Als sie sangen, verbargen die Menschen ihre Augen, indem sie zu Boden blickten. Ein bitterer Wollgeruch mischte sich mit dem Parfüm der alten Dame. Es war seltsam, aber der Chor sang »Oh happy day«.

Die Stimme des Pastors war laut und klar. Aber sie konnte ihn nicht sehen. Der Klang kam aus Lautsprechern, auch wenn er irgendwo da vorn war. Die Menschen reckten die Köpfe in dieselbe Richtung, genau wie Dorte versuchten sie, den Pastor zu entdecken. Sagte er wirklich: »Zieht den Weihnachtsmann nicht zu fest am Bart«? Ja. Denn die Leute lachten. Der Junge trat gegen ihre Wade, aber vermutlich nicht mit Absicht. Vielleicht lag es daran, dass die Menschen in der Kirche lachten, jedenfalls erwiderte sie den Tritt. Der Junge fuhr blitzschnell herum und starrte sie erschrocken aus runden Augen an. Dann wurde es totenstill. Für eine kleine Weile.

»Vielleicht …«, verstand sie. Der Pastor sprach darüber, vor Gott keine Maske aufzusetzen. Denn Gott sah trotzdem unser wahres Gesicht. Vor Freude darüber, dass sie das alles verstanden hatte, fand Dorte den Sinn dieser Rede für einen Moment nebensächlich. Aber dann war er doch da. Es half ihr nichts, in einer Kirche zu sitzen. Sie war eine Hure in einer norwegischen Daunenjacke. Die Leute standen auf. Dorte auch. »Amen«, konnte sie verstehen. Und: »So sei es.« Der Pastor segnete sie offenbar. Und er schien bei Dorte keine Ausnahme zu machen.

Als alle sich setzten und das Füßescharren verstummt war, sah sie deutlich Toms Gesicht vor sich. Sie versuchte auch, die zu Hause zu sehen, aber das gelang ihr nicht.

Als die Orgel wieder einsetzte, faltete sie die Hände zum Beten, aber es war so weit bis nach oben zu Gott und zur Jungfrau Maria. Irgendwann hörte sie aus den Lautsprechern Onkel Josefs Namen. Sicher, als der Pastor das Weihnachtsevangelium vorlas.

Die Menschen strömten wie ein Fluss aus der Kirchentür. Draußen löste der Fluss sich in alle Richtungen auf. Kleine Gruppen oder Paare steckten die Köpfe zusammen und redeten. Einige lachten. Als Dorte das Kirchengelände verlassen hatte und wahllos durch irgendeine Straße ging, drückte sie sich an die Hauswände. Als könnte es Verdacht erwecken, dass sie allein war.

Der Bürgersteig war nicht geräumt worden. Der Schnee knirschte unter ihren Fußsohlen. In den Schaufenstern wimmelte es von Dingen, die an die Feiertage erinnerten, so wie sie hier offenbar gefeiert wurden. Weihnachtswichtel, Engel, Lametta, Girlanden, Sterne. Aber keine Weihnachtskrippen und keine Madonna mit dem Kind.

Sie versuchte sich vorzustellen, was Vera sagen würde, wenn sie die vielen schönen Kleider und Schuhe sähe. Sie stellte sich vor, dass Vera stehen blieb, auf einzelne Dinge zeigte und seufzte. Während sie vor einem Fenster mit Bettwäsche und Kissen stand, kam ein junges Paar vorbei. Die beiden waren eng umschlungen, die Frau schaute zu ihm auf und lachte über etwas, das er gesagt hatte. Ohne dass sie Dorte etwas getan hätten, bohrten die beiden in ihr ein dunkles Loch.

Nach einer Weile fiel ihr auf, dass sie in die falsche Richtung ging. Die große Karte musste hervorgezogen werden. Unter einer Laterne stellte sie fest, dass sie auch weitergehen konnte, bis sie die Brücke erreichte, über die sie mit Lara gegangen war. Als sie sich aufrichtete und die Karte zusammenfaltete, war plötzlich kein Mensch mehr zu sehen. Sie waren hineingegangen. Nach Hause. Zueinander.

Straße und Bürgersteig waren blauviolett und der Himmel ein verlassener Schildkrötenpanzer. Hier und dort spuckten die Schornsteine ihn an. Die Fenster waren gelbe Felder mit Mustern. Blumen, Figuren, Lampen, Vorhänge. So wurden sie zu beleuchteten Glasmalereien. In einigen brannten Kerzen. Ab und zu roch es nach Braten. Zu Hause wurde jetzt Fisch gegessen. Toms Geld lag unberührt in ihrer Hosentasche. Sie spürte es im Gehen an ihrem Hüftknochen. Selbst wenn sie ein Lokal gefunden hätte, in dem Fisch serviert wurde, hätte sie sich nicht hineingetraut. Die Leute hätten dann begriffen, dass sie allein war.

Sie ging ein Stück an der Brücke vorbei in der Hoffnung, zum Fluss zu gelangen. Aber so weit das Auge reichte, gab es Schneewehen, Häuser und Hindernisse. Die Brücke sah aus wie ein chinesischer Pavillon. Rot angestrichene Pfeiler mit einem schrägen Dach darüber bildeten ein Tor, gekrönt von Schnee und einem Türmchen. Eine blaue Kopie der Form war im Schnee zu sehen. Sie blieb mitten auf der Brücke stehen. Hohe

Lagerhäuser drängten sich an beiden Flussufern. Sie ragten mit dunklen Fenstern und verschlossenen Türen auf. Spitze Giebel bohrten sich in den Himmel. An einigen hingen Eiszapfen wie glasierte Elefantenzähne. Nur wenige hatten erleuchtete Fenster, die verrieten, dass dort Menschen waren. Ein kalter Wind umfing sie plötzlich, als eine Gruppe aus vier Personen an ihr vorüberging. Sie sahen aus, als ob es Monate, vielleicht Jahre dauern würde, bis sie ihre Mäntel, Pelze, Schals, Mützen abgelegt hätten. Ihre offenen Münder warfen Rauch und Geräusche aus. Gelächter. Sie gingen vornübergebeugt, im Kreis umeinander, um Aufmerksamkeit zu erregen. Aber es dauerte nur einen Moment, dann war Dorte wieder allein.

Der Frost hatte ihre Zehen mit den spitzesten Nadeln des Universums angegriffen. Es wurde Zeit zu gehen. Rasch. Sie fand den Weg zurück, vorbei an der Kirche und zu der Brücke, über die sie gekommen war. Sie verspürte eine kleine Freude oder was es auch war darüber, dass sie selbst entscheiden konnte, wohin sie ging. Vielleicht wäre es möglich, in eine billige Pension zu ziehen und von Haus zu Haus zu gehen, um Arbeit zu suchen? Oder sich in einen Zug oder einen Bus zu setzen? Aber diesen Gedanken gab sie auf. Das Geld, das Tom ihr gegeben hatte, würde sicher nicht reichen, bis sie Norwegisch gelernt hatte.

Er kam vor Lara. Als sie ihn »Hei, Dorte« rufen hörte, mit seiner besonderen Stimme, wusste sie, dass sie darauf gehofft hatte. Er hatte auch an diesem Tag seine Aktentasche nicht bei sich. Dafür aber Essen. Fleisch, Kartoffeln und Brokkoli. Sie war auch an diesem Vormittag durch die Stadt gewandert, war bei Einbruch der Dunkelheit aber in die Wohnung zurückgekehrt.

Er sah, dass der Stadtplan auf dem Tisch lag, und sie begriff, dass er wissen wollte, wo sie gewesen war. Und als sie die Karte auseinanderfaltete und es ihm zeigte, verdrehte er die Augen, weil sie so weit gewandert war. Dann tippte er auf den Fluss und sagte etwas, das sie nicht verstand. Karte und Fleisch lagen vor ihnen auf dem Küchentisch. Jetzt legte er das Messer weg und wischte sich mit Küchenpapier ab. Dann legte er die Arme um sie und wiegte sie hin und her, während er etwas in ihre Haare flüsterte. Sie glaubte, es gehe darum, dass sie einander bald verstehen würden, aber es konnte sich auch um etwas anderes handeln. Die Butter zischte, und er ließ sie los, um das Fleisch in die Pfanne zu legen.

Es ergab sich einfach, dass sie seine Wärme wieder spüren musste, deshalb legte sie die Arme um ihn und blieb stehen, während der Fleischgeruch sich ausbreitete und der Essensdampf zum Rauchabzug hochstieg. Irgendwo in der Wand klapperte eine Öffnung. Er entzog sich nicht und schob sie auch nicht weg. Sie blieb halb hinter ihm stehen, die Wange an seine karierte Schulter geschmiegt, während er die Fleischstücke auf beiden Seiten briet. Ab und zu drehte er sich um und sah sie mit einer Miene an, als ob er sie eben erst gefunden hätte.

Sie konnte sich nicht erinnern, wann sie zuletzt so hungrig gewesen war. Als sie beim Essen saßen und wortlos Blicke wechselten, ging ihr auf, dass er hier war, weil er es wollte. Ja, die Art, wie er die Tür aufgeschlossen hatte, wies darauf hin, dass das alles nur zwischen ihnen stattfand. Losgelöst von allem anderen. Was Lara über ihn erzählt hatte, zerbröselte und hatte keine Bedeutung.

»Heute draußen? Kalt?«, fragte er und klopfte sich auf die Wangen.

Sie merkte, dass sie noch röter wurde, nickte aber.

»Ja, danke«, brachte sie heraus, war aber nicht sicher, ob er begriff, dass sie die Schlüssel und das Geld meinte. »Danke – Geld«, fügte sie hinzu.

»Bitte sehr!«, sagte er und lächelte fast verlegen, als wolle er nicht darüber reden. Dann streckte er die Hand nach der Karte aus und zeigte darauf. »Kirche?«

»Ja«, sagte sie eifrig. »Kirche gehen. Leute!« Sie breitete die Arme aus, um ihm klarzumachen, wie viele Menschen dort gewesen waren.

Sie rutschte nicht aus, als er sie abtrocknen wollte, und sie riss ihm auch nicht die Shorts herunter. Er selbst zog sie in der Dunkelheit aus, als sie, Ohrstöpsel im Ohr, auf dem Sofa lagen. Als er sich an sie schmiegte, spürte sie, dass er dort unten doch nicht ganz so wie sie war. Aber anders als die anderen Männer. Mehr er selbst. Das galt auch für seine Zunge. Wie beim letzten Mal trug er sie ins Bett und deckte sie zu, ehe er ging, ohne auf Wiedersehen oder gute Nacht zu sagen. Oder etwas darüber, ob er wiederkommen würde.

Aber er kam jeden Abend, während Lara verreist war. Kochte, zeichnete Strichmännchen und schrieb Wörter auf. Sie zeigte ihm auf der Karte, wo sie vormittags gegangen war, und er schrieb Namen von Gebäuden und Straßen auf, die sie sich am nächsten Tag ansehen sollte. Inzwischen hatte sie einen ganzen Stapel Strichmännchen und Wörter, die sie wiederholen konnte, wenn sie allein war. Nachts wachte sie auf und hörte ihn mit seiner seltsamen gepressten Stimme »Dorte« sagen.

Am dritten Abend empfing sie ihn in der Diele und trat ganz dicht an ihn heran, als er Jacke und Schuhe auszog. Eine Weile stand er nur da und legte die Stirn an ihre, während sie die Nasenlöcher weitete und seinen Geruch in sich aufnahm. Dann legte er behutsam die Arme um sie.

27

»Hat Tom eingekauft?«, fragte Lara und drehte sich rasch vom Kühlschrank um.

Dorte war in der Dusche gewesen und hatte sich nach dem letzten Kunden geschrubbt. Jetzt kam sie in die Küche und wollte hören, wie Laras Reise verlaufen war.

»Nein, das war ich selbst.«

»Und das soll ich glauben? Wie sollte das denn möglich sein?«

»Tom hat mir Schlüssel und Geld gegeben.«

Lara blieb stehen und glotzte vor sich hin, als traue sie ihren Ohren nicht. Dann drückte sie Dorte auf einen Stuhl und setzte sich ebenfalls. Mit den Ellbogen auf dem Tisch und einer Falte zwischen den Augenbrauen.

»Er hat dir eine Falle gestellt. Ich hab es schon gemerkt, ehe ich losgefahren bin, er ist auf dem Kriegspfad. Will jemanden fertigmachen … aber wenn du abhaust, dann findet er dich. Vielleicht nicht in der ersten Stunde, aber … dann bist du am Ende!«

Dorte wollte sagen, dass sie nicht glaubte, was Lara da über Tom erzählte, aber es hätte doch nichts gebracht, sich mit Lara zu streiten.

»Wo sollte ich denn hingehen?«

»Frag mich nicht! Ich geb dir keine Tipps, die dich geradewegs in die Hölle führen«, murmelte Lara und schlug die Hände vors Gesicht, als ob etwas sie quälte. Dann stand sie auf, lief eine Weile hin und her und ließ sich dann wieder auf den Stuhl fallen.

»Ich hau nicht ab. Dann wär ich doch jetzt nicht hier«, murmelte Dorte.

Lara gab zuerst keine Antwort, dann sprach sie mit der Stimme derer, die weder Verwandte noch Freunde hat.

»Hat er etwas über mich gesagt? Dass du meine Arbeit übernehmen sollst? Soll ich nicht mehr herkommen?«

»Nein, nein! Sag doch so was nicht!«

Aber Lara war wie ausgewechselt, sie saß nur da und starrte vor sich hin.

»Wie war deine Reise?«, fragte Dorte, um sie auf andere Gedanken zu bringen.

»Die Reise? Ach … die, ja …« Lara zuckte mit den Schultern, als ob sie schon vergessen hätte, was geschehen oder wo sie gewesen war. »Du! Der alte Mann hat eben angerufen, er will in einer Stunde kommen.«

»Nein, Lara, bitte nicht!«

»Unsinn. Ich bleibe, bis er kommt.«

Der alte Mann war schon drei Mal bei ihr gewesen. Meistens war er zufrieden, wenn sie es mit der Hand machte. Einmal hatte er an ihren Zehen gelutscht wie an einem Eis. Er war nicht gewalttätig. Behielt seine Brille auf, zog sich ansonsten aber ganz aus. Auf diese Weise gab es sehr viel Haut, der sie ausweichen musste.

»Kannst du ihn nicht überreden, an einem anderen Tag zu kommen? Ich hab doch geduscht und bin müde …«

»Ich kann den doch nicht anrufen! Das musst du ja wohl verstehen?«

Sie hörten es gleichzeitig und sahen einander an. Tom schloss die Tür auf! Er war noch nie gleichzeitig mit Lara da gewesen. Beide sprangen auf, als käme ein Lehrer oder ein Pastor. Für einen Moment dachte Dorte, dass sie jetzt alle drei Norwegisch sprechen könnten. Noch hatte er keinen Gruß gerufen, und der

Garderobenständer hatte auch noch nicht geknackt. Er sah sicher, dass dort Laras Mantel hing.

»Lara!« Es war Toms Stimme, aber sie war fremd.

Lara schluckte und packte die Tischkante, als habe sie gerade darauf gewartet. Dann richtete sie sich auf und ging hinaus in die Diele, dicht gefolgt von Dorte.

Einen Augenblick lang sah Tom Lara wortlos an. Dann wich Lara durch die Wohnzimmertür zurück. Schritt für Schritt, während er ihr folgte. Sein Gesicht war regungslos wie eine Steintafel. Nur die Adern an seinem Hals lebten. Sie wollten sich dort losreißen. Lara hob die Arme über ihren Kopf, während ihre Augen um Gnade flehten.

In der nächsten Sekunde war ihre weiße Bluse bespritzt mit unregelmäßig verteilten roten Flecken. Der Schlag warf ihren Körper aus seiner Halterung, aber er schnellte zurück, als sei er aus Gummi. Die Luft stand für einen tiefen Atemzug still. Toms Gesicht war weiß, das Blaue in seinen Augen schwarz. Seine Nasenlöcher blähten sich, und die Adern an seinem Hals ragten hervor wie Rohre an einer Mauer.

Dorte, in der Tür zur Diele, sah ihn wieder die Hand heben. Sah ihn Laras Wange treffen. Ein knackendes Geräusch, wie damals, als die chinesische Vase der Mutter zu Boden gefallen war. Aber Lara zerbrach nicht. Sie stand aufrecht und mit über den Kopf erhobenen Armen da. Ohne zu wimmern, ohne nach Luft zu schnappen oder ein leises »Au« auszustoßen. Die Füße ein wenig nach innen gedreht, aber breitbeinig und fest – in ihren hochhackigen weißen Stiefeln mit dem Reißverschluss bis zum Knie. Sie stand – während das Blut aus der Nase strömte, über die Brust, und auf den Boden tropfte. Ihre linke Stiefelspitze bekam rote Spritzer ab.

Toms Arme hingen für einen Moment nach unten, während Lara und er einander in die Augen starrten. Man konnte meinen, es sei vorbei. Aber das war es nicht. Er trat ganz dicht an sie heran, packte sie um die Taille und hob sie hoch wie eine Stoffpuppe. Für einen Moment schwebte Lara mit wehenden Haaren in der Luft. Dann knallte sie gegen die Wand und blieb bewegungslos auf dem Regal mit Illustrierten und Sprachkassetten liegen.

Als er wieder zielbewusst auf sie losging, stürzte Dorte hinter ihm her, warf sich zu Boden und verschränkte die Arme um seinen Oberschenkel. Bohrte das Gesicht hinein, bis alles schwarz wurde.

»Tom! Nein!!! Tom!« Sie hielt ihn fest und wartete auf die Schläge.

Wie ein Gefangener, dem nicht klar ist, dass er eine Fußfessel trägt, versuchte er den Fuß zu heben, aber es gelang ihm nicht. Als sie spürte, dass die Muskeln in seinen Oberschenkeln sich gelockert hatten, schaute sie auf. Sein Blick war abwesend oder überrascht, als sei ihm nicht klar gewesen, dass sie da war. Dann veränderte sich seine Miene, wurde leer. Ganz leer. Während russische Wörter aus ihr herausströmten wie Abzählreime oder Gedichte. Wieder und wieder. »Lieber Tom, schlag sie nicht, schlag sie nicht, Lara ist doch lieb, lieber Tom, Lara ist immer lieb, lieber Tom, lieber Tom …« Zwischen seinen Beinen sah sie den Garderobenständer in der Diele. Und die schwarze Aktentasche.

Wortlos blieb er stehen, bis Dorte ihn losließ und auf dem Boden sitzen blieb. Seine Augen waren von einer farblosen Haut überzogen, die sie nicht durchdringen konnte. Plötzlich fuhr er herum und lief in die Diele.

»Die Schlüssel!«, hörte sie ihn sagen und wusste sofort, was er meinte. Sie rappelte sich auf und zog die Schlüssel aus der Tasche ihrer Daunenjacke. Wartete nicht auf irgendwelche Erklärungen, sondern nur darauf, dass er merkte, dass sie da stand. Er jedoch nahm die Schlüssel, ohne sie anzusehen, hob seine Tasche auf und ließ die Tür zufallen, als verließe er eine leere Wohnung, in der nichts passiert war. Dann hörte sie seine Schritte, die zum Fahrstuhl gingen, hörte den Fahrstuhl kommen, hörte, wie die Tür aufging, und dann hörte sie das Sausen, das ihr mitteilte, dass Tom auf dem Weg nach unten war.

Zuerst war Lara ein Bündel beim Regal, dann richtete sie sich mühsam auf und tastete Schulter und Arm ab. Ihr Gesicht und ihre Kleider waren verschmutzt, und ihre Nase blutete. Aber schließlich stand sie aufrecht da. Dorte holte die Küchenrolle aus der Küche und riss große Stücke ab.

»Warum hat er das getan?«, flüsterte sie und merkte, dass das alte Zittern schon seit einer ganzen Weile wieder da war.

Lara gab keine Antwort, sie ging nur mit dem Küchenpapier ins Badezimmer und schloss die Tür. Dorte hörte, wie sie den Hahn über dem Waschbecken aufdrehte. Das Wasser rauschte lange Zeit.

»Soll ich dir helfen?«, fragte Dorte und hielt den Mund dicht an die Tür.

»Nein, danke«, wurde drinnen genuschelt.

Dorte holte eine neue Rolle Küchenpapier und fing an, Blut vom Boden, der Wand und dem Regal abzuwischen. Holte eine Plastiktüte, in der sie das ganze Papier verstauen konnte, um es nicht mehr ansehen zu müssen. Am Ende brauchte sie auch einen feuchten Lappen. Lara plätscherte noch immer im Badezimmer, sie war dort also nicht in Ohnmacht gefallen. Dorte bemühte sich, alle Flecken zu erwischen, aber sie waren überall. Als ihr aufging, was geschehen war, ließ die Übelkeit sich nicht mehr unterdrücken. Sie stürzte in die Küche und leerte sich ins Spülbecken. Alles blieb im Abfluss liegen wie eine Suppe. Obwohl sie das Wasser ganz aufdrehte, half das nichts. Sie musste den Mülleimer hochheben und das Erbrochene mit den Händen hineinschaufeln. Am Ende hielt sie den Mund unter den Wasserstrahl, trank und spuckte aus. Hielt Gesicht und Hände darunter und ließ es einfach nur fließen.

Endlich kam Lara heraus, den Kopf in ein schneeweißes Handtuch gewickelt.

»Setz bitte Teewasser auf!« Dann ging sie ins Wohnzimmer und setzte sich mit ausgestreckten Beinen auf das Sofa. Die Stiefel hatte sie offenbar im Badezimmer ausgezogen. Der eine Strumpf hatte ein Loch an den Zehen. Ein feuerroter Nagel lüftete seinen Lack aus. Sie ließ den Kopf in den Nacken sinken. Mit geübten, fast eleganten Bewegungen sah sie nach, ob Blut am Handtuch war, dann ließ sie den Kopf wieder in den Nacken kippen. Sie hatte eine Beule auf der Stirn und einen roten Flecken über dem rechten Wangenknochen.

Sie trinkt doch sonst immer Kaffee, dachte Dorte, setzte aber gehorsam Teewasser auf. Gab Tee ins Sieb, hängte es in den Becher und wartete, bis das Wasser kochte. Was mochte Tom jetzt denken?

Lara lag noch immer zurückgelehnt auf dem Sofa, hatte das Handtuch aber so über ihrer Bluse gefaltet, dass die Blutflecken nicht zu sehen waren. Wenn man es nicht besser gewusst hätte, hätte man denken können, dass sie einfach gefeiert hatte und jetzt müde war. Dorte reichte ihr den Becher und versuchte, ihren Blick einzufangen, aber Lara drückte nur das Handtuch an ihre Nase, um festzustellen, ob sie verstopft war. Das war sie. Lara seufzte und nahm den Becher mit beiden Händen.

»Möchtest du Musik hören?«

»Nein, lieber nicht«, schnarrte Lara wie eine altmodische Schallplatte.

»Kann ich was für dich tun?«, fragte Dorte nach einer Weile.

»Ja, nerv hier nicht rum! Trink deine Milch!«, sagte Lara wie zu einem quengelnden Kind.

Dorte hatte sich keine Milch geholt, und ihr war noch immer schlecht. Deshalb blieb sie regungslos sitzen und wartete darauf, dass Lara etwas sagte. Aber die trank Tee und starrte vor sich hin. Nach einer Weile wurde es unerträglich. Dorte stand auf, holte ihren Norwegischkurs und ging damit in die Küche. Dort blieb sie sitzen und schaute aus dem Fenster, während sie den Kassettenrecorder laufen ließ. Dann fiel ihr ein, dass Lara den alten Mann angekündigt hatte. Sie würde selbst die Tür aufmachen müssen, wo Lara so übel zugerichtet war.

Nach einer Weile hörte sie Laras Telefon klingeln. Mit brüchiger Stimme wiederholte Lara Wörter, die Dorte nicht verstand. Dann lief sie im Wohnzimmer hin und her. Nach einem »Verdammter Mist« wurde es still, und Dorte wusste, dass das Gespräch beendet war. Aber gleich darauf klingelte es wieder. Diesmal war Lara aufgesetzt freundlich. Als die Türglocke läutete, beendete sie das Gespräch abrupt.

Dorte ging ins Wohnzimmer, aber Lara war unansprechbar. Ihr goldenes Gesicht sah aus wie durch Wüstensand gezogen. Die Beule auf der Stirn hatte sich blau verfärbt, und sie hielt sich mit flackerndem Blick die Schulter. Lara hatte Angst! Sie hörten draußen Schritte, dann wurde wieder geklingelt. Beide starrten die Tür an.

»Nicht aufmachen«, flüsterte Lara fast unhörbar.

»Der alte …«

»Pst!«

Es klingelte noch mehrere Male. Lara war vom Sofa aufgestanden und stand mit geballten Fäusten mitten im Zimmer. Noch lange, nachdem die Türglocke verstummt war, hallte sie in Dortes Ohren wider. Dann hörten sie, wie schlurfende Schritte sich entfernten.

»Wie ist er nach oben gekommen?«, flüsterte Dorte, als das Summen des Fahrstuhls ihnen mitteilte, dass die Gefahr vorüber war.

»Ist vermutlich gleichzeitig mit irgendwem reingeschlüpft.«

»Glaubst du, Tom …? Hast du Angst, Lara?«

»Ich hab ja wohl keine Angst«, fauchte Lara. »Ich kann nur nicht mit Kunden verhandeln, so, wie ich aussehe.«

»Aber warum hat er das getan?«

Zuerst schrie Lara. »Hör auf zu nerven«, und »Misch dich nicht in Dinge ein, von denen du keine Ahnung hast«, aber dann schien sie sich die Sache anders zu überlegen.

»Er glaubt, dass jemand ihn bei der Polizei verpfiffen hat. Gestern Abend war er sehr nervös, als er mich angerufen und mir Vorwürfe gemacht hat … verstehst du … ich hatte einen norwegischen Freund. Und das gefällt Tom überhaupt nicht. Aber ich rede nie mit anderen über Geschäfte. Niemals.«

»Wieso verpfiffen?«

»Jemand hat von zwei Mädchen erzählt. Eben hat Stig angerufen, er hat sie weggebracht.«

Dorte wollte fragen, wer Stig war, dann fiel ihr ein, dass er einer von denen war, die auf die Mädchen aufpassten.

»Ich glaube, ich weiß, wer da gesungen hat. Der Teufel soll sie holen, aber ich kann das Tom nicht sagen«, brummte Lara.

»Wieso nicht?«

»Weil er sie dann von Stig umbringen lässt!«

Dazu gab es nichts zu sagen. Aber plötzlich zeigte Lara mit zitterndem Finger auf sie.

»Mit wem verdammt noch mal hast *du* geredet, wenn du hier in der Wohnung ein- und ausgegangen bist?«

»Mit niemandem!«

»Soll das heißen, dass du tagelang durch die Stadt gestreunt bist und keinen Versuch gemacht hast, mit jemandem zu reden?«

»Ja«, flüsterte Dorte.

»Herrgott! Wie sieht es bloß in deinem Kopf aus?«, murmelte Lara, dann fügte sie hinzu: »Aber dass er dich nicht in Verdacht hat! Der Trottel! Zuerst gibt er dir die Schlüssel, und dann schmeißt er mich an die Wand!«

28

Man hätte leicht glauben können, dass sie sich die Abende mit Tom nur eingebildet hatte. Wenn sie so dachte, stand sie auf und verteilte die gelben Zettel mit den Strichmännchen auf dem Tisch. Sie sagte sich, es sei gut, dass er die Schlüssel zurückverlangt hatte. Alles draußen war jetzt unberechenbar und gefährlich. Wenn Tom sich verändern konnte, dann konnten andere das auch. Dann half es nichts, dass sie eine norwegische Daunenjacke trug. Das Schlimmste war der Gedanke, dass Lara vielleicht recht hatte und die Schlüssel eine Falle gewesen waren. Aufgestellt von Tom.

Sie hatte Leute sagen hören, dass man sich an alles gewöhnt, hatte aber nicht begriffen, wozu das führen konnte. Aber Anfang März war die Brandwunde an ihrer linken Hand nur noch ein bläulicher Schatten. Die anderen Wunden befanden sich in unterschiedlichen Stadien. Das lag sicher daran, dass das Licht jetzt so scharf war, dass alles besonders hässlich wirkte. Von Wunden zu abgepultem Schorf. Die vom Vortag war frisch und allzu deutlich.

Der eigentliche Tag begann damit, dass die Tür hinter dem letzten Kunden ins Schloss fiel, egal, wie spät es war. Sie wischte sich im Schritt ab, legte Laken und Handtücher dieses Tages in die Waschmaschine. Danach duschte sie kurz und provisorisch. Danach putzte sie Türklinken, Wasserhähne und Klodeckel, alle Stellen, die der Kunde berührt haben könnte. Und nun konnte sie sich daranmachen, die Tage auf die neue Weise zu zählen. Das hatte an dem Tag angefangen, an dem sie eingesehen hatte, dass Tom nicht mehr kommen würde, und es war zu einer Art notwendigen Läuterung geworden. Danach konnte sie bis zum nächsten Tag sie selbst sein.

Sie machte es in der Küche über dem Spülbecken. Mit dem scharfen Messer, mit dem Tom damals die Fleischstücke zerschnitten hatte. Sie ritzte sich so viele Streifen, wie es an diesem Tag Kunden gegeben hatte. In den linken Arm. Wenn die Wunde so tief ausfiel, dass sie nicht aufhören wollte zu bluten, dann presste sie einfach eine Weile ein Stück Küchenpapier darauf, ehe sie unter die Dusche ging. Dort schrubbte sie sich am ganzen Körper, bis ihre Haut rosa wurde und an den am meisten strapazierten Stellen auch ein wenig wund. Am Ende schmierte sie sich mit Creme aus der großen Plastikflasche mit der Pumpe ein.

Aus dem versprochenen freien Tag wurde nichts. Da zwei andere Mädchen ausgefallen waren, musste sie mehr arbeiten. Auch abends. Der Arm wurde zu einem gestreiften Stück Haut.

Lara kam fast nie, ehe der letzte Kunde gegangen war. Oft wusste Dorte nicht, wie viele sie empfangen musste. Sie sollten dreimal kurz und dreimal lang klingeln. Trotzdem war Dorte niemals sicher. Und mehrmals machte sie gar nicht auf, weil der Freier nicht das vereinbarte Klingelsignal gegeben hatte. Wenn einer sich beklagte, wurde Dorte von Lara ausgeschimpft. Beim ersten Mal weinte Dorte, weil sie die Vorstellung nicht ertrug, mit Lara zerstritten zu sein. Beim zweiten Mal war sie so erschöpft, dass sie es nicht an sich herankommen ließ. Das passierte erst, als sie im Bett lag und keinen Schlaf fand.

An diesem Tag war der Erste vor zwölf Uhr mittags gekommen. Da sie so dicht aufeinanderfolgten, konnte sie ihre Übelkeit nicht loswerden oder essen. Um fünf Uhr war sie endlich allein und schaltete die Waschmaschine ein. Ihr Arm wies fünf frische Schnitte auf. Trotzdem fuhr sie zusammen, als sie beim Anziehen versehentlich ihre eigene Haut berührte.

Lara hängte ihren Mantel auf und erklärte, sie werde eine Weile bleiben. Dorte dachte, es sei gut, dass sie angezogen war und nicht ihren Frotteemantel trug. Dann könnte alles fast normal sein.

»Hier sind neue Antibabypillen und eine Schachtel Schlaftabletten«, zwitscherte Lara und legte alles auf den Küchentisch. »Aber nimm nie mehr als eine auf einmal, sonst verdirbst du dir den Magen, oder schlimmer noch, du wachst nie mehr wieder auf.«

Dorte hatte sich mehrmals beklagt, weil sie nicht schlafen konnte, da sie fürchtete, jemand würde kommen und sie umbringen, weil sie im Verdacht stand, gesungen zu haben, oder sie einfach der Polizei übergeben. Lara sagte: »Niemand will dir etwas tun. Du bist einfach nur verwöhnt!«, oder: »Du musst dich zusammennehmen!«, oder: »Wenn ich so viele verrückte Gedanken im Kopf hätte wie du, dann wäre es aus mit mir!«, oder: »Gott, ich hab ja so viel zu tun«, ehe sie verschwand. Aber an diesem Tag hatte sie also ihren Mantel aufgehängt.

Dorte reckte sich, um Filtertüten aus dem Schrank zu holen.

»Was ist das?«, fragte Lara und packte ihren Arm. »Wer war das?«

Dorte wusste nicht, was sie antworten sollte.

»Welcher von den Kanaillen, die hierherkommen, hat das getan?«, rief Lara mit schriller Stimme.

»Keiner …«

Lara kniff die Augen zu zwei Strichen zusammen und betrachtete den Arm. »Du willst doch verdammt noch mal nicht behaupten, dass Tom hier war … dass er das war?«

»Nein! Das war … das Messer …«

»Das Messer?«

Ganz unbewusst hatte Dorte die Kaffeemaschine eingeschaltet, jetzt tropfte das Wasser in den kaffeelosen Filter, unter dem keine Kanne stand. Das Wasser zischte und spritzte über den Tisch.

»Spinnst du? Hast du dir selbst den Arm zerschnitten?« Lara wirkte ziemlich hysterisch.

»Ja, ich glaube wohl …«

Lara sah sie an wie ein Wesen von einem anderen Stern, dann packte sie Dortes Schultern und schüttelte sie wütend. Dorte merkte, dass sie sich fast bepisste, und wandte alle Kraft auf, um die Muskeln zusammenzukneifen. Es war eine Erleichterung, dass Laras Telefon klingelte und sie sich losreißen und aufs Klo stürzen konnte.

Als sie zurückkam, hielt Lara noch immer das Telefon ans Ohr. Ihre dunklen Augen waren weit offen, und sie lauschte. Lange. Dann fing sie an, atemlos zu reden und Wörter zu wiederholen. Dorte schnappte auf »Mädchen, Razzia, Polizei«, vermischt mit russischen Flüchen.

Dann ging es los. Lara rannte herum, stürzte ans Fenster, starrte Dorte an, ohne sie zu sehen, fluchte, knallte gegen den Türrahmen und stand endlich bewegungslos mitten im Zimmer.

»Du musst weg!«, sagte sie vor sich hin, dann jagte sie von Zimmer zu Zimmer. Schaute in Schubladen und Schränke, wie eine neue Hausinspektorin – und Dorte lief hinter ihr her.

»Wo soll ich denn hin?«, fragte sie mit jämmerlicher Stimme.

»Frag nicht. Das weiß ich noch nicht. Wenn sie dich kriegen, wirst du zuerst ins Gefängnis gesteckt und dann mit einem Dolmetscher ausgefragt. Am Ende wirst du nach Hause geschickt. Da musst du bei der litauischen Polizei aussagen und kommst vielleicht ins Gefängnis. Deine Mutter wird unterrichtet, und alles kommt ans Licht. Wenn du rauskommst, werden dich die Kerle, die dich verkauft haben, wieder holen. Und hier wird Tom mich längst totgeschlagen haben. Also sitzen wir in der Tinte, du und ich. Ich brauche Luft!«, keuchte Lara, marschierte in die Küche und öffnete das Fenster. Atmete so energisch ein, dass ihr Bauch hohl wurde und ihre Brüste auf und ab wippten.

»Okay! Ich mach, was er sagt, ich nehm dich mit zu mir nach Hause, vorläufig.«

»Zu dir nach Hause? Aber meine Sachen? Der Norwegischkurs?«

Lara fuhr zu ihr herum und fauchte: »Das sag ich doch gerade! Pack deinen Koffer! Nutz mal dein Gehirn! Nimm alles mit, was verrät, dass du hier warst. Denk an den Sprachkurs, an die blöden gelben Zettel und die Toilettensachen. Alles, was zeigt, dass hier eine Frau war. Hast du irgendwas notiert? Adressen, Telefonnummern? Nimm die mit. Und das verdammte Buch über die, die sich vor den Zug geworfen hat. Ich wusste sofort, als ich es gesehen habe, dass es Unglück bringen würde!«, fauchte sie am Ende.

Dann war sie wieder unterwegs. Mit Adlerblick fegte sie von Zimmer zu Zimmer, einen schwarzen Müllsack in der einen und Dortes Koffer in der anderen Hand. Riss planlos in wildem Tempo irgendwelche Gegenstände an sich. Einen Moment lang starrte Dorte sie an, dann lief sie hinter ihr her.

»Lara! Ich nehme meine Sachen. Du entfernst alles andere, was sie nicht sehen dürfen. Dann geht es schneller.«

Lara blieb stehen, sah sie an und nickte dann energisch.

»Ja«, sagte sie entschieden, reichte Dorte den Koffer und konzentrierte sich auf die Dinge, die für den Müllsack bestimmt waren. Dorte hörte sie wild im *Zimmer* herumwühlen. Als sie hineinschaute, sah sie Lara auf dem Bett stehen und die Plakate mit den nackten Mädchen von der Wand reißen. Ihr enger Rock war an ihren Oberschenkeln hochgeglitten, und ihre Wadenmuskeln beulten sich aus wie die einer Fußballspielerin. Die Bluse rutschte hoch, als sie sich reckte, und an ihrer Taille quollen die goldenen Hüften frech hervor. Lara hatte ihr anvertraut, dass sie ins Solarium ging, um nicht wie eine »normale norwegische Leiche« auszusehen.

Im nächsten Moment stand sie wieder auf dem Boden. In wildem Tempo sammelte sie Gleitmittel, Korsett und Strümpfe ein. Und alle Zeitschriften mit nackten Frauen, die Brüste und Unterleib zeigten oder die in allen möglichen seltsamen und unbequemen Stellungen gevögelt wurden. Es kam vor, dass die Kunden darin blätterten, ehe sie Dorte riefen.

Dorte versuchte sich darauf zu konzentrieren, was verraten könnte, dass sie hier gewohnt hatte, und darauf, dass sie alles mitnehmen musste, was sie nicht entbehren konnte. Hinter diesen Gedanken über praktische Fragen, bei denen Gegenstände an ihrem Auge vorüberzogen und im Koffer oder in einer Tasche landeten, steckte die Erkenntnis, dass Lara sie eigentlich gar nicht bei sich haben wollte. Sie duldete es nur, weil Tom es verlangt hatte. Am Ende ertrug sie es nicht mehr, sie ging zu ihr und streifte sie mit der Hand.

»Lara! Sei nicht böse auf mich!«

»Ich bin nicht böse auf dich«, seufzte Lara über ihre Schulter zurück und machte weiter in ihrer wütenden Sammelaktion. »Hol noch einen Müllsack. Der hier ist voll!«

Dorte ging zum Kleiderschrank in der Diele. Eines stand fest. Lara hatte Angst! Und sie erzählte nur wenig von dem, was sie dachte – oder wusste. Alles, was sie sagte, war kontrolliert, auch wenn es sich anhörte wie aus einem Sack gerutscht. Sie trug ein Netz aus Geschichten mit sich herum, die sich gegenseitig berührten und überlagerten. Aber sie konnten nicht in ihrer Gänze ausgesprochen werden, nicht einmal Tom gegenüber. Und nach jenem Tag schon gar nicht Tom gegenüber. Dorte ging auf, dass Lara mehr über die Mädchen und deren Aufpasser wusste als Tom. Ihr fiel ein, dass Lara mehrere Male bei ihren Spaziergängen Menschen begegnet war, die sie offenbar kannte und mit denen sie Worte wechselte. Über das Wetter, über ihre Gesundheit, über das, was in den Zeitungen stand. Was auch immer. Aber Dorte ahnte, dass diese Leute Lara nicht kannten, auch wenn sie es glaubten.

Als sie fertig waren und noch einmal nachsahen, ob sie nichts vergessen hatten, waren sie beide schweißgebadet. Laras Haare hingen in Strähnen nach unten, und sie hatte dunkle Flecken unter den Armen. Als sie die Wohnungstür öffneten, sah Lara geradezu gequält aus. Sie schaute sich nach allen Seiten um und trat ungeduldig von einem Fuß auf den anderen, während sie auf den Fahrstuhl warteten. Erst, als sie sah, dass das bestellte Taxi bereits wartete, atmete sie auf.

Draußen war es so blau geworden. Der Schnee taute zwar, aber jetzt, gegen Abend, sah er aus wie blaues Glas. Die Zweige der Bäume waren von einer violetten Aura umgeben. Eine leere Bierdose und ein Pappbecher lagen vor dem Eingang. Am Zaun lag ein vergilbtes Fotomodell mit zerfetztem Magen. Es war nicht zu erkennen, wofür sie warb. Jemand hatte die Zeitung sattgehabt und sie einfach fallen lassen. Die Autos brummten vorüber wie Hummeln. Strebten wütend weiter, als hätten sie etwas zu rächen.

Eine Tasche, Dortes Koffer und zwei schwarze Müllsäcke. Und sie selbst. Lara nannte eine Adresse, und als das Auto sich in Bewegung setzte, wischte sie sich mit beiden Händen das Gesicht ab und rief auf Norwegisch: »Das war's also!«

Dorte sagte nichts. Lara wollte sicher im Taxi nicht russisch sprechen. Es ging bergauf. Am Ende hielten sie von einem grauen Haus mit mehreren Etagen und vielen Fenstern. Lara bezahlte, und Dorte stieg benommen aus dem Wagen.

Eine rote niedrige Sonne schlich sich zwischen den Baumstämmen hervor. Das Haus lag an einem Park oder einem Hang. Ein unsichtbarer Vogel schrie in der Höhe, es war ein Warnruf. Ein Hund bellte. Das Bellen schlug in Knurren um. Sie konnte ihn nicht sehen, aber das Geräusch kam immer näher. Eine lähmende Angst überkam sie. Plötzlich war sie wieder dort. Sie ging über den Hof zur Sauna. *Sie nahm den Hundemann wahr. Sie roch die hohen, giftiggrünen Bäume.* Auf irgendeine Weise kehrte sie zu Lara zurück, ehe es zu spät war, und ihr Zittern ließ nach.

»Wir müssen die Müllsäcke mit raufnehmen und noch mal sortieren. Ich hab alles Mögliche eingesteckt«, murmelte Lara und schaute die Mülltonnen vor dem Haus an.

»Soll ich für den Rest der Zeit hier wohnen?«, fragte Dorte, als Lara die Tür aufschloss.

»Bei deinem Gequengel seh ich gleich rot!« Lara stieß mit der Hüfte die Tür auf. »Jedenfalls musstest du weg. Vielleicht sind sie schon in Toms Wohnung.«

»Wer?«, flüsterte Dorte.

»Die Polizei. Komm! Beeil dich!«

Das Treppenhaus war nicht so schön wie das in dem anderen Haus. Älter. Abgenutzt. Der Boden war einigermaßen sauber und hatte einen alten braunen Belag. Die Fenster waren ziemlich verstaubt. Die Treppe sah geradezu abgenagt aus, das braune Geländer ächzte, als sie es anfassten. In der Wohnung sank Lara auf einen Hocker und wählte eine Telefonnummer. Während sie lauschte, gab sie Dorte ein Zeichen, die Wohnungstür zu schließen. Offenbar erreichte sie niemanden, denn sie wählte die Nummer mehrere Male und lauschte angestrengt. Wieder und wieder. Am Ende saß sie mit gespreizten Beinen und dem Telefon auf den Knien da.

»Er antwortet nicht. Genauer gesagt … sein Telefon ist tot! Er hat das gemacht, was wir vor langer Zeit abgesprochen haben.«

»Was denn?«

»Es zerstört. Oder die Karte herausgenommen.«

»Warum?«

»Damit niemand uns ausfindig machen oder die Nummern lesen kann, die wir angerufen haben.«

29

Auf einer Kommode in der Diele stand ein Zimmerspringbrunnen mit bunten Lichtern in der Schüssel. Das Wasser sickerte über ein schwarzhaariges Mädchen, das auf einem knorrigen Baumstamm aus Plastik saß. Sie trug eine zur Seite gerutschte abgeblätterte Goldkrone und hielt einen künstlichen Rosenstrauß in den Händen. Um sie herum standen Zwerge mit Werkzeug in der Hand. Einer stand mit gesenktem Kopf gleich vor dem Mädchen, als habe er ihr eben erst die Blumen überreicht. Auch er wurde ununterbrochen vom Wasser berieselt. Das Plätschern klang wie eine freundliche, flüsternde Stimme. Laras angestrengtes Atmen kam dazu.

»Oh!«, rief Dorte und bückte sich über die Herrlichkeit.

»Das ist Schneewittchen«, erklärte Lara atemlos und schloss die Tür ab. Koffer und Säcke füllten die ganze kleine Diele. Lara öffnete ihren Mantel, steckte die Nase unter ihren Arm und zog eine Grimasse.

»Verdammte Pest!«, sagte sie auf Norwegisch, knöpfte ihre Bluse auf und streifte alles mit einer einzigen Handbewegung ab. Ihr Mantel lag um ihre Füße wie eine abgezogene Haut. Nicht ohne Geräusche und Anstrengungen nahmen die Stiefel denselben Weg.

»Zieh dich aus und fühl dich ganz wie zu Hause«, befahl sie.

Zwischen der Diele und dem dahinterliegenden Zimmer gab es keine Tür. Nur eine Öffnung. Hinter einer anderen Tür lag ein kleines Badezimmer mit Dusche und Klo. Dorthin ging Lara, und dort blieb sie lange. Dorte stellte Laras und ihre eigenen Schuhe ordentlich in das Schuhregal in der Diele, hängte ihre Jacke und Laras Mantel auf und ging ins Wohnzimmer. Ein großes Fenster schaute auf eine Baumgruppe mit schwarzen Zweigen. An einem Ende des Zimmers führte eine Tür auf einen kleinen Balkon. An der Wand hing ein altmodisches Gemälde, das ein Kornfeld mit einem Krähenschwarm zeigte. Aber es war wohl nicht das Original, sondern nur eine Kopie.

Laras Wohnung war nicht groß, aber sie war ein Märchen! Mitten im Raum standen ein Tisch mit einer roten Fransendecke und vier Stühle. An einer Wand war ein Regal mit vielleicht einem Dutzend Bücher und vielen kleinen Ziergegenständen davor. Als Dorte die Buchtitel las, sah sie, dass es russische und norwegische waren. Aber es war sicher nicht das, was ihr Vater als Literatur bezeichnet hätte. Ganz unten lag ein Stapel norwegischer Illustrierte. Darüber standen bunte russische Matrjoschka-Puppen.

In einer Ecke gab es einen kleinen Kamin, der kürzlich erst benutzt worden war. Er war aus Glas und schwarzem Metall und sah fast neu aus. Ein riesiges rotes Sofa und ein Beistelltischchen nahmen eine Längswand ein. Und auf einem Hocker beim Fenster stand ein kleiner Fernseher. Lara hatte schon recht gehabt, Toms Wohnung war neuer und schöner, aber diese hier war ein Zuhause. Vor dem Regal stand ein uralter verschlissener Ohrensessel, der früher wohl einmal schwarz gewesen, jetzt aber ergraut war. Dahinter waren ein Hocker und eine Leselampe. Der Vater hätte sofort dort Platz genommen.

Von der Decke hingen zwei russische Puppen, eine künstliche Blumenranke mit ewiggrünen Blättern und fünf tiefroten Seidenrosen, dazu eine Weinrebe mit grünen Plastiktrauben. Von einem Balken in der schrägen Decke hingen zwei alte Lampen, die sicher aus Russland stammten. Die eine war mit dem Bild eines Bauern bemalt, der hinter zwei Ochsen einherging. Die andere war rosa mit schwarzen Akanthusranken. Die Wände des Zimmers waren irgendwann einmal gelb gewesen. Jetzt ähnelten sie abgelecktem Zuckerguss. Die Fenster hatten keine Vorhänge. Sicher, weil niemand hier hereinschauen konnte.

Das Schlafzimmer war weder groß noch klein. Ein weißes Eisenbett mit einer bunten Flickendecke stand unter dem Dachfenster, umgeben von einem Dutzend Kissen in allen Größen und Formen. Eine Kommode, ein Holzstuhl und ein Schränkchen standen an den Wänden. Hinter drei Schranktüren befand sich sicher Laras Garderobe.

Die enge Küche war nicht größer als ein Verschlag und hatte keine Tür, sondern nur eine Öffnung mit einem Vorhang aus bunten Holzperlen, die klirrten, wenn man hindurchging. Es gab ein winziges Fenster und eine kleine Anrichte mit einem darüberhängenden Schrank. Außerdem Kühlschrank, Spülbecken und ein alter Elektroherd, überzogen von gepunktetem Emaille mit großen Narben.

Lara hatte mehrere Stunden lang gepackt und den Umzug organisiert, jetzt hatte sie einen Tee verdient. Dorte wusch sich die Hände und ließ das Wasser eine Weile laufen, füllte den Kessel und fand den richtigen Schalter, um die Platte anzudrehen. Dann inspizierte sie den Kühlschrank. Eier, ein halbleerer Milchkarton, ein wenig Schinken, Käse. Das Brot lag in einer Brottrommel auf der Anrichte. Dorte bereitete eine kleine Mahlzeit zu und stellte das Tablett auf den Beistelltisch vor dem Sofa. Der Tee hatte gezogen, als Lara in einem orangefarbenen Morgenrock und mit nassen Haaren zum Vorschein kam.

»Das hast du aber gut gemacht! Tausend Dank!« Lara rollte sich auf dem Sofa zusammen. Es war so, als hätte es alle Unannehmlichkeiten dieses Tages nie gegeben und als wohnte Dorte schon immer hier. Obwohl sie noch immer nicht wusste, wo sie schlafen sollte. Aber es würde wohl auf das Sofa hinauslaufen.

Es gab hier nur ein Bett. Hier wurden keine Kunden empfangen, wenn es nicht unbedingt sein musste. Jedenfalls tat

Lara das nicht! Diese Gewissheit ließ das Licht klarer werden und Dortes Atem gleichmäßiger gehen. Zum ersten Mal seit Monaten nahm sie wahr, dass der Tee duftete und das Essen einen Geschmack hatte. Sie wollte diese Ruhe nicht mit der Frage stören, ob die Polizei möglicherweise auch hierherkommen würde.

»Lara! Diese Wohnung ist das Schönste, was ich je gesehen habe. Und sie ist ganz *du!*«

»Hör doch auf«, sagte Lara, aber es war deutlich, dass sie das gern hörte.

In diesem Moment klingelte in der Diele ihr Telefon. Lara sprang auf, und ihr Gesicht erstarrte. Dorte hörte sie mit sachlicher, heiterer Stimme reden.

»Das war der alte Mann. Ich habe gesagt, dass du krank bist. Dass du eine Weile lang nicht arbeiten wirst«, sagte sie, als sie wieder hereinkam.

»Okay!« Dorte versuchte nicht zu zeigen, dass sie schon lange keine so gute Nachricht mehr gehört hatte.

»Ich muss mir eine neue SIM-Karte für das Telefon besorgen«, murmelte Lara.

»SIM-Karte?«

»Hast du keine Ahnung von Mobiltelefonen?«

»Nein«, gab Dorte zu.

Das Sofa knackte, als Lara sich setzte und die Füße anzog.

»Ich bin da auch nicht gerade die Spezialistin. Aber man muss so eine Karte haben, damit das Telefon funktioniert. Darauf wird alles gespeichert, Telefonnummern und so.«

Auf dem Balkongeländer stolzierte ein schwarzer Vogel. Auf einem kleinen Eisentisch stand ein Krug mit verwelkten Blumen aus einem lange vergangenen Sommer.

»Ich weiß nicht, was ich machen soll. Wir können nur abwarten, dass Tom anruft«, murmelte Lara und hob die Teetasse mit beiden Händen. Sie hatte zwei große Ringe, einen aus Gold mit einem rubinroten Stein und einen aus Silber mit einem schwarzen Stein. Ihre Nägel waren wie immer rot, aber der am rechten Zeigefinger war beim Umzug offenbar abgebrochen. Sie schob ihn zwischen den einzelnen Schlucken in den Mund, als ob sie seinen Anblick nicht ertragen könnte.

»Wir dürfen den Mut nicht verlieren«, murmelte Dorte ernst.

Lara sah sie überrascht an. Dann fing sie an zu lachen. Laut, mit einem Hauch von alter Verzweiflung.

»Ich wusste ja, dass ich auf dich zählen kann! Das habe ich die ganze Zeit gewusst! Sonst hätte ich mir die ganze Mühe mit dir nicht gegeben. Ich kann intelligente Mädchen schon aus weiter Ferne riechen, das kann ich dir sagen. Nein, wir werden den Mut nicht verlieren.«

»Ich werde dir keine Mühe machen«, sagte Dorte. »Ich kann die Hausarbeit und so was übernehmen. Ich kann in dem Zimmer sein, in dem du nicht bist, wenn du lieber allein sein möchtest.«

Laras Gesicht zog sich zusammen, und sie schien kurz davor zu weinen. Aber natürlich weinte sie dann doch nicht.

»Quatsch! Ich bin ja froh darüber, dass du hier bist! Ich habe mich in dieser Stadt immer allein gefühlt. Immer, wenn ich Leute kennenlerne, die ich mag, dann kommt etwas dazwischen …«

»Was denn?«

»Dass ich ein Leben führe, über das ich nicht sprechen kann. Ich weiß nicht, ob du dir eingeredet hast, dass alles in Ordnung kommt, wenn du erst die Sprache kannst? Wenn das der Fall war … okay. Es stimmt eben nicht. Na ja, Scheiße! Sprache hilft. Du kommst dir dann nicht mehr dumm vor, und du kannst mit den Menschen, die dir begegnen, über normale Dinge sprechen. Aber dein Herz …«, sagte sie und beugte sich über ihre auf die Brust gepresste Faust, »deine Gedanken, deine

Sorgen, die kannst du mit niemandem teilen. Und auf diese Weise bleiben alle anderen in einer anderen Welt.«

Sie holte Luft und verstummte. Starrte auf etwas Unsichtbares, ehe sie weitersprach: »Eigentlich muss ich immer aufpassen. Manchmal, verstehst du, Dorte, manchmal bin ich so müde, dass ich denke, dass es mir in Moskau auf der Straße vielleicht bessergehen würde. Da könnte ich wenigstens ich selbst sein.«

»Das meinst du doch nicht im Ernst?«, flüsterte Dorte.

»Nein! Das ist natürlich Unsinn! Sentimentales Gewäsch. Als ob ich jemals freiwillig zu Kälte und Dreck zurückkehren würde oder in die glühendheiße Hölle auf dem Moskauer Asphalt? Ich hasse diese Stadt!«

»Glaubst du, es gibt Leute, die über alles sprechen können? Ich meine …. über das, worüber sie sich schämen?«

»Vielleicht nicht« antwortete Lara nachdenklich. »Aber nicht alle haben etwas, wofür sie sich schämen müssen, weißt du.«

Dorte entdeckte etwas zwischen den Sofakissen. Eine geknackte Walnuss. Sie sah aus wie die erstarrte Gehirnmasse eines Tieres.

»Nein, jetzt haben wir getan, was wir konnten. Bis auf weiteres. Jetzt sprechen wir über etwas Angenehmes, etwas Gutes«, erklärte Lara und leerte ihre Teetasse. »Ich hole die Matratze aus dem Kabuff. Ich habe auch eine extra Bettdecke. Und weißt du was? Morgen können wir zu IKEA fahren und ein Gästebett kaufen. Ich habe eins in einem Katalog gesehen … wo zum Henker hab ich nur den Katalog gelassen? Das ist gar nicht so teuer. Natürlich musst du ein wenig sparen, wenn du nicht arbeitest. Aber bankrott sind wir doch noch nicht.«

»IKEA?«

»Da kriegt man alles Mögliche. Das ist super! Du wirst begeistert sein.« Sie rannte ins Schlafzimmer und öffnete eine Schranktür unter der schrägen Decke. Nur ihr runder Hintern ragte auf wie eine riesige Frotteeapfelsine in dem orangefarbenen Morgenrock. Dann war ein langes Geräusch zu hören, und eine Matratze mit gestreiftem Baumwollbezug wurde herausgezogen und bedeckte bald den ganzen Boden.

»Nein, das wird zu unordentlich. Ich schlafe auf dem Sofa«, sagte Dorte von der Tür her.

»Kommt nicht in Frage! Das Wohnzimmer ist für die, die nicht schlafen kann oder die einen Ort für sich braucht. Schau her! Wir verrücken die Möbel ein wenig, dann haben wir Platz hier an der Wand«, keuchte Lara zufrieden.

Nach einer Weile war alles so, wie Lara es wollte, und das Schlafzimmer sah aus, als hätten dort immer schon zwei Betten stehen sollen. Die Kommode diente als Trennung zwischen Eisenbett und Matratze.

»Weißt du was? Wir kaufen bei IKEA ein schönes Plakat und kleben es auf die Rückseite der Kommode. Dann hast du etwas, das du ansehen kannst, wenn du die Augen aufschlägst.«

30

Das Telefon klingelte. Lara fluchte in der Dunkelheit und wühlte ein wenig, bis sie es gefunden hatte. Dann waren kurze Sätze zu hören. Und danach für eine Weile nur Laras nervöser Atem.

»Wo ist er jetzt? … Hat sie mitgenommen … aber Herrgott! Was passiert jetzt? Wegfahren? Warum denn?«

Lara war außer sich, sie machte Licht und schwang die Beine aus dem Bett, während sie redete, dann ging sie ins Wohnzimmer und setzte das Gespräch dort fort. Als sie endlich wieder hereinkam, blieb sie in ihrem weißen Spitzennachthemd mitten im Zimmer stehen. Sie hatte beide Arme um den Leib geschlungen und starrte durch Dorte und die Matratze auf dem Boden hindurch.

»Sie sind bei den Mädchen aufgetaucht, als Andrej gerade weg war. Zum Glück hat er Lunte gerochen, als er draußen die Streifenwagen sah. Er ist nicht hineingegangen, hat sich unter die Leute auf der Straße gemischt und gesehen, wie sie die Mädchen abgeführt haben. Jetzt verlässt er das Land. Tom haben sie auf dem Flugplatz verhaftet. Dieser Trottel! Ich hab noch gesagt, er sollte nordwärts und dann durch Finnland fahren. Jetzt wird er sicher eingebuchtet«, sagte Lara, taumelte wieder ins Wohnzimmer und ließ sich aufs Sofa fallen.

Dorte stand auf und lief hinterher, und dabei stellte sie sich vor, wie Toms Gesicht wohl ausgesehen hatte, als er festgenommen worden war. Vermutlich war er ganz ruhig gewesen. Wie auf der Reise. Freundlich. Und dann würden sie einsehen, dass er nichts verbrochen hatte, und ihn laufenlassen.

»Ich muss ihre Nummern in meinem Telefon löschen«, sagte Lara und machte sich sofort an die Arbeit. »Alle Nummern löschen …«, flüsterte sie, als stehe die Polizei schon vor der Tür. Ihre Finger trafen wie weiche Trommelstöcke auf die Tasten auf.

»Deine Nummern?«

»Die Kunden. Und die anderen …«

»Du hast doch gesagt, ihr hättet verabredet, das Telefon wegzuwerfen oder eine neue Karte zu besorgen«, flüsterte Dorte.

»Ja! Morgen, jetzt noch nicht. Ich kann ohne Telefon nicht zurechtkommen.«

Ein Bagger oder so etwas war in der Ferne zu hören. Und das unregelmäßige Dröhnen von Automotoren. Sie schienen hierher unterwegs zu sein. Als wüssten sie, wo sie Lara holen könnten. Und Dorte. Unterdessen klickte die Telefontastatur leise, oder der Bleistift kratzte über Laras Notizblock. Sie notierte sich sicher die Nummern, weil sie sie nicht auswendig wusste.

»Den Block können sie auch finden!«

»Sei still! Mach mich nicht nervös. Ich fresse den, wenn es sein muss.«

Dorte wagte nicht, sie weiter zu stören. Aber auf irgendeine Weise war es etwas ganz Besonderes danebenzusitzen, während Lara für Ordnung sorgte. Denn natürlich würde sie für Ordnung sorgen. Das machte sie doch immer.

Aber Tom? In einer Gefängniszelle? Wie mochte es dort sein? Vielleicht schlief er auf einer Matratze genau wie sie. Tom hatte sicher keine große Erfahrung damit, auf Matratzen zu schlafen. Sie stellte sich seinen zusammengekrümmten mageren Körper unter einer Filzdecke vor. Wie sahen die Decken in norwegischen Gefängnissen wohl aus? Nicht, dass sie etwas über die Decken in Litauen gewusst hätte, aber die norwegischen waren ganz bestimmt besser. Er konnte sicher nicht schlafen, sondern lag da und starrte in die Dunkelheit hinaus.

Als Lara mit ihren Telefonnummern fertig war, blieb sie untätig sitzen. Ihre Augen schienen nicht zu ihrem Kopf zu gehören. Nach einer Weile fing sie an zu reden, eher mit sich selbst als mit Dorte.

»Sie können nicht wissen, wo ich bin … nein, sie können wirklich nicht wissen, wo ich bin! Sie ahnen ja nicht mal, dass sie nach *mir* suchen müssen. Aber wenn die Mädchen … nein, die haben meine Telefonnummer nicht.«

»Haben die Mädchen Telefon?«

»Pst! Nein! Aber sie können mich beschreiben … wie ich aussehe. Und wenn sie Andrej erwischen? Und er auspackt?«, keuchte Lara.

»Was ist denn so gefährlich? Was darf er nicht sagen?«

»Nerv mich nicht mit diesem Arsch!«, fauchte Lara.

»Aber … was weiß Andrej?«, flüsterte Dorte trotzdem und setzte sich vorsichtig in den alten Sessel.

»Ja, was weiß er? Lass mich nachdenken …«

»Weiß er, wo du wohnst?«

»Nein. Er weiß nicht, wo ich wohne. Aber Tom weiß das. Jedenfalls so ungefähr.«

»Wird Tom der Polizei etwas sagen?«

»Vielleicht … wenn er es noch immer für meine Schuld hält, dass alles herausgekommen ist. Man kann nie wissen, welche Freunde man hat, wenn sie bei der Polizei in der Vernehmung sitzen.«

»Und was können sie dir vorwerfen?« Dortes Stimme war jetzt fast nicht zu hören.

Das Geräusch, das Lara ausstieß, klang wie ein Stein in einem alten Zinkeimer. Sicher weinte sie nur selten. Es klang eher wie Zorn.

»Ich habe Tom drei Jahre lang geholfen. Habe mich um die Mädchen gekümmert, habe mit den Kunden verhandelt, habe das Geld angenommen und es aufbewahrt, wenn Tom verreist war. Er hat sich immer auf mich verlassen können. Ich glaube nicht, dass er ohne mich zurechtgekommen wäre. Aber ich bin nicht so sicher, ob er Verstand genug hat, das alles zu schätzen zu wissen – jetzt, wo sie ihn festgenommen haben.«

»Ist das denn verboten … das, was du getan hast?«

»Verboten? Woher in aller Welt soll ich das denn wissen? Ich bin Russin!«

»Aber das kannst du doch sagen, wenn sie dich finden.«

»Dorte! Kannst du den Mund halten, oder muss ich dir die Zähne einschlagen?«

Dorte sprang auf und ging aufs Klo. Im Bad überlegte sie, was es bedeuten mochte, dass Lara solche Angst hatte. Dafür brauchte sie ihre Zeit, aber trotzdem saß Lara untätig da und starrte in die Luft, als Dorte zurückkam.

»Und die Mädchen?« Dorte konnte das Fragen nicht lassen.

»Die haben keine Papiere, also werden sie nach Hause geschickt. Aber vorher versucht die Polizei bestimmt, sie dazu zu bringen, dass sie alle verpfeifen. Und zwingt sie vielleicht zur Aussage. Tom haben sie schon, aber sie wissen ja nicht, wie viele hinter ihm stehen. Oder über ihm. Wer zum Teufel hat Tom verpfiffen? Das muss Sascha gewesen sein! Diese miese Kuh!«

»An wen denn?«

»Einen Kunden. Ich war schon eine Weile unsicher, was den angeht. Habe gehört, dass er russisch gesprochen hat, als er bei ihr war …«

»Gibt es noch andere … über Tom?«

»Was du alles fragst!«, rief Lara genervt, sprang auf und marschierte ins Schlafzimmer, um ihren Morgenrock zu holen, kam zurück und stellte sich breitbeinig vor das Fenster. »Ich kann doch auch nicht alles wissen!«

Dorte sah ein, dass es im Moment besser war zu schweigen. Doch dann drehte Lara sich um und schaute ihr in die Augen. Mit erhobenem Zeigefinger dachte sie laut nach. Sie schien aus einem Buch vorzulesen.

»Natürlich gibt es noch jemanden über ihm. Ganz bestimmt. Und es gibt noch mehr wie Andrej, Stig … und mich. Er hat viel Geld verdient. Vielleicht auch in anderen Städten … Auf den Gedanken bin ich schon früher gekommen, aber irgendwie war das nicht meine Sache. Vielleicht hat er hier in der Stadt noch mehr Mädchen als die sechs, von denen ich weiß? Aber ich begreife nicht, dass irgendwer es wagen kann, ausgerechnet Tom hochgehen zu lassen. Wenn es Sascha war, dann holen sie sie, wenn sie nach Hause geschickt worden ist. Und ihre Familie ist dann keine saure Wurst mehr wert!«

»Ihre Familie? Wissen Stig und Andrej von mir?«

»Nur, dass du aus Litauen kommst. Ich glaube nicht, dass Tom sehr viel erzählt hat. Er hat nicht vielen Privilegien eingeräumt. Ich glaube, du – und ich – waren die Einzigen. Herrgott! Warum erzähle ich dir eigentlich alles?«

»Weil du dich allein fühlst, und weil du weißt, dass du dich auf mich verlassen kannst«, sagte Dorte mit der Stimme ihres Vaters.

Lara gab keine Antwort, sie sah sich nur mit wildem Blick im Zimmer um. Griff nach dem Telefon und starrte es voller Hass und Abscheu an. Hob es an ihr Gesicht und redete darauf ein.

»Ruhig jetzt. Ruhig! Ja nichts überstürzen, zum Beispiel das Telefon wegwerfen. Erst wenn du weißt, dass Andrej das Land verlassen hat. Wenn sie ihn fassen, dann wird er lecken wie ein Sieb. Ich trau mich erst aus dem Haus, wenn ich weiß, dass er außer Landes ist.«

»Ich kann einkaufen und so«, schlug Dorte vor. Das war der einzige Trost, der ihr einfiel, aber Lara gab keine Antwort.

Es wurde heller. Sie hätte ins Schlafzimmer gehen können, um auf die Uhr zu sehen, oder Lara fragen, aber sie tat beides nicht. Ein grauweißer Streifen kletterte unmerklich über das Geländer und legte sich über die Blumenleichen.

»Na gut! Ich habe es mir überlegt!«, erklärte Lara. »Ich muss für eine Weile verschwinden.«

»Wohin denn?«

»Das wirst du nicht erfahren.«

»Aber Lara! Was soll ich denn machen?«

»Du bleibst einfach hier und lässt dir nichts anmerken. Du wohnst hier. Schließlich weiß außer mir niemand, dass du hier bist, nicht wahr?«

Dorte saß in dem alten Sessel und sah zu, wie Lara für eine Reise packte, die sicher lange dauern würde. Als alles bereit war und Lara mehrmals telefoniert hatte, legte sie fünfhundert Kronen auf den Tisch.

»Wenn die Rechnungen kommen, dann gehst du aufs Postamt und bezahlst die Rechnungen für Strom und Wohnung«, sagte sie, ohne zu verraten, ob fünfhundert Kronen dafür ausreichen würden. Dorte sagte sich, dass es auch nichts bringen würde, sie jetzt mit Fragen zu behelligen. Sie hatte ja das Geld, das Tom ihr zu Weihnachten geschenkt hatte. Das sie der Mutter hatte schicken wollen.

»Es gibt nur zwei Schlüsselbunde, das eine habe ich, das andere hast du. Du kannst dich sicher fühlen, solange niemand hier einbricht. Tom hofft bestimmt, dass du hier bist, wenn sie ihn rauslassen. Er hat eine Schwäche für dich, weißt du.« Sie drückte Dorte an sich und küsste sie mehrere Male auf beide Wangen. »Kauf dir kein Handy. Die Polizei ist ganz wild darauf, Handys ausfindig zu machen, habe ich gehört. Versuch nicht, mich zu erreichen. Ich schreib dir lieber einen Brief. Du kannst also die Briefe öffnen, die im Briefkasten landen. Ansonsten: nirgendwo Spuren hinterlassen. Niemals Nummer, Adresse, Namen. Wenn du Leuten begegnest, dann leg dir einen Namen zu. Nenn dich Anna. Das ist kurz und leicht zu merken. Schmink dich ein wenig mehr. Wups! Schon bist du eine andere. Okay? Nimm nie unter fünfzehnhundert Kronen. Du findest in dieser Stadt nicht viele Männer auf der Straße, und die, die da rumlaufen, sind nicht immer alle sauber, aber geh in die Apotheke und kauf dir Kondome. Einige liegen in der Schublade im Badezimmer. Sieh dir an, wie sie angezogen sind, ehe du mit ihnen gehst. Geh nie an Orte, die dir unheimlich vorkommen. Dann lauf einfach weg. Oft sind sie nicht so schnell, wenn sie auf der Piste gewesen sind. Geh nicht mehrere Male hintereinander in dasselbe Lokal. Mach einen Bogen um Streifenwagen und Wachleute. Aber – geh am frühen Abend in die Hotels oder Bars. Zieh dich ordentlich an. Das Geld zuerst, nicht vergessen! Sorg dafür, *dass du nicht wie eine Nutte aussiehst.* Die Kunden, die sich ein Hotel leisten können, sind oft reinlich und können bezahlen. Das Personal darf keinen Verdacht schöpfen. Kleb dich nicht an die Leute. Das ist gefährlich. Versuch es mit Blickkontakt. Setz dich hinter eine Zeitung oder lies ein norwegisches Buch, während du Tee trinkst. Niemals Alkohol. Und nimm keinen Menschen mit in diese Wohnung. Hörst du? Niemals! Okay?«

»Okay«, sagte Dorte mit dem Optimismus einer Katze, die an ihrem Nackenfell hochgehoben wurde.

Sie sah von oben aus zu, wie Lara in ein Taxi stieg. Ihre Augen tränten, als ob sie stundenlang Zwiebeln gehackt hätte. Als der Wagen anfuhr, schloss sie die Balkontür und wanderte durch die Zimmer. Wie eine Schnecke, die wissen wollte, wann es regnen würde. Sie nahm Dinge in die Hand, stellte sie wieder ab. Legte die Hand auf die Anrichte, öffnete die Brottrommel, schloss sie wieder, trat in die Diele. Blieb stehen und sah sich das Wasser an, das über Schneewittchen rieselte. Es war die ganze Zeit gerieselt. Sie hatte sich so daran gewöhnt oder war dermaßen außer sich gewesen, dass sie es nicht bemerkt hatte, obwohl das Plätschern immer vorhanden gewesen war.

Nach einer Weile überkam sie das Bedürfnis nach mehr Bewegung. Danach, etwas auszurichten. Nach einer Veränderung. Sie schaute sich um. Das Erste, woran sie sich rächte, war die Matratze. Es gelang ihr, sie zurück ins Kabuff zu bugsieren. Dann nahm sie ihre Habseligkeiten aus dem Koffer, legte die wenigen Toilettengegenstände zusammen mit dem Frotteemantel ins Badezimmer. Dazu die Schachtel mit den Schlaftabletten. Der Sprachkurs landete im Wohnzimmerregal, der Discman auf dem Nachttisch. Das Buch über Anna Karenina ließ sie im Koffer liegen. Dann machte sie das Eisenbett für sich zurecht und setzte den grauen Elefanten auf das Kopfkissen.

Am Ende legte sie sich ins Bett, obwohl erst Nachmittag war. Wenn sie viel schlief, würde die Zeit schneller vergehen, bis Lara wieder da wäre. Aber obwohl sie das Gefühl hatte, tagelang auf den Beinen gewesen zu sein, wollte der Schlaf sich nicht einstellen. Sie stand auf, um eine Schlaftablette zu nehmen, vergaß es aber, weil sie sich davon überzeugen musste, dass die Tür wirklich abgeschlossen und die Sicherheitskette vorgelegt war. Das war der Fall. Plötzlich war sie unendlich hungrig und durstig. Und nach zwei Broten mit Leberwurst und Gurke und dem Rest von Laras Milch hatte sie gewaltige Lust, jemanden Norwegisch sprechen zu hören.

Sie schaltete den Fernseher ein und setzte sich in den guten Sessel. Es gab einen Film über ein Mädchen, das aus irgendeinem Grund unglücklich war. Der Film lief sicher schon eine Weile, denn Dorte kam nicht dahinter, was dem Mädchen die Stimmung verdorben hatte. Die Leute sprachen Englisch, und es gab norwegische Untertitel. Wenn Lara da gewesen wäre, hätte sie sicher etwas gesagt wie: »Manche Mädchen sind eben nur glücklich, wenn sie unglücklich sein können.« Als Dorte begriff, dass niemand dem Mädchen im Film zu Hilfe kommen würde, fing sie an zu weinen.

31

ZUERST TRAUTE SIE SICH NICHT aus dem Haus. Sie lauschte auf verdächtige Geräusche im Treppenhaus und auf dem Hof. Vor allem nachts. Ab und zu schaute sie sich Laras Illustrierte und Bücher an. Aber die Sätze waren verschwunden, sowie sie sie gelesen hatte. An den ersten Abenden sah sie fern, konnte sich aber nichts merken.

Von der offenen Balkontür aus konnte sie die Menschen sehen, die auf die Haustür zugingen. Eine junge Frau hatte immer ein kleines Kind in einer Karre bei sich. Dorte wusste nicht, wie sie es schaffte, ganz allein Kind und Karre die Treppe hochzutragen, oder in welchem Stock sie wohnte. Sie war immer allein mit dem Kind. Ein alter Mann mit Stock und gesenktem

Kopf ging jeden Morgen und Abend zu festen Zeiten aus. Von oben aus wirkte er fast eingeschrumpft, als sitze der Kopf auf einem Mantel, der ganz von selbst dahintrieb. Dann gab es noch einen stets eilenden älteren Mann mit Windjacke. Auch er ging um kurz vor neun los.

Eines Morgens ging ihr auf, dass sie die Tage durcheinanderwarf. Die Schachtel mit den Schlaftabletten war fast leer, bald würden keine mehr da sein. Die Schnitte aus Toms Wohnung waren verheilt und zeichneten nur noch ein Streifenmuster auf ihren Unterarm. Lara hatte recht. Sie musste einfach »schneller als der Teufel« Norwegisch lernen, wenn sie sich Hoffnung auf Arbeit machen wollte. Aber um lernen zu können, musste sie essen. Und nach vielen Tagen ohne Milch hatte sie auch kein Knäckebrot mehr.

Sie zog sich an, bürstete sich die Haare und verteilte Toms und Laras Geld in den Hosentaschen. Es war sicherer, es bei sich zu haben, für den Fall, dass etwas passierte und sie nicht in die Wohnung zurückkehren könnte. Dann nahm sie die Plastiktasche und zwang sich die Treppe hinunter. Die Sonne schien, und der Schnee war fast verschwunden. Ihre Füße wollten ihr Gewicht kaum tragen, sie musste eher schweben, wie Astronauten in der Schwerelosigkeit. Vor ihren Augen flimmerte es, und das Licht war blendend weiß.

Da sie Lara nicht gefragt hatte, wo sie Essen einkaufen könnte, wanderte sie eine Weile in der Gegend umher, bis sie einen Laden fand. Der war klein und lag im Erdgeschoss eines riesigen Hauses. Draußen stand ein Gestell mit Zeitungen. Das Datum darauf war der 5. April. Sie blieb stehen und blätterte ein wenig. Fand aber nichts über Tom.

Der Mann hinter dem Tresen hatte ein natürlich braunes Gesicht und dunkle Augen. Er sprach nicht mit ihr, obwohl sie die einzige Kundin war, und zuerst traute sie sich nicht, etwas zu sagen. Sein Gesicht ließ vermuten, dass er auch nicht besonders gut Norwegisch sprach. Trotzdem arbeitete er in einem Laden. Vielleicht gehörte der ihm?

Sie nahm einen der grauen Plastikkörbe, die neben der Tür aufgestapelt waren, und holte sich Milch, Brot, Käse, Leberwurst, Gurken, sechs Eier und eine Dolde Bananen. Als sie mühsam einen Fünfhunderter zum Bezahlen hervorzog, zwang sie sich, ihm in die Augen zu schauen.

»Dir gehören Laden?«, fragte sie.

Zuerst sah er sie überrascht an, als habe er noch nie einen Menschen sprechen hören. Dann nickte er und verzog den Mund ein wenig. Es sollte sicher ein Lächeln sein.

Nun sagte sie den Satz, den sie so lange geübt hatte.

»Kann ich hier Arbeit bekommen?«

Er musterte sie von Kopf bis Fuß und schüttelte den Kopf.

»Putzen?«

Wieder schüttelte er den Kopf und sah fast verzweifelt aus. Dann zählte er das Wechselgeld ab, drehte sich um und fing an, die Waren in einem Regal umzuräumen.

»Ich bin tüchtig«, behauptete sie, zählte das Geld nach und hoffte, erwachsen auszusehen.

Er drehte sich um und sah sie an, während er sich mit der Hand über den kahlen Schädel fuhr. Seine Haare lagen in einem lockigen Kranz um seine Ohren. Die Augen glänzten dunkel in dem runden Gesicht. Er sah auf kindliche Weise alt aus. Lieb.

»Ich mache alles selbst. Hilfe ist zu Hause. Du musst es woanders versuchen«, sagte er und legte ihre Einkäufe in eine Plastiktüte.

»Wo?«

Er zuckte mit den Schultern und winkte mit seiner dunklen Hand, um klarzustellen, dass das Gespräch beendet war. Aber als sie aus dem Laden kam, sah sie, dass er am Fenster stand und ihr nachsah. Das machte ihr keine Angst. Im Gegenteil, es gab ihr den Mut, ein wenig weiterzugehen und nach anderen kleinen Läden oder Cafés zu suchen. Aber sie fand keine. Beim nächsten Mal würde sie den Stadtplan mitnehmen müssen. Die Leute, die in diesem Viertel wohnten, gingen offenbar woanders in Läden und Cafés.

Sie ging auf demselben Weg zurück, und als sie am Laden des braunen Mannes vorbeikam, hob sie die Hand. Aber er war nur ein vager Schatten und sah sie nicht.

»Du musst etwas tun, mein Mädchen«, sagte der Vater bestimmt und sah Laras Rechnung an, die auf dem Tisch lag. »Wenn man nicht bezahlt, dann hat man sie am Hals. Und wenn du daran denkst, kannst du nachts nicht schlafen.«

Sie saß zurückgelehnt in Laras Sessel und hatte einen Fuß auf dem Hocker liegen. Aber er schien sich nicht zu Hause zu fühlen. Dorte schluckte ihre Enttäuschung darüber hinunter, dass er keine besseren Lösungen hatte.

»Ich kann auf dem Stadtplan kein Posthorn finden«, sagte sie jämmerlich und erwähnte nicht, dass die Zahlen in gelben Kreisen die Lage der Hotels anzeigten.

»Es gibt hier sicher viele Postämter. Du bist ein mutiges Mädchen. Also mach dich einfach auf die Suche!«

»Ich weiß nicht, wie lange ich noch auf Lara warten muss, vielleicht brauche ich Geld für das Essen.«

»Hast du dir wirklich genug Mühe gegeben, um Arbeit zu finden?«

»Ich war in zwei Cafés und in einem Laden. Die wollten mich nicht. In dem einen Café haben sie nach meinem Pass gefragt«, klagte sie.

Sie konnte ihm ansehen, dass er mit ihr unzufrieden war, auch wenn er schwieg. Eines seiner Augenlider hing weiter nach unten als das andere, während er sie musterte. Als warte er darauf, dass sie selbst eine Lösung fand.

»Sie glauben sicher, ich kann nichts … oder sie finden, ich spreche nicht gut genug Norwegisch.«

»Und willst du, dass sie recht behalten?«

»Nein … aber …«

»Dann musst du etwas unternehmen! Fang mit der Rechnung an! Denk nicht an alle Probleme auf einmal. Konzentrier dich darauf, dass du das Geld für die Rechnung hast, dann brauchst du nur noch ein Postamt zu finden.«

»Aber wenn sie die Polizei anrufen, weil ich keinen Pass habe?«

»Nicht, wenn du nur eine Rechnung bezahlen willst. Aber das Risiko musst du eben eingehen«, sagte er und erhob sich.

Sie steckte den Stadtplan in die Tasche. Rechnete sich aus, dass sie noch dreihundertfünfundzwanzig Kronen haben würde, um Essen zu kaufen, wenn die Rechnung bezahlt wäre.

Endlich fand sie ein Gebäude mit einem Posthorn und ging hinein. Sie versuchte festzustellen, ob sie seltsam angeschaut wurde oder ob die anderen wachsame Blicke wechselten. Aber alle waren mit ihren eigenen Angelegenheiten beschäftigt. Die Frau hinter ihr war ungeduldig und seufzte laut. Die beiden vor ihr plapperten ununterbrochen, bis sie an die Reihe kamen. Als Dorte dran war, hatte sie die eingeübten norwegischen Wörter vergessen. Sofort war sie am ganzen Körper schweißnass. Und auch im Gesicht. Aber die Frau hinter dem Schalter nahm einfach die Überweisung und Toms Geld, stempelte und reichte Dorte das Wechselgeld, ohne sie auch nur anzusehen.

Als sie wieder auf die Straße kam, war sie so erleichtert, dass sie sich verirrte. Plötzlich stand sie in einer Straße, in der sie nichts wiedererkannte. Als sie vor einem Haus stehen blieb, um den Stadtplan hervorzuziehen, glitt ein Streifenwagen an den Kantstein. Dorte erstarrte wie eine von einem Scheinwerfer erfasste Fledermaus. Als die Sirene eingeschaltet wurde, spürte sie schon den Griff um den Arm und wartete darauf, ins Auto gezogen zu werden. Aber der Wagen fuhr nur in wildem Tempo ohne sie davon.

Das Hotel war groß und lag am Fluss. Die Bar war in einem Zwischengeschoss an der breiten Treppe untergebracht. Drei einsame Männer saßen jeweils an einem Tisch. »Vergiss nicht, dass du die Prinzessin bist. Die da – das sind nur armselige Zwerge«, waren Laras Abschiedsworte gewesen.

Und genau wie Lara das getan hätte, setzte sie sich an den Nachbartisch des bestangezogenen Mannes. Schlug eine norwegische Zeitung auf und gab vor zu lesen. Zuerst bemerkte er sie nicht. Er war mit seinem Telefon beschäftigt. Alle Leute hier waren mit ihren Telefonen beschäftigt. Als er aufschaute, versuchte sie zu lächeln, so, wie es Lara sicher gefallen hätte.

Zuerst sah er ein wenig überrascht aus und schien sich zu fragen, ob er sie kennen müsste, dann erwiderte er das Lächeln ein wenig unsicher. Sie streckte die Beine aus und merkte, dass ihr Gesicht schweißnass wurde. Rasch wischte sie Oberlippe und Stirn ab, um nicht unappetitlich zu wirken. Nach einigen weiteren Blicken beugte er sich zu ihr vor und sagte etwas, das sie nicht verstand.

»Ich kann nicht viel Norwegisch«, flüsterte sie.

Als er wieder etwas sagte, hoffte sie einfach, er habe gefragt, ob sie an einem so schönen Abend ganz allein sei.

»Ja«, sagte sie, und ihr fiel nichts Besseres ein, als noch einmal zu lächeln.

Er sagte rasch und hektisch etwas, und weil Lara ihr ein wenig darüber erzählt hatte, wie so etwas ablief, nahm sie an, er wolle sie zu einem Getränk einladen.

»Ein Glas Milch, bitte!«, antwortete sie, so freundlich sie konnte.

Er ging zum Tresen und kam mit zwei Gläsern zurück. Das eine enthielt sicher Bier, das andere Orangensaft, keine Milch. Er sah sie fragend an und schien sich an ihren Tisch setzen zu wollen. Sie nickte. Er stellte die Gläser ab und setzte sich.

»Wohnst du im Hotel?«, fragte er, und Dorte war erleichtert, weil sie es verstanden hatte.

»Nein. Auf Freund warten. Nicht gekommen.« Sie schüttelte energisch den Kopf.

Er sagte schrecklich schnell mehrere Sätze. Aber als er merkte, dass sie ihn nicht verstand, lächelte er ein wenig verlegen. Er hatte Sommersprossen im Gesicht und helle Augen. Seine Haut war rötlich und hatte tiefe Furchen. Es war schwer, sein Alter abzuschätzen, aber er war älter als Tom. Als er das Glas hob, tat sie es ihm nach. Auf diese Weise tranken sie gewissermaßen zusammen.

»Du bist keine Norwegerin?«, fragte er.

»Nein. Russisch. Russisch reden. Bisschen Norwegisch.«

»Kein Englisch?«

»Bisschen.«

»Schade, ich spreche nämlich kein Russisch.«

»Du langsam Norwegisch sprechen, ich verstehe«, schlug sie vor.

»Gut. Nett, dich kennenzulernen.«

»Danke. Nett, dich kennenzulernen. Du hier wohnen?«, fragte sie kühn und schaute sich um.

»Ja, in Nummer 300, wenn du mich brauchst«, sagte er lächelnd.

»Ich hinkommen?«

Er schaute rasch auf, vielleicht ein wenig verwirrt, dann schien er einen Entschluss zu fassen, er sah sich eilig um und nickte mehrmals.

»Jetzt?«, fragte er.

»Ja!«

Sie hörte ihn noch eine andere Frage stellen, aber sie verstand ihn nicht. Ich muss sagen, dass es zweitausend Kronen kostet, dachte sie und merkte, dass ihr Gesicht rot angelaufen war. Ich muss es sagen, ehe wir nach oben gehen. Aber das gelang ihr nicht. Er hatte gelbe und braune Schmetterlinge auf seinem Schlips. Sein Hemd war cremefarben. Lara wäre mit seiner Erscheinung zufrieden gewesen. Sein Anzug war dunkel und hatte fast unsichtbare graue Streifen. Dorte verschaffte sich mit Laras Augen einen raschen Überblick, konnte aber seinem Blick nicht standhalten. Am Ende sagte er es.

»Wie viel?«

Sie starrte die Tischplatte an und räusperte sich.

»Zweitausend Kronen.«

»Viel Geld, was?«, flüsterte er und sah sich wachsam um.

»Für Mama«, flüsterte sie und sah ihm in die Augen.

»Und wo ist … Mama?«, hörte sie ihn fragen.

»Weit weg«, antwortete sie vage und dachte an Laras Mahnungen.

»Große Familie?«, fragte er und legte die Hand auf ihre. Seine Hand war warm und ein wenig feucht. Aber nicht abstoßend. Noch nicht.

»Nein. Mutter. Schwester. Die finden keine Arbeit«, hörte sie sich sagen. Sie hatte noch nie ein Gespräch mit ihnen geführt. Irgendwie war das in Ordnung, auch wenn sie in Gedanken wieder Laras Mahnungen hörte. Es war eine solche Erleichterung, verstanden zu werden. Dass er vielleicht glaubte, sie sauge sich das aus den Fingern, um so viel Geld wie möglich zu bekommen, spielte keine Rolle.

»Zimmer 300. In dem roten Flügel. Ich gehe zuerst. Du kommst nach?«, sagte er und sah sie fragend an.

Sie wiederholte, was er gesagt hatte, und er stand auf und ging die Treppe hinunter.

32

Er hatte Jackett und Schlips abgelegt und zog ganz schnell die Tür hinter ihnen zu.

»In so was hab ich keine große Routine«, sagte er.

»Routine?«

»Ja. Es kommt nicht oft vor, dass … ich bezahle«, sagte er rasch und zeigte auf das Geld, das auf dem Tisch lag. Vier fächerförmig arrangierte Fünfhunderter.

Dorte bedankte sich zweimal, ließ das Geld in ihre Tasche gleiten und blieb stehen. Das Zimmer war nicht sehr groß und hatte Fenster in den Ecken. Vor einem Fenster war eine Art schmales Sofa. Der Mann blieb neben einem Schränkchen stehen, auf dem ein Fernseher stand. Er schien Zeit zu brauchen, um sich zu sammeln, aber gleich darauf nahm er Flaschen und Gläser aus dem Schrank und stellte sie auf den Tisch. Dann deutete er mit der Hand auf einen Stuhl. Sie konnte auf den Fluss hinausblicken. Der lag glatt da, wie Silberpapier. Rote und weiße Streifen. Die Häuser am Ufer bewegten sich fast unmerklich auf der Wasseroberfläche. Kopfüber. Ein spitzer Turm, wie eine umgedrehte Eistüte, ragte in den Himmel. Eine graue Brücke und viele Boote spiegelten sich im ruhig dahinströmenden Wasser.

Nikolai hatte Schuhe und Strümpfe ausgezogen und die Hosenbeine hochgekrempelt. Er stand bis zu den Knien im Wasser. Er hatte Mehl im Gesicht und helle Sommersprossen auf der Nase. Die braunen Locken fingen die Sonne ein. Er war lange nicht mehr so deutlich gewesen. Jetzt hob er die Hand und rief ihr etwas zu. Dann ging er ins Wasser und wurde undeutlicher. Und trieb immer weiter hinaus.

Der Mann in dem cremefarbenen Hemd hatte den Schlips mit den Schmetterlingen über den Stuhl gehängt.

»Wein?«

»Nein, danke.«

Er holte eine Wasserflasche und füllte die Gläser. Er selbst trank Bier.

»Bist du schon lange hier? Im Land?« Er setzte sich auf das Bett, und nun stand der kleine Tisch zwischen ihnen. Seine Beine ragten spinnenhaft weit von seinem Körper ab. Ein kleiner Bauch dehnte die Hemdenknöpfe ein wenig.

Sie schüttelte den Kopf.

»Du bist jung? Wie alt?«, fragte er, zog die Schuhe aus und schob sie unter das Bett.

»Achtzehn«, log sie und fragte sich, ob sie das richtig ausgesprochen hatte.

»Achtzehn? Du siehst jünger aus«, sagte er skeptisch.

»Ich weiß«, gab sie zu und musterte ihre Hände.

»Und jetzt willst du mit mir schlafen, und dabei bin ich schon fünfzig«, sagte er, als ob er das nicht ganz glauben könne. Die Haut an seinem Hals war ein wenig gerötet. Die roten Haare lockten sich an den Ohren.

»Ja. Du bezahlen«, sagte sie zu ihrer Entschuldigung und umklammerte die Tasche mit beiden Händen. Das hier war ganz anders, als sie es gewohnt war. Fieberhaft überlegte sie, wie Lara sich an ihrer Stelle verhalten würde.

»Ich duschen?«, fragte sie endlich.

»Wenn du möchtest, aber nicht meinetwegen.«

»Vielleicht … nachher?«

»Ja, natürlich.« Er räusperte sich. Dann war alles still.

»Ich Kleider aus?«, fragte ein jämmerliches Stimmchen.

»Wenn du willst.« Er räusperte sich heftig und schenkte sich den Rest Bier ein.

»Du hast bezahlt«, flüsterte sie.

Er beugte sich zu ihr vor und wollte ihren Blick einfangen. Er ließ sie nicht los. Seine Wimpern waren dicht und feuerrot. Im rechten Auge saß eine geplatzte Ader. Aber das merkte er vielleicht nicht.

»Denk nicht daran … vergiss es«, flüsterte er, als bereue er alles.

»Ich gehen?«, fragte sie.

»Nein!«, sagte er rasch und streckte die langen Beine noch weiter aus, wie um sie daran zu hindern. Seine Arme reichten bis zu ihrer Tischseite. Seine Wangen waren ein bisschen eingefallen. Seine Ohren standen ein wenig ab. Seine Mutter hatte nicht so gut aufgepasst wie ihre – und die Ohren im Winter flach unter die Mütze geschoben. Lara hätte jetzt vielleicht gelächelt. Aber das hier war anders als im *Zimmer*. Der Mann benahm sich so seltsam, wie ein ganz normaler Mensch.

»Nett von dir, mir Gesellschaft zu leisten«, sagte er vorsichtig. »Nett für mich!«, wiederholte er.

»Danke!«, antwortete sie und wollte noch einmal sagen, dass er bezahlt hatte, schluckte es aber hinunter.

»Könntest du dir vorstellen, hier zu schlafen?« Er nickte zum Bett hinüber.

Zuerst war sie nur erleichtert, weil sie den ganzen Satz verstanden hatte, aber dann fiel ihr ein, wie viele Stunden eine Nacht hatte, und sie schüttelte den Kopf.

»Wo wohnst du?«, fragte er.

Sie gab vor, nicht verstanden zu haben, und er wiederholte seine Frage nicht. Stand nur auf und zog sie vom Stuhl. Dann zog er ihr vorsichtig die Jacke aus. Danach den Pullover. Er sah sie dabei immer wieder fragend an und schien nicht recht zu wissen, wie er sich verhalten sollte. Das dauerte seine Zeit. Sie begriff trotzdem, dass er sich entschieden hatte, und bückte sich nach dem Kondom, das sie in der Tasche hatte. Als sie es ihm reichte, schüttelte er den Kopf und wandte sich ab. Sie dachte rasch, es werde sicher auch ohne gutgehen. Er sei sicher nicht ansteckend.

Als sie aus dem Badezimmer kam, nachdem sie sich mit Gleitcreme eingeschmiert hatte, legte sie Strumpfhose, Bluse und Tasche auf den Stuhl, zog ihren Rock aus und legte sich aufs Bett. Er löschte das Licht und fing an, sich auszuziehen. Stand wie ein dunkler Schatten vor dem angelehnten Fenster. Ein seltsamer Salzgeruch wehte herein. Es gab zwei Sorten Vorhänge. Der eine war düster und gelbbraun, der andere weiß und durchsichtig wie ein Brautschleier. Der Mann legte sich mit dem Rücken zu ihr und versuchte offenbar doch, das Kondom anzuziehen. Sie war nicht sicher, ob es ihm gelang. Trotzdem spreizte sie die Oberschenkel, damit er zurechtkäme, wenn er sich umdrehte. Dann würde es schneller gehen. Aber er blieb nur mit ausgestreckten Armen auf dem Rücken liegen. Vielleicht war er wie der alte Mann. Sie griff nach seinem Ding und betastete es. Vorsichtig. Es hatte kein Kondom, und als es wuchs, seufzte er. Freute sich offenbar.

Er roch nach Weichspüler und verbrauchter Luft, und sie schob ihm den Unterleib entgegen, um nett zu ihm zu sein. Er presste den Mund an ihren Hals und schob sich mit einem Wimmern in sie. Machte nicht die üblichen harten Stöße, sondern wiegte sich nur rhythmisch, ganz ruhig. Als wolle er die ganze Nacht weitermachen. Aber plötzlich wurde er eifrig, als fürchte er, sie könne aufstehen und gehen, ehe er fertig war. Nach einigen zitternden Stößen war es vorbei. Er blieb still und schwer auf ihr liegen und schien zu schlafen.

In dem Moment, in dem sie dachte, dass seine bloße Haut zu warm und zu nah sei, rollte er sich herunter. Mit einer verlegenen Bewegung drehte er sich zu ihr, schaltete die Leselampe ein und wollte ihr in die Augen sehen. Verzweifelt fand sie einen Punkt auf seiner Stirn. Die war gerötet, und zwischen den Augenbrauen hingen winzige Schweißtropfen.

Dann legte er sich auf den Rücken und fing an zu reden. Seine Stimme trug nicht immer. Aber sie begriff, dass er froh war – ja, er dankte ihr, als habe sie es umsonst gemacht. Noch einmal wollte sie ihn daran erinnern, dass er bezahlt hatte, denn das schien er vergessen zu haben. Aber stattdessen versuchte sie zu lächeln. Es war ein seltsames Gefühl. So hatte sie noch nie jemanden angelächelt.

Er küsste ihre Brüste und zog sie an sich. Wiegte sie hin und her. Küsste ihre Schultern. Es wurde zu nah, trotzdem entzog sie sich nicht. Er war doch einfach nur froh.

Irgendwann konnte sie aufstehen. Nahm Tasche und Kleider und ging ins Badezimmer. Aus ihr triefte es, aber es war nicht so widerlich wie sonst. Sie hatte an diesem Tag wieder angefangen, die Pillen zu nehmen. Sie nahm ein Handtuch und wusch sich im Schritt. Mit Duschen wollte sie warten, bis sie in Laras Wohnung wäre. Als sie aus dem Badezimmer kam, hatte er Hose und Hemd angezogen.

»Kann ich dich anrufen?«, fragte er und legte den Arm um sie.

Sie schüttelte den Kopf und zog die Jacke an.

»Aber kann ich dich wiedersehen? Dich wiedersehen?«, drängte er.

»Wann?«, fragte sie.

Er ging zum Schreibtisch und schlug einen Terminkalender auf, während er sich mehrmals durch seine zerzausten Haare fuhr.

»Mal sehen … 31. Mai, sechs Uhr, unten in der Bar?« Er blickte sie fast flehend an. Als sie nickte, lächelte er übers ganze Gesicht, bückte sich eifrig und kritzelte Datum und Uhrzeit auf den Telefonblock des Hotels. Sie nahm den Zettel, steckte ihn in die Tasche und verabschiedete sich höflich. Als sie durch den Flur ging, fiel ihr ein, dass sie sich noch niemals von einem Kunden verabschiedet hatte.

33

Es kam vor, dass sie nachts aufwachte und glaubte, jemand breche ein, um sie zu holen. Aber es war immer nur ein Traum oder Lärm auf der Straße. Tagsüber konnte sie sich bisweilen für ein paar Minuten einbilden, alles sei normal. Sie hatte geübt, was sie sagen würde, wenn ihr im Treppenhaus jemand begegnete und wissen wollte, wer sie sei. »Lara in Ferien. Ich, Anna, Wohnung geliehen.« Sie schärfte sich ein, nicht zu große Angst zu haben, um zu vergessen, dieser Person die Hand zu geben. Wenn die noch weiter fragen sollte, könnte sie lächeln und vorgeben, nichts zu verstehen. Vor allem durfte sie nicht abweisend wirken oder den Eindruck erwecken, sie habe etwas zu verbergen.

Als das Wetter wärmer wurde, sehnte sie sich danach, sich auf den Balkon zu setzen, aber sie traute sich nicht weiter als bis zur Türöffnung. Sie hatte sich davon überzeugt, dass sie von unten nicht gesehen werden konnte, wenn sie sich nicht ans Geländer setzte. Die verwelkten Blumen aus dem letzten Sommer hatte sie weggeworfen. Die Müllsäcke, die sie aus Toms Wohnung mitgebracht hatten, hatte sie durchgesehen. Alles aus dem *Zimmer,* mit Ausnahme der Gleitcreme, hatte sie weggeworfen.

Oft war es grau, aber an guten Tagen flutete die Sonne über die Hausdächer durch die Balkontür herein. Sie konnte in der Öffnung sitzen und sich vorstellen, dass es dieselbe Sonne war wie zu Hause. Ein grüner Schleier legte sich über die Bäume, und überall ließen die kleinen Vögel ihr Zwitschern hören. Sie fingen früh am Morgen an und verstummten erst, wenn der Abend alles in lila Seidenpapier gewickelt hatte.

Wenn sie nicht fernsah oder mit Hilfe des alten Kassettenrecorders norwegische Wörter und Laute nachahmte, las sie in Laras russischen Büchern und norwegischen Illustrierten. Ab und zu zog sie ihre Zeichensachen hervor, aber dann musste sie immer weinen. *Anna Karenina* lag weiterhin in dem leeren Koffer unter dem Bett. Jedesmal wenn sie Lust hatte, es herauszunehmen, fiel ihr ein, dass Lara gemeint hatte, das Buch bringe Unglück. Dass ihr Vater gesagt hatte, es gehöre zu den Büchern, die jeder zivilisierte Mensch lesen sollte, war nur eine vage Erinnerung. Sie wusste nicht mehr viel von der Handlung. Nur, dass Menschen, die einander liebten, im nächsten Moment voller Hass aufeinander waren. Dass sie reich waren, ohne sich zu freuen, und dass sie sich über Kleinigkeiten Sorgen machten und sich langweilten. Der Vater hatte das Buch ein Meisterwerk über die Natur der Liebe genannt. Aber sie erinnerte sich an das Traurige, und das konnte sie nicht brauchen. Sie brauchte nur den Namen »Anna«, wenn jemand sie fragte.

Nur selten kam es dazu, dass sie nach ihrem Namen fragten. Aber sie machte sich eine Liste der Orte. Zuerst ging sie nur vorbei und warf einen Blick hinein. Oft verging dann ein Tag, ehe sie wagte, so höflich sie konnte zu fragen: »Braucht ihr Hilfe?« Sie variierte sogar die Formulierung. War stolz auf sich, denn sie erinnerte sich an die Sätze, die sie geübt hatte. Oft schüttelten sie nur den Kopf und wandten sich wieder ihrer Arbeit zu. Manche wollten wissen, wer sie war, woher sie kam und was sie bisher gemacht hatte. Oder sie baten um ihre Papiere.

Wenn sie dort gewesen war, strich sie den Ort von ihrer Liste. Als sie zum zehnten Mal ein Nein hörte, weinte sie nicht, als sie hinausging. Sie ging einfach ruhig weiter zum nächsten Ort.

Eines Morgens ging ihr auf, dass diese vielen Demütigungen sie krank gemacht hatten. Sie erbrach sich. Es war lächerlich, sich abzumühen, um Geld für Essen zu besorgen, wenn man sich doch nur erbrach.

Niemand trug jetzt noch Daunenjacken. Die Jacke, die sie zu Hause im Laden für Gebrauchtkleider gekauft hatte, war zu dünn, der Mantel einfach unmöglich. Früher hatte sie nicht weiter darüber nachgedacht, aber hier wirkte er lächerlich. Außerdem fiel er auf. In Laras Kleiderschrank hingen reihenweise Kleider, aber die waren zu groß. Sie probierte eine Jeansjacke, die eben herhalten musste. Die eleganten Strumpfhosen konnte sie ebenfalls verwenden. Sie suchte sich eine aus, die aussah wie schwarze Spitzen – und fand einen gelben Pullover und ein Halstuch in der gleichen Farbe. Vor dem Dielenspiegel sah sie, dass die Jacke hübsch ausgesehen hätte, wenn sie ein wenig kleiner gewesen wäre. Aber es musste reichen, dass sie den Knopf versetzte, auch wenn die Jacke dann ein wenig schief saß.

In dem großen Einkaufszentrum gab es viele Läden und Dinge, die man sich wünschen konnte. Nach und nach wurde sie mutig genug, dass sie Kleidungsstücke anfasste und so tat, als ob sie sie kaufen wollte, genau wie alle anderen. Immer waren dort viele Menschen, vor allem um die Statue eines Elefanten herum. Nicht alle sahen aus, als ob sie etwas kaufen wollten. Sie schienen eher auf jemanden zu warten. Die meisten hatten Leute, mit denen sie reden konnten.

Eines Nachmittags sah sie ein Mädchen, das aussah, als ob sie jemandem gehörte. Ihre Jeans waren so eng, dass es schwierig sein musste, sie rasch abzustreifen, wenn sie einen Kunden hatte. Dorte unterdrückte den Wunsch, mit ihr zu sprechen, aber jetzt musste sie Geld auftreiben.

Eines Abends schminkte sie Augen und Mund und ging zu einem anderen der im Stadtplan verzeichneten Hotels. In der Bar saßen zwei Männer und zwei Frauen zusammen, wie Paare. Sie bestellte ein Glas Orangensaft und gab vor, die auf dem Tisch liegende Zeitung zu lesen. Keine unbegleiteten Männer kamen, und als sie das Gefühl hatte, dass der Barmann sie seltsam ansah, leerte sie ihr Glas so schnell wie möglich.

Während sie vor dem Hotel stand, stieg ein großer Mann aus einem Taxi. Er taumelte ein wenig, sah aber ordentlich aus. Auch wenn Lara sie ermahnt hatte, um Betrunkene einen großen Bogen zu machen, so gab sie doch vor, mit ihm zusammenzustoßen. Er nuschelte auf Englisch eine Entschuldigung, packte sie aber energisch. Das Taxi fuhr weiter, und sie sagte, so deutlich sie konnte: »Zweitausend Kronen!« Er roch nach Schnaps, und sein Gesicht hing über ihr wie ein erstarrtes Moor. Aber er sagte mehrmals »oh yes« und ging mit ihr ins Hotel. Als sie an der Frau hinter dem Rezeptionstresen vorbeigingen, rief er dröhnend etwas auf Englisch, wie um zu erklären, dass er eine Verabredung vergessen hatte.

Er war brutal, und es tat weh, aber sie hatte es rasch überstanden.

Danach, als er aus dem Badezimmer kam, legte er sich auf den Rücken und schnarchte. Sein Mund stand offen, und die Haut an seinem Hals zitterte, sie war mehrere Nummern zu groß, genau wie Laras Jacke. Seine Haare lagen wie graue Disteln auf dem Kopfkissen. Er hatte das Hemd nicht ausgezogen, nur die Hose. Sein Ding lag an der Innenseite seines Oberschenkels wie eine geschälte Banane. Seine Brieftasche lag auf dem Tisch. Sie hatte ihre zweitausend Kronen bekommen und widerstand der Versuchung. Zu stehlen wäre eine weitere Sünde gewesen. Die Frau hinter dem Tresen schaute kurz auf, als sie vorüberging, sagte aber nichts.

Sie beschloss, ihrer Mutter zweitausend Kronen zu schicken. Tagelang graute ihr davor, dass in der Bank ihr Pass verlangt werden könnte, wenn sie Geld wechselte. Sie hatte ihr Geld immer bei sich, wenn sie aus dem Haus ging. Zuerst in der Schminktasche. Dann fand sie Laras Nähsachen und nähte sich eine kleine Tasche in die Tasche ihrer Hose. Eine weitere Tasche sorgte dafür, dass sie das Geld in den Rocksaum stecken konnte. Sie testete diese Vorrichtung, als sie in Laras Sessel saß. Das Geld berührte ihren Oberschenkel fast wie ein Freund.

Der Mann in der Bank fragte nicht nach ihrem Pass, er bedauerte nur, nicht genug Litas für zweitausend Kronen zu haben. Sie brauchte einen Moment, um das Problem zu erfassen. Dann lächelte sie nur und sagte: »Tausend Dank«, nahm, was er hatte, und schwebte geradezu hinaus in die Frühlingsluft.

Sie wusste, dass es verboten war, Geld in Briefen zu verschicken. Aber in der Wohnung faltete sie mehrere Lagen Alufolie um die Geldscheine und legte sie in einen dicken Umschlag, den sie in Laras Kommode gefunden hatte. Dann schrieb sie einen kurzen, aber munteren Gruß an die Mutter und Vera. Der Weg zur Post und zurück kam ihr vor wie ein heimlicher Triumphzug. Sie sah die Menschen an, die ihr begegneten, ohne sich darum zu kümmern, dass die nicht auf sie achteten.

Einmal lag ein Brief mit russischer Briefmarke und Laras Handschrift im Briefkasten. Dorte rannte die Treppen hoch und vergaß ganz, dass niemand sie hören sollte. In der Wohnung ließ sie sich in den Sessel fallen und riss den Umschlag auf.

»Meine gute Freundin!

Mir geht es gut, und ich werde noch eine ganze Zeit hierbleiben. Hoffe, dass bei Dir alles in Ordnung ist? Unser gemeinsamer Freund wartet darauf zu erfahren, wie lange er in seiner derzeitigen Unterkunft bleiben wird. Vielleicht steht etwas über ihn in der Zeitung? Der Mann, den Du nur vom Hörensagen kennst, braucht Dir keine Sorgen zu machen, er ist im Ausland und wird wohl nie mehr zurück in die Stadt kommen. Das soll Dir zeigen, dass es mir wichtig ist, wie es Dir geht. Hoffe, Du hast gute Einkünfte. Wenn Du weggehst, ehe ich zurückkomme, musst Du unbedingt vorher Strom und Miete zahlen, sonst bekomme ich Probleme. Verbrenn diesen Brief, wenn Du ihn gelesen hast.

Deine treue und Dich liebende Freundin.«

Sie hatte nicht sehr viel Zeitung gelesen. Zeitungen waren so teuer. Sie hatte manchmal im Café in einer geblättert oder war stehen geblieben und hatte heimlich im Gestell des braunen Mannes gestöbert, wenn sie dort eingekauft hatte. Aber über Tom hatte sie nichts gesehen.

Während sie mit dem Brief in der Hand dasaß, brach ein Geräusch in ihren Kopf ein. Es gehörte nicht in die Wirklichkeit. Die Türklingel! Alle Schaltungen in ihrem Kopf brannten durch. Sie bewegte sich nicht. Das kam nicht in Frage. Nach dreimaligem Klingeln war alles still. Sie verharrte reglos und wartete darauf, dass der, der geklingelt hatte, die Treppen hinaufpolterte und die Tür aufbrach. Sie müsste so tun, als ob sie nicht verstünde, was er sagte. Vor allem, wenn er Uniform trüge. Dann würde er nach Papieren fragen. Nach ihrem Pass.

Laras Brief! Sie hatte ihn noch nicht verbrannt! Es war jetzt still, aber der Druck in ihrem Kopf machte es ihr unmöglich, etwas zu unternehmen. Vielleicht würde er noch einmal kommen. Oder wartete darauf, dass sie sich verriet. Als sie endlich wagte, durch das Fenster in den Hof hinunterzusehen, war niemand da. Sie schlich auf Zehenspitzen in die Diele und horchte an der Tür. Alles war still. Sie blieb eine Weile stehen, das Ohr an den Türspalt gelegt. Als sie sicher war, dass niemand dort war, nahm sie Laras Brief, stolperte zum Kamin und griff nach der Streichholzschachtel, die auf dem Sims lag. Über das Feuer gebückt sah sie zu, wie der Brief aufflammte und zu einem graugelben Schimmern zusammenschnurrte, wie die Flügel einer Motte. Mit einem angefeuchteten Blatt Klopapier sammelte sie die Reste auf und spülte alles in der Kloschüssel hinunter.

Als sie wieder aus dem Fenster schaute, stand unten ein Mann mit dem Rücken zu ihr bei den Mülltonnen. Einige Kinder spielten mit einem Ball. Hatte vielleicht nicht der Mann geklingelt, sondern irgendwelche Kinder, um sie zu ärgern? Der Ball hörte auf hin- und herzufliegen, und der Mann ging die Straße entlang davon. Alles war jetzt still, abgesehen vom fernen Lärm der Stadt und dem Plätschern des Wassers über dem Schneewittchen. Aber Laras Wohnung war kein sicherer Zufluchtsort mehr. Wo sollte sie hin? Wenn sie eine größere Tasche gehabt hätte, hätte sie mitnehmen können, was sie für ein paar Tage brauchte.

Sie stromerte durch die Straßen. Ein plötzlicher Windstoß wollte ihr die Jeansjacke vom Leib reißen. Sie bedauerte, doch nicht die warme Daunenjacke angezogen zu haben.

Einmal standen Stühle und Tische vor einem Café. Auf einem Stuhl lag eine blaue Decke. Zuerst wollte sie sich setzen, aber sie wusste nicht so recht, wie sie es schaffen sollte, unter der Decke stillzusitzen. Am Ende schnappte sie sie und rannte los. Wünschte sich eine Plastiktüte, um die Decke zu verstecken. Wieder beschloss sie, sich eine größere Tasche zuzulegen.

Sie ging weiter, ohne sich zu überlegen, wohin. Mit jedem Schritt entfernte sie sich weiter von Laras Wohnung. Es war leicht, den Fluss zu finden. Sie folgte ihm mit den Augen, während sie weiterging. Ein Pappbecher mit Colareklame und Trinkhalm kugelte herum, eine umgestülpte Zigarettenpackung und ein zerquetschter hellblauer Kinderschuh lagen am Boden. Ein tapferer Huflattich reckte den Kopf aus einem Klumpen von zusammengetretenem Laub. Wenn sie auf dem Weg in die Wohnung gewesen wäre, hätte sie ihn mitnehmen können.

Die Menschen, die ihr begegneten, gingen rasch vorbei, als bewegten sie sich in einem Film und seien deshalb nicht erreichbar. Irgendwann begegnete ihr niemand mehr. Alles war fremd. Große Villen. Bäume und Gartenzäune. Zweige knackten, und sie glitt im Laub des Vorjahres aus. Es roch nach jahrhundertealtem Waldboden. Roh. Am Flussufer platschten einige Enten herum. Die Bürzel ragten auf, wenn sie etwas vom Grund holten. Genau wie zu Hause. Sie wickelte sich in die Decke und setzte sich so dicht ans Wasser, wie es nur möglich war. Als sie sich vorbeugte, sah sie das elende, verwackelte Spiegelbild eines Mädchens mit vom Wind zerzausten Haaren.

Und der Gedanke war da, der Gedanke, dass sie eigentlich nur als Spiegelbild im Wasser existierte. Alles, womit sie sich abmühte, alles, wovor sie sich fürchtete, alles war vergeudet. Vielleicht war das der Anfang – des Todes? Dass man in einen Zusammenhang eintrat, wo man seinen Körper eine Weile hier auf Erden herumschleppen musste, um loszukommen? Wenn sie jetzt dieses Stadium erreicht hätte, dann würde sie die letzte Anstrengung wohl selbst machen müssen?

Der Geruch nach Kiefernholz – ohne Feuer. Aber eiskalter Rauch. Wie in der Sauna. Trotzdem geriet sie nicht in Panik. Sie merkte nur, wie müde sie war. Einige Zweige stachen sie in die Wange. Aber sie drehte nur ein wenig den Kopf zur Seite. Die Decke half ihr, sie bedeckte sie ganz. Winzige dichte Tropfen bedeckten sie mit Stickerei. Aber es regnete nicht richtig.

Er stand über ihr und sabberte. Ekliger Gestank aus einem Maul mit spitzen weißen Zähnen. Augen, die böse glühten. Das Knurren war nicht zu verkennen. Endlich hatte er sie gefunden. Ein Mann rief aus der Ferne. Der Hund drehte den Kopf und lauschte, ehe er seine blutunterlaufenen Augen wieder auf sie richtete. Sicher hatte auch er Angst. Wusste, dass es Schläge hageln würde, wenn er sie nicht holte. Knurrend packte er den Jackenärmel und zog.

Jemand goss ihr Wasser ins Gesicht. Menschengeruch. Schuhwichse und Zigaretten.

»Gott sei Dank! Sie lebt!«, hörte sie. Aber sie öffnete die Augen nicht. Der Hund hechelte gleich neben ihr.

»Geht es dir schlecht?«, fragte eine Frauenstimme.

Dorte gab keine Antwort, öffnete aber die Augen und setzte sich auf. Jemand reichte ihr eine Hand und half ihr. Eine Frau mit grauen Haaren und grüner Windjacke. Die fremde Hand war feucht und kalt, als habe sie tagelang im Freien gelegen. Oder vielleicht war es ihre eigene Kälte. Dichter Nieselregen hing in der Luft. Sie begriff nicht, wie sie einfach hatte einschlafen können.

»Bist du krank?«, fragte die Frau eindringlich und gab sich alle Mühe, den großen Hund ruhig zu halten. Der winselte, war jetzt aber an die Leine genommen. Ein Mann in hohen Stiefeln und Windjacke kam dazu und übernahm die Leine.

»Sitz!«, sagte er mit scharfer Stimme. Der Hund setzte sich widerwillig. Rutschte ein wenig hin und her, wie ein alter Mann in einem wackligen Sessel.

Dorte schüttelte wortlos den Kopf. Gleich neben der Stelle, wo sie gelegen hatte, wuchsen Butterblumen. Als seien sie erblüht, während sie geschlafen hatte. Sie kam auf die Beine und zog die Decke mit sich. Hoffte, die Leute würden nicht erkennen, dass sie die gestohlen hatte. Der Blick der Frau war nicht unfreundlich, verlangte aber eine Erklärung.

»Brauchst du Hilfe?«

»Nein, danke«, sagte Dorte, so höflich sie konnte.

»Ganz bestimmt nicht?«

»Ganz bestimmt nicht«, ahmte sie nach und zog die Mundwinkel hoch, in der Hoffnung, dass es wie ein Lächeln aussah.

Als sie unsicher zwischen den Bäumen davonging, spürte sie die Augen der anderen im Rücken. Vor allem die des Hundes. Eigentlich wusste sie nicht, welchen Weg sie einschlagen sollte, um zurückzufinden. Sie geriet ins Schwanken. Jetzt kamen sie hinter ihr her. Sie hörte die Frau etwas rufen. Es hätte keinen Sinn zu antworten. Sie musste machen, dass sie fortkam. Der Atem brannte in ihrem Hals, als sie versuchte zu laufen. Einen Pfad zu finden oder einen Weg, der nach oben führte. Das war wichtig. Sie musste vom Fluss wegkommen. Nach und nach verschwand der Bleigeschmack. Sie war glühend heiß, und die Tasche schlug gegen ihre Hüfte.

Als der Abend versuchte, die Stadt zu verbergen, und als der Regen ihre Kleider durchtränkt hatte, begriff sie, dass sie sich entscheiden musste. Entweder auf Laras Wohnung zu setzen oder unter der gestohlenen Decke draußen zu schlafen. Die Decke war schwer von der Feuchtigkeit, und eine Frau mit aufgespanntem Regenschirm starrte sie unter akkurat nachgezeichneten Augenbrauen an. Dorte entschied sich für die Wohnung.

Das Haus sah friedlich aus. Sie schloss die Tür auf. Die junge Mutter hatte ihre Karre neben der Treppe abgestellt. Dortes Blick streifte die Briefkästen, und sie sah, dass bei ihrem der Deckel offen stand. Sie hob die Hand, um ihn zu schließen, und entdeckte einen gelben Briefumschlag ohne Briefmarken. Als sie ihn herauszog, sah sie, dass mit Blockbuchstaben »LARA« daraufgeschrieben war. Mit zitternden Händen steckte sie ihn in die Tasche und ging nach oben.

Sie horchte an der Tür, steckte nach einigen Minuten den Schlüssel ins Schloss und trat hinein zu dem Zimmerspringbrunnen. Zog die Tür zu, schloss ab und legte die Sicherheitskette vor. Blieb stehen und horchte wieder. Aber alles war still. Abgesehen von den fernen Verkehrsgeräuschen. Und dem Plätschern über dem Schneewittchen. Sie ging von Zimmer zu

Zimmer, ohne auch nur die Schuhe auszuziehen. Wie eine Diebin. Schaute in Kabuff und Schränke. Überall. Ging zurück in die Diele und zog die nassen Schuhe und die Jacke aus. Der Geruch der feuchten Decke erinnerte sie an den Bauern, für den sie manchmal gearbeitet hatte. Sie ließ sie vor der Tür liegen und ging wieder ins Wohnzimmer.

Nichts war anders als beim Verlassen der Wohnung. Oder? Die Glastür des Kamins war angelehnt. Hatte sie sie geschlossen? Vermutlich nicht. Sie nahm den Geruch kalter Asche wahr. Bilder von der Mutter und Vera beim Pilzesammeln mit Feuer und Proviantkorb. Sie schloss die Tür und sah noch einmal im Kabuff und unter dem Bett nach. Dann setzte sie sich in Laras Sessel und ergab sich einer Müdigkeit, so schwer, dass sie nicht wusste, wie sie den Rest ihrer Kleidung ausziehen sollte.

Vor dem Fenster jagten Wolken in wildem Tempo über den Himmel. Die Frau mit den grauen Haaren und dem besorgten Gesicht flimmerte vorbei. Wären sie mit ihr zur Polizei gegangen, wenn sie gesagt hätte, dass sie allein war und Hilfe brauchte? Was hätte der Vater gemacht? Wäre es eine Lösung, oder war es einfach nur kindisch, darauf zu hoffen? Der Hund hatte sie jedenfalls losgelassen. Sie wusste nicht mehr, ob er schwarz oder braun gewesen war.

Es regnete jetzt richtig. Aber immerhin war sie im Haus. Wo mochten die Vögel sich verkrochen haben? Es gelang ihr, die Jacke abzustreifen und sie zum Trocknen über den Stuhl neben dem Kamin zu hängen. Sie ging ins Badezimmer und zog sich weiter aus. Dann drehte sie die Dusche auf und blieb unter dem heißen Wasser stehen. Versuchte zu denken, dass sie es gut hatte und dass die Sicherheitskette vorgelegt war.

Aber auf die Gedanken war kein Verlass. Als sie sich abgetrocknet hatte, waren sie plötzlich wie giftige Schlangen, die zubissen. Die Tür war leicht genug aufzubrechen, wenn jemand ein Stemmeisen hatte. Sie wusste nicht mehr, wann sie zuletzt gebetet hatte. Gott war nicht für solche wie sie da. Vermutlich half Er auch der Mutter nicht.

Als sie sich ein wenig Milch warm gemacht hatte, fiel ihr der Brief an Lara ein. Sie ging mit dem Becher zum Sessel und griff nach der Tasche, die auf dem Boden stand. Die war noch immer ganz nass. Sie fischte den Umschlag mit zwei Fingern heraus. Lara hatte gesagt, sie dürfe die Post öffnen. Aber dieser hier wirkte so privat, ohne Briefmarke. Vielleicht war es eine Nachricht der Mietergemeinschaft, über die Lara gesprochen hatte. Etwas über Gemeinschaftsarbeiten. Zögernd öffnete sie den Umschlag mit dem Zeigefinger. Und plötzlich, während sie noch damit beschäftigt war, ging ihr auf, was sie da vor sich hatte. Ihren Pass! Und nichts als das Wort »Lara« auf dem Briefumschlag. Mochte Tom diese Blockbuchstaben geschrieben haben? Sie sahen nicht aus wie die knorrigen Zeichen auf den gelben Zetteln.

Sie überlegte gehetzt. Versuchte zu verstehen. Hatte da jemand geklingelt, der den Pass aushändigen sollte? Wie war er ins Treppenhaus gelangt, um den Brief in den Kasten zu legen? Hatte er bei anderen geklingelt, war er jemandem gefolgt, der die Tür aufgeschlossen hatte, hatte er den Brief in den Kasten gelegt und war wieder gegangen? Hatte Tom ihn geschickt?

Schließlich ging ihr auf, dass sie ihren Pass hatte. Lara hatte gesagt, sie brauche siebentausend Kronen für die Heimreise. Und dieses Geld würde sie sich beschaffen können!

34

Am 31. Mai hatte sie Laras Wecker in der Tasche, um nicht zu spät zu kommen. Er war doch gewissermaßen ein Bekannter. Sie hatten eine richtige Verabredung. Er hatte sogar gesagt, er sei nicht daran gewöhnt, Mädchen zu kaufen. Das machte auch sie weniger schmutzig. Auf dem ganzen Weg zum Hotel überlegte sie, wie sie ihn dazu bringen könnte, ein wenig mehr zu bezahlen.

Sie sagte sich, es sei eine Arbeit. Und bald werde es ein Ende haben. Sie würde nach Hause fahren! Liudvikas und Makar hatten kein Recht, sie zu holen. Tom hatte doch bezahlt. Vielleicht hatten die beiden sie längst vergessen.

Als sie die große schwarze Tasche gekauft hatte, war ihr fast kein Geld mehr geblieben. Aber mit der Tasche fühlte sie sich sicherer. Die hatte Platz für alles, was sie bei sich haben musste, wenn sie aus dem Haus ging. Sie war nie ganz sicher, ob sie ohne Angst in die Wohnung zurückkehren könnte. Versuchte sich zu sagen, dass der, der geklingelt hatte, derselbe war, der den Pass gebracht hatte. Aber sie horchte immer an der Tür, ehe sie aufschloss. Tom saß sicher in seiner Zelle. Oder hatten sie ihn freigelassen? War er hier gewesen? Sie hatte in den Zeitungen, die sie gefunden hatte, nichts über ihn gelesen. Was, wenn er versuchte, sie zu finden? Ihr ging auf, dass sie ihm doch nicht vertraute. Er durfte sie jetzt nicht finden! Sie wollte nach Hause.

In der Bar saßen nur zwei Männer und eine Frau, und dann noch der Kunde. Er trug einen anderen Anzug, aber er war doch leicht wiederzuerkennen. Er stand auf, als sie hereinkam. Wartete offenbar darauf, dass sie sich zusammenriss. Sein Gesicht sah aus, als sei es viel in der Sonne gewesen. Vielleicht irgendwo, wo der Sommer weiter gediehen war. Er gab ihr die Hand, wie einer alten Bekannten. Aber keiner besonders engen, denn sonst hätte er sie vielleicht umarmt.

»Nett, dich wiederzusehen!«, sagte er leise und ein wenig hektisch, als ob die Wände Augen und Ohren hätten.

»Nett, dich wiederzusehen«, antwortete sie und reichte ihm die Hand. Als ob sie in einem Theaterstück mitspielten, und das, was gesagt und getan wurde, sei vor langer Zeit von anderen entschieden worden.

»Die Jacke?«

Sie zog die Jacke enger um sich zusammen, wie um zu zeigen, dass sie sie anbehalten wollte. Er rückte einen Sessel heran, und sie setzte sich auf die Kante, mit geschlossenen Knien.

»Willst du mit mir essen gehen? Ich kenne ein nettes Lokal am Stadtrand.« Seine Augen fragten auch.

Zuerst verstand sie nicht. Wollte er ihr Essen geben statt Geld? Als sie versuchte, ihm zu erklären, dass sie das Geld brauchte, geriet sie ins Stocken. Sie schluckte und versuchte sich vorzustellen, was Lara jetzt machen würde.

»Geld? Und Essen?«, flüsterte sie atemlos.

Sein sonnengebräuntes Gesicht rötete sich ein wenig. Er beugte sich zu ihr vor und zeigte eine Art Lächeln, ehe er flüsterte, sehr leise: »Ja! Geld – und Essen. Beides.«

Zweitausend Kronen! In der vergangenen Nacht war sie mit Magengrimmen erwacht. Sie hatte geträumt, dass sie zu viele von den *cepeliniaĩ* mit Fleisch und Zwiebeln der Mutter gegessen hatte.

»Gehen wir?«, fragte er, schaute auf seine Armbanduhr und erhob sich, als laufe ihm plötzlich die Zeit davon. Sie stand ebenfalls auf, sagte aber nichts.

Plötzlich geriet er in Panik und starrte zum Eingang. Mehrere Menschen kamen herein.

»Wir treffen uns draußen!«, sagte er und lief mit raschen Schritten vor ihr her und die Treppe hinunter. Sie wartete ein wenig, dann folgte sie ihm. Jetzt begrüßte er am Ausgang einen Mann. Der andere breitete die Arme aus und versetzte ihm einen kumpelhaften Klaps. Er blieb stehen und nahm Wortstrom und Gebärden des anderen entgegen. Sie redeten so schnell, dass Dorte kein Wort verstand. Sie ging einfach nur an den Männern vorbei aus der Tür, als hätten sie niemals eine Verabredung gehabt. Aber in diesem Moment hörte sie den Fremden sagen: »Isst du mit uns?«

Sie lief hinaus und über den Platz, während sie sich auf ein Stück Brot als Abendessen einstellte. Dann hörte sie hinter sich rasche Schritte, und er stand vor ihr.

»Danke!«

Sie gab keine Antwort, wusste nicht recht, was sie sagen sollte. Lara hätte wohl eine leichte, witzige Bemerkung gemacht, aber Dorte fehlten die norwegischen Wörter.

»Wir fahren! Ich hole den Wagen aus der Garage!«

Zuerst begriff sie nicht ganz, sah ihn nur an.

»Auto. In der Garage«, sagte er und zeigte nach unten. »Wartest du? Hier?«

Sie nickte und blieb stehen, die neue Tasche zwischen Arm und Körper gepresst. Streckte den Kopf ein wenig vor, als sei sie irgendwohin unterwegs. Aber sie blieb stehen und musterte ihre Schuhspitzen und eine Kippe mit zerdrücktem Filter.

Sein Auto war grau, groß und glänzend. Innen roch es nach Leder und geputzten Fenstern. Sie lag fast in dem tiefen Sitz. Dieses Auto war schöner als Toms.

»Nimm den Sicherheitsgurt«, sagte er leise und legte ihr die Hand aufs Knie. Seine Stimme war ruhig, er schien sich im Auto sicherer zu fühlen.

Sie gehorchte. Als sie sich ein wenig drehen musste, um den Gurt zu schließen, glitt ihr Rock weit den Oberschenkel hoch. Sie zog ihn ein wenig nach unten. Bald würde sie das Geld im Rocksaum spüren.

Dorte war noch nie in einem Flugzeug gewesen, aber so musste es sein, das Fliegen. Vielleicht könnte sie nach Hause fliegen? Der Motor brummte, und sie glitten davon.

»Oh«, sagte sie und schloss die Augen. Er lachte leise, und seine Hand war wieder da. Diesmal auf der Innenseite ihres Oberschenkels. Die Vorstellung, mehr Geld zu bekommen als abgemacht, wollte ihr nicht aus dem Kopf. Sie zwang sich, ihn anzusehen, den Kopf schräg zu legen und zu lächeln. Während sie an das Reisebüro dachte, das sie gefunden hatte.

»Das eben war ein Kollege. Wir müssen morgen zu einer Sitzung. Er ist auch schon einen Tag früher angereist ... sehr klug von dir, dir nichts anmerken zu lassen«, sagte er.

Dorte antwortete nicht, auch wenn sie verstanden hatte, was er sagen wollte. Sie lächelte nur.

»Ich habe gesagt, ich hätte eine Verabredung. Und das stimmt doch auch«, er lächelte etwas verlegen. Als habe er ihr etwas anvertraut, oder als teilten sie ein Geheimnis.

»Ist es weit ... wo wir hinfahren?«

»Nein, wir sind gleich da.«

Die letzten Sonnenstrahlen versuchten, sich hinter einer Hängebirke zu verstecken, die soeben ihre Blätter geöffnet hatte. Sie sah aus wie ein riesiger rosa Schirm. Dann machte der Wagen eine jähe Kurve, und alles war hinter einer Häuserzeile verschwunden. Zu Hause ist richtig Sommer, dachte sie und kniff die Augen zusammen. Die Tulpen haben längst geblüht. Die Obstbäume ebenfalls. Sie hatte in dieser Stadt nicht einen einzigen Obstbaum gesehen. Plötzlich hätte sie den Mann gern nach solchen alltäglichen Dingen gefragt. Es war lange her, dass sie mit Lara gesprochen hatte.

Dorte war absolut satt, trotzdem lag noch das halbe Fleisch auf ihrem Teller. Auf irgendeine Weise musste sie es schaffen, es mitzunehmen. Wenn er zur Toilette ginge, könnte sie die Stoffserviette stehlen und das Fleisch hineinwickeln. Auf diese Weise würde sie Geld für Essen sparen. Gut, dass sie die große Tasche hatte. In gewisser Weise war sie in die Tasche eingezogen. Eine volle Wasserflasche, eine saubere Unterhose, Pullover und Strumpfhose. Gleitcreme, Kondome. Zahnbürste, Hautcreme und die Schminktasche, die Lara ihr gegeben hatte. Und die vielen anderen Kleinigkeiten. Der Block mit den gelben Zetteln. Ein Kugelschreiber. Den Pass hatte sie zwischen das Innenfutter und die Pappe geschoben, die den Boden versteifte. Ja, sie war in diese Tasche gezogen. Vermutete, dass sie zu ihrer Tasche dasselbe Verhältnis hatte wie der Mann zu seinem Auto.

»Ich hab einen Hund. Kann ich das haben?«, fragte sie plötzlich und packte den Teller mit beiden Händen, als der Kellner ihn wegnehmen wollte. Er trat höflich zurück, überlegte einen Moment und rief dann: »Natürlich. Ich werde es für Sie einpacken!«

»Alles«, sagte sie eilig und gab nur unter Zögern den Teller her.

»Alles zusammen«, sagte der Kellner freundlich.

»Meine Nichte hätte gern den leckersten Nachtisch, den Sie haben«, sagte der Mann und lächelte. »Ich nehme Kaffee.«

»Hast du einen Hund?«, fragte er überrascht, als der Kellner verschwunden war.

»Nein«, gestand sie. »Aber jeden Tag Hunger.«

Der Mann starrte sie an, und wieder wurde sein Gesicht so übertrieben rot, dann schlug er die Augen nieder. Gleich darauf beugte er sich zu ihr vor, streichelte ihre Hand und schaute sich verstohlen im Restaurant um.

»Ich heiße Ivar. Ich glaube, ich habe mich noch nicht vorgestellt?«, flüsterte er.

»Ivar! Ganz echt Ivar?«, fragte sie.

»Ganz echt Ivar«, sagte er mit einem kleinen Lächeln.

Sie nickte und wiederholte den Namen ein weiteres Mal.

»Und du?«

»Anna«, sagte sie automatisch.

»Ganz echt Anna?«, fragte er lächelnd.

Sie kreuzte unter dem Tisch die Finger, lächelte und nickte.

In diesem Moment brachte der Kellner eine Plastikdose. Sie nahm sie und bedankte sich. Die Dose fühlte sich wunderbar warm und schwer an. Sie stellte sich schon vor, wie sie das Stück Fleisch in der Pfanne wärmen und wie der Duft sich in der Wohnung ausbreiten würde. Vielleicht würde es sogar für zwei Mahlzeiten reichen, wenn sie es sich gut einteilte? Am liebsten hätte sie die Dose geöffnet, um sich davon zu überzeugen, dass der Kellner sie nicht betrogen hatte, aber das hätte unhöflich ausgesehen. Sie legte sie vorsichtig ganz unten in ihre Tasche, wo sie nicht geschüttelt werden würde.

Als sie gehen wollten, half der Kellner ihr in die Jeansjacke und sagte zu Ivar: »Sie haben wirklich eine sehr hübsche Nichte.«

»Ja, nicht wahr?«, antwortete Ivar und sah fast stolz aus.

»Was ist Nichte?«, fragte sie, als sie im Auto saßen.

»Was? Ach! Nichte – das ist die Tochter von Bruder oder Schwester.«

»Schläft man mit einer, wenn Onkel?«, fragte sie.

»Lieber nicht, sonst gibt es Ärger«, sagte Ivar und fuhr auf die Straße hinaus.

»Warum du das sagen?«

»Ich weiß nicht. War sicher feige.«

»Feige?«

»Ja. Wollte nicht, dass der mich für einen Kindergrapscher hält.«

»Kindergrapscher?«

»Dass ich kleine Mädchen aufreiße und mit ihnen schlafe«, murmelte er.

»Verzeihung«, sagte sie.

»Du solltest mich nicht um Verzeihung bitten. Sondern ich dich«, sagte er. Das machte sie nervös. Und als er nichts mehr sagte, glaubte sie schon fast, dass er sich die Sache anders überlegt hatte und sie absetzen würde, wenn sie das Hotel erreicht hätten. Aber nach einer Weile sagte er: »Können wir zu dir nach Hause fahren? Heute Abend sind so viele Bekannte im Hotel.«

»Nein, danke«, sagte sie höflich.

»Ich hatte mich so gefreut«, sagte er fast demütig. »Aber das Geld bekommst du jedenfalls.«

»Für nichts?«

»Ein Wort ist ein Wort.«

»Wieso Wort?«

»Ich habe es versprochen. Du brauchst das Geld.«

»Du bist reich?«, rutschte es ihr heraus.

»Ich habe es gut«, gab er zu.

»Du hast Glück!«

»Ich mühe mich seit fast dreißig Jahren ab«, verteidigte er sich ein wenig mürrisch.

»Mühe ab?«

»Harte Arbeit.«

Der Motor summte, das Gespräch geriet ins Stocken.

»Verzeihung«, sagte sie nach einer Weile. »Wir können es machen … im Auto? Du willst?«

»Weißt du, wo wir parken können?«

»Parken? Nein.«

Auf irgendeine Weise war es so weit gekommen, dass er ihr leidtat. Er war nett, wo er ihr doch zweitausend Kronen für nichts geben wollte. Weil ein Wort ein Wort war. Vermutlich war er ein besserer Mensch als sie.

»Du gibst mir Schlüssel und Nummer? Ich gehe in Hotel. Du parkst. Ich da, wenn du kommst.«

»Wirklich?«, fragte er hoffnungsvoll.

»Ja«, sagte sie entschieden.

Er lag mit abgewandtem Gesicht halb über ihr. Das Zimmer war halbdunkel. Durch die Vorhänge sickerte das Abendlicht über den Boden. Irgendwo lief ein lauter Fernseher. Sein Herz hämmerte an ihren Rippen, als ob es hineinwollte. Er roch nach Unruhe, frischem Schweiß und Rasierwasser.

»Man kann nicht alles lenken«, sagte er mit etwas, das wohl ein Lachen sein sollte – und schloss ihre Hand über seinem Ding. Die Hand war ganz voll, und trotzdem hing viel heraus. Die Haut kam ihr vor wie der Arm des Nachbarsbabys, auf das sie manchmal aufgepasst hatte.

»Tut mir leid«, sagte er mit belegter Stimme und blieb dicht neben ihr liegen. Vermutlich wäre er nicht böse geworden, wenn sie sich jetzt losgemacht hätte. Aber auf irgendeine Weise war das nicht nötig. Schließlich streichelte er sie unbeholfen über Rücken und Hintern.

»Möchtest du etwas zu trinken?«

»Ja, bitte«, sagte sie an seiner Brust. Es war, wie in eine Felldecke zu sprechen. Als er aufstand und die Leselampe anknipste, zog sie ganz schnell die Decke über sich. Er öffnete das Fenster, und die salzige Luft strömte ins Zimmer, genau wie beim letzten Mal.

Die Leute, bei denen der Fernseher so laut gewesen war, schalteten ihn ab. Er zog mit dem Rücken zu ihr die Unterhose an. Die tiefe Spalte und die Haare darüber waren eine seltsame Landschaft, die sich in dem Moment veränderte, in dem er aufstand. Dann machte er sich eine Weile an dem kleinen Kühlschrank zu schaffen und schenkte im Halbdunkel Saft ein. Reichte ihr ein Glas, wie ein Kellner, ohne sie anzusehen.

»Bin heute wohl nicht ganz *da*«, sagte er mit der Stimme von einem, der seinen Teil einer Abmachung nicht erfüllt hat.

Sie wusste nicht, was sie antworten sollte. Das Geld lag bereits in ihrer Tasche. Jemand ging draußen auf dem Gang vorbei. Lachen und Gläserklirren. Dann wurde es sehr still, als hätten die Wände sogar das Atmen verboten. Sie trank einen Schluck, dann streckte sie die Hand nach ihren Kleidern aus.

»Musst du gehen?«

»Ja …«

»Es ist schön, mit dir zu reden.«

»Ich sprechen schlecht Norwegisch«, sagte sie überrascht.

»Gar nicht«, protestierte er und griff nach ihrer Hand.

»Du nicht sprechen mit Mann, du kennen? Nicht wahr?«

»Mit wem?«

»Mann, der mich nicht darf sehen.«

Er schüttelte den Kopf und sah sie fast flehend an. Als versuchte er ihr etwas zu verstehen zu geben, das er nicht in Worte fassen konnte.

»Ich spreche nicht so viel … mit niemandem«, sagte er und griff wieder nach seinem Bierglas.

»Ehefrau?« Das Wort tauchte einfach auf, obwohl Lara es für verboten erklärt hatte. Sie hatte dieses Wort auf den Sprachkassetten gehört.

Er schüttelte den Kopf und leerte sein Glas.

»Hat einen anderen gefunden«, sagte er mit einer Art Lachen.

Dorte gab keine Antwort, obwohl sie verstanden hatte. Dann ging ihr auf, dass er darauf wartete, dass sie etwas sagte. Sie hatte Lust, von Nikolai zu erzählen, der weggegangen war, um Konditor zu werden.

»Kinder?«, fragte sie.

»Nein. Zum Glück!«, rief er so hektisch, dass sie dachte, er meine vielleicht das Gegenteil.

Sie blieb eine Weile sitzen und spürte die Leere, die zwischen sie getreten war, dann sagte sie: »Ich muss gehen.«

Er stellte ganz schnell sein Glas weg und nahm sie in die Arme. Nicht bedrohlich, nur viel zu unerwartet. Hatte es sich sicher anders überlegt und wollte doch in sie hinein.

»Fass mich an«, flüsterte er in ihr Ohr. »Bitte, fass mich an!«

Zuerst glaubte sie, sie solle ihm einen runterholen, wie sie das ab und zu verlangten. Aber er legte ihre Arme um seinen Hals. Sie öffnete die Hände. Legte sie auf seinen Rücken und streichelte drauflos. Nach einer Weile sank er an sie gelehnt in sich zusammen. Seufzte tief und drückte sie noch fester an sich. Das war nicht widerlich, und es tat überhaupt nicht weh. Es war nur ungewohnt. Unten der Rücken mit seiner zottigen Landschaft, über die glatte Kluft, in der sich das Rückgrat versteckte, die hohen Berge hinauf zu Schultern und Hals. Zum Glück war er nicht feucht, wie sie das oft waren. Irgendwann drehte er sich um und blieb mit geschlossenen Augen auf dem Rücken liegen, während sie seine Brust und seine Arme, seine Schultern und seinen Hals streichelte. Langsam, mit offenen Handflächen. Nach einer Weile hörte sie seinem Atem an, dass er schlief.

Sie erhob sich vorsichtig, nahm Kleider und Tasche und ging ins Badezimmer. Als sie herauskam, stand er vor dem Fenster und hatte seine Hose angezogen. Sie zog ihre Jacke an und ging zur Tür. Mit zwei langen Schritten hatte er sie erreicht.

»Ich mag dich!«, sagte er und legte den Arm um sie.

»Danke. Ich mag dich!«, antwortete sie.

»Schade, dass du so jung bist«, sagte er und hob ihre Haare hoch.

»Das macht nichts.«

»Können wir uns wiedersehen? Wir können zusammen essen. Reden, und vielleicht …«

»Wann?«

»Es steht noch nicht ganz fest, wann ich wieder herkomme. Wie kann ich dich erreichen? Telefon?«

Sie schüttelte den Kopf. Dann fiel ihr etwas ein. Sie nahm den Block vom Nachttisch und schrieb »Postlagernd für Anna Karenina« darauf, dazu die Straße des Postamtes, von dem aus sie ihrer Mutter Geld geschickt hatte.

»Anna Karenina?«, fragte er überrascht, als versuche er sich zu erinnern, ob er jemanden mit diesem Namen kannte.

35

Der Himmel liess allen Regen auf einmal los. Die Bäume am Hang schüttelten sich wütend in den Windstößen. Alles war von einem grünlich schimmernden Grau, obwohl es Sommer war. Der Fernseher dagegen wurde plötzlich schwarz. Sie drückte und drückte auf die Fernbedienung und die Knöpfe am Apparat. Aber nicht einmal ein Flimmern war zu sehen. Das Gerät war tot.

Sie wollte nicht viel Geld für Essen vergeuden, aber sie musste doch arbeitsfähig bleiben, um genug für die Heimreise zu verdienen. Sie hatte nur selten Hunger. Morgens war ihr schlecht, und sie gewöhnte sich daran, später am Tag wenig und langsam zu essen. Aber Milch musste sie haben.

Sie trotzte Laras Behauptung, »Anna Karenina« bringe Unglück, und holte das Buch aus dem Koffer. Während der Regen auf den Balkon prasselte, tröstete sie sich mit den russischen Wörtern, einer gestohlenen Kartoffel und drei alten Scheiben Knäckebrot, die nach Eternitplatten schmeckten. Am dritten Tag warf Anna Karenina sich vor den Zug. Eigentlich war Dorte schon erschöpft, noch ehe sie so weit gekommen war. Wusste nicht mehr, zu wem sie hielt. Auf gewisse Weise konnte sie Wronski verstehen, als er Anna im Stich ließ. Vermutlich hatte er Anna nie geliebt, hatte sie nur lieben wollen. In Laras Sessel wurden die Wörter hohler, als sie es zu Hause gewesen waren. Vielleicht waren ihr niemals Erwachsene begegnet, die einander geliebt hatten, außer ihren Eltern.

Nachts fuhr sie aus dem Schlaf hoch, weil sie den Vater mit einem Spiegel auf den Kopf geschlagen hatte. Das war so beängstigend, dass sie aufstand und den großen Spiegel auf dem Flur mit dem Glas zur Wand drehte. Sie wusste nicht mehr, warum sie so wütend auf den Vater gewesen war, und sie war nicht sicher, ob sie es wissen wollte. Der Traum kam ihr wirklicher vor als das Erwachen. Nicht nur, dass sie böse auf ihn gewesen war, sie hatte ihn auch geschlagen, und dabei wusste sie doch, dass er tot war.

Sie ging zwischen der Balkontür und Laras Eisenbett hin und her und achtete nicht auf die Uhrzeit, darauf, ob es Morgen oder Abend war. Und als sie sich endlich setzen konnte, ging ihr auf, dass sie seit langer Zeit die Tage nicht mehr angekreuzt hatte.

»Du sollst da nicht hingehen!«, sagte die Mutter und verbarg ihr Gesicht hinter der Schürze.

»Das verstehst du falsch, meine Liebe! Sie kommt aus meinem Heimatland, und ich muss ihr helfen, Russisch zu lernen«, sagte der Vater ein wenig nachsichtig.

»Die Nachbarin hat gestern schon Bemerkungen gemacht. Das war erniedrigend …«

»Was denn?«

»Dass du junge Frauen magst.«

Der Vater schnaubte verärgert, legte den Hut weg und zog die Mutter an sich. Wiegte sie hin und her, genau wie er es mit Vera machte, wenn die sich widersetzte. Die Mutter versuchte, sich aus seinen Armen zu befreien, wollte das aber wohl doch nicht.

»Ja, sicher. Ich mag meine junge schöne Frau! Ich werde das allen sagen, die mir begegnen. Auch den Nachbarn.«

»Mach dich nicht lustig!«

»Ich mache mich nicht lustig! Ich bin todernst. Du hast alles aufgegeben, um mich zu heiraten, wie sollte ich mich da lustig machen? Wie kannst du glauben, dass ich ein solches Opfer jemals aufs Spiel setzen würde?«

»Männer sind so unbeständig …«

»Du beleidigst mich auf das Ärgste! Ich vergebe dir nicht, wenn du mich als unbeständig bezeichnest. Dazu hast du keinen Grund! Du weißt, dass es für mich vor dir nur eine gegeben hat, und sie ist tot.«

Die Mutter schaute von der Schürze auf und wollte lächeln, aber das Lächeln wurde zur Grimasse. Die Eltern achteten nicht darauf, dass Vera und Dorte auf der Treppe standen und jedes Wort hörten.

»Was soll ich denn machen?«, fragte die Mutter und marschierte zum Tisch. Dort machte sie sich an den Zweigen des Apfelbaumes zu schaffen, die sie abgeschnitten hatte, damit sie im Warmen Knospen austrieben.

»Das weiß ich nicht. Aber wenn es so schwer für dich ist, dann geh ich eben nicht mehr hin.«

Die Mutter bohrte die Zweige viel zu energisch in die dünne Glasschale. Es war ein Wunder, dass sie nicht zerbrach.

»Alle werden verstehen, dass es daran liegt, dass du eine eifersüchtige und ungerechte Frau hast.«

»Was die Leute verstehen oder nicht, tut nichts zur Sache. Ich muss damit leben, wie dir zumute ist.«

»Aber findest du mich dumm?«

»Nein! Aber ich begreife, dass ich es nicht geschafft habe, dir Vertrauen in meine Liebe zu geben.«

»Meinst du denn, dass wir gleich gut sind?«, fragte die Mutter und strich die Tischdecke mit beiden Händen glatt, aber es gelang ihr nicht ganz.

»Nein! Du bist die Bessere von uns. Aber ich kann besser reden.«

»Sieh mal! Da sickert Nektar aus den Knospen, obwohl sie sich noch nicht geöffnet haben«, sagte die Mutter verträumt und berührte den Zweig. Dann schloss sie die Augen und steckte den Finger in den Mund.

Der Vater trat zu ihr und probierte ebenfalls. Plötzlich schien ihm etwas einzufallen. Gleich darauf hatte er sich in seinen Sessel gesetzt und die Beine auf einen Hocker gelegt. Dann wimmerte er, als sei er verletzt.

»Vera! Geh zur kleinen Wanja und sag, dass ich den Fuß auf dem Hocker liegen habe und nicht kommen kann, sie muss herkommen.«

»Soll ich lügen?«, fragte Vera überrascht.

»Sieh mich an! Ist es eine Lüge, dass ich mit dem Fuß auf dem Hocker hier sitze?«

»Nein, aber die Wahrheit wird umgangen.«

Der Vater überlegte und fuhr mit den Fingern über seinen Schnurrbart, ehe er antwortete.

»Du hast uns gehört, Vera? Was, glaubst du, ist die Wahrheit? Ist es – wenn du es von Mamas Standpunkt aus betrachtest – nicht wahr, dass ich nicht hingehen kann?«

»Das schon, aber …«, murmelte Vera unwillig und schaute rasch zur Mutter hinüber.

Worauf Dorte von der Treppe sprang und zur Tür rannte.

»Papa! Für mich ist es wahr! Ich gehe zu ihr und sag es ihr!«

Dorte ging durch eine Straße, auf der Gemüse zum Verkauf auf dem Bürgersteig stand. Sie war schon öfter hier gewesen, nur selten hielt jemand Wache. Wenn sie ruhig und konzentriert war, dann gelang es ihr. Große Kartoffeln gaben viel her. Einige, die größten, waren in Silberpapier gewickelt. Tomaten und Äpfel ließen sich leicht in die Tasche stecken. Bananen waren schwieriger, die hingen in schweren Dolden aneinander. An diesem Tag war sie so träge, dass sie nur einen Blumenkohl und zwei Äpfel erbeutete.

Als sie wieder in der Wohnung war, bereute sie, dass sie nicht mehr Ausdauer gehabt und versucht hatte, sich Milch und Brot zu beschaffen. Aber solche Waren wurden immer im Laden aufbewahrt. Sie dachte beschämt daran, wie sie in einer Art Kiosk gewesen war, wo die Milch in einem Kühlschrank vor dem Tresen untergebracht war. An all die Köpfe, die sich zur ihr umgewandt hatten, als die schrille Stimme der Verkäuferin durch den ganzen Laden getönt hatte: »Wenn Sie etwas haben wollen, müssen Sie damit zum Tresen kommen!«

Und da war es aus gewesen. Sie würde nie wieder dorthin gehen. Brot ließ sich ohne Bezahlung fast überhaupt nicht besorgen. Es duftete nur, um andere zu quälen. In letzer Zeit hatte sie sich solche Mühe gegeben, die Existenz von Brot zu vergessen; es war hoffnungslos, Hunger auf etwas anderes zu haben. Der braune Mann hatte nur die Zeitungen draußen stehen. Aber dort hätte sie auf keinen Fall etwas mitgenommen. Es war, als hätten sie eine Abmachung, dass Dorte sich die Zeitungen im Gestell ansehen durfte. Jedenfalls sagte er nichts, auch wenn die Tür offen stand und er Dorte ansah. Er erwähnte auch nie, dass sie nur Milch kaufte.

Aber an diesem Abend war Dorte mit ihrer Suppe recht zufrieden. Die schönen kleinen Blumenkohlstücke wippten in dem warmen gesalzenen Wasser. Sie aß, so langsam sie konnte, um die Suppe lange bei sich zu behalten. Es brachte doch nichts, zur Diebin zu werden, nur um gleich alles wieder zu erbrechen.

Sie hatte drei Absagen bekommen, obwohl sie ihren Pass vorzeigen konnte. Entweder musste sie auf ein Wunder hoffen, oder sie musste für Kunden sorgen. Inzwischen zehrte sie von ihrem Reisegeld. Auf der Liste von Cafés und Läden waren alle Namen durchgestrichen. Ihr letzter Versuch war ein großer Kiosk. Die brauchten nicht einmal jemanden zum Putzen. Die Frau hinter dem Tresen behauptete, das erledige eine Reinigungsfirma. Dann zuckte sie mit den Schultern und wandte sich einem Kunden zu. Dorte hätte ihr unendlich gern ins Gesicht geschlagen. Lara hätte gesagt, es sei ziemlich dumm aufzugeben – in einer Stadt, in der es so viel Essen, Geld und Männer gab. Wenn sie keinen Mut hatte, dann musste sie sich gefälligst welchen zulegen.

Sie zog einen Rock an, den gelben Pullover, die Jeansjacke und die Spitzenstrümpfe und schminkte sich so, wie sie es von Lara gelernt hatte. Dann stellte sie sich in der Schlange vor einem Nachtclub an, obwohl sie wusste, dass man bezahlen musste, um hineinzudürfen. Ließ ein verliebtes Paar vor, das mit Küssen beschäftigt war, als sie sah, dass hinter den beiden zwei junge Männer standen. Der eine war betrunken und hing über der Absperrung zur Straße. Der andere, der ziemlich nett aussah, sagte, er solle sich zusammenreißen, sonst würden sie nicht eingelassen.

»Du einladen?«, fragte sie und lächelte ihn an.

»Kannst du nicht selbst bezahlen?«, fragte er überrascht.

»Hab kein Geld«, sagte sie und beugte sich ein wenig zu ihm vor.

»Weiß deine Mutter, dass du hier bist?«, fragte der Betrunkene höhnisch.

»Halt die Fresse!«, schimpfte der andere und wandte sich an Dorte. »Okay, aber dann bleibst du nur bei mir.«

»Okay«, antwortete Dorte und stellte sich zu ihm, als ob sie ein Paar wären. Er beschützte sie vor dem kalten Wind. Aber ihre Waden befanden sich in der Gefahrenzone. Auf den Sommer in diesem Land war kein Verlass. Sie trat von einem Fuß auf den anderen, um sich warm zu halten.

Die Schlange rückte im Schneckentempo vor. Der Mann legte den Arm um sie und fragte nach ihrem Namen, wo sie wohnte und anderes, das sie nicht verstand, denn er redete so schnell. Sie antwortete, sie heiße Anna.

»Arthur hier!«, rief er ihr ins Ohr. Sie hatten jetzt den Türsteher erreicht, der meinte, Dorte sei zu jung, um eingelassen zu werden.

»Red keinen Scheiß. Sie ist meine Freundin, und sie ist fast zwanzig«, sagte Arthur galant und schob sie zur Tür. In diesem Moment kotzte sein Freund vor die breiten Schuhe des Türstehers. Es gab eine Menge Geschrei und Gedränge, und derweil schlüpften Dorte und Arthur ins Lokal.

»Soll er selber sehen, wie er reinkommt. Ich hab keinen Bock, den Suffkopp am Hals zu haben«, sagte Arthur angewidert und zog sie durch eine Wand aus donnernden Bässen und hysterischen Gitarren. Eine Band war nicht zu sehen. Der Lärm kam aus den Lautsprechern.

Alle Tische und Stühle waren überbelegt. Die Leute drängten sich mit schwappenden Biergläsern und offenen Mündern aneinander. Fast niemand war über dreißig.

Es stank nach Pisse oder Kotze. Und dann sah Arthur irgendwelche Bekannte und schob sie weiter zu einem jungen Typen, der aussah wie ein Filmstar. Beide riefen etwas, das Dorte nicht verstand.

»Sveinung! Ich hab ein Mädel gefunden! So ’ne ganz tolle! Anna!«, brüllte Arthur schließlich und stieß dem anderen sein Bierglas vor die Brust.

»Du hast ja ’ne verdammt große Tasche! Verkaufst du Drogen kiloweise?«, fragte Sveinung überlegen.

Bei dem ganzen Lärm war es glücklicherweise unmöglich zu

reden. Sie glaubte nicht, dass die beiden begriffen, dass sie keine Norwegerin war. Sie konnte nur die Mundwinkel hochziehen und warten. Worauf, wusste sie nicht so genau. Sie sah nirgendwo etwas zu essen. Nur vom Bier aufgeweichte Pommes auf dem Tisch. Kartoffelchips lagen wie mit Wasser gefüllte Miniaturboote in Biersümpfen oder waren von schlurfenden Füßen auf dem Boden zertreten worden.

Eine junge Frau mit glitzerndem Gürtel und unter der Hüfte hängenden Jeans schob ihren Körper einem jungen Mann am Tresen hin. Nackt zwischen BH und Jeans. Ihre weißen Brüste hingen halb aus dem kleinen Oberteil, als sei sie schon mit dem ersten Kunden zugange. Aber etwas an ihrer Körpersprache sagte Dorte, dass diese Frau, wenn sie eine Hure war, kein Geld nahm. Die Tanzfläche war so voll, dass es unmöglich war, sich zu bewegen, ohne zerquetscht oder zertreten zu werden. Zum Glück versuchten sie es gar nicht erst.

»Verdammtes Loch! Verdammter lahmer Krach!«, rief Sveinung nach einer Weile. »Wir hauen ab!«

Arthur brüllte einen Protest. Meinte sicher, wo er schon Eintritt bezahlt hatte, wolle er auch hierbleiben. Es gab eine kleine Auseinandersetzung, aber als Sveinung einfach mit den Schultern zuckte und gehen wollte, leerte Arthur sein Glas, schob Dorte vor sich her und folgte Sveinung zum Ausgang.

36

Sveinung stand ein wenig unsicher vor dem Herd und briet Koteletts. Seine Eltern machten Urlaub in Frankreich. Von den Männern hatte jeder eine Pille genommen und mit Bier hinuntergespült. Dorte hatte Glück, denn es stellte sich heraus, dass die beiden auch Hunger hatten. Es war deutlich, dass Arthur nicht zum ersten Mal hier im Haus war. Wusste, dass es in jedem Stockwerk eine Toilette gab. Erledigte sein Geschäft bei offener Tür, sie hörten ihn durch mehrere Räume. Es war ein riesiges Haus. Sie war noch nie in einem Haus mit so vielen Dingen und Möbeln gewesen. Lampen, Ziergegenstände, Gemälde, Kerzenleuchter, vergoldete Rahmen, Kronleuchter, riesige Topfblumen – sogar auf dem Boden in dem geräumigen Gang stand eine Pflanze, die groß war wie ein Busch. Alles schien von etwas betäubt zu werden – von Parfüm oder Räucherkerzen.

Sveinung schnitt dicke Brotscheiben ab, die es zu den Koteletts geben sollte. Sie setzten sich um den großen Küchentisch. Es roch nach Bratenfett und Bier und noch etwas anderem. Vermutlich Abfall, der schon zu lange im Eimer in der Ecke lag. Dorte war es plötzlich schlecht. Aber sie tunkte das Brot ins Fett und versuchte, langsam zu essen. Sie hatte schon so lange nichts Warmes mehr im Bauch gehabt. Der Hunger machte ihr nachts am ärgsten zu schaffen. Die Schlaftabletten waren längst aufgebraucht.

Jetzt sehnte sie sich nach Milch, obwohl ihr so schlecht war. Sie sagte das Wort »Milch«. Es klang wie das Seufzen einer zahnlosen Greisin. Aber Sveinung hatte verstanden, er holte aus dem riesigen Kühlschrank einen Milchkarton und knallte ihn auf den Tisch. Dorte konnte gerade noch sehen, dass es in dem weißen, beleuchteten Kühlschrankbauch von Essen aller Art nur so wimmelte. Sie trank ein Glas und versuchte, ihr Kotelett zu essen, während sie gegen ihr stoßweises Magenkneifen ankämpfte. Da unten schien ein Nagetier zu sitzen und ihr zu befehlen, mehr zu essen, und es hackte nach ihrem Gedärm, wenn sie nicht schnell genug gehorchte.

Sveinung und Arthur tranken abwechselnd Bier und gingen auf die Toilette. Als das Bier alle war, wurde Arthur irritiert.

Sveinung verschwand irgendwo im Haus und kehrte mit einer Flasche Schnaps zurück.

»Mein Alter wird hysterisch werden, der ist nämlich teuer«, erklärte er unbeeindruckt. Der Korken glitt mit einem kurzen Stöhnen heraus. Dorte lehnte ab, als sie ihr ebenfalls einschenken wollten.

»Trinkst du nur Milch?« Arthur kreischte vor Lachen.

»Ja, Milch!«, sagte sie.

Sveinung schlug mit der Faust auf den Tisch, weil das so wahnsinnig komisch war. Dorte zog die Mundwinkel hoch und ließ sich nichts anmerken. Aber er hörte nicht auf, schob ihr das Glas ins Gesicht und befahl ihr zu trinken.

»Scheiß drauf!«, meinte Arthur.

»Prüde Mädels sind ein Scheiß!« Sveinung packte ihr Kinn und zwang sie, den Mund zu öffnen. Dabei rülpste er ausgiebig.

Der Gestank von halbzerkautem Schweinefleisch und Bier schlug ihr entgegen – zusammen mit dem scharfen bitteren Schnaps. Ihr Gesicht verzog sich. Sie hustete, schluckte aber, in der Hoffnung, dass er sich setzen und sie vergessen würde. Dann wollte sie sagen, dass sie aufs Klo müsste. Wenn sie erst durch die große Eingangshalle von den beiden getrennt wäre, würde sie sich aus dem Haus schleichen können. Weg. Lara hätte sie ausgelacht und sie für blöd gehalten, dass sie sich auf solche Typen verlegte. Ihr war so schlecht, dass sie nicht einmal die Vorstellung ertragen konnte, die Reste mit nach Hause zu nehmen. Sie hatte das Gefühl, dass sie niemals wieder Essen brauchen würde. Aber die beiden ließen nicht locker, sie sollte mit ihnen anstoßen, und sie sollte trinken. Sie versuchte, so zu tun, aber Sveinung kam ihr auf die Schliche.

»Das soll Trinken sein? Kipp es runter!«, rief er ekstatisch und überzeugte sich davon, dass sie wirklich schluckte.

»Lass sie in Ruhe. Sie ist das nicht gewöhnt!« Arthur stieß die Schulter des anderen an.

Die Übelkeit füllte plötzlich ihre Mundhöhle, sie versuchte aufzustehen, aber Sveinung fing sie ein und zog sie auf sein Knie. In ihrem Bauch fand ein Ringkampf zwischen dem Essen und dem bitteren Schnaps statt. Sveinung bekam es satt, sie festzuhalten, und ließ sie wie einen Sack zurück auf den Stuhl fallen. Sie kämpfte mit der Übelkeit, indem sie sich abwechselnd vorbeugte und aufrichtete, was aber nichts half.

»Unser Mädel lässt den Schnabel hängen.« Sveinung schob seinen fettigen Teller mit dem Unterarm weg, und der Teller machte einen Sprung über den Tisch. Die abgenagten Knochen fielen herunter und zogen eine deutliche Spur. Plötzlich riss Sveinung Dorte und ihren Stuhl mit einem Ruck zu sich.

»Bist du geil oder was?«, nuschelte er und lachte.

»Bild dir nichts ein«, sagte Arthur. »Sie ist betrunken.«

»Betrunken? Wovon denn? Einem Liter Milch und zwei Tropfen Schnaps?«

Arthur wandte sich direkt an sie und sagte mehrere Sätze, die sie nicht verstand. Den Schluss wiederholte er. »Verdammt, du hast jetzt seit Stunden kein Wort gesagt. Woher kommst du eigentlich?«

»Russland«, antwortete Dorte und bereute es sofort. Aber das schien alles eigentlich keine Rolle zu spielen.

»Was machst du hier? Bist du zu Besuch oder was?«, fragte Sveinung mit Augen, die fast ganz in seinem Kopf versunken waren.

Dorte nickte.

»Um Geld zu verdienen?«, fragte Arthur fast freundlich.

»Geld zu verdienen?«, wiederholte Sveinung verwirrt und starrte sie an, als ob er sie erst jetzt entdeckt hätte.

»Das hab ich auf den ersten Blick erraten!«, erklärte Arthur.

Dorte gab keine Antwort, sie starrte nur zu Boden und hielt sich am Stuhl fest. Es wurde still, abgesehen von einem Radio, das schon die ganze Zeit irgendwo im Haus lief. Jetzt wurde

Popmusik gespielt – und zwischendurch rief eine Männerstimme etwas Unverständliches.

»Toilette?«

»Die Treppe hoch oder die erste Tür links«, nuschelte Sveinung, wie ein Spruch, den er schon Hunderte Male heruntergeleiert hatte. Seine Augen waren jetzt ein wenig aus seinem Kopf herausgetreten. »Ja, Scheiße!«, hörte sie ihn sagen, als sie auf dem Gang stand.

Sie stieg die Treppe hoch und blieb eine Weile mit verschlossener Tür sitzen. Jetzt, wo sie gekonnt hätte, wollte ihr das Erbrechen doch nicht gelingen. Dass Arthur behauptet hatte, erraten zu haben, warum sie hier war, machte die Sache nicht besser. Sie musste ungesehen das Haus verlassen. Eigentlich brauchte sie nur zu laufen. Es war nicht einmal sicher, dass die beiden versuchen würden, sie daran zu hindern. Als sie von der Toilette kam, wartete Sveinung mit einem breiten Grinsen. Ihr kam der Gedanke, dass niemand so grausam aussehen konnte wie schöne Menschen.

»Wie viel nimmst du?«

»Fünfzehnhundert«, antwortete sie mit deutlicher Betonung jeder Silbe.

»Red keinen Scheiß. Zweihundert? Wir sind doch Freunde!«

Sie schüttelte den Kopf und wollte an ihm vorbeigehen. Arthur stand unten auf der Treppe und sah sie an.

»Nein«, sagte sie und fing an, die Treppe hinunterzugehen.

»Fünfhundert von jedem«, versuchte Sveinung zu feilschen.

»Fünfzehnhundert«, flüsterte sie verzweifelt.

Sie kamen von beiden Seiten auf Dorte zu. Am Ende stand sie, die Tasche an sich gedrückt, zwischen beiden eingeklemmt da. Es war weit von dort auf der Treppe bis zur Haustür.

»Wir ficken sie beide. Gleichzeitig! Was?« Sveinungs Stimme hallte von allen Wänden wider.

»Nein, lass den Quatsch! Ich will sie für mich haben«, lachte

Arthur und zog an Laras Pullover. Dorte versuchte sich loszureißen, aber sie waren zu zweit. Feucht und hart wie Steinmauern.

»Das Geld … jetzt!«, wimmerte sie, während das Lachen der Männer widerhallte.

Sie zogen sie mit sich zu einem Zimmer mit einem großen Bett und knipsten das Licht an. Während sie ihr die Kleider vom Leib rissen, kroch die Schande aus den drei weißen Porzellanlampen unter der Decke. Am Ende war sie nackt in dem fremden Bett. Sveinung hatte ihre Unterhose über seinen Arm gezogen, die Tasche lag bei der Tür. Sie versuchte zu denken. Was hätte Lara an ihrer Stelle gemacht?

»Fünfhundert!«, weinte sie.

»Verdammt. Vulgäre Tusse!« Sveinung machte eine Faust frei, um ihr im Schritt zu graben. »Nutte!«, keuchte er begeistert und bohrte die Finger in sie. Sie schrie und versuchte, die Knie an das Kinn zu ziehen, um sich zu schützen.

»Nicht so brutal. Ruhig jetzt, du Chauvischwein!«, keuchte Arthur. »Siehst du nicht, dass sie flennt?«

»Du bist doch hergekommen, um dich zu verkaufen, zum Teufel. Du hast zu fressen und Schnaps gekriegt!«, rief Sveinung und öffnete seinen Reißverschluss. »Ich wusste ja nicht, dass ich eine Hure eingeladen hatte, aber jetzt bist du hier!«, lachte er, schnaufte und bohrte in ihr herum.

»Jetzt übertreib doch nicht so«, sagte Arthur.

»Nix da, Scheiße. Ich will …«

»Kondom!«, schrie sie heiser, aber die beiden schienen nicht zu wissen, wovon sie redete.

Dann war es zu spät. Sveinung hatte sich seiner Hose entledigt und war mit harten, ruckhaften Stößen in ihr. Seine Faust umklammerte ihre Brust, während er sich zugleich von ihr abstieß wie von einer Turnmatte. Aber er war nicht ganz zufrieden, denn plötzlich packte er ihre Oberschenkel und faltete sie zusammen. Bohrte sich mit aller Macht in sie hinein, während sie schrie und den Magen im Hals spürte.

Über seinem Nacken hing Arthurs Gesicht wie eine kalte Sonne. Ab und zu schob er die Zungenspitze in den Mundwinkel und schnitt eine verwunderte Grimasse, als hätte er nicht damit gerechnet, dass sein Kumpel das hier schaffen würde. Schließlich verschränkte er die Arme vor der Brust und stand breitbeinig da.

Dorte starrte ihm ins Gesicht. Benutzte die Augen als Speer. Es war die einzige Waffe, die sie hatte.

Zu irgendeinem Zeitpunkt stellten sich die Geräusche und Bilder ein. In allen Sesseln saß jemand. Viel mehr, als ihr klar war. Sie hatte das Gefühl, dass ihr Gedärm in ihre Mundhöhle gepresst wurde. Sie biss die Zähne zusammen. Endlich kamen die Stöße, die ihr sagten, dass es bald vorüber sein würde.

»Übergeben …«, brachte sie heraus. Wann hatte sie dieses Wort wohl gelernt?

Er hörte nichts. Erst als sie den Kopf zur Seite warf, um ihn nicht mitten im Gesicht zu treffen, schnellte sein Körper in die Luft. Gleich darauf stand er mit triefendem Ding im Zimmer. Arthurs Lachen hallte. Die Porzellanlampen unter der Decke verschwammen zu einer leuchtenden Dreifaltigkeit. Sie beugte sich über die Bettkante und ließ es kommen. Sofort war der Gestank da. Sperma und Kotze.

»Verdammte Scheiße!« Sveinung war hörbar geschockt.

Sie lag auf den Knien über die Kloschüssel gebeugt. Vor der Tür stritten sich die beiden anderen. Die Vorstellung, dass er kein Kondom benutzt hatte, war schlimmer als die Übelkeit. Die Kondome lagen unbenutzt in der Tasche. Sie wusste nicht mehr, seit wann sie keine Pillen mehr hatte.

»Die soll gefälligst putzen!«, brüllte Sveinung draußen.

»Reiß dich zusammen. Ich nehm sie mit. Hast du nicht gesehen, dass es ihr nicht gutging? Du kannst dich nicht einfach so über sie hermachen, auch wenn sie eine Nutte ist!«

»Wer zum Teufel soll denn ihren Dreck wegmachen?«

»Das kannst du erledigen. Oder lass jemanden kommen. Das kannst du dir ja wohl leisten.«

»Bist du einfach sauer, weil du sie nicht zuerst gekriegt hast?«

»Sei nicht blöd!«

»Ich dachte übrigens, du bist in der Branche? Woher nimmst du denn sonst den Stoff?«

»Halt die Fresse, sonst hau ich dich zu Brei. Ich bin ausgestiegen. Hörst du? Ausgestiegen! Aber du? Hurst bei deinen Eltern rum. Behandelst Frauen wie Tiere.«

Dorte wusste nicht, ob alles schlimmer wurde oder ob es für sie von Vorteil war, dass die beiden sich stritten. Ihre Stimmen entfernten sich ein wenig, obwohl sie schrien. Vor allem Sveinung. Sie wischte sich mit dem Handtuch Schritt und Bauch ab, ehe sie sich anzog. Putzte sich die Zähne. Die große Tasche war eine Freundin. Das Gesicht im Spiegel gehörte nicht ihr. Sie musste weg hier. Weg! Das Geld war verloren und das Essen ausgespuckt. Aber sie wusste, welchen Weg sie gehen musste, um zu Laras Wohnung zu kommen. Sie hatte die Tür fast erreicht, als Arthur sie einholte und ihr Handgelenk packte.

»Warte! Sveinung will fünfhundert bezahlen, ehe wir gehen!«

»Scheiße, nein!«, rief Sveinung.

»Doch! Sonst schlag ich dich zu Brennholz«, fauchte Arthur. »Das war Vergewaltigung«, fügte er hinzu und ging drohend auf Sveinung zu, während er Dorte am Handgelenk hinter sich herzog.

»Sie hat gekotzt, ehe ich fertig war«, klagte Sveinung.

»Und wessen Schuld ist es, dass du so ficklahm bist? Unsere?«

»Du redest, als wärst du ihr Zuhälter! Ich bin pleite«, heulte Sveinung und schlug sich auf die Gesäßtasche.

»Du bist ihr fünfhundert Eier schuldig. Ich werde dafür sorgen, dass du blechst. Sonst besorg ich dir keinen Stoff mehr.« Arthur drohte jetzt. Trat so dicht an Sveinung heran, dass der unter dem Spuckeregen die Augen zusammenkniff wie ein Huhn unter einer Glühbirne. Widerwillig zog er fünfhundert Kronen hervor. Arthur schnappte das Geld; er hatte die ganze Sache sichtlich satt.

»Komm«, sagte er und zog Dorte mit sich.

Sie taumelten aus dem Haus. Die Gärten waren giftig grün, und die Vögel wurden langsam laut. Die Nacht wäre bald vorbei. Dorte sehnte sich danach, allein in Laras Wohnung zu sein. Aber Arthur hatte andere Pläne.

»Ich habe dich vor Sveinung gerettet, da kannst du dich ja wohl mit einer Runde Vögeln erkenntlich zeigen«, fand er. Ohne jedes Wort zu verstehen, wusste sie, was er meinte. Aber seine Stimme klang nicht mehr so kess.

»Muss Geld haben! Für Essen«, sagte sie fast streng.

»Okay, du kriegst zweihundert fürs Essen, und ich bringe dich nach Hause«, sagte er gutmütig.

»Nicht nach Hause«, sagte sie energisch.

»Wo zum Teufel machst du es dann?«

»Draußen«, behauptete sie einfach.

»Du lügst!«

Sie gab keine Antwort, schüttelte nur den Kopf.

»Okay, wir gehen zu mir«, entschied er und schlug eine andere Richtung ein.

Es war ein weiter Weg, und sie fühlte sich elend. Am Ende schloss er ein baufälliges kleines Haus mit einer Pappe im Fenster auf. Die verdreckten Vorhänge waren halb zugezogen. Im Gang roch es nach gekochtem Kohl und ungewaschener Kleidung. Sie gingen eine knackende Treppe hoch, in ein Zimmer mit einem schmalen Bett, einem Nachttisch und einem Stuhl.

Sofort fing er an, an ihren Kleidern zu ziehen, ohne ein Wort zu sagen.

»Geld?«, fragte sie und hielt ihre Jacke über der Brust zusammen. »Fünfhundert für Sveinung«, sagte sie mit Laras Stimme.

»Verdammt, nein!«, sagte er und packte sie.

»Erbrechen!«, drohte sie und öffnete den Mund, ganz auf diesen Gedanken konzentriert.

Er hob die Hand, wie um zu schlagen, aber geschickt wie eine Katze wich sie aus. Er holte sie bei der Tür ein.

»Bitte! Geh nicht!«, bat er mit brüchiger Jungenstimme. Sie fiel aus Laras resoluter Rolle und blieb stehen, während er die fünfhundert Kronen hervorzog. Ihre Hand war ausgestreckt. Das Geld wechselte den Besitzer so schnell, dass er den Mund noch nicht geschlossen hatte. Sie nahm das warme Papier in ihrer Hand wahr, und als er sich umdrehte, schob sie das Geld rasch in den Rocksaum. Dann zog sie Jacke und Strumpfhose aus. Die Unterhose hatte Sveinung behalten. Hatte geprahlt, er habe fast vierhundert in einer Schublade.

Jemand ging draußen auf Filzpantoffeln vorüber. Für einen Moment war es still, dann war eine knarrige Stimme zu hören.

»Herr Ekløv! Kann man die Herrlichkeit leihen?«

»Nein, sie ist zu schüchtern«, sagte Arthur schmunzelnd vom Bett her.

Nach einem tiefen und innigen Räuspern ging das Schlurfen weiter, als ziehe jemanden einen Leichnam über die Bodenbretter.

»Wer ist das?«

»Der Alte, dem das Haus gehört.« Arthur versuchte, den Arm um sie zu legen, griff aber daneben, und seine Hand traf ihre Rippen. Dann nuschelte er mit etwas kleinlauter Stimme. Ein Wort nur konnte sie verstehen: »Allein.«

Er legte sich auf den Rücken, ohne Hose. Sie griff nach seinem Ding und zog daran, so freundlich, wie sie nur konnte, nach allem, was geschehen war. Es war dieselbe Bewegung, die sie machte, wenn sie zu Hause die Stäbe des Treppengeländers wischte. Das war ihre Aufgabe gewesen. Sie hatte dabei immer die Haustür offen stehen lassen, um zu riechen, wie der Seifengeruch sich mit der frischen Luft vermischte. Aber hier atmete sie Hausschmutz und ungewaschene, schweißnasse Haut ein – und das Wort »allein« –, während sie die Bewegung mit dem Wischlappen ausführte.

Der Heimweg war lang. Sie konnte den Gedanken nicht ertragen, am Fluss entlangzugehen. Sie hatte Blasen an beiden Hacken. Im Fenster eines Uhrmachers zeigte eine Uhr halb neun. Das passte dazu, dass die Leute aus den Häusern strömten. Viele hatten müde Gesichter und abwesende Blicke. Einige sonderten den Duft frischgeduschter Haut ab, als sie vorübergingen. Einige wenige sahen fast fröhlich aus. Als freuten sie sich darüber, dass sie in die Welt hinausgingen.

Dorte schaute sich jetzt nicht mehr ängstlich um, weil Arthur sie vielleicht verfolgte, um festzustellen, wo sie wohnte. Aber sie würden sich am nächsten Tag um fünf Uhr bei der großen Kirche treffen. Er glaubte, ihr ein paar Kunden besorgen zu können, ehe er nach Oslo zurückkehrte. Aber daran wollte sie jetzt nicht denken.

Ehe sie ihre Wohnung erreicht hatte, kaufte sie ein. Essen, duftendes frisches Brot, Butter, Käse, Schinken und Eier. Und als sie die Wohnungstür aufschloss, fühlte sie sich fast reich und sorglos. Streifte die Kleider ab und ging unter die Dusche. Ließ das Wasser laufen, während sie sich gründlich einseifte. Versuchte nicht daran zu denken, was passiert war, sondern daran, dass sie die Strumpfhose und Laras gelben Pullover in die Plastikschüssel legen und unter der Dusche Wasser hineinlaufen lassen würde, und Laras Wunderwaschmittel würde den Dreck entfernen, während sie sich mit Handcreme einschmierte. Dann würde sie das Wasser voll aufdrehen und die Kleidungsstücke ausspülen, ohne sie anzufassen, ehe das Wasser klar war. Danach würde sie den Frotteemantel anziehen und das Brot anschneiden, das nach Nikolai duftete. Aber als sie sich abtrocknete und die Erinnerung an Mutters *cepeliniai* durch ihren Kopf geisterte, fing sie doch an zu weinen.

37

»Ich kann dir problemlos ein paar Kunden besorgen, aber das ist kein Leben für dich«, sagte er und richtete seine schmalen dunklen Augen auf sie.

Dorte gab keine Antwort, sie hielt nur den Pappbecher mit der Cola an ihren Mund. Arthur hatte sie in ein Café eingeladen, in das Lara sicher nicht gegangen wäre. Ungepflegte Typen lungerten in den Ecken herum. Sie waren alles andere als nüchtern, obwohl erst Nachmittag war. Arthurs dunkler Pony hing ihm ins Gesicht, und die Augen hielten sich nur mühsam offen. Die Bartstoppeln ragten hervor wie Stacheldraht aus altem grauen Schnee. Trotzdem hatte sie keine Angst vor ihm. Er hatte das Wort »allein« viermal gesagt, aber sie hatte nicht mehr verstanden als Wortfetzen.

»Ich Geld sparen. Nach Hause fahren!«, sagte sie.

»Du und ich haben es doch gut zusammen, oder? Ich helfe dir nach Oslo, sowie ich Geld habe. Ich besorge dir einen Job.«

»Job? Was für einen?«

»Kantine. Am Tresen oder in der Küche.«

»Wo?«

»Bei der Baufirma, wo ich selbst arbeite«, sagte er stolz.

»Was macht die?«

»Bringen alte Häuser in Ordnung. Bauen und so … ich wohne in einem von diesen Häusern. Großes schönes Haus. Sehr gute Gegend.«

Sie fragte, ob die Firma Kantinen und Hausbau betrieb.

»Die Arbeiter müssen essen. Kommen aus Polen und Gott weiß woher«, erklärte er.

»Litauen?«

»Kann schon sein. Warum fragst du? Bist du nicht aus Russland?«

»Doch. Russland und Litauen.«

»Von Oslo ist es nicht weit nach Litauen«, sagte er und versetzte einem der Stühle am Nachbartisch einen Tritt. Der Stuhl rutschte mit scharfem Quietschen über den Boden.

»Über die Ostsee.«

»Ja, nicht wahr? Komm nach Oslo!« Er sah sie eifrig an.

»Danke. Warum du willst helfen?«

Er sah die Tischplatte an, kratzte sich zwischen den Haarstoppeln den Kopf, lächelte verlegen und behauptete, sie zu mögen. Dann verbreitete er sich beschämt darüber, dass Sveinung ein Papasöhnchen sei und dass er sie nicht zu ihm hätte mitnehmen dürfen.

»Der hängt so am Stoff, dass er total unzurechnungsfähig ist«, endete er und streckte die beiden langen Arme über den Tisch und zog ihren Kopf zu sich. Zuerst hatte sie Angst, er wolle sie mit der Stirn k.o. schlagen, aber er hatte die Entfernung genau berechnet.

»Du, jetzt machen wir was Lustiges«, rief er und kniff sie in die Wange.

Er ging mit ihr auf einen großen Platz, wo die Menschen sich vor Karussells und Losbuden drängten. Vor einem Stand waren Männer und Jungen und schossen mit einer Art Spielzeuggewehr. In Reih und Glied waren Teddybären und riesige Kuscheltiere aufgestellt. Beim dritten Versuch gewann Arthur ein riesiges braunes Tier, das er ihr mit einer stolzen Verbeugung überreichte.

Dorte kamen Bedenken. Aber plötzlich, mitten in alldem – perlte ein Lachen hoch. Ein seltsam trauriges Geräusch. Sie sah Arthur an, dass etwas nicht stimmte. Die Vorübergehenden starrten sie beide an.

»Hast du den Verstand verloren?« Arthur war gekränkt.

»Verzeihung«, sagte sie und streckte die Hände nach dem Tier aus. Aber er riss ihr den Bären weg und schleuderte ihn zurück auf den Tresen zwischen die Gewehre.

»Es bringt Unglück, wenn man den Gewinn nicht behält«, rief ihm die Frau vom Stand hinterher.

Dorte blieb einen Moment lang stehen und schaute in die Glasaugen des Bären. Dann packte sie das Tier. Mit dem Bären unter dem einen und der Tasche unter dem anderen Arm lief sie hinter Arthurs Rücken her.

»Entschuldige …«, bat sie hilflos.

Er lief weiter, ohne sich umzusehen. Sie trottete hinterher. Sie brachten die Menschenmenge hinter sich und fanden den Ausgang. Offenbar war schon Schluss mit lustig. Aber als sie das Gelände verlassen hatten, fuhr er herum, schnappte sich den Bären und steckte ihn unter den Arm.

Der Vater griff nach den Regenschirmen der Mutter, legte sie über die Schulter und trabte los, als seien die Schirme ein Körperteil. Der Kragen seiner Windjacke wurde flachgedrückt, und der verschossene Segeltuchstoff schabte an seinem Hals, aber er nahm das gelassen hin. Als sie an der Schule vorbeigingen und der Lehrer im Fenster stand, hob der Vater die freie Hand zum Gruß. Seine Bewegungen waren ruhig, und er machte lange, lässige Schritte. Die Mutter, Vera und Dorte liefen hinterher, als habe die Diskussion über die Schirme niemals stattgefunden.

»Okay!«, sagte Arthur versöhnlich und griff mit der freien Hand nach ihr.

Sie hatte das Gefühl, etwas zum Dank tun zu müssen. Deshalb presste sie rasch seine Hand und sagte ernst: »Danke, Arthur!«

Er blieb stehen und glotzte sie an. Richtete seinen Blick vielmehr zwischen ihre Augen oder auf eine Stelle an ihrer Stirn. Dann schluckte er und sog schnaubend Luft durch seine Nasenlöcher ein. Sie hörte ein gepresstes »hö«, ohne es deuten zu können. Aber nach und nach verwandelte sich sein Gesicht in einen Sonnenaufgang. Er ging so dicht neben ihr, wie der Bär zwischen ihnen es erlaubte, beugte sich über ihn, blieb stehen und atmete auf sie herab. Ruhig. Als er versuchte die Arme um sie zu legen, glitt der Teddy nach unten, deshalb gab er diesen Plan auf und küsste sie stattdessen auf die Nase.

Danach gingen sie Hand in Hand weiter, wobei er den Bären trug und sie die Tasche. Als sie die große Kirche erreichten, gingen sie hinein, weil sie das wollte. Es waren fast keine Menschen dort, nur das Echo von jahrhundertealten Schritten. Sie setzten den Bären zwischen sich. Es war fast feierlich, deshalb gab es nicht viel zu sagen. Aber als sie wieder draußen standen, sagte er abrupt: »Ich mag dich sehr gern.« Es klang wie dann, wenn unterhalb von Onkel Josefs Haus das Eis von der Strömung zermahlen wurde.

Sie setzten sich auf eine Bank. Sie versuchte Worte zu finden, damit sie miteinander reden könnten. Aber das Einzige, was ihr einfiel, war, nach seiner Familie zu fragen. Er lachte hart.

»Nein, spinnst du?«

»Spinnen?«

»Ich hab keine Familie«, sagte er kurz und versetzte mit einem zerfetzten Turnschuh den patinagrünen Grasbüscheln einen Tritt.

»Tot?«, fragte sie.

»Tja, warum nicht«, murmelte er und schaute vor sich hin. Was wohl bedeuten sollte, dass er nicht darüber reden wollte.

»Mein Vater ist tot«, vertraute sie ihm an.

»Ach«, sagte er leichthin. »Ich rufe an, wenn ich das Reisegeld habe.«

»Ich hab kein Telefon«, sagte sie.

Er konnte das offenbar nicht fassen, aber schließlich zuckte er mit den Schultern, gab ihr seine Mobilnummer und sagte, sie könne aus einer Telefonzelle anrufen. Eine Weile saßen sie schweigend da. Er sah direkt besorgt aus. Als setze ihm etwas so zu, dass er kaum an sich halten könne. Als er merkte, dass sie ihn beobachtete, versetzte er ihr einen Stoß in die Seite und sagte: »Weißt du, wie alt ich bin?«

»Alt? Nein!«, antwortete sie etwas überrascht.

»Achtundzwanzig«, sagte er mutlos.

»Wieso?«

Er hob ein Stöckchen auf und schrieb die Zahl in den Kies.

»Das ist doch alt – für dich. Wie alt bist du, Anna?«

»Sechzehn.« Sie saß da und sah ihre Hände an und dachte darüber nach, dass er glaubte, sie heiße Anna. Ihre Finger jagten hin und her, ohne etwas zu machen.

Er starrte sie besorgt an. Dann schien er zu beschließen, alles auf sich beruhen zu lassen. Mit einem kleinen Lachen hob er den Bären auf seinen Arm.

»Jetzt gehen wir zu mir und machen es uns ein bisschen gemütlich«, erklärte er und zog sie von der Bank hoch.

»Fünfhundert«, sagte sie ernst und schaute ihm in die Augen.

Er blieb stehen und sah sie an.

»Du! Wenn ich dir helfen soll, musst du verdammt noch mal mit der Hurerei aufhören.«

Sie presste ihre Tasche fest an sich.

»Essen!«, sagte sie und versuchte, seinen Blick einzufangen.

»Okay! Okay! Schon verstanden! Aber dann verkaufst du dich nicht an andere. Ja?«, sagte er seufzend, zog seine Brieftasche hervor und gab ihr die vier Hunderter, die er hatte.

»Okay?«, fragte er verstimmt.

Sie gab keine Antwort, steckte nur das Geld in die Tasche. Nach einer Weile legte er wieder den Arm um sie.

»Du kannst bei mir wohnen. Vielleicht hab ich die neue Wohnung schon, wenn du kommst. Du musst jetzt mit dem anderen Schluss machen. Wir sind doch ein Paar. Nicht wahr?«

Dorte nickte. Es war besser, ein Paar zu sein, als jemandem zu gehören. Wenn sie genug Geld zusammenbrachte, ehe Arthur ihr die Fahrkarte schickte, würde sie nicht nach Oslo fahren, sondern geradewegs nach Hause!

Es war Sommer. Die Gerüche! Die Blätter! Der Staub, wenn Autos vorüberfuhren. Der grüne Emailleeimer unter der Dachrinne bei der Kirche war trocken. Die Nistkästen an den Weiden hinter dem Haus zeichneten sich vor dem Abendhimmel als schwarze Silhouetten ab. Mit schrägen Dächern und krummer Sitzstange. Die Jungen waren ausgeflogen. Hinter dem Zaun lagen die Felder. Bald würden sie duftende Verstecke sein. Die Straßengräben waren trocken, aber das Gras verbarg längst den Abfall, den die Leute aus den Autofenstern warfen. Onkel Josef war auf der Glasveranda eingenickt und wackelte hinter dem geschlossenen Fenster mit dem Kopf. Die Windbretter, von denen die Farbe abgeblättert war, sahen mit ihrem Laubsägemuster fast schön aus. Die Mutter war beim Pfarrer und machte sich keine Sorgen. Nach einer Weile nahm Nikolai ihre Hand.

»Ich werde den ganzen Sommer zu Hause bleiben«, flüsterte er an ihre Wange.

38

Als sie in der Telefonzelle Arthurs Nummer gewählt und ein weiteres Mal gehört hatte, dass die nicht zu erreichen sei, gab sie auf. Drei Wochen waren vergangen, seit sie ihn zuletzt gesehen hatte. Sie musste sich damit abfinden, dass er sie belogen hatte. Den ganzen Tag über merkte sie nur, dass alles härter wurde. Im Kopf. Im Körper. Es ging nicht nur um Arthur, sondern auch um sie selbst. Um das, was sie nicht wissen wollte. Lara hätte gesagt, es sei dumm, sich Sorgen über Dinge zu machen, die man nicht sicher wusste.

Sie war mehrere Male an dem Café vorbeigegangen und hatte hineingeschaut. Es hatte nicht auf ihrer Wunschliste gestanden. Aber vielleicht sollte sie es gerade aus diesem Grund versuchen. Im Moment war dort fast niemand. Sie ging zum Tresen, und eine lächelnde junge Frau mit vielen gelben Locken fragte, was es sein dürfe.

»Ich suche Arbeit. Ist hier etwas frei?«, fragte Dorte leise, aber deutlich.

Die Frau hinter dem Tresen sah sie mit einem Blick an, den sie noch bei keinem Menschen erlebt hatte. Dann sprudelte ein Strom unbegreiflicher Wörter hervor. Auf dem Glastresen stand eine Schüssel mit Möhrenkuchen. Der Duft gab Mut. Dorte sagte ihren Spruch noch einmal auf, und die Frau rief durch die halboffene Tür einen Mann herbei. Er hatte Ähnlichkeit mit einem Reh. Jedenfalls in den Augen. Als Dorte ihre Bitte ein weiteres Mal vorgebracht hatte, sagte er nicht sofort etwas, sondern musterte sie mit einer Miene, als habe er zwischen den

Autos auf der Straße eine Katze entdeckt. Dann winkte er sie in das Zimmer, aus dem er gekommen war. Sie merkte, dass sie sich setzen musste. Zum Glück stand gleich neben ihr ein Stuhl. Es machte sich nicht gut, sich zu setzen, wenn man Arbeit suchte, aber es half nun nichts.

Doch, er brauche schon Hilfe, wie sie verstand, ohne dass er es direkt gesagt hatte. Wollte wissen, wer sie war, woher sie kam, wo sie bisher gearbeitet hatte, ob sie Zeugnisse vorlegen konnte. Sie hatte damit gerechnet. Also zeigte sie ihren Pass. Er schaute den kurz an und wollte wissen, ob sie servieren könnte.

»Ja. Auch Küche. Kann gut spülen. Zeugnis, nein«, sagte sie, so deutlich sie konnte.

Er fragte weiter, was sie noch konnte. Sie versuchte zu antworten, auch wenn sie sich darauf nicht vorbereitet hatte.

»Du sprichst nicht so gut Norwegisch?«, fragte er nach einer Weile.

Sie schlug die Augen nieder. Merkte, wie sie rot wurde, nicht nur im Gesicht, sondern fast am ganzen Leib.

»Ich brauche nicht sehr viel Lohn«, flüsterte sie.

Seine Rehaugen blinzelten zwischen Fächern aus Wimpern. Mehrere Male.

»Ich glaube, du brauchst Hilfe.« Seine Stimme war wie Honig, als er den Hörer von der Gabel nahm und anfing, eine Nummer zu wählen.

Sie sprang auf. Niemand war im Café, als sie durchrannte. Die Frau von vorhin war vielleicht auf der Toilette. Plötzlich spürte Dorte ganz deutlich, wie Veras Zorn sich einstellte. Die Papierserviette mit dem Möhrenkuchen verschwand blitzschnell in der schwarzen Tasche.

Als sie, noch in Schuhen und Jacke, in Laras Diele saß, war sie in gewisser Weise entkommen. Von unten gesehen war der Zwerg noch kleiner als sonst. Eine dünne Staubschicht hatte sich über Schneewittchens Schultern und Krone gelegt. Die

Tropfen schwebten einen Moment in der Luft, ehe sie ins Becken fielen.

Sie zog die Serviette mit dem Möhrenkuchen hervor. Ein Stück nach dem anderen glitt hinunter. Als wären sie auf eine unsichtbare Schnur aufgezogen. Sie besaß ihren Körper nicht. Drinnen saß eine Schlange und zehrte von ihr. Würde sie sicher noch auffressen. Wenn sie keine Lösung fand. Aber wo sie die Kuchenstücke schon mitgenommen hatte, konnte sie die jedenfalls auch aufessen. Bis die Übelkeit ankündigte, dass alles wieder herausmusste.

»Können Sie sich ausweisen«, fragte die Frau im Postamt mit einem seltsamen Lächeln, nachdem sie nachgesehen hatte, ob Post gekommen war.

Mit zitternden Händen hielt Dorte ihr den Pass hin. Die Frau musterte ihn, dann blickte sie auf.

»Das ist Ihr Pass?«, fragte sie und sprach Dortes Namen aus, als hätte sie eben erst lesen gelernt.

»Ja«, sagte Dorte.

»Aber der Brief ist für Anna Karenina.«

»Das bin ich.«

Die Frau betrachtete sie aus kleinen, wachen Augen, schob den Pass durch das Schalterfenster und zuckte mit den Schultern.

»Tut mir leid! Ich darf die Post nur an diejenige aushändigen, die sich richtig ausweisen kann.«

Dorte verstand nicht alles, aber sie begriff, dass Ivars Brief für alle Zeit in diesem Postamt bleiben würde, weil Anna Karenina keinen Pass hatte.

Sie wusste, dass sie etwas tun musste. Aber der Vater war nicht da. Die Wirklichkeit war nur ein Flimmern über Laras Balkongeländer. Manche Tage waren ganz schwarz, obwohl die Sonne schien. Sie lullte sich in den Glauben ein, dass alles war, wie es sein sollte, solange sie schlief oder im Bett lag. Zwischen Tag und Nacht gab es eigentlich keinen Unterschied. Es spielte keine Rolle, wann sie die Augen öffnete oder schloss. Die Gedanken wurden so ruhig. Kreisten nur um etwas Zufälliges im Zimmer. Die künstlichen Blumen unter der Decke. Die Vögel, die sich auf dem Balkon tummelten. Die Prinzessin unter dem Springbrunnen.

Nikolai bot ihr Kuchen an. Aber sie konnte nichts essen. Die Muskeln an seinen Armen bebten. Seine Augen waren unter dem Mehl versteckt, das als trockener weißer Puder aus seinem Gesicht rieselte.

»Iss!«, sagte er und lächelte auf sie herab. In dem einen Mundwinkel ein wenig mehr als auf der anderen Seite, wie das seine Art war. Aber essen, das konnte sie nicht. Er bückte sich über sie, um ihr aus einer Hülle zu helfen, von der sie merkte, dass sie darin ersticken würde. Sie wollte ihn berühren, aber er zerbröckelte, weil er nicht begreifen konnte, was sie erzählen musste.

»Papa«, hörte sie sich rufen. »Papa, was soll ich tun?«

Sie konnte ihn nicht sehen, aber sie wusste, dass er da war. Sie verlangte, dass er da war.

»Pst, nicht schreien!«, sagte er gelassen. »Du darfst dich nicht selbst bemitleiden. Du weißt sehr gut, was hier zu tun ist.«

Dorte zog die Füße aus den Bügeln. Auf diesem Stuhl hatte sie schon damals gelegen, als sie zusammengenäht worden war. Von derselben Frau. Sowie sie aufrecht stand, heulte der Hund nicht mehr, und der Hundemann löste sich auf. Nachdem sie sich angezogen hatte, trat sie hinter der Schirmwand hervor und stand mit hängenden Armen da, die Tasche über der Schulter.

Die Ärztin hatte ihre Handschuhe ausgezogen und zeigte auf einen Stuhl vor dem Schreibtisch. Schon bei der Untersuchung hatte sie sich nach Dortes Namen und Geburtsdatum erkundigt. Als Dorte gemurmelt hatte, »Anna«, hatte die Ärztin ein überraschtes Gesicht gemacht und auf ihrem Computer herumgeklickt. Vielleicht erinnerte sie sich an Dortes ersten Besuch und wusste, dass sie log? Aber die Untersuchung nahm sie trotzdem vor.

»Du musst mir helfen. Es wegmachen?«, fragte Dorte, sowie sie sich gesetzt hatte, und sie hielt den Blick der anderen fest.

»Es ist zu spät«, sagte die Weißgekleidete ernst, als sei hier die Rede von mehreren Jahrtausenden.

»Das Geld kosten?« Dortes Atem schien auf irgendeine Weise nicht auszureichen.

»Das ist es nicht. Aber es sind schon mehr als zwölf Wochen!«, antwortete die andere so sanft, dass Dorte begriff, dass es hier nicht auf das Geld ankam.

»Du andere kennen? Helfen? Bitte!«, sagte Dorte mit Veras Stimme.

»Nein! Das ist verboten«, antwortete die Weiße ruhig, aber unbeirrbar. »Aber wir können über alles reden. Hast du eine Wohnung? Der Vater des Kindes, wo ist der?« Es hörte sich an wie das Summen einer Fliege. Dorte zog den Zweihundertkronenschein aus dem Portemonnaie und schob ihn über den Tisch, während sie versuchte, die Ärztin mit ihrem Blick zu hypnotisieren.

»Bezahlt wird draußen. Aber ich gehe mit dir, dann bleibt dir das erspart«, sagte die Weiße und schob das Geld zurück.

»Du mehr wollen?«, fragte Dorte schweißnass, während Schwindel und Übelkeit in ihr wüteten. Die andere schüttelte den Kopf und streckte die Hand über den Tisch aus, wie um Dorte zu streicheln.

»Du verstehst sicher, dass ich dich registrieren muss, auch wenn du den Namen des Vaters nicht nennen willst – oder deinen eigenen?«

»Registrieren? Polizei?«, keuchte Dorte, und ihre Wadenmuskeln machten sich bereit zur Flucht.

»Nein, für den Krankenbericht. Du hast nichts verbrochen. Es ist nicht strafbar, schwanger zu werden! Verstehst du, was ich sage?«, fragte die Weiße und ließ ein kurzes Lächeln folgen.

»Krankenbericht?« Dorte steckte zögernd den Geldschein in die Tasche.

»So ist das eben.« Die Ärztin überlegte und spielte mit einem Kugelschreiber, den sie auf dem Tisch gefunden hatte. »Bist du illegal hier im Land?«

»Nein! Touristin!«

»Aber du warst zuletzt vor mehr als drei Monaten hier. Du bist nicht nur schwanger, du hast auch andere Probleme. Nicht wahr?«

Dorte gab keine Antwort. Auf dem Schreibtisch stand ein Miniaturbaum. Eine runzlige orangefarbene Frucht hing neben einigen wenigen Blättern an einem Zweig. Die anderen lagen um den Topf herum verstreut.

»Ich kann jemanden anrufen, der sich um dich kümmert«, sagte die Ärztin freundlich. Zu freundlich.

»Danke«, sagte Dorte atemlos und war aufgesprungen, ehe sie es selbst begriffen hatte. Auch die andere hatte sich erhoben.

»Warte doch. Wir sind hier, um zu helfen!«

Dorte stürzte zur Tür, dicht gefolgt von der Weißen. Sie hörte die Frau etwas zu der anderen hinter dem Tresen sagen und spürte beider Augen im Rücken, als sie davonrannte. Spürte sie noch, als sie an den Hausmauern entlangeilte. Menschen stießen sie an oder gingen durch sie hindurch, ohne es zu merken. Eine Gruppe lachender junger Mädchen in dünnen Kleidern. Ihre Nabel unter den kleinen Hemden und Jacken waren bloß. Die Röcke kurz und die Münder halboffen wie Fische im Aquarium. Im Wind wehende Haare. In Dortes Alter. Sie lachten und lachten und lachten …

39

Die Gerüche hatten etwas Nacktes. Vor allem, wenn sie still auf Bänken saß, die zufällig dort standen. Es war nicht so wichtig, wo sie war, wenn sie sich nur ein wenig ausruhen konnte. Die ganze Stadt – Häuser, Autos, Bäume und Himmel – war aus blauem Glas. Der Blick konnte das nicht festhalten. Irgendwann krümmte sich über allem ein magerer Mond.

Nachdem sie den Versuch aufgegeben hatte, vor einem Hotel Kontakt aufzunehmen, landete sie auf einem in der Nähe gelegenen Parkplatz. Lara hätte es »Schweineglück« genannt, dass ein Mann in einem frischgewaschenen teuren Auto ein Fenster herunterkurbelte und fragte, ob sie eine Spazierfahrt mit ihm machen wollte. Gut angezogen war er und nicht alt.

Sie sagte »fünfzehnhundert« mit, wie sie hoffte, Laras Stimme, dann stieg sie ein. Er nickte nur und fuhr los, ohne weitere Fragen zu stellen. Sie schloss die Augen und dachte daran, dass sie bei dem braunen Mann Milch kaufen würde. Nachher. Vielleicht könnte dieser hier sie irgendwo in der Nähe absetzen, damit sie nicht so weit laufen müsste. Als sie die Augen wieder öffnete, hielten sie am Fluss, gut versteckt zwischen den Bäumen. Murmelte etwas von Liegesitzen, aber sie müsse einen Moment aussteigen. Sie packte ihre Tasche und gehorchte. War sicher durch das bequeme Sitzen verwöhnt, denn das Aufrechtstehen fiel ihr schwer.

Als sie sich umdrehte, sah sie, dass das Wasser Millionen von freundlichen Augen hatte. Dicht an dicht. Ein ganzer Sternenhimmel. Sie machte einige Schritte und glitt in dem feuchten Laub ein wenig aus. Als sie das Gleichgewicht wiedergefunden hatte, nahm sie eine unbeschreibliche Leichtigkeit wahr. Als sei alles aus und vorbei. Als sei die Arbeit getan und sie brauche keine neue mehr zu suchen. Als sei es nicht nötig, die unbewachten Lebensmittel zu stehlen. Als bilde sie sich nur ein, dass sie auf einen Brief von Lara warten müsste. Oder auf die gelben Zettel. Als wisse jeder aufgeklärte Mensch, dass Anna Karenina da, wo sie jetzt war, keinen Pass brauchte. Denn sie brauchte kein Geld zu sparen, um nach Hause zu kommen. Alles war bezahlt!

Endlich! Sie machte ein paar Schritte und hörte vage, wie der Mann sich an den Sitzen zu schaffen machte. Ihre Füße trieben sie weiter, ohne dass sie Kraft aufzuwenden brauchte. Insekten schwärmten über dem dunklen Wasser. Die Mondsichel schwamm wie ein Rettungsring unten im Glitzern. Irgendwo über einem Baumstumpf leuchtete ein schönes grünes Licht. Wie durch ein Spitzengewebe.

Als sie das Ufer erreicht hatte, kam ihr alles so natürlich vor. Fast gut. Als habe sie ein Examen hinter sich und wisse, dass es keine Rolle spielte, wie es gelaufen war, denn der Studienplatz war ihr ohnehin sicher. Sie begriff nicht, warum sie immer diese schwere Schultertasche mit sich herumschleppte. Immer. Sie ließ die Tasche einfach fallen und breitete die Arme aus, als sie weiterging.

Das Wasser war kalt an ihren Waden, aber das spielte keine Rolle. Das Problem war, sich sinken zu lassen. Aufzugeben. Nicht mit den Armen zu fuchteln oder zu schwimmen. Einfach ein beliebiger Gegenstand zu sein, der mit der Strömung trieb. Die Kälte verschwand. Die Füße verloren den Boden.

Sie musste Köder für den Vater finden. Spulwürmer von der Sorte, die im Sandboden hausten. Diese Würmer wickelten sich in Tannennadeln und Grashalme, um sich zu verstecken. Sie musste in die Strömung hinauswaten und mit den Zehen in der

Tiefe nach diesen Strohhülsen tasten. Die Hechte waren ganz wild darauf.

Der Vater saß in seinem Sessel und schliff verrostete Angelhaken. Er machte einen müden Eindruck, deshalb wollte sie ihn nicht stören. Das Wasser stand ihm bis zu den Waden, aber er schien es nicht zu bemerken. Um ihn herum schwammen Bücher mit dem Rücken nach oben, der Einband breitete sich aus wie Flügel. Mehrere der wirklich kostbaren alten Bücher zerfielen bereits. Dort lag die illustrierte Geschichte Europas. Der Lederrücken hatte feuchte Flecken, und der Umschlag war aufgeweicht und löste sich ab. Und dort schwamm das Buch, das am letzten Morgen auf seinem Nachttisch gelegen hatte, das, auf dem der Name *Czestaw* stand.

»Papa, willst du die Bücher nicht retten?«, rief sie. Er gab keine Antwort.

»Willst du nicht das Buch aufheben, das du noch nicht ausgelesen hast?«, schrie sie verzweifelt. Aber er saß bewegungslos da und achtete nicht auf sie.

Ein Mann in nasser Hose beugte sich über sie. Er stieß sie an und wollte sie offenbar dazu bringen, sich zu erbrechen. Gehorsam würgte sie einige Male. Jemand klapperte mit den Zähnen. Nein, sie waren zu zweit. Der Mann kippte ins Heidekraut. Rappelte sich auf, taumelte einige Schritte. Atmete schwer und starrte sie an. Beugte sich über sie und sagte etwas, das sie nicht verstand. Zog an ihr und wollte sie zum Sitzen bringen. Wollte sie offenbar mitnehmen.

Sie hatte es nicht geschafft. Irgendwo außerhalb ihrer selbst baute sich ein Schrei auf. Sie wusste nicht, woher der kam oder wohin er wollte. Er zerschnitt die Luft wie eine Sirene, die nicht zum Verstummen gebracht werden konnte. Sie hörte, dass er sie bat, damit aufzuhören. Spürte, wie er kraftlos ihre Wange schlug und dabei versprach, ihr nichts zu tun. Hörte ihn sagen, er habe ihre Tasche aufgehoben. Sie hörte ihn durch den Schrei, der nicht zu beenden war.

Er trug sie. Schwankte. Holte Atem. Legte sie ins Auto. Die Ledersitze bekamen dunkle Flecken. Sein Sakko tropfte, während er sich gegen das Auto lehnte und irgendwo anrief. Derweil strömte der Schrei aus ihr heraus und hinunter auf die weißen Oberschenkel.

Er schnallte den Sicherheitsgurt an und setzte sich hinter das Lenkrad. Das Telefon saß auf einem Gestell. Seine Hände zitterten. Ein erwachsener Mann, dem die Hände zitterten. Er rief irgendwo an. Fragte jemanden nach etwas. Wartete. Wiederholte. Am Ende sagte er: »Wir kommen jetzt! Sofort!«

Ein Mann im Seitenspiegel. Bartstoppeln gleich am Mundwinkel. Geheimratsecken. Augen, die vom Telefon zur ihr hetzten, zum Lenkrad, zu etwas anderem dort draußen. Er wusste sicher nicht, dass seine Augen umherjagten. Ab und zu bat er sie, nicht mehr zu schreien. Drohte, sie aus dem Auto zu werfen, wenn sie nicht aufhörte. Als sei es ihre Schuld.

Eine Frau in einem weißen Kittel packte ihren Arm und bohrte eine Spritze hinein. Das Letzte, woran sie sich erinnerte, war der Schrei, nicht dessen Verschwinden.

Als sie wieder zu sich kam, war ihr Hals eine Brandwunde. Von innen. Sie hatte keine Stimme, als sie den weißen Schatten um etwas zu trinken bitten wollte.

Die Mutter saß da und erzählte Gott Dinge, die sie streng genommen nicht wissen konnte. Saß im Bett und war so viel kleiner als in Dortes Erinnerung. Nicht größer als eine kleine Puppe. Die Stimme war so seltsam, ganz anders als sonst. Die Mutter schämte sich ihretwegen. Sie erzählte Gott von Lara, die nach Moskau gefahren war, um eine Pension zu übernehmen. Aber nicht von Tom, der im Gefängnis saß. Jedes Mal, wenn sie die Spritze spürte, hörte die Mutter auf zu beten. Deshalb konnte sie nicht immer alle aufzählen, um deren Schutz sie Gott bat. Die Mutter war nicht dieselbe wie früher. Sie schien den Ernst der Lage nicht zu erfassen. Im Auto waren doch Ledersitze. Leder wurde von so viel Wasser ruiniert. Erst trocken wie Pappe, dann zerkrümelte es. Ganz sicher. Es kostete viele Kunden, das zu ersetzen. Endlich schien die Mutter den Versuch aufzugeben, Gott hinters Licht zu führen.

»Liebe Maria, Mutter Gottes«, sagte die Mutter und suchte Zuflucht bei Maria. »Du weißt doch, dass es schwer ist, gute Kunden zu finden, nicht wahr? Wenn du ihm also erzählst, dass wir die Ledersitze nicht ersetzen können, dann ist das wunderbar. Nein, er war nicht unangenehm, gerade deshalb bitte ich dich doch, ihn zu beschützen. Seine Hände haben gezittert, und er hat das Rasieren nicht so genau genommen. Er war ziemlich höflich.«

Der Mond badete im Fluss. Sie suchte im Gras nach etwas und konnte sich zuerst nicht erinnern, was es war. Dann nahm sie den Geruch von Eiercreme und Puderzucker wahr. Etwas Warmes strömte vorbei. Nikolai legte Lara in einen Schuhkarton, um sie im Sand zu begraben. Sie lag brav da mit geschlossenen Augen und Schneewittchens Krone über der Stirn. Der Goldring in ihrem Nabel glitzerte.

»Lara! Bist du tot?« Dorte wollte sie anfassen, damit sie aufwachte. Aber Nikolais Gesicht war so bleich, deshalb sah Dorte ein, dass es falsch wäre, sie zu wecken. Gleich darauf war er mit dem Karton und allem verschwunden. Die Landschaft schwamm kopfüber im Fluss, mit dem Profil des nickenden Mondes.

»Wie geht es?«

Dorte öffnete die Augen; das Licht blendete sie unbarmherzig. Eine weiße Gestalt stand hinter einem Gestell oder einem kleinen Galgen aus Metall. Eine durchsichtige Tüte hing dort oben an einer Leitung. Es war eine Frau, die mit ihr sprach. Jetzt kam sie näher. Ihr Gesicht verschwamm, wie Gips, der nicht trocknen will, und zwei Klicker von undefinierbarer Farbe kullerten hin und her.

Dorte bewegte die Lippen, aber ihr Kiefer ließ sich nicht bewegen. Etwas tropfte aus der Tüte und durch die Leitung. Das zu sehen machte sie durstig. Sie hatten sie offenbar mit Gummischläuchen ans Bett gefesselt. Der Galgen war an ihrer Hand befestigt, und etwas war weit unten in sie hineingesteckt. Es tat weh, wenn sie sich rührte. Ein Schlauch kam unter der Decke hervor und verschwand in einer Tüte neben dem Bett.

Der Versuch, sich zu erinnern, wie sie hierhergekommen war oder welche Kunden da gewesen waren, hatte keinen Sinn. Wenn die Frau aus dem Zimmer ginge, würde sie lieber nachsehen, wo sie sich verletzt hatte und ob sie aus dem Bett aufstehen könnte. Sie war nicht sicher, ob das hier die Wirklichkeit war oder etwas anderes. Aber das Licht drang durch ihre Augenlider. Durch ein Krähennest aus glühenden Adern sah sie die tropfende Tüte. Das hier war sicher ein Krankenhaus.

Sie hörte ein Kratzen auf dem Boden, und ein Körper tauchte neben ihrem Bett auf. Sie fuhr zusammen. Ein Stuhl wurde herangezogen und kam ganz nahe. Ihr Handgelenk spannte sich ein wenig an. Ein winziger Schmerz, es hatte keinen Sinn, sich damit zu beschäftigen. Bald darauf merkte sie, dass jemand ihre freie Hand nahm. Die Wärme einer fremden, trockenen Haut umschloss sie. Als sie aufschaute, blickte die Frau auf ihre Uhr.

»Du brauchst nicht viel zu sagen. Wir wollten nur wissen, wie es dir geht.«

Aber Dorte ließ sich nicht an der Nase herumführen, sie gab keine Antwort. Schloss nur die Augen und versuchte zu schlucken. Ihr Hals war durch die polnische Gemüsereibe der Mutter gedreht worden.

»Wir wollten wissen, ob du heute vielleicht versuchen magst, selbst zu essen.«

Dorte gab keine Antwort. Spürte nur den Durst. Musste sich vom Bleigeschmack befreien. Vorsichtig ließ sie die Zungenspitze über die Lippen aus trockenem groben Papier gleiten. Jemand hatte sie umgestülpt und über dem Gasherd getrocknet.

»Wir wüssten ja auch gern, wie du heißt … kannst du uns helfen?«

Dorte öffnete den Mund, um etwas zu trinken zu erbitten oder etwas, um ihre Lippen einzucremen. Die Krankenpflegerin zeigte kein Interesse, sie war fertig damit, auf ihre Uhr zu schauen, und notierte etwas auf einem Block.

»Der Mann, mit dem du gekommen bist, hat gesagt, dass du Norwegisch verstehst …«

Es war verlockend, zu antworten oder einfach nur den Kopf zu schütteln, um etwas zu trinken zu bekommen. Aber ein Luftzug fegte durch ihren Kopf, als ob jemand zwei Fenster gleichzeitig geöffnet hätte. Das war ein so gutes Gefühl, dass sie einnickte. Zweimal hörte sie jemanden sprechen, war aber nicht sicher, ob das wirklich passierte.

Das Tageslicht tat weh. Und sie sollten ja nicht sehen, dass sie wach war. Dann würden sie nur wieder mit ihren Fragen anfangen. Die Tasche! Die lag noch immer auf dem Nachttisch. Das Bett neben ihr war leer. Es war seltsam, dass sie nicht aufs Klo musste. Sie hatte sich schon gefragt, wie sie das schaffen sollte. Plötzlich fiel ihr auf, dass sie ein Hemd trug, das Ähnlichkeit mit dem Schlafanzug des Vaters hatte. Das brachte sie zum Weinen. Sie legte die Hand mit dem Schlauch anders hin und schloss die Augen. Schließlich tropfte es nur noch wenig, wie aus einem schlecht abgedichteten Hahn.

Sie wusste nichts über die Zeit, denn sie hatte Laras Wecker nicht. Die Uhr des Vaters hatte ihr jemand abgenommen und auf den Nachttisch gelegt. Und die Uhr war durch den Aufenthalt im Fluss offenbar nicht gesund geworden.

Jemand kam herein und beugte sich über sie. Sie waren zu zweit und redeten, als wäre sie tot oder unsichtbar.

»Der Mann hat behauptet, dass sie Norwegisch spricht! Aber es sieht nicht so aus. Dann hätten wir doch mit ihr reden können«, sagte die Krankenpflegerin.

»Welche Rolle hat dieser Mann denn gespielt?«, fragte eine tiefe Frauenstimme.

»Das weiß ich nicht, ich war nicht dabei.«

»Ich meine, war er ein Verwandter? Ein Bekannter? Ein Partner?«

»Er hat sie abgeliefert, ohne sich vorzustellen. Sagte, er wolle nur den Wagen abstellen und dann zurückkommen, aber das hat er nicht getan. Mehr weiß ich nicht über ihre Ankunft hier. Sie war dehydriert, nass und in einem sehr elenden Zustand. Hat die ganze Zeit geschrien. Wir haben ihr etwas zur Beruhigung gegeben. Es kam uns vor wie ein Zusammenbruch. Ich glaube, jetzt geht es besser. Der Mann wollte sie sicher nur loswerden. Sie ist schwanger. Ich weiß nicht, aus welcher Szene sie stammt, aber sie hat einen Discman mit Bach in ihrer Tasche – und eine Tube Gleitcreme.«

»Hallo!«, sagte die tiefe Stimme, so nahe, dass Dorte den Atem an ihrem Gesicht spürte. Aber sie gab keine Antwort. Auch nicht, als ihre Hand gestreichelt wurde.

»Es war wirklich idiotisch, ihn laufenzulassen, ohne Namen und Adresse zu notieren!«

»Sag mir das nicht. Ich war nicht dabei! Aber wir mussten euch doch informieren, wo wir keine Identität haben … Ich meine, uns fehlen die Kapazitäten, um uns um sie zu kümmern. Das hier ist ein Krankenhaus, kein Asyl für …«

»Für mich steht außer Frage, dass sie Krankenpflege braucht«, fiel ihr die tiefe Frauenstimme ins Wort. »Bei der Polizei können wir bei solchen Fällen nichts unternehmen, solange sie nichts verbrochen hat. Jemand muss sie doch kennen.«

»Ja, nicht wahr? Kann sie ein Fall für die Psychiatrie sein?«

»Hat sie sich am Kopf verletzt?«

»Das glaube ich nicht … davon steht nichts in unseren Unterlagen.«

»Kann ich mit dem Arzt sprechen und den Krankenbericht sehen? Dann kann ich möglicherweise eine Untersuchung in die Wege leiten.«

Zwei Paar Füße gingen durch das Zimmer. Ein Paar Korksohlen, die ein wenig klapperten. Das andere waren solide Schuhe mit Gummisohlen. Die Tür schloss sich, und Dorte war wieder allein.

Polizei! Jetzt würden sie sie holen! Sie zum Reden zwingen. Wenn sie das nicht tat, würden sie sie verhören, bis sie es nicht mehr aushielte. Und von Lara erzählte! Und Tom! Und dann würde sie sich für den Rest ihres Lebens verstecken müssen. Sie sah alles genau vor sich. Litauische Polizei? Hure! Schwanger. Und wenn sie nicht in den Fluss ging und auf diese Weise vermied, Tom zu verpfeifen, dann würde es nichts helfen, dass Tom bezahlt hatte. Liudvikas und Makar würden sie finden.

40

SIE RISS DIE KANÜLE aus ihrem Arm und nahm einen stechenden Schmerz wahr, als sie die herauszog, die unten befestigt war. Ihr Kopf schien nicht ganz richtig zu sitzen, und ihr Hals fühlte sich innen an wie ein altes Stück Leder. Ihre Kleider fand sie im

Schrank, zerknittert, aber trocken. Sie vergeudete keine Zeit damit, das Schlafanzughemd auszuziehen, sondern streifte einfach die Jeansjacke darüber und steckte den Baumwollpullover in die Tasche. Zog den Rock über die ausgebeulte Krankenhausunterhose und überzeugte sich davon, dass ihr Pass zwischen Boden und Futter in der Tasche lag. Den hatten sie nicht gefunden! Geld hatte sie nicht. Den Zweihunderter hatte sie für Essen vergeudet, abgesehen von zwei Zehnkronenstücken in der Tasche ihrer Jeansjacke.

Auf dem langen Gang stand »Exit« auf leuchtenden Schildern. Niemand schien Wache zu halten, um sie an der Flucht zu hindern, aber sie konnte es nicht sicher wissen. Ihr Kopf war eine dröhnende Schachtel. Ihr Herz war nach oben umgezogen. Sie ging vorbei an Weißgekleideten, die durchaus hinter ihr herjagen könnten. Menschen mit bleichen oder ausdruckslosen Gesichtern trieben vorüber. Sicher sollten die von irgendeiner Krankheit befreit werden. Hatte keinen Sinn, ihre Blicke zu erwidern. Vielleicht sahen sie sie nicht. Eine junge Frau mit engsitzendem Kopftuch starrte sie aus verängstigten Augen an. Sie musste einfach geradeaus gehen, rasch und zielstrebig, ohne zu rennen.

Als sie die Schwingtüren hinter sich hatte, schlug die Luft ihr entgegen wie die Flügel eines Schmetterlings. Nach einigen Schritten setzte sie sich auf eine Bank, um sich zu sammeln, wenn das möglich war. Ihr Schritt war wund von dem Fesselschlauch. Sie versuchte sich zu konzentrieren, hatte das Gefühl, noch niemals hier gewesen zu sein. Vielleicht kam man nicht durch dieselbe Tür herein, durch die man hinausging. Die ganze Zeit fuhren Taxen vor und wieder fort. Menschen mit Blumen und großen Taschen. Wenn sie sich doch einfach ein Taxi zu Laras Wohnung hätte nehmen können. Für zwanzig Kronen!

Während sie mit dem Kopf auf den Knien dasaß, brach die

Panik über sie herein, als sei sie aus einem Sack entwichen. Sie suchten nach ihr! Sie hielt sich an der Bank fest und zwang Luft durch ihren ausgedörrten Hals. Dann stand sie auf und verließ das Gelände. Überquerte die Straße. Fand schließlich eine menschenleere Straße. Trieb ziellos umher, hielt sich dabei an Hecken und Gärtenzäunen fest. Mit Gelee in den Knien und tauben Füßen.

Ein Junge mit einem Zeitungsanhänger an seinem Rad warf einen Blick zu ihr herüber. Der hält mich vielleicht für betrunken oder für drogensüchtig, dachte sie und versuchte, sich zusammenzureißen. Das war nicht ganz leicht. Als er die Zeitungen abgeliefert hatte und zurückkam, blieb er stehen und stellte den Fuß auf den Boden.

»Geht's dir nicht gut?«

Sie stellte sich taub, machte nur einen Schritt zur Seite und ging vorwärts, ohne sich am Zaun festzuhalten.

»Verzeihung! Dachte nur, du brauchst vielleicht Hilfe! Mach's gut«, hörte sie hinter sich.

Dann waren von ihm nur noch der Wagen mit den Zeitungen, der Rücken und das Hinterrad zu sehen. Schirmmütze und gestreifter Pullover. Weg. Als ob versteckte Fäden in den Baumkronen ihn durch ein schwarzblaues Flimmern zögen. Zeitungsbote mit Fahrrad? Vielleicht könnte auch sie so einen Job finden? Man musste sicher nicht besonders gut Norwegisch können. Sie hätte fragen sollen, wie viel er verdiente.

Sie hatte das Gefühl, seit einer Ewigkeit unterwegs zu sein, als sie plötzlich die Türme der großen Kirche entdeckte. Nun konnte sie sich orientieren und den Weg zu Laras Wohnung finden. Ihr ging auf, dass sie im Kreis gelaufen war. Irgendwo gab es Treppen und eine Bank. Sie setzte sich für eine Weile. Beugte sich über ihre Knie, um sich einerseits zu verstecken, andererseits nicht zu fallen. Plötzlich hörte sie das gleichmäßige Rauschen von Verkehr und Menschen. Als ob jemand nach langer Zeit einen Fernseher lauter gestellt hätte. Es war sicher die ganze Zeit da gewesen, aber sie konnte sich nicht erinnern, es gehört zu haben. Als sie den Fuß bewegte, berührte sie eine halb versteckte Flasche Wasser. Drehte den Deckel ab und schnupperte. Kostete. Doch, das war Wasser. Sie hielt die Flasche an den Mund und trank gierig. Aber dann war Schluss. Ein so unerträglicher Durst konnte nicht gelöscht werden, egal wie viel sie trank. Also musste sie sparsam mit dem Wasser umgehen. Sie war nicht krank. Nur durstig! Sie steckte die Plastikflasche in die Tasche und ging weiter. Würde sie an der ersten möglichen Stelle auffüllen.

Der Lärm der Autos und Menschen wurde zu viel, das Wasser schien ihre Sinne geweckt zu haben. Aber sie musste gehen, sonst würde sie Laras Wohnung nicht erreichen. Ihre Knöchel waren trockenes Stroh. Die Sonne peitschte ihr Gesicht, bis der Schweiß nur so strömte. Sie hätte gern die Jacke ausgezogen. Aber da sie dumm genug gewesen war, den Schlafanzug anzubehalten, geschah es ihr nur recht. Niemand konnte im Schlafanzug des Vaters durch die Stadt gehen. Die anderen mussten sie doch für verrückt halten. War sie verrückt?

Ihr kam die Idee, in die Kirche zu gehen. Sich vielleicht für eine Weile auf eine Bank zu setzen und an Laras Springbrunnen zu denken. Das erschien ihr richtig. Dann fiel ihr ein, dass die schwere Tür sie daran hindern würde. Und es wäre ein großer Umweg. Trotzdem sah sie sich zum ersten Altar gehen. Die Stirn an die Bank legen und in die Knie sinken. Jetzt hätte sie beten müssen. Aber sie konnte nur daran denken, dass Laras Topfblumen sicher schon lange verdurstet waren. Lange, spitze Blätter mit weißen Flecken waren wohl zu braunen Streifen geworden.

Sie musste sich darauf konzentrieren, dass sie niemandem begegnen durfte, während sie sich die Treppen hochschleppte. Die

Blicke, die sie auf der Straße aufgefangen hatte, hatten ihr klargemacht, dass sie verdächtig wirkte. Das Pflaster mit dem geronnenen Blut klebte noch auf ihrem Handrücken, als sie versuchte, die Tür aufzuschließen. Sie fummelte herum und glaubte, vergessen zu haben, wie ein Schlüssel funktionierte. Zu gar nichts mehr zu taugen, nur, weil sie im Krankenhaus gewesen war. Sie drehte den Schlüssel um und steckte ihn wieder ins Schloss, aber sie wusste, dass es nicht funktionieren würde. Dann ging ihr auf, dass sie nur deshalb nicht aufschließen konnte, weil von innen bereits ein Schlüssel steckte. Sie wich zur Treppe zurück, ging zwei Stufen nach unten, um sich zu verstecken, und presste sich an die Wand. Nach einer Weile ging sie nach unten und sah im Briefkasten nach, ohne zu wissen, was sie dort suchte. Der war leer. Kaum etwas ist so hohl wie ein leerer Briefkasten.

Eine Hummel hatte sich durch das offene Fenster ins Treppenhaus verirrt. Verzweifelt und mit einem Gebrumm, als ob sie sich für einen Bären hielte, warf sie sich immer wieder gegen die Fensterscheibe, um den Weg hinaus zu finden. Nachdem Dorte eine Weile dort gesessen hatte, schleppte sie sich wieder die Treppen hinauf. Auf halbem Weg hörte sie, wie die Haustür unten ins Schloss fiel, dann näherten sich rasche Schritte. Gleich darauf kam ein Mann mit braunen Schuhen und dem leichten Geruch von altem Papier an ihr vorbei. Sie hatte ihn schon einmal gesehen, vom Balkon aus. Er sagte nichts, drückte sich nur an ihr vorbei und schloss irgendwo im ersten Stock eine Wohnungstür auf. Trotzdem brauchte ihr Herz lange, bis es wieder zur Landung ansetzte.

Diesmal horchte sie an der Tür. Mit dem fest daran gepressten Ohr konnte sie den Springbrunnen hören. Ansonsten war alles still. Sie holte tief Luft, wartete ein wenig, dann klingelte sie. Das seltsame heisere Brummen der alten Klingel ließ sie zusammenfahren. Aber nichts passierte. Nach dem dritten Klingeln hörte sie neben dem Plätschern des Springbrunnens noch ein anderes Geräusch. Jemand zog drinnen den Schlüssel heraus. Dorte wartete einen Moment, dann steckte sie ihren Schlüssel ins Schloss und drehte um.

Gleich darauf wurde sie am Nacken gepackt und in die Diele gerissen.

41

»Warum hast du deinen Namen nicht gesagt?«, fauchte eine Stimme, und zwei Arme schlangen sich um sie.

»Konnte doch nicht wissen, wer hier ist«, brachte Dorte heraus und klammerte sich an Laras weichen Leib.

»Wo hast du gesteckt? Du siehst unmöglich aus!« Lara hielt sie von sich weg und musterte sie ungläubig. Entdeckte die Hand mit dem blutigen Pflaster und schrie auf.

»Verdammt, du hast doch wohl nicht mit Fixen angefangen? Ausgerechnet du! Du Idiotin!«

Das Zimmer fing an zu schaukeln. Dorte wurde in einen fernen, schwingenden Ton hineingesaugt. Dann fand sie sich mit ausgebreiteten Armen am Boden liegend wieder. Laras Mund wurde zu zwei kräftigen Rosenblättern, die sich langsam über ihr bewegten.

»Und sie gaben Ihm zu trinken!« Die Stimme der Mutter klang demütig, aber kristallklar. Dauernd gab es in der Bibel Leute, denen zu trinken gegeben wurde. Laras Hände hielten das rauhe Glas und berechneten den Winkel, in dem sie es halten musste, damit Dorte schlucken konnte. Dorte hatte den Kopf auf Laras Schoß liegen und blickte auf deren schwarzlackierte

Zehennägel. Sie sahen aus wie überreife Kirschen. Dorte schluckte und schluckte.

Irgendwann gelang es ihr, sich aufzuraffen und zum Sofa zu schleppen. Lara zog ihr Schuhe und Jacke aus.

»Was ist das denn für ein Aufzug!«, rief sie. »Dieses Hemd! Du warst im Krankenhaus. Was um Himmels willen hast du da gemacht?«

»Nichts …«, murmelte Dorte beschämt.

»Nichts? Niemand ist wegen nichts im Krankenhaus.«

»Da war ein Kunde, der …«

»Dich geschlagen hat?«, fragte Lara wütend.

»Nein! Hat mich aus dem Fluss gezogen und …«

»Welcher Idiot hat dich denn in den Fluss geworfen?«

»Keiner …«

»Was zum Teufel hattest du dann im Fluss zu suchen?«, schrie Lara.

»Das weiß ich nicht mehr … bitte … nicht böse sein!«

Lara ließ sich so plötzlich aufs Sofa fallen, dass sie dabei Dortes Haare einklemmte. Die kniff vor Schmerz die Augen zu und berührte kraftlos Laras Arm. Lara bewegte sich ein wenig und zog Dortes Haare hervor wie eine Rolle Garn.

»Ich bin nicht böse. Ich bin stocksauer! Weil ich ein Kind mit so wenig Verstand allein lassen musste, dass sie sich so einfach ertränken geht!«

Dazu gab es nichts zu sagen.

»Du siehst aus wie ein ausgezehrtes Skelett! Ich koche Tee!«, erklärte Lara in drohendem Tonfall, ehe sie zum Küchentisch stürzte und dort mit allen möglichen Gegenständen herumklirrte.

Dorte machte, dass sie auf die Toilette kam. Während sie dort saß, überkam sie eine so große Erleichterung darüber, dass Lara wieder da war, dass sie anfing zu weinen. Und danach, als sie sich Gesicht und Hände gewaschen und das Pflaster weggeworfen hatte, wusste sie nicht, wie sie so schnell wie möglich zu dem Tisch kommen sollte, wo Lara stand und Käsebrote schmierte. Sie trat hinter Lara und klammerte sich an deren Rücken, während sie ein piepsendes Schluchzen ausstieß.

»Lara! Du bist eine Prinzessin! Ich will dein Zwerg sein!«

»Sei still! Du darfst nie vergessen, dass du die Prinzessin bist. Die Typen – die sind nur Zwerge! Sie haben das Gehirn einer Ratte!«, schimpfte Lara, belud das Tablett, trug es ins Wohnzimmer und knallte alles auf den Tisch. Dann ließ sie sich so hart auf das Sofa fallen, dass es wimmerte.

»Du weißt, dass man nicht aufgeben kann? Niemals!«

»Warum nicht?«

»Du hast dieses Leben bekommen, um dir selbst zu beweisen, dass es dich gibt! Und dass du nicht vergeblich hier bist. Verstehst du?« Lara biss energisch in ein Brot und kaute darauf herum, als müsse sie ihre Worte zu Wahrheit zermalmen.

»Ich hab es versucht«, murmelte Dorte und sah ihr Brot an. Nicht, dass sie keinen Hunger gehabt hätte. Aber es war wohl zu spät. Sie hatte gelernt, dass der Hunger nicht immer da ist. Er kommt und geht. Taucht nachts im Alptraum auf oder wenn man an einer Bäckerei vorbeigeht. Am Ende bleiben nur Bleigeschmack und das nagende Gefühl, einen Hamster im Magen zu haben.

»Du musst es dir selbst beweisen, das hab ich doch gesagt! Man braucht einen Stolz. Außerdem willst du doch irgendwann zu deiner Mutter nach Hause. Nicht wahr?«

Dorte wusste keine Antwort, sie schüttelte nur den Kopf, um zu zeigen, dass sie immerhin zuhörte.

»Natürlich willst du nach Hause. Hast du deinen Pass bekommen?«

»Ja! Aber das hat doch nichts geholfen. Hatte kein Geld für die Reise. Wer hat ihn gebracht?«

»Ein Bekannter. Aber das kann dir egal sein. Du hast ihn, das ist die Hauptsache. Hast du mit ihm geredet?«

»Der Pass lag im Briefkasten. Arbeitet der Bekannte für Tom?«

»Frag nicht!«

»Hat Tom ihm den Pass gegeben?«

»Frag nicht, hab ich doch gesagt. Aber warum ist es dir so schlechtgegangen? Hast du nicht getan, was ich dir gesagt habe?«

»Weiß nicht … ich hab einen Mann mit roten Haaren kennengelernt, der nett war. Und einer, der Arthur heißt, wollte, dass ich nach Oslo komme. Er wollte mir Arbeit in einer Kantine besorgen. Aber er meldet sich nicht am Telefon. Ich habe versucht, in einem Café nach Arbeit zu fragen, aber da gab es nur Möhrenkuchen«, sagte sie und wischte sich die Augen.

»Aber jetzt hör doch auf! Putz dir die Nase!«, sagte Lara und musterte sie besorgt. »Du musst dich an das halten, was du kannst. Du bist doch so tüchtig und … reizend! Ich wette, du hast dich hingesetzt und dich selbst bemitleidet, statt die Zähne zusammenzubeißen und Lösungen zu finden. Meinst du, ich wäre noch am Leben, wenn ich so gefühlsduselig und faul gewesen wäre wie du? Nein!«

»Du weißt nicht alles, Lara. Verstehst du nicht? Ich kann das nicht!« Dorte legte das Brot, von dem sie ein Stück abgebissen hatte, auf den Teller und wischte sich die Nase.

»Das ist nichts, was man kann oder nicht kann. Es ist etwas, das für Essen und Unterkunft sorgt. Viele Menschen hassen ihre Arbeit, ihren Chef … alles! Aber sie besitzen den Willen weiterzukommen. Nicht wahr? So sind wir! Du und ich, Dorte, wir kommen weiter. Wir werden verdammt noch mal in keinem Fluss vermodern. Hörst du?« Lara kaute noch schneller.

»Wie war es denn bei dir?«, fragte Dorte, um der Sache ein

Ende zu machen, und trank einen großen Schluck. Der Tee schmeckte nach Honig und Zitrone. Er war wie Lara. Stark und süß und bitter zugleich. Verlässlich – solange man welchen hatte.

»Ja, danke!«, sagte Lara und verdrehte die Augen. »Nicht besonders. Ich habe bei einer alten Bekannten gewohnt. Die Branche ist total verfault. Alle denken nur an sich, auch in Russland«, seufzte sie und biss energisch zu. »Aber hier bist du soeben aus dem Fluss gefischt worden und von den Toten auferstanden und ... haben sie dich übrigens rausgeworfen? Aus dem Krankenhaus?«

»Nein, sie haben davon gesprochen, dass die Polizei mich holen sollte. Ich habe beide Schläuche rausgezogen und bin gegangen.«

»Schläuche?«

»Einen im Arm und einen hier.« Dorte zeigte auf ihren Schritt.

»Herrgott! Zwei Stück! Ging es dir so schlecht? Und statt glücklich zu sein, weil du überlebt hast, bringst du es nicht mal über dich zu essen, obwohl ich dir das Essen sozusagen in den Hals stopfe!«, schimpfte Lara, ehe sie sich plötzlich beruhigte und hinzufügte: »Ich könnte dir von damals im Keller in Moskau erzählen, als ich mit einer riesigen mageren Ratte gekämpft habe – um einen Rest Brot!«

»Du hast doch nicht mit einer Ratte gekämpft!«

»Doch, sicher. Es war in einem Winter, wo es verdammt kalt war, sogar unten in den Kloaken. Da erfror man natürlich nicht, man musste aber auf das bisschen Essen aufpassen, das man auftreiben konnte. Am besten versteckte man es am Körper und tat so, als hätte man nichts. Ich war ziemlich gut darin, Essen zu besorgen, es kam also vor, dass ich etwas verschenkte, damit sie mich in Ruhe ließen. Ich war doch klein und schwach. Die einzige Waffe, die ich hatte, waren meine Zähne. Die waren immer Freunde in der Not. Die meisten fanden es wichtiger, Leim zu besorgen als Essen.«

»Leim?«, fragte Dorte verwirrt.

»Irgendeine Freude muss man doch haben. Wenn man Leim hatte, konnte man sich in die Lumpen legen und sniffen, bis man wegflog. Aber einige wurden davon reichlich verrückt. Ich meine, gefährlich. Oh, verdammt. Vor allem einer war da, der sich nie wusch oder genug Klamotten klaute, dass er sie wechseln konnte. Er stank viel schlimmer als die Kloake selber. Wenn er einen Arschfick wollte, hattest du keine Chance. Du wurdest von dem Gestank einfach k.o. geschlagen.«

»Arschfick?«

»Ja, das hatte er wohl von den Mannsbildern gelernt, an die er sich verkaufte. Vielleicht war er homo? Was weiß ich? Jedenfalls … manchmal verschwand das Essen, während ich schlief. Die Stärksten nahmen allen das Essen ab. Oft aß ich mit der Jacke über dem Kopf, wenn die ›Nachbarn‹ schliefen. Aber der Geruch von Brot, sogar von trockenem schimmeligen Brot, ließ die Leute durch den Scheißegestank schnüffeln und aus dem Schlaf hochfahren. Und dann war die Hölle los. Wenn du nicht freiwillig hergabst, was du hattest, holten sie sich oft dein Essen und dein Loch. Die stärksten Jungs hatten einen abenteuerlichen Appetit auf alles. Genau wie die Affen. Sie saßen in einer Ecke und wichsten, nur um zu nerven. Einige hatten dazu noch immer die Energie, egal wie zugedröhnt sie waren!«

»Das kann doch nicht sein!«

Die Ohrfeige brachte Dortes Kopf zum Singen, noch ehe sie begriffen hatte, was passiert war.

»Behaupte nicht, dass ich lüge! Hast du gehört? Ich lüge nur, um Leben zu retten oder wichtige Menschen zu schützen. Nicht wegen Kleinigkeiten, nicht gegenüber Freundinnen.«

»Bin ich deine Freundin, Lara?«

»Sicher. Ich hatte solche Angst, als ich gekommen bin – und

du verschwunden warst. Dachte sogar, du wärst vielleicht verhaftet worden. Ja, ich gebe zu, dass ich auch Angst um mich hatte, dass du mich verraten haben könntest. Eine, die immer kämpfen musste, denkt so. Aber ich habe eigentlich nicht geglaubt, dass du über mich geklatscht hast. Hatte Angst, dir könnte etwas passiert sein. Verstehst du nicht? Du bist ja tapfer, aber auch reichlich dumm. Ein Mensch, der so sicher und gut gelebt hat wie du, mit Mutter und allem Möglichen, ist eigentlich nicht *lebenstüchtig.* Aber du lernst schnell. Verstehst du?«

In Laras Mundwinkel hing ein kleiner Brotkrümel. Der zitterte einen Moment lang ein wenig, dann bemerkte sie ihn und holte ihn mit der Zungenspitze.

»Lara, ich muss dir etwas …«

»Scheiße, dass sie Tom erwischt haben und wir untertauchen mussten. Ich hab das jetzt verstanden. Tom ist einer der wenigen, auf die Verlass ist. Er hat nichts gesagt. Sonst hätten sie mich geholt. Und die anderen. Zum Glück weiß ich nicht, wo sie sind. Du! Wenn ich zur Vernehmung muss, dann kenne ich nur dich. Wir beide sind die Einzigen. Wir arbeiten allein, ohne Zuhälter. Das ist hierzulande nicht verboten. Bleib du auch dabei. Aber ich hoffe, dass Tom nicht verurteilt wird. Hast du die Zeitung gesehen?«

»Die Zeitung? Nein, noch nicht.«

»Die bringen keine Namen oder Bilder. Aber die Geschichte … es geht um ihn! Sie versuchen, ihn wegen Menschenhandels verurteilen zu lassen. Unsinn! Er hat dir doch sozusagen das Leben gerettet, nicht wahr? Aber er ist wohl größer im Geschäft, als ich gedacht hatte. Beeindruckend. Was hast du übrigens mit dem Fernseher angestellt«, fragte sie und suchte hektisch nach der Zeitung.

»Das ist von selbst so geworden. Das lag sicher am Regenwetter …«

»Dummkopf! Der wird nicht vom Regenwetter schwarz«, schimpfte Lara. Dann fand sie die Zeitung und murmelte etwas darüber, dass der Fernseher alt war.

»Der Staatsanwalt fordert fünf Jahre! Sie glauben, es gibt noch weitere Hintermänner«, sagte sie, faltete die Zeitung auseinander und übersetzte.

»›Die Hintermänner haben alle Macht. Sie bestimmen den Alltag der Mädchen durch Zwang, Gewalt und Drohungen und nehmen ihnen ihre Würde. Die Strafe für einfachen Menschenhandel beträgt nach §224 des Strafgesetzbuches nur fünf Jahre Haft. Die Mädchen leben in moderner Sklaverei. Sie werden missbraucht und geschlagen. Die Angst vor Ausweisung und Racheakten hindert viele daran, die Hintermänner anzuzeigen.‹ Und darüber steht: ›Fleischmarkt!‹«

Lara schlug mit der Zeitung auf den Tisch und blieb mit weit aufgerissenen Augen und offenem Mund sitzen.

»Die werden Tom fertigmachen. Das kann direkt zum Teufel gehen, für uns alle«, sagte sie mutlos.

Dorte griff nach der Zeitung und suchte darin. Aber alles verschwand wie im Nebel. »Fleischmarkt.«

»Handelt das von Tom? Von uns?«, kam es stockend aus ihrem Mund.

»Wenn jemand fragt, dann kennst du Tom nicht. Hast nie von ihm gehört. Dann hast du einen Freund fürs Leben. Wenn du ihn hochgehen lässt, dann dreht er dir den Hals um, wenn er herauskommt. Oder er lässt das sofort von jemand anderem erledigen.«

»Wie kannst du behaupten, dass auf Tom Verlass ist, wenn er uns den Hals umdrehen will?«

»Wenn wir ihn verpfeifen, dann ist auf uns doch kein Verlass, klar? Deshalb! Und eins kann ich dir sagen, du kleiner Dussel, dass ich nicht nach Russland zurückkann. Dann lieber einige Monate in einem norwegischen Gefängnis. Wenn sie mich holen, dann schwöre ich, dass ich Tom nur vom Sehen kenne, aus Bars und so. Ich weiß nichts darüber, was er für Geschäfte macht. Und du weißt das auch nicht! Du operierst auf eigene Faust! Hast du verstanden?«

»Wie bin ich hergekommen?«

»Mitfahrgelegenheit, du weißt nicht mehr, wie der Mann hieß. Ich habe dich in irgendeiner Hotelbar aufgelesen. So genau weiß ich das nicht mehr, sage ich. Ich nenne ungefähr das Datum, zu dem du in Toms Wohnung gekommen bist. Wann war das?«

Dorte schüttelte den Kopf.

»Da siehst du's. Die Menschen vergessen so leicht. Die wirklich verdächtigen Typen sind die, die sich genau an Tag und Stunde erinnern können, wo sie waren und wen sie getroffen haben«, sagte sie und seufzte.

Dorte entdeckte einen Faden, der aus dem Ärmel des Krankenhaushemdes hing. Eigentlich wollte sie ihn abreißen. Aber das erschien ihr eine gewaltige Aufgabe. Ihre Hand wollte ihr nicht gehorchen. Ihre Augen wollten einfach zufallen. Arme und Beine schienen nicht mehr mit ihrem übrigen Körper zusammenzuhängen. Laras Stimme kam aus einem leeren Wartesaal mit Steinmauern auf allen Seiten.

42

»Er war lieb und kriegte das Kondom nicht an.«

»Aber die Pillen?«

»Ich wollte doch richtige Arbeit finden … aber an dem Tag hatte ich eine genommen.«

»An dem Tag! Herrgott!«, rief Lara und presste ihr die gesamte Rolle Toilettenpapier ins Gesicht, obwohl sie noch nicht fertig damit war, sich zu erbrechen.

Am Ende wischte Dorte sich den Mund ab und betätigte die Spülung. Putzte sich die Zähne und ging ins Wohnzimmer. Lara saß am Tisch und hatte den Kopf in die Hände gestützt. Dorte zog vorsichtig einen Stuhl heran und setzte sich zu ihr.

»Du musst zum Arzt! Du musst es wegmachen lassen!«

»Sie kann nicht … es ist zu alt«, sagte Dorte. »Und Mama würde vor Kummer sterben!«

»Hör gut zu! Was wäre schlimmer: dass deine Mutter vor Kummer stirbt, weil du schwanger wirst, ehe du trocken hinter den Ohren bist, oder dass sie vor Kummer stirbt, weil du es wegmachen lässt?«

»Ich weiß nicht …«

»Da hast du's! Wo warst du? Wer hat gesagt, dass es zu spät ist?«

»Die, die mich zusammengenäht hat.«

Lara seufzte und spitzte den Mund. Es war offensichtlich, dass sie nachdachte.

»Du weißt natürlich nicht, wie du den Mann erreichen kannst?«, murmelte Lara fast zu sich selbst. »Wer hat sonst noch kein Kondom benutzt? Mit wem warst du zusammen?«

»Das habe ich dir doch gesagt … Arthur, der mich aus diesem Haus rausgeholt hat … und Sveinung.«

»Konzentrier dich. Ist das der, der dir seine Handynummer gegeben hat? Der sich am Telefon nicht meldet? Hieß der Arthur oder Sveinung?«

»Arthur …«

Lara kniff die Augen zusammen. »Hast du seine Nummer noch?«

»Ja.«

»Weiß er davon?«

»Was?«

»Von dem Kind?«

»Nein! Ich wusste das doch selbst nicht.«

Lara stand mit geblähten Nasenflügeln da, den Mund zu einem roten Stöpsel zusammengezogen.

»Er hat dich eingeladen, bei ihm zu wohnen?«

»Das war sicher nicht so gemeint. Er meldet sich doch nicht am Telefon.«

»Weißt du seinen Nachnamen?«

Dorte überlegte, dann fiel ihr etwas ein.

»Sveinung oder der Mann auf dem Gang hat ihn ›Herr Ekløv‹ genannt, glaube ich, aber das war vielleicht nur aus Jux.«

»Arthur Ekløv! Das klingt doch gut. Ich ruf an.«

»Unter der Nummer meldet er sich doch nicht!«

»Das werden wir schon feststellen. Die Auskunft. Ich sage, dass du vor Liebeskummer umkommst.«

»Nein! Er weiß ja nicht mal meinen richtigen Namen. Du hast gesagt, ich sollte mich Anna nennen.«

»Ja, sicher, ich werde ihm alles erklären, nur von dem Kind sage ich nichts.«

»Ich will hier bei dir bleiben, bis ich nach Hause fahre«, jammerte Dorte.

»Du musst entweder bei Arthur bleiben, oder wir müssen Geld besorgen, damit du nach Hause zu deiner Mutter fahren und dort das Kind bekommen kannst.«

»Nein, so kann ich nicht nach Hause fahren!«

»Okay, dann musst du auf diesen Arthur setzen. Darauf, dass er dir Arbeit verschaffen kann.«

»Ich kenne ihn fast nicht. Kann ich nicht einfach hierbleiben«, fragte Dorte verzweifelt.

Lara stand auf und ging um den Tisch herum. Zuerst sagte sie nichts. Es war ziemlich unheimlich, und Dorte musste den Kopf und den ganzen Körper verdrehen, um dieser Wanderung zu folgen.

»Ich bin von jemandem angerufen worden, der versucht, mich zu erpressen. Er will Gegenleistungen … sagt, dass er alles weiß. Ich muss vielleicht für ihn arbeiten, damit er mich nicht denunziert«, seufzte sie. »Kann dich da nicht mit reinziehen. Ich kenn dich doch inzwischen. Will nicht schuld daran sein, wenn du als Fischfutter im Fluss endest … Ohne Tom ist alles hoffnungslos. Kann mir diese Wohnung nicht mehr leisten. Muss mir vielleicht ein kleines Zimmer suchen. Verstehst du?«

Ein Berg wuchs zwischen ihnen heran. Dorte konnte es nicht fassen. Das durfte nicht wahr sein! Die Tränen strömten. Lange saß Lara ungewohnt still da, dann legte sie Dorte die Hand auf den Arm.

»Sei nicht kindisch. Du wirst Mutter«, sagte sie sanft. »Jetzt nehme ich Kontakt zu diesem Arthur auf und sage, dass du nach Oslo kommen willst.«

»Ich kenne Arthur nicht … ich hab zu Hause einen Freund, Nikolai«, Dorte weinte jetzt laut.

Lara fuchtelte mit der Hand herum, als wolle sie eine Fliege verscheuchen. »Wenn du jetzt noch ein Wort sagst, dann fang ich auch an zu heulen«, schrie sie.

Dorte sagte lange Zeit nichts mehr.

»Was macht man mit solchen Kindern?«, schluchzte sie endlich.

»Weiß ich nicht. Aber wenn sie fertig sind, dann kommen sie von selbst. Und danach bist du dafür verantwortlich, dass das Kind nicht in einsamen Parks nach alten Männern suchen muss, falls es ein Mädchen ist.«

»Ist es in diesem Land eine Schande, ein Kind zu kriegen, wenn man nicht verheiratet ist und keinen Freund hat?«

»Absolut nicht. In diesem Land ist ein Kind ein Mensch. Jedenfalls solange jemand sich darum kümmern kann«, antwortete Lara und lief durch das Zimmer, um die Streichhölzer vom Kaminsims zu holen.

»Du! Ich mach für dich eine Kerze an, mein Kind! Mehr Mutter als bei dir kann ich nicht werden, verstehst du.«

»Wieso nicht?«

»Banale Geschichte, aber nicht so töricht wie deine.«

Sie zündete die beiden roten Kerzen auf dem Tisch an und setzte sich wieder.

»Es war einer von den großen Snifferjungs«, fing sie an. »Eigentlich kriegt man von dem Lynol Löcher im Gehirn, aber er hatte immerhin noch so viel Kontrolle, dass er mir half, es rauszuholen. Mit einem Eisenstab aus einem zerbrochenen Einkaufswagen, den er in Alkohol getaucht hatte. Aber das wirst du nicht tun! Es hätte ganz schlimm ausgehen können. Ich habe noch wochenlang wie ein Schwein geblutet. Aber es war raus! Erst zehn Jahre später, hier in Norwegen, hat ein Frauenarzt mir gesagt, dass ich total zerstört bin und mir den Gedanken an Kinder abschminken kann. Ich hatte ja auch gar nicht vor, eins zu kriegen. Wobei es natürlich auch nett sein könnte.«

»Mir wäre es nur recht, wenn du Frauenärztin wärst«, sagte Dorte. Lara fuhr mit ihrer ganzen quecksilbrigen Wut zu ihr herum. Die Hände in die Hüften gestemmt, das Gesicht in einem nicht wiederzuerkennenden Knoten verzerrt.

»Wann wirst du aufhören, nur an dich zu denken?«, schrie sie. Dann schien sie in sich zusammenzusacken und fügte hinzu: »Ich würde Jahre meines verdammten Lebens geben, um eines Morgens als Frauenärztin mit festem Gehalt aufzuwachen – statt meine und die Fotzen von anderen an gehirntote Idioten zu verkaufen!«

Lara hatte eine besondere Eigenart. Eine steinschwere Leichtigkeit, wie die eines Ochsen vor dem Pflug. Sie zog und zog, während die Erde sich teilte und hinter ihr Furchen entstanden. Immer auf dem Weg nach vorne, bis zum Ende des Ackers. Dort machte sie auf dem Absatz kehrt und zog eine neue parallele Furche zurück.

43

»NEIN, DARAN WIRD SIE nicht sterben«, sagte der Vater und lächelte. Er saß ihr gegenüber, in seiner verwaschenen, rostfleckigen Khakihose. Die schob sich immer an den Knöcheln hoch. Jetzt, wo er mit gekrümmten Knien dasaß, schien er aus der Hose herausgewachsen zu sein, doch er achtete nicht darauf.

»Sie schämt sich vor mir ... vor Gott ...«

»Ich kenne sie. Sie wird nicht sterben, nur weil sie sich schämt. Dann hätte sie sich niemals für mich entschieden – so weit entfernt von ihren eigenen Leuten. Verstehst du, deine Mutter hat sich immer nach einem Vater gesehnt. Deshalb spricht sie mit dem Herrn.«

Der Zug schlingerte im hohen Tempo, und Dorte setzte sich auf den freien Platz neben dem Vater, um sich an ihm festhalten zu können. Sie wollte seine Hand nehmen, aber etwas hinderte ihn daran. Vielleicht war sie zu groß geworden. Das Fenster verschlang die Tannenwipfel und spuckte sie hinter ihnen wieder aus, die Wolken donnerten voran, als ob sie zuerst ans Ziel kommen wollten. Unter ihr sangen die Eisenräder vom Heimweh. Schüttelten sie, rüttelten sie, wollten ihr klarmachen, dass sie keine Zukunft hatte. Sie hatte eben noch in *Anna Karenina* gelesen. Anna lebte nicht mehr, und Wronski wollte aus purem Selbstmitleid in den Krieg ziehen. Das Ende war ein endloser langweiliger Bericht über Leute, an die Dorte sich nicht erinnern konnte, und über ein kleines Kind, von dem alle fürchteten, es könnte zerquetscht worden sein.

»Mama hat so strenge Vorstellungen davon, wie alles sein soll. Wie Vera und ich leben sollen.«

»Gib ihr einfach ein wenig Zeit. Als sie jung war, war es ihr ziemlich egal, was die Leute sagten und dachten. Und als du größer geworden bist, hast du sicher so manches verstanden. Wir waren auch keine Engel.«

»Aber Mama … sie weiß doch nicht einmal, was eine Hure ist?«

»Natürlich weiß sie das. Sie spricht nur nicht darüber, um Vera und dich zu beschützen. Außerdem ist es nicht natürlich für sie, solche Wörter zu verwenden. Aber wir haben über diese Dinge diskutiert, weißt du noch?«

»Über Huren?«

»Nein, darüber, wovor wir euch beschützen sollen. Du weißt doch sicher noch, wie sie damals nicht wollte, dass ihr hört, wie Anna Karenina sich mit Wronski streitet und sich vor den Zug wirft. Im Nachhinein gebe ich ihr recht. Ihr wart zu jung. Aber damals war ich nicht ihrer Meinung, und am Ende habe ich einfach vorgelesen.«

»Hast du das gemacht, Papa? Warst du bei Huren? Ehe du Mama kennengelernt hast, weil du einsam warst …«

Kaum hatte sie das gefragt, da ging ihr auf, warum sie sich wirklich neben ihn gesetzt hatte. Sie ertrug seinen Blick nicht, wenn er antwortete. Es wurde ganz still. Nur die Räder ratterten rhythmisch.

»Bitte, demütige deinen Vater nicht mit solchen Fragen«, sagte er und legte eine Pause ein. »Aber ich habe meine Sünden, für die ich mich verantworten muss. Und du kannst doch sicher rechnen, auch wenn du darin nicht so tüchtig bist wie Vera.«

»Wie meinst du das?«

»Weißt du noch, wie wir graben mussten, um die Wasserleitung für das Haus zu legen? Als die Wohnzimmerwand eine Weile in der Luft hing, ehe sie gestützt werden konnte, und dass das Hochzeitsbild von der Wand fiel und zerbrach?«

Dorte erinnerte sich. Die Mutter hatte es für ein böses Omen gehalten, und der Vater hatte neues Glas zurechtschneiden und das Bild abermals rahmen müssen.

»Wie Vera das Datum gelesen hat, das der Fotograf auf die Rückseite geschrieben hatte, und sie uns fragte, warum das Bild mehrere Monate nach unserer Hochzeit gemacht worden war?«

»Ja …«

»Na gut. Ich weiß nicht mehr, was Mama geantwortet hat, aber ich war jedenfalls so feige, dass ich mich taub gestellt habe. Verstehst du … Vera lag nicht nur auf dem Bild mit dem Regenschirm in Mamas Bauch, sondern sie war auch schon seit fast vier Monaten dort, bis wir endlich geheiratet haben.«

»War Großmutter deshalb so böse auf dich?«

»Ja, natürlich. Deshalb musste sie ja nachgeben. Und sie hatte, wie du weißt, andere Pläne.«

»Und die, die Dorte hieß, war sie damals schon tot?«

»Ja! Wir waren so jung. Sie wollte ihre Familie in Dänemark besuchen, als das Auto, mit dem sie unterwegs war, einen Zusammenstoß hatte … aber das habe ich doch schon erzählt?«

»Ja, aber ich muss wissen, warum ich diesen Namen bekommen habe und nicht Vera.«

»Es war von Anfang an *dein* Name. Vielleicht habe ich sie deshalb kennengelernt?«

Plötzlich ragte der Berg vor ihnen auf und schleuderte einen ganzen Wasserfall über die Felsen. Abrupt und bedrohlich. Nur die Wirklichkeit konnte dermaßen übertreiben.

»Hättest du Mama auch geheiratet, wenn sie eine Hure gewesen wäre?« Sie wagte kaum, diese Frage zu stellen.

»Ja, natürlich. Ich hätte deine Mutter auch geheiratet, wenn sie die Jungfrau Maria gewesen wäre. Josef hat das doch gemacht, auch wenn es anstrengend für ihn gewesen sein muss.«

»Aber Vera war jedenfalls dein Kind?«

»Darüber bin ich froh. Aber das ist nicht das Entscheidende.

Man besitzt Kinder nicht. Man hat nur das Glück, ihnen ein paar Gene zu geben, an denen sie wachsen können.«

»Aber dann kann man Huren auch nicht besitzen, obwohl das in den Zeitungen steht?«

»Nein! Es ist der Versuch, einen anderen Menschen zu demütigen und zu zerstören. Manche Leute glauben sogar, sie könnten andere verkaufen, ohne sich selbst zu zerstören.«

»Nicht alle kommen ins Gefängnis wie Tom. Viele werden reich.«

»Reich sein bedeutet nicht, der Zerstörung zu entrinnen. Eher ist das Gegenteil der Fall. Man kann seine Seele nicht kaufen.«

»Jetzt redest du wie Mama.«

»Deine Mutter ist klug, ich bin stolz darauf, dass ich so einiges von ihr gelernt habe.«

Sie saßen eine Weile schweigend da, und Dorte überlegte, ob er wollte, dass sie jetzt ihren Proviant auspackten. Oder die Wasserflasche.

»Meinst du, dass Tom keine Seele hat?«

»Ich überlasse es ihm, sich darüber Gedanken zu machen – da, wo er jetzt ist.«

»Wissen es die Menschen, wenn sie dabei sind, ihre Seele zu verlieren?«

»Ich kann nur für mich antworten. Und ich hätte es gewusst.«

»Wann?«, flüsterte sie.

»Als ich Litauen und Onkel Josef und Anna verlassen habe. Die letzten Verwandten, die mir noch blieben. Auch ihr Sohn war gegangen. Ich konnte Trauer und Kummer nicht mehr ertragen. Die vielen Erinnerungen an meine toten Eltern.«

»Über die weiß ich nicht sehr viel.«

»Nein, es war meine typische Feigheit, dass es mir leichter gefallen ist, über Literatur zu sprechen als über das wirkliche

Leben. Aber ich glaube, ich habe dir erzählt, dass meine Familie zwei unterschiedliche Zweige an einem gemeinsamen Baum waren. Der eine verkaufte Uhren und Gold. Mein Vater war der Älteste und erbte den Uhrmacherladen in Vilnius. Der andere grub in der Erde. Onkel Josef benutzte sein Erbteil, um einen Hof zu kaufen.«

»An was für einem Baum saßen die Zweige?«

»Dem Judentum. Ich betrachtete es als Fluch, der uns alle einholte. Alles wurde uns genommen. Es war nur unseren guten Freunden in Vilnius zu verdanken, dass meine Eltern nicht abgeholt wurden. Aber mein Vater fühlte sich schuldig, weil er entkommen war. Dass Mama bei meiner Geburt starb, war auch ein Fluch, der an mir haften blieb. Ich begriff das wohl erst, als deine Mutter anfing, Fragen zu stellen, und als ich antworten musste. Ich glaube, Papa hielt meinetwegen achtzehn Jahre durch. Dann schloss er alle Kaminabzüge und Fenster und drehte das Gas auf. Obwohl Onkel Josef versuchte, es mir auszureden, musste ich fort. Nach Leningrad. Kein Gepäck als die Uhr, die du jetzt hast, dazu einige Bücher, Socken und Unterwäsche. Ich hatte mehr Glück als du. Ich bin deiner Mutter begegnet. Das war das Beste, was mir je passiert ist. Ich konnte nicht den Rest meines Lebens der Trauer widmen. Und du sollst das auch nicht tun. Steh auf! Geh weiter!«

»Glaubst du, das ist möglich?«

»Das ist möglich! Man muss sich nur entscheiden. Und jeden Tag an dieser Entscheidung arbeiten, bis alles ganz von selbst geht. Es ist übrigens seltsam, Dorte, dass man freier wird oder freier spricht, wenn man auf Reisen ist«, sagte der Vater mit einem kleinen Lachen. »Hier sitze ich und rede mit dir über Dinge, die ich schon längst hätte sagen sollen. Ich habe gelebt, als sei die Literatur das Wichtigste. Außerdem war ich wohl zu feige, um eines zu erzählen.«

»Was denn?«

»Dass es meine Schuld war, dass deine Mutter mit ihrer Familie gebrochen hat.«

»Ich habe immer geglaubt, das sei vor allem ihr Wunsch gewesen.«

»Das werde ich niemals erfahren. Wir waren wohl beide gleich verrückt. Aber ich habe sie beeinflusst.«

»Mama ist sozusagen nur noch ein halber Mensch seit dem Morgen, an dem du … wenn die Liebe so ist, dass man zu einem halben Menschen wird, wenn der andere nicht mehr da ist, dann weiß ich nicht, ob ich für die Liebe geeignet bin. Und für Vera ist das bestimmt unmöglich. Sie würde niemals für irgendwen eine Hälfte von sich opfern.«

Der Vater lächelte und streichelte ihr endlich die Hand. »Du hast das falsch verstanden. Niemand wird zu einem halben Menschen, wenn ein anderer stirbt.«

»Nein?«

»Ein halber Mensch zu sein bedeutet zu wissen, dass man niemals fähig war zu lieben.«

Dorte überlegte, dann musste sie einfach fragen: »Hältst du es für möglich, dass eine gesunde Hälfte von mir bei Nikolai ist? Ein Teil, der keine Hure ist? Dass der bei ihm ist, wenn ich nach Hause komme?«

»Ja, Dorte, das glaube ich. Und wenn Nikolai das nicht versteht, dann wirst du einen anderen finden. Die Gemeinheit der anderen kann dir nicht zur Last gelegt werden.«

»Aber Mama wird meinen, dass ich zerstört bin – für immer.«

Der Vater antwortete zum Glück nicht sofort, er überlegte gründlich, sonst hätte sie gedacht, er antworte nur, um sie zu trösten.

»Weißt du noch, wie sie von Großmutters Beerdigung gekommen ist und ich fragte, ob sie es geschafft habe zu weinen. ›Alle Flüsse können austrocknen‹, hat sie geantwortet.«

»Ja, und dann hat sie gesagt: ›Es ist schwer, jemanden zu lieben, der sich selbst hasst‹«, fügte Dorte hinzu.

»Genau. Und wenn du jetzt nach Hause kommst, in nicht allzu langer Zeit, wird sie sicher denken: ›Ich kann nicht hassen, auch wenn es mir nicht gelungen ist, Dorte zu beschützen. Ich muss mit ihr zusammen weitergehen.‹«

Der Zug wurde langsamer und fuhr in einen Bahnhof ein. Dorte schloss die Augen und schmiegte sich an den Vater, während sie versuchte, die Geräusche zu deuten. Türen, die sich öffneten und schlossen. Menschen, die kamen und gingen. Die Gepäck umherschoben und leise miteinander redeten. Viele konnten es nicht sein. Irgendwann hörte sie dicht bei sich ein Räuspern.

»Ich glaube, Sie sitzen auf meinem Platz, aber das macht nichts, wenn ich Ihren haben kann?«

Als sie aufblickte, hob gerade ein Mann sein Gepäck in die Ablage neben den Karton mit Laras Abschiedsgeschenk, dem Zimmerspringbrunnen. Lara hatte sie in den Zug begleitet und den Karton zwei Minuten vor der Abfahrt dort abgestellt. Dann war alles plötzlich zu Ende gewesen. Wie immer bei Lara.

Der Mann hatte dicke blonde Haare, die er auf der Seite zu einem Pferdeschwanz gebunden hatte. Er sah sie an und lächelte, dann setzte er sich dorthin, wo der Vater gesessen hatte. Nach einer Weile zog er eine Zeitung hervor, und der Zug glitt aus dem Bahnhof.

Als sie ihren Proviant auspackte und anfing zu essen, schaute er über seine Zeitung und lächelte wieder. Sie kam sich wie ein Kind vor, weil sie ein Butterbrot bei sich hatte. Er faltete seine Zeitung zusammen, holte sich Kaffee und packte eine große Tafel Schokolade aus. Sie aßen eine Weile und schauten aus dem Fenster.

»Sie fahren nach Oslo, ja?«, fragte er plötzlich und wandte sich zu ihr.

»Ja«, antwortete sie.

Er ließ einige lange Sätze folgen, die sie nicht verstand. Sie schluckte, räusperte sich und versuchte sich damit zu entschuldigen, dass sie nicht gut Norwegisch spreche. Am Ende erfuhr er, dass sie aus Litauen kam und noch nie in Norwegen gewesen war. Dass sie seit einigen Monaten versuchte, Norwegisch zu lernen, dass sie aber nicht so viel Zeit zum Üben hatte, wie sie sich das wünschte. Als er fragte, was sie mache, wo sie so wenig Zeit hatte, kreuzte sie die Finger auf der lauwarmen Wasserflasche und tat so, als falle ihr das richtige Wort auf Norwegisch nicht ein. Und als er wissen wollte, was sie in Oslo vorhatte, antwortete sie ein wenig hektisch, dass sie in einer Kantine arbeiten würde.

»Ich arbeite bei einer Zeitung«, sagte er, lachte und hob die Zeitung hoch.

»Du schreiben?«

»Ja, Journalist«, sagte er, und dann kamen eine Menge Wörter, die sie nicht verstand. Sie nickte nur und schaute wieder aus dem Fenster.

»Schon lange in Norwegen?«, fragte er nach einer Weile.

»Nein … nicht lange.«

»Und wo werden Sie in Oslo wohnen?«

»Bei einem Freund«, sagte sie und murmelte die Adresse, die sie auf Laras Drängen auswendig gelernt hatte. Danach bereute sie, einem Fremden gegenüber so offen gewesen zu sein, machte sich an ihrem Pulloverärmel zu schaffen und fühlte, wie ihr der Schweiß ausbrach. Etwas an der Art, wie er sie ansah, brachte sie auf den Gedanken, dass er durchschaute, dass sie ihm nicht alles erzählen wollte.

»Das ist eine sehr gute Wohngegend. Ich wohne in der Nähe«, sagte er und stellte keine weiteren Fragen. Nach einer Weile zog er den Rest der Schokolade hervor und bot ihn ihr an.

»Danke«, sagte sie und brach ein Stück ab. Er bat sie, sich

noch mehr zu nehmen, dann aß er den Rest, knüllte das Papier zu einem harten Klumpen zusammen und steckte es in die Tasche. Als ob er sie bei dieser Gelegenheit durch Zufall entdeckt hätte, zog er eine Visitenkarte hervor und reichte sie ihr.

»Falls Sie einen Freund brauchen, der die Stadt kennt«, sagte er lächelnd. Sein Mundwinkel zog sich auf der einen Seite tiefer nach unten und bildete ein Lachgrübchen.

»Danke«, sagte sie und gab ihm die Hand.

Für einen Moment sah er überrascht aus, dann griff er danach. »Gern geschehen! Wir können übrigens vom Bahnhof zusammen ein Taxi nehmen, wenn Sie da nicht abgeholt werden?«

»Freund holt mich ab«, sagte sie rasch.

»Na, jedenfalls melden Sie sich bitte. Sie brauchen keine Angst zu haben, dass ich plötzlich bei Ihnen vor der Tür stehe«, fügte er hinzu und zeigte sein Lachgrübchen.

Dorte sah die Karte an, ehe sie sie in die Tasche steckte. »Olav Steinbakk-Eriksen, Journalist«, stand dort.

»Da stehen zwei Telefonnummern. Sie können beide anrufen, eine ist die der Redaktion.«

»Ich habe kein Telefon.«

Wieder sah er sie überrascht an, riss sich aber schnell zusammen.

»Na gut. Ein Mobiltelefon ist natürlich praktisch, aber friedlicher ist es ohne. Die Stadt wimmelt ja nur so von Leuten, die vor sich hin plappern wie die Verrückten.«

»Kostet viel Geld?«

»Nein, nur wenn Sie viel telefonieren. Haben Sie noch nie ein Telefon gehabt?«

Dorte schüttelte den Kopf, und er stellte keine weiteren Fragen. Gleich darauf hatte er die Arme verschränkt und die Augen geschlossen. Er war nicht so alt, wie sie zuerst gedacht hatte. Mit geschlossenen Augen sah er fast so jung aus wie Nikolai.

Hatte einen Mund wie ein Mädchen und ein Profil wie das Bild auf einer römischen Münze.

Sie zog das CD-Gerät hervor und steckte die Stöpsel in die Ohren. Bach ließ sie anfangs an Toms Seele denken. Aber nach einer Weile bildete sie sich ein, der Zug trüge sie auf direktem Weg nach Litauen. Durch Herbstlandschaft, Gebirge und Schnee, während sie weiter mit dem Vater über Dinge sprach, für die es bisher niemals Zeit gegeben hatte. Und ein Mann, der sie nicht kaufen wollte, auf dem Sitzplatz neben ihr.

Sie war offenbar eingenickt, denn plötzlich spürte sie die Augen des Fremden und war hellwach. Als ihre Blicke einander begegneten, sah sie in seinen etwas Weiches und Verwirrtes, als sei er derjenige, der eben erst aufgewacht war.

»Was hören Sie denn?«

»Ach, Verzeihung. Bach. Ich stören?«

»Durchaus nicht. Ich höre lieber Jazz, aber Bach ist auch gut.«

44

»Ich hab doch an dich gedacht, Süße!«, sagte er und stupste sie an. »Warum hast du behauptet, dass du Anna heißt? Dorte ist schöner. Selten.«

Sie gab keine Antwort. Er war nicht ganz so wie in ihrer Erinnerung. Seine schmalen Augen glitten ruckhaft über sie hinweg und waren nicht ganz anwesend. Aber er war nicht verärgert, wie sie befürchtet hatte, sondern nur ungeschickt. Kniff die Augen ein wenig zusammen, und das sah aus, als ob er sie abschätzte. Die Bewegung in den Mundwinkeln, eine Art Lächeln, kam und ging. Die dunkle Kaktusfrisur war so lang geworden, dass sie zur einen Seite kippte. Armmuskeln und Schultern waren größer als in ihrer Erinnerung. Er sah aus, als hätte jemand ihn ausgestopft, ohne darauf zu achten, dass es auch zum Unterleib passte.

»Wer war der, der dir mit dem Gepäck geholfen hat?«

»Den kenn ich nicht. Im Zug getroffen«, erklärte sie, ohne die Visitenkarte zu erwähnen, die er ihr gegeben hatte.

Es war Abend, und der Himmel schien erloschen zu sein. Aber die Stadt glitzerte auch im Regen. Die Farben waren schön. Sie gingen eine breite lange Straße mit vielen Menschen und Autos bergauf. Die Häuser wirkten ein wenig bedrohlich, bis sie eine kleine Anhöhe erreicht hatten und vor ihnen eine lange Strecke mit Bäumen auf beiden Seiten lag. Arthur schob ein altes Fahrrad, und ihr Koffer rutschte immer wieder vom Gepäckträger. Im Grunde war das Rad gar nicht so alt, sondern nur arg mitgenommen. Am Lenker baumelte der große Karton mit dem Springbrunnen. Dorte hoffte, dass der einiges vertrug, denn Arthur nahm es nicht so genau, und alles schepperte besorgniserregend. Er erzählte ihr ausführlich, wie schön alles werden würde, jetzt, wo Dorte gekommen war. Erwähnte mit keinem Wort, dass sie ihm das Fahrgeld schuldete. Ab und zu zeigte er auf Häuser und Straßen und nannte ihre Namen.

Er trug dieselbe Jeansjacke wie beim letzten Mal, aber einen anderen Pullover. Die Hose war reichlich schmutzig. Das war sie beim letzten Mal auch gewesen. Sie war so lang, dass sie über den Boden schleifte. Das verursachte bei jedem Schritt eine Art Jammern. Es regnete nicht sehr stark. Trotzdem war der weite Mantel, den Lara ihr gegeben hatte, damit sie etwas zum Hineinwachsen hätte, bald durchweicht. Und die Schuhe hatten keine Gummisohlen. Schon hatte sie nasse Füße. Aber vielleicht war es in seiner Wohnung ja warm.

»Weit noch?«, fragte sie, als sie ein großes gelbes Gebäude auf einer Anhöhe liegen sah.

»Nein! Das Schloss!«, sagte er und führte sie zwischen den Autos hindurch auf die andere Straßenseite. Dorte versuchte, mit ihm Schritt zu halten.

Plötzlich stand vor ihnen ein Mann in einer Lederjacke und mit einem schwarzen Hund an der Leine. Dorte ließ den Koffer los, und er landete mit dumpfem Knall auf dem Pflaster. Der Hund fuhr zur Seite und knurrte. Gleich darauf hob er den Kopf und bellte. Der Mann in der Lederjacke richtete seine stechenden Augen auf sie. Sie wusste nicht genau, was passierte – das ging ihr erst nachher auf. Als sie sich umdrehte, war Arthur eine winkende Gestalt auf der anderen Straßenseite. Der Mann mit dem Hund war verschwunden.

»Was zum Teufel? Hast du Angst vor Hunden?«, rief Arthur überrascht, als er sie erreichte.

Sie gab keine Antwort, ging nur weiter den Hang hoch, während Büsche und Bäume grüne Schatten über sie und Arthur warfen. Sie musste sich von den Bildern aus dem Alptraum befreien. Die zerstörten die Wirklichkeit und stanken nach Blut und faulen Eiern.

Das Haus sah aus wie ein Schloss mit Türmchen und hohen Fenstern. Er öffnete eine solide Tür auf der Rückseite, und sie betraten eine halbdunkle Diele mit vielen Türen und einer breiten Treppe. Sie gingen nach unten. Dorte wusste nicht, was sie erwartet hatte, aber keinen Keller. Er schloss die Tür nicht einmal auf, sondern ging einfach hinein und stellte den Koffer auf dem Boden ab. Dann breitete er die Arme aus, wie um ihr das achte Weltwunder zu zeigen. Sie blieb in der offenen Tür stehen.

Hoch oben in der Wand gegenüber saß ein kleines Fenster mit heruntergelassener Jalousie. Der Schatten eines Gitters und eines Baumstammes waren auf die pergamentgelbe Fläche gezeichnet. Dazu die Waden einer Frau und eines Mannes, die draußen vorübergingen. Davoneilten. Vielleicht waren sie auf dem Weg nach Hause. Immer neue Waden lösten einander ab. Als zeige das Fenster einen verwackelten Film über Füße.

Das Zimmer war ziemlich groß. Die Möbel passten nicht zueinander. Ein kariertes Sofa mit Flecken. Auf einem abgenutzten Couchtisch aus dunklem Holz lag eine Decke mit verwaschenen Erdbeerbildern. Davor standen zwei unterschiedliche Sessel, bei dem einen ragte eine Feder aus dem Polster, der andere, aus braunem Cord, wirkte solider. In einer Ecke stand ein ziemlich breites, ungemachtes Schlafsofa. Vor der anderen Wand gab es einen alten Kühlschrank neben einem Spülbecken mit Wasserhahn. Außerdem war da eine unordentliche kleine Anrichte mit Kochplatte, dazu zwei Holzstühle und ein kleiner Esstisch mit Resopalplatte und Stahlrohrbeinen. Das Zimmer hatte zwei Türen, die eine war angelehnt und führte in eine Kammer, vielleicht auch einen Schrank.

»Ja, hier wären wir also! Setz dich!«, sagte Arthur und schälte sich aus seiner Jacke.

»Wir sind ganz unten in … wie heißen?«, fragte sie, stellte den Karton mit dem Springbrunnen ab und schloss die Tür.

»Keller. Ja, das ist nur vorübergehend, bis die Wohnung fertig ist. Du weißt doch, ich habe von der ganz oben erzählt«, sagte er und zeigte zur Decke. Dort hing eine Lampenkugel mit toten Fliegen. »Das dauert nur noch einen Moment. Handwerker, du weißt schon«, fügte er hinzu und ging zu der Anrichte, wo eine Plastiktüte mit Flaschen stand. Dann schien ihm etwas einzufallen, und mit zwei Sprüngen stand er vor ihr. Benutzte seine Arme wie Spaghettikrallen und fing sie ein. Sie begriff, dass er sich einfach nur freute, und blieb still stehen.

»Zieh den Mantel aus, verdammt noch mal! Du bist angekommen«, verlangte er gutmütig, ließ sie los und kehrte zu den Flaschen auf der Anrichte zurück.

Zögernd gehorchte sie und hängte den Mantel an einen der

beiden Haken bei der Tür. Arthur zog eine Weinflasche aus der Tüte, wühlte in einer Schublade und fand endlich einen Korkenzieher. Sein Rücken krümmte sich, und sein Kopf wackelte einige Male ungeduldig hin und her. Als der Korken aus der Flasche glitt, seufzte Arthur tief.

Dorte schaute an sich hinunter, jetzt, wo sie den Mantel nicht mehr trug. Ihr Körper hatte sich verändert. Ihre Kleider waren eng geworden. Aber die Strickjacke hing ziemlich locker über der Jeans, die sich kaum noch schließen ließ. Im Zug hatte sie unter der Jacke den Reißverschluss offen gelassen. Sie dachte an all die Frauen, die sie mit riesigem, unförmigem Bauch und watschelndem Gang gesehen hatte. Eigentlich glaubte sie nicht, dass sie das alles etwas anging. Gott hatte das sicher nur gemacht, um ihr einen Schrecken einzujagen, aber er würde sich besinnen und die Sache in aller Stille aus ihrem Körper ziehen, während sie schlief. Alles andere wäre allzu unnatürlich.

Arthur nahm zwei schmutzige Wassergläser von der Anrichte und spülte sie aus. Dann füllte er mit weltmännischer Miene beide mit Rotwein.

»Ich trinke keinen Wein«, murmelte sie.

»Ach? Aber das hier ist doch etwas Besonderes!« Er stellte die Flasche ab und reichte ihr das eine Glas.

»Nein, danke!«, sagte sie, nahm das Glas aber trotzdem, damit es nicht auf den Boden fiel.

»Unsinn! Alle Frauen mögen Wein! Prost!«, sagte er und zog sie zum Sofa. Dann holte er die Flasche, schnalzte mit der Zunge und lächelte breit, während er trank.

Dorte führte das Glas zum Mund, ohne zu trinken.

»Dass du gekommen bist, ist wie ein Märchen! Kneif mich in den Arm oder kneif mich in den Hintern, dann glaub ich es!«, sagte er und drückte sie an sich, während er das halbe Glas in einem Zug leerte. Er ließ sie los, um nachzuschenken.

»Die Wohnung? Da oben? Kann ich die sehen?«

»Jetzt? Nein, aber später … das wird sich sicher machen lassen.«

»Wie ist sie?«, fragte sie und versuchte, sich nicht im Zimmer umzusehen.

»Schön. Gemütlich … was soll ich sagen?«

»Viele Zimmer?«

»Ja! Mehrere Zimmer. Hier hab ich ja nur eins …«

»Bad? Eigenes Bad?«

»Sicher gibt es ein Bad. Fliesen! Badewanne! Die ganze Kiste. Ja, meine Fresse. Die muss renoviert werden. Das wird was ganz anderes als das hier.«

»Wohnen hier viele?«

»Hier im Haus? Noch nicht. Aber nach und nach ziehen Leute ein, weißt du. Klar doch. Schöne Gegend … sichere Gegend. Prost!«

»Sicher?« Dorte hob wieder das Glas an den Mund, ohne zu trinken.

»Ja, für Frauen, wenn sie unterwegs sind, meine ich«, sagte er mit dem Lachen eines Menschen, der nicht so ganz wusste, was er sagen sollte.

»Männer? Da draußen? Mit Hund?«, fragte sie unwillkürlich.

»Hunde und Mannsbilder gibt es doch überall«, lachte er. »Kein Grund zur Aufregung. Du hast offenbar Angst vor Hunden?«

»Weiß nicht.«

»Darauf kannst du einfach scheißen. Die sind nicht gefährlich.«

»Fluss? Können Fluss sehen – da oben?«, fragte sie und zeigte zur Decke.

»Fluss? Nö … glaub ich nicht. Aber den Fjord vielleicht.«

»Wir hören was? Wasser?« Sie hielt sich die gekrümmte Hand ans Ohr und hoffte, dass er verstand. Es war anstrengend, norwegisch zu sprechen. Aber sie musste da durch. Übung. Das wusste sie ja.

»Nöhö … das muss der Verkehr sein«, sagte er mit einem seltsamen Blick. Aber dann stand er auf, lief zur Wand und ließ die Jalousie hochschnellen. Öffnete das Fenster, soweit es das Gitter erlaubte, drehte sich zu ihr um und lauschte. Dorte ging ebenfalls zum Fenster Er hatte recht. Es war nur gleichmäßiges Verkehrsrauschen. Gummireifen auf nassem Asphalt. Das Klappern von Schuhen.

»Warum?«, fragte sie und zeigte auf das Gitter.

»Ach, das … bestimmt, damit niemand reinkommt. Das kann doch sonst schnell passieren. So dicht am Boden. Na ja, schön ist es nicht, wenn du das meinst? Aber sicher. Verdammt sicher!«, sagte Arthur zufrieden und schloss das Fenster mit einem Knall.

»Warum?«, fragte sie und zeigte auf die Jalousie.

»Ein bisschen Privatleben muss man doch haben. Aber da oben kann man in der Unterhose rumtanzen«, sagte er und zog die Jalousie herunter. »Komm, setz dich!« Er zog sie wieder zum Sofa.

»Wann kann ich in der Kantine anfangen?«, fragte sie.

»Da mach dir Sorgen drum, wenn es so weit ist«, sagte er eilig und streichelte ihre Wange.

»Du hast gesagt!«

»Ja, klar. Aber du bist schneller gekommen, als ich dachte, weißt du.«

»Muss arbeiten. Du verstehen?«

»Ja, Himmel!«, sagte er und streichelte sie, als wäre sie ein Sofakissen.

»Sich selbst nicht verlieren«, murmelte sie vor sich hin, ohne zu wissen, woher sie diese norwegischen Wörter hatte.

»Wie meinst du das?«

»Andere wollen … wie heißen? Wollen, dass ich … und

dann … am Ende – bin ich niemand. Wie heißen?«, flüsterte sie verzweifelt.

»Nein, das weiß ich doch nicht. Rede einfach. Dann werd ich das irgendwann schon verstehen!«

»Ich werde nur ein *Ding!*«, rief sie plötzlich.

Arthur lachte. Aber sie hörte, dass er sie nicht auslachte, es war nur, weil er endlich verstand, was sie zu sagen versuchte. Sie drehte sich zu ihm hin und versuchte zu lächeln. Aber obwohl sie ihn gern gemocht hätte, gelang ihr das nicht. Als er den Arm um sie legte und sie an sich zog, empfand sie die Wärme seines Körpers als etwas Fremdes, etwas Belastendes. Nach einer Weile ließ er sie los, hob sein Glas und leerte es in einem Zug. Sie hob ihres an den Mund, um ihn nicht zu ärgern, aber er sah sie nicht an, sondern schenkte sich nur wieder ein.

»Du magst den Wein nicht, den ich gekauft habe? Ich kaufe nicht jeden Tag im staatlichen Alkoholladen ein.«

»Ich nicht vertragen.«

»Was verträgst du dann?«

»Ein Glas Milch, bitte.«

Er warf den Kopf in den Nacken und lachte laut.

»Das hab ich nicht. Ein kleines Glas Wein musst du doch vertragen?«

»Nein!«, antwortete sie rasch, und ohne zu überlegen, fügte sie hinzu: »Ich war im Krankenhaus.«

»Im Krankenhaus? Weil du trinkst?«

»Trinkst?«

»Ja, dich dauernd mit Alkohol betrinkst?«, fragte er verdutzt und mit Respekt in der Stimme.

»Nein! Ich versuchen … Schluss machen … mit allem.«

»Schluss? Dich umzubringen?«

Sie wusste nicht, was sie antworten sollte. Die Wörter, die sie brauchte, gab es wohl nur auf Litauisch.

»Ja, verdammt. Wie hast du das gemacht?«

»Fluss.«

»Du hast versucht, dich zu ertränken!«, rief er feierlich. Er schauderte und trank einen großen Schluck.

Das, worüber sie hier sprachen, wurde für Dorte in gewisser Weise bedeutungslos. Das Wichtigste war, verstanden zu werden.

»Was hat deine Mutter gesagt, als du in den Fluss gegangen bist?«

»Nicht wissen. Sie ist in Litauen.«

»Dachte, du bist aus Russland?«

»Russland und Litauen«, erklärte sie. »Mama nicht ertragen, dass Papa tot. Vera, Schwester, keine Arbeit.«

»Das heißt, hat keine Arbeit. Du schmeißt die Wörter durcheinander«, sagte er hilfsbereit, dann fügte er hinzu: »Warum hat sie keine Arbeit?«

»Klein Dorf. Muss weg – fort.«

»Weißt du was? Ich krieg immer mehr Respekt vor dir. Du bist nicht nur hübsch, du warst sogar im Krankenhaus und hast versucht, dich umzubringen. Warum hast du das getan?«, fragte er und fuhr sich mit der Hand über die Oberlippe.

Sie schaute nach unten und nippte an ihrem Glas, zögerte, stellte es weg und versuchte, die Wörter zu finden.

»Loch? Ja. Ein schwarzes Loch! Am Ende, ich nur war Laken … ich waschen und waschen mich. Aber das nicht helfen. Alles nur schmutzig. Und dunkel. Ich konnte nicht mehr.«

»Was ist passiert? Ich meine – als es genug war?«, fragte er eifrig, als lese sie ihm vor oder erzähle eine spannende Geschichte. Deshalb suchte sie nach weiteren Wörtern. Die stülpte sie um. Testete sie oder verwarf sie. Fing von neuem an. Während Arthur aufmerksam zuhörte. Ab und zu korrigierte er sie und sagte ihr die richtige Reihenfolge der Wörter. Oder er half ihr dabei, ein besseres zu finden. Es war wie ein Spiel. Sie machten etwas zusammen.

Sie konnte ihm erklären, dass der Abend, an dem es passiert war, so schön gewesen war. Durch ein Autofenster hatte sie ein Paar gesehen, das engumschlungen dahinging und glücklich aussah. Zuerst wollte er nicht glauben, dass sie so neidisch werden konnte, dass sie ins Wasser ging, um sich zu ertränken, aber dann verstand er es doch. Dass sie gesehen hatte, dass andere einander wichtig waren. Dass sie jemanden hatten. Während sie – allein war.

Sie erzählte weiter. Über den Mann mit dem Auto, der absolut okay gewesen war. Wie er im Gestrüpp am Ufer gehalten hatte. Arthur half ihr, das Wort »Parkplatz« zu finden. Und sie erzählte von dem Schrei. Sie konnte sich nicht genau erinnern, aber er war laut gewesen. Sie konnte diese Schreie nachts noch immer hören. Oder möglicherweise hatte jemand anders geschrien …

»Was hat er gemacht, das Schwein?«, fragte Arthur mit offenem Mund. Einer seiner Vorderzähne war abgebrochen. Der Rest war leicht verfärbt. Ihr war das bisher noch nicht aufgefallen, und sie wollte ihn fragen, wie es passiert war. Aber das hatte Zeit. Es war schwer genug, Wörter für die Geschichte zu finden, mit der sie gerade beschäftigt war. Also erzählte sie weiter, dass sie von dem Auto weggelaufen war, ohne auch nur ihr Geld bekommen zu haben. Dass sie nur weggewollt hatte. Raus aus allem. Es war ziemlich dunkel geworden, und sie hörte das Rauschen des Flusses. Sie hatte das Gefühl gehabt, auf dem Weg nach Hause zu sein, nach Litauen, konnte sie ihm erklären. Und während sie redete, hatte sie das Gefühl, dass es um eine andere ging – nicht um sie.

»Du Arme! Was für ein Arsch!«

Also musste sie ihm erklären, dass der Mann sie aus dem Wasser gezogen hatte, dass sie ohne ihn jetzt nicht hier säße. Er war sicher reich gewesen. Denn der Wagen war groß und blank und hatte Ledersitze. Alles war nass. Die Kleider und sie. Trotzdem hatte er sie zu einem Ort gefahren, wo man sie aufgenommen und ihr Spritzen gegeben hatte. Und es war wirklich an der Zeit gewesen, denn ihr Hals war vom Schreien zerfetzt gewesen. Sie hatte das Gefühl gehabt, eine Halsentzündung zu haben. Aber am Tag danach oder so, genau wusste sie das nicht, hatte sie weggemusst, denn das Bett wurde gebraucht.

»Ja! Und was ist dann passiert?«, fragte er eifrig, als sie verstummte.

Und ihr fiel ein, sie könnte erzählen, dass sie aus einem Medizinschrank Pillen gestohlen hätte, um ein Ende zu machen. So war es zwar nicht gewesen, aber er lauschte so konzentriert, dass sie glaubte, es könne so geschehen sein. Arthur saß mit offenem Mund da und nickte oder half ihr, die Wörter zu finden, die sie für ihre Geschichte brauchte. Ärzte, Aufregung und Magen auspumpen. Wenn sie nicht weiterwusste, machte er Vorschläge, wie alles vor sich gegangen war. In gewisser Weise erfanden sie die Geschichte zu zweit. Er nannte allerlei Alternativen und schmunzelte, wenn die in die Geschichte passten. Aber er fand es »doof«, dass sie am Ende weggelaufen war.

»Und der Typ?«

Also musste sie erklären, dass der in Ordnung gewesen war. Er hätte sie auch im Wasser liegenlassen und wegfahren können. Niemand hätte ihm eine Frage gestellt. Und er hätte sie doch niemals wiedergesehen.

»Das alles ist jetzt vorbei! Es hat keine Bedeutung! Für mich bist du rein wie ein Engel. Ich bin sehr tolerant, weißt du. Ich weiß ja selbst, wie das Leben sein kann. Man muss einen Ausweg finden, wenn es düster aussieht. Aber der Fluss … nein, meine Fresse! Ich werde auf dich aufpassen. Bin mit fünfzehn von zu Hause ausgezogen. Seitdem bin ich allein zurechtgekommen … irgendwie«, sagte er stolz und breitete die Arme aus.

»Warum du von zu Hause weggegangen?«

»Bin rausgeworfen worden. Wie ein alter Schuh.«

»Warum?«

»Nein, weißt du was? Jetzt feiern wir, dass du gekommen bist, statt im Dreck herumzuwühlen. Ist mir doch scheißegal, warum ich rausgeworfen worden bin. Ist lange her. Ich hab es vergessen … ganz absichtlich«, sagte er so rasch, dass es ihr schwerfiel, alles zu verstehen.

»Verzeihung«, sagte sie und zog ihre Jacke so, dass sie locker um ihre Mitte fiel. Sie hatte nicht daran gedacht, als sie nach den vielen Wörtern gesucht hatte. »Ich werde auch böse, wenn ich mich schäme.«

»Ich schäme mich nicht, verdammte Pest! Warum sollte ich mich schämen? Das war nicht meine Schuld!«

»Nein, nein …«

»Die war doch einfach knatschverrückt!«

»Die?«

»Meine Mutter, Mensch!«

»Wie denn?«

»Bringt nix, über den alten Müll zu reden«, sagte er wütend.

»Verzeihung.«

»Ich bin jedenfalls nicht so wie meine Mutter.«

»Woher kannst du das wissen?«

»Ich hab ja wohl meinen Sohn nicht auf die Straße geworfen, damit ich mit allen möglichen hergelaufenen Typen ficken kann. Ich hab ja wohl mein Kind nicht zu seinem Alten geschickt, damit der um Geld für die Miete betteln sollte. Meine Mutter war eine miese Kuh!«

»Miese Kuh?«

»Verdammte alte Kuh. Zum Glück hat sie sich zu Tode gesoffen … ich hab einen Koffer von ihr geerbt, voll verdreckter Kleider und alten Schuhen«, sagte er und schnitt eine Grimasse.

»Aber du weinen?«

»Weinen? Nix.«

»Wo ist Vater?«

»Weiß der Teufel! Der war nicht bei der Beerdigung.« Zu ihrer Überraschung kicherte Arthur. »Da war nur ich. Ja, und eine alte Tante. Und natürlich der Pastor. Der hat zum Glück nicht viel Wesens von ihr gemacht.«

»Aber du … warst da?«

»Sie war doch trotz allem meine Mutter«, sagte er zu seiner Entschuldigung und fügte hinzu: »Ich weiß noch genau, wie der Pastor ausgesehen hat … als er meine Hand nahm und sein Beileid aussprach. Er hatte so eine dünne Nase … und eine dünne Hand …«

»Dünn?«

»Ja … als ob er sich nicht richtig traute, dort zu sein, als ob er seinen Job eigentlich gar nicht machen wollte. Als ob er zu sauber für diese Welt wäre. Ich sah seine Nase an, damit das alles nicht so verdammt *ernst* war. Du! Ernste Sachen sind doch lächerlich, nicht wahr? Man gerät irgendwie außer sich … und das find ich schrecklich!«

45

Ich habe die ganze Nacht neben einem Mann in einem Kellerraum mit unverschlossener Tür und Gitter vor dem Fenster geschlafen, dachte sie und fühlte sich krank. Aber sie wusste immerhin, wo das Klo war, auf dem Gang draußen in einem fensterlosen Verschlag.

Das Tageslicht schien durch die dünne Jalousie, es war fast schön. Zweige eines Buschs malten ein undeutliches Muster. Die Geräusche der Straße schienen nah zu sein, und nicht weit entfernt riefen Männer und zogen etwas an der Wand hoch.

Und dann schien jemand schwere Steine in einen Metallcontainer zu werfen.

Arthur roch nicht gut. Er lag auf dem Rücken und schnarchte stoßweise. Zuerst hatte er sich auf das Sofa gelegt, dann hatte er darum gebettelt, sich zu ihr legen zu dürfen. Das war, nachdem er so wütend geworden war, weil sie nicht gewollt hatte, dass er in sie hineinkam, und als sie sich erbrochen hatte. Als er in der Dunkelheit »Dorte« sagte und durch das Zimmer schlurfte und dabei die Decke hinter sich herzog, hatte sie gewusst, dass sie nicht widersprechen konnte. Und als er sich an ihren Rücken geschmiegt hatte, hatte sie sich gesagt, das sei Vera und sie sei zu Hause. Natürlich roch Vera nicht so. Sie war auch nicht so geräuschvoll und nicht so warm. Aber es half, dass Dorte ihr weitestes T-Shirt und die Unterhose anhatte. Am Ende war sie eingeschlafen.

Zuvor, als sie einander beim Erzählen der Geschichte geholfen hatten, war alles gut gewesen. Sie hatte vergessen, dass sie in einem Keller saß und dass er noch keine Arbeit für sie besorgt hatte. Hatte sogar ein wenig Wein mit ihm getrunken, auch wenn der sauer geschmeckt hatte. Aber plötzlich hatte er sich wie ein Kunde aufgeführt. Sie hatte nicht viel machen können, außer, ihn zu bitten, das Licht auszuknipsen. Und sie hatte ihm klargemacht, dass es auf dem Sofa passieren musste, nicht im Bett. Er murmelte etwas darüber, dass es ihm gefiel, dass sie zugenommen hatte, und dass sie ihm gefehlt hatte.

»Bei mir bist du in Sicherheit«, sagte er stolz und zog den Stuhl vor die Tür, wie sie ihn gebeten habe.

Aber als er loslegte, wusste sie nicht mehr, was sie sonst getan hatte, um es hinter sich zu bringen, und sie brach in Tränen aus. Es klang wie das verrostete Fahrrad, mit dem er sie abgeholt hatte. Zuerst lag er mit der Hand zwischen ihren Beinen da, ohne weiterzumachen. Dann streichelte er unbeholfen ihren Rücken.

»Ich dachte, du wolltest das auch … jetzt, wo nur wir zwei zusammen sind … voriges Mal war es dir doch nur recht. Weißt du noch? Wieso bist du denn sonst überhaupt gekommen?«

Sie schluchzte etwas darüber, dass er ihr versprochen hatte, sie würde keine Kunden bedienen müssen, sondern in einer Kantine arbeiten.

»Du! Ich bin ja wohl kein Scheißkunde. Komm mir ja nicht so! Bild dir bloß nicht ein, dass einer wie ich um etwas bettelt. Aber komisch ist das ja schon, wo ich Geld für deine Fahrkarte besorgt hab und überhaupt. Dachte irgendwie, dass wir ein Paar sind!«

»Ich dachte … wie heißen?«, murmelte sie, als er aufstand.

»Frag mich nicht. Ich kann verdammt noch mal nicht wissen, ›wie heißen‹«, äffte er sie nach und fing an, durch das Zimmer zu laufen.

Als er zweimal mit der Faust auf den Tisch geschlagen hatte, musste sie zum Ausgussbecken stürzen. Viel hatte sie nicht zu erbrechen. Nach einer Weile drehte sie das Wasser an und ließ es laufen, während die jämmerlichen Geräusche verstummten.

»Musst du oft kotzen?«, fragte er verblüfft, aber nicht mehr so böse. »Warum hast du nicht gesagt, dass dir schlecht ist?« Er trat an sie heran und reichte ihr das Handtuch, das auf dem Tisch gelegen hatte. Dann knipste er die schiefhängende Lampe an der Wand an.

»Ich dachte, du wärst ein bisschen Action gewöhnt. Aber Herrgott, vergiss es. Ich kann warten«, murmelte er und ging zum Tisch, um sich mehr Wein einzuschenken, aber die Flasche war leer. Er lief zum Kühlschrank und schaute hinein, dann warf er fluchend die Tür wieder zu.

»Hier müsste noch Bier sein. Das war der verdammte Bjarne, der …«

»Bjarne?«, fragte Dorte mit dem Gesicht im Handtuch.

»Ja, der kommt ab und zu her, wenn es sich ergibt.«

Sie hatte nichts mehr gesagt, sondern sich nur die Zähne geputzt. Als sie fertig war, legte sie sich unter die Decke auf das Sofa. Zuerst wollte sie warten, bis er eingeschlafen war, aber als er ein »gute Nacht« gemurmelt hatte, ließ sie es doch darauf ankommen und legte sich ins Bett. Und als er später ankam und die Decke wie ein Fell mit sich schleppte, konnte sie nichts dagegen machen.

In Oslo war sie schon näher an zu Hause. Es war wichtig zu üben, das Nachhausekommen zu wagen. Und so lange musste sie aus allem das Beste machen. Arthur hatte ihr einen roten Plastikeimer hingestellt, ehe er verschwunden war, um Essen, Milch und Bier zu kaufen. Nachdem sie den Stuhl vor die Tür geschoben hatte, wusch sie sich und trocknete sich mit dem T-Shirt ab. Danach machte sie sich daran, das Zimmer aufzuräumen. Anrichte, Tisch, Bett. Öffnete die Schubladen, nahm Dinge heraus und hielt sie ans Licht. Spülte und räumte ein. So, wie sie wusste, dass ihre Mutter es gemacht hätte, egal, wie wenige Tage sie bleiben würde.

Am Ende öffnete sie die zweite Tür, die nicht ins Treppenhaus führte und zu deren Untersuchung sie sich beim Aufräumen keine Zeit genommen hatte. Eine Lawine von Gegenständen kullerte aus überfüllten Regalen und machte einen Höllenlärm. Leere Bierdosen und Schnapsflaschen rollten über den Boden. Dazu ein Karton mit Videos und eine Bohrmaschine. In einem Regalfach lagen zwischen Abfall und leeren Schachteln ein Mobiltelefon in seiner Verpackung, eine Videokamera und etwas, das aussah wie drei winzigkleine Fotoapparate. Sie nahm das Telefon aus seiner Verpackung und drückte willkürlich auf Zahlen, aber nichts geschah. Dann fiel ihr ein, dass eine echte Nummer auf der Visitenkarte stand, die der Mann im Zug ihr gegeben hatte. Sie könnte ja einfach schweigen, wenn er sich meldete. Sie zog die Karte heraus und drückte die Zahlen. Entweder gab es keinen Kontakt, oder sie hatte nicht begriffen, wie so ein Telefon funktionierte. Er hieß Olav …

Nach kurzem Zögern schob sie das Telefon zum Pass unter das Futter ihrer Tasche und sammelte leere Dosen und Flaschen in eine Plastiktüte. Am Ende füllte sie ein Glas mit Wasser und trank mit geschlossenen Augen. Gierig, als käme sie direkt aus der Wüste. Füllte abermals ihr Glas, setzte sich, in die Decke gewickelt, aufs Sofa und trank wieder. Nach einer Weile schien das Zimmer ganz anders auszusehen. Fast gemütlich.

Eine laute Männerstimme irgendwo im Haus weckte sie. Grobes Lachen. Schritte. Ein Mann rief etwas in einer fremden Sprache. Jemand lief über die Treppe, und eine Frau schrie. Mehrere Sekunden lang glaubte sie, das alles spiele sich in ihrem eigenen Kopf ab. Dann rief ein Mann so laut, dass sie wusste, es war im Haus. Ziemlich nahe. Laute Geräusche, wie Tritte oder Schläge, auf die ein weiterer Schmerzensschrei folgte. Arthur war noch nicht wieder da. Sicher war schon Nachmittag.

Dorte sprang so plötzlich auf, dass die Decke auf den Boden fiel. Sie musste ein Versteck finden. Die Schreie der Frau kamen jetzt von weiter her. Dorte schob den Stuhl vor die Tür und setzte sich wieder, wobei sie sich die Ohren zuhielt. Es dauerte nur einen Moment, aber es kam ihr vor wie eine ganze Bahnreise. Sie starrte die Tür an, als könne sie sehen, was sich dahinter abspielte. Merkte, dass sie pissen musste, traute sich aber nicht hinaus auf den Gang.

Dann fiel eine Tür zu, und alles wurde still. Nur die Geräusche von der Straße drangen zu ihr herein. Das Klappern hoher Absätze. Gummischuhe, Lederschuhe. Sie konnte erhorchen, was sie anhatten, die Füße, die Schatten auf die Jalousie warfen. Mühsam schleppte sie sich zum Spülbecken, zog die enge Hose nach unten und schob sich, so gut sie konnte, über den Rand.

Pisste ganz schnell und lauschte dabei. Danach schob sie den Stuhl von der Tür fort, setzte sich unter der Decke aufs Sofa und faltete die Hände.

»Liebe Maria! Verzeih mir, dass ich nicht so viel gebetet habe wie versprochen. Ich bin doch jetzt raus, nicht wahr? Mach, dass es nicht so ist, wie ich glaube, sondern ganz anders. Ich muss auf dem Weg nach Hause sein, sonst kann ich nicht leben. Verzeih mir, dass ich so denke. Hilf mir, das Beste zu glauben, über Arthur zum Beispiel. Sei nicht böse, dass ich das Telefon genommen habe, bestimmt ist es nicht mehr brauchbar. Und beschütze Mama und Vera. Ich schäme mich so schrecklich. Mach, dass niemand zu Hause erfährt …«

Es wurde hart an die Tür geklopft, und Dorte fuhr zusammen und setzte sich auf. Ein Kopf mit rotgefärbten Haaren tauchte zwischen Tür und Rahmen auf. Dann kam die ganze Frau. Der große knochige Körper ähnelte einer langen, ummantelten Schere, die jemand mit den Spitzen nach unten in die Türöffnung gestellt hatte. Die Bluse ließ sich über der Brust kaum schließen, und der Rock war kurz und hatte Schlitze an den Seiten. Das Alter war nicht genau zu bestimmen, vielleicht war diese Frau so alt wie die Mutter.

»Ich dachte mir doch, dass hier jemand geredet hat. Was machst du hier?«, fragte sie mit rostiger Stimme.

»Ich … ich wohnen hier«, antwortete Dorte und versuchte, ruhig und ganz norwegisch zu wirken.

»Seit wann, wenn ich fragen darf?« Die Schere wartete die Antwort nicht ab, sondern trat ins Zimmer und richtete große braune Augen auf Dorte. »Wo steckt Arthur – der dich hergeschleppt hat, ohne Bescheid zu sagen?«

»Draußen. Essen kaufen.«

Die Schere stellte sich nicht vor, sondern fing an, sich über Arthur zu beklagen. Er hätte schon vor einer Woche Miete bezahlen müssen, und jetzt wollte sie wirklich ihr Geld haben. Sie verbreitete sich auch über viele andere Dinge, die Dorte nicht verstand. Es lief alles darauf hinaus, dass sie nicht von Luft allein leben konnte. Aber das hatte Dorte ohnehin schon gewusst.

»Dein Haus?«, fragte Dorte.

Aber die Schere brachte dem Besitz eines Hauses tiefe Verachtung entgegen und beteuerte laut und deutlich, dass es nicht ihr gehöre. Sie sei die »Wachtel«. Was offenbar eher eine Berufsbezeichnung war als ein Name.

»Ich bin die mit dem Scheißjob, all die Idioten hier im Zaum zu halten. Sie mit Laken und Handtüchern zu versorgen, Miete einzufordern und Dreck aufzuwischen.«

»Du trinken Kaffee?«, fragte Dorte unsicher und stand vom Sofa auf.

»Kaffee? Hat er sich irgendwas zugelegt, in dem man Kaffee kochen kann?«

Dorte wusste, dass die Wachtel recht hatte. Es gab hier weder Kaffee noch Tee. Auch kein Gefäß, um Wasser zu kochen, abgesehen von einem riesigen Kochtopf mit nur einem Henkel.

»Der trinkt doch bloß Schnaps und Bier. Woher kommst du? Wie bist du hier gelandet?«

»Wir werden oben wohnen. Renovieren«, sagte Dorte und zeigte zur Decke.

Die Wachtel glotzte sie einen Moment an, dann verdrehte sie die Augen und fragte: »Bist du dumm?«

Dorte holte Atem und versuchte, ganz aufrecht zu stehen.

»Darfst nicht so reden!«

»Ich rede, wie es mir passt!«, schnaubte die Wachtel. »Aber langsam tust du mir wirklich leid. Was hat er dir eingeredet? In diesem Haus wohnen Mädels nicht mit Kerlen zusammen. Das bringt doch nur Ärger.«

»Wir ein Paar«, wandte Dorte zaghaft ein, aber die andere redete nur weiter darüber, dass Arthur hinter ihrem Rücken

Leute ins Haus schleppte. Am Ende zeigte sie mit zitterndem Finger auf Dorte und sagte so ungefähr, dass zwei hier doppelt so viel kosteten wie einer und: »Pass auf, dass der Unternehmer dich nicht sieht!«

Dorte sah zu dem Pappkarton mit dem Springbrunnen hinüber, den sie noch nicht ausgepackt hatte. Besser so, denn sie würde dieses Haus sicher verlassen müssen. Die Wachtel ergoss sich weiter in einem Wortschwall, den Dorte nur teilweise verstand. Sie wollte tausend Kronen für Arthur und sie. Für welchen Zeitraum das galt, blieb ungewiss. Nur, dass das in einer so teuren Gegend billig sei. Und dass sie dem Unternehmer vielleicht nichts von Dortes Anwesenheit sagen würde, wenn die bezahlte. Dass Dorte kein Geld hatte, fand sie nicht weiter wichtig.

»Besorg welches«, sagte sie streng und musterte Dorte von Kopf bis Fuß.

»Du wissen von Job?«, fragte Dorte. »Ich servieren … in Café. Laden? Putzen?«

»Hältst du uns für eine Arbeitsvermittlung? Du kannst dich ja beim Unternehmer vorstellen. Bist du gesund?«

»Gesund?«

»Ja, alle, die hier arbeiten, müssen gesund sein.« Die Wachtel ließ sich auf einen Stuhl fallen und sah plötzlich freundlich aus. »Hör zu. Ich will dir ja helfen. Du kannst Gang und Treppen putzen und auf diese Weise ein wenig bezahlen. Aber du musst gründlich arbeiten.«

»Okay. Wann?«

»Ich sag Bescheid«, sagte die andere und ging zur Tür. »Sag Arthur, dass ich ihn nicht vergessen habe.«

46

Arthur war nicht böse darüber, dass sie sein Kabuff aus dem System gebracht hatte, wie er das nannte. Im Gegenteil, er behauptete, das passiere jedes Mal, wenn er die Tür aufmache, und er habe schon mit dem Gedanken gespielt, weitere Regale anzubringen. Vor der Wachtel schien er keine Angst zu haben, nur machte es ihm Sorgen, dass sie erwähnt hatte, Dorte müsse dem Unternehmer vorgestellt werden.

»Scheißweibsstück!«, schimpfte er. Dass Dorte die Treppe putzen sollte, fand er dagegen gut. Aber als sie erwähnte, dass jemand geschrien hatte, wurde er nervös und überlegte.

»Das war sicher nur Julia. Die streitet sich dauernd mit aller Welt. Aber darüber brauchst du dir keine Gedanken zu machen.«

Als Dorte zu erklären versuchte, dass ein wütender Mann geschlagen hatte, schüttelte er den Kopf und wollte nichts darüber hören. Nahm sich einfach ein Bier und legte sich aufs Sofa.

Sie nahm die Fertigpizza aus dem Karton und legte sie auf den Tisch. Dann fragte sie vorsichtig, warum er mehrere Fotoapparate im Regal liegen habe.

»Die gehören Bjarne«, erklärte er. Er schien nicht zu wissen, was dort alles lag, deshalb sagte sie nichts über das Telefon.

Als sie gegessen hatten, wollte er wissen, was in dem Karton unter dem Tisch war, und als sie erzählte, es sei ein kleiner Zimmerspringbrunnen, wollte er den unbedingt auspacken und für sie aufstellen. Plötzlich hob sich seine Laune, und er wollte noch ein Bier. Sie holte es, während er auf den Knien hockte und Schneewittchen aus dem Papier wickelte. Als sie beschlossen hatten, den Springbrunnen auf den Resopaltisch zu stellen, damit die Leitung reichte und auch, damit sie ihn die ganze Zeit sehen könnten, mussten sie herausfinden, wie das Schneewittchen aufgestellt wurde, danach musste Dorte Wasser holen, um den Kolben zu füllen. Am Ende brauchten sie nur noch auf den Knopf zu drücken. Als das Wasser über Schneewittchen und den kleinsten Zwerg rieselte, schlug er sich auf die Oberschenkel, lachte und sagte mehrere Male: »Saugeil!« Danach zog er einen Stuhl an den Tisch, und Dorte musste noch ein Bier holen. Ab und zu lächelte er vor sich hin und schob zufrieden die Zunge aus dem Mundwinkel, als sei der Springbrunnen sein Eigentum.

Nach einer Weile fragte sie, warum Bjarne seine Sachen bei ihm unterstellte, und er zuckte mit den Schultern und murmelte etwas darüber, dass Bjarne oft keine feste Wohnung hatte.

»Aber zerbrich dir nicht den Kopf darüber. Er muss Bescheid sagen, ehe er herkommt, jetzt, wo du hier bist.«

»Freund?«

»Freund? Tja … er taucht jedenfalls hier im Haus auf … Nein, Freund? Wer zum Teufel hat Freunde? Höchstens doch die, die sich das leisten können.«

Dorte schob Schneewittchens Krone und den Blumenstrauß in ihren Händen gerade. Der Strauß war auf der Reise ein wenig plattgedrückt worden.

»Ich muss etwas sagen«, sagte sie ohne Vorwarnung und ohne sich ihre Worte zurechtgelegt zu haben.

»Ach?«

»Du kannst es vielleicht sehen?«

»Was denn?«, fragte er und schaltete den Springbrunnen aus, weil er entdeckt hatte, dass der erste Wasserstrahl größer war als die darauffolgende Kaskade. Dorte reckte sich und legte die Hände auf den Bauch. »Schwanger!«

Arthur wandte sich von Schneewittchen ab und starrte sie an. »Ja, verdammt!« Nach einer Weile schloss er den Mund. Und nach einer weiteren Weile fragte er: »Wer ist …«, ohne den Satz zu beenden.

»Du«, sagte sie und kreuzte die Finger auf ihrem Bauch.

»Bist du sicher?«

Dorte nickte.

»Warum hast du das nicht gesagt … vorher? Als wir telefoniert haben?«

»Dann hättest du mich vielleicht nicht gewollt.«

Arthur hatte Schneewittchen vergessen. Er legte die Hände auf die Knie, starrte zu Boden und seufzte.

»Das ist nicht das Problem. Ich meine, auch noch ein Kind im Haus werden sie nicht erlauben.«

»Sie?«

»Der Unternehmer. Der Vorarbeiter«, sagte er und musterte ihren Körper, als sehe er ihn in diesem Moment zum ersten Mal. »Wie weit bist du?«

»Du wissen. Vier, fünf.«

»Haben wir kein Gummi benutzt?« Arthurs Augen waren schmal und misstrauisch.

Dorte schüttelte den Kopf und schluckte. Mehrmals. Er sah sie eine Weile an, dann zog er sie auf das Sofa und legte den Kopf auf ihre Schulter. Als er entdeckte, dass sie sich die Augen wischte, legte er den Arm um sie und murmelte etwas über Sveinung. Sie schüttelte so energisch den Kopf, dass ihr Kopf gegen seine Brust schlug, und brach nun endgültig in Tränen aus.

»Du! Ich scheiß drauf, wer der Vater ist. Ist mir doch egal, wer der Vater ist! Als ich dich kennengelernt habe – da war mir doch klar, dass du schon eine Weile in der Branche warst. Ich bin tolerant, das kann ich dir sagen. Lass uns lieber praktisch denken. Wir lassen es wegmachen.«

»Zu alt!«, sagte sie entsetzt und befreite sich aus seinem Arm.

»Der Vorarbeiter kennt eine Adresse, wo das gemacht wird ... trotzdem.«

Sie gab keine Antwort, sprang nur auf und lief zum Fenster. Dort blieb sie mit hängenden Armen stehen.

»Sei nicht so verdammt sauer! Ich versuch doch bloß, eine Lösung zu finden!«

Manchmal muss man sich entscheiden, dachte sie und warf einen Blick auf den Springbrunnen. Dann drehte sie sich um, griff nach ihrer Tasche, wühlte darin herum, um nachzusehen, ob alles da war, holte den Koffer, der am Bett stand, klappte den Deckel zu und stellte ihn unter den Haken, an dem ihr Mantel hing.

»Wo willst du denn hin?«

»Weiß nicht. Weg.«

»Sei nicht blöd! Natürlich werde ich dich nicht zwingen. Niemand wird dich zwingen. Okay! Okay! Setz dich einfach. Niemand wird es anrühren dürfen. Ehrenwort!«

Dorte blieb einen Moment stehen, dann zog sie ihren Mantel an. Aber Arthur sprang auf und vertrat ihr den Weg zur Tür, während er immer wieder sagte, sie solle nicht so verdammt sauer sein, niemand werde sie zwingen, er habe sich bereits an den Gedanken gewöhnt, je mehr er darüber nachdenke, umso mehr gewöhne er sich an den Gedanken, und es stehe ja nicht fest, dass der Unternehmer davon erfahren müsse. Er riss ihr den Mantel herunter und knüllte ihn zu einem Bündel zusammen, das er in seinen Armen hin und her wiegte. Sie riss den Mantel wieder an sich und wollte die Tür öffnen.

»Du kommst nicht raus!«, sagte er wütend.

»Komm nicht raus?«

»Du hast keinen Schlüssel!«

»Schlüssel? *Reinkommen* mit Schlüssel!«

»Hier braucht man auch einen Schlüssel, um rauszukommen.«

»Du haben Schlüssel?«, fragte sie und starrte ihm in die Augen. Aber er fing an, von dem Geld zu reden, das er beim Unternehmer geliehen hatte und das sie zurückzahlen müsse, ehe sie fortginge.

Dorte wollte ihren Ohren nicht trauen. Vielleicht hatte sie das missverstanden.

»Ich dachte, *du* helfen …«

»Klar! Reg dich nicht so auf. Aber der Unternehmer hat mir Geld geliehen!«

»Ich muss gehen!«, sagte sie entschieden und wollte an ihm vorbei.

»Nein! Keine Frau geht hier raus, wenn der Unternehmer das nicht erlaubt!«

Sie starrte ihn ungläubig an, dann riss sie an der Tür und stürzte hinaus. Lief mit Koffer und Tasche in den Händen die Treppe zum Ausgang hoch. Erst, als sie versucht hatte, den Riegel zurückzuschieben, und als sie lange an der soliden Klinke gerüttelt hatte, begriff sie, dass er recht hatte. Die Tür ließ sich nicht öffnen.

47

Dorte wrang den Lappen aus und befestigte ihn am Schrubber. Dann zog sie ihn über die Fläche, die sie soeben geputzt hatte. Die Streifen aus Ruß und Schmutz waren fast verschwunden. Jedenfalls die, die überhaupt entfernt werden konnten. Sie dachte an die roten Hände ihrer Mutter und wünschte sich ein

Paar Gummihandschuhe. Aber die Wachtel fand solchen Kleinkram überflüssig.

Der Gang war halbdunkel, obwohl drei große runde Lampen an einem Metallsockel unter der Decke hingen. Tageslicht fiel durch die Reste eines hohen Bleiglasfensters im Treppenhaus herein. Das Dach war so hoch wie das einer Kirche. Auf beiden Seiten des Treppenhauses waren Türen. Dorte wusste, hinter welcher die Wachtel wohnte, aber sie hatte aus den anderen noch niemals jemanden kommen sehen.

Rufe, Geräusche und ab und zu ein Mann, der rechts vom Fenster stand und rauchte, sagten ihr, dass die Arbeiter in einem anderen Teil des Kellers beschäftigt waren und einen Eingang auf Kellerniveau benutzten. Wenn sie sich reckte und durch das Gitter schaute, konnte sie eine Steintreppe erkennen. Sicher saßen sie dort, wenn Dorte Lachen und Gespräche hörte.

An beiden Enden des Gangs war Türen; die von der Treppe am weitesten entfernte Tür führte in den Hinterhof. Das war die Tür, durch die sie und Arthur ins Haus gekommen waren. Am anderen Ende gab es eine schöne alte Tür mit einem verschnörkelten Bleiglasfenster. Auch die ließ sich nicht öffnen. Dorte nahm an, dass sie auf die Straße hinausführte.

Ihr Bauch wölbte sich vor und behinderte sie bei der Arbeit. Drinnen rumorte es. Vor allem nachts. Sie wartete nicht mehr darauf, dass das da drinnen verschwand. Arthur hatte ihr zwei Trainingshosen gegeben, die weit genug waren, und gesagt, sie müsse »ihren Bauch für sich behalten«. Damit meinte er, niemand dürfe sehen, dass sie ein Kind erwarte, denn sonst könnten sie »Mist bauen«.

Plötzlich hörte sie jemanden mit leichten Schritten die Treppe herunterkommen. Sie hörte sie nicht zum ersten Mal, die Mädchen, die im zweiten Stock wohnten, aber sie hatte sie noch nie gesehen. Jetzt kam eine angerannt. Ihr Gesicht war bleich, die Augen weit aufgerissen. Sie starrte vor sich hin und sah

Dorte und den Eimer an der Treppe nicht. Als Dorte einen Warnruf ausstieß, war es bereits geschehen. Der Eimer kippte um, das Mädchen schrie auf und fiel der Länge nach hin.

»Oh, Verzeihung!« Dorte versuchte, ihr auf die Füße zu helfen. Erst jetzt bemerkte sie, dass die andere ein Hemd oder Nachthemd trug. Es war kalt auf dem Gang. Als die andere sich aufrappelte, sah Dorte ihre nackten Füße. Lange Zehen krümmten sich, wie um sich am Boden festzuhalten. Dorte packte das nasse Hemd und versuchte ungeschickt, es auszuwringen. Da passierte etwas. Sie konnte nicht sicher sein, dass es wirklich war, vielleicht bildete sie es sich nur ein. Es klang wie Musik. Viel schöner als Bach.

»Einen Eimer vor die Treppe stellen! Du Idiotin!«, rief eine schrille Stimme – auf Litauisch!

»Ich werde dir helfen«, sagte Dorte in derselben Sprache und griff nach der Hand der anderen.

Für einen Moment starrten sie einander an, die andere noch immer wütend. Dann schaute sie sich eilig um, als rechne sie damit, dass jemand kommen und sie verjagen werde.

»Litauisch? Wann bist du gekommen?«, flüsterte die Fremde.

»Ja! Anfang Oktober. Ich heiße Dorte.«

»Julia«, murmelte die andere und musterte Dortes Bauch mit ungläubigem Blick. »Darfst du das wirklich so lange behalten? Bist du mit dem Vorarbeiter zusammen oder mit dem Teufel persönlich?«

»Nicht doch. Ich wohne da unten zusammen mit Arthur.«

»Du musst putzen, weil du ein Kind kriegst? Nicht wahr? Der Doktor wollte es nicht wegmachen, aus Angst, du könntest dabei draufgehen?«

Warum redete Julia so? Warum gebrauchte sie die litauische Sprache auf diese Weise?

»Hast du einen Schlüssel?« Julia zog ihr Nachthemd hoch. Es klebte an ihren Oberschenkeln.

Dorte schüttelte den Kopf und erzählte, dass Arthur einkaufte.

»Niemand darf hier raus. Ich weiß nicht, wie viele wir sind, aber jedenfalls mehr als drei. Ich bin seit zwei Monaten hier. Arbeite die ganze Zeit. Die Hölle … wo haben sie dich gefunden?« Die Wörter sprudelten nur so aus Julia heraus.

»Da, wo ich vorher war … aber jetzt wird alles gut.«

Julia packte ihre Schultern und sagte eindringlich: »Hör zu! Besorg dir seinen Schlüssel! Und vergiss mich nicht! Ich wohne da oben, auf der Tür steht Eden. Aber ein Paradies ist das nicht gerade«, sagte sie mit etwas, das ein Lachen vorstellen sollte.

Plötzlich stand die Wachtel da. Sie hatte sicher gelauscht, denn sie sah nicht überrascht aus.

»Julia! Get ready! To the room! Und du, Dorte! Mach, dass du in den Keller kommst. Ich will keine Putzfrau auf dem Gang stehen haben, wenn Besuch kommt. Abends wird nicht geputzt, nur morgens.«

Dorte versuchte zu erklären, dass sie jetzt putzen wollte, weil ihr morgens oft schlecht war, aber sie fand die richtigen Wörter nicht.

»Mach, dass du fortkommst«, sagte die Wachtel gereizt, segelte durch den Gang und verschwand hinter einer Tür. Nur um den Kopf herauszustrecken und zu rufen: »Hau ab da!«

»Warum war sie so wütend?«, flüsterte Dorte.

»Es passt ihr nicht, dass wir miteinander reden, weil sie dann nicht überprüfen kann, was wir sagen. Versuch, den Schlüssel zu besorgen. Wenn dein Kind da ist, musst du wieder arbeiten. Ganz bestimmt! Und vergiss mich nicht«, sagte sie und lief die Treppe hoch.

Dorte blieb stehen und sah ihr hinterher, dann wischte sie das Wasser auf und suchte ihre Putzsachen zusammen. Auf halbem Weg in den Keller hörte sie die Wachtel telefonieren, während sie auf die Ausgangstür zuging. Ihre Stimme war wie Butter. Sie ließ sicher Julias Kunden ein, denn Dorte verstand, dass er klingeln sollte, wenn er wieder hinauswollte. Die Tür wurde abgeschlossen. Dann waren Schritte auf dem Fliesenboden zu hören.

Dorte stieg eine Treppenstufe höher und sah einen Mann in blauem Sakko ein wenig unschlüssig dastehen, er kehrte ihr den Rücken zu. Aber als ob ein Instinkt ihm sagte, dass er beobachtet wurde, fuhr er herum und entdeckte sie. Sie wich nach unten zurück und stellte die Putzsachen in die Ecke bei der Toilette. Dann war er da. Sie hörte ein »Warte«, als sie sich in das Zimmer retten wollte. Ihr Mund war wie ausgedörrt, und ihr Herz hämmerte wie besessen. Er war es! Olav aus dem Zug bezahlte die Wachtel, um zu Julia zu dürfen. Der Boden öffnete sich vor ihr. Olav schien in einer anderen Welt zu stehen. Seine blonde Mähne hing auf der einen Seite herunter, genau wie in ihrer Erinnerung. Aber er war nur ein Kunde.

»Hallo! Dass ich dir gerade hier an der Tür begegne!«, sagte er atemlos wie nach einer großen Anstrengung. Dann trat er auf sie zu. Ganz dicht.

»Nein, du gehst zu Julia!«, würgte sie heraus und hielt schützend die Hände vor sich.

»Kann ich vorher kurz mit dir sprechen?«

»Was denn sprechen?«

Er schlüpfte hinter ihr ins Zimmer. Und als er die Tür schloss und davor stehen blieb, war sie gefangen. Beide horchten auf den Gang hinaus. Seine Augen waren unnatürlich blau unter der grellen Deckenlampe. Alles war still.

»Kann ich mich setzen?«

Sie nickte.

»Arbeitest du hier?«

»Putzen.« Er hätte sich fast in den Sessel gesetzt, aus dem die Feder herausragte, aber sie warnte ihn mit einem kurzen »nein!«, und er setzte sich in den anderen. Sie hob den Kopf, blieb aber stehen.

»Ich habe mich gefragt, wie es dir wohl geht«, sagte er einfach. Aber sie ließ sich nicht einlullen und gab keine Antwort.

»Ganz ruhig bleiben. Ich bin auf deiner Seite. Ich will versuchen, euch zu helfen«, sagte er leise und schaute zur Tür.

Sie zeigte nicht, dass sie verstanden hatte, was er gesagt hatte, sondern stand einfach da. Einer ihrer Füße war nass. Die Schuhsohle quietschte, wenn sie sich bewegte. Deshalb blieb sie ganz ruhig stehen.

»Du bist schwanger?«

Sie geriet in Verlegenheit. Sie spürte das vor allem im Gesicht. Es war schwer, so zu stehen, während er sie anstarrte. Und als ob er das verstanden hätte, erhob er sich und kam auf sie zu. Er war sicher nicht viel älter als Nikolai. Sein Mund war nicht derselbe wie beim letzten Mal. Er war härter. Sie glaubte, dass er sicher leicht zu betrügen wäre. Seine Augen sahen ein wenig schläfrig aus, wenn er ihr nicht gerade ins Gesicht starrte. Dann wirkten sie nackt und schienen um Gnade zu bitten. Seinen grauen Schal kannte sie von der Reise her, er war lang und mehrmals um seinen Hals gewickelt.

»Du kannst Vertrauen zu mir haben«, sagte er, als sie keine Antwort gab.

»Ich keine Kunden nehmen. Du gehst du Julia!«, sagte sie energisch.

Er machte eine vage Handbewegung und erklärte, dass er schon einmal da gewesen sei, ohne Dorte zu sehen, und dass er gleich um die Ecke wohne. Er schien mehr oder weniger den ganzen Tag am Fenster zu sitzen und zu überprüfen, wer aus und ein ging, genau wie die Nachbarn zu Hause.

»Hast du Angst?«, fragte er endlich.

Angst! Er benutzte ein norwegisches Wort, das sie verstand,

auch wenn sie sich nicht daran erinnern konnte, es gelernt zu haben. Am Ende gab sie es ihm zurück, als wisse sie nicht, was sie damit anfangen sollte. »Angst?« Natürlich hatte sie Angst. Wie konnte jemand so lange Angst haben?

»Du wirst eingesperrt, nicht wahr?«

»Arthur hat Schlüssel.«

»Der, der dich mit dem Fahrrad abgeholt hat?«

Sie nickte und suchte nach den Wörtern, die sie brauchte.

»Du willst der Polizei sagen, dass sie uns holen soll?«

»Nein! Nicht euch, sondern die Männer!«

Sie schüttelte den Kopf und versuchte ihm zu erklären, dass immer die Mädchen geholt würden. Es war zu schwer, sie war nicht sicher, ob er es verstanden hatte.

»Du hast noch immer kein Telefon?«, fragte er etwas atemlos und schaute wieder zur Tür.

Sie schluckte und überlegte, ob er wohl wusste, dass sie eins aus Bjarnes Lager gestohlen hatte. Dann fasste sie einen Entschluss. Sie zog das Telefon aus der Tasche und versuchte zu erklären, dass es nicht funktionierte.

»Das ist neu. Du brauchst eine SIM-Karte und Akkus. Das ist vielleicht zu schwierig … das mit dem Telefon erledige ich. Hast du meine Nummer noch?«

Sie nickte.

»Versteck sie. Und das Telefon. Wohnst du hier allein?«

»Arthur auch. Ab und zu.«

»Weiß er, dass du das Telefon hast?«

Als sie den Kopf schüttelte, lächelte er über das ganze Gesicht und sagte: »Gut! Gut!« Dann ging er mit langen Schritten zum Fenster und stellte fest, dass es sich öffnen ließ. Streckte die Hand hinaus und rüttelte an dem Eisengitter, als glaube er wirklich, es ließe sich bewegen.

»Ich klopfe vorsichtig an die Fensterscheibe. Du machst auf. Ruf an, sowie du mit dem Telefon umgehen kannst. Wenn er hier ist, tust du so, als ob du von nichts wüsstest. Ich klopfe nur einmal. Verstanden?«

»Warum? Du schreiben in Zeitung? Polizei kommen?«

»Nein! Ich will dir helfen – und den anderen. Verlass dich auf mich. Wie heißt du eigentlich?«

»Dorte.«

»Dorte«, wiederholte er und lächelte, auch mit den Augen.

In diesem Moment hörten sie die Haustür, die Stimme der Wachtel knarrte, und schlurfende, aber zielbewusste Schritte näherten sich. Olav stand schon auf dem Gang, und Dorte ließ das Telefon unter dem Taschenboden verschwinden. Durch die offene Tür sah sie, dass ihm Arthur auf der Treppe begegnete.

»Wer zum Teufel bist du denn?«, hörte Dorte ihn sagen.

»Verzeihung! Ich bin offenbar nach unten gegangen statt nach oben und hier gelandet. So kann es gehen. Aber die Dame dort hat mir sehr deutlich zu verstehen gegeben, dass ich nicht erwünscht bin. Tut mir leid!«

Gleich darauf war er verschwunden, und Arthur packte ihren Arm. Sie sagte sich, es gebe keinen Grund, sich vor Arthur zu fürchten. Aber alles war so seltsam, als stünden sie plötzlich auf gegnerischen Seiten.

»Wer war das? Hab das Gefühl, den schon mal gesehen zu haben«, fauchte Arthur.

»Weiß nicht.«

»War er schon mal da? Hier? Rede schon!«

Dorte schüttelte den Kopf, wimmerte und wollte sich losreißen.

»Scheiß … verdammte Nutte!«

»Bitte!«, flehte sie.

Arthur ließ los und schleuderte sie von sich. Etwas stimmte nicht mit ihm. Sie hatte es sicher schon früher bemerkt, aber an diesem Tag war es ganz deutlich. Seine Augen. Er hatte sich nicht nur mit Bier betrunken, er hatte Ähnlichkeit mit Makar.

Erst jetzt merkte sie, dass nicht nur ihre Schuhe nass waren, die Trainingshose schlotterte feucht und kalt um ihre Knöchel. Wenn die Tür auch nur für einen Moment offen stand, zog es immer schrecklich in dem eiskalten Gang. Sie hätte Arthur gern gefragt, ob er nicht einen Heizstrahler besorgen könnte. Aber nicht jetzt.

Er zog seine mitgenommene Lederjacke aus und ließ sich mit der letzten vorhandenen Bierdose auf das Sofa fallen. Das abgenutzte Möbelstück ächzte. Dann achtete er nicht mehr auf sie, saß nur da und glotzte aus leeren Augen vor sich hin. Sie ersetzte die feuchte Trainingshose durch die andere und zog trockene Socken und den Frotteemantel an. Dann rollte sie sich im Bett unter der steifen Steppdecke zusammen.

Arthur saß einfach nur da. Die Bierdose war leer. Das Gefühl von Unbehagen wurde immer stärker. Am Ende musste sie es einfach in Worte kleiden, wenn sie noch atmen können wollte. Musste ihn fragen, warum er so zugedröhnt aussah. Aber das war ein großer Fehler. Zuerst antwortete er überhaupt nicht, sank in sich zusammen, wie um Anlauf zu nehmen oder sich auf einen gewaltigen Schlag vorzubereiten. Wenn es nicht undenkbar gewesen wäre, hätte sie geglaubt, dass er mit den Tränen kämpfte.

»Ich und zugedröhnt! Sieh dich doch selbst an! Schlampe!«

Dorte wusste nicht, was eine »Schlampe« war, aber es war sicher kein Kompliment. Es hätte sicher gutgetan, jetzt einfach zu weinen. Sie hätten zusammen weinen und Kumpel sein können, irgendwie. Ihr Gesicht war steif von altem Schweiß. Ihre Haare waren im Nacken aus dem Gummi geglitten. Sie konnte nur dann klar denken, wenn sie sich auf das Telefon in ihrer Tasche konzentrierte.

Er blieb den ganzen Tag. In den letzten Wochen war er tagsüber nur kurz aufgetaucht, um etwas zu holen oder um Bier aus dem

Kühlschrank zu trinken. Jetzt lag er mit geschlossenen Augen und offenem Mund auf dem Sofa. Sie wusste nicht, ob er schlief oder nicht, aber sie versuchte, so leise wie möglich zu sein, um ihn nicht zu verärgern. Denken konnte sie doch auch, ohne dass er es merkte. An diesem Tag war so viel passiert. Julia und Olav.

Wenn Arthur das nächste Mal aus dem Haus ginge, würde sie zu Julia hinaufgehen. Reden. Und sei es nur für kurze Zeit. Sie fragen, ob Olav ein Kunde war. Sie hatte doch gesehen, wie er die Wachtel bezahlte, aber das hatte er ja tun müssen, um ins Haus zu kommen. Hatte sie es seit dem ersten Tag gewusst, als sie die Schritte gehört hatte? Dass Arthur sie in ein solches Haus gebracht hatte? Etwas konnte mit ihr nicht stimmen, dass sie immer auf solche Männer traf. In diesem Land schien es von denen nur so zu wimmeln. Sie sah sie vor sich, wie Frösche in einem trüben Frühlingsteich. Schleim und Quaken.

Als es so dunkel wurde, dass sie Licht machen musste, um Brot zu schneiden, sprang Arthur auf und schrie so entsetzlich, dass sie es wieder ausknipste. Als er sich beruhigt hatte, konnte sie sich doch zwei Brote machen. Sie ging damit ins Bett, um warm zu bleiben. Es hatte keinen Sinn, sich irgendwie zu beschäftigen, und da konnte sie auch gleich schlafen. Da Arthur zu Hause war, hätte sie ihm gern gute Nacht gewünscht, aber das hätte sicher nichts gebracht.

Sie wurde davon geweckt, dass Arthur rief und unsichtbare Leute beschimpfte. Als sie die Lampe über dem Bett einschaltete, sah sie, dass er wie ein zusammengerollter Kadaver an einem Ende des Sofas lag. Er schien nicht recht zu wissen, wo er war. Es war unheimlich, aber sie war zu müde, um sich zu fürchten. Zuerst sagte sie seinen Namen, ohne dass er reagierte, dann stand sie auf und setzte sich zu ihm. Berührte vorsichtig seine Schulter und sagte aber, aber, aber – doch das half nichts. Plötzlich klammerte er sich an sie und beschimpfte dabei seinen Vater, der nichts von ihm wissen wollte, und die tote Mutter, die nur eine Hure in der Hölle war. Die ganze Welt sei ein Puff, behauptete er. Dagegen konnte sie nichts sagen.

Das Zimmer war eiskalt. Sie holte die Bettdecke, schmiegte sich an ihn und zog die Decke über sie beide, um die Wärme zu halten. Dann fing sie an, auf Russisch über das zu reden, was ihr gerade einfiel – und womit sie ihn auf Norwegisch nicht zu verärgern wagte. Er weinte so heftig, dass ihre Brust ganz nass wurde, weil er mit der Nase auf dem Frotteemantel lag. Währenddessen überlegte sie, ob Lara Olav wohl vertrauen würde. Schwerlich. Das Geschöpf in ihrem Bauch war auch still. Ganz still.

48

»Siehst du ihn?«

»Wen? Wo?« Sie setzte sich auf und begriff, dass noch immer Nacht war, denn das Fenster war dunkel, und die Arbeiter hatten noch nicht damit angefangen, Bauschutt in die Container zu werfen.

»Da! Draußen! Es hat geklopft!«, sagte er heiser und zeigte auf das Fenster.

Dorte ging hin und versuchte hinauszublicken, konnte aber niemanden entdecken.

»Nichts da!«, sagte sie energisch.

»Komm her, verdammt noch mal. Stell dich nicht so hin, dass er dich sehen kann! Er wartet darauf, dass das Kind rauskommt, verstehst du! Dieser verdammte … Vorarbeiter. Die ganze Zeit hat er es auf mich abgesehen. Diese Jalousie ist nicht dicht genug. Man kann hier reinschauen«, fauchte Arthur.

Dorte sah sich um, holte die Tischdecke, zog einen Stuhl ans Fenster und stieg hinauf, um die Decke über die Jalousie zu hängen. Das gelang ihr nicht.

»Helfen! Nicht nur sitzen!«, bat sie.

Arthur schwankte über den Boden, holte den anderen Stuhl und stieg darauf. Gemeinsam, wenn auch etwas wackelig, konnten sie die Decke vor dem Fenster befestigen. Danach setzten sie sich auf das Sofa und musterten ihr Werk.

»Jetzt kann niemand schauen rein«, sagte sie.

»Jetzt kann niemand reinschauen«, korrigierte er gutmütig und wischte sich mit dem Pulloverärmel die Nase.

Sie drehte den Heizstrahler an, obwohl es noch so früh war. Als sie von ihm wissen wollte, was der Vorarbeiter gesagt hatte, wollte er sich zuerst einfach wieder schlafen legen. Aber nach und nach kam heraus, dass er seine Schulden nicht hatte bezahlen können und deshalb verwarnt worden war. Sie wollten Kunden zu ihr schicken. Behaupteten, sie könnte trotz des Bauches blasen und massieren. Deshalb sei er so wütend gewesen, als ihm auf der Treppe der Mann begegnet war.

»Wütend? Auf mich?«, fragte sie. Die Lust, ihm ins Gesicht zu schlagen, war so groß, dass sie mit beiden Händen die Decke packte. »Kunden? Nein! Du Tür aufschließen. Ich muss raus«, keuchte sie.

»Sie haben mir den Schlüssel weggenommen«, sagte Arthur mutlos und starrte seine Hände an.

»Du lügen! Warum du lügen?«

»Ich lüge nicht«, sagte er mit dem Gesicht eines Mannes, der den ganzen Winter draußen geschlafen hatte.

Dorte stand auf, lief hin und her und schob den Bauch vor sich her wie einen Pflug. Dann schaltete sie das Licht über der Anrichte ein und holte sich ein Glas Milch aus dem Kühlschrank.

»Willst du Milch?«, fragte sie.

»Nein, scheiß drauf«, erwiderte er angeekelt.

Sie trank, stehend, mit dem Rücken zur Anrichte. Arthur stand auf und kam zu ihr herüber, schwankend wie ein Pfosten im Hochmoor.

»Du gehörst mir! Nur mir! Ich hab noch nie ein Mädchen ganz für mich allein gehabt. Nie! Immer hat irgendwer …«

Dorte starrte ihn einen Moment lang an, dann überkam sie eine trotzige Ruhe, und sie erklärte, sie müssten gemeinsam nachdenken. Ihr fiel sogar ein, wie das Wort *planen* im Norwegischen hieß.

»Zwei sind stark!«, erklärte sie und hätte ihm fast von ihrem Gespräch mit Julia erzählt, aber etwas hielt sie dann doch zurück.

»Ich muss jetzt bei den Arbeitern schlafen. Ich sollte nur Kleider holen und … der Vorarbeiter sagt, dass sie die Regeln verschärfen müssen.«

Dorte stellte das leere Glas weg. Ohne zu überlegen, fragte sie: »Vorarbeiter gibt dir Drogen?«

»Wie zum Teufel kommst du auf die Idee?«

Dorte sah ihm in die Augen. Er hatte Pupillen wie tote Würmer. Und das nicht zum ersten Mal. Vielleicht hatte er die schon oft gehabt, aber sie hatte es nicht verstehen wollen. Es war der Blick eines Menschen, der nicht ohne Drogen leben konnte.

»Du nicht du selbst«, sagte sie.

Mit einer langsamen Bewegung schlug er ihr mit der flachen Hand ins Gesicht. Wartete ein wenig, aber als sie keinen Laut hören ließ, schlug er noch zweimal zu. Sie verspürte keinen Schmerz. Nicht wirklich. Nur Veras Wut. Blut sickerte durch ihre Finger, als sie die auf den Mund presste. Sie holte sich ein Handtuch und wischte sich ab, ohne in den Spiegel zu schauen. Wusste nicht, wohin mit ihrer Wut, deshalb bückte sie sich und steckte Schneewittchens Stecker in die Steckdose. Das Wasser hätte erneuert werden müssen, und Staub wurde von den Figuren gespült. Aber das Geräusch war so frisch, deshalb setzte sie sich und betrachtete die ungleichmäßige Wassersäule. Das Licht von unten schuf in den Tropfen ein vages Farbenspiel.

Nach einer Weile spürte sie seine Hände auf den Schultern. Sie zitterten und strahlten eine hilflose Kälte aus.

»Du … ich wollte das nicht, verdammt … ich war einfach nur so sauer. Du kannst einen Stein zur Weißglut bringen. Weißt du das überhaupt? Und das Kind? Das ist doch nicht von mir?«

Sie hatte nichts zu sagen. Noch nicht.

»Kerle können so was nicht sicher wissen. Mein Vater wusste es auch nicht. Hat viel darüber geredet, dass ich nicht von ihm war. Gott hat einen dicken Patzer gemacht, als er es so eingerichtet hat, dass nur die eine es sicher wissen kann, wenn überhaupt. He? Daraus entsteht ganz schön viel Scheiß, das kann ich dir sagen«, endete er, erschöpft von seiner langen Rede.

Dorte blickte zum Fenster hinauf. Es mochte Olav gewesen sein, der nachts geklopft hatte. In diesem Moment klingelte etwas in Arthurs Tasche, laut und schrill. Er zog das Telefon hervor und lief zur Tür. Lehnte sich an den Türrahmen und redete mit nervöser, untertäniger Stimme. Sie verstand, dass er versprach, sofort zu kommen. Dann ging er zum Kabuff, riss ein paar Kleidungsstücke heraus und stopfte sie in eine Tasche. Vornübergebeugt, breitbeinig und etwas wackelig mühte er sich damit ab, mit einer Hand zu packen und mit der anderen das Telefon zu halten. Ab und zu stopfte und trat er das, was er nicht wollte, zurück ins Kabuff.

»Die Wachtel? Ja. Sie braucht doch Hilfe, wenn das Kind kommt. Sie muss essen und so … nein, ich weiß, dass das nicht dein Problem ist. Aber … ja, ich komme sofort«, endete er, steckte das Telefon in die Tasche und starrte in die Luft. Seine Augen schienen in unterschiedliche Richtungen zu blicken.

»Du! Ich zieh nur vorübergehend aus. Wenn ich zurückkomme, wird alles gut. Wirklich alles wird gut!«

Dorte hatte eben erst die Dusche im Erdgeschoss benutzt und saß mit einem Handtuch um den Kopf am Tisch, als sie jemanden kommen hörte und damit rechnete, dass gleich die Wachtel hereinschauen würde. Aber dann stand plötzlich ein riesiger Mann im Zimmer. Er hatte einen rasierten Kopf und Tätowierungen am Hals. Seine Schuhe waren breit wie Flusskähne, und der Zigarettenrauch umgab ihn wie der Rauch eines Lauffeuers.

»Ach, sieh an! Hier ist jemand?«, fragte er und kam näher.

»Du nicht anklopfen?«

»Ich habe wohl nicht richtig gehört? Seit wann bestimmt Arthurs Hure die Benimmregeln hier im Haus? Anklopfen!«

»Ich könnte nackt sein …«

»Ach du meine Güte, meinst du vielleicht, ist hätte noch nie einen aufgeblasenen Bauch und eine abgenudelte Fotze gesehen?« Der Mann schloss die Tür und musterte Dorte wie ein defektes Möbelstück. Dann ließ er sich ungebeten auf einem Stuhl nieder, um sich an der alten Kippe eine neue Zigarette anzuzünden.

»Wo sind meine Sachen? Arthur hat gesagt, du würdest sie einpacken.«

Das ist Bjarne, dachte sie, nickte zum Kabuff hinüber und brachte ein »da drinnen« heraus.

»Dann hol sie!«, befahl er.

Sie hatte die Tischdecke vom Fenster genommen. Eine ganze Schulklasse ging auf der Straße vorbei. Die Beine waren ungleich lang. Zwei dünne Mädchenwaden in roter Hose stolperten über etwas und wären fast gefallen. Ein mehrstimmiges Lachen drang ins Zimmer.

»Hast du nicht gehört! Bohrer, Video, Kassetten, Kameras und Telefon!«

Dorte ging zur Tür, öffnete sie und bückte sich mühsam, um die Gegenstände zu suchen, die Arthur zwischen Bierdosen und Schuhen verstreut hatte. Das Handtuch, das sie um den Kopf gewickelt hatte, fiel herunter, und ihre nassen Haare lagen kalt im Nacken.

»Ich will Arthurs Scheiß nicht, ich will nur die brauchbaren Sachen. Ich sammle kein Leergut!«, erklärte der Mann und kam ihr nach. Dann blieb er stehen, blies Rauchwolken nach unten und schnippte die Asche auf den Boden.

Dorte legte einen Gegenstand nach dem anderen in die Plastiktüte. Richtete sich auf und stützte die Hände ins Kreuz. Der Bohrer war so groß, dass sie ihn mit dem Fuß über den Boden stieß. Am Ende schloss sie die Tür des Verschlags und reichte ihm die Tüte.

»Da müsste auch ein Telefon dabei sein«, sagte er drohend, nachdem er sich den Inhalt der Tüte angesehen hatte.

Dorte öffnete abermals die Tür und gab vor, das Chaos drinnen genau zu untersuchen. Ihr Herz hämmerte in Bauch und Hals.

»Kein Telefon. Selber sehen!«, sagte sie, ohne sich umzudrehen.

Er stieß sie beiseite und hob eine verrostete Dose auf, die dem Scheppern nach Nägel oder Schrauben enthielt, dann fuhr er herum und musterte sie aus zusammengekniffenen Augen.

»Hat Arthur in letzter Zeit das Telefon ausgetauscht?«

Dorte schüttelte den Kopf.

»Hast *du* es eingesackt?«, fauchte er und griff ihr brutal zwischen die Beine. »Sieh an, sieh an. Schade nur, dass du so verflucht kaputt und breit bist!«

»Nein! Was soll ich denn mit einem kaputten Telefon?« Das war ihr herausgerutscht, ehe sie überlegen konnte.

»Verdammt, das ist nicht kaputt. Es ist neu! Und das ist

mehr, als man über dich sagen kann«, sagte er und ließ eine Menge Flüche folgen, die sie glücklicherweise nicht verstand. Dann stieß er sie weg und ließ seinen Blick von einer Wand zur anderen wandern. Gleich darauf packte er ihre Tasche, die unter der Sofadecke hervorlugte, stellte sie auf den Kopf und ließ den Inhalt auf den Boden fallen. Zwei Zwanzigkronenstücke, ein Lippenstift und Wimperntusche, die nie benutzt worden waren, eine Cremetube, ein Kugelschreiber, Zahnbürste und Nagelschere, Aquarellfarben, Zeichenblock, Discman und ein fast leerer Notizblock und andere Kleinigkeiten, an die man erst denkt, wenn man sie braucht. Mit geübtem Griff hob er die Münzen auf und steckte sie in die Tasche. Dann betrachtete er den Discman und ließ ihn in seine Plastiktüte gleiten. Dorte schluckte. Wenn er nur nicht den Boden aus der Tasche nahm!

Als er die Tasche fallen ließ, war ein leiser Knall zu hören. Gleich darauf hielt er das Telefon in der Hand. Sie wartete darauf, dass er auch den Pass entdeckte. Das tat er nicht. Mit kaltem Grinsen ließ er das Telefon in der Plastiktüte verschwinden und drehte sich mit einem triumphierenden Fauchen zu ihr um. Dann packte er ihr zwischen die Beine und riss an ihrer Wolljacke, so dass die Knöpfe absprangen. Als er ihren Oberkörper entblößt hatte, hielt er eine Brust mit eisernem Griff fest und öffnete seinen Hosenschlitz. Er schnaubte heftig, während er sie auf die Knie zwang und ihr Gesicht zu sich riss. Als sie versuchte, sich abzuwenden, fasste er sie mit beiden Händen um den Hals und drückte zu.

»Blasen, verdammt noch mal! Sonst fick ich dich in Grund und Boden. Steck den ganzen Arm in dich rein, hol das Balg raus und schmeiß es aus dem Fenster!«, stöhnte er. Gleich darauf wurde sie von steinharten Resten stinkenden Schlachtabfalls erstickt.

Der Vater saß in der Sonne auf der Treppe und räumte seinen Fliegenkasten auf. Er hatte den Anglerhut abgenommen und umgestülpt, damit er trocknen konnte. Es war schon Spätherbst. Winzige Eiskristalle hatten sich in seinem Schnurrbart festgesetzt. Bald würde das Eis auf dem See gefrieren. Sie ging über den kalten Verandaboden und näherte sich ihm, ohne zu wissen, wie sie es ihm sagen sollte.

»Ich höre dich durchaus«, sagte er und machte Platz für sie.

»Alles ist von innen her besudelt«, sagte sie mutlos und faltete die Hände um die Knie.

»Nichts Besudeltes kommt von innen, das weißt du doch.«

»Ich bin zerstört. Nichts kann so geläutert werden, dass ich nach Hause gehen kann.«

Er wandte ihr das Gesicht zu und strich zugleich mit den Fingern über eine Fliege mit ausgebreiteten roten Flügeln.

»Hast du schon daran gedacht, dass ein Kind an sich eine Läuterung darstellt?«

»Aber die Schande?«

»Ein Kind ist keine Schande. Es hat um nichts gebeten und nichts verbrochen. Im Gegenteil. Es ist die einzige Hoffnung der Welt!«

»Aber es wird alle möglichen Fragen stellen …«

»Bis dahin hast du Zeit, um dir die Antworten zu überlegen. Außerdem wirst du selbst älter und siehst alles mit anderen Augen.«

»Aber du schämst dich meinetwegen, Papa?«

Er legte die Fliege vorsichtig in den Kasten und schloss den Deckel. Die Messingangeln klapperten wie immer.

»Nein! Nicht deinetwegen! Ich schäme mich, weil ich ein Mann bin. So weit, wie die Menschheit auf allen Gebieten gekommen ist, müsste man doch verlangen können, dass wir uns nicht vom Gehirn eines Tieres lenken lassen. Die Zivilisation ist davon abhängig, dass auch der Mann ein Mensch ist.«

»Du bist ein Mensch, Papa!«

»Vielen Dank! Aber ich fürchte, das ist keine große Hilfe«, sagte er. Und sie sah plötzlich, wie müde er war.

»Es tut mir gut zu denken, dass nicht alle so sind wie …«

»Aber du musst jetzt praktisch denken, nicht daran, wie ich bin.«

»Wie denn?«

»Du musst etwas tun. In letzter Zeit hast du nicht einmal die norwegischen Wörter geübt, obwohl du jeden Tag mit der Wachtel reden könntest. Die hat sicher auch nicht so viele. Und das Zeichnen? Wann hast du zuletzt die Aquarellfarben benutzt?«

»Weiß nicht …«

»Da siehst du's! Wenn man Möglichkeiten hat, dann muss man sie nutzen, sie dürfen nicht einfach unter einer Decke brachliegen. Außerdem kannst du doch die Wachtel fragen, ob sie etwas zu lesen für dich hat.«

»Ich glaube nicht, dass sie liest.«

»Natürlich liest sie, jedenfalls Illustrierte und so was. Genau wie Lara. Das ist ein gutes Sprachtraining, weißt du.«

»Papa! Ich schaff das nicht, ich habe Angst!«

»Weißt du, wovor du Angst hast?«

»Vor allem! Dass sie Kunden schicken! Um das Kind!«

»Gut, dass du dieses Wort ausgesprochen hast. Das *Kind.* Du kannst aufhören, es als etwas Schändliches zu betrachten. Es ist kein Feind, auch wenn du nicht vorhattest, es zu bekommen. Es ist gut, dass du viel Milch trinkst, aber du musst essen, damit das Kind als gesundes Geschöpf mit ganz viel Lebensmut herauskommt. Und dann musst du mit Optimismus an die Zukunft denken.«

»Aber Papa, ich kann in diesem Keller nicht denken.«

»Onkel Josef hat im KZ gesessen und geplant, wie er den Küchengarten anlegen würde, um den Tante Anna ihn schon jahrelang gebeten hatte – wenn er nur am Leben bliebe. Dann musst du doch wohl in einem Keller sitzen und solche Kleinigkeiten planen können.«

»Wie denn?«, jammerte sie und wollte von ihm in den Arm genommen werden. Aber das tat er nicht.

»Du brauchst Hilfe, wenn es kommt. Jemand, der die Tür aufschließt und dich ins Krankenhaus bringt. Die Wachtel zum Beispiel, die hat es doch versprochen. Halt dich an sie.«

»Wenn nur Lara hier wäre …«

»Aber Lara ist nicht hier, also musst du dich mit dem zufriedengeben, was du hast.«

»Papa! Erzähl mir lieber über alte Zeiten oder über etwas, das du gelesen hast. Ich kann nicht über die Zukunft reden. Ich glaube nicht daran. Ich will bei dir sein, wo du bist …«

»Aber ich will dich nicht hier haben! Und es wäre ungerecht dem Kind gegenüber. Es hatte noch keine Gelegenheit, auf eigenen Beinen zu stehen.«

»Es kann keine solche Mutter wie mich haben. Ich schaffe das nicht …«

»Natürlich schaffst du das. Du weißt nur nicht genau, was du tun sollst. Aber wenn du nach Hause kommst, dann wird Mama dir helfen. Und außerdem hast du ja Nikolai.«

»Der will sicher nichts mehr von mir wissen. Mit einer Hure kann man ja nicht mal tanzen gehen.«

»Jetzt muss ich dir sagen, dass mir deine Wortwahl im Moment am allerwenigsten an dir gefällt. Die ist nicht gerade aufmunternd. Das würde Mama auch sagen. Also, was immer du mit nach Hause nimmst – nicht dieses Wort. Und – Kopf hoch!«

49

Sie sass am Springbrunnen und zeichnete aus dem Gedächtnis ihren und Nikolais Baum. Versuchte sich zu erinnern, wie das Licht gefallen war, als von oben plötzlich Lärm zu hören war. Als sei jemand die Treppe hinuntergefallen und werde nun über den Boden gezogen. Dorte sprang auf, legte den Bleistift weg und horchte. Das Geräusch näherte sich ihrer Tür. Dann war von draußen ein Flüstern zu hören.

Als sie öffnete, lag Julia vor ihr auf den Knien und hielt sich am Türrahmen fest. Ihre Haare waren blutverschmiert, und ihr eleganter Morgenrock mit Volants und Spitzen war zerrissen und mit roten Flecken besetzt. Ihr Gesicht verzerrt und geschwollen. Dorte zog sie aus dem dunklen Gang ins Zimmer und schloss die Tür. Im Licht sah Julia noch schlimmer aus. Sie hatte mehrere offene Wunden wie nach Stichen. Im Gesicht, an Armen, Brust und Hals. Die Wimperntusche lief in Streifen über ihre Wangen.

Dorte merkte, dass sie kurz vor einer Ohnmacht stand. Aber das durfte nicht passieren, deshalb bohrte sie die Fäuste in den Schlund des schwarzen Hundes und fauchte ihn wütend an, während sie Julia einen Pullover unter den Kopf legte.

»Wer war das?« Sie erkannte ihre eigene Stimme nicht.

»Bjarne.«

»Warum?«

»Ich kann nicht … darüber reden …«

Dorte ließ Wasser in die roten Plastikwanne laufen und holte einen Lappen. Vorsichtig versuchte sie, Julia das Blut abzuwischen. Es fiel ihr schwer, vor dem Sofa zu knien, ihr Bauch war im Weg. Sie wusste nicht, wer von ihnen stöhnte, vielleicht waren sie es beide.

»Man könnte meinen, du wärst hier die Misshandelte«, murmelte Julia und versuchte zu lachen.

»Aber, aber, alles wird gut …«, säuselte Dorte und hörte selbst, dass ihre Worte keinen Sinn hatten.

»Ich glaube, er hat etwas zertreten. Mir ist so schlecht …«

Dorte holte einen Eimer, und Julia krümmte sich jammernd darüber. Schließlich konnte sie sich wieder hinlegen und bat um Wasser. Dorte hielt das Glas, während Julia Bjarne nach jedem Schluck verfluchte.

»Irgendwann bring ich ihn um … ich bring ihn um! Ich werde mir vierzehn Tage Zeit nehmen, um ihn umzubringen … langsam. Werde ihm langsam das Gedärm aus dem Leib ziehen. Ihm den Schwanz abschneiden. Mit einem stumpfen Messer. Nein, mit einer Nagelfeile. Ich werde ihn ihm in den Mund stopfen und ihn zwingen zu schlucken. Langsam! Jesusmaria, das wird mir so guttun!«

»Zieh Jesus hier nicht mit rein! Bleib einfach still liegen, dann wird alles gut«, sagte Dorte und dachte daran, dass sie die Wachtel um Pflaster, Verbandszeug und Jod bitten musste.

Zuerst machte niemand auf, aber dann erschien die Wachtel in der Tür, ihre Haare sahen aus wie ein verwuschelter Handfeger.

»Du musst helfen!«, keuchte Dorte.

»Kommt das Kind? Jetzt schon?«

»Nein, Julia …«

Als die Wachtel das Zimmer betrat, starrte sie Julia an. Für einen Moment sah es aus, als ob sie kehrtmachen wollte, aber dann besann sie sich, hockte sich hin und legte Julia die Hand auf den Arm.

»Ich wusste nicht, dass er gewalttätig ist. Du hättest laut genug schreien müssen, dass ich es höre. Solche Kunden wollen wir nicht. Der kommt mir nicht noch mal ins Haus.«

»Kein Kunde. Bjarne«, sagte Dorte, denn Julia hatte den Wortschwall der Wachtel wohl nicht verstanden.

»Wer zum Teufel hat den denn reingelassen? Ich hab dem Vorarbeiter doch gesagt … aber dir hab ich es auch gesagt«, tadelte sie Julia. »Du darfst Bjarne nicht provozieren. Der ist unberechenbar. Aber was für eine Gemeinheit … ist etwas gebrochen?«

Es war ein seltsames Gespräch. Die Wachtel und Julia schienen jede auf ihrem Planeten zu sitzen, während Dorte atemlos hin- und herrannte und jeder erzählte, was die andere gerade gesagt hatte.

Die Wachtel warf einen Blick in den Eimer, seufzte und schnitt eine Grimasse. Danach legte sie ihr Gesicht in traurige Falten.

»Warum hat er sich so geärgert?«, fragte sie auf Englisch.

»Ich konnte nicht … seinen fiesen Schleim schlucken … das hier ist ein Ort in der Hölle«, stöhnte Julia, und Dorte fand alle Wörter auf Norwegisch.

»Es ist klar, warum du Prügel bezogen hast«, sagte die Wachtel und ging, um Verbandszeug zu holen.

»Miese Kuh!«, sagte Julia kläglich, als die Tür zufiel.

»Wir brauchen sie!«, wandte Dorte ein.

Nach einer Weile segelte die Wachtel wieder herein und klatschte eine Plastiktüte mit Verbandsstoff, Pflaster, Desinfektionsmittel und Tabletten auf den Tisch.

»Ist dir bewusst, dass du heute Abend einen Kunden hast? Wie soll das gehen?«

Julia lag mit geschlossenen Augen da, nach ihrer Gesichtsfarbe zu urteilen, hätte sie auch tot sein können.

»Kunde muss erspart bleiben«, sagte Dorte und sah die Wachtel flehend an.

»Herrgott, was für ein Zustand! Du verstehst doch sicher, dass du noch abhängiger von Bjarne wirst, wenn du nicht arbeiten kannst?«, seufzte die Wachtel und ging.

Dorte übersetzte das in geschönter Fassung, trotzdem behauptete Julia, sie werde Bjarne umbringen – während Desinfektionsmittel auf eine offene Wunde in ihrer Schulter gepresst wurde.

»Er hatte ein Klappmesser. Kann ich ein paar von den Tabletten haben, dann kann ich vielleicht schlafen?«

Dorte half ihr ins Bett, deckte sie zu und gab ihr ein Glas Wasser und zwei Pillen. Als sie die verfilzten Haare wegstrich, die Julia ins Gesicht hingen, fing diese an zu weinen. Fast lautlos.

»Ich dachte, es wäre nur für einen Monat. Sie haben gesagt, ich könnte mehr verdienen als in fünf Jahren zu Hause in der Wäscherei«, sagte sie und wischte sich die Nase mit der nicht verbundenen Hand. »Das ist fast ein halbes Jahr her, und noch immer habe ich kein Geld, und es nimmt kein Ende. Ich bin so müde … hab eine Entzündung oder so … hier unten«, sagte sie und zeigte kraftlos an sich hinunter. »Alles tut weh. Sitzen, liegen und stehen, aufs Klo gehen«, sagte sie und verzog die Mundwinkel. »Und jetzt, nach dem hier, tut sogar das Lachen weh.«

Es klang wie ein Kratzen an der Fensterscheibe. Trotzdem wusste Dorte sofort, was es war. Sie rannte hin und hob vorsichtig die Jalousie an. Eine dunkle Gestalt lag vor dem Fenster auf den Knien. Olav. Vorsichtig, um Julia nicht zu wecken, schob sie einen Stuhl unter das Fenster und öffnete es. Eiskalter Wind umfing ihr hämmerndes Herz. Er sagte nichts, schob nur einen Umschlag durch den Spalt.

»Bjarne hat das Telefon mitgenommen«, flüsterte sie, nahm den Umschlag aber entgegen.

»Okay!«, hörte sie und spürte für einen Moment durch das Gitter seinen Atem, dann wurde er von der Dunkelheit verschluckt. Nur die scharfe Kälte und der Geruch von Schnee und altem Laub waren noch übrig. Und der Umschlag. Sie schloss das Fenster so lautlos wie möglich und stieg vom Stuhl.

»War das Bjarne?« Julias Stimme war winzig klein.

»Nein, Olav. Ich dachte, er hätte mich vergessen. Und jetzt ist es ja doch zu spät. Bjarne hat das Telefon mitgenommen«, sagte sie und ging mit dem Umschlag zum Bett. Das Licht der Straßenlaterne ließ die Möbel aussehen wie schlafende Gestalten. Mit unsicheren Fingern öffnete sie den Umschlag. Der enthielt nicht Akku und Karte, wie sie geglaubt hatte. Sondern ein Telefon!

»Was für ein Olav?«, fragte Julia und versuchte, sich im Bett aufzusetzen, wimmerte dann aber und gab auf.

»Der an dem Tag hier war, als du über den Putzeimer gestolpert bist.«

»An dem Tag waren mehrere da.«

»Der gleich danach gekommen ist!«

»Dem dürfen wir nicht vertrauen!«, rief Julia. »Der wollte nicht ficken, sondern nur reden. Zum Glück kann ich nicht gut Englisch. Ich sollte erzählen. Auch der wollte mich nur benutzen. Diese Schnüffler interessieren sich nicht für uns, die wollen nur zeigen, wie toll sie sind.«

»Ich glaube, er will uns helfen.«

»Sei nicht blöd! Genau das ist einer passiert, die hier war, als ich gekommen bin. Sie hat erzählt, dass sie an einem anderen Ort hier in der Stadt erwischt worden ist. Ein Mann hat eine Stunde gekauft und wollte ihr angeblich helfen. Er hatte eine Bekannte oder Freundin bei der Polizei, die auch helfen wollte. Sie könnten so gut verstehen, wie schlimm unsere Lage sei, vor allem diese Bekannte, ›als Frau‹«, äffte Julia ihn höhnisch nach. »Und er war ja so rücksichtsvoll und … Geblecht hat er auch, also redete sie drauflos. Dafür mussten wir bezahlen. Es gab eine Razzia, und die Polizei hat sie und zwei andere Frauen mitgenommen. Die Männer waren gerade nicht da, denen ist also nichts passiert. Sie hat nicht gewagt, der Polizei auch nur ein Wort zu sagen, und sie hatte keinen Pass und keine Aufenthaltsgenehmigung, also wurde sie nach Hause geschickt. Zwei Typen haben sie zurückgeholt. Als sie sich weigerte, mit nach Norwegen zu kommen, drohten sie, ihren kleinen Sohn zu entführen, ihm die Zunge herauszuschneiden und ihr mit der Post zu schicken. Natürlich kam sie dann mit!«

Julia schien es langsam besserzugehen, Dorte dagegen fühlte sich so elend wie nach einer wochenlangen Magenentzündung. Und Julia redete einfach weiter.

»Eine andere, die, die neben mir wohnt, hat erzählt, dass ihr im letzten Haus Handschellen angelegt wurden, als die Polizei kam. Und sie wurde auf direktem Weg nach Litauen geschickt. Nach drei Wochen wurde auch sie von denselben Typen geholt. Sie haben ihr den Kiefer gebrochen und den Unterleib zerschnitten, weil sie behauptet haben, sie hätte gesungen. Und als sie wieder aufrecht stehen konnte, haben sie sie zu fünft vergewaltigt, ehe sie sie mit einem falschen Pass hergebracht haben. Direkt hierher in den zweiten Stock, eingeschlossen.«

»Warum ist sie mit zurückgekommen?«

»Hast *du* schon mal versucht, nein zu sagen, wenn sie bei dir vor der Tür stehen?«

»Nein, aber …«

»Sie haben gedroht, ein Plakat aufzuhängen, so dass die ganze Nachbarschaft erfährt, dass sie eine Hure ist. Haben gedroht, das Haus ihrer Eltern abzufackeln, ihrem kleinen Bruder die Fingernägel rauszureißen und ihre drei Schwestern zu vergewaltigen. Du! Niemand ist so gefährlich wie die, die angeblich helfen wollen. Denn du darfst nicht glauben, dass irgendwer dir hilft, Arbeit zu finden, damit du hier im Land bleiben kannst.

Die wollen nur, dass du vor Gericht aussagst, wo anständige Menschen dich anstarren, während du im Detail erzählst, was eine Hure tun muss. Sie filmen dich und nehmen alles auf Tonband auf, damit sie sich damit amüsieren können, nachdem sie dich nach Hause geschickt haben.«

»Ich bin ihm im Zug begegnet«, sagte Dorte, vor allem, um Julia am Weiterreden zu hindern.

»Wie naiv bist du eigentlich? Bist du Hure, oder bist du nur zufällig hier gelandet?«

»Sag dieses Wort nicht! Ich bin doch ausgestiegen!«

»Na gut, von mir aus. Du bist ausgestiegen. Schwanger und in einem Keller eingesperrt. Warum, glaubst du, lassen die dich das Kind ausbrüten, statt dich nach Hause zu schicken? Das kann ich dir sagen. Um euch beide zu verkaufen! Es gibt Leute, die gutes Geld für ein Kind blechen!«

Dorte saß mit dem Telefon in der Hand da. Julias Geschichten waren schlimmer als die, die Lara erzählt hatte. Plötzlich fehlte Lara ihr so sehr, dass die Tränen nur so strömten. Ihr fehlten die russischen Verwünschungen und Gespräche. Ihr fehlten Schimpfen und Lachen. Und dass jemand einfach für Ordnung sorgte. Sie schloss die Finger ganz fest um das Telefon.

»Weißt du, wie man das hier benutzt?«

»Ich glaube schon. Ich hatte mal eins, aber das haben sie mir weggenommen«, murmelte Julia und streckte die Hand aus. »Lass mal sehen! Ich brauche ein bisschen mehr Licht!«

Dorte schaltete die alte Lampe über dem Bett ein. Der karierte Schirm hatte schmutziggelbe Flecken, als habe jemand ihn mit Bier übergossen.

»Glaubst du, du schaffst das?«, fragte sie nach einer Weile.

»Nerv hier nicht rum«, sagte Julia und drückte auf die Tasten. Das kleine Klicken war eine magische Botschaft aus dem Weltraum.

Ein Geräusch vom Gang brachte Julia dazu, das Licht zu löschen und das Telefon blitzschnell unter dem Kissen verschwinden zu lassen. Dorte lag unter der Sofadecke, ehe sie auch nur nachgedacht hatte. Schlurfende Schritte kamen näher. Gleich darauf wurde die Tür geöffnet, und die starre Gestalt der Wachtel zeigte sich im Licht der Straßenlaterne.

»Wie geht's?«

»Wir schlafen …«, murmelte Dorte.

»Hier ist ein Typ um das Haus herumgeschlichen. Ich dachte, es ist ein Kunde, aber er hat nicht geklingelt. Hat sich die Sache sicher anders überlegt. Manche verlieren in letzter Sekunde den Mut. Ja, ja, heute Abend wirst du jedenfalls verschont«, sagte sie mit einer Stimme, die sicher freundlich klingen sollte.

»Danke!«, sagte Dorte, als sei sie gemeint. Julia sagte nichts, es war schwer zu erraten, wie viel sie verstand. Es war aber nicht die Aufgabe der Wachtel, sie zum Verstehen zu bringen, also redete sie einfach weiter.

»Geht ja nicht ans Fenster. Ich will hier kein Geschleiche und Geklopfe. Gute Nacht!«

»Gute Nacht!«, sagte Dorte erleichtert, während Julia ein schläfriges Geräusch ausstieß, das alles Mögliche bedeuten konnte.

Die Wachtel schloss die Tür, und die Schritte entfernten sich und verklangen.

»Dieses Untier!«, fauchte Julia.

»Sie ist gar nicht so schlimm, wenn sie will …«

»Nein, solange sie dafür bezahlt wird. Wenn ich ihr die Miete schulden würde und nicht Bjarne, dann hätte ich jetzt kein Dach mehr über dem Kopf«, sagte Julia und schaltete die Lampe ein.

Bald darauf ließ sie ein überraschend gesundes Lachen hören.

»Ich schaff es! Wen kann man mitten in der Nacht anrufen?«

Dorte stand auf, griff nach dem Frotteemantel und lief mit der Tasche in der Hand fröstelnd zu Julia hinüber.

»Du siehst aus wie eine alte Marktfrau beim Stadtausflug!«, sagte Julia, und die Wunde an ihrer Lippe verzerrte ihr Lächeln.

Dorte gab keine Antwort, sondern zog Olavs Visitenkarte heraus.

»Ich ruf ihn an und sag, dass wir es geschafft haben.«

»Nein! Ich will nicht noch mehr Prügel! Ich will nur weg von hier. Das Problem ist, hier rauszukommen – und einen Unterschlupf zu finden!«

Dorte saß fröstelnd auf der Bettkante und schlang sich die Arme um den Leib. Ihr Atem hing wie Nebel in der Luft.

»Ich muss anrufen und Bescheid sagen. Zeig mir, wie das geht!«

»Wenn du so blöd bist, dann zieh mich da nicht mit rein! Drück seine Nummer!«, befahl Julia unwillig. Dann zeigte sie Dorte, wie man Nummern speichert und wählt, während sie die Hand an einen Mundwinkel drückte. Sie hatte so viel geredet, dass die Wunde jetzt wieder blutete. Ein roter Streifen zog sich über ihr Kinn.

Als Dorte Olavs Stimme hörte, wusste sie nicht, was sie sagen sollte. Und als sie endlich »Hallo« herausbrachte, hörte sie ihn erklären, er könne gerade nicht ans Telefon gehen und sie solle eine Nachricht hinterlassen.

»Das war gar nicht er«, sagte sie entmutigt und klappte das Telefon zusammen.

»Wer denn?«

»Seine Telefonstimme, die um eine Nachricht gebeten hat.«

»Puh!«, sagte Julia verächtlich, ließ sich im Bett zurücksinken und seufzte. »Ich fühle mich wie gerädert! Wenn ich eine Familie hätte, würde ich trotz allem zu Hause anrufen, nur, um lebende Menschen sprechen zu hören. Hast du Familie?«

Dorte schob die Hände in die Ärmel des Frotteemantels und

begann, über die Mutter und Vera zu erzählen. Und den Vater. Dabei sah sie alles so deutlich vor sich. Die Gesichter. Die Stimmen. Die Mutter, die ihren Zopf flocht und Haarnadeln hineinsteckte. Veras mürrisches Gesicht, wenn sie morgens aufstand. Aber sie erzählte nichts von den Bildern, die sich vor ihr entfalteten, sondern nur von den Dingen, die eine Fremde begreifen konnte. Zum Beispiel, dass sie kein Geld hatten.

»Hast du von dem Kind erzählt?«

»Nein! Mama nimmt sich alles so zu Herzen. Manchmal scheint bei ihr hier etwas zerbrochen zu sein«, sagte Dorte und zeigte auf ihren Kopf. Sie wusste, dass es nicht richtig war, ihre Mutter einer Fremden gegenüber so bloßzustellen. Aber nun war es geschehen. »Sie sagt immer, ›Gott wird eine Lösung finden‹«, fügte sie hinzu.

»Und Gott hat eine Lösung gefunden und dich zur Hure gemacht«, sagte Julia hart.

»Sag das nicht! Gott tut so etwas nicht!«

»Und wer war es dann?«, schnaubte Julia.

Der Mut, den Dorte gefasst hatte, als sie Olavs Umschlag geöffnet hatte, ließ los wie ein Fisch, der erst anbeißt, dann aber feststellt, dass ihm das überhaupt nichts nützt.

»Gott meint wohl, dass ich es selbst war. Ich wollte schnell viel Geld verdienen, damit Mama stolz auf mich sein könnte. Aber jetzt weiß ich nicht, wer es war«, sagte Dorte und schlug die Hände vors Gesicht.

Julia ließ sie in Ruhe. Es wurde so still. Auf der Straße war ebenfalls Nacht. Niemand ging vorüber.

»Kann man leben, ohne etwas, woran man glauben kann?«, flüsterte Dorte.

»Ich halte mich am Leben, um mich rächen zu können. Um sie zu zertreten! Sie werden nie erfahren, was ich denke, ehe ich zuschlage. Daran glaube ich. Verstehst du?«

»Nein. So was liegt mir nicht so sehr.«

50

Julia durfte nur bis zum nächsten Tag bei ihr bleiben. Und Olav hatte nur die Telefonstimme, die sie zum Reden aufforderte. Sie traute sich nicht. Am Ende gab sie auf. Der letzte Versuch lag schon mehrere Tage zurück. Die Uhr des Vaters zeigte noch immer nicht die Zeit, trotzdem trug sie sie jeden Tag. Aber die viereckige Uhr mit dem Deckel über dem Zifferblatt, die die Wachtel ihr geliehen hatte, funktionierte. Jetzt war es sieben. Da konnte sie aufstehen und die Treppen putzen, die sie nicht geschafft hatte, ehe die Kunden kamen. Die Wachtel war nicht mehr so streng, sie konnte putzen, wenn sie die Kraft fand, wenn niemand erwartet wurde.

Zweimal hatte sie gesagt: »Ich schließ die Tür auf, damit du ins Krankenhaus kannst, aber Arthur oder sonst jemand muss sich um dich kümmern.« Als ob Dorte das irgendwie beeinflussen könnte. Die Wachtel notierte die Preise für Milch und Lebensmittel in einem eselsohrigen Schreibheft. Dorte begriff nicht, wie sie das bezahlen sollte, und Arthur hatte doch niemals Geld. Das behauptete er zumindest.

Nicht nur ihr Bauch wuchs, in ihrem Kopf breitete sich eine große Leere aus. Schien alles beiseitezudrängen, zum Beispiel die norwegischen Wörter. Sie vermisste Toms Discman. Es war eine widerwärtige Vorstellung, dass Bjarne die Stöpsel in seine Ohren schob. Zweimal hatte sie Farben und Block hervorgeholt, um sich gute Gedanken herbeizuzeichnen. Immer endete es damit, dass sie in Tränen ausbrach, das nutzte also nichts. Ein Trost war die Literpackung Milch, die die Wachtel alle zwei Tage brachte. Dorte freute sich darauf wie auf ein besonderes Ereignis. Es gab ihr ein fast feierliches Gefühl, einen neuen Karton zu öffnen und das Glas zu füllen. Die roten Blumen auf der Packung strahlten Frische aus, egal, wie oft sie die Klappe öffnete und den Karton aus dem Kühlschrank nahm und wieder hineinstellte. Sie ging dann mit dem Glas zum Sofa und trank, Bauch und Beine in die Decke gehüllt. Aber an diesem Tag war es so kalt, dass sie unter der Bettdecke sitzend trank.

Die Wachtel hatte ihr verboten, nachts den Heizstrahler laufenzulassen. Ab und zu kontrollierte sie, es brachte also nichts, es doch zu versuchen. Und der Springbrunnen durfte auch nicht die ganze Zeit laufen. Aber die Wachtel konnte das Plätschern bei sich oben nicht hören. Deshalb schob Dorte doch immer wieder den Stecker in die Steckdose. Schneewittchen war hier eine andere als in Laras Wohnung. Im Moment war es fast unmöglich zu erkennen, dass sie lächelte.

Die Hasenpantoffeln waren nicht für den kalten Boden geeignet, aber sie hatte dicke Socken von Arthur, die sie nachts trug. Sie wusste ja, wie dumm das war, aber manchmal vermisste sie ihn. Obwohl er eigentlich fast immer erst spätabends gekommen war, um Bier zu trinken und bis weit in den nächsten Tag hinein auf dem Sofa zu schlafen. Er hinterließ im Zimmer einen seltsamen Geruch. Die Erinnerung an Essen, das in Auflösung überging. Die letzten Male hatte er zum Glück nicht versucht, in sie hineinzukommen. Und es kam vor, dass er über ganz normale Dinge mit ihr sprach.

Wenn er nicht da war, stank das Klo nicht, und es wurde nur von ihr benutzt. Keiner der Arbeiter wohnte in diesem Teil des Kellers. Es war gut, dass sie keine Angst davor haben musste, nachts Männern zu begegnen. Die Wachtel hatte versprochen, ihr Bescheid zu sagen, wenn der letzte Kunde gegangen war, damit sie ruhig schlafen konnte.

Dann kam er doch hereingestürzt, als sie am wenigsten damit rechnete. Stand plötzlich vor der Tür, und ein kleiner Plastikweihnachtsbaum ragte aus seiner Tasche. Er schaltete das Deckenlicht ein, ließ seine Tasche fallen, stand breitbeinig mitten im Zimmer und sah sie hasserfüllt an.

»Du hast gelogen! Du hast die ganze Zeit Kerle hier gehabt!« Er ließ sich aufs Bett fallen und schlug die Hände vors Gesicht.

»Nein«, sagte sie und hielt sich am Bauch fest.

»Bjarne behauptet, dass er sich an dir eine goldene Nase verdient. Und jetzt werfen die Arbeiter mir das an den Kopf. Auf Englisch!«

Es war besser, ihm nicht zu widersprechen, deshalb schüttelte sie nur den Kopf. Er sagte noch mehr, Dinge, die sie nicht verstand. Am Ende erinnerte er sie daran, dass er ihr die Bahnfahrt bezahlt hatte. Sie hörte eine Weile zu, während sie das Brot wieder in die Plastiktüte steckte. Die Scheibe auf dem Brett wollte wieder hinaus, noch ehe sie gegessen war.

»Sie sagen, sie brauchen sich nur im Fenster zu zeigen, und schon gibst du grünes Licht. Dann gehen sie über den Trockenboden und holen sich ihren Fick. Solange sie blechen.«

»Trockenboden? Wo?«, fragte sie rasch.

»Weiß ich doch nicht, Scheiße. Wo hast du das Geld?«

»Ich hab kein Geld. Schulde der Wachtel schon ganz viel.«

»Du lügst!«, behauptete er und schlug ihr mit der flachen Hand auf die Wange. In dem Schlag lag nicht viel Kraft, und sie konnte abwehren.

»Wir müssen zusammenhalten, du und ich«, sagte sie, so deutlich sie konnte, den Kopf tief zwischen die Arme gesteckt. Und als sie flehend zu ihm aufschaute, hörte er auf und schwankte hin und her.

»Wie bist du reingekommen?«, fragte sie unvorsichtig.

»Durch die Tür natürlich«, nuschelte er.

»Du hast den Schlüssel?«

»Das kann dir ja wohl egal sein!« Seine Hand schoss hoch, wurde aber wieder gesenkt. Als könne er sich nicht erinnern, warum er hatte schlagen wollen.

»Soll ich den Stecker reinschieben? Wollen wir uns Schneewittchen ansehen?«, fragte sie und schien nicht zu merken, wie wütend er war.

»Hast du Bier?«

Sie wich vor seinen Fäusten zurück, ohne zu antworten.

»Ich hab gefragt, ob du Bier hast«, sagte Arthur und schaute in den Kühlschrank. »Scheiße«, rief er, als er keins fand. Dann drehte er sich mit hilflosem Blick um und stapfte durch das Zimmer.

»Mach's dann mal gut. Ich will nicht dein Freier sein!«, sagte er, griff nach seiner Tasche und wollte gehen.

»Du weißt noch, du redest von deiner Mutter? So wolltest du nie werden. Wie dein Vater? Der ist gegangen«, sagte sie.

Arthur fuhr in der Tür herum und blieb stehen, als ob er etwas vergessen hätte. Dann ließ er die Tasche fallen und kam mit gesenktem Kopf auf sie zu. Stieß sie so hart an, dass sie über den Tisch und dann auf den Boden fiel. Für einen Moment stand er da und sah sie an, als verstünde er nicht ganz, was da vor seinen Füßen lag.

Plötzlich merkte sie es. Ihr Körper wollte nicht mehr. Sie blieb einfach liegen, während matte Sternschnuppen vor ihren Augen tanzten. In einem letzten Versuch, sich zu befreien, starrte sie ihn hasserfüllt an und legte gewaltige Kraft in den Gedanken: »Schlag! Trau dich! Schlag mich tot!« Aber Arthur konnte keine Gedanken lesen.

»Red nicht darüber mit mir! Du redest verdammt noch mal nicht darüber mit mir! Hure!«, keuchte er. Dann schnappte er die Tasche und musterte den herausragenden Weihnachtsbaum.

Vom Boden her konnte Dorte ihm genau ins Gesicht blicken. Die Augen, die langsam überliefen, während er untätig dastand. Plötzlich riss er den Weihnachtsbaum aus der Tasche. Eine silberne Kugel landete auf dem Boden. Sie zerbrach nicht, sondern kullerte unter das Bett und war verschwunden. Der Baum zitterte gleich neben ihrem Kopf mit seinen Plastiknadeln.

»Was bin ich für ein Idiot! Weihnachtsbaum kaufen und überhaupt! Aber den kannst du behalten. Fröhliche Weihnachten!«

Als er gegangen war, stand sie auf und stellte den Baum in die Ecke beim Fenster.

Sie beschloss, bei Julia anzuklopfen, ehe sie mit dem Putzen anfing. Julias Zimmer war klein, aber dort war es wärmer als unten im Keller. Eigentlich durften sie nicht ohne Wissen der Wachtel miteinander reden, aber darauf wollte sie es ankommen lassen. Nach einer Weile hörte sie drinnen Schritte.

»Ich bin's, Dorte«, flüsterte sie.

»Ich kann nicht aufmachen, ich bin eingeschlossen.« Julia hörte sich an, als ob sie die ganze Nacht wach gewesen sei.

»Warum denn?«

»Ich war so wütend. Ich kann nicht zwölf Kunden am Tag machen. Ich bin krank!«

»Wer hat abgeschlossen?«

»Ich weiß nicht. Es war einfach abgeschlossen. Ich kann nicht mal aufs Klo gehen, sondern muss in einen Eimer pinkeln.«

Dorte sagte durch das Schlüsselloch Dinge, an die sie selbst nicht glaubte. Zum Beispiel: »Bald kommst du raus. Ehrenwort! Ich werde die Wachtel bitten aufzuschließen.« Ihr fiel ein, dass die Mutter das so machte, wenn sie mit Gott sprach. Sie tröstete sich selbst.

»Geh nicht weg!«, schluchzte Julia. Aber Dorte hörte unten das Husten der Wachtel und wagte nicht zu bleiben. Gleich darauf hörte sie Schritte auf der Treppe und verschwand lautlos in dem dunklen obersten Teil des Treppenhauses. Sie hatte dort oben nie geputzt. Das war nicht nötig, denn dort wohnte niemand. Aber Arthur hatte doch einen Trockenboden erwähnt?

Es war dunkel. Sie hielt sich am Geländer fest und hatte die Tasche in der anderen Hand. Wagte niemals, sich von der zu trennen. Jetzt hoffte sie nur, dass die Wachtel sich nicht wundern würde, dass Eimer und Schrubber ohne sie im zweiten Stock standen. Die Treppe endete direkt vor einer Wand. In der Wand gab es eine Tür. Zuerst lauschte Dorte auf die Wachtel, aber alles blieb still. Dann drückte sie auf die Klinke, und die Tür öffnete sich mit einem leisen Jammerlaut.

Kälte und funkelndes Licht brachen über sie herein. Sie stand auf einer verschneiten Ebene mit einem Geländer. Die Dachterrasse war riesig. Schornsteine ragten auf wie Säulen mit Schneehüten, und Fernsehantennen erhoben sich in Reih und Glied über den Dächern. Sie hatte das Gefühl, in einem Raumfahrzeug zu stehen. Wenn ich hinausgehe und Fußspuren hinterlasse, dann kann jemand sehen, dass ich eine offene Tür gefunden habe, dachte sie vage und blieb stehen. Aber eine solche Tür war im Winter nicht zu sonderlich viel nutze. Der Boden war vier Stockwerke weiter unten. Aber sie konnte den Himmel sehen, während sie Atem schöpfte. Die Tür hatte ein Schnappschloss. Wenn sie zufiel, während sie draußen war, könnte sie nicht wieder ins Haus gelangen.

Nach einer Weile ging sie nach unten und fing an zu putzen. Sie hörte die Wachtel drinnen bei Julia reden, und bald darauf kam sie mit einem Eimer heraus, während sie darüber schimpfte, dass sie bei einer Hure die Kammerzofe spielen musste. Dorte stellte sich taub. Aber als die Wachtel zurückkehrte, sah Dorte für einen Moment Julias graues Gesicht in der Tür. Die Wunden waren nicht verheilt, aber trotzdem schickten sie ihr Kunden. Die Wachtel schob den Eimer ins Zimmer und schloss ab, während sie vor sich hin murmelte, es sei nicht ihre Schuld, und sie sei ja nicht dafür, die Leute so unsinnig zu behandeln.

»Kann ich Julia besuchen?«, fragte Dorte flehend. Aber die Wachtel schüttelte den Kopf und zeigte mit zitterndem Finger auf den Putzeimer.

Sie schwamm über den Fluss zu Onkel Josefs Glasveranda, weil sie versprochen hatte, ihm vorzulesen. Sie wusste nicht, wo sie an Land gehen sollte, und sie hatte Angst, jemand könnte sehen, dass sie nackt war. Die Kleider hatte sie in einem Korb, den sie mit einer Hundeleine an ihrem Kopf festgebunden hatte. Aber alles wirkte ganz normal, sie brauchte sich einfach nur sinken zu lassen. Als das Wasser über ihrem Kopf zusammenschlug, öffnete sie die Augen. Zu verstehen, dass es ein Traum gewesen war, erfüllte alles mit Leere. Das Heimweh streckte sich von den Zehen bis hinauf in ihren Kopf. Heimweh war nicht wirklich ein Wort. Es war eher eine Krankheit. Ihr Mund war wie ausgedörrt und ihr ganzer Körper feuchtkalt.

Viel später, nachdem das Licht zur Dunkelheit geworden und dann wieder heller geworden war, kam ihr der Gedanke, sie könnte sich auf den Bauch legen und das, was darin war, hinauspressen. Sie sagte sich, dass dann alles besser werden würde. Aber sie wusste, dass es nicht stimmte. Alles würde noch schlimmer werden.

Der Schnee stapelte sich vor der Fensterscheibe. Fast kein Tageslicht kam herein. Das Geräusch von Schritten drang zu ihr durch, aber sie waren weiter weg als sonst. Hart und weich zugleich. Unklar. Sie hörte die Arbeiter in ihren Rauchpausen draußen stehen, aber sie konnte sie nicht sehen. Hörte nur die groben Reden und das Lachen, das lauter und wieder leiser wurde. Sie schienen immer dort zu sein, aber sicher war es nur die

Zeit, die verging. Eine Autohupe klang wie in Watte gepackt, und nach einiger Zeit hörte sie das rhythmische Klagen des Zuges, den Arthur »Straßenbahn« genannt hatte. Dieser Zug fuhr nachts nicht. Wenn sie ihn am frühen Morgen hörte wie jetzt, wusste sie, dass die Menschen da draußen einen neuen Tag begonnen hatten. Ab und zu jammerte die Straßenbahn, wie um anzukündigen, dass sie die Kurve nicht schaffen würde. Ab und zu schrie und tutete sie warnend. Sicher stand dann etwas im Weg und versperrte ihr die Weiterfahrt. Sie erinnerte sich vage daran, wie sie mehrmals auf einen Stuhl geklettert war und das Gesicht an die Fensterscheibe gepresst hatte, bis sie die Bahn kommen hörte, einfach nur, um sie für einen Moment zu sehen. Aber nicht jetzt. Sie war eingeschneit.

Schwer und durchsichtig zugleich. Ihr Körper war ein Haus, in dem etwas vor sich ging, worüber sie keine Kontrolle hatte. In dem ein Wesen wohnte, dass sie hinauswerfen und alles für sich haben wollte. Ab und zu trat es, und in diesem Moment verspürte sie einen gewaltigen Druck, als ob sie pissen müsste. Plötzlich fuhr ein scharfer Schmerz durch ihre Hüften und ihren Unterleib. Sie erhob sich und drückte beide Hände auf ihren Bauch. Dann packte sie den grauen Elefanten und ging los. Vom Bett zum Fenster, vom Fenster zur Tür des Kabuffs, zur Anrichte und zurück zum Fenster. Irrte durch die Dunkelheit und redete vor sich hin. Ihre Arme bewegten sich wie schlaffe Windmühlenflügel durch die Luft, und der graue Elefant hing hilflos am Rüssel.

»Liebe Maria, Mutter Gottes! Ich glaube, ich schaff das hier nicht. Ich wage nicht, hier zu sein. Wage nicht, die Flucht zu versuchen. Ich wage nicht, das Kind zu bekommen. Und ich wage nicht, es hier drinnen zu haben.«

»Hallo«, hörte sie ihn sagen, und diesmal war er es selbst, nicht die Telefonstimme. Sie schluckte und versuchte, sich an die

Wörter zu erinnern, die sie sich eingeprägt hatte. Fing damit an, dass sie beschlossen hatte, alles zu erzählen, was sie wusste. Dass Bjarne schlug, dass Julia eingesperrt und krank war und nicht jeden Tag zwölf Kunden haben wollte. Außerdem waren da noch mehr Mädchen, mit denen sie nie gesprochen hatte. Und das Kind … endete sie, ohne zu wissen, ob er verstanden hatte.

Zuerst schwieg er. Dann begann er ein wenig hektisch, sie auszufragen. Aber da sie ihre Wörter nicht genug geübt hatte, blieb sie stecken.

»Du kannst das Kind da unten nicht bekommen«, sagte er schließlich, als ob sie das nicht wüsste. Ihre Wörter wurden nur ein Gewirr aus kindischem Unsinn. Wieder schwieg er eine Weile, dann sagte er, er werde ihr heraushelfen. Sie sah ihn mit seiner blonden Pferdemähne vor sich, wie er den Kopf schräg legte und sich das Telefon ans Ohr hielt.

»Danke! Sei vorsichtig, sonst bringen sie uns um! Und das Kind …«

»Ich rufe dich an, wenn ich eine Lösung gefunden habe.«

»Nein! Jemand kann hören!«, sagte sie eilig.

Als sie das Telefon in die Tasche gelegt hatte, waren die Schmerzen verschwunden. Sie ging zum Kühlschrank und wollte Milch warm machen. Es machte nichts, dass sie keinen Honig hatte. In diesem Moment packte eine scharfe Kralle ihren Unterleib, und sie krümmte sich zusammen. Sie konnte sich durch das Zimmer schleppen und auf das Sofa legen. Presste beide Hände hart auf den Bauch und holte tief Luft.

Nach und nach wurde es besser, und sie holte sich ein Glas Milch. Während sie trank, spürte sie, dass etwas zwischen ihren Oberschenkeln hinausfloss. Zuerst war es lauwarm und auszuhalten. Dann erreichte es ihre Knöchel und sickerte zu Boden und hinterließ auf ihrer Haut Eisnadeln. Als die Kralle sie wieder packte, stellte sie das Glas weg.

Es war still auf dem Gang und den Treppen. Niemand ging

draußen auf der Straße vorbei. Sie trug ihre Tasche zum Sofa und zog das Telefon hervor, schaltete es ein und gab Olavs Nummer ein. Eine Weile hörte sie dem Klingelton zu, dann ging ihr auf, dass niemand antworten würde. Arthurs Weihnachtsbaum stand in der Ecke in einem kreuzförmigen Ständer. Sie merkte, dass sie fror. Die Kralle im Bauch kam und ging. Zwischendurch war es gar nicht so schlimm. Sie zog eine neue Unterhose und eine trockene Trainingshose an. Sie gab noch einmal die Nummer ein. Wartete. Nichts passierte. Sie gab auf und legte das Telefon in die Tasche. Dann kroch sie wieder unter die Decke auf dem Sofa.

»So ist es doch fast immer. Wenn du die Leute brauchst, sind sie nicht da«, sagte der Vater und setzte sich in den ramponierten Sessel, ehe sie ihn warnen konnte. Aber er schrie nicht auf, er blieb einfach sitzen. »Tief atmen. Sei jetzt ganz ruhig«, fügte er hinzu.

»Ich schaff das nicht, Papa«, jammerte sie und wollte nach ihm greifen, aber er saß zu weit weg.

»Wir werden einfach über alles reden. Das heißt, ich werde reden, und du kannst schreien, soviel du musst. Ein gutes Gespräch kann den Menschen an den Haaren aus dem Sumpf ziehen.«

»Papa, davon hast du keine Ahnung.«

»Ich weiß, was ich wissen will. Jedenfalls bleibe ich hier bei dir, bis du beschlossen hast, die Wachtel zu rufen oder darauf zu setzen, dass dieser Olav ans Telefon geht. Hast du dir übrigens schon überlegt, was er für dich tun kann? Er ist Journalist, keine Hebamme.«

»Er hat versprochen, mir hier rauszuhelfen.«

»Aber das hat die Wachtel doch auch!«

»Julia sagt, dass der Wachtel befohlen worden ist, das Kind zu verkaufen, damit sie mich als Hure benutzen können.«

»Sie können ein Kind nicht aus einem Krankenhaus verschwinden lassen.«

»Ich weiß nicht … ich weiß einfach nicht weiter.«

»Na gut. Dann musst du warten, bis er ans Telefon geht«, sagte der Vater und fuhr sich ein wenig unsicher über das Kinn.

Die Schmerzen im Bauch ließen nach, und alles war fast wie sonst, und sie versuchte noch einmal anzurufen. Ohne Ergebnis. Sie nahm die Tasche mit dem Telefon mit ans Bett, legte sich unter Wolldecke und Bettdecke und versuchte, sich ein wenig zu sammeln.

Der Schnee lag wie schwarze Wolle zwischen Gitter und Fensterscheibe. Der Wind hatte die Reste einer Papiertüte dort eingeklemmt, so dass der Frost sie sich holen konnte.

»Papa! Ist es jetzt vorbei?«

»Bald ist es vorbei. Sehr bald!«

»Was soll ich damit machen?«

»Leg es in ein Handtuch.«

»Aber danach? Wie soll ich das machen?«

»Üb mit dem grauen Elefanten. Wickle ihn vorsichtig in das Handtuch und nimm ihn in den Arm. Denk an etwas, worin der Sommer steckt.«

»Papa, du hast auch keine Ahnung, oder?«

»Das Leben ist eine endlose Reihe von Dingen, von denen man keine Ahnung hat, durch die man aber trotzdem hindurchmuss.«

51

Plötzlicher Lärm von oben. Dann schlurfende Füße und das Übelkeit erregende Geräusch von Schlägen, die einen Körper treffen. Julias herzzerreißende Schreie. Bjarnes Gebrüll.

»Halt die Fresse! Sonst bring ich dich um!«

Womit er wohl schlug? Mit einem Baseballschläger? Die Wachtel musste kommen und Julia retten! Aber die Wachtel kam nicht. Ein dumpfer Aufschlag von etwas Weichem, das den Boden traf. Dann wurde eine Tür geschlagen – und Stille.

»Liebe Maria, Mutter Gottes, beschütze Julia! Beschütze uns!« Dorte krümmte sich im Bett zusammen und horchte. Aber sie hörte nur ein kraftloses Wimmern aus nächster Nähe. Es kam aus dem Handtuch, das sie an ihren Körper drückte. Wo sollten sie sich verstecken?

Schatten lagen über dem Boden. Die Straßenlaterne versuchte wie immer, das Zimmer zu erleuchten. Aber das half nicht viel weiter. Dorte stand auf und schwankte zum Kabuff, um sich zu verstecken. Da hörte sie ein deutliches Klopfen am Fenster und starrte die Jalousie an. Wieder wurde geklopft. Lauter. Sie schlich hinüber und presste sich an die Wand. Der Schatten einer Hand hob sich zum Fenster.

»Mach auf«, jammerte Julia auf der anderen Seite.

Dorte kletterte auf einen Stuhl und öffnete das Fenster, bis es gegen das Gitter stieß.

»Ich bin nackt! Kleider! Schnell! Bjarne ist hinter mir her!«

Dorte sprang vom Stuhl und stürzte zum Schrank. Als Erstes fand sie die rote Daunenjacke, ließ sie aber fallen, als ihr aufging, dass die nicht durch das Fenster passen würde. Dann schnappte sie sich Arthurs alten Pullover und eine lange Hose. Sie lief zurück zum Fenster und versuchte, die Kleidungsstücke durch das Gitter zu stopfen. Julia zog aus Leibeskräften. Schatten von blauer Haut vor dem Schnee. Knie, Waden und Arme zitterten dermaßen, dass es auf Dorte übergriff. Keine von ihnen sagte ein Wort, aber ihre Zähne klapperten zweistimmig, und der Atem pfiff auf beiden Seiten. Eine schneidend scharfe Kälte gab ihr eine Ahnung davon, wie sehr Julia frieren musste. Schnee stob ins Zimmer und lag schon in einer kleinen Schneewehe auf der Fensterbank.

»Schuhe?«, keuchte Julia.

Dorte rannte zum Schrank, holte die weißen Winterstiefel und versuchte vergeblich, sie hinauszuschieben. Aber die Öffnung war zu klein, sie musste aufgeben. Nach einer weiteren Runde zum Schrank kehrte sie mit Arthurs Wollsocken zurück. Die passten. Danach blieb sie stehen und wartete, dass Julia sich anzog. Um sie herum war es eiskalt, und sie glaubte deutlich, das Wimmern des Bündels zu hören, das sie auf das Bett gelegt hatte.

»Ich rufe Olav an und sag, er soll dich holen.«

»Ja …«, wimmerte Julia. »Ein Kiosk auf dem Platz an der Straßenkreuzung. Ich warte dahinter, falls nicht Bjarne …«, dann war sie verschwunden.

Er meldete sich beim ersten Versuch, aber Dorte konnte fast nicht sprechen. Nachdem er zweimal nachgefragt hatte, wiederholte er: »Julia hinter dem Kiosk an der Straßenkreuzung. Bjarne hinter ihr her. Okay, ich weiß, wo das ist. Du musst dich auch verstecken. Wo finde ich dich?«

Dorte überlegte eilig. Das Kabuff war der erste Ort, an dem Bjarne suchen würde.

»Ganz die Treppe hoch. Auf dem Dach. Das Kind ist da«, keuchte sie.

»Ich bringe Hilfe, so schnell ich kann!«

»Zuerst Julia«, sagte sie, aber er hatte die Verbindung schon unterbrochen.

Als sie im vierten Stock auf dem Treppenabsatz ankam, schlug die Kralle in ihrem Bauch wieder zu. Sie stützte sich über einigen Farbsäcken, die sie im spärlichen Licht nur ahnen konnte, an die Wand. Der Vater hatte laut aus Shakespeare vorgelesen. Sie wusste nicht mehr, aus welchem Stück. Aber jetzt war sie mitten in der Nacht auf einer verlassenen Theaterbühne. Die Schmerzen waren nicht ihre, sie gehörten zum Stück, trotzdem spürte sie sie mehr als ausreichend. Biss die Zähne zusammen und keuchte durch Mund und Nase.

Als der Krampf sich legte, bewegte sie sich vorsichtig weiter, während sie unter der Daunenjacke das Handtuch an sich presste. Zum Glück, denn als sie oben angekommen war und die Tür öffnete, schlug der Wind ihr entgegen. Sie hätte die Hasenpantoffeln durch die Winterschuhe ersetzen sollen. Jetzt war es zu spät. Die Tür fiel mit einem kleinen Knall hinter ihr zu.

Sie hatte nicht damit gerechnet, dass der Himmel so sehr leuchten würde. Der Mond hielt Wache über Millionen von glitzernden Punkten. Schornsteine und Dächer ragten hinter dem Geländer auf. Hohe Häuser mit leuchtenden Fenstern. Ferner Lärm von Autos und etwas anderem, wie ein gewaltiges Rauschen. Jemand bewegte einen Scheinwerfer, als suche er ein Sternbild. Aber wo war der Fluss? Sie wickelte das Handtuch unter ihrer Jacke besser auf und sagte sich, es bestehe kein Grund zur Sorge, auch wenn sie sich nicht daran erinnern konnte, warum sie hier oben war. Nur, dass sie nicht zum ersten Mal hier war.

Als sie sich an die Schatten gewöhnt hatte, wurden Himmel und Stadt noch schöner. Sie war in dem dreidimensionalen Buch, das Vera und sie einmal bekommen hatten. Wenn man es öffnete, breitete sich die Landschaft aus in Schichten und Schichten von glänzender Pappe, und die Farben funkelten. Schob man die kleinen Pappzungen hin und her, bewegten die Dinge sich, als ob sie lebendig wären. An diesem Abend hatte der Vater Dorte auf die Seite geschoben, die den Himmel und die Hausdächer bei Nacht zeigten. Aber der Schornsteinfeger und die schwarze Katze, die sonst auf dem Dachfirst rechts vom Schornstein gestanden hatten, waren verschwunden. Stattdessen waren dort drei kleinere Schornsteine, die Säulen vor ihr bildeten, aber keinen Rauch. Und mitten in der Schneefläche stapelten sich Kästen, die ebenso wenig ins Bild gehörten. Sie zog einen davon hinter den Schornstein ans Geländer und setzte sich in den Windschutz. Das Handtuch war still, aber der Krampf im Bauch kehrte zurück, schlimmer denn je. Eine Weile saß sie da und klammerte sich an ihre Knie.

Als der Schmerz langsam nachließ, fiel ihr ein, dass Gott auf ein Gebet wartete. Aber die Wörter wollten sich nicht einstellen. Gott war es egal, ob sie in einem Buch oder in einem Keller war. Er war sicher viel müder, als irgendjemand ahnen konnte.

Nach einer Weile spürte sie ihre Füße nicht mehr, und alles war erträglich. Und plötzlich hörte sie das Rauschen des Flusses so dicht bei sich, als sei sie eine weite Strecke gegangen, statt nur auf einem Kasten zu sitzen. Ihr kam der Gedanke, dass sie deshalb hier war, um den Fluss zu finden. Die Stelle zu finden, wo alles Veränderung war. Wo man frei sein konnte. Sie zog mit einer Hand den Kasten ans Geländer, mit der anderen hielt sie das Handtuch fest, damit es nicht in den Schnee fiel.

»Wir finden einen Weg! Ehrenwort!«, flüsterte sie dem kleinen Bündel zu. »Es gibt immer eine Lösung. Für das Kleinste und für das Größte!«

Es kam kein einziges Geräusch, das Bündel schien zu verstehen, dass sie sich verstecken mussten. Dass niemand sie hören durfte. Niemand! Einmal würden sie zu Hause im Fluss waten.

Aber sie durfte nicht zu viel versprechen. Der war doch vereist jetzt im Winter. Natürlich. Aber im Sommer und Herbst, da floss er so still dahin. An klaren Tagen glitzerte er, erklärte sie und steckte die Nase zwischen Daunenjacke und Handtuch, um ein wenig Wärme hineinzublasen. Krümmte sich darüber zusammen, bis die Schmerzen sie wie ein Stück Schlachtvieh über den Kasten fallen ließen. Sie rutschte auf Knien in den Schnee. Etwas strömte heiß über ihre Oberschenkel, und alles war für lange Zeit unerträglich.

Aber es legte sich wieder. Als sei alles nur Einbildung gewesen. Sie richtete sich auf und fasste mit der freien Hand das Geländer. Das Rauschen da unten! Von allen Geräuschen auf der Welt kannte sie dieses am besten. Der Fluss!

Die Tür zum Treppenhaus flog auf wie durch einen starken Luftzug. Dorte schaute sich um, um ein Versteck zu suchen. Aber eine Gestalt in Uniform stürzte in hohem Tempo auf sie zu.

»Hallo, du da! Ganz ruhig jetzt! Komm her!«, sagte eine befehlsgewohnte Frauenstimme.

»Das ist nur der Fluss, der ist nicht gefährlich«, versicherte Dorte gelassen auf Russisch und hob das Bündel mit beiden Händen über das Geländer. Der Mondschein färbte das Handtuch grün, als sie es losließ. Es breitete sich ein wenig aus und beschrieb einen kleinen Bogen, ehe es den Weg nach unten antrat. Rasch stieg sie auf den Kasten und hob das eine Bein über das Geländer, es ging ganz leicht. Ehe ein Eisengriff sie zurückriss und eine schrille Stimme den Mond ansang.

Abermals flog die Tür zum Treppenhaus auf, und mehrere Gestalten taumelten heraus. Jetzt hatten sie sie. Drängten sich um sie zusammen wie um einen Köder, den sie verschlingen wollten. Der groß genug für alle war. Viele Hände griffen nach ihr und zogen sie vom Geländer fort. Sie versuchte, sich loszureißen, war so vielen gegenüber jedoch ohnmächtig. Ein Mann machte eine plötzliche Bewegung, und die Herde geriet in Unordnung. Dann schnappten die Handschellen an Dortes Armen zu. Das Metall fühlte sich an wie ein Biss.

»Ruhig jetzt! Ganz ruhig!«, hörte sie, während sie ihre Arme und Beine zusammenpressten, als hätten sie eine Diebin gefangen.

Plötzlich ging ihr auf, dass der Fluss verschwunden oder davongeströmt war. Als die Krämpfe wieder einsetzten, war auf ihre Füße kein Verlass mehr, deshalb ließ sie sich gegen eine rauhe, kalte Uniform sinken. Ihre Stirn schrappte über einen blanken Knopf. Es wurde so still. Fast warm. Um sie herum ragte eine Mauer aus Körpern auf. Der Wind erreichte sie fast nicht mehr. Vielleicht würde sie schlafen können.

Ein Mann zeigte in den Schnee, beugte sich über das Geländer und starrte nach unten.

»Hier ist alles voll Blut. Was kann sie runtergeworfen haben?«

Dorte lachte leise. Hörte selbst, dass ihr Lachen rostig und unbenutzt klang, aber es war eben doch ein Lachen.

»Moses hat sich in einen Binsenkorb gerettet …«, brachte sie heraus. Die russischen Wörter klangen wie ein Gedicht.

Als sie wieder auf die Knie glitt, wurde sie hochgerissen. Von beiden Seiten. Und während sie zur Tür gezerrt wurde, betraten noch zwei Gestalten die Terrasse.

»Habt ihr denn völlig den Verstand verloren? Seht ihr nicht, dass sie gerade ihr Kind bekommt?«

»Und wer sind Sie?«, rief jemand.

»Ich habe angerufen und um Hilfe dabei gebeten, die Mädchen hier rauszuholen. Eine sitzt schon in meinem Auto.«

Plötzlich wurde alles von starkem Licht geblendet. Und als sie wieder sehen konnte, stand Olav mit gesenktem Kopf hinter einem Mann mit einer blitzenden Kamera.

»Scheiß jetzt darauf«, rief jemand, aber ein anderer brüllte dicht neben ihrem Kopf, dass alle Ausgänge bewacht werden sollten, damit niemand entkommen könnte.

Sie brachten sie zu einem heulenden Auto. Aber ihre Hände waren frei. Sie konnte sie in ihren Achselhöhlen wärmen. Ab und zu tastete sie umher, um etwas zu finden, woran sie sich festhalten konnte. Diesmal wollten die Krämpfe sich nicht legen.

Sie hatte das Auto versaut, aber das schien nichts auszumachen. Niemand schimpfte. Eine Frau saß bei ihr und sagte etwas, das sie nicht verstand. Aber es war egal. Sie konnte doch nicht antworten, sie zog nur durch die Zähne Luft ein und stieß sie wieder aus.

Nach langer Zeit, als sie auf einer Bahre in ein Haus gebracht wurde und die Luft, die sie einatmete, eine andere war, schienen ihre Hüften aus ihrem Körper gerissen zu werden. Sie hörte sich »Papa! Papa!« rufen, aber er antwortete nicht. Eine weißgekleidete Gestalt streifte ihr Daunenjacke und Kleider vom Leib. Ein Pantoffel fiel hinunter, während sie mit ihr durch einen langen Gang rannten. Sie konnte keine norwegischen Wörter finden, um zu fragen, und alles kam ihr sinnlos vor. Denn nichts war zu Ende, das hatte sie sich nur eingebildet. Auf die Wirklichkeit war kein Verlass. Niemals.

»Ruhig! Atmen! Jetzt!«, befahl eine Stimme über ihr. Eine andere Stimme behauptete, sie habe das Kind von der Terrasse geworfen.

»Da ist nur eins, und es kommt jetzt«, sagte die erste gereizt und riss an ihren Oberschenkeln.

Ihr Oberkörper lag unter einem Laken, aber ihr Unterleib war unter scharfem Licht zur Schau gestellt. Sie fraß mit verzerrtem Kiefer die Luft, während weiße saubere Gestalten um sie herumstanden und Befehle erteilten. Ab und zu hatte sie genug Atem, um Laras russische Verwünschungen auszustoßen.

»Spar deine Kräfte, das geht gut«, sagte jemand. Es war nicht die Stimme des Vaters, aber nun waren seine Worte wieder da. »Ein Kind ist niemals eine Schande, sondern eine Läuterung.« Da griff sie nach einer Hand und fand die Wörter. »Helft mir! Der Unternehmer darf es nicht holen! Er verkaufen! Ich bin keine Hure!«

Später, als der Schweiß sie wie eine zusätzliche Haut umgab, fragte eine freundliche Stimme, ob sie etwas trinken wolle. Und die norwegischen Wörter kamen so leicht, als habe sie nur darauf gewartet, dass jemand fragte.

»Ein Glas Milch bitte.«

Sie lief umher und suchte nach dem grauen Elefanten im Handtuch. Der Fluss war über die Ufer getreten. Eigentlich wusste sie nicht, ob es der in Toms und Laras Stadt war oder der Fluss zu Hause. Die starke Strömung ließ ihn fremd wirken. Sie glaubte nicht, dass es sich lohnen würde, dichter heranzugehen. Der Frostrauch versperrte ihr die Sicht. Das Gestrüpp an den Ufern war von Reif bedeckt. Dann, plötzlich, stand sie unter ihrem und Nikolais Baum, und die Sonne kam hervor. Die Wärme war ein Schock. Sie schmolz alles. Es ging so schnell, als es erst einmal angefangen hatte. Sie versuchte, das Schmelzwasser mit den Händen aufzufangen, aber das ging natürlich nicht. Das Wasser ließ sich nicht fangen, es floss einfach weiter und wurde zu einer Lache. Während sie dort stand, öffneten sich an den Zweigen die Blätter, und der Boden um sie herum wurde grün. Sie watete in das lauwarme Wasser. Es war kein Fluss, sondern ein kleiner Schmelzwassertümpel. Der Vater saß am anderen Ufer und angelte. Sie watete weiter hinaus, aber er rief, sie solle bleiben, wo sie war.

»Papa, ich will zu dir!«, rief sie.

»Kommt nicht in Frage«, antwortete er und glitt, die Angel hinter sich herziehend, ins Wasser. Die bunten Fliegen trieben eine Weile an der Oberfläche. Dann waren sie nur noch ein Gedanke.

Danksagung

Neben dem Lektorat des Gyldendal Norsk Forlag habe ich das Bedürfnis, ein paar einzelne Menschen zu nennen, die mir ganz uneigennützig eine große Hilfe waren. Mein herzlicher Dank geht an:

Nils Johnson, Tyra Tønnesen, Johan Borgos, Kjetil Kolsrud, Wenche Lie Giæver, Even Ytterhus, Geir Hustavnes, Tove Smaadahl, Signe Kroknes, Berit Kjærran Norling, Isak Rogde, Olga Drobot, Ieva Uckutė, Rasa Žiburkutė, Astrid de Vibe, Hilde Wassmo, Bjørn Hulleberg, Laima Žiburkutė, Ėglė Išganaitytė und die Menschen, die mir in Litauen begegnet sind.

Mein besonderer Dank geht an die jungen Frauen, die die Belastung auf sich nehmen, gegen ihre Vergewaltiger auszusagen. Wir schulden ihnen Schutz, Hilfe und Respekt. Wir müssen alles einsetzen, um diesen Übergriffen und dem Menschenhandel ein Ende zu bereiten.

Herbjørg Wassmo

Herbjørg Wassmo

Das Buch Dina

Roman

Die nordnorwegische Küste Mitte des 19. Jahrhunderts: Hier zwischen den Lofoten und Tromso lebt Dina Gronelev, die Herrin des Handels- und Gästehauses Reinsnes. Als Kind wurde Dina ungewollt schuldig am Tod ihrer Mutter, ein Ereignis, das ihr weiteres Leben überschattet hat. Mit 16 Jahren wird sie mit Jakob, dem Herrn von Reinsnes, verheiratet. Nach seinem Tod übernimmt Dina die Führung auf Reinsnes und gewinnt dabei trotz ihres »unweiblichen« Verhaltens allmählich den Respekt ihrer Umgebung. Auch in der Liebe folgt die eigenwillige Dina nur ihren Gesetzen – gegen alle Vorurteile und Gerüchte!

Ein außergewöhnlicher Roman um eine starke Frau: »Das Buch Dina« bildet den ersten Teil einer Trilogie, die in »Sohn des Glücks« ihre Fortsetzung und in »Dinas Vermächtnis« ihren Abschluss findet.

Knaur Taschenbuch Verlag

Herbjørg Wassmo

Die Geliebte des Spielers

Roman

Sanna, Schriftstellerin aus Oslo, ist in eine unglückliche Liebe zu dem Antiquitätenhändler Frank verstrickt. Immer wieder hat er ihr versprochen, sich von seiner Familie zu trennen, doch es ist bei leeren Worten geblieben. Als er ihr einen hohen Wettgewinn anvertraut, nutzt Sanna ihre Chance: Vier Millionen Kronen soll sie vor den Gläubigern ihres Liebhabers verstecken. Aber sie kauft sich davon lieber ein Auto und fährt zusammen mit ihrer Freundin Frida Hals über Kopf in den Süden. Unvermutet wird die Reise zu einer Rückbesinnung auf ihre eigenen, lange verdrängten Sehnsüchte und Wünsche. Sanna fasst den Entschluss, Frank zu vergessen und endlich ihren neuen Roman zu beginnen. In Spanien angelangt, stürzt sie sich in die Arbeit. Anfangs scheint ihr alles zu gelingen, doch dann wird Sanna ausgerechnet von ihrer besten Freundin verraten …

Droemer

Toril Brekke

Elises Traum

Roman

Wer waren diese Männer und Frauen, die 1825 von Norwegen nach Amerika auswanderten? Welche Hoffnungen trieben sie dazu, ihre Heimat zu verlassen, um eine gefährliche und strapaziöse Überfahrt in ein unbekanntes Land zu wagen?
Nach Jahren in englischer Gefangenschaft kehrt der junge Håvard nach Norwegen zurück, doch erst als er der Dienstmagd Elise begegnet und sich bedingungslos in sie verliebt, findet er wieder Halt. Elise fristet zusammen mit ihrem unberechenbaren kranken Bruder Ansgar ein geduldetes Dasein bei hartherzigen Verwandten. Als Håvard um ihre Hand anhält und sich Ansgars Vertrauen verdient, wagen sie den Neuanfang. Mit dem nächsten Schiff wollen sie nach Amerika auswandern und die Vergangenheit hinter sich lassen. Schon bald ist der Tag der Abreise da: Elise und Ansgar stehen erwartungsvoll an der Reling und warten auf Håvard. Doch das Schiff legt ohne ihn ab, und Elise kann es nicht glauben, dass sie diese ungewisse Reise ohne ihren Ehemann antreten muss. Jahre der Hoffnung werden vergehen, bevor sich ihre Wege wieder kreuzen.

Droemer